UNE CHOSE
À CACHER

TITRES DE ELIZABETH GEORGE AUX PRESSES DE LA CITÉ

AVEC L'INSPECTEUR LYNLEY

Enquête dans le brouillard, 1990
Le Lieu du crime, 1991
Cérémonies barbares, 1993
Une douce vengeance, 1993
Pour solde de tout compte, 1994
Mal d'enfant, 1994
Un goût de cendres, 1995
Le Visage de l'ennemi, 1996
Le Meurtre de la falaise, 1997
Une patience d'ange, 1999
Mémoire infidèle, 2001
Un nid de mensonges, 2003
Sans l'ombre d'un témoin, 2005
Anatomie d'un crime, 2007
Le Rouge du péché, 2008
Le Cortège de la mort, 2010
La Ronde des mensonges, 2012
Juste une mauvaise action, 2014
Une avalanche de conséquences, 2016
La Punition qu'elle mérite, 2019

NOUVELLES

Un petit reconstituant, 2000

SÉRIE THE EDGE OF NOWHERE

Saratoga Woods, 2013
L'Île de Nera, 2013
Les Flammes de Whidbey, 2015
Les Lumières de l'île, 2017

NON-FICTION

Mes secrets d'écrivain, 2006
De l'idée au crime parfait, 2021

ELIZABETH GEORGE

UNE CHOSE À CACHER

Traduit de l'anglais (États-Unis) par Nathalie Serval

Les Presses de la Cité

Publié aux États-Unis sous le titre original *Something to Hide* par Viking, une marque de Penguin Random House LLC, en 2022.

Les Presses de la Cité, un département Place des Éditeurs
92, avenue de France 75013 Paris

ISBN 978-2-258-19558-5
Dépôt légal : octobre 2022

Pour celles et ceux qui souffrent,
Pour celles et ceux qui subissent,
Et pour celles et ceux qui luttent

Car l'âme humaine est pratiquement indestructible et ses chances de renaître demeurent tant que le corps vit.

Alice Miller[1]

1. *C'est pour ton bien. Racines de la violence dans l'éducation de l'enfant. (Toutes les notes sont de la traductrice.)*

PARTIE I

21 juillet

WESTMINSTER
CENTRE DE LONDRES

C'était l'une des journées les plus chaudes d'un été déjà caniculaire. Deborah Saint James avait rendez-vous à Sanctuary Buildings avec la sous-secrétaire du département de l'Éducation et le directeur du National Health Service, l'organisme en charge de la Santé. « Nous aimerions vous entretenir d'un projet, lui avait-on dit. Êtes-vous disponible ? »

Oui, elle était disponible. Depuis la publication, quatre mois plus tôt, de *Visages de Londres*, qui l'avait pleinement occupée ces dernières années, elle cherchait un nouveau projet. Elle se réjouissait donc de participer à cette réunion, même si elle n'avait pas la moindre idée de ce que le département de l'Éducation et le NHS attendaient d'elle.

Elle tendit sa pièce d'identité à l'agent de sécurité posté à l'entrée. Il y accorda peu d'attention, plus intéressé par le contenu de son sac fourre-tout. Son téléphone portable ne posait aucun problème, mais elle dut prouver que son appareil numérique en était bien un. Pour cela, elle prit une photo de l'homme et la lui montra. Il lui fit signe d'entrer.

— Mais effacez-moi ça, lui dit-il au moment où elle franchissait la porte. J'ai une tête de déterré, là-dessus.

À l'accueil, elle demanda à voir Dominique Shaw.

— Deborah Saint James, j'ai rendez-vous avec la sous-secrétaire d'État à l'Éducation, précisa-t-elle.

Après un coup de fil à voix basse, l'hôtesse lui tendit un badge visiteur.

— Salle 4, lui indiqua-t-elle. Deuxième étage. À droite en sortant de l'ascenseur, à gauche si vous prenez l'escalier.

Deborah opta pour l'escalier.

En entrant dans la salle 4, elle crut d'abord que l'hôtesse l'avait mal renseignée : ce n'étaient pas deux, mais cinq personnes qui l'attendaient, assises autour d'une table de conférence à la surface polie. Trois ventilateurs sur pied tentaient héroïquement de rafraîchir la pièce, mais ils ne brassaient que de l'air chaud.

Une femme en bout de table se leva et vint à sa rencontre, la main tendue. Vêtue avec l'élégance qui seyait à sa fonction, elle portait d'immenses lunettes à monture invisible et des boucles d'oreilles en or aussi grosses que des balles de golf.

— Dominique Shaw, annonça-t-elle, sous-secrétaire d'État parlementaire à l'Éducation.

Elle présenta les autres personnes si rapidement que Deborah ne comprit que leurs fonctions respectives : le directeur du NHS, un représentant de l'association caritative Barnardo's, la fondatrice d'une structure appelée « Maison de l'orchidée » et une certaine Narissa, dont Deborah ne saisit pas le nom de famille. Ils formaient un groupe éclectique : l'une était noire, un autre asiatique, Dominique Shaw était blanche et Narissa métisse.

La sous-secrétaire d'État indiqua à Deborah une chaise vide à côté du délégué de Barnardo's. À sa grande surprise, elle vit que chacun des participants avait devant lui un exemplaire de *Visages de Londres*. Elle crut d'abord que le livre posait problème, qu'elle avait créé une œuvre politiquement, socialement ou culturellement incorrecte, même si elle ne voyait pas en quoi cela concernait le département de l'Éducation. L'ouvrage réunissait des portraits de Londoniens pris sur une période de trois ans, accompagnés de propos tenus par les modèles au cours des séances. Parmi eux figuraient une bonne vingtaine de représentants de la population croissante de sans-abri de tous âges, de toutes origines et de toutes nationalités qui dormaient sous les portes cochères du Strand, dans les passages souterrains de Park Lane, recroquevillés contre – quand ce n'était pas à l'intérieur – des bennes à ordures, ou derrière des palaces comme le Savoy et le Dorchester. Ces clichés contredisaient l'image de capitale mondiale du luxe que souhaitait donner Londres.

Elle refusa la boisson chaude qu'on lui proposait, mais accepta un verre d'eau tiède. Elle attendait que quelqu'un formule l'objet de la réunion et surtout la raison de sa présence. Après lui avoir fait passer son eau ainsi qu'un exemplaire parfaitement inutile de *Visages de Londres*, la sous-secrétaire d'État lança la discussion.

— C'est M. Oh qui a attiré mon attention sur votre livre, dit-elle en se tournant vers le délégué de Barnardo's. Très impressionnant. Toutefois, je me demandais...

Tandis qu'elle hésitait, un camion dont la transmission devait être défaillante remonta la rue avec des grincements stridents. Shaw lança un regard agacé vers la fenêtre, puis reprit :

— Comment avez-vous fait ?

Deborah n'était pas certaine de comprendre la question. Elle regarda la couverture du livre. Pour l'illustrer, l'éditeur avait choisi la photo inoffensive d'un des nombreux vieillards qui nourrissaient les oiseaux de St James's Park. Debout sur le pont surplombant l'étang, l'homme, coiffé d'une casquette, tenait un pigeon perché sur sa main tendue. C'étaient ses rides qui l'avaient intéressée, les sillons qu'elles traçaient sur ses joues, entre ses yeux et ses lèvres craquelées. Elle aurait préféré une autre photo, mais elle comprenait la position de l'éditeur. Il s'agissait d'inciter l'acheteur potentiel à feuilleter le livre. La vue d'un sans-abri dormant par terre aurait sans doute été moins attirante.

— Vous voulez dire pour convaincre les modèles de poser ? supposa-t-elle. Je leur ai simplement dit que je voulais faire leur portrait. Vous savez, la plupart des gens ne s'opposent pas à ce qu'on les prenne en photo si on leur explique pourquoi. Pas tout le monde, bien sûr. Certains ont refusé catégoriquement. J'ai essuyé quelques remarques déplaisantes, mais ça fait partie du métier. Quant aux autres, ceux qui avaient une adresse, je leur ai envoyé un tirage de la photo que j'avais sélectionnée pour le livre.

— Et les propos que vous avez reproduits ? intervint M. Oh.

— Comment avez-vous fait pour que ces personnes se livrent ainsi ? ajouta la prénommée Narissa.

— Oh ! Eh bien…

Deborah ouvrit le livre et en tourna les pages.

— Le plus compliqué pour un photographe, expliqua-t-elle, c'est de faire oublier la présence de l'appareil. Les gens se raidissent face à l'objectif, c'est un réflexe. Ils prennent la pose et cessent d'être eux-mêmes. Il faut appuyer sur le déclencheur à l'instant… disons, où ils révèlent leur vraie nature. C'est assez facile quand on les photographie à leur insu. Mais pour un livre ou un portrait officiel, il faut ruser. C'est pour ça que la plupart des photographes parlent à leurs modèles pendant qu'ils les prennent en photo.

— Ils leur demandent de se détendre, de sourire ? supposa Dominique Shaw.

À l'évidence, la sous-secrétaire d'État n'avait rien compris.

— Je ne leur demande rien, la détrompa Deborah. Je les laisse parler. Parfois, je les relance avec une question. Pour ce livre, je les ai questionnés sur ce qu'ils pensaient de la vie à Londres, sur ce que leur inspirait l'endroit où la photo était prise… Naturellement, ils avaient tous une expérience différente de la ville. C'est en creusant leurs réponses que j'ai fini par obtenir ce que je recherchais.

— C'est quoi votre truc, alors ? insista la fondatrice de la Maison de l'orchidée. Vous avez un don particulier pour inciter à la confidence ?

Deborah sourit en secouant la tête.

— Grand Dieu, non ! Ma conversation se limite à la photographie, aux chiens et aux chats. Je peux aussi parler de jardinage, mais seulement s'il est question de désherbage et si on ne me demande pas d'identifier les mauvaises herbes. Pour ça, dit-elle en montrant à nouveau le livre, j'avais préparé une liste de questions. C'était un point de départ. Ensuite, j'improvisais en fonction des réponses qu'on me faisait. Quand les gens abordent un sujet qui leur tient à cœur, leur visage se transforme.

— Et c'est là que vous appuyez sur le bouton ?

— Non, non. Je n'arrête pas de les mitrailler pendant qu'ils se racontent. Pour ce livre, j'ai dû prendre environ… 3 000 photos ?

Des regards furent échangés autour de la table. Deborah ne

voyait toujours pas ce qu'on attendait d'elle. Enfin, la sous-secrétaire d'État rompit le silence.

— Vous avez fait un excellent travail. Félicitations. Maintenant, nous aimerions vous entretenir d'un projet.

— Ça a un rapport avec l'éducation ? s'enquit Deborah.

— Oui. Enfin, d'une certaine manière.

MAYVILLE ESTATE
DALSTON
NORD-EST DE LONDRES

Tanimola Bankole avait espéré en vain que cette quatrième semaine de canicule tempérerait la véhémence de son père, qui pestait sans relâche depuis trente-sept minutes contre l'inconséquence de son fils et ne semblait pas près de s'arrêter. Abeo Bankole était capable de râler beaucoup plus longtemps, aussi bien en anglais qu'en yoruba, et il ne s'en privait pas. Il estimait devoir veiller à ce que Tani devienne « un homme », selon les critères qu'il avait lui-même définis, et le jeune garçon n'y parviendrait qu'en assumant les responsabilités incombant à « un homme », toujours selon lui. En bon fils, Tani était tenu d'écouter son père, de mémoriser ses propos et de lui obéir. Écouter, il y parvenait assez bien. Pour le reste, c'était plus compliqué.

Ce jour-là, Tani n'avait aucun argument à lui opposer. Oui, il devait son emploi régulier au seul fait qu'il était le fils d'Abeo Bankole, propriétaire de l'épicerie La Route de l'Afrique, mais aussi d'une boucherie et d'une poissonnerie. Oui, il pouvait s'estimer heureux que son père lui laisse un huitième de son salaire pour ses dépenses personnelles au lieu d'en reverser l'intégralité à la cagnotte familiale. Oui, il pouvait remercier sa mère pour ses trois repas quotidiens et la pile de linge propre qu'il trouvait chaque matin dans sa chambre, et ainsi de suite. Abeo ne remarquait même pas la brume de chaleur qui flottait au-dessus de la chaussée, ni que les arbres – plutôt rares dans cette partie de la ville – perdaient déjà leurs feuilles, ni que la glace des étals de poisson du marché de Ridley Road fondait à vue d'œil, diffusant dans l'air des effluves de merlu et de maquereau. Ni l'odeur âcre des abats de mouton et de bœuf à la devanture des boucheries, ni même les fruits et les légumes vendus à prix cassé avant qu'ils pourrissent. Il se contentait de marcher à grandes enjambées vers Mayville Estate, imperméable au monde qui l'entourait et obsédé par l'incapacité de Tani à respecter ses horaires de travail.

Tani était coupable sur toute la ligne. Tout ce que disait son père était vrai. Il manquait à ses devoirs en n'accordant pas la priorité à sa famille. Il oubliait constamment qui il était. Aussi, au lieu de tenter de se défendre, il pensait à Sophie Franklin.

Sophie, sa peau satinée, ses cheveux courts et soyeux, ses jambes lisses, ses chevilles délicates, ses seins galbés, ses lèvres, sa langue et puis... Bien sûr, il était totalement irresponsable quand il s'agissait de Sophie. Comment aurait-il pu en être autrement ?

Son père aurait dû être en mesure de comprendre. Malgré ses 62 ans, lui aussi avait été jeune autrefois. Néanmoins, il n'était pas question que Tani lui parle de Sophie. S'il découvrait leur relation, Abeo Bankole en ferait une attaque, là, sur le trottoir, et pas seulement parce que Sophie n'était pas nigériane. L'autre problème, c'était que Tani couchait avec elle, et cela dépassait tout ce qu'Abeo pouvait entendre.

Ce jour-là, Tani était donc arrivé en retard à l'épicerie – tellement en retard que le réassort quotidien avait déjà commencé. En principe, cette tâche incombait au jeune homme, ainsi que le ménage et le rangement. L'unique autre employé, Zaid, n'était là que pour renseigner les clients et tenir la caisse. Mécontent de ce surcroît de travail, il avait appelé Abeo pour se plaindre.

Tani s'était empressé d'achever le réassortiment, mais Zaid avait dû se cogner le ménage. Il avait lorgné le jeune homme d'un regard noir jusqu'à ce qu'Abeo débarque et ordonne à son fils de l'accompagner dehors.

Tani avait compris qu'il allait en prendre pour son grade. Mais il y avait également vu l'occasion d'informer son père de ses projets d'avenir. Il détestait travailler dans l'une des deux boutiques ou à la poissonnerie, et l'idée de reprendre la direction de La Route de l'Afrique dès qu'il aurait passé son bac pro restauration lui était encore plus pénible. Cette vie-là n'était pas pour lui. La vérité ? C'était une vie nulle ! Lui, ce qu'il voulait, c'était aller à l'université et en ressortir avec un diplôme de commerce. Abeo n'aurait qu'à confier l'épicerie à l'un de ses cousins. Évidemment, pour cela, il devrait accepter d'intégrer un Bankole de Peckham à l'existence étriquée qu'il avait bâtie pour sa femme et ses enfants dans le nord-est londonien. Abeo n'aimerait pas cela, mais Tani ne lui laisserait pas le choix.

Pour regagner Mayville Estate, ils suivaient un itinéraire qui remontait vers le nord en zigzaguant. En fin d'après-midi, les rues grouillaient de piétons, de voitures, de bus et de vélos. Les Bankole – une des rares familles nigérianes du secteur, où la communauté caribéenne remplaçait peu à peu les Africains – habitaient Bronte House, un immeuble en briques nues de cinq étages presque identique à tous les bâtiments du quartier. Sa seule particularité était de faire face à un terrain de jeux abrité des rayons brûlants du soleil par d'énormes platanes. Des paniers de basket et des poteaux de but étaient plantés à chaque extrémité, et une clôture empêchait les enfants de se précipiter sur la chaussée en essayant de rattraper les ballons.

Des marches en béton menaient aux appartements du rez-de-chaussée tandis que des coursives extérieures reliaient ceux des étages supérieurs, desservis par un escalier et un ascenseur. Quasiment toutes les portes étaient ouvertes, dans l'espoir futile de laisser entrer une brise inexistante. Des fenêtres béantes s'échappaient le brouhaha des télévisions, des échos de dance music et de rap ainsi qu'une multitude d'effluves de cuisine.

L'appartement des Bankole était un véritable hammam. À peine entré, Tani se sentit enveloppé d'un voile moite qui l'obligea à cligner des yeux pour en chasser la sueur. Les ventilateurs tournant à plein régime ne faisaient que déplacer la chaleur comme les eaux paresseuses d'un marais. On pouvait respirer, mais ça n'avait rien d'agréable.

Flairant une odeur familière, Tani jeta un coup d'œil à son père. L'expression d'Abeo trahissait son mécontentement.

Monifa Bankole était censée veiller à beaucoup de choses. À ce moment de la journée, elle devait non seulement prévoir à quelle heure rentrerait son mari, mais aussi ce qu'il aurait envie de manger. En général, il ne lui donnait aucune indication. Après vingt ans de mariage, il estimait qu'elle n'en avait plus besoin. Il lui avait inculqué des règles au début de leur vie commune, notamment celle exigeant que le repas du soir soit servi moins de dix minutes après son retour. Ce jour-là, constata Tani, elle avait marqué un point sur l'horaire. Sa sœur Simisola était en train de mettre la table ; le dîner était prêt.

Simi les accueillit d'un simple signe de tête, mais elle sourit quand son frère lui demanda :

— T'as le trac parce que ton copain vient dîner, Mimi ?

Elle plaqua une main sur sa bouche, cachant ses dents du bonheur sans pour autant étouffer son rire. Elle avait 8 ans, soit dix de moins que Tani, qui adorait la taquiner.

— J'ai pas de copain, rétorqua-t-elle.

— Ah non ? Pourquoi ? Au Nigeria, tu serais déjà mariée.

— N'importe quoi !

— Moi aussi, d'ailleurs. Ça se passe comme ça, là-bas. Pas vrai, papa ?

Abeo ignora son fils pour s'adresser à Simi :

— Va prévenir ta mère que nous sommes rentrés.

Comme si elle ne le savait pas déjà !

La petite fille virevolta et esquissa un pas de danse devant un ventilateur.

— Maman ! cria-t-elle. Ils sont là !

Puis elle se retourna vers son père et son frère et, sur le même ton que sa mère, elle leur dit :

— Vous deux, asseyez-vous. Tu veux une bière, papa ? Tani ?

— De l'eau pour lui, répondit Abeo.

Simi jeta un coup d'œil à Tanimola et virevolta à nouveau. Le jeune homme comprit que son manège visait à attirer l'attention sur sa jupe. Elle semblait provenir d'une friperie, mais Simi l'avait décorée de paillettes, tout comme le serre-tête d'où s'échappaient ses mèches courtes et torsadées et sur lequel elle avait piqué une plume. En courant vers la cuisine, elle faillit heurter leur mère, qui en sortait avec la soupe *gbegiri* dont Tani avait senti le fumet en entrant. La vapeur qui montait du plat embuait les verres de ses lunettes et perlait à son front.

Par cette chaleur, Tani n'avait même pas envie de goûter la soupe, mais il savait qu'un refus lui vaudrait une interminable tirade d'Abeo sur la manière dont les choses se déroulaient lorsque lui était jeune. Il avait passé plus de la moitié de sa vie en Angleterre mais, lorsqu'il parlait de son Nigeria natal, on aurait dit qu'il venait d'atterrir à Heathrow. « Le pays » était depuis longtemps son principal sujet de conversation. Que ce soit son système scolaire, ses conditions de vie, ses coutumes ou son climat, dans sa bouche, tout évoquait une contrée africaine imaginaire sortie de *Black Panther*, qu'il avait vu au moins cinq fois. C'était son film préféré.

Quand Monifa posa la soupière au centre de la table, Abeo fronça les sourcils.

— Ce n'est pas de l'*efo-riro*.

— Il fait trop chaud, se défendit Monifa. On n'avait pas de poulet ici, juste un reste de bœuf. J'avais peur que la viande ne soit pas fraîche au marché. Alors j'ai pensé qu'une soupe *gbegiri* conviendrait mieux.

Abeo continua à la dévisager.

— Tu n'as pas fait de riz, Monifa ?

Simi réapparut alors, tenant une canette glacée dans une main et un verre givré dans l'autre.

— Ta bière, papa ! Touche comme elle est fraîche. Je peux en avoir ? Rien qu'une gorgée ?

— Non, répondit sa mère. Assieds-toi. Je vais servir. Désolée pour le riz, Abeo.

— Mais je n'ai pas encore apporté l'eau pour Tani, protesta Simi.

— Obéis à ta mère, Simisola, lui ordonna Abeo.

Simi s'assit et adressa un sourire contrit à son frère, qui haussa les épaules.

La petite fille plongea les mains sous la table et regarda Tani, qui lui fit un clin d'œil, puis sa mère, qui ne quittait pas son mari des yeux. Au bout d'un moment, Abeo inclina légèrement la tête, indiquant à sa femme qu'elle pouvait commencer à servir.

— Ton fils est encore arrivé en retard, dit-il. Il n'a pu consacrer que trente minutes de son précieux temps à la boutique. Zaid a dû assurer presque tout le travail à la fermeture, et il n'était pas content. Où étais-tu, ajouta-t-il en se tournant vers Tani, pour manquer ainsi à tes responsabilités ?

— Abeo ? murmura Monifa. Plus tard, peut-être… ?

— Ne te mêle pas de ça, l'interrompit Abeo. Tu as quand même fait de l'*eba* ? Oui ? Simisola, va chercher le plat.

Monifa versa une louche de *gbegiri* dans une assiette creuse qu'elle tendit à Abeo, puis elle en remplit une autre pour son fils.

Simi revint bientôt de la cuisine avec le plat d'*eba*. Pour accompagner les boulettes de manioc et faire plus « anglais », elle avait glissé sous son bras une bouteille de sauce brune HP. Elle déposa le tout devant son fils avant de regagner sa chaise. Monifa la servit en dernier, comme le voulait la coutume.

Ils mangèrent dans un silence troublé uniquement par les bruits venus de l'extérieur et leur déglutition. Au milieu du repas, Abeo repoussa sa chaise et exécuta ce que Tani considérait comme son rituel du soir : il se moucha bruyamment dans une serviette en papier qu'il roula en boule et jeta par terre. Puis il demanda à Simi de lui en apporter une autre. Monifa se leva pour le faire elle-même, mais il la retint.

— Assieds-toi. Je l'ai demandé à Simi.

La fillette fila à la cuisine et revint presque aussitôt avec un torchon si délavé qu'on ne savait même plus quel mariage royal il avait célébré.

— Il n'y avait plus de serviettes, mais j'ai trouvé ça, dit-elle à son père. Ça fera l'affaire, papa, non ?

Abeo s'essuya le visage avec le torchon, puis il le posa sur la table et annonça :

— J'ai des nouvelles.

Les trois autres se figèrent comme des statues.

— Quel genre de nouvelles ? s'enquit Monifa.

— J'ai conclu un marché avantageux, répondit Abeo.

Monifa jeta un coup d'œil à son fils. Face à l'expression de sa mère, il ressentit une bouffée d'angoisse.

— Ç'a été plus long et ça a coûté plus cher que prévu, poursuivit Abeo. Nous commençons à 10 vaches. Dix ! Alors je demande : pour ce prix-là, est-on au moins sûrs qu'elle peut enfanter ? Il répond qu'elle a 11 frères et sœurs, dont 3 déjà mères. Ça ne compte pas, je lui dis. Ce n'est pas parce que sa mère et ses sœurs sont de bonnes génitrices qu'elle le sera aussi. Il me faut une garantie. Il me dit : peuh ! Quelle sorte d'homme réclame ce genre de garantie ? Je réponds : un homme qui connaît la valeur des choses. On continue à marchander, et à la fin il me dit : d'accord pour 6 vaches. Je lui réponds que c'est encore trop. Il me dit : alors elle reste ici, parce qu'on m'a fait d'autres offres. Je sais qu'il bluffe. Mais c'est le bon moment, elle a l'âge qu'il faut et elle ne sera bientôt plus disponible s'il fait passer le message. Alors je lui dis : d'accord, marché conclu.

Monifa avait baissé les yeux sur son assiette. Simi avait cessé de mastiquer et semblait complètement perdue. Quant à Tani, il ne voyait pas du tout où son père voulait en venir. Dix vaches ? Six ? De bonnes génitrices ? Une tension mêlée d'appréhension flottait dans l'air.

Abeo se tourna vers son fils.

— J'ai payé 6 vaches pour une vierge de 16 ans. Bientôt, je t'emmènerai au Nigeria pour que tu la rencontres.

— Pourquoi j'irais rencontrer cette fille ?

— Parce que tu vas l'épouser quand elle aura 17 ans.

Abeo recommença à manger. Il rompit une boulette et s'en servit pour cueillir un morceau de bœuf. Ce geste parut lui rappeler quelque chose, car il ajouta :

— Tu as beaucoup de chance. D'habitude, les filles de son âge sont réservées à des hommes d'au moins 40 ans, à cause de leur prix. Mais il est temps que tu deviennes adulte et que tu fondes une famille. Donc nous irons là-bas, et pendant notre séjour elle te fera à manger et tu apprendras à la connaître. J'ai pris mes précautions pour que tu ne te retrouves pas lié à une bonne à rien. Au fait, elle s'appelle Omorinsola.

Tani croisa les mains sur la table. Il avait l'impression que la température était montée de plusieurs degrés depuis leur retour.

— Il n'en est pas question, déclara-t-il.

Monifa prit une profonde inspiration. Les yeux de Simi s'arrondirent comme des billes. Abeo détacha le regard de son assiette.

— Qu'est-ce que tu viens de dire, Tanimola ?

— J'ai dit qu'il n'était pas question que je rencontre la vierge que tu as choisie, et encore moins que je l'épouse.

— Tani…, murmura Monifa.

— On n'est plus au Moyen Âge, maman.

— Au Nigeria, on procède ainsi pour…

— On n'est pas au Nigeria. On est à Londres, et ici les gens épousent qui ils veulent, quand ils veulent. En tout cas, moi, c'est ce que je ferai. Personne ne choisira une femme pour moi. De toute façon, j'ai pas l'intention de me marier. Pas maintenant, et sûrement pas avec une vierge africaine garantie bonne génitrice. C'est vraiment n'importe quoi !

La tension monta d'un cran autour de la table et Abeo finit par rompre le silence.

— Tu feras ce qu'on te dit, Tani. Tu vas rencontrer Omorinsola. Tu lui es promis et elle t'est promise. Fin de la discussion.

— C'est pas toi qui décides de ma vie !

Monifa retint son souffle.

— C'est non. J'irai pas au Nigeria ni où que ce soit.

— Je suis le chef de cette famille. Alors tu feras ce que je te dis.

— Non ! Si tu crois que je vais me laisser faire, tu te trompes. Tu ne peux pas me marier de force.

— Tu vas épouser cette fille, Tani. J'y veillerai personnellement.

— Ah oui ? Et comment ? Tu vas me coller un flingue sur la tempe ? Ça fera bien, sur les photos de mariage !

— Surveille tes paroles.

— Pourquoi ? Qu'est-ce que tu vas faire ? Tu vas me frapper comme…

— Tani, ça suffit ! l'interrompit Monifa. Ne manque pas de respect à ton père. Simi, va te…

— Elle reste, décréta Abeo. Termine ta phrase, Tani.

— J'ai dit tout ce que j'avais à dire.

Le jeune homme se leva brusquement en faisant crisser sa chaise sur le lino. Son père fit de même, les poings serrés. Tani ne se laissa pas démonter. Ils se toisèrent longuement en silence par-dessus la table.

— Hors de ma vue ! gronda Abeo.

Il n'eut pas besoin de le répéter.

THE NARROW WAY
HACKNEY
NORD-EST DE LONDRES

Le commissaire Mark Phinney ne fut pas étonné lorsqu'il vit que son frère l'attendait à l'extérieur. C'était lui qui avait tout organisé, il était donc particulièrement désireux de savoir si Mark était satisfait de la prestation. En outre, Massages de rêve se trouvait dans le même quartier que la maison et les deux boutiques de prêteur sur gage de Paulie, et à deux pas de chez leurs parents. Au moins, pensa Mark, son frère ne s'était pas posté en embuscade dans le minuscule hall du salon de massage. Il s'était assis sur un banc à quelques mètres. Mark l'aperçut dès qu'il arriva à l'angle de la rue. Sur les lèvres de Paulie flottait ce sourire complice avec lequel il accueillait toujours son cadet lorsque, adolescent boutonneux, Mark revenait de ce que Paulie supposait être un rendez-vous amoureux. En réalité, Mark se contentait de traîner avec sa bande de potes (qui, certes, comptait trois filles). Lorsqu'il franchissait le seuil de la maison, Paulie lui demandait invariablement : « T'as pécho ? » À quoi Mark répliquait : « Tu crois que je te le dirais ? »

Des années plus tard, Mark lisait toujours cette question dans le sourire de son frère, même s'il s'agissait à présent de « pécho » dans l'arrière-salle d'un spa – qui se révélait bien plus qu'un spa si l'on allongeait les billets. (Ils ne rendaient pas la monnaie et n'acceptaient pas les cartes de crédit.)

— Alors ? s'enquit Paulie.

Comme Mark ne répondait pas immédiatement, il fit remarquer :

— T'as pris ton temps, Boyko. Vous avez fait quoi ? Vous avez remis le couvert ?

— Je l'ai attendue vingt minutes. On y va ? Maman doit être en train de préparer le dîner.

— Quoi, c'est tout ? Tu sais, j'ai dû rendre quelques services pour t'obtenir ce rencard. C'est vachement couru, comme endroit. Alors, ça valait le coup ? Elle était jeune ? Jolie ? Édentée ? Elle a fait comment ? Avec la main, la bouche, la langue, une autre partie du corps ? Entre les nibards, ça doit être pas mal, hein ? Sous son bras, peut-être ? Ou alors elle t'a fait la totale ?

Mark ne l'écoutait plus. Il s'éloignait déjà en direction de St Augustine Tower, dont le sommet crénelé dominait The Narrow Way. Des gosses shootaient dans une canette vide, une scène rare à l'ère des téléphones portables et des jeux vidéo.

Ils entrèrent dans l'enceinte de l'église Saint-John de Hackney, juste à droite de la tour, et empruntèrent le chemin pavé menant à Sutton Way. C'était là que vivaient Paulie et sa famille, dans une maison tout en angles et en baies vitrées offrant des points de vue dénués d'intérêt.

— Je parie que c'était mieux que du porno sur Internet, insista Paulie. Plus cher, oui, mais c'est le prix à payer pour toucher une femme, non ? C'est spécial, ça. Un autre être humain. Merde ! Si Eileen savait pas toujours ce que je veux avant même que je le veuille, je t'aurais accompagné. Eileen, poursuivit-il, songeur, c'est une sacrée chaudasse. La plupart du temps, elle porte pas de culotte. S'il n'y a pas un gosse dans la pièce, elle soulève sa jupe à la première occasion. On a même baisé au boulot. Je t'ai raconté ? Juste derrière le comptoir, il y a trois jours, alors que la boutique était ouverte. Je suis étonné qu'on m'ait pas traîné au poste pour violences conjugales, tellement elle gueulait…

Marc resta silencieux. Il avait déjà entendu parler des frasques sexuelles d'Eileen, jusqu'à la nausée. Le silence se prolongea jusqu'à ce que Paulie y mette fin.

— Pietra vient dîner ?

Mark jeta un coup d'œil à son frère, qui regardait droit devant lui comme si au loin quelque chose retenait toute son attention.

— Pourquoi tu demandes ça ? Tu sais bien que c'est impossible pour le moment.

— Et Greer ? C'est bien comme ça qu'elle s'appelle, la copine de Pietra ? Elle pourrait rester une heure ou deux chez vous. Elle saurait quoi faire en cas de problème.

— Pietra n'aime pas laisser Lilybet.

— Je sais bien. Tout le monde sait qu'elle n'aime pas ça, Boyko.

Là encore, Mark ne répondit pas. S'il souffrait de la situation, ce n'était pas la faute de Pete, qui faisait de son mieux vu les circonstances. Ce qui le rendait malheureux, c'était de ne rien pouvoir prévoir, et l'avenir se dessinait précisément de cette façon pour eux trois : Pietra, Lilybet et lui.

Ils sortirent du jardin, presque désert en cette fin d'après-midi. Certains bancs étaient occupés par des gens qui avaient les yeux rivés sur l'écran de leur smartphone. Quelques personnes promenaient leur chien, et une femme en robe rouge tenait en laisse un gros chat tigré qui rampait au ras du sol, manifestement peu emballé par cette balade.

À l'approche de la sortie, une odeur de hamburger parvint à leurs narines. C'était le petit café accolé au mur d'enceinte, qui attirait la population éclectique et multiculturelle du quartier en proposant, outre des burgers, des crêpes, des samoussas, des kebabs, du chawarma au poulet ainsi que des plats végétariens. Les affaires semblaient florissantes. Assis autour de tables de pique-nique, des clients piochaient dans des barquettes à emporter tandis que d'autres faisaient la queue pour commander, arborant l'expression déchirante des Londoniens qui passent la moitié de leur vie à attendre, un bus, un métro, un train, un taxi ou leur tour à la caisse d'un supermarché.

— C'est dingue que cet endroit existe toujours, fit remarquer Paulie. C'est sûrement les petits-enfants qui l'ont repris.

— Sûrement.

Ils arrivèrent sur Sutton Way, où Paulie ramassa un paquet de cigarettes perdu qu'il fourra dans sa poche. Leur destination n'était pas la maison de l'aîné, cernée par des constructions des années 1960, mais celle où ils avaient grandi, un peu plus bas dans la rue, au milieu d'une rangée de pavillons mitoyens en briques noircies qui auraient eu besoin d'un ravalement. Tous avaient trois niveaux, une porte noire surmontée d'un vasistas et une rambarde en fer forgé. À chaque étage, deux fenêtres donnaient un aperçu de la taille des pièces. Rien ne distinguait les pavillons les uns des autres, hormis l'habillage des fenêtres et les heurtoirs, dont les originaux avaient été remplacés au fil des ans et au gré de la fantaisie des occupants. Celui de leur maison d'enfance était en forme de citrouille de Halloween, et ses fenêtres avaient été décorées par les gosses de Paulie. Le résultat avait un charme naïf, du moins tant qu'on ne cherchait pas à identifier les animaux qu'ils avaient voulu représenter.

La porte était rarement fermée à clé pendant la journée. Paulie la poussa et cria :

— Les héros sont de retour !

Puis il mit un genou au sol et ouvrit les bras pour accueillir ses enfants, qui coururent vers lui dans un concert de cris.

— C'est papa ! Maman ! Papy ! Papa est là ! Oncle Boyko aussi !

Mark chercha sa filleule parmi eux. Esme était sa préférée, même si la voir lui brisait le cœur. Elle était née deux semaines après Lilybet, et le contraste entre les deux fillettes lui était aussi douloureux qu'un coup de poignard en pleine poitrine.

Le chaos se déchaîna autour d'eux. Les gosses réclamèrent à leur père « quelque chose de spécial du magasin ! ». Il leur rapportait toujours des objets insolites que leurs propriétaires n'étaient jamais venus reprendre et qui lui paraissaient invendables. Paulie tendit à son fils aîné un coupe-cigare terni aux lames émoussées, puis rappela les règles du jeu : chacun devait deviner à quoi servait l'objet du jour et noter sa supposition sur un papier qu'il remettrait ensuite à son père. Le gagnant pourrait conserver l'objet.

Le père de Mark et Paulie regardait la télé dans le salon, coiffé d'un énorme casque afin d'épargner au reste de la maisonnée le mal de tête que lui aurait causé le volume assourdissant de l'appareil. Il leva la main au passage de ses fils, qui lui rendirent son salut avant de rejoindre leur mère, Floss Phinney, à la cuisine. La femme de Paulie, Eileen, remuait le contenu d'une grande casserole posée sur le feu pendant que Floss préparait une salade.

Eileen traversa la pièce et noua les bras autour du cou de son mari, qui lui empoigna les fesses à pleines mains. Ils échangèrent un baiser passionné, comme s'ils avaient été séparés pendant des années et non quelques heures. Mark détourna le regard, croisant celui de sa mère, qui lui sourit tendrement. Paulie s'approcha ensuite de la cuisinière et souleva le couvercle de la casserole fumante.

— Merde, maman ! s'écria-t-il. Me dis pas que t'as laissé Eileen préparer le dîner ? À l'odeur, ça m'en a tout l'air !

Eileen lui donna une tape sur la main.

— Fais pas le malin, toi !

— Pietra n'est pas avec toi, Boyko ? demanda Floss.

— Elle nous rejoindra peut-être plus tard, répondit Mark.

Paulie ouvrit le réfrigérateur et resta planté devant comme s'il lisait l'avenir dans les restes des précédents repas, une habitude qu'il avait gardée de son enfance.

— Elle fait passer un entretien, souffla Mark à sa mère.

— Ah oui ? C'est bien, ça. Avec un peu de chance, cette fois, ça marchera.

Floss se tourna alors vers Paulie, qui inspectait toujours le contenu du réfrigérateur.

— Sers-nous un verre, mon fils. Eileen, veille à ce qu'il ne lésine pas sur les glaçons. Je déteste boire tiède.

Les enfants chahutaient dans une autre pièce. Paulie leur cria de faire moins de bruit et se dirigea vers le salon afin de préparer le cocktail préféré de sa mère, un gin-tonic avec très peu de tonic. Les voix des enfants baissèrent d'un ton – comme toujours, cela ne durerait pas. Esme profita de cette accalmie relative pour se faufiler dans la cuisine, glisser sa main dans celle de son oncle et presser sa joue contre son bras.

— J'ai réussi mon interro de maths, tonton Mark, lui murmura-t-elle.

Elle était la seule de la famille à part sa femme à ne pas l'appeler Boyko.

— C'est super ça, Esme.

— Lilybet le réussirait aussi si elle pouvait le passer. Elle ferait sans doute mieux que moi.

Mark sentit ses yeux piquer.

— Oui, dit-il. Un jour, peut-être.

— Esme, intervint Floss, tu veux bien mettre la table ?

— Maman s'en est déjà occupée, mamie.

— Ah oui ? Dans ce cas, tu pourrais me laisser seule un moment avec ton oncle ?

Esme regarda Mark, puis sa grand-mère.

— C'est pour ça que tu voulais que je mette la table ? Tu aurais pu juste me demander, tu sais.

— Tu as raison, ma chérie. J'oublie parfois que tu es une grande fille, maintenant. Je serai toujours directe avec toi à l'avenir.

Esme hocha la tête et les laissa.

— Ils sont combien, cette fois ? s'enquit Floss.

— Les candidats ? Je ne lui ai pas demandé, dit-il en haussant les épaules. Elle veut faire de son mieux, maman.

— Elle a besoin de temps pour elle.

— Mais elle en a ! À peu près deux heures par semaine.

— Ce n'est pas assez. Elle ne peut pas continuer comme ça. Elle va s'épuiser. Et que deviendra Lilybet ? Et toi ?

— Je sais.

— Il faut insister, Boyko.

Comme s'il n'insistait pas déjà assez ! Il avait répété si souvent les mêmes mots qu'ils avaient fini par ne plus rien vouloir dire.

— Pietra veut faire le maximum.

— Bien sûr. Et toi aussi. Mais vous devez aussi penser à vous.

Floss remua le ragoût d'Eileen puis se tourna vers son fils, la cuillère en bois à la main. Elle l'observa comme seule une mère peut le faire, comparant silencieusement l'enfant qu'il avait été et l'homme qu'il était devenu. À l'évidence, ce qu'elle voyait ne lui plaisait pas.

— C'était quand, la dernière fois que vous l'avez fait ? demanda-t-elle.

Mark fut pris au dépourvu. C'était la première fois qu'elle lui disait une chose pareille.

— Maman…

— Réponds-moi, Boyko.

Il regarda vers la fenêtre ouverte. Sur le rebord étaient alignés des pots en terre cuite où poussaient des herbes aromatiques. Il faillit demander à sa mère quand elle les avait arrosées pour la dernière fois. Le basilic semblait un peu flétri.

— La semaine dernière, dit-il, se préparant à ce qu'elle l'accuse de mentir.

Et elle n'aurait pas tort. Il ignorait à quand remontaient leurs derniers rapports sexuels. Mais cela se comptait en années, pas en semaines. Même quand elle était là, elle était ailleurs, alors à quoi bon ? Tous ses sens étaient tournés vers ce qui se passait dans la chambre de Lilybet et vers les bruits du babyphone : le sifflement de l'oxygène, le souffle indiquant que la poitrine de leur fille se soulevait et s'abaissait. On ne peut pas faire l'amour avec une femme qui n'est pas là, aurait-il voulu dire à sa mère. Il faut plus que la friction de deux corps pour faire jaillir une étincelle de plaisir. Sinon, n'importe qui ferait l'affaire. N'importe quelle « masseuse » anonyme, ou même une poupée gonflable. Mais c'était autre chose. Du moins, ce n'était pas ce qu'il désirait. Sa visite à Massages de rêve le lui avait confirmé. Un orgasme ? Oui. Une interaction ? Non.

Floss le considérait d'un air attristé.

— Mon pauvre chéri, soupira-t-elle.

— T'en fais pas pour moi, maman.

KINGSLAND HIGH STREET
DALSTON
NORD-EST DE LONDRES

Adaku Obiaka s'était vêtue de manière à se fondre dans la masse, et c'était réussi. Là où elle se trouvait, personne ne risquait de la reconnaître, et elle passait complètement inaperçue. Elle s'était postée en retrait de la rue, à l'entrée du Rio Cinema, d'où s'échappaient des arômes de pop-corn et de café – quel mélange bizarre ! – qui rivalisaient avec les relents de friture, de travers de porc et de hamburger du fast-food d'en face, Taste of Tennessee. L'odeur de graisse était si pénétrante qu'elle semblait imprégner l'air.

Elle était là depuis trois heures, à observer l'animation de la rue et l'absence d'animation dans les appartements vétustes situés au-dessus de l'ancienne boutique Au royaume des jouets, dont le nom s'étalait en une dizaine de couleurs sur l'enseigne d'un violet criard. Le magasin avait mis la clé sous la porte depuis longtemps, même si dans sa devanture une pancarte continuait d'entretenir l'espoir d'une réouverture prochaine.

La boutique se trouvait juste entre le fast-food et un vendeur de cigarettes électroniques, Vape Superstore. Comme la plupart des commerces de la rue, elle avait deux entrées. L'une était réservée aux clients ; l'autre, toujours fermée à clé, permettait aussi d'accéder aux appartements. Six fenêtres miteuses, deux par étage, en marquaient l'emplacement. Au dernier niveau, des rideaux défraîchis laissaient filtrer de la lumière. L'étage intermédiaire, masqué par des stores vénitiens, semblait plongé dans l'obscurité. Les vitres du premier, situées à la même hauteur que le fronton du cinéma, reflétaient son affiche promettant un énième univers dystopique destiné à être sauvé par une adolescente au physique hollywoodien, de préférence blonde à la peau blanche.

Depuis l'arrivée d'Adaku, personne n'avait emprunté la porte menant aux appartements. Mais elle savait que c'était seulement une question de temps, et cette perspective l'avait retenue malgré les protestations de son estomac vide. La traque du Centre de santé pour les femmes de Hackney lui avait coûté beaucoup d'énergie. Certes, elle aurait pu revenir un autre jour, mais à l'étage supérieur les fenêtres éclairées indiquaient qu'il y avait bien quelqu'un. Tout ce qu'elle avait à faire, c'était attendre que ce quelqu'un sorte, même si elle devait y passer la nuit.

Au fil des heures, les conversations des piétons, les pleurs des bébés et les cris des gosses filant sur leur scooter avaient laissé place à la rumeur de la circulation, aux notes de violon s'échappant d'un appartement, à celles d'un accordéon devant un bureau de paris, l'accordéoniste espérant sans doute qu'un joueur chanceux lui lancerait quelques pièces en sortant.

Adaku regretta de ne pas avoir apporté un sandwich, ou au moins une pomme et une bouteille d'eau, mais elle n'y avait pas pensé. Elle n'en avait pas eu le temps non plus. Un simple coup de fil lui annonçant « Elle est là », et elle avait sauté dans le métro. Seul un autre appel aurait pu l'inciter à quitter son poste d'observation.

Au bout de quatre heures et dix minutes, sa patience fut récompensée. Les lumières s'éteignirent au dernier étage et, une minute plus tard, la porte donnant sur la rue s'ouvrit. Une femme apparut. Contrairement à Adaku, elle était habillée à l'occidentale : pantalon moulant, sweat blanc à rayures rouges et col bateau. Elle portait une casquette de base-ball rouge crânement inclinée et un cabas sur l'épaule.

Sans doute s'était-elle changée dans l'appartement une fois son travail accompli. Là-haut, elle devait porter une tenue plus professionnelle, plus rassurante pour ses clientes. Une tenue qui envoyait le message que tout allait bien se passer. Adaku secoua la tête avec un sourire ironique. Les gens désespérés sont si sensibles à la suggestion.

La femme marchait d'un pas vif en direction de la gare, elle n'habitait donc sans doute pas le quartier. Adaku devait passer à l'action avant qu'elle ne monte dans un train. Elle traversa la rue et pressa le pas. Arrivée à hauteur de la femme, elle la saisit par le bras.

— Il faut que je vous parle, dit-elle.

La femme lui jeta un regard surpris.

— Qui êtes-vous ? demanda-t-elle avec un accent typiquement britannique en tentant de se libérer. Vous voulez quoi ?

— Je vous l'ai dit. Vous parler. Je n'en ai pas pour longtemps. On m'a donné le nom de cet endroit. Le Centre de santé pour les femmes de Hackney, c'est ça ?

— On n'arrête pas les gens dans la rue comme ça. Qu'est-ce que vous me voulez ?

Adaku vérifia que personne ne pouvait l'entendre et baissa la voix :

— On m'a juste indiqué l'adresse. Je n'avais pas de numéro où vous joindre. C'était ça ou rien. Vous voulez bien m'écouter ?

— Si vous espérez une consultation sur le trottoir, vous faites erreur.

— Je ne vous demande que cinq minutes de votre temps. Il y a un café Costa un peu plus haut dans la rue. On pourrait s'y poser.

— Vous êtes sourde ? Je viens de vous dire…

— J'ai de l'argent.

— De l'argent ? Vous voulez m'acheter ou quoi ?

— Je l'ai ici, dans mon sac, précisa Adaku. Je vais vous le donner.

La femme lui rit au nez.

— Vous êtes vraiment bouchée, hein. Je vous l'ai dit, je ne vous connais pas, et je ne consulte pas en pleine rue.

— J'ai 50 livres. Je peux vous donner plus. Autant que vous voudrez.

— Autant que je voudrai, hein ?

La femme dévisagea Adaku, puis regarda à gauche et à droite, comme pour s'assurer qu'il ne s'agissait pas d'un canular.

— C'est bon, lâcha-t-elle enfin. Montrez-moi votre argent.

Adaku plongea la main dans son sac à bandoulière, une espèce de cabas, et en retira une enveloppe froissée avec une auréole de café dessus. Elle l'ouvrit et en sortit les billets. La femme les lui prit des mains et les compta un à un. L'opération ne dura pas longtemps.

— Cinq minutes, déclara-t-elle en relevant la tête. Si vous voulez plus, il faudra ajouter 250.

Adaku se demanda comment elle allait pouvoir réunir cette somme sans dévoiler ses plans. Est-ce que le jeu en valait la chandelle ? Tout ce qu'elle voulait, c'était pénétrer dans l'appartement au-dessus de l'ancienne boutique de jouets.

— J'obtiendrai quoi pour 300 livres ?

L'autre femme fronça les sourcils.

— Je ne vois pas de quoi vous parlez.

— Cet argent, c'est un acompte ?

— Un acompte pour quoi ? Nous sommes une clinique. Nous nous occupons des problèmes de santé féminins. Quand vous aurez réuni la somme nécessaire, nous vous recevrons. Et apportez votre dossier médical.

— Pour quoi faire ?

— Vous voulez qu'on vous soigne, non ? Ce n'est pas la raison de cette conversation ? Ou alors il y en a une autre ?

— Quand même, ça fait cher, pour une avance.

— Ça, je n'y peux rien. C'est notre façon de procéder.

— Mais vous me garantissez...

— Vos cinq minutes sont écoulées. Vous m'avez donné 50 livres. Vous me donnerez le reste quand vous l'aurez.

Adaku sentit la sueur couler dans son dos. Elle acquiesça néanmoins.

— Je ne connais même pas votre nom.

— Vous n'avez pas besoin de le savoir. Je ne prends pas les chèques.

— Comment je vous contacte, alors ?

La femme hésita. Enfin, elle sortit une carte de son sac et la tendit à Adaku.

— Easter, lâcha-t-elle. Easter Lange.

25 juillet

THE MOTHERS SQUARE
LOWER CLAPTON
NORD-EST DE LONDRES

— Mon amour, mon amour, mon amour…

Les mots de Pietra s'immiscèrent dans le rêve de Mark : son corps enfin offert sous le sien, et lui qui la désirait tellement qu'il en avait mal aux testicules… Mais cette douleur n'était due qu'à une érection matinale, et la voix de Pietra provenait du babyphone. Ces paroles tendres s'adressaient à Lilybet. Il se tourna sur le côté, recouvert du seul drap – il avait repoussé la couverture pendant la nuit à cause de la chaleur. Pietra se mit à fredonner. Elle avait un don pour transposer toutes les situations en chansons. Elle ne reprenait jamais deux fois le même air et parvenait toujours à improviser des rimes.

Aux sons qui rythmaient la chanson, il devina qu'elle remplaçait la bouteille d'oxygène de Lilybet avant de lui changer sa couche. Il écarta le drap et se leva tandis que Pete chantonnait : « Oh, ça sent pas bon, non non non, ça sent pas bon… »

Mark sourit malgré lui. Il admirait tant sa femme… Son dévouement n'avait jamais faibli depuis la naissance de leur fille, dix ans plus tôt. Elle était attentive, s'informait et faisait de son mieux pour assister Lilybet, et surtout pour lui offrir une vie meilleure que celle à laquelle la condamnaient les circonstances de sa venue au monde. Il culpabilisait de ne pas en faire autant.

Son portable bipa sur la table de chevet. Un SMS de Paulie.

Partant pour une bière ce soir, Boyko ?

Paulie avait probablement autre chose en tête.

Pas ce soir. Merci quand même.

Paulie lui répondit d'un émoji pouce levé.

Mark fixa l'écran un peu trop longtemps. Plus tard, il se dit qu'il aurait eu moins de problèmes s'il avait aussitôt reposé son téléphone. Ses pensées ne l'auraient pas entraîné sur la voie de la tentation. Mais il ne fut pas assez rapide et, bientôt, il faisait défiler la liste de ses contacts jusqu'à l'un des trois numéros enregistrés sans nom. Il envoya son message et attendit.

Je pense à toi.

Peut-être était-ce trop tôt ? Mais une minute plus tard son téléphone bipa et un lien s'afficha sur l'écran. Il cliqua dessus pour écouter « leur » chanson, même si la simple idée qu'ils puissent partager une chanson paraissait inepte. Sauf que le refrain dépeignait parfaitement leur situation : « Non, je ne veux pas tomber amoureuse de toi », d'une voix si douce et profonde qu'elle semblait révéler le fond de son âme.

Mark comprit pourquoi elle lui avait envoyé ce lien. Elle souffrait dans son cœur comme il souffrait dans le sien, et leur douleur commune décrivait le caractère impossible de leur relation. Il ferma les yeux, son téléphone collé à l'oreille, se demandant comment répondre.

— Mark, c'est le travail ?

Pietra venait d'entrer dans la chambre.

Elle devait être levée depuis un moment car elle était déjà habillée. Jean, baskets, tee-shirt blanc : son « uniforme », comme il l'appelait. Il ne variait qu'en hiver, où elle troquait le tee-shirt contre un chemisier, blanc lui aussi, dont elle remontait les manches. Quand il l'invitait à renouveler sa garde-robe, elle répondait invariablement : « Je n'ai besoin de rien d'autre, chéri. » C'était vrai, puisqu'elle sortait rarement, si ce n'est pour promener Lilybet dans son fauteuil roulant, en tirant une bouteille d'oxygène sur un chariot. S'il lui proposait de dîner au restaurant ou d'aller au cinéma rien que tous les deux – Greer pourrait veiller quelques heures sur Lilybet, non ? –, la réponse était toujours la même : « Ça m'ennuie de lui demander ça, Mark. Elle a déjà tellement fait... »

— Mark ? répéta-t-elle. C'est le travail ?

Il n'avait pas répondu.

— Une réunion à Westminster aujourd'hui.

C'était la vérité.

— « Quelqu'un » a cru bon de me le rappeler, ajouta-t-il en mimant des guillemets.

Elle sourit tendrement.

— C'est le grand jour, alors ?

Quand elle se retourna, il remarqua une traînée d'excréments sur son tee-shirt. Il l'appela et la lui indiqua d'un mouvement de tête.

— Oh, c'est dégoûtant ! s'esclaffa-t-elle en se dirigeant vers la salle de bains.

Il entendait leur fille à travers le babyphone ; elle devait tripoter le mobile suspendu au-dessus de son lit médicalisé. Quelques secondes plus tard, la télévision se mit à hurler et Lilybet poussa un cri de surprise.

— Je m'en occupe ! lança Mark à sa femme.

Il enfila vivement son pantalon et passa dans la chambre de leur fille.

La pièce avait besoin d'être aérée. Il ouvrit la fenêtre donnant sur The Mothers Square. Malgré son nom, celle-ci n'était pas carrée mais ovale, et rappelait un peu, en beaucoup moins bien, le Royal Crescent de Bath. Une voiture garée le long de la pergola, au centre de la place, fit gronder son moteur, et Mme Neville sortit précipitamment en agitant le sac contenant le déjeuner de son mari. Elle courut vers la voiture et la vitre se baissa, puis elle regagna sa maison en serrant le col de son peignoir.

Mark tourna le dos à la fenêtre. Entre le lit médicalisé, le fauteuil roulant, les bouteilles d'oxygène, la commode et le vieux fauteuil relax de son père, il était difficile de se déplacer dans la chambre. Le peu d'espace restant était en partie occupé par des paquets de couches, le seau pour les protections usagées et tous les autres accessoires nécessaires à un bébé. Sauf que Lilybet n'était pas un bébé, mais une enfant qui continuerait à grandir. C'était la seule certitude dans la vie de ses parents. Elle ne parlait pas, mais voyait et entendait. Elle ne marchait pas, mais pouvait bouger les jambes. Mark n'aurait su dire ce qu'elle comprenait quand il s'adressait à elle. À tout le moins, elle semblait le reconnaître, et il s'en contentait.

Elle gloussa quand il s'approcha de son lit, une couche propre à la main. Il se pencha vers elle et lui essuya le visage.

— Je te redresse ? demanda-t-il.

Elle répondit par un gloussement. Il releva la tête du lit.

— Alors, qu'est-ce que tu vas faire aujourd'hui, ma puce ? Une promenade au zoo ? Une visite aux statues de cire de Madame Tussauds ? À la bibliothèque ? Du shopping pour acheter une jolie robe ? Les petites filles de ton âge vont à des fêtes d'anniversaire, non ? Tu as été invitée ? Qui veux-tu inviter pour le tien ? Esme ? Ça lui ferait plaisir.

La fillette gloussa de nouveau. Il lissa ses cheveux vaporeux derrière ses oreilles et s'autorisa à imaginer d'autres possibilités, tellement plus séduisantes que la réalité. Si celles-là l'attristaient, la réalité le terrifiait.

— Je suis désolée.

Debout dans l'embrasure de la porte, Pietra appliquait une serviette humide sur son tee-shirt à l'endroit de la tache.

Mark lut sur son visage qu'elle l'avait entendu parler à Lilybet.

— Les choses sont comme elles sont, dit-il.

— Sauf que… Ce n'est pas une chose. Pas pour moi.

— Tu sais bien que ce n'est pas ce que je voulais dire !

Elle regarda leur fille, puis de nouveau son mari.

— Je sais, soupira-t-elle.

Elle laissa retomber sa main, et ses épaules s'affaissèrent.

— Pardon. Parfois, j'ai envie d'être désagréable. Je ne sais pas pourquoi.

— C'est dur. Je te dois tant…

— Non, c'est moi qui te suis redevable. Je n'ai plus rien à voir avec celle que tu aimais.

— C'est faux, répondit-il, même s'ils savaient tous les deux que c'était vrai. Nous traversons une épreuve difficile, Pete. C'est tout. Ce n'est la faute de personne.

— Même si c'était la tienne, je ne te reprocherais rien.

Elle le rejoignit près du lit et empoigna la barrière. Lilybet semblait les dévisager, même si son regard avait du mal à se fixer. Mark se demanda ce qu'elle voyait.

— Tu es enchaîné à nous deux, poursuivit Pete.

Combien de fois avait-il entendu cette phrase ? Il y avait mille et une manières d'y répondre, mais elle n'en espérait qu'une seule.

— Jamais je ne pourrais vivre sans vous deux, point final. Tu as déjeuné ?

— Pas encore.

— On y va, alors ?

Pete regarda instinctivement leur fille. Il réprima son impatience.

— Elle peut se passer de nous un quart d'heure, Pete, murmura-t-il. Elle reste seule plus longtemps que ça la nuit.

Mais pas beaucoup plus : Pete se levait toutes les heures, terrifiée à l'idée que Lilybet s'étouffe dans son sommeil, malgré l'alarme qui ne manquerait pourtant pas de retentir.

— Je te rejoins, dit-elle.

Il savait qu'elle avait déjà tout vérifié avant de quitter la pièce quelques minutes plus tôt, mais c'était plus fort qu'elle. Elle consignait tout, absolument tout, sur le bloc-notes suspendu au bout du lit. Il ne l'avait pas consulté quand il était entré pour aérer, mais n'en avait pas eu besoin. Ce bloc-notes illustrait à la fois le sens des responsabilités de Pete et la culpabilité qui la rongeait, même si elle n'était pour rien dans l'état de leur fille. Pete n'était coupable que d'être humaine, de vouloir le meilleur pour Lilybet, pour leur couple, et pour lui. Et, si la tâche était trop lourde pour elle, elle ne pouvait s'en prendre qu'à la fatalité.

Sans protester, il se rendit à la cuisine, où il sortit trois paquets de céréales du placard, en choisit un au hasard et alla chercher le lait. Il n'avait aucun appétit mais savait qu'il devait faire semblant. Sinon, Pete saisirait ce prétexte pour ne pas manger elle non plus. Pourtant, Dieu sait si elle en avait besoin : elle n'avait plus que la peau sur les os.

Il mangea debout, appuyé contre l'évier, tandis que Pete expliquait à Lilybet où allait maman, et dans combien de temps elle reviendrait. « À mon retour, je te donnerai ton bain, ma chérie. Je t'ai nettoyée, mais quand on a fait un aussi gros caca ça ne suffit pas. Tu comprends, mon cœur ? » Lilybet ne comprenait pas, bien sûr, et elle n'était pas près de comprendre. Comment feraient-ils quand elle atteindrait la puberté, avec tout ce que cela impliquait ?

Son portable bipa.

Dur réveil ?

Un peu.

La réponse se fit attendre.

Je suis désolée. Mon cœur est à toi.

Il voulait plus que cela, en vérité. Il voulait tout d'elle et tout ce qu'ils auraient pu vivre ensemble si sa vie à lui n'avait pas été un enfer.

À bientôt.

C'était tout ce qu'il pouvait lui promettre, et le maximum qu'elle était prête à lui accorder.

— C'était Paulie, cette fois ?

Pietra l'observait du seuil de la pièce. Mark se demanda ce qu'elle avait lu sur son visage. Elle sourit. Était-ce un sourire tendre ou déterminé ? Il n'aurait su le dire.

— Je parie qu'il te propose de boire une bière après le travail.

— Ah ! Tu le connais bien.

— Dis-lui oui. Je m'en sortirai très bien. Greer doit venir, de toute façon. C'est notre soirée lecture. Je vais lui demander de faire un saut chez le traiteur chinois.

— Je passe déjà assez de temps dehors.

— Ça te fera du bien, Mark. Comment veux-tu prendre soin de nous si tu ne prends pas soin de toi ?

— C'est l'hôpital qui se fout de la charité, non ?

— Pas du tout. Je t'assure que je vais bien.

Il ne se rappelait plus la dernière fois où elle avait été bien.

— D'accord, dit-il. Mais pas plus d'une heure, alors.

— Ce n'est pas assez. Au moins deux.

CHELSEA
SUD-OUEST DE LONDRES

Installée sur l'îlot central de la cuisine, Deborah Saint James examinait la première série de portraits qu'elle avait pris à la Maison de l'orchidée. Lorsqu'une photo lui plaisait, elle notait son numéro dans un carnet et sur la transcription des entretiens auxquels elle avait consacré ces derniers jours. Derrière elle, son père s'affairait à préparer le petit déjeuner. Sur le comptoir attenant à la cuisinière, un poste de télévision diffusait les informations du matin. Elle était en train de se demander pourquoi, aux yeux des médias, « informations » était généralement synonyme de « tragédie » quand son mari les rejoignit avec Alaska, leur grand chat gris. Dans un coin de la pièce, Peach somnolait dans son panier en attendant qu'arrive le moment de quémander sa ration de bacon. Quand elle perçut la présence du félin, elle leva la tête et plissa les yeux.

— N'y pense même pas, la prévint Simon.

Au même moment, Alaska passa devant le panier de la pauvre chienne en se pavanant comme seuls les chats savent le faire, agitant la queue tel un drapeau.

Peach grogna.

— Tu vois bien qu'il la provoque, fit remarquer Deborah.

— Ne bouge pas, ordonna Simon à la chienne.

Il souleva le chat et le déposa devant la porte donnant sur le jardin. Alaska emprunta la chatière et réapparut peu après sur le rebord de la fenêtre, d'où il observa ce qui se passait dans la cuisine.

— Comment voulez-vous vos œufs ? demanda Joseph Cotter.

— Durs, répondit Deborah.

— Moi je n'ai pas le temps, malheureusement, dit Simon.

— Comment ça, pas le temps ? protesta Cotter. Il n'est même pas 7 h 30. Et nous ne nous sommes pas encore occupés de votre jambe.

Deborah jeta un coup d'œil à son père, qui était désormais à la fois le majordome et le beau-père de Simon. S'il acceptait que Simon prenne ses repas à des heures irrégulières, il n'était pas question qu'il manque une séance de rééducation.

— Pas le choix, aujourd'hui.

— Où allez-vous si tôt ?

— À Middle Temple. Une réunion. Désolé.

Pendant que Cotter rouspétait à mi-voix, Simon s'approcha de Deborah et jeta un coup d'œil à la photo qu'elle étudiait.

— Magnifique !

— Tu n'es pas objectif, répliqua-t-elle. Tu es mon mari.

« ... a disparu de son domicile dans le nord-est de Londres, et l'inquiétude grandit... »

Deborah et Simon se retournèrent d'un même mouvement. Cotter avait monté le son de la télévision, qui affichait le portrait d'une jolie préadolescente métisse au sourire espiègle, vêtue de l'uniforme de son école. Elle portait des boucles d'oreilles en or et était coiffée de tresses afro. Un bandeau défilait au bas de l'écran : *Boluwatife Akin – Alerte enlèvement – Boluwatife Akin – Alerte enlèvement...*

— Qu'est-ce qui se passe, papa ? s'enquit Deborah.

Il lui fit signe de se taire tandis que le présentateur poursuivait :

« ... n'est pas rentrée du centre culturel yoruba où elle était allée suivre un cours de tissage. Elle est la fille de l'avocat Charles Akin et de la Dr Aubrey Hamilton, une anesthésiste travaillant pour Médecins sans frontières. Boluwatife, surnommée "Bolu" par ses amis et ses proches, a été vue pour la dernière fois à l'entrée de la station de métro Gants Hill, hier soir, à 19 h 30, en compagnie de deux adolescents, un garçon et une fille. Les caméras de surveillance les ont ensuite filmés à l'intérieur, puis à bord d'une rame roulant vers l'ouest. Ils sont descendus avant Ealing Broadway... »

Les images prises à la station de métro apparurent à l'écran. Comme toujours, elles étaient de qualité médiocre. Comme toujours, il était impossible d'identifier quiconque dessus, à moins de le connaître personnellement. D'autres images tout aussi granuleuses leur succédèrent, montrant les trois mêmes jeunes gens dans une rame. Boluwatife était assise entre les deux adolescents. Si elle semblait libre de ses mouvements, la piètre qualité de l'enregistrement ne permettait pas d'en jurer.

Le présentateur conclut : « Toute personne détenant des renseignements sur la disparition de Bolu est priée de contacter la police métropolitaine au numéro qui s'affiche sur votre écran. Ses parents demandent instamment à ses ravisseurs de la libérer. »

L'image enchaîna sur un couple mixte filmé sur le perron d'une maison. La femme tenait une photo encadrée de sa fille, vêtue cette fois d'un pull rouge et d'une jupe rayée. L'homme étreignait son épouse. Leur visage exprimait leur angoisse.

« Je vous en prie, ne lui faites pas de mal, supplia Aubrey Hamilton. C'est notre unique enfant. Elle est très naïve pour son âge, très innocente. Nous ferons tout pour qu'elle revienne. Si vous avez des informations, s'il vous plaît, appelez la police. »

Les deux présentateurs de l'émission réapparurent, assis dans un canapé bleu paon, pour commenter l'événement. Cotter coupa le son.

— Je ne te l'ai jamais dit mais chaque jour, quand tu allais à l'école… j'avais toujours peur qu'il t'arrive quelque chose.

— Que voulais-tu qu'il m'arrive ? rétorqua Deborah. Tu m'accompagnais et tu revenais me chercher à la fin de la journée. Pour m'enlever, il aurait fallu t'assommer avec une canne de polo !

— Ne te moque pas, ma fille. Et ne parlons même pas de ton séjour en Amérique, quand tu aurais pu rester ici bien tranquillement, à Londres, pour faire ton école de photo… Te savoir dans un pays où tout le monde possède une arme… Je me suis fait du mouron, comme 90 % du temps quand on est parent.

Deborah ne lui demanda pas en quoi consistaient les 10 % restants. Elle se retint également d'ajouter que, si elle avait eu le choix, elle aurait adoré connaître ce genre d'inquiétude.

— De nos jours, poursuivit son père, il y a des trafics d'enfants et des pervers à tous les coins de rue. Si tu veux mon avis, le monde devient de plus en plus moche.

— Sur cette note d'optimisme, je vous laisse, annonça Simon avant de plaquer un baiser sur le front de Deborah.

Alors qu'il se retournait, elle lui saisit le bras.

— Sois un bon mari, s'il te plaît, dit-elle.

Il l'embrassa sur les lèvres.

— Tu as un goût de chocolat, fit-il remarquer.

— Papa est passé à la boulangerie. Tu sais que j'ai besoin d'un pain au chocolat par semaine pour survivre. Je tuerais pour ça.

— Espérons qu'on n'en arrivera jamais là.

Il l'embrassa à nouveau.

— Turbot pour le dîner ? lança Cotter tandis qu'il se dirigeait vers la porte.

— On pourra manger dehors, sous l'arbre, suggéra Deborah.

— Je suis certain que Peach ne demandera pas mieux, approuva Simon.

Peu après, ils l'entendirent gravir l'escalier extérieur. Il traversa le jardin et franchit le portail pour accéder au garage qui abritait son grand amour : une vieille MG TD adaptée à son handicap.

— Si seulement il pouvait se débarrasser de ce vieux tacot, soupira Cotter.

— Pourquoi ? demanda Deborah en se replongeant dans l'examen de ses photos.

— Pour sa sécurité. Son premier accident a causé assez de dégâts. Et en parlant de ça, il ne devrait pas sauter ses séances de rééducation.

— Hum, marmonna Deborah. Si tu n'as pas de plus gros soucis, tu es un homme heureux, en fait.

— Et toi, ma fille ?

Deborah inclina la tête et réfléchit.

— Je dirais que je suis aussi heureuse que je me permets de l'être.

Quand son père déposa devant elle une assiette d'œufs au bacon accompagnés de toasts, Peach bondit hors de son panier et s'approcha en remuant joyeusement la queue.

— Au moins, je sais ce qui va la rendre heureuse, elle.

— N'y pense même pas ! dit Deborah.

MARCHÉ DE RIDLEY ROAD
DALSTON
NORD-EST DE LONDRES

Il était midi quand Monifa s'engagea dans Ridley Road. Le trottoir était si chaud qu'elle pouvait le sentir à travers les semelles fines de ses sandales. D'anciens nids-de-poule avaient été comblés, et la chaleur avait ramolli le bitume. Il n'y avait pas un souffle d'air, pas le moindre nuage dans le ciel. Sur le marché, on entendait vrombir quelques ventilateurs électriques branchés dans les boutiques voisines à l'aide de rallonges, mais ils n'offraient un peu de fraîcheur qu'à ceux qui restaient juste devant, les vêtements imbibés de sueur.

Comme insensibles à la canicule, les étals des marchands ambulants n'avaient rien perdu de leurs couleurs : le rouge des poivrons, le vert des goyaves, le jaune des bananes... Il y avait des pyramides de tomates mûres, des alignements de patates douces, des aubergines si brillantes qu'elles semblaient factices, des fraises, des myrtilles et toutes sortes de légumes. Une multitude d'odeurs se livraient bataille : le curcuma et l'ail, le clou de girofle et le persil, l'encens et les abats. Ici, de l'huile de palme, là, du *foufou* à base de farine, de banane plantain, de manioc et de taro. Les boucheries comme celle d'Abeo offraient toutes les viandes possibles. Vous vouliez cuisiner des pieds de bœuf ? Aucun problème. Une tête de chèvre ? On en avait en rayon. Des tripes, du cœur, du foie, des rognons ? Il n'y avait qu'à demander !

Il y avait aussi des stands proposant des pinces de crabe, du riz, du poulet à 5 livres la portion.

La musique était si forte qu'on ne s'entendait pas à moins de crier ou de se réfugier dans l'une des boutiques qui occupaient les deux côtés de la rue derrière les étals du marché : Ghana Food Store, Boboto du Congo, La Route de l'Afrique, Rose Ebeneezer, coiffeuse afro... On trouvait des établissements où se faire épiler n'importe quelle partie du corps, des boulangeries vendant des naans, des boutiques de vêtements ou de poisson.

Simisola avait ses habitudes à l'Atelier déco gâteaux de Masha. Elle contribuait au budget familial en préparant le matériel pour les élèves et en nettoyant ensuite la salle. C'est là que Monifa était allée en premier, pour apprendre qu'il n'y avait pas de cours ce jour-là. Elle s'était ensuite rendue à la boutique d'accessoires de Talatu, pour laquelle Simi confectionnait des turbans prêts à poser qui rencontraient un vif succès. La propriétaire lui confirma que Simi était passée pour déposer des commandes, deux turbans avec un motif de lion et trois autres dans un tissu imprimé de lis. Sitôt payée, elle était partie en direction des salons de coiffure.

— Elle économise pour se faire poser des extensions, elle m'a dit, précisa Talatu. Allez voir chez Beauté Xhosa. Je l'y ai aperçue la semaine dernière.

En effet, c'est là que Monifa trouva sa fille, en compagnie de deux coiffeuses. L'une, une métisse aux longues tresses attachées en queue-de-cheval, mastiquait un chewing-gum. Elle portait une jupe crayon rouge vif et un chemisier au décolleté généreux. L'autre – Monifa fut soulagée de ne voir que des femmes – était vêtue à l'africaine de la tête aux pieds : turban orange sophistiqué, tunique ample à motif dashiki dont les coloris contrastaient avec ceux de son pantalon du même style. Ses bracelets en bois s'entrechoquaient à chaque mouvement et quatre colliers de perles s'enroulaient autour de son cou. Monifa la jugea plus convenable que sa collègue, malgré son maquillage excessif, ses faux cils et ses lèvres carmin. Tout en s'affairant, elle buvait ce qui ressemblait à du champagne.

Le plus grand désordre régnait aux deux postes de travail, dans la vitrine, sur le comptoir, sur les rebords des fenêtres recouvertes d'affiches et jusque sur les murs, envahis par des photos de coiffures toutes plus élaborées les unes que les autres. L'odeur des produits se mêlait à celles de l'étal de poissons situé devant l'entrée.

Le poissonnier versait sans cesse de la glace sur sa marchandise, mais son combat contre la chaleur était par trop inégal.

Simi observait la femme à la jupe rouge avec la plus vive attention. Aussi ne remarqua-t-elle la présence de sa mère que lorsque celle-ci s'adressa à elle.

— Talatu m'a dit où je pourrais te trouver. Qu'est-ce que tu fabriques ici ?

Simi tourna la tête vers elle.

— Maman ! s'écria-t-elle d'une voix joyeuse.

— Qu'est-ce que tu fais ici, Simi ? insista Monifa. Si Masha n'a pas de travail à te donner, tu dois rentrer directement à la maison.

— Mais j'aime bien regarder ! J'économise pour que Tiombe me pose des extensions. Je vais te montrer les couleurs. Elles sont trop belles !

Apparemment, Tiombe était la métisse à la queue-de-cheval. Elle salua Monifa d'un signe de tête et échangea avec sa collègue un regard que la mère de Simi ne sut ni ne voulut interpréter. La fillette prit des échantillons d'extensions capillaires de différentes couleurs et en brandit une striée de rose.

— Regarde, maman ! Tu ne trouves pas ça joli ?

— Tu dois d'abord demander l'autorisation à ton père.

Face à l'expression dépitée de Simi, Monifa prit un ton rassurant, même s'il y avait peu de chances qu'Abeo approuve le projet de sa fille.

— Viens, je dois te parler.

— Mais quelquefois, Tiombe me laisse l'aider...

— Pas aujourd'hui.

Simi se tourna vers Tiombe, qui pointa le menton vers la porte.

— Ravie de vous avoir..., commença l'autre coiffeuse.

Mais Monifa était déjà sortie, suivie de Simi. Elles dépassèrent la boutique de Talatu, la boucherie et l'étal de poissons d'Abeo, puis l'atelier de Masha pour rejoindre la rue principale. Là, Monifa marqua une pause : ses recherches l'avaient tellement occupée qu'elle n'avait pas réfléchi à l'endroit où elle emmènerait Simi après l'avoir retrouvée.

Elle regarda autour d'elle, écarta l'idée du centre commercial et se décida pour le McDonald's. Elle n'y allait jamais, mais il faisait si chaud que la climatisation serait la bienvenue. Elle entra et guida sa fille jusqu'à une table à l'écart du brouhaha de la salle. Simi regardait autour d'elle avec des yeux ronds. Elle savait que sa mère ne l'aurait jamais amenée là sans une bonne raison. Lors de leurs rares sorties en famille, ils n'y venaient jamais. En revanche, Tani et elle s'y étaient plus d'une fois gavés de feuilletés aux pommes.

Quand sa mère lui demanda ce qu'elle voulait, la fillette se mordit la lèvre, dévoilant ses dents du bonheur.

— Un cheeseburger ? répondit-elle.

Comme Monifa acquiesçait, elle s'empressa d'ajouter des frites et un Coca à la liste de ses envies.

Monifa alla passer la commande et rapporta une poignée de serviettes en papier. Elle tira de son sac une solution antibactérienne et en aspergea généreusement la surface de la table, qu'elle frotta avec les serviettes. Puis elle prit une lingette désinfectante pour nettoyer les chaises, une autre pour s'essuyer les mains, et en donna une troisième à Simi pour qu'elle en fasse autant. Alors seulement elles s'assirent face à face.

Monifa réfléchit. Devait-elle attendre que Simi attaque son repas pour lui parler ? Non, mieux valait se lancer dès maintenant. Elle avait beaucoup de choses à dire.

— Tu auras bientôt 9 ans, commença-t-elle. Sais-tu comment on devient une femme, Simi ?

La fillette la regarda, interdite.

— La mère de Lim lui a expliqué comment on faisait les bébés, et Lim me l'a répété, révéla-t-elle, les yeux tournés vers la rue.

Un frisson parcourut l'échine de Monifa. De quatre ans plus vieille, Lim était la seule amie nigériane de Simi. Cela faisait des semaines qu'elles n'avaient pas prononcé son prénom.

— Qu'est-ce que Lim t'a dit ?

— Qu'une fille ne peut pas avoir de bébé tant qu'elle n'est pas une femme et qu'un homme n'a pas mis son machin à l'intérieur d'elle. On n'a pas bien compris où, mais Lim a dit que les bébés sortent du ventre de la femme, alors j'ai dit que, peut-être, l'homme mettait son machin dans sa bouche, parce que c'est par là que la nourriture passe pour aller dans le ventre.

— Lim t'a dit si elle-même était devenue une femme ?

Simi secoua la tête. Elle avait l'air intriguée. Tant mieux.

— C'est pour ça qu'elle est partie chez sa grand-mère pour les vacances d'été ? demanda-t-elle. Mais elle va revenir, hein ?

Monifa lui donna la seule réponse qu'elle ait :

— Je ne sais pas. Sa mère ne l'a pas dit. Ce que je sais, c'est que Lim avait commencé à saigner. Toi aussi, ça t'arrivera bientôt. Quand on saigne, c'est le signe qu'on est devenue une femme.

— Quand on *saigne* ? demanda Simi. Maman, comment... ?

On appela alors leur numéro, et Monifa alla chercher la commande de Simi. Elle n'avait rien pris pour elle. Elle n'avait aucun appétit pour ce genre de chose. Elle transféra le contenu du plateau sur trois serviettes en papier, bien qu'elle eût nettoyé la table, puis fit signe à Simi de manger. La fillette mordit dans une frite.

Monifa se pencha vers elle pour que personne ne puisse l'entendre. Leur appartement aurait été plus indiqué pour cette conversation, mais elle ne pouvait prendre aucun risque.

— Quand une fille saigne entre les jambes, ce qui arrive tous les mois dès qu'elle est devenue une femme, son corps lui dit qu'elle est prête.

— Pour avoir des bébés ?

— Oui. Mais avant elle doit se préparer à les accueillir. Elle doit aussi se préparer pour l'homme qui plantera les graines en elle.

Simi tenait son cheeseburger à pleines mains, mais elle n'y avait pas touché.

— Mais maman, je ne veux pas de bébés ! Pas maintenant.

— Bien sûr, c'est trop tôt. Ça vient beaucoup plus tard pour une fille, une fois qu'elle a apporté la preuve qu'elle est pure et chaste. Au Nigeria, ça se fait dans son village. Mais pour nous... c'est plus compliqué.

— Pourquoi ? demanda Simi avant de mordre enfin dans son cheeseburger.

— Comme nous ne vivons pas dans le village de notre tribu,

nous devons nous proclamer Yoruba. Et ça passe par une initiation. Après la cérémonie, tu pourras rencontrer tes tantes, tes oncles et tes cousins.

Simi écoutait attentivement.

— Tu veux dire que je dois devenir une vraie Yoruba avant de les rencontrer ?

— Tout à fait.

— C'est pour ça qu'on ne voit jamais notre famille de Peckham ? Parce que je n'appartiens pas encore à la tribu ? Mais toi, tu en fais partie, non ? Et papa ? Et Tani ?

— C'est parce que nous sommes nés là-bas, tous les trois. Pour ce qui est de la famille de Peckham, on leur rendra visite quand tu auras été purifiée. Ça te ferait plaisir de connaître tes cousins ?

— Oh oui !

Monifa replaça une mèche de cheveux qui dépassait du foulard que Simi avait noué autour de sa tête.

— On donnera une grande fête en ton honneur. Les gens viendront pour célébrer ton passage à l'âge adulte et pour t'apporter des cadeaux. Mais seulement quand tu seras prête.

— Je suis prête ! s'exclama Simi. Maman, je suis prête !

— Alors on va organiser ça. Mais tu ne dois en parler à personne tant qu'on n'aura pas acheté les vêtements, commandé le gâteau et choisi le menu… Ensuite, on fera la surprise à ton père, à Tani et à tous ceux qui ne t'ont pas encore rencontrée. Tu peux garder un secret ?

27 juillet

MAYVILLE ESTATE
DALSTON
NORD-EST DE LONDRES

C'était Simi qui avait informé Tani de son « initiation », le jour même de la conversation qu'elle avait eue avec sa mère. Ne sachant de quoi elle parlait, il l'avait écoutée d'une oreille distraite. Mais le lendemain soir, tout excitée, elle lui rapporta d'autres informations. D'abord, elle lui fit jurer de garder le secret.

— Parce que, normalement, je dois le dire à personne…

Selon ses propres termes, elle allait « bientôt devenir une femme ». Elle ne savait pas exactement quand, mais il y aurait une initiation – « Une cérémonie, Tani ! » –, suivie d'une grande fête avec beaucoup d'invités. On lui offrirait des cadeaux, il y aurait à manger et à boire pour tout le monde, de la musique, et il était probable qu'on danserait. Maman allait l'emmener au marché de Ridley Road afin qu'elle choisisse elle-même les vêtements qu'elle porterait pour l'occasion.

— Elle m'a dit aussi que t'avais pas été initié, Tani.

C'est à ce moment-là qu'il commença à prêter attention à son babillage.

— Elle a dit que quand on est né au pays, comme toi, on est automatiquement un Yoruba. C'est dommage, parce qu'on fera pas de fête pour toi.

Tani n'avait jamais entendu parler d'« initiation » au sujet du Nigeria. Quand il lui demanda des précisions, elle lui répéta ce qu'elle tenait de sa mère, le noyant sous un flot de paroles sans queue ni tête.

Quand elle se tut enfin, il crut que son cerveau allait exploser. Néanmoins, il décida d'attendre de voir comment la situation allait évoluer avant d'interroger Monifa.

Il n'eut pas à attendre longtemps.

Cet après-midi-là, tandis qu'il travaillait à l'épicerie, il vit sa mère et sa sœur parcourir le marché de Ridley Road. Cela n'avait rien d'étonnant en soi : c'était là que Monifa se procurait les produits africains, surtout des légumes et des épices, qu'elle ne trouvait pas au supermarché. Simi, quant à elle, passait souvent dans le quartier pour livrer les foulards et les turbans que lui commandait Talatu. Le soir même, toutefois, il comprit la raison de leur expédition quand Simi lui annonça que maman et elle étaient en train de préparer « la fête ».

— Je vais te montrer, tu vas voir ! répétait-elle en faisant des bonds sur son lit.

Étendu sur le sien, ses écouteurs vissés dans les oreilles, Tani écoutait l'audiolivre d'*Un mal qui répand la terreur*, le roman de Stewart O'Nan, lu par Idris Elba.

— Hé ! lança-t-il, agacé par cette interruption. Mimi, je suis occupé. Ça se voit pas ?

La déception se peignit sur le visage de Simi. Pris de remords – comme souvent avec sa sœur –, il retira ses écouteurs et les posa sur sa table de chevet, à côté de son iPad.

— Pardon. Qu'est-ce que tu voulais me montrer ?

— C'est vraiment génial, Tani ! Tu vas pas le regretter.

— Vas-y, fais voir.

Elle sortit deux grands sacs en plastique de l'armoire qu'ils partageaient et les vida sur son lit dans un fatras de couleurs.

— Y a des choses que je peux pas te dire, lui confia-t-elle. Maman m'a fait promettre. Mais *ça*, j'ai le droit de te le montrer. Regarde ce qu'elle m'a acheté. C'est trop joli !

Il se leva et s'approcha. Tandis qu'elle triait les affaires, il aperçut deux turbans, trois jupes, quatre chemises bariolées et un enchevêtrement de bijoux africains : colliers de perles en bois, boucles d'oreilles faites de graines et de cosses végétales, bracelets, broches en os... Sa première pensée fut : *C'est quoi, ce bordel ?* Puis : *Qu'est-ce qui a pris à maman de lui acheter des trucs de bonne femme ? C'est qu'une gosse !*

Ce fut pire quand elle jeta sur le lit un tas de produits de maquillage et de pinceaux pour les appliquer. Bon sang, il y avait même des faux cils et du rouge à lèvres !

Tout à ses réflexions, il avait perdu le fil de son bavardage. Mais il dressa l'oreille lorsqu'elle dit :

— ... avec « *Félicitations, Simi !* » écrit dessus. Et on a aussi commandé des ballons, Tani. Des ballons à l'hélium ! Mais le mieux, c'est qu'on me donnera de l'argent, et maman a dit que je pourrai le dépenser comme je voudrai ! Je vais m'offrir des extensions avec des mèches roses. C'est Tiombe, de Beauté Xhosa, qui me coiffera. Tu te rends compte ?

En proie à un sinistre pressentiment, il prit un collier, passa une main sur le tissu d'une jupe.

— Qu'est-ce que c'est que ces histoires ? demanda-t-il. Les gamines de ton âge portent pas ce genre de trucs, Mimi. C'est pour les femmes, pas pour les petites filles.

Elle resta silencieuse un moment. Il avait conscience de lui faire de la peine, mais il y avait un problème. Ces vêtements, ces bijoux, ce maquillage...

— Je ne serai plus une petite fille, chuchota-t-elle, comme si elle lui confiait un secret. Je vais être une femme.

— On devient pas une femme à 8 ans.

— Si ! C'est maman qui l'a dit. Easter m'a raconté comment ça allait se passer : elle me fera une piqûre, et après je serai une femme *et* une Yoruba.

— Quoi ? C'est qui, cette Easter ?

— Une dame chez qui maman m'a emmenée. C'était avant qu'on aille au marché, aujourd'hui. Je devais pas t'en parler, mais je vais quand même le faire. Cette dame, Easter, m'a fait allonger sur une table, puis elle a écouté mon cœur et vérifié d'autres trucs. Ensuite, maman est entrée et m'a tenu la main pendant qu'Easter regardait ma... tu sais quoi. Elle a dit à maman : dans trois semaines. Ensuite, maman m'a emmenée au marché pour acheter des vêtements de fête. Pour le repas, on n'a pas encore choisi le menu, maman et moi, mais on a parlé du gâteau à Masha...

Tani hochait machinalement la tête. Les pensées se bousculaient dans son esprit.

— ... au citron. C'est ce que je veux : un gâteau au citron avec un glaçage au chocolat et « *Félicitations, Simisola !* » écrit en lettres jaunes. Je veux aussi des marguerites dessus. Maman a dit que ce serait mieux avec des roses, mais je lui ai répondu que je voulais des marguerites, et c'est moi qui décide. Alors il y aura peut-être une guirlande de marguerites tout autour, avec des vermicelles en sucre sur les pétales. Dorés, les vermicelles. Ou roses ? J'hésite encore.

Plus elle parlait, moins Tani comprenait quoi que ce soit. Toutefois, il avait le sentiment désagréable que leur mère était en train de tisser une toile autour de sa sœur.

Il était temps qu'il ait une discussion sérieuse avec elle. Le lendemain, pendant que Simi dormait encore, il se leva sans bruit, enfila un jean et un tee-shirt puis alla la trouver.

Elle triait un énorme tas de linge dans le salon. Hormis les chemises tachées de sang de son père, le reste – des vêtements pour jeune enfant, d'autres pour femme, mais dans un style que sa mère n'oserait jamais porter – ne semblait pas leur appartenir. Il en déduisit qu'elle faisait maintenant la lessive pour d'autres. Une idée de son mari pour amasser encore plus d'argent ?

Il faisait une chaleur étouffante. Monifa était enroulée dans un pagne long qui dévoilait ses bras et ses épaules – Abeo n'aimerait pas ça –, pourtant elle transpirait abondamment. Tout en s'affairant, elle marmonnait des paroles incompréhensibles.

Tani l'observa un moment à son insu. Il réalisa qu'il ignorait quel âge avait sa mère. Tout au plus pouvait-il le deviner en se basant sur celui de son père. Si son visage était encore lisse, sa posture, ses gestes, son port de tête étaient ceux d'une vieille femme.

— C'est qui, Easter ? demanda-t-il.

Monifa poussa un petit cri de surprise et lâcha le tee-shirt qu'elle tenait.

— Tani ! Je ne t'avais pas vu.

— C'est qui, cette Easter dont Simi arrête pas de parler ?

Au lieu de répondre, Monifa ramassa une taie d'oreiller qui traînait par terre et y fourra les vêtements d'enfant. Puis elle glissa ceux pour femme dans une autre taie, laissant les chemises d'Abeo sur la table.

— Qu'est-ce que Simi t'a raconté ?

— D'après elle, cette Easter va faire d'elle une « vraie » Yoruba, maintenant qu'elle devient une femme. Alors qui est Easter, et comment va-t-elle s'y prendre pour transformer une gosse de 8 ans en femme ?

Monifa eut un petit rire attendri.

— Ouh, là là ! Simi a tout mélangé.

— Ah ouais ? Et pourquoi croit-elle qu'elle doit être « initiée » pour devenir une Yoruba ?

— Elle a dit ça ?

— Il paraît qu'on va organiser une fête en son honneur. Elle m'a montré les vêtements et les bijoux que tu lui as achetés. Puis elle m'a parlé de cette Easter, qui va lui faire une « piqûre » pour qu'elle devienne une femme. Et pourquoi lui avoir raconté qu'elle devait faire tout ça pour rencontrer la famille de Peckham ? Tu sais très bien que papa nous laissera jamais les voir, parce qu'il a trop peur de perdre le pouvoir qu'il a sur nous !

Monifa prit place dans le canapé défoncé et désigna une chaise à son fils. Il n'avait aucune envie de s'asseoir, toutefois il se laissa tomber dans le fauteuil de son père et regarda sa mère, attendant qu'elle s'explique.

— Il y a certaines... choses, commença-t-elle.

— Quelles choses ?

— Des choses de femmes, Tani. C'est difficile à comprendre pour une enfant.

— Et donc... ?

— Donc j'ai inventé une histoire pour préparer ta sœur.

— La préparer à quoi ?

— À l'examen. Celui qu'a pratiqué Easter. Elle a écouté son cœur, son souffle, puis elle a vérifié que tout était en ordre... à l'intérieur de Simi. Tu comprends ?

— Ses parties intimes ?

— Oui.

— Pourquoi examiner les parties intimes d'une gosse de 8 ans ?

— Je te l'ai dit, Tani. C'est important qu'une fille soit bien faite.

Il suivit le raisonnement de sa mère jusqu'à sa conclusion logique.

— En vrai, ce qui t'intéresse, c'est de savoir si elle fera… Comment dit papa, déjà ? Ah ouais ! Une « bonne génitrice ». C'est pour ça que cette femme, Easter, l'a examinée. Y a pas de piqûre, pas d'initiation et pas de cérémonie. Tout ce qui compte, c'est de s'assurer que Simi est capable de porter des enfants.

Monifa ne disait rien, mais son silence valait un aveu.

— Si c'est le cas, papa pourra la vendre aux enchères. Il l'emmènera au Nigeria, ou il postera sa photo sur un site, et il demandera une grosse dot pour elle. Probablement plus que ce qu'il a payé pour Omorinsalade. Et tu vas le laisser faire.

— C'est faux !

— Ah oui ? Pourtant, tu étais bien contente qu'il me case avec la vierge qu'il a achetée… Alors pourquoi tu voudrais l'empêcher de trouver un vieux prêt à s'offrir une gamine de 8 ans, avec la garantie que sa mère l'aura élevée pour devenir une bonne épouse à la mode nigériane ?

— Tani, jamais ton père ne ferait…

— Je me fous de ce qu'il ferait ou pas. Il croit avoir tous les droits sur nous. Mais ça, tu le vois pas, hein ? J'espère juste que t'ouvriras les yeux, maman, avant qu'il détruise nos vies à tous !

TRINITY GREEN
WHITECHAPEL
EST DE LONDRES

Dès sa première visite à la Maison de l'orchidée, Deborah avait compris qu'elle devrait surmonter un certain nombre d'obstacles dans ce projet. On lui avait d'emblée signifié qu'il lui faudrait obtenir le feu vert de Narissa Cameron avant de photographier les jeunes filles. Comme celles-ci ne la connaissaient pas et n'avaient aucune raison de lui faire confiance, elle devrait se plier à cette consigne. Mais ce jour-là, en entrant dans la salle de tournage, elle ne trouva que les assistantes de la réalisatrice. La caméra numérique de Narissa était en place, mais elle-même était absente.

— Elle est en bas, expliqua la preneuse de son, anticipant la question de Deborah. Elle voulait s'entretenir avec Zawadi. C'était... il y a une vingtaine de minutes ? Elise et moi, on est payées à l'heure, alors ce n'est pas un problème pour nous. Mais ça m'étonnerait que les filles patientent encore longtemps, ajouta-t-elle en désignant les adolescentes qu'elles étaient censées filmer.

— Je vais voir si je la trouve, annonça Deborah, qui ne voulait pas perdre une journée de travail.

Elle sortit de l'ancienne chapelle faisant face à Trinity Green, un hospice fondé au XVIIe siècle. En levant les yeux, elle aperçut un vieil homme à la fenêtre du bâtiment le plus proche. Elle lui fit un signe de la main, et il disparut aussitôt. Elle se dirigea alors vers la porte aménagée sous l'escalier. C'était là que se trouvaient les bureaux de la Maison de l'orchidée, dont celui de sa fondatrice, Zawadi, une femme très intimidante aux manières brusques.

Deborah craignait un peu d'interrompre l'entrevue des deux femmes : lors de la première séance photo, quelques jours plus tôt, Zawadi n'avait même pas cherché à lui cacher son hostilité.

« Que les choses soient claires, lui avait-elle dit : je ne veux pas d'une petite Blanche privilégiée et bien-pensante sur ce projet. Juste pour info, je veux une photographe noire, et dès que j'en aurai trouvé une, vous dégagerez. Vu ?

— D'accord, avait lentement articulé Deborah. Je vous comprends. »

Sa réaction avait paru déstabiliser Zawadi, mais ça n'avait pas duré.

« Maintenant, allez prendre vos putains de photos, si vous y arrivez », avait-elle enchaîné.

Ce n'était pas l'accueil chaleureux que Deborah avait espéré, et elle s'était d'abord demandé si la mauvaise humeur de Zawadi allait déteindre sur ses protégées. Heureusement, ça n'avait pas été le cas. Après qu'une des bénévoles eut témoigné face à la caméra pour montrer aux filles ce qu'on attendait d'elles, le travail avait pu commencer, Deborah en photographiant certaines pendant que Narissa filmait les autres. Hormis l'animosité de Zawadi à son égard, tout s'était plutôt bien passé.

— ... Encore deux jours, pas plus, entendit Deborah tandis qu'elle s'approchait du bureau. Je suis désolée, Zawadi, mais j'ai passé un contrat avec mes parents. Tant que je reste clean, je peux occuper leur appartement en sous-sol. Au moindre écart de conduite, si je contrarie mon frère ou une de mes sœurs en quoi que ce soit, je me retrouve à la rue.

— Tu n'as qu'à leur expliquer. Sois franche, sois honnête. Ce sont des gens intelligents, non ?

— Je ne veux pas rendre les choses encore plus compliquées.

— Mais la vie est compliquée ! Tu ne le sais pas encore ?

Deborah toussota pour informer les deux femmes de sa présence, puis elle s'avança sur le seuil. Assise dans son fauteuil, Zawadi croisait les bras, le visage fermé, dans une attitude excluant tout compromis.

— Pardon, dit Deborah. Tout le monde vous attend là-haut, Narissa. J'ai peur que les filles ne s'en aillent. Tout va bien ?

Elle comprit aussitôt que cette question était de trop.

— Bien ? lâcha Zawadi. C'était quand, la dernière fois que tout allait bien pour qui que ce soit ici ?

— Ça va, répondit Narissa sur un ton ferme et presque affable, comme si elle cherchait à compenser l'agressivité de Zawadi. Vous avez raison. Il faut que j'aille travailler. On en reparle plus tard, d'accord ?

La dernière phrase s'adressait à Zawadi.

— Si tu pouvais passer quelques coups de fil d'ici là..., ajouta-t-elle. Je te l'ai dit, je ne peux pas faire plus.

Avec un soupir excédé, Zawadi fit pivoter son fauteuil afin de ne plus les voir.

— Ne faites pas attention à elle, dit Narissa à Deborah alors qu'elles regagnaient la chapelle. Ça fait plus de dix ans qu'elle mène ce combat. Elle ne supporte pas que ça n'avance pas comme elle le voudrait.

— Je suppose qu'elle a beaucoup de choses en tête, acquiesça Deborah. Je peux comprendre.

Narissa s'arrêta net.

— Ne lui dites jamais ça.

— Quoi ?

— Que vous pouvez comprendre. C'est faux. Vous ne comprenez pas. Vous ne comprendrez jamais.

Narissa dirigea le regard vers la pelouse jaunie.

— Vous êtes sans doute pleine de bonnes intentions, mais Zawadi... Ce n'est pas une chose dont elle peut faire abstraction, du moins pas comme vous en avez sans doute la possibilité.

Deborah gravit les marches derrière Narissa, qui marqua une nouvelle pause à l'entrée de la chapelle.

— Qu'est-ce que je dois lui dire, alors ? demanda-t-elle.

— Aucune idée. Je ne suis pas à votre place. Moi-même, je ne sais pas comment l'aborder. Pourtant, j'ai au moins l'avantage d'être métisse.

— Je sais qu'elle voulait quelqu'un d'autre pour faire ces portraits.

— Oui. Comment le lui reprocher ? En tout cas, elle n'est

pas du genre à faire semblant de se réjouir que Dominique Shaw vous ait choisie. À ses yeux, ça n'a aucun sens. Pour moi non plus. Des photographes noirs, ce n'est pas ce qui manque à Londres. Mais Dominique est blanche, et elle pense comme une Blanche. C'est-à-dire que la plupart du temps elle ne réfléchit pas, parce qu'elle n'y est pas obligée. Il ne lui est jamais venu à l'esprit qu'il aurait été plus pertinent de recruter autre chose qu'une Blanche-Neige, sans vouloir vous vexer. Elle a aimé votre livre, donc elle vous voulait vous. Quand Zawadi a émis des objections, elle lui a répondu : « Ce projet est plus important que le politiquement correct. » Alors voilà où on en est, au terme d'une discussion houleuse qui a probablement permis à Dominique d'en apprendre plus qu'elle ne l'aurait imaginé sur les privilèges blancs.

Deborah voyait bien ce que le film aurait gagné à être porté par une équipe exclusivement noire. Mais l'ampleur du combat que menaient la Maison de l'orchidée et d'autres organisations du même genre lui semblait primer sur ces considérations.

— Et si l'intention de Dominique était de mobiliser le plus de gens possible, indépendamment de leurs origines et de leur parcours personnel ? avança-t-elle.

— Êtes-vous en train de dire que des Noirs n'en seraient pas capables ? Que seul un projet piloté par des Blancs en a la capacité ?

— Pas du tout !

— Alors réfléchissez avant de parler.

Deborah était complètement perdue.

— Je veux vraiment aider, dit-elle enfin. Elle le sait, ça ? Et vous ?

— Oh ! Je vois. Vous voulez aider. Tout le monde veut aider. Qui pourrait affirmer que ce n'est pas une cause juste ? Mais tout ça, c'est du vent. Dès qu'il faut passer à l'action ou signer un chèque, il n'y a plus personne.

— Je ne suis pas comme ça !

— Vraiment ?

Le mépris de Narissa était palpable.

— Alors vous aurez sans doute l'occasion de le prouver, ajouta-t-elle sur un ton quelque peu radouci.

Puis elle entra dans la chapelle et lança à la cantonade :

— Me voici ! Qui est prête à témoigner ?

KINGSLAND HIGH STREET
DALSTON
NORD-EST DE LONDRES

Adaku avait fini par réunir les 250 livres exigées par Easter Lange. Elle appela le numéro indiqué sur la carte que celle-ci lui avait remise, refit le long trajet jusqu'à Kingsland High Street et appuya sur la sonnette anonyme à l'entrée de l'immeuble.

Une voix désincarnée jaillit de l'interphone.

— Oui ?

— C'est Adaku. J'ai l'argent.

— J'ignore de quoi vous parlez.

— Easter ?

— Même si c'était moi, je ne vois toujours pas ce que vous voulez.

La femme raccrocha abruptement.

Adaku en déduisit qu'elle n'était pas seule. Tandis qu'elle se demandait si elle devait attendre ou revenir un autre jour, elle entendit des pas à l'intérieur, puis les verrous furent tirés et la porte s'entrouvrit en grinçant. Easter apparut dans l'entrebâillement, vêtue d'une blouse blanche.

— Faites voir, dit-elle sans préambule.

— Une fois que vous m'aurez laissée entrer.

Easter plissa les yeux. Une main sur la poignée, elle barrait le passage à la visiteuse.

— C'est quoi, la vraie raison de votre venue ? demanda-t-elle. Vous ne m'inspirez pas confiance.

Elle inspecta lentement les alentours. Un balayeur, qui venait d'apparaître au coin de la rue, nettoyait mollement le caniveau.

— Vous êtes de la police ! lança Easter sur un ton accusateur.

Adaku poussa un soupir impatient.

— Vous trouvez que je ressemble à une flic ? Si c'était le cas, vous croyez que je balancerais le fric comme ça ?

Elle fouilla dans son sac et en tira une enveloppe.

— Voici la somme que vous m'avez demandée, dit-elle. Deux cent cinquante livres.

Easter considéra l'enveloppe comme si elle craignait qu'un flot d'encre rouge ne se répande sur les billets à la seconde où elle y toucherait.

— C'est bien ce que vous vouliez, non ? insista Adaku.

Comme l'autre ne prenait toujours pas l'enveloppe, elle en sortit les billets et les agita devant son visage.

Easter jeta un coup d'œil derrière elle. Adaku y vit la confirmation que quelqu'un l'attendait en haut – quelqu'un qui n'était pas au courant des tractations auxquelles elle se livrait à l'instant même.

— Si vous préférez, je peux revenir avec une ordonnance, ajouta Adaku. Ce ne sera pas facile, mais je me débrouillerai. Et si ça ne vous suffit toujours pas, je m'adresserai ailleurs.

— C'est 500 livres en tout, annonça Easter.

Elle lui arracha l'enveloppe des mains et la fourra dans la poche de sa blouse.

— 200 de plus si vous comptez aller jusqu'au bout.

— Et dans le cas contraire ?

— Vous voulez savoir si vous serez remboursée ? La réponse est non. Pas une fois que vous aurez franchi cette porte. Alors, vous décidez quoi ? Vous venez ou vous restez là ?

Elle ouvrit un peu plus la porte. Adaku entra, marmonnant quelque chose à propos de l'argent qu'elle perdrait si les choses tournaient mal.

Le hall de l'immeuble était à peine plus grand qu'un placard. Au moins une semaine de courrier, principalement des publicités, traînait sur le lino à damier.

Easter guida Adaku vers le fond du bâtiment, où s'élevait un escalier tapissé d'une moquette poussiéreuse et complètement élimée par endroits. La rampe était poisseuse et esquintée. Adaku évita de la toucher.

Le premier palier comportait une porte blindée équipée de trois verrous. De la rue, l'étage semblait pourtant inhabité. Au palier suivant, elles dépassèrent une porte apparemment neuve, elle aussi blindée, avec deux verrous et une plaque indiquant « PRIVÉ ». La porte du dernier étage était ouverte. Les deux femmes pénétrèrent dans un espace de réception comprenant un bureau, deux classeurs à tiroir, deux chaises en plastique collées à un mur et séparées par une table basse avec une lampe, un panier en osier contenant des mini barres chocolatées et deux magazines de décoration écornés. Sur le bureau se trouvaient un ordinateur et deux corbeilles à courrier vides. Adaku ne décela aucune présence hormis celle d'Easter.

— Je voudrais parler au docteur, dit-elle.

— C'est moi.

— Il n'y a personne pour accueillir les visiteurs ?

— Pas besoin. Je reçois uniquement sur rendez-vous.

— Qu'est-ce qui me prouve que vous êtes un vrai médecin ? Comment savoir si vous êtes qualifiée ?

— Si vous ne me croyez pas, vous pouvez partir. Ça m'est égal. Vous voulez visiter nos installations, ou est-ce que la montée de l'escalier vous a suffi ?

Adaku considéra le choix qui s'offrait à elle : soit elle restait, soit elle aurait perdu 300 livres. Elle suivit donc Easter dans la pièce voisine.

Comme n'importe quel cabinet médical, celle-ci possédait une table d'examen et un petit meuble roulant sur lequel on avait disposé du coton, des écouvillons, un thermomètre, des rouleaux de gaze, un stéthoscope, un tensiomètre, un spéculum. On n'apercevait pas une seule tache ni la moindre trace de doigt. Les murs étaient nus, hormis un graphique indiquant le poids idéal par taille. Dans un angle se trouvait la chaise sur laquelle, supposa Adaku, la patiente – ou la cliente – déposait ses vêtements, et, dans l'angle opposé, un tabouret à roulettes destiné au médecin.

Adaku se fit la réflexion que ce cabinet était beaucoup mieux rangé que celui de son médecin traitant. Cela en disait long.

Easter ouvrit une deuxième porte donnant sur une petite salle d'opération équipée d'une table, de lampes, de plusieurs bonbonnes (sans doute du gaz anesthésiant), de deux moniteurs et d'un meuble roulant sur lequel étaient rangés des gants stériles, des instruments et tout le matériel indispensable à une intervention chirurgicale.

Adaku demanda qui pratiquait l'anesthésie. Easter répondit qu'en cas de besoin elle se faisait assister par une infirmière spécialisée.

— Vous voulez voir au-dessous ? ajouta-t-elle.

L'idée de poursuivre la visite ne semblait pas la ravir.

— Il y a quoi, au-dessous ?

— La salle de réveil. C'est là que les patientes passent la nuit.

— Seules ?

— Leur mère ou une autre parente reste à leurs côtés. Bien sûr, je les surveille aussi.

Cette Easter semblait dévouée et compétente. Alors pourquoi exerçait-elle ici, dans un immeuble miteux du nord de Londres, et non dans un hôpital ?

— Par conviction, répondit-elle lorsque Adaku lui fit part de son étonnement. J'ai foi en l'œuvre qu'accomplit cette clinique.

Adaku songea que cette déclaration ne l'engageait pas beaucoup.

— Vous avez déjà perdu des patientes ? demanda-t-elle.

— Bien sûr que non !

— Vous n'allez pas me dire le contraire.

Easter haussa les épaules comme pour dire : « Croyez ce que vous voulez. »

— Et après ? reprit Adaku. Je veux dire, que se passera-t-il une fois que j'aurai vu la salle de réveil ?

— Vous prendrez votre décision.

Easter regagna la salle d'examen et piocha dans un tiroir une carte identique à celle qu'elle lui avait déjà donnée. Elle ne comportait qu'un numéro de téléphone – pas de nom ni de titre professionnel, juste un numéro.

— Si vous êtes toujours partante, expliqua-t-elle en tendant la carte à Adaku, vous n'aurez qu'à appeler pour prendre rendez-vous.

— Et après ?

— On vous donnera une date pour l'intervention et pour la visite de contrôle, deux semaines plus tard.

— Ça a l'air sérieux, fit remarquer Adaku.

— Ça l'est. Nous opérons toujours rapidement et dans des conditions d'hygiène parfaites.

— Et s'il y a des complications ? Une infection, par exemple ?

— Si vous redoutez les complications, alors vous avez frappé à la bonne porte. Ici, vous n'aurez pas affaire à un boucher.

STREATHAM
SUD DE LONDRES

Ce soir-là, elle lui avait donné rendez-vous au Rookery, à l'intérieur de Streatham Common. Le parc était le dernier vestige d'une vaste propriété dont les jardins s'étiraient sur le flanc d'une colline offrant une vue dégagée sur Londres. La parcelle entourée de murs était aménagée en allées bordées de massifs et parterres tracés au cordeau. Le reste était sauvage et boisé.

Elle lui avait dit de l'attendre dans un bosquet de jeunes châtaigniers, au bout du large chemin pavé qui coupait le parc en deux. Les bancs de bois disposés tout le long faisaient face à une pelouse en pente sur laquelle se dressait un immense cèdre du Liban. Il y avait là un escalier, mais il n'aurait pas à l'emprunter, avait-elle précisé : les châtaigniers surplombaient le chemin.

En ne la trouvant pas dans le bosquet, Mark Phinney avait stupidement paniqué. Tout aussi stupidement, il avait alors tenté de la joindre sur son portable avant de lui envoyer un SMS. Puis il l'avait maudite, s'était maudit lui-même, avait maudit son existence, son désir et tout ce qu'il pouvait hormis Lilybet. Lilybet, s'était-il dit, ne méritait pas d'avoir pour père l'homme qu'il était en train de devenir. Non... La vérité, c'était qu'elle ne méritait pas l'homme qu'il était déjà devenu. Il aurait voulu plonger dans son propre cerveau et en arracher toutes les pensées ne concernant pas sa fille.

Puis elle apparut entre les arbres et, comme par magie, il en oublia aussitôt le reste ; elle était son unique point d'ancrage et la meilleure partie de son âme. Il commença à l'embrasser, honteux de sa passion abjecte.

Mais elle semblait animée de cette même passion. Elle ouvrit son chemisier, son soutien-gorge et lui offrit ses seins. Il pressa ses mamelons jusqu'à ce qu'elle gémisse, puis les lécha tandis qu'elle défaisait sa ceinture et sa braguette. Il la poussa contre un tronc d'arbre, sortit son sexe et releva sa jupe. Mais elle dit « Non, Mark, pas maintenant » et elle s'agenouilla, le prit dans sa bouche puis entre ses seins, puis de nouveau dans sa bouche, et il eut envie de pleurer, de lui faire mal, de la forcer à le désirer autant qu'il la désirait lui. Mais elle n'arrêtait pas, ne devait pas s'arrêter, jamais. Toute la journée il était incapable de penser à autre chose qu'à ça – à ça et à elle.

Le plaisir le submergea, lui arrachant un grognement. Il aurait voulu la posséder comme n'importe quel homme souhaite posséder une femme dans un moment comme celui-là.

— C'était bon ? murmura-t-elle.

La tension retombée, Mark se sentit vide. Plus rien n'existait hormis elle.

Elle se releva et lui caressa la joue. Il baisa la paume de sa main.

— Laisse-moi faire, dit-il. Je veux...

Elle posa un index sur ses lèvres.

— C'était bon ? répéta-t-elle.

Il rit.

— À ton avis ?

— Tant mieux !

Elle ramassa son chemisier et son soutien-gorge.

— Non..., protesta-t-il.

Elle secoua la tête.

— S'il te plaît, insista-t-il. Je veux juste... D'accord. Si tu ne veux pas que je... Laisse-moi au moins te regarder.

— Non. Le parc va bientôt fermer et le gardien fera sa tournée pour s'assurer qu'il ne reste plus personne.

Il se demanda si elle avait tout planifié. Habitant le quartier, elle savait mieux que quiconque où et quand ils pouvaient se retrouver sans que les choses aillent plus loin.

— Je deviens dingue, soupira-t-il. Je n'arrête pas de penser à toi. Je n'arrive plus à travailler. Et tant qu'on continuera comme ça, je n'y arriverai pas.

Elle reboutonnait son chemisier. Il faisait presque nuit à présent, et il ne distinguait pas son visage aussi bien qu'il l'aurait souhaité.

— Es-tu en train de me dire que tu n'arriveras pas à faire ton travail correctement tant que tu n'auras pas enfoncé ton pénis dans mon vagin ? se moqua-t-elle.

— Je ne plaisante pas !

Elle ne répondit pas.

— Tu sais que je pourrais te prendre ici et maintenant, si je le voulais ? Ou alors me pointer chez toi en pleine nuit... Mais je ne le fais pas. Je te laisse fixer les règles.

— Et je devrais t'en remercier ?

— Tu sais que ce n'est pas ma façon de penser.

— C'est quoi, alors, ta façon de penser ? Qu'est-ce que tu t'imagines ? Tu débarques chez moi sans prévenir, je me soumets, on baise...

— Ne dis pas ça.

— ... puis tu rentres chez toi, rejoindre ta femme et ta fille. Et moi je fais quoi après ton départ ? J'arrose mes plantes ? C'est comme ça que tu vois les choses ?

— Et toi, c'est comme ça que tu les vois ? répliqua-t-il en désignant les arbres qui les entouraient. Ici, c'est comme si... comme si on faisait quelque chose de sale.

— Ça le serait moins chez moi ? Avec ta femme et ta fille qui t'attendraient pendant que toi et moi on serait nus dans un lit ?

— Pas *un* lit. *Ton* lit.

— En quoi ce serait moins sordide ? On coucherait dans des draps propres, c'est ça ?

— Je t'aime, et ça me rend malade. Plus rien ne me retient là-bas. Pietra et moi... c'est terminé. Il n'y a que Lilybet et même elle... Sans toi... Oh, je crois que je deviens fou. Et toi qui m'interdis d'être avec toi comme je le voudrais ? C'est encore pire. Pas mieux. Pire.

— Dans ce cas, on ferait mieux d'arrêter.

— C'est ce que tu veux ?

Elle s'approcha de lui et l'embrassa passionnément.

— Je ne veux pas que l'un de nous fasse quelque chose que nous regretterions tous les deux.

— Je n'aurai aucun regret. Il n'est pas question de regret pour moi. Il n'y a que ça. Nous deux. Mais je ne supporte plus la façon dont ça se passe.

Il s'écarta vivement et plongea sous les branches tombantes des châtaigniers pour rejoindre le chemin. Elle avait raison sur tant de choses... et se trompait sur tant d'autres. Mais ils étaient piégés, tous les deux. Depuis l'instant où il avait posé les yeux sur ses longues jambes croisées – des jambes si lisses – avant d'explorer du regard le reste de son corps, lentement, en laissant vagabonder son imagination. Comment avait-il pu être aussi stupide ? Paulie lui avait pourtant montré la voie de la sagesse : un massage prodigué par une femme dont il aurait été incapable de prononcer correctement le nom, même si elle le lui avait dit. Un échange purement commercial, sans engagement d'aucune part. Cet amour, en revanche, était aussi incontrôlable qu'un incendie qui dévore tout sur son passage.

Il l'entendit approcher. Elle lui prit la main et pressa la sienne contre sa joue. Sans un mot, ils se dirigèrent vers la sortie.

— Je ne vois pas comment on peut continuer comme ça parce que je ne m'imagine pas vivre sans toi, dit-il doucement. Je ne conçois pas la vie sans toi. Ma vie est en morceaux.

— Si nous allons plus loin, nous risquons de tout détruire, répliqua-t-elle. Nous ne sommes pas seuls. Et nous devons protéger les autres. Toi, en tout cas. Et moi aussi je dois me protéger.

Elle exprimait seulement ce qu'ils savaient déjà tous les deux. Il ne pouvait pas quitter Pete et Lilybet, pas plus que se couper un bras. Elles avaient trop besoin de lui. Et, malgré son amour pour la femme qui marchait à son côté, son avenir paraissait tout tracé.

— Là-bas, dit-elle soudain en désignant des lumières au loin. Le Mere Scribbler. Finissons la soirée devant un verre au pub. Ensuite, on se dira au revoir. Juste au revoir, rien de plus.

Il acquiesça. Ce n'était pas ce qu'il désirait, mais c'était la seule chose à faire.

28 juillet

MAYVILLE ESTATE
DALSTON
NORD-EST DE LONDRES

— Qu'est-ce qui te prend, Monifa ? Tu sais pourtant ce que tu dois faire !

Au téléphone, la voix de sa mère était aussi nette que si elle avait été dans la pièce à côté.

— Comment tu veux qu'elle trouve un mari, Nifa ? Si t'as pas envie de faire ça chez toi, tu me l'envoies. D'accord ?

Monifa avait raccroché depuis longtemps mais les mots résonnaient encore à ses oreilles. Après vingt ans de mariage et deux grossesses, elle aurait pu se croire à l'abri des pressions maternelles. Pourtant, cela faisait sept mois que sa mère, Ifede, lui téléphonait au moins une fois par semaine du Nigeria. La raison de ses appels ne variait pas : même si elle n'avait que 8 ans, Simisola devait se préparer au mariage. Et Ifede n'était pas la seule à le penser.

Si Monifa pouvait aisément réfuter ces arguments maintes fois répétés, elle se sentait plus démunie face à ceux de sa belle-mère. En effet, Folade n'hésitait pas à impliquer son fils dans ses harangues, et chacune de leurs conversations se terminait par une menace implicite : « Tu veux qu'Abeo te quitte, Monifa ? »

Easter Lange était la solution idéale, mais Monifa n'avait aucune nouvelle d'elle depuis sa visite à la clinique avec Simi. Et cela n'avait pas contribué à apaiser les craintes d'Ifede et de Folade.

« Simisola sera rejetée de tous, s'était alarmée la première. Elle aura pas d'amis. Tu le sais, ça ? Elle aura jamais sa propre maison.

Elle aura pas de mari pour la protéger ni d'enfants pour prendre soin d'elle dans sa vieillesse. »

« Les femmes saignent, elles servent, elles font des enfants, puis elles meurent, avait rabâché la seconde. C'est la volonté de Dieu, Monifa. C'est pour ça qu'Il a créé la femme à partir d'Adam, et non l'inverse. L'homme passe toujours en premier. C'est le mari qui pourvoit aux besoins de sa femme. Ta mère, elle t'a appris ça. Si t'avais pas été pure, tu crois qu'Abeo aurait payé la dot que ton père réclamait ? »

Monifa avait donc rappelé Easter Lange. À plusieurs reprises, elle avait tenté en vain de la joindre. Ce jour-là, enfin, elle décrocha. À tout hasard, un créneau s'était-il libéré dans son planning suite à une annulation ? Sinon, une de ses patientes accepterait-elle de céder son tour à Simisola ? Si Easter voulait bien lui donner les coordonnées de toutes les clientes ayant rendez-vous à la clinique, elle les appellerait une par une afin de leur exposer sa situation. L'une d'elles se montrerait certainement compréhensive.

— Ce n'est pas possible, madame Bankole, répondit Easter sur un ton posé. Je ne peux pas vous divulguer des informations confidentielles.

— Juste leurs numéros, alors. Je me présenterai, et je leur expliquerai pourquoi ma Simi doit à tout prix obtenir un rendez-vous. Je leur dirai de vous appeler si elles acceptent de se désister pour elle.

— Ce serait trahir leur confiance. Jamais je ne ferais une chose pareille, ni à vous ni à quiconque.

— Mais vous êtes la seule à pouvoir m'aider ! S'il vous plaît, écoutez-moi. C'est très important…

— Essayez de comprendre…, répondit Easter avant de marquer une pause suivie d'un long soupir. D'accord. Je vais passer quelques coups de fil. Je ne vous promets rien, mais je ferai mon possible. Gardez votre téléphone à portée de main.

— Oh, merci, merci ! Vous n'imaginez pas à quel point…

— Je vous appellerai.

CHELSEA
SUD-OUEST DE LONDRES

C'est en promenant Peach que Deborah trouva un exemplaire du magazine *The Source* sur les marches menant aux portes bleues de l'ancien hôtel de ville de Chelsea. Cet édifice élégant pourvu de colonnes corinthiennes, de corniches en dents de scie, de fenêtres à double guillotine, et d'un étroit balcon du haut duquel le futur Richard III aurait pu écouter les suppliques de ses partisans résolus à l'asseoir sur le trône, avait été converti en « espace événementiel », selon le jargon contemporain. Il accueillait à présent des expositions d'artistes amateurs, des vide-greniers, des salons proposant des vêtements vintage ou des antiquités à l'origine douteuse.

Ayant du temps à tuer avant de se mettre en route pour Whitechapel, la jeune femme avait laissé son père soigner la jambe de Simon et Alaska faire sa toilette sur le rebord de fenêtre de la cuisine et était sortie promener Peach.

La chienne adorait arpenter l'Embankment : connaissant le trajet par cœur, elle savait quelle distance elle devrait parcourir et combien de temps s'écoulerait avant qu'elle retrouve le confort de son panier et grappille quelque chose à manger. Mais Deborah préférait le spectacle des passants au flot de la circulation, aussi entraîna-t-elle Peach vers Old Church Street puis vers King's Road.

Fidèle à son habitude, la chienne avançait à l'allure d'une tortue, reniflant chaque centimètre carré de trottoir tel un aspirateur, et résistant à toutes les tentatives de lui faire presser le pas. À moins d'avoir une patience d'ange, mieux valait apporter de la lecture ou écouter une musique apaisante pour la promener. Malheureusement, Deborah n'avait rien de tout ça. Elle se résigna donc à ramasser le tabloïd.

La une était consacrée à la disparition de Boluwatife Akin. Le gros titre mettait l'accent sur la famille de la fillette, dont on apprenait qu'elle avait été conçue par fécondation in vitro après quatre tentatives infructueuses. Selon des proches, ses parents la chérissaient comme un trésor et lui étaient entièrement dévoués.

L'article se poursuivait en page 3 avec des révélations sur le père de Bolu. Né au Nigeria, Charles Akin était sorti brillamment diplômé de l'institut de géographie d'Oxford. L'information avait été vérifiée, de même que son stage de fin d'études à Lincoln's Inn, où il exerçait à présent la fonction d'avocat dans un cabinet international. Réputé pour sa connaissance du droit civil, il ne versait jamais dans la polémique ni dans le spectaculaire lors de ses plaidoiries. La seule ambition que l'on connaissait à cet homme discret était de devenir un jour avocat de la Couronne.

Au journaliste qui l'interrogeait, il confiait se raccrocher à l'espoir que Bolu s'était simplement égarée. Si tel n'était pas le cas, il voulait se persuader qu'elle avait été enlevée dans le but d'obtenir une rançon. Ils n'étaient pas riches, mais sa femme et lui feraient le nécessaire pour réunir la somme qu'on leur réclamerait. En résumé, il était prêt à tout envisager, sauf ce que redoute n'importe quel parent dont l'enfant disparaît.

Le texte était accompagné de quelques photos : Bolu, encore bébé, dans les bras de sa mère ; Bolu, âgée de 2 ans, tenant la main de son père ; à 6 ans, sur les genoux du père Noël ; à califourchon sur la hanche de sa mère…

Deborah replia le journal, mais ne le jeta pas dans la poubelle la plus proche.

Quand elle comprit qu'elles reprenaient la direction de la maison, Peach adopta une allure plus rapide. Là-bas, il y avait ses croquettes, son panier et le chat qui la narguait en somnolant hors de portée de ses crocs.

Parce que Charles Akin était né au Nigeria, Deborah réalisa qu'elle s'était forgé de lui une image qui ne correspondait peut-être pas à la réalité. Pourtant, l'article de *The Source* laissait de nombreux points dans l'ombre. Ce qui ressemblait fort peu à la ligne habituelle de ce journal, réputé pour déterrer des détails sordides afin de salir quiconque aurait pu s'attirer la sympathie de ses lecteurs. Les tabloïds londoniens n'avaient qu'un seul credo : porter les gens au pinacle avant de les démolir. Si une personnalité sous les feux de l'actualité semblait jouir des faveurs d'un de ces torchons, on pouvait être sûr que le même torchon s'empresserait de la diffamer moins de trois jours plus tard.

Tandis que Peach s'assoupissait dans son panier, Deborah rassembla son matériel de photo et le déposa près de la porte d'entrée. Puis elle se précipita à l'étage, où elle trouva son mari en train de boutonner une chemise d'un blanc éclatant. Il avait déjà passé son pantalon et sa veste reposait sur le lit, près d'une cravate.

— Tu vas témoigner ? demanda-t-elle.

— Ça alors, comment as-tu deviné ? répondit-il, plein d'ironie.

— Nulle autre occasion ne mérite pareille chemise. Tu devrais aller chez le coiffeur, Simon.

Leurs regards se croisèrent dans le miroir au-dessus de la commode.

— Franchement, soupira Deborah, je ne connais personne qui ait une telle phobie des coiffeurs. Enfin... Je sors aussi. Peach a mangé ; ne cède pas, même si elle te fait les yeux doux.

— Je suis tout à fait insensible à ses charmes.

— Je suis sérieuse, Simon. Il ne faut pas qu'elle grossisse. Ce n'est pas bon pour elle.

— Ce n'est bon pour personne.

Il se détourna du miroir et prit sa cravate sur le lit.

— Je jure de ne rien laisser tomber de comestible en passant devant son panier, dit-il. Tu retournes à Whitechapel ?

— Oui.

— Tu n'as pas encore assez de photos ?

— J'y vais pour autre chose. Enfin, plus ou moins.

— Une réponse vague comme je les aime, ma chérie. On croirait m'entendre.

— J'y vais aussi pour prendre des photos. Mais il y a... Laisse tomber. Ce n'est pas important.

Elle l'embrassa et passa une main dans ses cheveux. Ils étaient soyeux sous sa paume.

— Oublie le coiffeur pour le moment, dit-elle en tirant sur une mèche. Tes cheveux sont très bien comme ça.

— Vu que tu les connais depuis l'âge de 7 ans, je me réjouis qu'ils te plaisent toujours autant.

Il l'embrassa à son tour.

Deborah récupéra son matériel dans l'entrée et se mit en route. Après un rapide trajet en voiture le long de Cheyne Row, elle atteignit l'Embankment, se fondit dans la circulation et longea la Tamise en direction de Westminster. Tout en conduisant, elle se demandait comment elle formulerait la question qui lui brûlait les lèvres. Plus délicat encore, à qui pourrait-elle la poser sans essuyer une nouvelle rebuffade ?

Une occasion se présenta sous les traits de Narissa Cameron, qu'elle trouva penchée au-dessus d'un plan de Londres à l'accueil de la Maison de l'orchidée. Cet espace, l'ancien narthex, était séparé de la chapelle par un mur.

Narissa se retourna à son entrée, une expression soucieuse sur le visage.

— Oh, c'est vous ! lâcha-t-elle du bout des lèvres.

Deborah ne se laissa pas démonter : jusqu'à présent, à l'exception des plus jeunes filles, toutes les personnes qu'elle avait croisées dans cet endroit lui avaient manifesté la même froideur.

— Vous avez l'air fatiguée, fit-elle remarquer. Vous voulez un café ?

— J'en ai déjà bu quatre. Un de plus et vous devrez me décrocher du plafond. Quelle merde !

— Il y a un problème ?

— C'est le moins qu'on puisse dire.

— Si vous voulez en parler… Enfin, je ne veux pas être indiscrète…

— Inutile de marcher sur des œufs, Deborah ! Je ne vais pas vous gifler si vous dites un mot de travers.

— Vous m'en voyez soulagée. Vous cherchez quelque chose ? demanda Deborah en désignant le plan.

— Oui. Des endroits pour filmer les passages narratifs. À condition de trouver quelqu'un pour les dire, bien sûr. Je n'aurais jamais cru que cette partie du projet serait finalement la plus difficile.

— Si vous permettez…

Narissa soupira.

— Arrêtez ça, d'accord ? Ce n'est pas parce que vous êtes blanche que vous avez besoin de ma permission pour parler normalement.

— Désolée. C'est juste que… Peu importe. Quel genre de narrateur recherchez-vous ?

— Une femme. Noire. Avec un physique imposant et une voix convaincante. Célèbre, si possible : une actrice, une chanteuse pop, une sportive, ou même quelqu'un dans la politique. Le truc, c'est que j'aurais dû écouter mon père. Il m'avait dit de commencer par là. Ces gens sont bookés longtemps à l'avance, voilà ce qu'il m'a dit. Mais je n'en ai fait qu'à ma tête, comme toujours. Du moins comme jusqu'à maintenant. J'essaie de m'améliorer.

— Une présence imposante, une voix convaincante… Vous avez pensé à Zawadi ?

— Bien sûr. Ce n'est pas une célébrité, mais elle coche toutes les autres cases.

— Et… ?

— Elle n'est pas contente de moi, et disons que la souplesse n'est pas sa principale qualité.

Narissa se pencha vers le plan et y traça en plusieurs endroits des croix au feutre rouge.

— Peckham Rye Common conviendrait parfaitement. Ainsi que le centre culturel somalien, Myatt's Fields Park, l'hôpital St Thomas, Middle Temple… Non, pas Middle Temple. C'est nul, comme idée. Myatt's Fields non plus. Le mieux, ce serait le marché de Brixton.

— Vous filmeriez quoi, là-bas ?

— Un arrière-plan pour la narratrice, pour qu'on ne la voie pas assise derrière un bureau ou devant une bibliothèque. Et aussi des images pour les séquences en voix off.

— Une cour d'école avec des enfants ? Rien que des filles ? Ou un terrain de jeux ?

— Il y en avait un sur Camberwell Green, autrefois. Il y en a un aussi sur Peckham Common.

— Des enfants en train de jouer, imagina Deborah. Leurs voix s'estompent quand la narratrice prend la parole…

Narissa lui sourit d'un air presque aimable.

— Pas mal ! approuva-t-elle. Vous devriez faire du cinéma.

— Merci. C'est rassurant de savoir qu'une nouvelle carrière s'offre à moi. Je peux vous poser une question ?

— Je vous écoute, dit Narissa en rebouchant son feutre.

Deborah fit un signe de tête vers la porte.

— Est-ce qu'on pourrait… ?

Narissa la suivit à l'extérieur, sur la pelouse bordée d'acacias taillés en forme de parapluie. Deborah la conduisit à l'ombre de l'un d'eux.

— J'ai beaucoup réfléchi à la disparition de cette fillette, commença-t-elle. Vous savez, celle qui a un nom très long mais qu'on appelle Bolu ?

Narissa ne répondit pas tout de suite.

— J'ai vu ça à la télé, dit-elle enfin.

— Ce matin, j'ai vu la une de *The Source*…

— En cherchant quelque chose au fond de votre poubelle, j'espère !

Deborah sourit.

— En promenant mon chien. Je suis tombée par hasard sur un exemplaire. Il contenait un long article sur les parents de la petite.

— Et alors ?

— Au moment de sa disparition, elle circulait à bord de la Central Line en compagnie de deux adolescents.

— Et… ?

Narissa fut distraite par l'arrivée de ses deux assistantes.

— Où voulez-vous en venir ? reprit-elle.

— La Central Line passe par Mile End. Imaginons qu'ils aient changé pour la District Line et qu'ils soient ensuite descendus à Stepney Green…

— La gosse était en danger, lâcha Narissa.

— Mais alors…

— Tout ce que vous avez besoin de savoir, c'est qu'elle était en danger, Deborah. Elle a dit quelque chose, quelqu'un l'a entendue et ça a fait tilt. C'est tout. Alors si vous voulez prouver que vous n'êtes pas qu'une petite Blanche privilégiée qui se la pète avec son appareil photo hors de prix, vous allez garder pour vous tout ce que vous savez et tout ce que vous croyez savoir.

Sur ces paroles, Narissa s'éloigna vers la chapelle. Mais, avant de gravir les marches, elle se retourna et lança :

— Vous avez compris ?

THE MOTHERS SQUARE
LOWER CLAPTON
NORD-EST DE LONDRES

Mark Phinney savait qu'il ne pouvait pas continuer ainsi. Les responsabilités s'amoncelaient sur sa tête et, s'il parvenait à s'en acquitter au bureau, ce n'était pas avec le professionnalisme qu'on attendait de lui. Il les assumait aussi dans le cadre familial, mais sans excès d'empathie ni d'amour. À l'Empress State Building, il maîtrisait de mieux en mieux l'art d'écouter sans écouter ou d'éplucher des rapports sans rien en retenir. Pourtant, s'il parvenait assez bien à cacher son manque d'intérêt pour son travail, chez lui, devant Pete, il se sentait transparent.

Il aurait voulu que sa femme ne lise pas en lui comme dans un livre ouvert. Il aurait voulu être libre. Vivre à visage découvert, en finir avec ces rendez-vous clandestins qui lui donnaient le sentiment de trahir encore plus tout ce en quoi il avait cru, tout ce à quoi il avait tant tenu. La culpabilité, son infidélité, ses manquements envers ses collègues, les vœux inavouables qu'il formait pour son unique enfant : tout ça, il arrivait à le gérer. Mais ce qui le dépassait, ce qu'il n'avait même jamais envisagé, c'était que tomber amoureux le placerait dans une situation qui entraînerait à coup sûr des souffrances, quoi qu'il décide.

Pourtant, il devait prendre une décision. Ça, au moins, il pouvait l'admettre. Il voulait quitter Pete et Lilybet pour se jeter dans les bras de la femme qu'il aimait. Elle était son âme sœur. En fait, ils n'étaient qu'une seule et même personne pour le moment coupée en deux par... le destin ? Son incapacité à faire les choix qui s'imposaient ? Et même si son avenir, ou leur avenir commun, ne dépendait pas uniquement de lui, il ne voyait pas comment provoquer ce qui le mènerait où il voulait aller. Pete ferait tout pour empêcher cela. Et comment le lui reprocher ?

Elle l'avait assez percé à jour pour se résoudre enfin à engager quelqu'un pour l'aider : un infirmier retraité, Robertson, qui, à 71 ans, avait conservé l'énergie d'un quadragénaire. Il passait ses vacances à sillonner l'Europe sur les chemins de pèlerinage. Son préféré était celui qui reliait Rome à Saint-Jacques-de-Compostelle, qu'il avait déjà parcouru trois fois. En Angleterre, il consacrait son temps libre à la préparation physique de son prochain périple. À côté de lui, Mark avait l'impression d'être une loque.

Comme Robertson venait en journée, afin de laisser quelques heures de liberté à Pietra, il s'était écoulé un moment avant que Mark ne fasse sa connaissance. Mais, lorsqu'il rentra ce soir-là, l'infirmier n'était pas encore parti.

— La petite nous a fait une grosse frayeur aujourd'hui, expliqua-t-il. Je suis allé la voir dès que l'alarme a sonné, mais j'ai préféré attendre que quelqu'un soit avec Mme Phinney pour m'en aller.

Par « quelqu'un », bien sûr, il voulait dire Mark. Qui s'était attardé au bureau, son équipe venant d'accueillir une nouvelle recrue, le sergent Jade Hopwood. Chaque soir, il prenait un moment pour la former. Heureusement, elle pigeait vite et faisait des suggestions intéressantes. Néanmoins, il leur restait pas mal de points à aborder ensemble.

Comme Mark le pressait de questions, Robertson se borna à répondre :

— Votre femme vous expliquera.

Puis il jeta un coup d'œil vers la chambre de Lilybet et ajouta à voix basse :

— Il faudrait que la petite voie rapidement la spécialiste. Elle respirait bien, et tout à coup… Le mieux serait de la faire examiner.

Il se dirigea ensuite vers la porte, enfila ses chaussures de randonnée, saisit les bâtons de marche qui lui servaient à raffermir ses bras et sortit.

Pete était assise sur le lit de Lilybet, un bras passé autour des épaules chétives de leur fille. Toutes deux semblaient dormir, mais sa femme ouvrit brusquement les yeux quand il entra.

— Robertson t'a raconté ? Pendant quelques secondes, j'ai cru que nous l'avions perdue.

— Tu as appelé les secours ?

— Oui, mais tu sais comment c'est... Le temps qu'ils arrivent, Robertson et moi on avait résolu le problème. Mark, elle avait les lèvres violettes !

Pete était au bord des larmes.

— Robertson dit qu'on devrait la faire examiner par la spécialiste, tenta-t-il.

— À quoi bon ? Elle dira la même chose que d'habitude : « Ses fonctions vitales ne sont pas bonnes. Son état nécessite une surveillance constante. » Il peut lui arriver n'importe quoi : étouffement, AVC, rupture d'anévrisme, arrêt cardiaque... Et puis elle ajoutera qu'on peut encore éviter le pire en la plaçant dans un établissement spécialisé ; le personnel veillera sur elle vingt-quatre heures sur vingt-quatre.

Mark regarda Lilybet, dont la tête reposait sur la poitrine de sa mère. Face à elle, la télévision diffusait *La Reine des neiges* sans le son. Les couleurs vives qui dansaient sur l'écran avaient-elles le moindre effet sur son cerveau ? Y avait-il le moindre espoir de le stimuler ? Pete passait-elle les plus belles années de sa vie à tenter d'escalader une montagne infranchissable ?

— Peut-être. N'empêche que nous devrions lui amener Lily.

— Elle trouvera quoi ? Des lésions cérébrales ?

— Tu sais très bien ce que je veux dire, Pete.

— Je ne veux pas l'entendre une fois de plus.

— Entendre quoi ?

— Qu'on ferait mieux de la placer. « Personne ne vous reprochera cette décision. » Comme si je m'inquiétais de ce qu'on peut penser de moi ! Comme si mon désir le plus cher était de la refiler à des gens qui la colleront dans un lit d'hôpital et passeront la voir trois fois par jour, tout ça pour que je puisse... Quoi ? Faire du sport ? Me mettre au golf ? Retourner à la piscine ? Aller une fois par mois chez le coiffeur ? Apprendre le français ? C'est notre enfant, Mark !

— Lilybet n'ira nulle part. Mais pour éviter que ça se reproduise, il faut comprendre ce qui lui est arrivé aujourd'hui. Demain tu appelleras la spécialiste et tous les deux, nous lui amènerons notre fille. Robertson pourra venir aussi.

— Je...

— Oui ?

— Je ne supporterai pas qu'on la mette dans un établissement spécialisé. Je t'en prie, Mark. Je sais que c'est compliqué, mais essaie de comprendre !

Ses sanglots réveillèrent Lilybet, qui releva la tête. Pete la ramena contre sa poitrine.

— Non, gémit-elle. Je ne le supporterai pas.

— Pete, tu es épuisée. Je vais rester un moment avec Lily. Va prendre un bain. Sers-toi un verre de vin.

— Je suis sa mère !

Les larmes de Pete paraissaient brûlantes comme de l'acide.

— Elle représente ma seule chance d'être mère. Mark, elle est toute ma vie. Pas pour toi ?

Si le monde de Pete se limitait à sa fille, Mark, lui, refusait de tout lui sacrifier. Lilybet était une partie capitale de son existence, mais n'était pas tout.

— Bien sûr que oui, répondit-il néanmoins.

C'était ce que Pete voulait entendre. C'était aussi le seul moyen de l'inciter à se lever et à subvenir à ses propres besoins pendant une demi-heure. Il caressa les cheveux fins de Lilybet, puis les boucles brunes de sa femme.

— Et toi aussi, Pete, ajouta-t-il. Tu le seras toujours.

Elle plongea son regard dans le sien.

— Tu le penses vraiment ?

— Je n'ai jamais été aussi sincère, mon amour.

Il prit une profonde inspiration pour avaler son mensonge et en faire une vérité avec laquelle il pourrait vivre.

— Maintenant, va prendre un bain, insista-t-il. Ça me fait plaisir de lui tenir compagnie.

— C'est vrai ?

— Mais oui !

Pete s'écarta lentement de Lilybet et la cala contre sa pile d'oreillers. Mark la remplaça sur le lit, prit un livre pour enfants et commença à lire à haute voix :

— « Pères et mères sont des gens bien curieux. Même lorsque leurs rejetons sont les pires des poisons imaginables, ils persistent à les trouver merveilleux[1]. »

Pete n'avait pas quitté la pièce, et Mark sentait son regard posé sur lui. Plusieurs minutes s'écoulèrent. Elle continua à l'observer tandis qu'il lisait. Il finit par lever les yeux vers elle et demanda :

— Et ce bain, alors ? Ça te ferait du bien.

Elle acquiesça mais ne bougea pas.

— Mark, dit-elle, je suis au courant pour cette femme.

1. Roald Dahl, *Matilda*, Gallimard, 1988. Traduit de l'anglais par Henri Robillot.

29 juillet

KINGSLAND HIGH STREET
DALSTON
NORD-EST DE LONDRES

Adaku considérait que la patience était l'une de ses principales vertus : patience d'attendre qu'il se passe quelque chose, qu'un changement s'opère en elle, qu'un événement vienne donner une nouvelle direction à son existence… Mais sa situation avait changé. À présent, elle avait tout son temps pour attendre que quelqu'un franchisse la porte menant aux appartements au-dessus du Royaume des jouets.

Elle avait appelé le numéro figurant sur la carte qu'Easter Lange lui avait donnée. Elle avait bien réfléchi, avait-elle dit, et avait réussi à se procurer la somme demandée. En échange de cet argent, Easter avait consenti à lui accorder un peu de son temps.

Le jour du rendez-vous était arrivé. Entre-temps, Adaku avait fait la connaissance d'un jeune musicien qui louait une chambre meublée presque en face de la boutique de jouets. Il s'était facilement laissé convaincre lorsqu'elle lui avait expliqué de quoi il s'agissait. Il se prénommait Richard, mais tout le monde l'appelait Dickon. Elle aussi pouvait l'appeler ainsi, si elle préférait.

Il lui avait immédiatement donné une clé de son appartement au cas où elle aurait eu besoin d'entrer en son absence. Il composait des musiques de fond pour des films et la plupart du temps il travaillait de chez lui. Mais il lui arrivait d'aller en studio. « Faites comme chez vous », avait-il dit.

Si Dickon faisait preuve d'une certaine désinvolture quand

il s'agissait de confier ses clés à une quasi-inconnue, question musique il était sérieux. Il possédait un clavier et un synthétiseur qu'il avait dû payer cher. Il avait aussi une guitare, une batterie électronique, une trompette et un violon. Ses voisins devaient vivre des expériences auditives intéressantes. Mais, du moment qu'elle avait accès à sa fenêtre, Adaku se moquait du bruit.

Lorsqu'elle était entrée ce matin-là, à 7 heures, Dickon dormait encore. L'appartement ne comportait pas de chambre à proprement parler, mais une alcôve assez profonde pour loger un futon ou un matelas. En se dirigeant vers la fenêtre, Adaku aperçut le sommet d'un crâne rasé qui émergeait d'un sac de couchage.

Elle entrouvrit les stores vénitiens pour mieux voir la rue. Elle avait tout planifié avec soin. Elle espérait juste avoir été assez prudente.

Un peu avant 8 heures, Easter apparut, venant de Ridley Road. Elle n'avait pas encore atteint la boutique de jouets quand elle fut abordée par une femme accompagnée d'une petite fille. Toutes trois se dirigèrent ensemble vers l'immeuble abritant la clinique. La fillette regardait autour d'elle d'un air curieux tandis que les femmes semblaient en grande conversation. Adaku se figea. Elle avait d'abord cru que l'inconnue était une amie d'Easter, mais la présence de l'enfant l'avait rapidement détrompée. Elle n'en revenait pas de sa chance : son plan se concrétisait plus tôt que prévu.

Easter ouvrit la porte de l'immeuble et s'effaça devant les deux visiteuses. Elle jeta un coup d'œil des deux côtés de la rue, puis en face. Adaku referma vivement les stores, sans toutefois s'éloigner de la fenêtre. Peu après, Easter entra à son tour.

Adaku n'avait pas prévu que les choses se passent ainsi, mais si elle n'agissait pas maintenant une telle occasion ne se représenterait peut-être pas de sitôt.

Elle laissa s'écouler le temps nécessaire aux préparatifs d'une intervention, puis sortit son portable de sa poche et composa un numéro.

— Kingsland High Street. C'est le moment.

Elle déposa la clé de l'appartement sur le clavier électronique et sortit sans un bruit. Puis elle retourna à son poste d'observation, devant le cinéma. Elle tenait à voir Easter et sa visiteuse traînées hors de l'immeuble puis jetées au trou. Bien sûr, elles nieraient farouchement. Mais ils s'étaient tous préparés à démonter leurs mensonges.

MAYVILLE ESTATE
DALSTON
NORD-EST DE LONDRES

Cette nuit-là, Tani ne trouvait pas le sommeil. Dans la chambre, la chaleur suffocante était pénible. Mais pas pire que l'agitation de son cerveau. Juste avant le dîner, Abeo et Simisola étaient entrés dans l'appartement suivis de Monifa, et Tani avait eu l'intuition que cette arrivée groupée n'annonçait rien de bon. Quand sa femme était passée devant lui pour gagner la cuisine, Abeo lui avait donné une claque derrière la tête en grognant : « Hors de ma vue ! » Quant à Simi, elle avait filé dans la chambre et n'avait pas prononcé un mot de la soirée.

Étendu sur son lit, Tani écoutait la respiration de sa sœur à l'autre bout de la pièce. Il était plus de minuit quand il entendit ses parents se disputer à voix basse. Ce n'était pas la première fois – les murs étaient aussi minces que du papier. D'habitude, il n'y prêtait pas attention, mais cette fois ça paraissait grave. Lorsque sa mère étouffa un cri, le jeune homme se leva, entrouvrit la porte et tendit l'oreille.

— Je te conseille de ne pas me défier, Monifa ! gronda Abeo.

S'il parlait bas, sa voix vibrait de colère.

— Pour une fois, essaie de comprendre ! protesta sa femme.

— Comment oses-tu... ?

Monifa changea aussitôt d'attitude.

— Abeo, gémit-elle sur un ton implorant, je ne peux pas laisser...

— Ne discute pas !

— Tout ne se résume pas à l'argent...

— Si tu oses désobéir, Monifa, je jure devant Dieu...

— Je t'en prie, écoute-moi !

— J'en ai assez entendu.

— Non ! Si Simisola meurt, tu pourras faire une croix sur sa dot. Parfois, j'ai l'impression que tu refuses de voir la réalité. Tu ne peux pas...

Un bruit de pas précipités, puis un cri :

— Abeo, non ! Pas ça !

Le sang de Tani ne fit qu'un tour. Il s'avança vers la porte de la chambre parentale.

— Ne me parle plus jamais sur ce ton !

Abeo avait haussé la voix.

— Je fais ça pour le bien de nos enfants !

— C'est moi qui décide de ce qui est bien pour eux ! Tu comprends ?

— Arrête ! Tu me fais mal...

— Tu as mal, hein ? Mais qu'est-ce que tu espérais ? Toi, ton père et les mensonges que vous m'avez racontés... Je devais épouser une bonne génitrice, et qu'est-ce que j'ai ? Toi, ta douleur, tes larmes et... Ça suffit, maintenant ! Tu as besoin d'une leçon. C'est ta faute, Monifa !

Un bruit de lutte, suivi d'un choc sourd.

— Tu me fais mal ! Abeo, je t'en supplie...

Tani ouvrit brusquement la porte. Son père avait poussé sa mère contre le lit. Une main plaquée sur sa nuque, il lui pinçait le menton si fort que sa peau avait une teinte violacée.

— Lâche-la ! cria Tani.

Abeo fit volte-face vers lui.

— Tu veux frapper quelqu'un ? Alors frappe-moi, parce que moi j'en rêve ! T'as entendu, papa ? Vas-y ! Ou alors tu t'en prends seulement aux femmes ?

— Tani, non ! Ne t'en mêle pas.

Mais Monifa s'inquiétait pour rien.

— Tu sais ce qu'il te reste à faire ! lui lança Abeo d'un ton rageur en desserrant les poings.

Puis il écarta brutalement Tani du passage et quitta la pièce. *Pas fou !* pensa le jeune homme. Il savait ce qui l'attendait s'il levait la main sur sa femme devant son fils.

— Laisse-le ! cria Monifa, le voyant emboîter le pas à son père. Laisse-le partir !

Mais c'était hors de question. La paix relative que leur procurerait son départ ne durerait que jusqu'au matin, puis tout recommencerait. Il fallait en finir, et Tani était le seul à pouvoir agir. Abeo sortit de l'appartement en claquant la porte.

Il avait une longueur d'avance sur Tani, surtout qu'il fallait que ce dernier rassure Simisola avant de le suivre. Il trouva sa sœur assise dans son lit, serrant son oreiller contre sa poitrine. Ses yeux immenses brillaient dans la pénombre.

— Va voir maman, lui dit-il. Je reviens tout de suite.

Elle le supplia de rester avec elle, mais il ne céda pas.

Une fois dehors, il regarda à gauche, puis à droite. Il ignorait où son père avait pu aller. À cette heure-ci, les pubs étaient tous fermés et il y avait peu de chances que son club lui ouvre ses portes.

Les réverbères éclairaient faiblement l'aire de jeux. Tani l'inspecta à travers les arbres, puis scruta les environs : personne. Son père s'était évanoui dans la chaleur de la nuit.

31 juillet

LYCÉE D'ABNEY
STOKE NEWINGTON
NORD-EST DE LONDRES

Incapable de se concentrer, Tani avait séché trois cours et une heure de tutorat. Il brûlait de se confier à Sophie, mais craignait de lui dire certaines choses... Des choses concernant sa famille, auxquelles il préférait ne pas penser et qu'il avait encore moins envie de partager. Toutefois, la pression s'accumulant, il finit par se résigner. Il devait trouver une solution à cette situation en apparence inextricable et, que cela lui plaise ou non, deux cerveaux valaient mieux qu'un.

Il trouva Sophie à la bibliothèque du lycée, en pleine rédaction d'un devoir. Ses écouteurs vissés dans les oreilles, elle mâchonnait son crayon. Il la regarda déchiffrer un passage d'un texte et griffonner quelques lignes sur une feuille avant de poser la main sur son livre ouvert.

Elle releva la tête, sourit et retira ses écouteurs, d'où s'échappait un bruit blanc évoquant la pluie. Il s'assit à califourchon sur une chaise en face d'elle.

Elle jeta un coup d'œil à l'horloge qui trônait au-dessus du bureau de la bibliothécaire.

— Tu ne devrais pas être en cours, Tani ?

— On me fait assez la leçon comme ça à la maison.

— Très drôle !

Elle se pencha par-dessus la table pour l'embrasser. Il se laissa faire volontiers. Quand elle s'écarta, il l'attira de nouveau vers lui et plongea son regard dans ses yeux sombres, front contre front.

— Quoi ? murmura-t-elle en souriant.

— Quoi, quoi ? demanda-t-il à son tour.

— Tu as séché ton cours. Ce n'est pas ton genre. Quelque chose ne va pas, je le vois bien, dit-elle en lui caressant la joue. Je le sens, aussi. Tu crispes les mâchoires. Tu t'es encore disputé avec ton père ?

Il recula.

— C'est à propos de Simisola.

Sophie changea d'expression.

— Ta sœur ? Qu'est-ce qui se passe ?

— On va dehors ?

Elle ramassa son sac à dos, laissant le reste en plan. Tani réfléchit tout en se dirigeant vers la sortie : comment lui faire part de ses soupçons sans trahir ses parents ? Il avait la sensation d'avancer sur un étang gelé dont la surface fragile menaçait de céder.

— L'autre soir, dit-il sans regarder Sophie, Simi m'a montré un tas de trucs que ma mère lui avait achetés. Au marché de Ridley Road, j'imagine. Des vêtements, des bijoux, du maquillage...

— C'est bizarre, non ? Je veux dire, pour son âge. D'après ce que tu m'en as dit, ça ne ressemble pas à ta mère. Elle me semble plutôt du genre... traditionnel ?

— Ouais. Mais c'est... En fait, Simi croit que c'est pour une fête. Juste après son initiation.

— Son « initiation » ?

— Pour devenir une Yoruba. Ma mère lui a dit qu'elle devrait en passer par là parce qu'elle est née ici et pas au Nigeria.

— C'est vrai ?

— Bien sûr que non ! C'est des conneries. J'ai essayé de lui expliquer, mais Simi voulait rien entendre. Tout ce qui compte pour elle, c'est qu'il y aura un gâteau, que les invités lui fileront des sous, qu'elle pourra se peinturlurer le visage et porter toutes les saletés qu'elles ont rapportées de Ridley Road. J'en ai parlé à ma mère. Elle m'a dit que Simi avait mal compris, qu'elle avait juste subi un examen par une espèce de médecin ou d'infirmière. Pour s'assurer que ses parties intimes étaient bien formées.

Songeuse, Sophie regarda la fontaine qui se dressait au milieu de la cour où ils s'étaient assis.

— C'est quelque chose de normal pour les petites Nigérianes ?

— Aucune idée. Comme elles sont destinées à avoir beaucoup de gosses, la première question qu'on se pose c'est de savoir si elles sont en bon état.

— Mais elle a à peine 8 ans, non ?

— C'est aussi ce que je me suis dit. Et puis, mon père et ma mère se sont disputés la nuit dernière. D'après ce que j'ai entendu, c'était au sujet de Simi. Ma mère disait qu'elle essayait de la protéger.

Un doigt posé sur ses lèvres, Sophie le considérait comme si elle cherchait à deviner ses pensées.

— La protéger de quoi ?

Tani hésita, par crainte de ce que sa réponse dévoilerait de sa famille. Mais il avait trop besoin de parler.

— Pour empêcher que mon père la marie en échange d'une dot.

— Il a l'intention de la vendre ? Mais c'est illégal ! Tu devrais peut-être appeler la police ?

— Ça servirait à rien. Ils nieraient, c'est tout. Du moins mon père.

— Alors il faut la sortir de là... Dès que tu soupçonneras qu'un homme est sur le point de payer pour l'épouser. Si ta mère lui a acheté des vêtements et tout, il y a anguille sous roche.

— Mais tu veux que je l'emmène où ?

Sophie tourna les yeux vers l'immeuble situé de l'autre côté de la cour. Quelqu'un était en train d'ouvrir les fenêtres, espérant créer un courant d'air. Le silence se prolongea. On n'entendait que le gazouillis des oiseaux qui venaient se rafraîchir dans la fontaine au clapotis apaisant. La vie suivait son cours ordinaire, excepté pour Tani et Simisola.

— Tu pourrais l'amener chez moi, suggéra alors Sophie.

— Impossible !

— Pourquoi pas ? Tu ne leur as jamais dit, pas vrai ? Tu n'as jamais parlé de nous à tes parents ?

— Non, mais on est allés au marché ensemble, Soph. Et je te parie qu'on nous a vus. C'est le premier endroit où ils iront chercher ma sœur. S'ils ne la trouvent pas là-bas, ma mère devinera immédiatement que je suis derrière sa disparition. Simi était emballée à l'idée d'être « initiée » ; jamais elle ne s'enfuirait d'elle-même. Et si quelqu'un de Ridley Road dit à ma mère : « Et cette fille qu'on a vue avec ton Tani ? », elle comprendra tout de suite. En posant les bonnes questions, ils ne tarderont pas à découvrir ton nom et ton adresse. Non, il faut un endroit où personne ira la chercher.

— Un foyer ?

— Je peux pas faire ça à Simi !

— Tu as une meilleure idée ?

— Non, mais je peux pas la coller dans un foyer. Comment ça se passera, après ? Quand est-ce qu'elle en sortira ?

— Elle sortira quand tes parents accepteront de…

— Ils n'accepteront rien. Jamais. Mon père sera pas d'accord, et ma mère finit toujours par lui céder. Simi sera punie à leur place.

— Un foyer, ça n'a rien à voir avec une prison, Tani.

— À ton avis, comment elle va le prendre, elle ? Elle sera terrifiée !

— Il faut bien que tu la mettes en sécurité, au moins jusqu'à ce que quelqu'un réussisse à parler à tes parents.

— Mais qui va s'en charger ?

En se grattant la tête, Sophie retrouva un crayon qu'elle avait coincé derrière son oreille et le fit tourner entre ses doigts. Soudain, son visage s'éclaira.

— Tani, tu crois que…

— Que quoi ?

— Eh bien… C'est peut-être idiot, mais est-ce que tu aurais un moyen de pression sur tes parents ? Sur l'un ou l'autre ? Ou les deux ?

— Comment ça ?

— Mettons qu'ils aient fait un truc que personne ne doit savoir, sauf que toi tu sais. Et tu leur dis que tu n'en parleras pas, à condition qu'ils renoncent à leurs projets pour Simisola.

— Tu penses à quoi ? Un trafic de drogue à la boucherie ? Un réseau pédophile ? Impossible. D'ailleurs, ma mère ne sort presque jamais.

— Et ton père ? Il n'y aurait pas un truc qu'il cacherait à ta mère ?

Tani réfléchit. Abeo quittait le domicile familial presque chaque soir et ne rentrait qu'au petit jour. Tani avait toujours supposé qu'il se rendait au pub ou à son club, mais peut-être y avait-il autre chose. Peut-être qu'il jouait, pariait sur des chevaux, faisait entrer des migrants dans le pays ou s'adonnait à la contrebande.

— C'est possible, oui. Il sort souvent le soir. Très souvent. En général, il ne revient pas avant le matin.

— Et si tu le suivais, un de ces soirs ?

— Pourquoi pas… Mais s'il ne fait rien d'immoral ou d'illégal ?

— Alors on pensera à un autre plan. D'ici là, je te conseille de préparer un petit sac pour Simi. Qu'on puisse la faire partir rapidement en cas de besoin.

MAYVILLE ESTATE
DALSTON
NORD-EST DE LONDRES

Une occasion se présenta le soir même. Le dîner s'était déroulé dans un climat pesant. Ni le riz aux œufs, ni l'*asun* à la viande de bélier, ni la soupe d'*éwédù* que leur avait servis Monifa n'avaient pu tempérer la mauvaise humeur d'Abeo. La table était déjà dressée quand celui-ci était rentré de la boucherie. Avec sa chemise couverte de sang, on aurait dit un médecin légiste après une autopsie. Ils auraient tous plus apprécié le repas s'il s'était changé, mais personne ne s'était risqué à lui en faire la remarque. Sans se concerter, ils s'étaient résignés à regarder ailleurs. Hormis au moment où Abeo s'était livré à son rituel dégoûtant – se moucher dans sa serviette puis la jeter par terre –, il avait régné dans la pièce un silence de plomb à peine troublé par les bruits de mastication et les éclats de voix qui leur parvenaient par les fenêtres ouvertes.

Tani en avait conclu que la dernière dispute de ses parents n'avait rien réglé : Abeo attendait toujours de Monifa quelque chose qu'elle ne pouvait ou ne voulait pas lui donner.

Dès qu'il eut fini de manger, Abeo disparut dans la salle de bains et ils entendirent bientôt l'eau couler dans la baignoire. Monifa se leva et entreprit de débarrasser la table.

— Aide-moi, Simi, ordonna-t-elle.

Simi jeta un coup d'œil à Tani en ramassant les verres. Elle semblait troublée par le changement qui s'était produit dans leur famille : l'absence de conversation pendant le repas, la tension entre leurs parents. Et plus rien au sujet de son « initiation ». Tani se réjouissait de ce dernier point, et il croisait les doigts pour que cette histoire ne soit bientôt plus qu'un mauvais souvenir.

Une heure plus tard, Abeo quitta la salle de bains pour la chambre parentale. Tani crut d'abord qu'il n'en sortirait plus de la soirée, qu'il avait décidé de les punir en s'enfermant dans un mutisme plein de colère.

Il gagna alors sa propre chambre et sortit son vieux sac à dos de sous son lit. Après l'avoir vidé, il se dirigea vers l'armoire. Il s'apprêtait à y fourrer l'une des robes d'été de sa sœur quand elle entra.

— Papa est fâché, fit-elle observer.

— Oui. Mais ça n'a rien à voir avec toi.

— C'est à cause de quoi, alors ? Parce que tu veux pas te marier avec cette fille ?

— Omorotruc ? En partie, oui.

— Et le reste ? Tani… C'est à propos de moi ?

— Te mêle pas des affaires de papa et maman, Mimi. Crois-moi, c'est ce qu'il y a de mieux à faire.

— Je comprends pas.

— Tant mieux !

Tani entendit alors s'ouvrir la porte de la chambre parentale. Il entrebâilla la sienne, juste assez pour voir Monifa se glisser dans la pièce. Il se crispa, préférant ignorer ce qu'elle s'apprêtait à faire avec son père pour ramener la paix dans le ménage.

Il faisait nuit noire quand la porte se rouvrit. Tani attendait que Simi s'endorme enfin pour remplir son sac de ses vêtements. Mieux valait qu'elle ne se doute de rien.

— Abeo, s'il te plaît…, supplia Monifa.

Tani jeta un coup d'œil dans le couloir et vit son père se diriger vers le salon. Il était tout habillé et traînait dans son sillage le parfum de son après-rasage. Il avait l'intention de ressortir.

Tani se tourna vers Simi et murmura :

— Je reviens. Pas un bruit, compris ?

— D'accord. Mais où…

— J'en sais rien. Mais je te l'ai dit, je reviens vite. Endors-toi, d'accord ?

Il attendit qu'elle se recouche et sortit. Dehors, l'atmosphère était lourde et moite. Ne voyant pas son père, il tendit l'oreille. Un chien aboya. Tani avança dans sa direction et aperçut bientôt la silhouette imposante, immédiatement reconnaissable. Il ne semblait pas pressé, comme s'il se promenait en quête de fraîcheur. Arrivé à Woodville Road, il prit à gauche, et Tani dut courir pour ne pas le perdre. Il le vit alors s'éloigner vers Kingsland High Street. L'itinéraire qu'il suivait longeait des pavillons et des immeubles dont les occupants cherchaient sans doute en vain le repos.

Kingsland High Street était déserte. On aurait dit que la chaleur imprégnait les façades pour se répandre dans les boutiques fermées. Une odeur de gaz d'échappement semblait suinter des trottoirs. Les bennes à ordures exhalaient des relents fétides.

Abeo regarda derrière lui avant de traverser et Tani se plaqua contre la grille d'un magasin de meubles, espérant se fondre dans la pénombre. Son père continua son chemin et, quelques minutes plus tard, il tourna dans Ridley Road.

Un instant, Tani s'imagina que son père allait tromper son insomnie en travaillant à l'épicerie ou à la boucherie. Sinon, pour quelle raison serait-il venu jusque-là ? Il n'y avait rien à faire ni à voir dans le quartier. Tout était fermé, et sous la lumière blême des réverbères les détritus de la journée attendraient encore des heures l'arrivée des balayeurs qui apparaissaient à l'aube, comme les commerçants du marché.

Mais Abeo ne s'arrêta pas à Ridley Road. En fait, il pressa le pas et s'engouffra dans Chester Crescent puis Dalston Lane. En apercevant au loin le pont de chemin de fer, Tani crut que son père se rendait à la gare, même si aucun train ne circulait à cette heure.

Puis il sentit soudain une montée d'adrénaline. Sophie avait raison : son père avait quelque chose à cacher, et si ce secret était assez noir pour qu'il puisse l'utiliser contre lui, Simi était sauvée. Jusque-là, Tani ne s'était pas vraiment interrogé sur les virées nocturnes d'Abeo, pensant qu'il recherchait la compagnie d'autres hommes mariés. À présent, il avait la certitude qu'il manigançait quelque chose.

Ils dépassèrent la gare de Hackney Downs puis Amhurst Road avant de pénétrer dans The Narrow Way. Le quartier abritait plusieurs boutiques de prêt sur gage. Tani en déduisit qu'il allait bientôt assister à une transaction impliquant de l'argent. Soit Abeo s'apprêtait à recevoir des marchandises de contrebande qu'il revendrait ensuite à la boucherie ou à l'épicerie, soit il était venu reverser une partie de ses bénéfices. Mais une chose était sûre : si l'échange se déroulait en pleine nuit, c'est qu'il enfreignait la loi d'une façon ou d'une autre. Tandis que le jeune homme échafaudait des scénarios, son père atteignit le bout de la rue menant à Pembury Estate. L'immense dédale d'immeubles en briques rouges se dressait à l'intersection de Dalston Lane et de Clarence Road, à proximité d'un bureau de paris qui alimentait les rêves de fortune de centaines d'habitants.

Tani s'arrêta à l'angle de la rue pendant qu'Abeo pénétrait dans le grand ensemble, qui paraissait encore plus étendu que celui où ils vivaient. Il s'y dirigeait sans la moindre hésitation ; il n'avait même pas jeté un coup d'œil au plan affiché à l'entrée. Tani en conclut que ce n'était pas sa première visite.

Il combla un peu la distance qui les séparait en veillant à rester dans l'ombre. Mais Abeo ne se retourna pas une seule fois. Ayant trouvé l'immeuble qu'il cherchait, au lieu d'utiliser l'interphone, il sortit de sa poche un badge qui lui permit d'accéder à l'ascenseur.

Peu après, Tani le vit longer la coursive extérieure du troisième jusqu'à une porte qui s'ouvrit presque aussitôt. La silhouette d'une femme s'encadra dans l'embrasure, et sa voix parvint aux oreilles de Tani.

— Tu rentres tard, ce soir, entendit-il.

C'était plus qu'il n'en espérait.

1er août

PEMBURY ESTATE
HACKNEY
NORD-EST DE LONDRES

Tani passa la fin de la nuit à réfléchir tout en surveillant l'ascenseur. En suivant son père, il n'avait pas espéré déterrer un secret de cette taille. Restait à voir comment exploiter à son avantage sa découverte.

Plusieurs personnes sortirent de l'immeuble à 5 h 30, puis à 5 h 45. Peu après 6 heures, Abeo apparut sur la coursive extérieure du troisième étage. Il emprunta l'ascenseur et s'avança vers son fils comme s'il s'était attendu à le trouver là. Il tenait à la main une grande enveloppe en papier kraft qu'il pointa vers Tani.

— Je me doutais que c'était toi qui me suivais, dit-il. Tu as été prudent, mais pas assez.

Il sentait si fort le sexe et la transpiration que Tani recula. Avec un sourire rusé, Abeo prit le chemin du retour.

— Tu pourrais au moins te doucher après avoir couché avec cette pute ! lui lança Tani.

Abeo ne répondit pas. Il marchait d'un pas alerte, comme s'il était fier d'avoir été percé à jour.

— Ah, mais que je suis bête ! En fait, tu veux qu'on sache à 10 mètres à la ronde que t'as baisé toute la nuit. C'est ça le plus important, hein ? Qu'on sache qu'Abeo Bankole a tiré son coup ?

Abeo s'arrêta net et tourna la tête, juste assez pour que son fils l'entende.

— Comment oses-tu parler ainsi à ton père ?

— C'est qui, cette femme ? Depuis quand ça dure ?

— Ça ne te regarde pas.

Abeo se remit en marche en sifflotant et en faisant claquer l'enveloppe contre sa jambe.

Tani lui emboîta le pas.

— Troisième étage. Maintenant que je sais, je pourrai aller frapper à sa porte. C'est ce que tu veux ? Que ton fils se pointe chez cette nana ? Ça te suffit pas de rendre maman malheureuse, tu dois encore te taper la première salope qui écarte les cuisses ?

Un balayeur qui nettoyait le caniveau leur adressa un bref salut de la tête. Abeo le salua à son tour. Tani l'ignora.

Les rues commençaient à s'animer. L'odeur des gaz d'échappement flottait déjà dans l'air, et le soleil promettait une nouvelle journée suffocante.

Abeo ouvrit l'enveloppe et en sortit une feuille de papier épais. Une main enfantine y avait dessiné des bonshommes bâtons aux cheveux frisés – deux grands et deux petits – et tracé au-dessus les mots *« Ma famiye »*. Sous les deux petits personnages, une main plus habile avait écrit *« Elton »* et *« Davrina »*. Sous les deux grands, la même avait noté *« Maman »* et *« Papa »*. Une flèche pointait vers le gros ventre de « Maman », le long de laquelle on pouvait lire *« Bébé »*.

— Tu baises une femme mariée ?! Enceinte, en plus ? Mais qu'est-ce qui va pas chez toi ?

Abeo lui tendit l'enveloppe sans un mot. Tani crut que son père attendait qu'il range le dessin dedans.

— Retourne-la, dit enfin Abeo.

Tani s'exécuta et lut : *« Pour mon papa, de la part d'Elton »*.

— C'est quoi, ça ? C'est qui, ces gens ?

— Mes enfants et leur mère, répondit Abeo. Elton a 6 ans. Davrina, 4. Un troisième doit naître en décembre. Un homme est fait pour élever une grande famille. Des enfants et des petits-enfants. Ta mère est finie. Pas Lark.

— Lark ? Elle s'appelle Lark ?

Un déclic se fit dans l'esprit de Tani.

— Je rêve ! Elle est anglaise, en plus ? Toi qui n'arrêtes pas de nous soûler avec le Nigeria, tu couches avec une Anglaise ?

— Anglaise et noire. Et elle me donne des enfants. C'est à sa descendance qu'on juge la valeur d'un homme.

— C'est tout ce que tu trouves à dire ? Maman t'a fait deux gosses mais ça suffisait pas. Alors tu as… Tu l'as connue comment, en passant une petite annonce ?

Comme son père ne répondait pas, Tani enchaîna :

— Putain, c'est ça, t'as posté une annonce sur Internet ! Et qu'est-ce qu'elle pense de nous ? Elle croit que tu vas où, quand t'es pas avec elle ?

— Elle sait où je suis et avec qui. Cet arrangement nous convient à tous les deux.

Tani fut pris de vertiges. Il aurait voulu s'asseoir pour réfléchir, mais il continua à marcher près de son père afin de lui soutirer le maximum de détails.

— Imagine que maman apprenne l'existence de cette… Lark et qu'elle décide de tout quitter ? Toi, et cette vie pourrie ? Qu'elle demande le divorce ?

— Elle ne le fera pas, affirma Abeo. Elle n'a aucune raison de le faire. Si elle rencontrait Lark un jour, elle la remercierait pour ses… bons services.

Son père bluffait. Tani le devinait à son regard, qui passait sans cesse de son fils au trottoir et aux véhicules qu'ils croisaient.

— Ah ouais ? Dans ce cas je vais lui dire. Et on verra comment elle réagit.

— Si c'est ce que tu veux…

Abeo ne semblait éprouver ni gêne, ni honte, ni culpabilité. Tout en lui affirmait : « Voilà qui je suis. Que tu l'acceptes ou pas, ça m'est égal. »

— Je vais lui dire, papa, insista Tani. Et tu vas tous nous perdre. Maman, Simi et moi. Tu perdras aussi la moitié de tout ce que tu possèdes. Sauf si…

Abeo lui jeta un regard curieux.

— Sauf si tu me jures que tu ficheras la paix à Simi. Que tu la laisseras vivre ici, à Londres, et que tu ne la vendras jamais au Nigeria.

Abeo traversa la chaussée. Tani le suivit. À l'est, le soleil effleurait le sommet des tours de Mayville Estate. Les rues se remplissaient de vélos, de motos, de voitures et de piétons. Les boutiques ouvriraient bientôt, et les commerçants du marché déballeraient leurs marchandises.

— C'est ton prix ? demanda Abeo à Tani.

— Mon prix, c'est Simi. Qu'elle reste à Londres et que tu la laisses tranquille.

Abeo hocha la tête. Le coin de sa lèvre tressautait.

— Je vais y réfléchir. Si tu ne dis rien, déclara-t-il.

— Prends ta décision avant ce soir.

— Ce soir, répéta Abeo.

Quand ils regagnèrent l'appartement, ni Monifa ni Simisola n'étaient encore levées. Tani pensait que son père irait droit à la salle de bains pour se défaire de l'odeur de sexe et de transpiration, de l'odeur de Lark. Mais il se dirigea vers la chambre parentale et ouvrit la porte sans plus de cérémonie.

— Nifa, viens ici, ordonna-t-il.

Tani entendit sa mère se retourner dans le lit.

— Qu'est-ce qu'il y a ? marmonna-t-elle.

— Je t'ai dit de venir !

Une minute plus tard, Monifa apparut sur le seuil, les traits bouffis par le sommeil ou l'insomnie. Elle regarda tour à tour son fils, son mari, et porta une main à sa gorge.

Abeo tendit l'enveloppe à Tani.

— Montre-lui.

Tani ne bougea pas.

— Donne ça à ta mère. Tu m'as bien menacé de le faire si je n'accédais pas à tes demandes, non ?

Comme Tani ne réagissait pas, Abeo jeta l'enveloppe à Monifa.

— Tiens ! Ton fils veut que tu voies ça. Alors regarde.

Monifa baissa les yeux vers l'enveloppe. Puis elle l'ouvrit, en sortit le dessin et plaqua une main sur sa joue, cachant la moitié de son visage.

— Tani, je suis désolée, murmura-t-elle. Je ne voulais pas que tu le saches.

Quand Abeo releva brusquement la tête, son fils fut frappé par sa ressemblance avec un taureau.

— Prépare du café, dit-il à sa femme. Je vais prendre un bain.

TRINITY GREEN
WHITECHAPEL
EST DE LONDRES

En dépit de ses efforts, Narissa Cameron n'arrivait à rien avec les filles. Pourtant, deux semaines plus tôt, une bénévole leur avait fait une démonstration du genre de témoignage qu'elle recherchait. Deborah l'avait photographiée et enregistrée dans l'espoir d'intégrer ce précieux matériau à son futur livre. Malgré cet exemple, que ce soit pendant les répétitions ou le tournage, les adolescentes persistaient à réciter leur texte comme des automates.

Ce qui énervait le plus Narissa, c'est que, avec Deborah – une putain de Blanche ! –, elles faisaient preuve d'un naturel confondant. La photographe n'en retirait aucune fierté : elle savait qu'elle n'avait aucun don particulier. Mais sa formation et l'expérience lui avaient appris à obtenir le meilleur de ses modèles. Narissa ne possédait pas encore cette faculté, et sa frustration entrait en conflit avec son désir de mettre en lumière les témoignages des jeunes filles.

Deborah quittait la Maison de l'orchidée quand elle trouva Narissa au pied de l'escalier extérieur, son portable à l'oreille.

— C'est dur, disait-elle. Affreusement dur. Victoria, je...

Ladite Victoria l'interrompit assez longuement.

— Je sais de quoi j'ai besoin ! s'emporta Narissa. Tu ne m'aides pas, là. Bon sang, tu es ma marraine ou ma mère ?

La réponse de Victoria n'eut pas l'air de lui plaire.

— Je ne peux pas aller là-bas ! Je n'ai pas le temps et...

Elle fut de nouveau interrompue.

— Très bien, soupira-t-elle. Oui. D'accord.

Elle mit fin à l'appel et prit alors conscience de la présence de Deborah.

— Qu'est-ce que vous fichez là ? aboya-t-elle. Vous ne deviez pas rentrer chez vous ?

Puis elle s'éloigna à travers la pelouse desséchée qui s'étirait entre les deux rangées de maisons, s'arrêta brusquement et se retourna. Deborah n'avait pas bougé.

— Vous n'écoutez jamais ce qu'on vous dit ? C'est quoi, votre problème ?

Deborah la rejoignit.

— Vous avez l'air..., commença-t-elle.

— D'avoir besoin d'aide ?

— Franchement ? Oui.

— Vous vous prenez pour qui ? Pour la Sainte Vierge ?

Deborah mit une main devant sa bouche pour étouffer un rire.

— Pardon ! s'excusa-t-elle.

Narissa leva les yeux au ciel.

— Vous mériteriez qu'on botte vos fesses de petite Blanche privilégiée.

Deborah réfléchit quelques secondes.

— Certains en rêvent sans doute, mais jusqu'à présent ils se sont retenus, répondit-elle avec le plus grand sérieux.

Narissa reprit son chemin. Deborah la suivit.

— Quoi, encore ? gronda la réalisatrice en la fusillant du regard.

— On dirait que le tournage ne se passe pas aussi bien que vous l'espériez.

— Bravo, Sherlock !

— Vous semblez... stressée.

— La putain de vérité, c'est que je suis en train de péter les plombs !

— Je ne l'aurais pas exprimé comme ça, mais...

— C'est le mot « putain » qui vous choque ? Vous êtes toujours aussi coincée ou... Laissez tomber. Une réunion des Alcooliques anonymes, c'est ça qu'il me faut. Ça ou un verre. Ou un cacheton.

— Ou parler ? proposa Deborah. Je sais que vous n'appréciez pas ma compagnie, et bien sûr je n'ai aucune idée de ce que vous vivez. Mais je peux écouter. Je peux aussi vous répondre, si ça vous aide.

Narissa se tourna vers elle et la dévisagea. Deborah comprit qu'elle la jaugeait avant de lui accorder, peut-être, sa confiance. Elle attendit son verdict en silence.

— Et merde ! lâcha Narissa. Le truc, c'est que je ne sens aucune révolte chez les filles. Elles parlent de trahison, de mensonge, de la perte de leur innocence, d'humiliation et de soumission... Ça devrait les rendre furieuses. Moi, je le suis ! Pourtant, quand je visionne les rushes à la fin de la journée, je n'y trouve aucune trace de colère. Mais quand c'est vous qui les interrogez, là, c'est autre chose ! Pourquoi se livrent-elles autant avec vous ? Vous êtes blanche, née sous une bonne étoile, vous avez une vie facile... Qu'est-ce que je fais de mal, moi ?

Deborah s'arrêta à l'ombre d'un acacia.

— Vous êtes dure avec vous-même, fit-elle remarquer.

Narissa eut un rire sans joie.

— C'est une seconde nature chez moi.

— Dites-moi, combien de documentaires avez-vous réalisés ?

— J'ai travaillé avec mon père, qui tourne des films depuis... quarante ans ? Donc je sais ce que je fais, si c'est là que vous voulez en venir. Je connais la chanson. Je l'entends depuis le berceau.

— Quelle chanson ?

— Que le succès d'un documentaire repose sur l'aptitude du réalisateur à rester objectif, récita Narissa. Il doit se comporter comme un témoin impartial, et néanmoins bienveillant.

— Mais c'est quand même votre premier film ?

— Et alors ? Je devrais être capable de...

— De quoi ? Et pourquoi ?

Comme Narissa ne répondait pas, Deborah poursuivit :

— Pourquoi devriez-vous quoi que ce soit ?

Narissa réfléchit.

— Parce que je le veux, dit-elle enfin.

— Peut-être prenez-vous les choses à l'envers ? Vous attendez des filles qu'elles manifestent de la colère. Mais la colère ne devrait-elle pas venir plutôt des spectateurs ? Et le réalisateur ne peut-il pas faire confiance au spectateur pour la ressentir ? C'est un sentiment qui se construira tout au long du film, non ? Vous ne croyez pas que la façon dont les filles racontent leur histoire, avec leurs mots à elles, a plus de force que si on les voyait… s'arracher les cheveux ? Se taper la tête contre les murs ? Fondre en larmes ? Peut-être que vous vous mettez des bâtons dans les roues, Narissa. Comme si une voix intérieure vous soufflait que, quoi que vous fassiez, vous n'arriverez à rien.

— Je déteste la psychologie de comptoir. Et, franchement, je n'aime pas ce ton condescendant, alors arrêtez ça !

— Je suis blanche, vous êtes noire, et je sais très bien que nous vivons dans une société raciste. Mais ça ne m'empêchera pas de vous dire ce que je pense : j'ai l'impression que vous faites le contraire de ce qu'il faudrait par manque de confiance. Vous n'avez pas confiance dans les filles, dans la force de leurs témoignages, dans la capacité des spectateurs à comprendre votre démarche, et vous n'avez clairement pas confiance en vous.

— J'ai tout à fait confiance en moi, merci bien, et à vous entendre on dirait que c'est mal de vouloir changer les choses. Les filles qui viennent ici subissent des pressions que vous n'imaginez même pas. Dès leur naissance, on leur a inculqué l'idée que les femmes devaient être des modèles de pureté, de chasteté, dans l'espoir d'être un jour dignes d'un mec qui voudra bien balancer son sperme dans leur vagin. Ça ne vous donne pas envie de hurler ? Ça continue, et personne ne fait rien pour que ça cesse.

— Comment pouvez-vous dire ça ? Zawadi lutte contre ces mutilations, et vous aussi.

— Génial. On est deux.

— Moi aussi. Et d'autres encore, je suppose, ressentent la rage que vous cherchez à transmettre, et auraient leur place dans votre film.

— J'en ai rencontré plusieurs, admit Narissa à contrecœur. Avant le tournage.

— Qui donc ?

— Des flics qui essaient d'en finir avec ça.

— Et… ?

Narissa poussa un portail et s'avança sur le trottoir de Mile End Road.

— Ils étaient super, ces flics. Ils étaient prêts à témoigner, à faire passer le message, à flanquer un coup de pied dans la fourmilière. Ils m'ont mise en contact avec une chirurgienne qui se bat aussi contre ça.

— Elle était révoltée ? Ce genre de pratique révolterait n'importe quel médecin.

— Sans doute, mais je n'ai pas pu l'interviewer. Elle a tout juste accepté de me parler au téléphone. Ç'aurait été génial de l'avoir, mais elle a refusé. Je regrette vraiment, parce qu'elle aurait été parfaite. Un flic m'a dit qu'essayer d'en finir avec toutes les horreurs qu'on fait subir aux femmes revenait à écoper à la petite cuillère une barque percée. Mais j'aimerais bien terminer ce film sur une note d'espoir.

Narissa s'abîma dans la contemplation du flot ininterrompu de la circulation, et Deborah se demanda à quoi elle pensait. Elle n'eut pas à attendre longtemps.

— Vous devriez lui parler de votre projet, à cette chirurgienne, reprit Narissa. Elle s'appelle Philippa Weatherall. Comme elle a l'air complètement parano, je doute qu'elle se laisse photographier. Mais une interview, en introduction ou en conclusion de votre livre ? Elle accepterait peut-être.

Deborah lui lança un regard surpris.

— Eh, vous venez de me donner un coup de pouce pour mon projet ?

— Vous croyez ? Qu'est-ce que ça veut dire ? Qu'on essaie de s'entraider ? Vous et moi ? Pourquoi on ferait une chose pareille ? On n'a rien en commun. On ne peut pas être amies. Je n'ai même aucune sympathie pour vous !

— Moi non plus. Ça finit par nous faire un point commun.

Deborah sourit et Narissa rit. Son portable sonna.

— Ma marraine, dit-elle en jetant un coup d'œil à l'écran. Elle cherche un endroit où on pourrait se retrouver dans le quartier. Alcooliques anonymes ou Narc-Anon. Je dois répondre.

— Pas de souci. Je dois rentrer chez moi, de toute façon.

— Vous habitez où ?

— Chelsea.

Narissa leva les yeux au ciel.

— Évidemment !

MARCHÉ DE RIDLEY ROAD
DALSTON
NORD-EST DE LONDRES

— Oh non ! s'exclama Sophie à la fin du récit de Tani. C'est pas possible… Est-ce que ta mère… ? Tu sais pourquoi elle… ?

Elle était tellement choquée qu'elle n'arrivait pas à terminer ses phrases. Et ce n'était pas plus mal, parce qu'il n'avait aucune réponse à lui apporter. Oui, son père cachait quelque chose… Sauf que son secret n'avait rien d'illégal, et que Monifa était au courant. Sophie ne comprenait pas. Lui non plus. Mais de toute évidence, il était inutile de menacer son père de chantage.

Tani envisagea de tout révéler à sa sœur : la deuxième famille d'Abeo, son projet de la vendre en échange d'une dot. Mais Simi irait probablement demander à Monifa s'il disait la vérité. Elle nierait, et la petite la croirait. Il fallait que Tani parvienne à saper la confiance aveugle qu'elle avait en leur mère. Mais comment ?

Tout ce qu'il pouvait faire, en attendant, c'était préparer sa fuite. Il alla donc chercher quelques vêtements d'été dans leur armoire commune, des culottes et des tee-shirts dans la commode, et les fourra dans son sac à dos. Il sortit ensuite de sous le lit de Simi quelques-uns des accessoires avec lesquels elle confectionnait ses turbans ou décorait les articles qu'elle se procurait à la friperie. Il en prit juste assez pour ne pas éveiller ses soupçons. Puis il rangea le sac à dos au fond de sa moitié d'armoire.

Où conduirait-il sa sœur, le moment venu ? Le marché de Ridley Road semblait tout indiqué. Simi y connaissait du monde. Il n'aurait qu'à tâter le terrain pour savoir si quelqu'un accepterait de la cacher jusqu'à ce qu'il trouve une meilleure solution.

Il se rendit donc au marché. Il devait agir avec prudence : les murs avaient des oreilles et les personnes qui connaissaient le mieux Simi connaissaient aussi ses parents. Inutile de compter sur elles : entre commerçants, on ne se mêlait pas des affaires de famille. Il raya donc de sa liste Talatu et Masha.

Malgré l'heure matinale, Ridley Road était bondée et il y régnait un brouhaha fait de musique et de conversations. On avait déplacé les marchandises périssables dans l'ombre des bâtiments, même si la chaleur y était à peine plus supportable.

Tani décida de commencer par le salon de coiffure où Simi aimait regarder les employées tresser les cheveux des clientes et leur ajouter des extensions. Le problème, c'est qu'il y avait quatre établissements de ce genre sur Ridley Road, et il ignorait dans lequel sa sœur avait ses habitudes.

Sa deuxième tentative fut la bonne. À Beauté Xhosa, il trouva deux coiffeuses, Bliss et Tiombe, qui connaissaient Simi. Quand il apparut sur le seuil, Bliss poussa un sifflement admiratif. Tiombe le détailla de la tête aux pieds et s'exclama :

— Miam ! J'en ferais bien mon quatre-heures.

Toutes les clientes éclatèrent de rire.

Manifestement, ces femmes ne craignaient pas les hommes. Tant mieux. Quand Abeo se mettrait à la recherche de Simi, la personne qui l'abriterait ne devrait pas se laisser intimider.

— Je peux vous parler en privé ? demanda-t-il en regardant tour à tour les deux coiffeuses.

— Maintenant ? répondirent-elles d'une même voix.

— Tu ne vois pas qu'on est occupées, mon mignon ? ajouta Bliss.

— C'est important, insista-t-il. Mais je peux attendre.

— Tant mieux, parce que c'est ce que tu vas faire, dit Tiombe.

— Sinon, tu peux revenir dans une heure, proposa Bliss.

— Mais si c'est pour tes cheveux, on ne coiffe pas les hommes, précisa sa collègue.

— C'est pour ma sœur.

— Et c'est qui, ta sœur ?

— Simisola Bankole. Simi.

— Simi Bankole ?

Bliss haussa un sourcil parfaitement dessiné.

— Je lui achète des turbans. Et je lui ai pris deux foulards aussi. C'est ta sœur ?

Tani acquiesça.

— Elle va bien, j'espère ? dit Tiombe.

— Pas vraiment, non.

Les deux femmes échangèrent un regard, puis Tiombe posa une main sur l'épaule de sa cliente.

— Vous voulez bien m'excuser, madame Okino ?

D'un signe de tête, Tiombe indiqua la porte à Tani, qui la suivit à l'extérieur.

Elle alluma une cigarette et lui en proposa une, qu'il refusa. Elle fumait comme dans les films, recrachant la fumée en même temps qu'elle parlait.

— Qu'est-ce qui se passe avec Simisola ?

— Je cherche un endroit pour la mettre à l'abri.

Tiombe plissa les yeux.

— Pourquoi ?

Tani remarqua qu'elle était métisse et avait sans doute des origines asiatiques. Jusqu'où pouvait-il lui faire confiance ? Il ne voulait pas que ses parents aient des problèmes avec la police. En même temps, il devait protéger Simi.

— Mon père a des projets pour elle au Nigeria, expliqua-t-il. Mais je suis pas d'accord.

— Pourquoi ?

— Parce que c'est moche.

— C'est-à-dire ?

— Il veut la vendre. La marier à un type prêt à payer pour elle.

La stupeur se peignit sur les traits de Tiombe.

— Quel âge a Simisola ?

— Huit ans.

Tani ne précisa pas que le mariage n'était pas prévu pour tout de suite. Tiombe était choquée à l'idée qu'une fillette de 8 ans soit promise à un homme en échange d'une somme d'argent, c'était tout ce qui importait.

— Il a versé une grosse dot pour une fille qu'il veut me faire épouser au Nigeria. À mon avis, il cherche à rentrer dans ses frais en vendant Simi.

Tiombe tira une longue bouffée de sa cigarette, puis secoua la tête.

— C'est dégueulasse. Qu'est-ce que je peux faire ?

Tani s'assura que personne ne les espionnait. Ce qu'il s'apprêtait à dire ne devait pas tomber dans des oreilles indiscrètes.

— La cacher, murmura-t-il. Ce serait pour quelques jours, le temps que je trouve une solution durable.

— Un foyer, par exemple ?

— Pas ça, non. Ce serait trop dur pour elle.

La réflexion creusa un pli au front de Tiombe.

— Et ta mère, elle en pense quoi ?

— Elle ne le contredit jamais. C'est lui qui décide de tout, point final.

— Ton père, c'est Abeo Bankole ? Il tient une boucherie et une épicerie africaine pas loin d'ici, c'est ça ?

— Comment vous savez ça ?

— Bankole, ce n'est pas un nom courant dans le coin. Il drague toutes les femmes du quartier.

Tani avait du mal à imaginer son père en train de draguer. La plupart du temps il était soit énervé, soit en colère.

— Il nous a invitées deux fois au pub, Bliss et moi, reprit Tiombe. On a fini par accepter, mais... Je ne touche pas aux hommes mariés, et Bliss non plus. Je lui ai expliqué, et il n'a pas insisté. On l'a revu depuis, et il s'est toujours montré respectueux. Donc si tu veux, je peux aller le trouver et...

— Non ! Il ne doit surtout pas se douter que je vous ai parlé. Sinon il fera tout pour empêcher Simi de fuir. Comme je vous le disais, c'est juste pour quelques jours...

Tiombe laissa tomber son mégot sur le trottoir et l'écrasa de la pointe de son escarpin. Elle rentra dans le salon et revint presque aussitôt avec un morceau de papier sur lequel elle avait griffonné un numéro de téléphone.

— Mon portable, expliqua-t-elle. Quand tu seras prêt,

appelle-moi et j'irai chercher ta sœur. Elle aime les animaux, j'espère ?

— Les chiens, par exemple ?

— Les chèvres. J'en ai une chez moi.

PARTIE II

5 août

WESTMINSTER
CENTRE DE LONDRES

Assis dans sa voiture, l'inspecteur Thomas Lynley fixait du regard le mur du parking souterrain, dont la surface grise et déprimante semblait supplier Banksy de venir l'égayer. Il était en colère. Ou plutôt il aurait voulu l'être contre Daidre Trahair, la femme avec laquelle il entretenait une liaison – si on pouvait appeler ça une liaison, ce dont il doutait sérieusement – qu'il désespérait de voir évoluer vers une véritable relation. En réalité, il était furieux contre lui-même. Leur conversation de la veille n'aurait jamais dû avoir lieu. C'était lui qui l'avait provoquée, et comme les précédentes la dispute qui s'était ensuivie n'avait servi à rien. Mais dès qu'il croyait déceler une ouverture dans une remarque fortuite, il était incapable de la laisser passer.

Cette fois, tout était parti d'une discussion au sujet de Goron et Gwynder, les frère et sœur cadets de Daidre, qu'elle avait installés dans sa maison de vacances, à Polcare Cove, sur la côte ouest de Cornouailles. Jusque-là, les jumeaux avaient toujours vécu avec leurs parents. Goron avait aidé leur père à prospecter de l'étain dans un ruisseau, et Gwynder s'était occupée de leur mère jusqu'à ce qu'elle succombe au cancer qu'elle avait espéré vaincre grâce à des cristaux, des pèlerinages dans des sanctuaires catholiques et celtiques, l'eau d'un puits sacré, les médecines orientales et même deux spirites. Depuis, Daidre s'était mis en tête d'éloigner son frère et sa sœur de la caravane qui leur avait longtemps servi de foyer. Elle savait que son père ne la quitterait jamais. Peut-être la déplacerait-il vers un autre ruisseau, mais il ne l'abandonnerait pas. Daidre estimait qu'à bientôt 30 ans il était temps que les jumeaux donnent un sens à leur existence, ce qui n'arriverait pas s'ils restaient dans une caravane posée au milieu de nulle part. Quoique tout aussi isolée, sa maison était à quelques minutes de voiture du hameau de Morenstow et à peine plus de la ville de Casvelyn.

Malgré les réticences de Goron, que le moindre changement terrifiait, elle les avait persuadés d'y emménager. Mais elle n'avait pas les moyens de subvenir à leurs besoins. Après de nombreuses démarches, elle avait donc réussi à les faire engager tous les deux dans une ferme cidricole de la région. Goron était employé comme homme à tout faire tandis que Gwynder travaillait à l'atelier de confitures.

Mais il avait suffi de quelques semaines pour que les jumeaux manifestent le désir de retourner auprès de leur père. Goron n'aimait pas les tâches qu'on lui confiait et Gwynder ne se voyait pas rester des années au milieu des cuves. Pourtant, Daidre était convaincue qu'ils avaient juste besoin de temps pour s'habituer à leur nouveau logement, se faire des amis, prendre conscience des limites que leur ancienne vie leur avait imposées.

« Ils ont peur, c'est tout », avait-elle dit la veille à Lynley.

Elle rentrait tout juste de Cornouailles, et il avait accouru chez elle dès qu'il avait pu fuir le bureau. Il s'était arrêté en chemin pour acheter un curry à emporter, mais ils s'étaient rués vers la chambre sans y toucher.

Ils étaient encore au lit quand Daidre avait abordé la question des jumeaux.

— Ils ne me croient pas quand je leur dis qu'ils vont s'adapter et que s'ils retournent dans la caravane, ils passeront à côté de leur vie. Leur père… enfin mon père… Même si pour moi il a cessé de l'être le jour où on nous a tous placés en famille d'accueil… n'est pas éternel. Quand il mourra, que deviendront-ils ?

— Peut-être que tu as voulu aller trop vite, avait suggéré Lynley. La disparition de ta mère est encore récente.

— Ça n'aurait jamais été le bon moment, Tommy. S'ils

renoncent maintenant, ça les renforcera dans l'idée qu'on doit fuir l'inconnu. Selon moi, le seul moyen de vaincre la peur, c'est de l'affronter.

L'occasion était trop belle. Il aurait dû l'ignorer mais, bien sûr, il avait sauté à pieds joints dans le gouffre qui s'ouvrait devant lui.

— À ce propos, Daidre...

— Quel propos ?

— Quand tu parles d'affronter ses peurs...

— Oui ?

Elle avait flairé le piège ; il l'avait deviné à la façon dont elle serrait les mâchoires, adossée à ses oreillers.

— Je souhaite que tu fasses partie de ma vie, avait-il enchaîné.

— J'en fais déjà partie, Tommy. Regarde où nous sommes.

— Oui, bien sûr. Ce que je veux dire...

En vérité, il ne savait plus ce qu'il avait voulu dire. Que lui fallait-il de plus ? Une déclaration ? La promesse d'un avenir partagé ? Elle n'avait jamais employé le mot « amour » pour décrire ses sentiments pour lui, mais était-ce si important ? En baissant les yeux vers le drap qui les recouvrait, sur les bosses que formaient leurs corps, il avait pensé que oui, c'était important. Mais pourquoi ? « Parce que je le veux » n'était pas une réponse satisfaisante.

— J'ai envie que nous construisions quelque chose ensemble, avait-il repris. Je t'aime, et je voudrais aller plus loin avec toi.

Elle s'était tournée vers lui.

— Mais je suis là, Tommy. Je me rends disponible pour toi. Je te veux dans ma vie. J'aime t'avoir dans ma vie. Ça ne te suffit pas ?

— Ça ne nous mène nulle part.

— Pourquoi ça devrait nous mener quelque part ?

— Parce que c'est ça, l'amour. Du moins, c'est comme ça que je t'aime. Ou que je voudrais t'aimer.

Une fois de plus, il lui avait tendu une perche qu'elle pouvait saisir ou ignorer.

Elle avait écarté ses cheveux blond cendré de son visage et pris ses lunettes sur le carton qui lui servait de table de chevet. La sagesse aurait commandé à Lynley d'en rester là, mais quand il était question de Daidre il oubliait toute prudence.

— De quoi as-tu peur, enfin ? avait-il demandé.

— Je n'ai pas peur !

Elle s'était levée, avait ramassé son tee-shirt, ses sous-vêtements, et les avait enfilés.

— Pour être franche…

Lynley s'était raidi : ça n'annonçait rien de bon.

— Ce que tu me dis là, Tommy, d'autres me l'ont dit avant toi. Les hommes semblent tous attendre quelque chose de moi, et j'ignore quoi. Je ne comprends pas non plus pourquoi tu ne te contentes pas de ce que nous avons. Voilà qui je suis, avait-elle ajouté, une main posée sur sa poitrine. Je ne changerai pas. J'ai tenté plus d'une fois de te l'expliquer. Mais tu sembles croire qu'en remettant le sujet sur le tapis, en me poussant dans mes retranchements, en… Je ne sais même pas comment appeler ça ! Si tu t'imagines me faire changer d'avis, tu te trompes.

À son tour, il s'était levé et rhabillé.

— Et toi, avait-il rétorqué, tu refuses de voir la barrière qui te sépare du reste de l'humanité en général, et de moi en particulier. Tu ne vis qu'à moitié, Daidre. Même si tu n'en as pas conscience, tu crains de t'engager dans une vraie relation avec moi. J'ignore pourquoi, et je ne le saurai jamais si tu ne me le dis pas.

— Ce n'est pas de la peur. La peur n'a rien à voir avec notre histoire ni avec qui je suis.

— Qu'est-ce que c'est, alors ? Comment peux-tu surmonter ce sentiment si tu es incapable de le nommer ?

— Honnêtement, Tommy…

Elle avait passé son jean et s'était dirigée vers la porte de la chambre.

— Tu es qui, pour me juger ? lui avait-elle lancé sur le seuil. Mon psy ? Mon confesseur ?

— Je suis l'homme qui t'aime.

La discussion avait tourné en rond un moment encore, puis ils s'étaient quittés en froid.

— Comme tu veux, avait répondu Daidre quand Lynley lui avait fait part de son intention de rentrer dormir chez lui.

Cette fois non plus, ils n'avaient rien résolu. Mais cette fois, elle ne l'avait pas raccompagné à la porte.

À présent, face au mur du parking souterrain de New Scotland Yard, il se traitait de tous les noms. Il regrettait terriblement d'avoir arrêté de fumer. Il avait très envie de s'y remettre.

Tel un génie surgissant d'une lampe pour exaucer son vœu, sa coéquipière, le sergent Barbara Havers, apparut alors derrière la vitre côté conducteur, aspirant la fumée d'une Player presque entièrement consumée. Il attendit qu'elle écrase son mégot pour ouvrir sa portière et descendre. Barbara était vêtue dans son style inimitable : un pantalon trop court, sans doute chiné dans une friperie, de vieilles baskets montantes rouges et un tee-shirt sur lequel était écrit « À MA MORT, INCINÉREZ-MOI POUR UNE DERNIÈRE CUITE ». Lynley soupira. Au moins, elle avait noué sur ses épaules une espèce de pull qu'elle pourrait enfiler en deux-deux si elle croisait un officier plus galonné et moins tolérant que lui.

— Coup de barre ou coup de cafard ? demanda-t-elle en le dévisageant.

— Ni l'un ni l'autre.

Il se dirigea vers l'ascenseur, et elle lui emboîta le pas.

— Ah bon ? Pourtant, à voir votre tête, on croirait que vous venez de renverser votre assiette de haricots à la tomate sur votre chemise. C'est le cas ? ajouta-t-elle en examinant sa tenue.

— Métaphoriquement, oui.

— Ah ! C'est Daidre.

— Je doute qu'elle apprécierait d'être comparée à des haricots à la tomate.

— Je ne le lui répéterai pas. Vous non plus ?

— Quand on se reparlera, peut-être. Mais c'est peu probable. Et pour votre gouverne, Barbara, sachez que je mange rarement des haricots à la tomate au petit déjeuner.

— Waouh ! Je vous ai converti aux Pop-Tarts ?

Il leva les yeux au ciel juste au moment où la porte de l'ascenseur s'ouvrait.

La première personne qu'ils rencontrèrent à l'étage fut

Dorothea Harriman, la redoutable secrétaire du service. Contrairement à Havers, elle était toujours tirée à quatre épingles, même si Lynley s'étonnait qu'elle puisse marcher sur des talons aussi longs et pointus que des instruments de torture médiévaux.

— Ah ! s'écria Dorothea en les voyant. Commissaire par intérim Lynley, Sa Grandeur vous attend. Judi-avec-un-i a appelé…

Elle jeta un coup d'œil à sa montre high-tech, un de ces modèles qui font tout sauf le café.

— … il y a environ vingt minutes. Je la rappelle pour lui annoncer votre arrivée ? Stephenson Deacon est également présent. Un homme averti en vaut deux.

— J'aimerais pas être à votre place, murmura Havers à Lynley.

Elle détestait le directeur du service de presse presque autant qu'il le lui rendait.

— Vous savez ce qu'ils me veulent ? demanda Lynley à Dorothea.

— C'est top secret, mais j'ai entendu dire…

Dorothea était la Grande Manitou de Radio-Moquette, à croire qu'elle passait ses journées l'oreille collée aux portes.

— … qu'il se serait passé un truc pas clair à l'Empress.

L'Empress State Building était l'un des trois grands centres chargés du maintien de l'ordre dans les circonscriptions où les coupes budgétaires successives avaient entraîné la fermeture de nombreux commissariats de quartier. Pour qu'ils appellent New Scotland Yard à la rescousse, l'affaire devait être grave. Et si le service de presse était dans le coup, ça n'annonçait rien de bon.

Havers exprima tout haut les pensées de Lynley :

— Oh oh. Quelqu'un a fait quelque chose de très vilain.

— Je vous tiens au courant dès que j'en sais davantage, lui glissa Lynley avant de se diriger vers le bureau de Hillier.

WESTMINSTER
CENTRE DE LONDRES

Lynley les avait à peine laissées que Dorothea se tourna vers Havers, examinant d'un œil critique son tee-shirt, son pantalon et ses baskets.

— Barbara..., soupira-t-elle.

Cette entrée en matière annonçait un nouveau sermon interminable sur les codes vestimentaires.

— Je sais, je sais, la coupa Havers. J'ai une tenue de rechange dans ma voiture. Je suis allée courir ce matin, et j'ai pris ce qui me tombait sous la main.

— Courir, vous ? Vous croyez que je vais gober ça ? Et pourquoi n'étiez-vous pas au cours de claquettes hier soir ?

— J'avais un ongle incarné...

— Vous vous trouvez drôle ? La semaine prochaine, je vous y traînerai par les cheveux s'il le faut. Combien de kilos avez-vous perdus ?

— Aucune idée. Ma balance et moi, on ne s'est pas beaucoup vues ces derniers temps. De toute façon, dès que je perds un kilo, je le reprends en mangeant du curry tous les jours. Et des naans... Des tonnes de naans.

— Vous êtes impossible !

— Vous m'en voyez ravie.

— N'essayez pas de m'énerver, Barbara. Vous n'y arriverez pas. J'ai trouvé quelque chose de fantastique pour nous.

Pour Dorothea, le mot « fantastique » s'appliquait à tout ce qui pouvait lui fournir l'occasion – à elle, et aussi à Barbara, malheureusement – de rencontrer un homme. Dans ce cas précis, son plan consistait à leur faire rencontrer non pas un, mais un troupeau d'hommes. Ayant entraîné Barbara dans son bureau, elle se précipita vers l'ordinateur et afficha la page d'accueil d'un site Internet, GroupMeet.

— La fine fleur des pois ! annonça-t-elle.

Barbara n'avait pas entendu cette expression depuis le XIXe siècle. Au moins… Elle en déduisit que Dee avait encore cédé à sa passion pour les séries historiques.

— C'est quoi ? demanda-t-elle en jetant un coup d'œil à l'écran.

Des couleurs vives, des photos d'adultes souriants de 30 à 70 ans s'adonnant à diverses activités récréatives – des hommes avec des femmes, des hommes avec des hommes, des femmes avec des femmes, des vieux avec des vieux, des jeunes avec des jeunes, des hommes âgés avec de jeunes femmes, des femmes âgées avec de jeunes hommes… On les voyait jouer au tennis, faire du bateau, jardiner, monter à cheval, assister à un opéra ou à un ballet, et tous donnaient l'impression de passer un moment merveilleux.

— C'est quoi ? répéta Barbara. Ne me dites pas que c'est un site de rencontre ?

— Seigneur, non ! se récria Dorothea. C'est un site de loisirs. On fait défiler la liste des activités – ils proposent même les claquettes ! –, et on clique sur ce qui nous plaît. La page affiche alors le lieu et la date du prochain rendez-vous lié à ladite activité. Tenez, je vais vous montrer !

Sous l'œil attentif de Barbara, Dorothea cliqua sur « Randonnée ». Des photos de randonneurs ainsi qu'une série de dates apparurent à l'écran. Dorothea cliqua ensuite sur « Circuit des pubs », les redirigeant vers une dizaine de promenades menant à des pubs, dans différentes régions. Elle sélectionna alors « Oxfordshire » et trouva deux circuits programmés pour la semaine suivante. Elle choisit le premier, et une fenêtre contenant des noms s'ouvrit.

— Il suffit de s'inscrire et de se présenter au rendez-vous, expliqua-t-elle. C'est génial, non ? Et il y en a pour tous les goûts. Regardez !

Elle retourna à la page d'accueil et énuméra à voix haute les activités proposées : dessin, aquarelle en plein air, escalade, voile, danse de salon, théâtre amateur, chorale, cours de cuisine asiatique, histoire militaire, architecture, aménagement paysager…

— Il faut absolument qu'on essaie ça ensemble, Barbara. Ça a l'air amusant, non ?

Pour Barbara, cela évoquait plutôt les neuf cercles de l'enfer.

— Bien sûr, enchaîna Dee, on continue les claquettes, vous et moi. Mais la vie ne se limite pas à ça.

— C'est vrai. Après les claquettes, il y a aussi le curry.

— Ne dites pas de bêtises ! Je nous inscris, dit-elle en reportant son attention sur l'écran. J'ai toujours rêvé de savoir dessiner, pas vous ? Je vous vois venir : vous allez me répondre que l'idée de tenir un crayon ne vous a même jamais effleurée. Mais je vous connais par cœur, Barbara. Va pour le dessin, donc. Oh, regardez ! Ils proposent aussi des cours de langue. Français, allemand, cantonais, hébreu, arabe, italien, espagnol, finnois… Ça alors, il y a encore des gens qui parlent finnois, de nos jours ? L'italien, ça vous dit, Barbara ? Ça peut être utile quand on voyage. Pour converser avec des Italiens, par exemple…

Dee était maligne. Mine de rien, elle dirigeait la conversation vers un sujet que Barbara évitait depuis des semaines. L'inspecteur Salvatore Lo Bianco, de la police de Lucques, séjournait en Grande-Bretagne depuis début juillet afin de perfectionner son anglais. Le jour où elle l'avait rencontré, Dorothea avait décrété qu'il saurait combler les rêves d'une jeune femme, ou du moins les rêves qu'elle-même nourrissait pour Barbara. Sauf que Barbara n'était pas une jeune femme à la tête farcie de rêves, et qu'elle n'avait jamais imaginé que Salvatore puisse jeter son dévolu sur elle. D'ailleurs, d'où sortait-elle cette expression ? Sans doute de l'une des romances « Régence » qu'elle dévorait. Il était temps de changer de lectures, pensa-t-elle. Des thrillers bien glauques, peut-être. Oui, ce serait parfait.

— Deux dîners dans un bar à vin de Holland Park, dit-elle. Et une bise sur chaque joue à la fin de la soirée.

— Pardon ? fit Dorothea, décontenancée.

— Dee, s'il vous plaît ! Je vous connais par cœur, comme dirait quelqu'un. Vous voulez savoir si j'ai revu Salvatore Lo Bianco depuis notre spectacle de claquettes. Si toutefois on peut qualifier notre triste prestation de spectacle...

— C'était un spectacle tout ce qu'il y a de plus officiel !

— Admettons. Bref, j'ai dîné avec lui en deux occasions, dont une avec Lynley et la Dr Trahair, ce qui ne compte pas vraiment.

Barbara n'avait pas poussé plus loin ses relations avec le policier italien, et elle comptait bien en rester là.

— De toute façon, je parle déjà italien, ajouta-t-elle.

— Ah oui ?

— *Ciao, grazie, pizza* et *prego*. Mais ne me demandez pas ce que ça veut dire. Sauf pizza, bien sûr.

— Très drôle. Désopilant. Je me tords de rire. Je nous inscris au cours de dessin, donc. Et si vous n'êtes pas sage, je nous inscrirai également au cours de cuisine asiatique.

— Super, soupira Barbara. Génial. Que du bonheur. Je vais de ce pas faucher du papier et des crayons en prévision.

À peine avait-elle regagné son bureau que Lynley apparut avec une liasse de dossiers. D'un signe de tête, il les invita, Winston Nkata et elle, à le suivre. Le sergent Nkata semblait s'ennuyer profondément devant les images de vidéosurveillance de la station de Gloucester Road. Il avait le plus grand mal à garder les yeux ouverts, et Barbara dut l'appeler à trois reprises pour qu'il réagisse.

Il finit par déplier sa haute silhouette pour se lever et rejoindre Barbara et Lynley, qui souhaitait les voir en privé. L'affaire était donc sérieuse.

En entrant dans le bureau qu'occupait depuis peu Lynley, Barbara ne nota aucun changement. La commissaire en titre, Isabelle Ardery, était pour deux mois dans un centre de désintoxication sur l'île de Wight. Lynley avait une telle foi en sa capacité à se libérer de son alcoolisme qu'il n'avait même pas déplacé une chaise. Seules des photos de ses jumeaux avaient été retirées, et par la commissaire elle-même.

Lynley leur indiqua la table ronde.

— Dorothea avait raison, commença-t-il. Il est bien question de l'Empress State Building.

— Il s'est passé quoi, là-bas ? s'enquit Barbara.

— Un meurtre.

— Pourquoi le service de presse est impliqué ?

— Comme d'habitude : pour éviter que l'affaire ne s'ébruite et que les journaux ne s'en emparent trop vite.

EMPRESS STATE BUILDING
WEST BROMPTON
SUD-OUEST DE LONDRES

La silhouette massive de l'Empress State Building se dressait sur Lillie Road, non loin de la station de métro West Brompton et des monuments victoriens du cimetière couverts de mousse. Avec sa façade de verre et d'acier, l'immense gratte-ciel, dont la forme évoquait vaguement un trèfle, présentait le même aspect austère que la plupart des grands immeubles modernes de la ville. Tout comme le siège de New Scotland Yard, il était étroitement surveillé. On n'y entrait pas comme ça.

Lynley était attendu. Cinq minutes à peine après son arrivée, un homme aux cheveux roux d'une quarantaine d'années sortit d'un ascenseur et franchit le tourniquet.

— Commissaire Lynley ? demanda-t-il.

— Je vous en prie, appelez-moi Thomas. Et je ne suis commissaire que par intérim, le temps que ma supérieure rentre de congé. Vous êtes le commissaire Phinney ?

— Mark ! se présenta-t-il en lui donnant une poignée de main ferme. Je vois que vous avez déjà un badge visiteur. Venez ! Nos bureaux sont au dix-septième, mais je vous emmène à l'Orbit. La vue est à couper le souffle.

Il entraîna Lynley vers une rangée d'ascenseurs ultrarapides et silencieux menant directement aux tout derniers étages. La montée ne dura que quelques secondes.

L'Orbit comprenait un bar et un espace restauration, dont la cuisine ouverte occupait le centre. Phinney n'avait pas menti : la vue était à couper le souffle.

Lynley accepta un café et s'installa près d'une baie vitrée. Comme il ne tarda pas à le découvrir, le bar tournait sur lui-même. En y restant assez longtemps, on pouvait voir tout le Grand Londres défiler lentement sous ses yeux.

Phinney revint bientôt avec deux tasses et deux croissants, et s'assit face à Lynley.

— Que puis-je pour vous, Thomas ? demanda-t-il.

— Vous pouvez me parler du sergent Bontempi.

— Teo ? Elle va mieux, j'espère ? Je n'ai pas eu de ses nouvelles.

Drôle de réponse, pensa Lynley.

— Quand l'avez-vous vue pour la dernière fois ? reprit-il.

— Il y a trois jours, à l'hôpital.

— Ils ne vous ont pas appelé ?

— Non. Qu'essayez-vous de me dire, Thomas ?

— Elle est morte.

Phinney le dévisagea comme s'il tentait de lire sur ses lèvres puis murmura :

— Comment ça ?

Il semblait se parler à lui-même.

— C'est moi qui l'ai trouvée, ajouta-t-il.

— Où ça ?

— Chez elle, dans son lit. Je n'ai pas réussi à la réveiller mais... elle respirait. J'ai appelé les secours. Quand ils sont enfin arrivés...

— Enfin ?

— Je les ai attendus au moins une demi-heure. Ils ont évalué ses fonctions vitales et l'ont perfusée avant de l'évacuer. Je les ai suivis en voiture jusqu'à l'entrée des urgences.

— Vous avez pu échanger avec elle ?

Phinney secoua la tête.

— Au bout de deux heures, on m'a juste dit qu'on l'avait transférée en soins critiques et que l'hôpital avait contacté ses proches. J'ignore s'ils voulaient parler de ses parents, de sa sœur ou de son mari, mais je pense qu'ils parlaient de lui. Je suis parti avant qu'il arrive.

Il se leva, s'approcha de la fenêtre et pressa sa paume contre la vitre.

— Je l'ai trouvée couchée dans son lit, murmura-t-il comme

s'il s'adressait à son reflet. Elle était en chemise de nuit. Comment a-t-elle pu mourir ?

— Comment êtes-vous entré chez elle ?

Quand Phinney se retourna, Lynley remarqua qu'il était devenu très pâle.

— J'ai montré ma carte au gardien de l'immeuble et lui ai expliqué la situation.

— C'est-à-dire ?

— Comment ça ?

— La situation. Quel était le motif de votre visite ?

Phinney frappa du poing dans sa paume.

— Elle venait d'être mutée dans une brigade criminelle du sud de Londres, mais elle avait pris des vacances avant de rejoindre son poste. Le premier jour, elle ne s'est pas présentée dans son nouveau service. La direction m'a appelé pour que je confirme la date du transfert. Teo, enfin, le sergent Bontempi, était entièrement dévouée à son travail. Cette défection ne lui ressemblait pas. J'ai d'abord pensé qu'il était arrivé quelque chose à son père. Il a fait un AVC il y a quelques mois. J'ai téléphoné à ses parents, mais tout allait bien de leur côté. J'ai ensuite tenté à plusieurs reprises de la joindre sur son portable. Comme elle ne décrochait pas, je me suis rendu chez elle.

— Vous n'auriez pas pu envoyer quelqu'un qui se trouvait à proximité ?

— Sans doute. Mais je n'y ai pas pensé.

— Vous étiez déjà allé chez elle ?

— Je l'avais reconduite après une soirée arrosée entre collègues. Le genre de sortie qui sert à regonfler le moral des troupes. Elle n'avait pas de voiture, il était tard, et comme je n'avais bu qu'un verre de vin j'avais préféré lui éviter de prendre les transports en commun.

— Elle était ivre ?

— Éméchée, mais pas ivre. Écoutez, pourquoi vous ne me dites pas franchement ce qui se passe ? Pourquoi la Met se mêle de cette affaire ?

Lynley ne voyait aucune raison de lui cacher la vérité.

— Le sergent Bontempi a été assassinée.
— Quoi ?
Phinney paraissait à la fois assommé et incrédule.
— Assassinée ? répéta-t-il. À l'hôpital ?
— C'est là qu'elle est morte, mais l'événement qui a causé son décès a dû se produire chez elle.
— C'est-à-dire ?
— Elle a reçu un coup qui lui a fendu le crâne, entraînant un hématome sous-dural. Elle était dans le coma quand vous l'avez découverte, ce qui explique que vous n'ayez pas pu la réveiller.
— Vous dites qu'on l'a tuée ? Mais la fracture aurait pu provenir d'une chute accidentelle. Je l'ai trouvée dans son lit, en chemise de nuit. Je n'ai relevé aucune trace de coup, rien qui pouvait laisser croire que... Qui d'autre est au courant ?
— Qu'il s'agit d'un meurtre ? Ses parents savent seulement qu'elle est morte ; ils ont donné leur autorisation pour débrancher le respirateur. Avant l'examen post mortem, personne ne soupçonnait rien. En ce moment même, des membres de mon équipe sont en route pour annoncer à ses proches qu'elle n'est pas décédée de cause naturelle.
— Mais... un meurtre ? Sans signes visibles de traumatisme ?
— Le coup a été porté à l'arrière de la tête, donc vous ne pouviez pas le voir, et il n'a pas entamé la peau. La fracture du crâne indique l'usage d'une arme.
— De quel type ?
— On l'ignore encore. La police scientifique a récupéré dans l'appartement tous les objets susceptibles d'avoir servi à commettre le meurtre. Si leur examen ne donne rien, on pourra en déduire que l'assassin avait apporté l'arme et est reparti avec.
— Qu'est-ce qui vous fait croire qu'on lui a porté un coup, et non...
Phinney répondit lui-même à la question qu'il n'avait pas pris la peine de terminer.
— L'autopsie, bien sûr... Bon Dieu, j'aurais peut-être pu la sauver ! C'est mon métier de trouver des indices, et je n'ai rien vu.
— Vous n'aviez aucun moyen de savoir ce qui s'était passé,

Mark. Comme vous le disiez, la victime était dans son lit, en chemise de nuit. Elle-même n'avait probablement pas conscience de la gravité de sa blessure. Il se peut qu'elle n'ait pas perdu connaissance tout de suite. Au début, elle a peut-être simplement souffert de vertiges, ou d'un mal de tête. Elle aura alors pris du paracétamol avant de se coucher, ne se doutant pas que sa vie était en danger. Puis son état s'est dégradé, et elle a plongé dans le coma. Pour qu'elle en réchappe, il aurait fallu l'emmener à l'hôpital assez tôt pour pouvoir soulager la pression sur son cerveau. Personne n'est responsable de sa mort, hormis l'assassin.

— Vous voulez dire qu'elle le connaissait ?

— Si on l'avait agressée dans la rue ou dans n'importe quel lieu public, quelqu'un l'aurait rapidement retrouvée et secourue. Ça ne s'est pas passé ainsi. Il est plus probable qu'elle ait ouvert la porte à son meurtrier.

— Ou que celui-ci ait eu la clé.

— En effet.

— Sa famille en a peut-être une. Ses parents, sa sœur... ou même son mari, Ross Carver.

— « Même » ?

— Ils étaient séparés. Depuis deux ans, peut-être plus. Mais ils ont vécu ensemble dans cet appartement. Il est possible qu'il ait gardé une clé.

Phinney revint s'asseoir sur le canapé. Il détacha un morceau de son croissant et le porta à sa bouche. Puis il parut se raviser, le reposa sur son assiette et souleva sa tasse de café. Sa main tremblait, remarqua Lynley. Un tremblement à peine perceptible, mais qui ne pouvait échapper à un officier de police rompu aux interrogatoires.

— Que pouvez-vous me dire sur son transfert ? s'enquit Lynley. C'est elle qui l'avait demandé ?

Phinney hésita. Lynley le vit déglutir.

— Malheureusement, non, dit-il. C'est moi qui l'ai ordonné. Elle aurait voulu rester.

— Tout à l'heure, vous avez évoqué votre équipe. Je suppose qu'elle en faisait partie ?

— Oui. C'était un bon policier et une excellente enquêtrice.

— Pourquoi l'avoir fait muter, alors ?

— C'est difficile à expliquer, et j'aurais souhaité que les choses se passent autrement. Mais ses méthodes de travail posaient problème. Quand elle pensait tenir une piste, elle préférait agir en solo, quitte à outrepasser ses attributions. Parfois, elle m'en informait après coup, mais pas toujours. Nous avons eu de nombreuses prises de bec à ce sujet.

— Sur quoi travailliez-vous ?

— Les violences contre les femmes, principalement les MGF, les mutilations génitales féminines. Teo avait à cœur de combattre ces pratiques et d'y mettre fin. Comme tout le monde, bien sûr. Le problème, c'est qu'elle voulait en faire toujours plus, et à sa manière, au risque de compromettre une enquête déjà très délicate.

Lynley prit une bouchée de son croissant, qu'il trouva pas si mal. Tout comme le café.

— Je comprends son implication, dit-il.

— Évidemment, en tant que femme...

— Ce problème, l'interrompit Lynley, ne la concernait pas uniquement en tant que femme.

— Que voulez-vous dire ?

— Elle-même avait été affreusement mutilée. C'est ce que l'autopsie a révélé. Je suppose que personne n'était au courant hormis son mari.

Mark baissa la tête et resta muet pendant plusieurs secondes, durant lesquelles un groupe bruyant entra et s'installa à une table.

— Elle ne m'en avait jamais parlé, parvint-il enfin à articuler. C'était grave, dites-vous ?

— Infibulation.

— Mon Dieu.

Les yeux de Mark devinrent humides. Il porta la main à son visage, comme s'il voulait cacher ses larmes. Il ne savait que trop bien ce qu'était l'infibulation.

— D'après le médecin légiste, reprit Lynley, la mutilation remontait sans doute à sa petite enfance. C'était du sale boulot. Elle avait été presque entièrement cousue.

Mark lui fit signe qu'il refusait d'en entendre davantage. Comment le lui reprocher ? Le sergent Bontempi avait été sa collègue. La surprise d'apprendre, l'horreur de savoir et le remords de lui avoir imposé un transfert…

— Si j'avais su, jamais je ne l'aurais fait muter, s'exclama Phinney, comme s'il avait lu dans les pensées de Lynley. Pourquoi ne me l'a-t-elle pas dit ? Elle aurait pu m'expliquer pourquoi elle…

— Pourquoi elle ne respectait pas les règles ?

— Tout se serait passé autrement, si elle m'avait parlé.

— Pour cela, il aurait fallu qu'elle ait une foi absolue en vous. Mais après ce qu'elle avait subi, elle avait sans doute beaucoup de mal à accorder sa confiance.

Lynley vida sa tasse d'un trait et se leva.

— Nous allons nous intéresser de très près à tout le travail qu'elle a fait au sein de votre équipe, ainsi qu'à celui qu'elle a pu accomplir de son côté. Pour cela, nous aurons besoin de ses dossiers, ses notes, son ordinateur, ses rapports, les photos qu'elle a prises, les enregistrements qu'elle a réalisés… En bref, tout le matériel qu'elle vous a communiqué ou vous a caché. Je vais aussi m'entretenir avec ses collègues.

— À part moi, il n'y a que deux constables et la remplaçante de Teo, le sergent Jade Hopwood.

— C'est tout ? s'étonna Lynley. Et vous êtes censés mettre fin aux violences contre les femmes à vous quatre ?

— C'est tout ce que la Met veut bien nous donner, répliqua Phinney. Vous comprenez mieux la difficulté de notre tâche ?

NEW END SQUARE
HAMPSTEAD
NORD DE LONDRES

Le sergent Winston Nkata avait bien conscience que, si Lynley l'avait chargé d'apprendre à la famille de Teo Bontempi qu'elle avait été assassinée, c'était notamment parce qu'il était noir, comme la victime. Il n'en prenait pas ombrage. Mais son chef croyait-il vraiment leur rendre l'annonce moins douloureuse de cette façon ? S'il avait accepté cette mission sans protester, Winston ne l'en trouvait pas moins pénible. Personne n'a envie d'apporter ce genre de nouvelle.

L'adresse des Bontempi l'avait surpris. Pour vivre à Hampstead, il fallait beaucoup d'argent. Avoir touché un héritage que les droits de succession n'avaient pas englouti ou occuper un emploi particulièrement bien payé. Lui-même avait grandi dans un quartier du sud de Londres qui attendait toujours de devenir à la mode ; un grand ensemble de tours caractérisé par une population multiethnique et des bagarres entre jeunes, noirs pour la plupart. Lorsqu'il était enfant, ses parents ne l'autorisaient à sortir que pour se rendre à un endroit précis, et en évitant de traverser le territoire d'un gang. En dépit de ces précautions, les Brixton Warriors l'avaient recruté, tout comme son frère Harold. Lui se languissait en prison, au bon plaisir de Sa Majesté, pour au moins dix-sept années supplémentaires. Winston avait échappé à un avenir tout tracé grâce à la bienveillance d'un policier – noir, comme la famille Nkata. Malgré son parcours personnel, il avait depuis longtemps intégré le fait qu'à Hampstead les seuls résidents de couleur étaient des célébrités, stars du grand écran ou sportifs au salaire mirobolant.

Sa mission du jour le mena à New End Square, une rue ombragée bordée de maisons de briques rouges au perron festonné de glycine. La plus imposante était celle des Bontempi. Elle s'élevait sur trois niveaux comptant chacun cinq fenêtres à petits carreaux, et sur le toit hérissé d'une forêt de cheminées on avait construit une extension dont Nkata ne voyait pas bien l'utilité. La clôture en fer forgé noir laissait entrevoir un beau jardin. Un véhicule était garé devant, une Land Rover d'un modèle récent. Nkata gara sa Fiesta juste derrière.

La hauteur de la grille n'excédait pas 1 mètre, toutefois le portail était verrouillé – sans doute pour décourager les visiteurs d'entrer trop facilement. Nkata sonna. Après plusieurs tentatives, une voix féminine dont les intonations trahissaient sa bonne éducation jaillit de l'interphone :

— Oui ? Qu'est-ce que c'est ?

Il déclina son identité, et le portail fit entendre un déclic. Nkata s'approcha de l'immense glycine qui surmontait le perron. La treille se déployait dans trois directions à partir d'un tronc qui semblait venir tout droit du jardin d'Éden. Elle drapait les fenêtres du rez-de-chaussée et grimpait avidement vers le toit.

La porte s'ouvrit avant qu'il ait eu le temps de gravir les marches. Une jeune femme, grande et extrêmement séduisante, se tenait sur le seuil. Elle avait à peu près le même âge que Nkata, 27 ans. Sa robe blanche cintrée à la taille et imprimée de tournesols offrait un contraste charmant avec sa peau sombre. Les ongles de ses pieds étaient peints en rouge, ses cheveux lissés et coupés au carré. Son maquillage soigné et le choix de ses bijoux accentuaient son côté gravure de mode.

— New Scotland Yard ? dit-elle sur un ton hésitant.

Elle fixait la longue cicatrice qui barrait le visage de Nkata sans se soucier d'être discrète.

Il lui montra sa carte, qu'elle examina avant de le regarder. Puis elle demanda :

— Comment prononcez-vous votre nom de famille ?

Comme si elle lui faisait passer un test…

— Ounn'kata.

— Vous êtes africain, alors.

— Mon père, oui. Ma mère est jamaïcaine.

— Vous n'avez pas d'accent.

— Je suis né ici.

— Vous êtes vraiment de la police métropolitaine ?

— Absolument. Je voudrais parler à vos parents, s'il vous plaît.

Elle virevolta dans un mouvement qui mit en valeur sa robe autant que ses jambes et s'enfonça dans la maison. Nkata entra dans le hall. Des tapis persans recouvraient le parquet en chêne noir brillant. Il parcourut du regard les tables anciennes, les serrures et les poignées de porte en laiton poli, les tableaux dans des cadres dorés. Comme l'aurait poétiquement formulé Barbara Havers, les Bontempi devaient « péter dans la soie ».

La jeune femme revint avec une grande bouteille de San Pellegrino et quatre verres sur un plateau.

— Ils arrivent, annonça-t-elle. Par ici, je vous prie.

Elle l'introduisit dans un salon tout droit sorti d'un magazine de décoration : canapés et fauteuils moelleux, tissus d'ameublement imprimés de fleurs aux tiges entrelacées, guéridons en acajou, vitrine abritant une collection de figurines féminines en porcelaine. Nkata se demanda à quoi elles pouvaient ou avaient pu servir.

— Au fait, je m'appelle Rosalba, dit la jeune femme. Rosie. Vous êtes là pour Teo ? Je suis sa sœur.

Nkata se détourna de la vitrine.

— C'est ça, oui, dit-il.

Elle lui présenta la bouteille.

— San Pellegrino ?

— Bonne idée. Merci.

Curieux de savoir comment sa famille avait pu s'offrir une maison aussi luxueuse, il ajouta :

— Puis-je vous demander quelle est la profession de vos parents ?

— Ce genre de question est assez déplacé.

— Désolé. Vous avez raison.

— Mon père possède une clinique vétérinaire près de Reading, répondit-elle néanmoins. Ouverte vingt-quatre heures sur vingt-quatre, avec des spécialistes, des blocs opératoires et tout ce qui s'ensuit, comme une clinique classique. Ma mère, elle, est pilote de jet, ajouta-t-elle en levant les yeux au ciel. Elle transporte des épouses d'hommes d'affaires qui vont faire du shopping à Florence avant de déjeuner à Paris.

— Ne critique pas, Rosie !

La voix, teintée d'un accent français, provenait de l'autre bout de la pièce. Quand Nkata se retourna, il fut surpris. La mère de Rosie était aussi blanche qu'on pouvait l'être, son teint offrant un contraste frappant avec son tailleur noir à fines rayures. Dee Harriman aurait approuvé sa tenue : pantalon slim, chemise immaculée au col relevé, veste parfaitement ajustée, chaussures plates avec des boucles dorées. Ses bijoux étaient également dorés, et ce n'était pas de la camelote : des bagues, des boucles d'oreilles et une chaîne avec un pendentif qu'il ne put distinguer.

— Solange Bontempi, se présenta-t-elle. Rosie m'a dit que vous veniez pour notre Teo ?

Pour une femme qui avait perdu son enfant, elle n'avait pas l'air particulièrement éplorée. Nkata trouva cela étrange. Puis son propre étonnement lui parut étrange. Son travail lui avait pourtant appris que les gens n'exprimaient pas tous leur chagrin de la même manière. Se méfiait-il d'elle parce qu'elle était blanche ?

— Papa a besoin d'aide ? demanda Rosie avant qu'il puisse répondre.

— Oui. Mais n'y va pas, Belle. Aujourd'hui, c'est…

Elle s'adressa ensuite au visiteur, comme si elle avait perçu sa défiance à son égard :

— Mon mari, Cesare, est très affecté par la mort de Teo. Rosie et moi, nous nous efforçons de ne pas l'accabler davantage avec notre propre peine. À dire vrai, pour le moment, ça semble encore… irréel. Comme si c'était arrivé à quelqu'un d'autre. Et on refuse de nous restituer son corps.

— C'est à cause de l'examen post mortem. Ça risque de prendre un peu de temps.

— Ce que je n'admets pas, poursuivit Solange, c'est qu'on ne nous dise rien.

— Le sergent Nkata est là pour ça, maman. Il travaille pour la Met…

— Qu'est-ce que ce sergent Nkata, de la Met, fait ici ?

L'homme qui venait de parler avait lui aussi un accent, mais pas français. S'il entra par la même porte que sa femme, contrairement à elle il se déplaçait avec difficulté, en s'aidant d'un déambulateur.

— C'est au sujet de Teo, Cesare, lui expliqua Solange.

— Je ne comprends pas pourquoi on nous a interdit de la ramener à la maison, s'emporta Cesare Bontempi. Nous voulons l'enterrer dans les règles, entourés de nos proches, et que notre prêtre...

Il s'interrompit.

— Assieds-toi, papa, dit Rosie. On va t'aider. Maman ?

Cesare agita le bras pour écarter les deux femmes et reprit sa progression laborieuse à travers la pièce. De la sueur perlait à son front et au-dessus de sa lèvre supérieure. Il se laissa tomber sur un canapé et repoussa le déambulateur sur le côté.

— Pourquoi refusez-vous de nous rendre notre fille ? lança-t-il à Nkata.

Ce dernier attendit que les femmes s'asseyent, mais elles n'en firent rien. Rosie donnait plutôt l'impression de vouloir fuir ; elle jetait des regards furtifs vers la porte d'entrée toujours ouverte. Le policier leur indiqua deux fauteuils et prit place à l'extrémité du canapé, à bonne distance de Cesare.

— Je suis désolé, commença-t-il, mais j'ai de mauvaises nouvelles.

Solange porta une main à sa gorge et se tourna aussitôt vers son mari.

— Cesare, tu devrais peut-être... ?

— Non ! Parlez, sergent Je-ne-sais-qui.

— Nkata... Winston Nkata. Il semblerait que votre fille ait été assassinée. C'est pour cette raison que le... qu'on ne vous a pas encore rendu son corps.

— Assassinée ? répéta Cesare. Teo ? Elle était de la police. On n'assassine pas les policiers !

Solange se leva et voulut s'approcher de lui, mais il lui fit signe de s'éloigner.

— Cesare, s'il te plaît, supplia-t-elle. Tu dois...

— Quoi donc ? Rester calme ? On a tué Teodora et je devrais garder mon calme ?

— Tu ne vas pas bien, mon chéri. Rosie et moi nous inquiétons pour toi.

Nkata jeta un coup d'œil à la sœur de Teo. La tête baissée, elle serrait ses mains l'une contre l'autre sur ses genoux.

— Je ne comprends pas, dit alors Solange. Qui a décrété que notre fille avait été assassinée ? Pourquoi, et comment ?

Nkata ne leur rappela pas les faits qu'ils connaissaient déjà – l'hospitalisation de Teo, les tentatives pour réduire la compression de son cerveau, la décision de pratiquer une autopsie après avoir établi qu'elle n'avait pas pu se blesser seule – et sauta directement à la conclusion du médecin légiste.

Les Bontempi l'écoutèrent sans l'interrompre, abasourdis, et ce fut Solange qui rompit le silence.

— Qui aurait pu vouloir tuer Teo ? Et pourquoi ?

— On s'efforce de le découvrir, répondit Nkata. C'est aussi la raison de ma visite. On va commencer par « qui ».

— Vous pensez que l'un de nous aurait pu lui faire du mal ?

Nkata remarqua que Rosie n'avait pas desserré les mains pendant qu'elle parlait.

— Vous n'imaginez tout de même pas..., protesta sa mère.

— On va devoir fournir des alibis ? la coupa Rosie.

— Ça fait partie de la procédure, oui, acquiesça Nkata.

— Vous allez aussi nous demander si on lui connaissait des ennemis, reprit Solange.

— Foutaises ! gronda Cesare. Notre fille n'avait pas d'ennemis.

— Vu de l'extérieur, c'est difficile à affirmer, objecta Nkata. Il nous faudra les noms de toutes les personnes qu'elle pouvait fréquenter. Tout ce qu'on sait pour le moment, c'est qu'elle était mariée à un certain... Ross Carver, dit-il après avoir parcouru ses notes.

Les Bontempi échangèrent un regard. Nkata s'apprêtait à les interroger sur les relations que Teo avait entretenues avec ce Ross Carver avant sa mort, mais Rosie le devança.

— Vous voudrez sans doute savoir quand nous l'avons vue pour la dernière fois.

— Ce serait un bon point de départ.

— Elle est passée... il y a trois semaines, dit Solange. Elle venait prendre des nouvelles de son père.

— On a regardé ce vieux film de cow-boys où ils sautent d'une falaise, précisa Cesare.

— *Butch Cassidy*, oui, c'est ça. Je m'en souviens. Vous adorez ce film, tous les deux. Vous l'avez vu je ne sais combien de fois ensemble, fit remarquer Solange avec un bref sourire. Teo, ajouta-t-elle à l'intention de Nkata, ne venait pas aussi souvent qu'elle l'aurait souhaité. Son travail l'occupait beaucoup.

— Elle ne vivait que pour son travail, renchérit Rosie.

— On est nombreux dans ce cas, commenta Nkata. C'est pour ça qu'il y a autant de divorces dans la police.

— C'est ce qui s'est passé pour Teo, dit Cesare. Son mariage n'a pas tenu.

— Depuis quand Carver et elle étaient-ils séparés ?

— Depuis plus de deux ans, répondit Rosie. Ils ne sont... Ils n'étaient pas encore divorcés. Mais Teo pensait qu'il était temps. Elle avait raison. À quoi bon s'accrocher quand il n'y a plus rien entre deux personnes ? C'est ce qu'ils...

— Ross...

Rosie et Solange avaient parlé en même temps. Seule la première acheva sa phrase :

— C'est ce qu'ils voulaient tous les deux.

Elle regardait le visiteur tandis que ses parents la regardaient elle.

— Elle avait quelqu'un ? s'enquit Nkata.

— C'est possible. Mais nous n'évoquions jamais sa vie privée. Peut-être à cause de notre différence d'âge ? Elle a sept ans de plus que moi.

— Et son mari ?

Le silence se prolongea.

— Vous parlez de Ross ? finit par demander Solange.

Comme si sa fille avait collectionné les maris !

— Nous le voyons de temps en temps, dit-elle après avoir jeté un coup d'œil à Cesare puis à Rosie avant de s'adresser à Nkata. Mais même s'il fréquentait quelqu'un, il ne nous l'aurait pas dit.

— Parce que… ?

— Il n'aurait pas voulu que Teo le sache, je suppose. Vu qu'ils étaient encore mariés.

Une réponse absurde. Ils étaient séparés depuis deux ans et sur le point de divorcer. Nkata considéra les Bontempi pendant quelques secondes avant de mettre le doigt sur la cause de sa gêne : il régnait dans cette famille une opacité qui allait bien au-delà des circonstances de la mort de l'une des filles.

Il resta muet de longues minutes, une technique apprise en observant Lynley. La plupart des gens, il le savait, ne supportaient pas le silence. Mais pas ces trois-là, apparemment.

— Je suis fatigué, dit enfin Cesare. Je vous laisse.

Sa femme se leva immédiatement pour l'aider.

— Vous voulez bien m'excuser, sergent ? Je dois… Belle, s'il te plaît, donne-lui nos numéros de portable. Vous en aurez besoin, n'est-ce pas ?

Nkata acquiesça et suivit Solange des yeux tandis qu'elle escortait son mari hors de la pièce. Il les entendit parler à voix basse, une porte s'ouvrit et se referma ailleurs dans la maison, et ce fut tout.

Rosie, elle, n'avait pas bougé. Sa présence muette causait une vague gêne à Nkata. Il avait la sensation qu'elle était douée pour garder les secrets – les siens et ceux des autres. À l'évidence, elle en savait bien plus qu'elle ne le disait. Mais il ne parvenait pas à déterminer si ce qu'elle cachait concernait ses parents, sa sœur ou le mari de celle-ci.

HACKNEY
NORD-EST DE LONDRES

Barbara Havers n'avait eu aucun mal à joindre Ross Carver. Elle n'avait eu qu'à appeler le numéro de portable inscrit à côté de son nom dans le dossier que lui avait remis Lynley. Il avait décroché aussitôt.

— J'aurais quelques questions à vous poser au sujet de Teo Bontempi, avait-elle annoncé. Nous pouvons nous retrouver quelque part, à moins que vous ne préfériez que je vienne chez vous.

Un long silence avait suivi.

— Teo ? avait fini par articuler Carver.

Bizarrement, sa voix exprimait surtout de la résignation.

— Bien sûr, avait-il ajouté.

Son employeur l'ayant incité à prendre quelques jours de congé, il avait proposé de recevoir Barbara à son domicile.

Il habitait l'un des immeubles plus ou moins identiques qui se succédaient le long de Goldsmith's Row, à Hackney. La plupart présentaient l'aspect maussade de la brique londonienne en attente d'un bon ravalement. Un seul, de construction plus récente, semblait relativement épargné par la poussière, les gaz d'échappement et autres sources de pollution.

Comme partout dans Londres, il n'y avait aucune place de stationnement libre. Pour d'obscures raisons, des bornes empêchaient les voitures d'accéder à Goldsmith's Row. Seuls les piétons et les cyclistes pouvaient y pénétrer. Barbara gara donc sa Mini sur le trottoir, le long d'une grille en fer forgé presque cachée par la végétation, et chercha son macaron écorné dans sa boîte à gants aussi bien rangée qu'un nid de rats. Elle le plaça en évidence derrière le pare-brise, espérant qu'il détournerait l'attention des barquettes de plats à emporter qui jonchaient l'habitacle, et du cendrier plein à ras bord. Quant aux emballages de barres Cadbury qu'elle avait l'habitude de jeter par-dessus son épaule, elle estima qu'ils ne causaient aucun tort à sa réputation.

À l'extérieur, une violente odeur de fumier la prit à la gorge. Avec la chaleur, la rue entière empestait la fosse à purin. À cela s'ajoutèrent les cocoricos d'un coq surexcité, les cris d'une armée de canards et le braiment d'un âne. Elle se rappela alors qu'elle se trouvait à proximité de la ferme urbaine de Hackney. À travers la grille elle aperçut un potager, un jardin d'agrément et, au-delà, le toit d'une grange. Deux jeunes femmes chaussées de bottes en caoutchouc et coiffées de chapeaux de paille surgirent du fond, munies de paniers et d'outils de jardinage. Bien sûr, c'était la saison de la récolte... Nul doute que la ferme urbaine faisait bon usage de son fumier.

L'odeur l'escorta tandis qu'elle remontait Goldsmith's Row, vérifiant les numéros des bâtiments. Les riverains devaient garder leurs fenêtres fermées au moins dix mois par an.

L'immeuble de Ross Carver se trouvait presque à l'extrémité de la rue, où l'air était à peine plus respirable. Barbara retenait son souffle, de peur d'inhaler une vingtaine de bactéries inconnues des scientifiques.

Elle pressa le buzzer pour entrer et prit l'ascenseur jusqu'au dernier étage. Ross Carver devait guetter son arrivée, car elle n'avait pas encore frappé que la porte de l'appartement s'ouvrit sur un homme séduisant au teint mat.

Elle savait peu de choses sur lui, si ce n'est qu'il exerçait la profession d'ingénieur des structures. Ce jour-là, il avait plutôt la dégaine d'un aspirant rock star : une barbe de trois jours, une somptueuse chevelure brune bouclée attachée sur la nuque, un lobe percé de deux anneaux et d'un faux diamant, dont le jumeau ornait son autre oreille. Il était vêtu d'un jean et d'un vieux gilet sans manches taillé pour une carrure qui n'était plus la sienne, sous lequel il ne portait pas de chemise. Rien à voir avec l'image traditionnelle du prince charmant.

— Ross Carver ?

— Sergent Havers ?

Leur identité respective plus ou moins déclinée, Carver introduisit Barbara dans un appartement si sommairement meublé qu'elle se demanda s'il l'occupait vraiment. Au même moment, un adolescent sortit d'une pièce dans le fond.

— Mon fils, Colton, annonça Ross Carver.

Barbara salua d'un signe de tête le garçon, qui fit de même et rejeta en arrière ses cheveux trop longs avant de s'adresser à son père :

— Je vous laisse ?

— C'est préférable, oui. Le sergent est là pour Teo. N'oublie pas de parler à ta mère du voyage à Gibraltar. Dis-lui que je l'appellerai ce soir.

— Elle voudra jamais.

— Je ferai de mon mieux pour l'amadouer.

— Dans tes rêves ! marmonna Colton, puis il sortit d'un pas traînant.

— Je vais me chercher une bière, déclara Carver en se tournant vers Barbara après le départ de son fils. Vous en voulez une ?

— Trop tôt pour moi. Un verre d'eau fera l'affaire.

— Je reviens tout de suite.

Il passa dans une autre pièce, probablement la cuisine.

Barbara s'approcha de la fenêtre dans l'intention de faire entrer un peu d'air : elle avait l'impression de cuire et, malgré le déodorant, ses aisselles envoyaient des signaux alarmants. Mais elle se ravisa, craignant que la puanteur de la ferme ne les asphyxie tous les deux.

— Ça vous arrive de l'ouvrir ? s'enquit-elle en désignant la porte-fenêtre donnant sur un balcon où s'entassaient une vingtaine de cartons fermés par du ruban adhésif, une bicyclette et des haltères.

Carver revint, une bouteille d'eau dans une main et une Stella Artois dans l'autre.

— J'ai signé le bail en hiver. À cette période de l'année, la pluie atténue l'odeur. Je ne l'ai pas remarquée et j'étais pressé. De toute manière, je ne compte pas rester. Je retourne à Streatham, ajouta-t-il en indiquant vaguement le sud.

— Dans l'appartement de Teo ?

— C'était le nôtre quand nous vivions ensemble.

— Vos cartons sont déjà prêts ?

— Je ne les ai jamais défaits. Je n'ai jamais pu m'y résoudre, expliqua-t-il après une gorgée de bière. C'est Teo qui a voulu qu'on se sépare. Jusqu'au bout, j'ai espéré qu'elle me proposerait de revenir.

Il appuya la bouteille fraîche contre son front sous le regard envieux de Barbara.

— Vous vouliez me parler d'elle ? demanda-t-il.

Farfouillant dans son sac à la recherche de son calepin et du porte-mine qu'elle avait piqué sur le bureau de Nkata, Barbara le suivit jusqu'au coin salon : quatre chaises pliantes autour d'une table de bridge, une lampe sur pied. Difficile d'imaginer plus spartiate. Pas de bibelots – sans doute n'avaient-ils jamais été déballés –, de magazines, de journaux, de parapluies, de chaussures ni de vêtements qui traînaient. En revanche, il y avait des photos. Des dizaines de photos, dont certaines de son mariage avec Teo, pour la plupart regroupées sur le même mur.

— On peut s'asseoir ? demanda Barbara.

— Je vous en prie. Comme vous le voyez, je n'ai pas beaucoup de mobilier.

— Contrairement aux photos…

Carver se tourna vers les images alignées comme des soldats à la parade.

— Teo n'en a pas voulu. Moi, j'aime les regarder. Ce sont des souvenirs.

— De quoi ?

— De qui nous étions. Des jours heureux. Teo et moi, on a grandi ensemble. Nos parents se fréquentaient avant même qu'on soit nés.

— Comment s'étaient-ils rencontrés ?

— Je n'en ai pas la moindre idée ! répondit Carver après un instant de réflexion. J'ai l'impression d'avoir toujours connu les Bontempi. Mais ça n'avait rien à voir avec la religion. Mes parents, et nous tous en fait, sommes athées. Ceux de Teo sont catholiques pratiquants.

— Et elle ?

— Elle allait à l'église à Noël et à Pâques, et encore... Teo n'aime... Elle n'aimait pas se sentir pieds et poings liés.

— Mais elle n'avait rien contre les liens du mariage, releva Barbara.

— Comme la plupart des femmes, je suppose. Même si, au début, elles prétendent toutes détester le décorum. Sa mère a insisté pour faire les choses en grand. Pour moi, une signature à la mairie et un repas dans un restaurant chic auraient suffi. Avec du champagne et des fraises enrobées de chocolat... Mais Solange, la mère de Teo, est très attachée aux traditions.

— Comment a-t-elle réagi à votre séparation ?

— Comme tout le monde. Elle était surprise. Triste. Teo et moi, on était ensemble depuis si longtemps que nos familles respectives ne nous imaginaient pas autrement.

— Vous non plus.

Il baissa les yeux vers sa bouteille de bière et acquiesça lentement.

— Je vous l'ai dit, je ne voulais pas qu'on se sépare. Mais en fin de compte c'est arrivé par ma faute.

— À cause d'une femme ?

Il secoua la tête.

— Il n'y a jamais eu que Teo pour moi.

— Mais Colton ? Vous l'avez eu avec une autre, non ?

— À l'époque, je faisais de la danse sportive. J'avais 18 ans, ma partenaire aussi, et on a poussé la salsa un peu trop loin. Les danses latines ont tendance à brouiller les idées. Les miennes, en tout cas. Elle est tombée enceinte. Elle pensait que j'allais l'épouser. Pas moi.

— Teo était au courant, pour Colton ?

— Il fait partie de ma vie depuis sa naissance. J'ai rejeté sa mère, et je n'en suis pas fier. Mais lui, jamais. Teo savait tout ça.

— Et sa mère, qu'est-elle devenue ?

— Elle vit à Hammersmith. Elle est mariée, elle a deux autres enfants et elle file le parfait bonheur, dit Carver avant de boire une gorgée de bière. Du moins, j'imagine qu'elle est heureuse. Pourquoi en irait-il autrement ? Colton ne dit pas le contraire, en tout cas, et il s'entend bien avec Kieran, son beau-père. Un type bien, ce Kieran.

Tout ça sonnait très « adulte », à moins que le terme exact ne soit « dans l'air du temps ».

— Teo n'a pas vécu ça comme une trahison ? demanda Barbara.

— Quoi donc, la grossesse de Telyn ? Non, pas du tout. Teo avait à peine 15 ans quand Telyn et moi avons eu une aventure, et à l'époque on n'était pas encore en couple. Mais du jour où on l'a été, je n'ai plus regardé aucune autre femme. Je n'en ai jamais éprouvé le désir.

— Si vous n'êtes jamais allé voir ailleurs, qu'est-ce qui a fait foirer votre mariage ?

— Je l'aimais trop.

— Trop ?

— C'est possible, oui. C'est comme... trop arroser une plante. On croit bien faire mais elle ne le supporte pas, et elle meurt.

Une comparaison malvenue sachant que Teo Bontempi – anciennement Teo Carver – reposerait bientôt en terre...

— Quand l'avez-vous vue pour la dernière fois ?

— Je dirais deux jours avant sa mort.

— Où ?

— À Streatham. À l'appartement.

— C'était votre idée ou la sienne ?

— La sienne. Elle m'avait dit qu'elle devait me parler.

— Qu'elle devait ?

Carver fronça les sourcils, cherchant à se rappeler les mots exacts de sa femme.

— Elle voulait... « reparler de certaines choses », selon ses propres termes. Elle m'a proposé de venir à Streatham. Je n'avais rien de prévu ce soir-là, donc j'ai dit oui. Mais elle n'a pas répondu à mon coup de sonnette.

— Donc vous êtes reparti ?

— J'avais une clé.

— C'est elle qui vous l'avait donnée ?

— J'avais gardé la mienne. Quand nous nous sommes séparés, j'ai fait quatre ou cinq voyages pour récupérer mes affaires. Elle ne m'a jamais demandé de lui rendre la clé, au cas où j'aurais dû passer en son absence.

— Même pas une fois le déménagement achevé ?

— Non. Ce soir-là je m'en suis servi pour entrer. J'ai pensé qu'elle était sortie faire une course et j'ai décidé de l'attendre, ne sachant pas quand l'occasion se représenterait.

— L'occasion de quoi ?

— De la voir.

Carver termina sa bière.

— Je vais en chercher une autre, dit-il. Vous n'en voulez toujours pas ?

Barbara secoua la tête. Il revint pourtant avec deux bouteilles et en posa une, décapsulée, devant elle.

— Juste au cas où, expliqua-t-il.

Puis il se rassit sans rien dire. Barbara comprit que la bière n'était qu'un prétexte pour gagner du temps.

— Vous avez une idée de ce dont elle souhaitait vous parler ?

Le portable de Carver sonna. Il le sortit de la poche arrière de son jean et jeta un coup d'œil à l'écran.

— Désolé. Je dois répondre.

— Pas de problème.

— Allô ?

Il y eut un silence, durant lequel il se leva, son téléphone collé à l'oreille. Il sortit sur le balcon et referma la porte-fenêtre derrière lui. Tandis qu'il écoutait, son expression s'altéra. Il regarda Barbara, vit qu'elle le regardait, lui tourna le dos et prononça des paroles qu'elle ne put distinguer. L'appel dura à peine deux minutes puis il rentra, la mine sombre.

— Teo a été assassinée ? Vous comptiez me l'annoncer quand ?

— Qui vous a donné cette information ?

— C'est important ?

— Dans une affaire de meurtre ? Oui, en effet.

— Pourquoi ne me dites-vous pas ce qui se passe, sergent... C'est quoi votre nom, déjà ?

— Havers.

— Sergent Havers. Teo était à l'hôpital. Elle était...

— … dans le coma, après avoir reçu un coup à la tête.

Il marqua une pause.

— Un coup à la tête ? Un putain de coup à la tête ?

— Avec qui parliez-vous au téléphone ?

— Avec la sœur de Teo. Rosalba. Elle a dit qu'un policier était passé leur annoncer la nouvelle. Pourquoi on ne m'a rien dit, à moi ? Parce que nous étions séparés ? Parce que je suis suspect ? C'est là que vous vouliez en venir ? Oui, j'ai utilisé ma clé pour entrer dans l'appartement. J'ai trouvé Teo étendue par terre dans les toilettes. Elle avait vomi et souffrait de vertiges. J'ai proposé de la conduire aux urgences, mais elle a refusé. Elle m'a dit qu'elle avait juste besoin de repos, alors je l'ai aidée à se coucher.

— D'après le rapport, elle était en chemise de nuit. C'est ce qu'elle portait quand vous l'avez découverte ?

Carver but une gorgée avant de répondre.

— Non. Je… je l'ai déshabillée, mais ce n'est pas ce que vous pensez.

— Ce que je pense ?

— Que c'était sexuel. Que j'aurais profité d'elle. C'est faux. Il n'y avait plus rien entre nous. C'était ce qu'elle voulait. Mais je tenais à elle, alors je l'ai déshabillée et je lui ai passé sa chemise de nuit. J'ai trouvé du paracétamol dans l'armoire à pharmacie. Je lui ai fait avaler deux comprimés avant de la coucher.

— Puis vous êtes parti ? Sans savoir pourquoi elle avait souhaité vous voir ?

— Non.

— Non quoi ? Non vous n'êtes pas parti, ou non vous n'avez jamais su ce qu'elle vous voulait ?

— Elle ne m'a pas dit de quoi elle voulait parler.

— Vous avez quitté les lieux aussitôt après l'avoir mise au lit ?

— Non. J'ai passé une partie de la nuit avec elle.

— Avec votre ex-femme.

— Comme je ne voulais pas la laisser seule, je me suis étendu à côté d'elle et je me suis assoupi. Je n'en avais pas l'intention, mais c'est ce qui s'est passé. Quand je me suis réveillé, il était…

dans les 3 h 30 ? Elle dormait et je n'ai pas voulu la déranger. J'ai posé son portable à côté du lit et je suis parti.

— Pourquoi n'avez-vous pas essayé de la réveiller ?

— Je vous l'ai dit : elle dormait à poings fermés.

— Vous n'étiez pas curieux de savoir pourquoi elle vous avait fait venir en urgence ?

Tout en parlant, Barbara observait la transpiration qui perlait à la racine des cheveux de Carver. Certes, il faisait si chaud dans la pièce que même un iguane aurait baigné dans la sueur. Toutefois elle avait l'intuition que le malaise de cet homme provenait moins de la température ambiante que de sa nervosité.

— Si je ne m'étais pas endormi, murmura-t-il, si j'avais insisté pour la conduire à l'hôpital... Vous avez dit qu'elle avait reçu un coup à la tête. Quel genre de coup ? ajouta-t-il après un silence, sans répondre à la question de Barbara.

— Le genre à fendre un crâne. On l'a frappée avec un objet lourd. Savez-vous ce qu'est un hématome sous-dural ?

Il acquiesça.

— C'est ce qui l'a tuée.

— Ce n'est pas moi qui ai fait ça, déclara-t-il en la regardant droit dans les yeux. Jamais de la vie je n'aurais frappé Teo. Je l'aimais. Je voulais qu'on se remette ensemble.

— Comment avez-vous appris qu'on l'avait emmenée à l'hôpital ?

— Par ses parents. Ils m'ont appelé et m'ont expliqué qu'elle allait passer un scanner. Quand je suis arrivé là-bas, on l'avait transférée en soins intensifs...

— Ses parents, ce sont eux qui vous ont demandé d'aller la voir ?

— Quoi ? Non. Mais j'avais besoin de savoir. Je ne comprenais pas comment une simple chute pouvait conduire à... ça : un scanner du cerveau, un coma, et... tout le reste.

— Sa mort, vous voulez dire.

— Et tout ce qu'il y a eu avant : les écrans, l'électrocardiogramme, le respirateur artificiel...

— Et la mort cérébrale, conclut Barbara en guettant sa réaction.

Elle se montrait volontairement brutale pour le pousser dans ses retranchements. Il semblait sincère, mais on pouvait en dire autant de beaucoup de psychopathes. Avoir l'air normaux, c'était justement leur spécialité.

— Vous voulez ajouter quelque chose ? À propos de votre femme ? De votre mariage ?

Carver secoua la tête.

— J'aimerais me réveiller en me disant que c'était un cauchemar.

— C'est ce qu'espèrent la plupart des gens.

PEMBURY ESTATE
HACKNEY
NORD-EST DE LONDRES

Tani savait qu'il était le seul à pouvoir empêcher Abeo de vendre sa sœur à un vieux Nigérian plein aux as. Il savait aussi que Monifa ne ferait rien pour contrarier les projets de son mari. Pourtant, elle n'aurait eu qu'à préparer une valise pour sa fille et une autre pour elle avant de fuir l'appartement en son absence.

Ç'aurait été d'autant plus facile qu'Abeo n'était presque jamais là : à présent que sa seconde famille n'était plus un secret, du moins pour son fils, il résidait la plupart du temps avec elle, persuadé que ni Monifa ni Tani ne vendraient la mèche à Simi. Il passait uniquement pour déposer ses chemises pleines de sang, que Monifa lavait avec application. Tani avait compris qu'il lui confiait également le linge de Lark et de ses enfants, ce qui expliquait pourquoi il l'avait vue plusieurs fois trier une montagne de vêtements.

Il n'avait travaillé à l'épicerie ni ce jour-là ni la veille, ne voulant pas y croiser son père avant d'avoir pris une décision. Puis il avait attendu la fin de l'après-midi pour gagner Pembury Estate et se planquer à proximité de l'ascenseur qu'Abeo devrait emprunter pour rejoindre son autre famille. Quand son père finit par apparaître, il semblait exténué et marchait d'un pas pesant. Mais il portait une chemise propre, afin d'éviter à Lark et aux enfants la vue peu ragoûtante du sang. Tani ne se manifesta pas immédiatement ; il voulait lui laisser le temps de prendre ses aises avant de l'affronter.

Vingt-cinq minutes plus tard, il se dirigea à son tour vers l'ascenseur. À ce moment de la journée, les habitants de l'immeuble étaient nombreux à entrer et sortir. Tani s'engouffra dans la cabine derrière une femme chargée de sacs de courses qu'il salua de la tête avant d'appuyer sur le bouton du troisième étage.

La plupart des portes donnant sur la coursive extérieure étaient ouvertes, dont celle du second foyer d'Abeo. En approchant, Tani entendit des voix d'enfants, puis reconnut celle de leur père qui leur répondait.

— C'est exactement là ! dit une femme. Hmm... Tu es un amour. Abeo, non ! Tu me chatouilles ! ajouta-t-elle dans un éclat de rire.

— Comme ça, alors ?

D'autres rires fusèrent, puis la femme supplia Elton de dire à son père d'arrêter.

Tani s'immobilisa sur le seuil. La maîtresse de son père était étendue sur le canapé, un gant de toilette mouillé sur le front, les pieds calés sur les cuisses d'Abeo. Celui-ci faisait semblant de lui mordiller les orteils en poussant des grognements, suscitant l'hilarité de la femme et des enfants, occupés à assembler des Lego sur la table. Abeo cessa son petit jeu pour frictionner la plante des pieds de Lark avec des glaçons. Une serviette éponge et un flacon de lotion étaient posés par terre près de lui.

— C'est mieux ? demanda-t-il.

— Tu es un ange, soupira Lark.

Ce fut elle qui vit Tani la première.

— Davrina, dit-elle en ôtant le gant de toilette de son front. Mon trésor, va chercher d'autres glaçons.

En sautant de sa chaise, la fillette aperçut également l'intrus.

— C'est qui ? s'écria-t-elle.

Abeo jeta un coup d'œil vers la porte.

— Tu faisais ça aussi pour maman, quand elle était enceinte ?

Chaque mot écorchait la gorge de Tani.

— Qu'est-ce que tu veux ? lui lança Abeo. Pourquoi tu n'es pas venu travailler ?

Tani entra.

— Je me présente ou tu préfères t'en charger ? dit-il à son père.

— Ça m'est égal, répliqua Abeo avant de se tourner vers les

enfants. Voici votre frère, que j'ai eu avec ma femme Monifa. Du moins c'est ce qu'elle prétend. Il s'appelle Tani. Dites-lui bonjour et continuez votre jeu.

Lui-même recommença à masser les pieds de Lark.

Tani vit que les enfants construisaient un tyrannosaure vert. Il ramassa un Lego et l'examina. Que se passerait-il s'il le plantait dans l'œil d'Abeo ?

— T'aimes les Lego ? lui demanda Davrina.

— J'en ai jamais eu, répondit Tani.

— Jamais ?

— Jamais. Au fait, tu as une sœur. Elle s'appelle Simisola. Elle non plus a jamais eu de Lego. T'as des projets pour elle aussi ? demanda-t-il à son père. Quand elle sera un peu plus grande ? Ou c'est juste pour Simi ?

La femme regarda tour à tour les deux hommes, interloquée.

— Lark est anglaise, dit Abeo. Nos enfants aussi.

— Ah oui ? Et en tant qu'Anglaise, qu'est-ce qu'elle pense de la coutume qui consiste à vendre des gamines, de futures génitrices, au plus offrant ?

Lark se redressa. Son expression s'altéra. Elle semblait sur ses gardes.

— Davrina..., enchaîna Tani. Elle est à moitié nigériane, non ? Et une Nigériane est destinée au type qui versera la plus grosse dot... En tout cas, c'est ce que tu nous as répété mille fois à propos de Simisola. Il ne vous l'a pas dit ? demanda-t-il à Lark.

— Abeo, qu'est-ce qu'il...

— Comme elle est à moitié anglaise, j'imagine que tu ne peux en vendre qu'une partie, c'est ça ? Le haut ou le bas ? Le côté gauche ? Le droit ? Au choix du client ?

— Va-t'en, cracha Abeo.

— Abeo, de quoi il parle ? demanda Lark.

— Ne fais pas attention. Il croit toutes les idioties qu'il entend, et après il porte des accusations. Il est comme ça.

— Qui accuse-t-il ? De quoi ?

— Il va vendre Simisola, expliqua Tani. Dès qu'elle sera en âge de pondre des gosses, il la livrera au premier venu qui acceptera de payer le prix qu'il exigera en échange. C'est encore une enfant. Elle comprendra même pas ce qui lui arrive.

Il jeta un coup d'œil à Davrina. Son frère et elle l'observaient avec crainte.

— Va dans ta chambre, dit Lark à sa fille. Toi aussi, Elton.

— Mais…

— Tout de suite !

— Papa ?

— Fais ce que ta mère te dit. Nous devons parler à cette… personne.

Les enfants filèrent en coulant un regard apeuré vers Tani. Peu après, une porte se referma quelque part dans l'appartement.

— Tu n'es pas mon fils ! lâcha alors Abeo. J'en veux à ta mère pour ce que tu es devenu, avec ta mentalité anglaise et ton attitude envers notre peuple.

— Mais on est anglais, papa. C'est pas ce que tu souhaitais ? Dans ce cas, t'aurais dû rester au Nigeria. Mais tu t'imaginais qu'à Londres ce serait pareil que là-bas. Qu'on t'obéirait au doigt et à l'œil pour que tu te sentes important, et que tu déciderais de notre avenir.

Il se tourna vers Lark, qui tripotait nerveusement la croix pendue à son cou.

— Tout ce qui intéresse mon père, c'est l'argent. Il vous a parlé de la vierge qu'il a achetée pour que je l'épouse ? Non ? Le seul moyen pour lui de récupérer une partie de ce qu'il a payé, c'est d'obtenir un bon prix de Simisola.

Abeo secoua lentement la tête, affectant la tristesse et la déception.

— Monifa prétendait que cette personne était mon fils. Il y a dix-huit ans, j'ai décidé de la croire. Mais lui et moi…

Il se leva, pointa l'index vers sa poitrine, puis vers Tani.

— Regarde-nous, Lark. On ne se ressemble pas du tout. Il sait depuis toujours qu'il n'est pas mon fils, et il entend me le faire payer. Après avoir tenté de détruire mon mariage avec sa mère, il s'en prend à ce que nous avons construit, toi et moi : notre famille.

Cette histoire qu'il t'a racontée… Pourquoi ferais-je une chose pareille à Simisola ? Ou à Davrina ? Il cherche à te convaincre que je suis capable de gâcher la vie de mes filles dans l'espoir que tu me quitteras en emmenant nos enfants – les deux aînés, et celui que tu portes. Il pense que c'est ce que je mérite pour l'avoir laissé croire qu'il est mon fils.

Tani avait la bouche aussi sèche que s'il avait avalé de la sciure. Il n'en revenait pas de l'impudence de son père. Abeo mentait comme il respirait ; sa maîtresse ne pouvait pas être dupe. Lark s'était également levée, et elle se tenait le ventre comme pour protéger l'être tout neuf qu'il abritait. Elle s'approcha d'Abeo et lui caressa la joue.

— Je suis désolée que tu doives endurer cette douleur, murmura-t-elle.

Tani comprit alors qu'elle avait fait son choix.

Comment lui en vouloir ? Avec deux enfants et un troisième en route, elle avait besoin d'Abeo. Plus que d'entendre ou d'accepter la vérité. Tani avait cru pouvoir la gagner à sa cause ; il s'était trompé.

Mais il avait une dernière carte à jouer.

— Je vais épouser cette fille, annonça-t-il.

Abeo plissa les yeux.

— Qu'est-ce que tu dis ?

— Si tu promets de laisser Simi vivre sa vie, j'irai au Nigeria épouser Omorinsola. C'est son nom, n'est-ce pas ? La vierge garantie bonne génitrice ? Je me marierai avec elle, je lui ferai des gosses et je la ramènerai à Londres. Ta belle-fille et tes petits-enfants, papa. Et je reprendrai l'épicerie.

Abeo eut un rire cassant.

— Pourquoi te croirais-je alors que tu as menti sans honte en racontant que je voulais vendre ta sœur ?

— Beaucoup de mensonges ont été prononcés ici, papa. Mais ce que j'ai dit à propos de Simi n'en faisait pas partie.

— Fiche le camp, gronda Abeo.

Pourtant, Tani lut dans son regard qu'il allait réfléchir à sa proposition.

BELGRAVIA
CENTRE DE LONDRES

Lynley avait toujours détesté l'aspect politique de son travail. Hélas, l'enquête sur le meurtre de Teo Bontempi avait pris dès le départ cette désagréable tournure. Contrairement à la politique pratiquée par le gouvernement, où les camps opposés se rencontraient et débattaient avant d'aboutir à un compromis sous forme de loi, celle qui était liée au maintien de l'ordre consistait plutôt à contrôler la moindre information livrée aux médias. Lors de son entrevue matinale avec l'adjoint du préfet, sir David Hillier, et le directeur du service de presse, Stephenson Deacon, les deux hommes n'avaient d'ailleurs pas fait mystère de leurs préoccupations. Comme ils l'avaient formulé en termes choisis, Teo Bontempi était plus qu'un simple officier de police : un officier de police noir, et qui plus est une femme noire. Si la Met souhaitait éviter une chose, c'étaient bien les accusations de racisme, de sexisme, de misogynie ou de Dieu sait quoi d'autre. Elle devait être irréprochable. Le commissaire par intérim avait-il saisi le message ?

Avant que Lynley puisse lui rétorquer qu'il n'avait pas l'intention de traiter cette enquête différemment des autres, Deacon sortit de son attaché-case deux tabloïds qu'il lui colla sous le nez. L'un et l'autre consacraient leur une à la fillette disparue quelques jours auparavant. Le père était avocat, la mère médecin, et la gosse avait été vue pour la dernière fois à la station de métro de Gants Hill en compagnie de deux adolescents. Les gros titres promettaient des détails croustillants dans les pages intérieures. Lynley était au courant de cette affaire : les journaux qu'il lisait chaque matin l'avaient abordée à plusieurs reprises, quoique avec davantage de retenue.

— Quel rapport avec la mort du sergent Bontempi ? demanda-t-il, perplexe.

Aucun, lui répondirent Hillier et Deacon. Mais le jour où les tabloïds décideraient de passer à autre chose, ils se jetteraient sur le meurtre de Teo Bontempi comme une meute de charognards. Le service de presse voulait s'assurer que, le moment venu, il serait aisé de leur prouver que Scotland Yard ne lésinait pas sur les moyens mis en place pour appréhender l'assassin de l'un des siens, quels que soient son genre ou ses origines.

— En parlant de moyens...

Deacon garantit alors à Lynley qu'il recevrait tous les renforts dont il aurait besoin, s'attirant un regard à la fois indigné et incrédule de Hillier. Mais pour qui se prenait-il ? D'où l'incrédulité. Ce n'était pas au service de presse d'affecter des effectifs. D'où l'indignation.

Lynley se retira avant qu'ils n'en viennent aux mains.

Il rentrait chez lui, à Eaton Terrace, quand son portable sonna. Vu la façon dont ils s'étaient quittés la veille, il espérait un appel de Daidre. Mais c'était Barbara Havers, qui le bombarda aussitôt d'informations.

— L'ex-mari de Teo Bontempi se trouvait avec elle le soir où elle s'est fait défoncer le crâne. Il est resté une bonne partie de la nuit, en fait. D'après lui, elle lui avait demandé de venir pour discuter.

— De quoi ?

— Je n'en ai aucune idée, et lui non plus. Il m'a juste dit qu'elle voulait lui parler, et qu'il avait accepté d'aller chez elle. C'est facile à vérifier avec leurs portables.

— Hum...

Lynley ramassa le courrier du jour. Charlie Denton l'avait déposé sur la console demi-lune en noyer de l'entrée, dans le vieux Tupperware qui remplaçait le traditionnel plateau d'argent.

— Autre chose ?

— Il dit aussi que c'est elle qui a demandé le divorce. Il prétend qu'il l'« aimait trop », et qu'elle ne le supportait plus. Il y a des photos d'elle et de leur couple partout dans son salon.

— Il était obsédé par elle ?

— Possible.

— Un harcèlement qui tourne au « Si je ne peux pas t'avoir, personne ne t'aura » ?

— Ça s'est déjà vu. Au fait, il a l'intention de retourner vivre dans l'appartement.

— Intéressant.

Elle lui résuma le reste de son entretien avec Ross Carver : il s'était servi de sa clé pour entrer, il avait trouvé son ex-femme étendue dans les toilettes, se plaignant de nausées et ne se rappelant pas ce qui s'était passé avant son arrivée. À moins qu'elle n'ait eu de bonnes raisons de le lui cacher.

— Et il est blanc, au cas où ça aurait de l'importance.

Lynley se demanda si ce détail était de nature à ravir Hillier et Deacon ou à les rendre fous.

— Peut-être qu'elle avait tourné la page, pris un amant, et que le mari ne l'acceptait pas, suggéra-t-il.

— Si c'est le cas, il n'en a pas parlé. La famille est peut-être au courant. Des nouvelles de Winston ?

— Pas encore.

— On fait quoi, maintenant ?

— Demain, nous passerons l'appartement au peigne fin. La police scientifique a fini son travail ?

— Je vais l'appeler. Vous êtes où ? À Belsize Park ?

— Je dors chez moi ce soir. Je préfère laisser la tension retomber un peu à Belsize Park.

— Ah ! Vous trouvez que c'est plus raisonnable ?

— Raisonnable ? Barbara, depuis le temps, je pensais que vous auriez compris que je n'ai aucune idée de ce qui est raisonnable ou pas en matière de relations sentimentales.

6 août

ÎLE D'EEL PIE
TWICKENHAM
GRAND LONDRES

Deborah gara sa voiture au bord de la Tamise juste avant l'aube. Elle n'était jamais allée sur l'île d'Eel Pie. Elle n'en avait même jamais entendu parler jusque-là, alors qu'elle vivait à Londres depuis son enfance. Naturellement, personne n'avait cherché à lui en cacher l'existence, mais l'âge d'or de l'île était depuis longtemps révolu. Même sa réputation de petite Mecque du rock des années 1960 ne l'avait pas sauvée de l'oubli.

Narissa lui avait recommandé de s'y rendre tôt le matin, avant que le Dr Philippa Weatherall ne parte travailler. La réalisatrice s'était elle aussi déplacée pour demander à la chirurgienne d'apparaître dans son film. Son témoignage, lui avait-elle expliqué, offrirait une lueur d'espoir à toutes les jeunes filles en danger et aux femmes déjà mutilées. Toutefois, ses efforts avaient été vains. Elle avait écourté sa nuit de sommeil, roulé pendant une heure, gaspillé de l'essence et un temps précieux. Le Dr Weatherall refusait d'attirer l'attention par crainte des représailles.

« Essayez toujours, avait dit Narissa à Deborah. Puisque vous ne tournez pas un film, vous aurez peut-être plus de chances. »

Elle lui avait donné les coordonnées de la chirurgienne, lesquelles lui avaient coûté une bonne heure de recherches sur Internet.

« Vous pouvez l'appeler pour lui annoncer votre venue, mais je vous le déconseille. C'est ce que j'ai fait et je parierais qu'avant mon arrivée elle avait rédigé et appris par cœur un petit texte pour me rembarrer. »

Aucun résident d'Eel Pie ne semblait posséder d'adresse avec un numéro et un nom de voie. Ils étaient si peu nombreux que c'était inutile. Tout ce que Deborah devait retenir, c'était Mahonia. Il s'agissait d'un cottage de couleur crème avec un toit de tuiles bleues, légèrement en retrait du chemin qui scindait l'île en deux. Sa barrière délimitait une pelouse jaunie agrémentée d'une tonnelle qui menaçait de s'effondrer, d'arbustes agonisants et de quelques plantes ornementales.

Quand Deborah lui avait demandé comment on accédait à une île située au milieu de la Tamise, Narissa avait répondu : « Vous verrez. Ne vous inquiétez pas pour ça. »

Deborah avait décidé de lui faire confiance. Après avoir laissé un mot à l'intention de son père et de son mari sur le comptoir de la cuisine, elle s'était mise en route pour Twickenham, où elle avait découvert une passerelle aux rambardes fleuries de pétunias rouges et blancs.

Perchée dessus, dans une légère brise matinale donnant l'illusion que la canicule touchait à sa fin, Deborah constata que l'île était minuscule. Le rivage était bordé de maisons ayant un accès direct au fleuve. Des bateaux à moteur, des kayaks, des barques et des canoës flottaient le long des embarcadères dans la lumière de l'aube. D'énormes saules poussaient près de l'eau ; des peupliers, des châtaigniers et des tilleuls ombrageaient un chemin pavé qui disparaissait au-delà d'une courbe. Les oiseaux s'éveillaient, des tourterelles roucoulaient. Pour le moment, l'île semblait inhabitée, mais elle ne tarderait sans doute pas à s'animer.

Deborah n'eut pas à marcher longtemps pour atteindre le cottage au toit bleu. Narissa n'avait évoqué ni les jardinières vides ni le treillage nu. À part cela, sa description était parfaite. Côté rue, les fenêtres n'étaient pas éclairées. Soit la chirurgienne était déjà partie, soit elle dormait encore, soit elle se trouvait dans une pièce à l'arrière de la maison. Deborah décida néanmoins de tenter sa chance et franchit le portail, qui n'était plus rattaché à la barrière que par une charnière. En l'absence de sonnette, elle se résolut à frapper. Pour seule réponse, elle vit apparaître un chat roux élancé qui se frotta à ses jambes avec des miaulements plaintifs. Une lumière s'alluma alors au-dessus d'elle, même s'il faisait à présent assez clair pour que Deborah soit visible de l'intérieur. La porte s'ouvrit et le chat en profita pour entrer.

— Qui êtes-vous ? On n'a pas idée de déranger les gens à une heure pareille !

Cet accueil n'augurait rien de bon.

— Docteur Weatherall ?

— Qu'est-ce que vous me voulez ?

La chirurgienne s'avança. Pas très grande – Deborah évalua sa taille à 1,60 mètre –, elle était moulée dans une combinaison en Néoprène noire et tenait à la main un coupe-vent fluo. Elle avait les pieds nus.

— C'est cette foutue réalisatrice qui vous envoie ? reprit-elle sur un ton cinglant. Cette Marissa...

— Narissa Cameron. Je suis...

— Quand je dis non, c'est non. Point final. Il n'y a rien à ajouter.

— Il ne s'agit pas de son documentaire, la détrompa Deborah. Je suis photographe. Vous pouvez m'accorder cinq minutes ? Je vous promets que ça n'a rien à voir avec le film de Narissa.

— Qu'est-ce que vous voulez que ça me fasse ? Et je n'ai pas cinq minutes. Je suis déjà en retard.

Elle tourna brusquement le dos à Deborah, qui crut qu'elle allait lui claquer la porte au nez. Mais elle lui fit de nouveau face, tenant dans ses bras le chat qu'elle jeta dehors. L'animal poussa un miaulement indigné et rentra en se faufilant entre ses jambes.

— Et merde ! gronda-t-elle.

Deborah remarqua alors sur la marche, à ses pieds, deux bols vides en forme de tête de chat.

— Apparemment, il n'a plus rien à manger ni à boire.

— Ce n'est même pas mon chat ! Oh, et puis...

La chirurgienne se pencha dans l'ombre et réapparut avec un pichet d'eau ainsi qu'un sac de croquettes.

— Si tu veux manger, tu vas devoir sortir, Darius, dit-elle en remplissant les deux bols.

Darius ?

Le chat revint, très content de lui.

— Je déteste ces bêtes, grogna Philippa Weatherall.

— Dans ce cas pourquoi le nourrissez-vous ?

— C'est évident, non ? Je suis une imbécile.

Le Dr Weatherall récupéra une paire de baskets et ferma la porte derrière elle. Elle se pencha ensuite pour enfiler ses chaussures, sans fléchir les genoux ni s'accroupir. Elle semblait en excellente condition physique.

— Vous vouliez cinq minutes ? dit-elle à Deborah. Je vous écoute. Suivez-moi !

Elle prit à droite après le portail, dans la direction opposée à la passerelle. Elle avait l'allure brusque d'une femme qui ne se laisse pas marcher sur les pieds, et Deborah dut presser le pas afin de ne pas se faire semer. Consciente qu'elle n'obtiendrait pas une seconde de plus que les cinq minutes accordées, elle lui exposa rapidement la raison de sa visite.

— Narissa m'a dit le plus grand bien de vous, conclut-elle.

— C'est très aimable de sa part. Je ne vais pas me plaindre qu'on dise du bien de moi. Mais je lui ai expliqué en long et en large pourquoi je préférais rester dans l'ombre. Je ne suis pas très bien vue par les communautés nigériane et somalienne, et encore moins par les types qui manquent tellement de confiance en eux qu'ils ont besoin d'une femme mutilée et cousue pour s'assurer que leurs « performances » ne seront jamais comparées à celles d'un autre. Vous avez parlé à ces femmes ?

— Elles ne m'ont pas accueillie à bras ouverts, ce qui n'a rien d'étonnant vu la nature du problème, sans parler de la société dans laquelle nous vivons. Mais oui, je leur ai parlé. Et je voulais vous demander : en tant que femme blanche, comment en êtes-vous venue à pratiquer la chirurgie réparatrice ?

— J'ai suivi une formation en France. C'était la toute première dans ce domaine.

— Ça a toujours été votre activité principale ?

— Non. À la base, je suis gynécologue et obstétricienne.

Elles avaient atteint un grand portail équipé d'un verrou à code. Le Dr Weatherall l'ouvrit et se dirigea vers la berge du fleuve.

— Un jour, l'hôpital m'a demandé mon avis sur le cas d'une enfant souffrant d'une infection généralisée que rien ne parvenait à guérir. Elle semblait régresser puis réapparaissait, encore plus virulente. La fillette avait été excisée environ dix semaines plus tôt.

— Qu'est-elle devenue ?

— Elle est morte. Ses parents avaient trop attendu avant de consulter.

— Mais c'est horrible !

— Pire que ça. Elle avait 3 ans.

— Oh mon Dieu ! C'est... Je ne sais même pas quel est le mot.

— Affreux, inhumain, honteux, répugnant, épouvantable, ignoble, méprisable... Aucun mot ne paraît assez fort. C'est là que j'ai décidé d'agir. Mais, comme vous le disiez, je suis blanche. Comment expliquer à des immigrées noires que leur communauté, ou du moins une partie de leur communauté, perpétue une tradition barbare qui menace la santé de leurs filles, leur avenir, leur capacité à enfanter et sans doute aussi leur vie ? Je ne suis pas douée pour les grands discours ni pour convaincre les gens. J'ai donc proposé mes services à des femmes déjà mutilées.

Elles longeaient à présent un hangar. L'intérieur était éclairé, et on avait fait rouler un rack de skiff jusqu'à l'entrée d'une rampe en béton. Philippa Weatherall prit un bateau et le posa doucement sur le sol.

— Ça n'a pas été facile de gagner leur confiance, poursuivit-elle, mais Zawadi m'y a aidée. Elle a compris l'intérêt de ce que je faisais, et de ce que je pourrais faire. Alors elle a commencé à m'adresser des patientes.

— Comment avez-vous découvert la Maison de l'orchidée ?

— Grâce à Internet. Ça se passe comme ça, de nos jours, non ? J'ai contacté les différentes associations anti-MGF que j'avais trouvées par ce moyen. La Maison de l'orchidée a été l'une des premières à répondre. D'autres ont suivi. Je leur ai expliqué en quoi consistait mon travail : réparer les dégâts et, si la personne qui a charcuté la fille a laissé les nerfs du clitoris intacts, le reconstruire autant que possible pour que la patiente ressente un minimum de plaisir.

Le regard tourné vers le fleuve, le Dr Weatherall poursuivit sur un ton indiquant que la conversation touchait à son terme.

— Ces mutilations sont les pires horreurs que l'on puisse infliger à une femme. Du moins à ma connaissance. Pourtant, l'expérience m'a appris que dans ce domaine la réalité dépasse de loin l'imagination.

Elle prit deux avirons sur le rack, les porta jusqu'à l'extrémité de la rampe et revint.

— J'aimerais pouvoir vous aider. Mais dans l'intérêt de mes patientes, je ne peux pas courir le risque d'être mise hors d'état d'agir par ceux qui s'opposent à mon travail.

— Je comprends. Mais on pourrait peut-être trouver un compromis ? Que diriez-vous d'un entretien accompagné d'une ou deux photographies prises durant une intervention ? On ne vous verrait pas, et je ne citerais pas votre nom.

La chirurgienne souleva le skiff d'un geste fluide et le porta au bord de l'eau, où elle avait posé ses avirons.

— Ça servirait à quoi ? demanda-t-elle.

— À donner de l'espoir aux milliers de femmes mutilées, ici même ou dans leur pays d'origine. À attirer des soutiens. À susciter des vocations chez d'autres chirurgiens.

Quoique agacée par l'insistance de la photographe, Philippa Weatherall réfléchit.

— Pas de noms, dit-elle enfin. Ni le mien, ni ceux de l'anesthésiste, de l'infirmière et de la patiente, à supposer que cette dernière accepte d'être prise en photo. Ce sont mes conditions.

Deborah n'avait pas le choix. En tout cas, elle avait déjà obtenu plus que Narissa.

— Marché conclu, répondit-elle.

STREATHAM
SUD DE LONDRES

L'appartement de Teo Bontempi était situé dans une portion de Streatham High Road aux trottoirs larges, plantés de platanes touffus à l'écorce mal en point. Les arbres projetaient une ombre dense, même si leur feuillage poussiéreux semblait souffrir de la sécheresse.

Lynley gara sa Healey Elliott sur la plus longue place de stationnement qu'il put trouver, devant une agence funéraire et à quelques mètres d'une boutique offrant un rabais de 50 % sur les parquets stratifiés. En face, l'immeuble de Teo manquait cruellement de charme avec sa façade en béton gris égayée par quelques rares balcons. Son architecture rectangulaire et dépouillée évoquait vaguement celle des pays de l'ancien bloc de l'Est.

En traversant, Lynley aperçut la Mini cabossée de Havers garée à cheval sur le trottoir, au pied de l'immeuble. Un macaron de police presque effacé était posé sur le volant.

Des boîtes aux lettres standard étaient alignées près des portes vitrées. Comme partout à Londres, une caméra de vidéosurveillance était fixée au-dessus de l'interphone. Lynley sonna chez Teo Bontempi, et la voix désincarnée de Havers jaillit de l'interphone :

— Je peux vous aider ?

— Je l'espère.

— Deuxième étage. L'ascenseur fait un bruit bizarre. À votre place, je l'éviterais. L'escalier est au fond du couloir.

L'intérieur de l'immeuble était aussi banal que l'extérieur. Le corridor était tapissé d'un linoléum gris moucheté de jaune ; chaque porte comportait un numéro en métal, deux serrures et un judas. Une porte coupe-feu comme on en voyait dans tous les immeubles résidentiels du pays dissimulait un escalier en béton muni d'une rampe à la peinture noire écaillée. Havers attendait Lynley sur le seuil. Avec ses surchaussures en papier et ses gants en latex, elle ressemblait à Minnie. Il se garda bien de le lui dire.

— Ça fait longtemps que vous êtes là ?

— Environ vingt minutes. Je viens d'inspecter la cuisine. Rien d'intéressant, à moins que la laitue pourrie ne contienne un indice capital. Faites gaffe à la poudre dactyloscopique. Les gars de la scientifique n'y sont pas allés de main morte.

Elle lui tendit une paire de gants et des surchaussures qu'il enfila avant d'entrer à son tour. L'appartement était assez vaste. Sur la droite du couloir se trouvait une chambre spacieuse avec salle de bains attenante. Sur la gauche, deux placards précédaient un salon avec balcon donnant sur la rue. La porte-fenêtre était ouverte et un ventilateur tournait, agitant doucement des papiers empilés sur une table. Quelqu'un avait posé dessus un livre de recettes africaines pour les empêcher de s'envoler.

— Au travail ! dit Lynley.

Tandis que Havers déplaçait le livre de cuisine, il éteignit le ventilateur et sortit sur le balcon, où il découvrit plusieurs plantes assoiffées et huit bonsaïs alignés sur une caisse contenant des ustensiles de jardinage, du fil de fer et une cisaille miniature.

En regagnant le salon, Lynley remarqua un carton posé devant un téléviseur à écran plat. Les objets à l'intérieur semblaient provenir de l'ancien bureau de Teo à l'Empress State Building : un mug royal sur lequel était écrit « HOURRA POUR GEORGE ! C'EST UN GARÇON ! », un couteau à fromage, une paire de ciseaux, un paquet d'enveloppes, un calendrier et deux boîtes de thé Earl Grey. Il y avait aussi plusieurs photos de la famille de la défunte – sa mère, son père et deux fillettes, probablement Teo et Rosie – et de leurs chiens. L'une avait été prise à Noël, l'autre pendant un séjour au soleil. Les parents étaient blancs et les deux sœurs noires.

Pendant que Havers passait en revue les papiers, Lynley se dirigea vers la chambre. Le mobilier se composait d'un grand lit, d'une commode surmontée d'un miroir, de deux tables de chevet et deux lampes assorties. Il y avait aussi une armoire intégrée et, contre le mur opposé, une bibliothèque pleine de livres. Des biographies – dont celles de Winnie Mandela, Mary Prince[1], Efunroye Tinubu, Harriet Tubman – et des romans écrits par des femmes inconnues de Lynley : Chimamanda Ngozi Adichie, Leila Aboulela, Ama Ata Aidoo… Le tiroir de l'une des tables de chevet était vide. L'autre contenait un paquet de mouchoirs en papier, des bouchons d'oreilles en silicone, un masque de sommeil, un baume à lèvres et un tube de crème hydratante pour les pieds. Un chargeur de téléphone reposait près de la lampe. Sur la commode, un petit plateau vintage illustré du toucan Guinness accueillait cinq bracelets en or, un porte-clés Titi ainsi que deux bagues, sans doute l'alliance et la bague de fiançailles de la victime, comme le confirmèrent les initiales (RC et TB séparées par un cœur) gravées sur la face interne de la première. Dans les tiroirs, des pulls soigneusement pliés côtoyaient des sous-vêtements, des chemises de nuit et des bijoux fantaisie.

Un sac à bandoulière en toile pendait à un crochet au dos de la porte. Son contenu, une fois renversé sur le lit, se révéla sans intérêt : 45 livres en pièces et en billets, deux cartes de crédit, une carte de transport, un permis de conduire et une carte de donneur d'organes. Lynley était occupé à tout ranger quand Havers apparut sur le seuil.

— Monsieur, j'ai trouvé un truc bizarre dans les papiers.

— Quoi donc ?

Elle lui tendit une carte de visite. Il y jeta un coup d'œil et fut très surpris en découvrant de quoi il s'agissait.

— À votre avis, qu'est-ce que ça faisait dans les affaires de Teo Bontempi ? demanda Havers.

— Je n'en ai pas la moindre idée, mais je vais me renseigner. Appelez Nkata et dites-lui de nous rejoindre au plus vite. Je veux un rapport complet sur la vie privée et professionnelle de Teo Bontempi. Nous devons savoir qui est entré ou sorti d'ici, qui a sonné chez elle. Il faudra aussi visionner les bandes de

1. Mary Prince, Efunroye Tinubu et Harriet Tubman sont des écrivaines et militantes féministes ou anti-esclavagistes célèbres du début du XIXe siècle.

vidéosurveillance du quartier depuis le jour de l'agression, ainsi que les images de reconnaissance automatique des plaques d'immatriculation, s'il y a une caméra à proximité. On a le portable de la victime ?

— Son ex – ou futur ex – m'a dit qu'il l'avait laissé sur sa table de chevet. Vous ne l'avez pas trouvé ?

— Non. Vous êtes sûre ?

— Au sujet du portable ?

Lynley acquiesça.

— Je l'ai noté dans mon calepin. Mais c'est possible qu'il ait menti.

— Les techniciens de la scientifique l'ont peut-être emporté. On a la liste de ce qu'ils ont pris ?

— Ils vont nous l'envoyer. À mon avis, ils ont embarqué tout ce qui aurait pu servir à assommer la victime pour le transmettre au médecin légiste.

— Veillez à ce qu'ils nous fassent parvenir cette liste.

Ils regagnèrent le salon.

— Un ordinateur portable ? s'enquit Lynley.

— Si elle en avait un, il doit se trouver dans le meuble télé. Je n'ai pas encore vérifié.

Ledit meuble, de conception nordique, possédait trois tiroirs superposés et trois compartiments de rangement au-dessous. Par un système ingénieux, le tiroir du milieu coulissait et se transformait en tablette. Un PC portable était posé dessus. La batterie était déchargée, et Lynley le glissa dans un sac. Sur cette même tablette, un agenda de poche était ouvert à une date antérieure de quelques jours à l'agression de Teo Bontempi. Lynley le mit également de côté.

Il rejoignit ensuite Havers dans la cuisine. Il lui parla de l'agenda et lui donna la consigne d'interroger tous les habitants de l'immeuble dès qu'elle en aurait fini avec l'appartement. Nkata lui prêterait main-forte. Pendant ce temps, lui tâcherait de découvrir comment la carte de visite de la femme de son meilleur ami avait bien pu se glisser dans les affaires d'une policière assassinée.

MAYVILLE ESTATE
DALSTON
NORD-EST DE LONDRES

Son père ignorait qu'il était dans l'appartement, sinon il n'y serait pas entré avec cette femme. Monifa n'était pas là et Simi non plus, ce que Tani trouvait inquiétant. C'était d'ailleurs sans doute pour cette raison qu'Abeo avait supposé que son fils serait également sorti, ce qui était habituellement le cas à cette heure. Abeo lui-même n'avait rien à faire là. Il aurait dû être à l'épicerie pour superviser ses employés, ou en train de verser de la glace sur l'étal de la poissonnerie.

Tani avait d'abord cru que son père parlait avec sa mère : il était question d'argent. Cela n'avait rien d'extraordinaire, c'était son sujet de conversation favori.

— Tu te rends compte ? disait-il. Trois cents livres ! Je te jure qu'elle va s'en prendre une si…

— Juste une ? Tu penses que ça suffira ? l'interrompit une femme sur un ton vaguement amusé. Tu es bien naïf, Abeo !

Tani eut la sensation de se liquéfier : si la voix lui était inconnue, l'accent était indubitablement nigérian, comme celui de ses parents.

— Si ça ne suffit pas, reprit Abeo, elle tâtera de ma ceinture. Fichue bonne femme, je me demande ce qui a pu lui passer par la cervelle !

— Ça, c'est parler ! La femme est faible par nature. Elle a besoin que son homme lui apprenne l'obéissance.

— Oui, oui, marmonna Abeo. C'est possible que je l'aie trop longtemps laissée n'en faire qu'à sa tête.

Tani se leva et sortit dans le couloir. Il s'arrêta à l'entrée du salon, retint son souffle et s'avança juste assez pour voir à qui son père s'adressait : une femme âgée, pas loin de 70 ans, aux cheveux gris et courts. Contrairement à ce qu'aurait pu faire penser son accent, elle n'était pas vêtue à l'africaine. Elle portait un pantalon en lin assorti à sa veste prune, un chemisier crème et des chaussures noires, comme la mallette qu'elle transportait. Pas du tout ce qu'il avait imaginé. Il recula vivement et tendit l'oreille.

— Et tu vois où cela t'a mené, murmura-t-elle en réponse à l'aveu d'Abeo. Tu aurais dû me consulter sans attendre. Ce serait déjà terminé, sans *wahala*.

— C'est pour ça que je veux régler cette affaire au plus vite.

— Si ça se passe ici, je t'avertis que ça te coûtera plus cher. Je risque gros en venant chez toi. Les tantes de la petite seront là ?

— Non.

— Dans ce cas, je te compterai un supplément. Il faudra lui tenir les bras et les jambes. Normalement, ce sont les tantes qui s'en chargent.

— C'est moi qui la tiendrai. Et nous nous étions mis d'accord sur le prix.

— Ça, c'était avant que j'apprenne que Monifa... elle s'appelle bien comme ça ?... voulait prendre d'autres dispositions. Même si elle acceptait que ça se passe ici, j'ai besoin de tantes pour m'aider.

— Moi, je t'aiderai.

— Abeo, ne me contrarie pas ! Je n'autorise la présence d'aucun homme. D'autres le font peut-être, mais moi non.

— Je t'ai dit ce que sa mère comptait faire. Alors comment peux-tu...

— Si nous ne sommes pas d'accord sur le prix, l'interrompit la femme sans le moindre égard, tu peux aller voir ailleurs. Chez les Somaliennes, tu trouveras...

— C'est bon, gronda Abeo.

Tani ne fut pas étonné de l'entendre ajouter :

— Je ne laisserai pas une Somalienne poser ses sales pattes sur ma fille !

— Maintenant, parlons des préparatifs. J'ai dressé une liste...

Tani battit en retraite dans l'ombre du couloir. Il transpirait à grosses gouttes et son cœur martelait sa poitrine. Comme il avait été bête ! Il n'avait rien compris à ce qui se jouait entre ses parents. Il ne s'agissait pas seulement de trouver un prétendant à Simisola, mais aussi d'augmenter sa valeur marchande.

Dire qu'il avait eu la naïveté de proposer un marché à son père ! Il avait quitté Pembury Estate persuadé que Simi serait en sécurité. Cette révélation remettait tout en question. Sans un bruit, il regagna sa chambre, récupéra dans l'armoire le sac à dos dans lequel il avait glissé les vêtements de Simisola avec ses sequins, ses paillettes et sa colle, et monta sur le lit pour ouvrir la fenêtre.

Une fois sorti, il s'arrêta à l'angle de l'aire de jeux, en face de Bronte House, et appela Sophie. Elle était chez elle, où elle répétait son texte pour la représentation du *Songe d'une nuit d'été* par une petite troupe de théâtre amateur. Elle jouait l'un des sylphes qui accompagnaient Titania. Elle aurait préféré le rôle d'Héléna mais avait dû se contenter de Grain de Moutarde. Le personnage n'avait pratiquement rien à dire. Les acteurs interprétant les sylphes n'avaient qu'à papillonner sur scène et à manifester de l'enthousiasme chaque fois que leur reine leur confiait une mission.

Le monde de Sophie était à des années-lumière du sien. Tani l'écouta quelques instants et compatit à ses mésaventures avant de lui donner des nouvelles de son monde à lui.

— Oh mon Dieu ! s'écria-t-elle. Ils veulent l'exciser ? Tani, tu en es sûr ?

— J'ai entendu cette femme dire qu'elle avait besoin de tantes pour tenir Simi.

— C'est du délire ! Je ne savais pas que ça se pratiquait encore ici, dans ce pays. C'est prévu quand ?

Tani l'ignorait. Si Abeo et la visiteuse avaient fixé une date, c'était après son départ. Mais il était grand temps de mettre sa sœur à l'abri.

— Appelle-moi quand ce sera fait, d'accord ? Et… sois prudent, Tani. Ton père comprendra vite qui a organisé la fuite de Simisola.

Ils raccrochèrent. Tani pressa le pas et décida de passer à Beauté

Xhosa pour avertir Tiombe avant de rechercher Simi. Elle devait traîner sur le marché, comme d'habitude. Il laisserait le sac à dos au salon de coiffure pour qu'elle ne devine pas ce qu'il avait en tête.

Il emprunta le trottoir opposé à l'épicerie, marchant tête baissée et se réfugiant derrière chaque étal. Arrivé à la hauteur de Beauté Xhosa, il regarda à droite et à gauche avant de traverser la rue en courant.

— Et merde ! marmonna-t-il en entendant quelqu'un crier son prénom.

Il jeta un coup d'œil derrière lui et aperçut Talatu, la femme qui vendait les foulards de Simi.

— Où est ta sœur ? lui lança-t-elle. Elle devait me livrer des turbans.

Il haussa les épaules, signifiant qu'il n'en avait aucune idée.

— Dis-lui que c'est urgent, Tani, d'accord ?

Il lui tourna le dos et s'engouffra dans le salon de coiffure.

Tiombe n'était pas là. Il chercha dans sa mémoire le nom de sa collègue.

— Tiombe est allée au marché ? lui demanda-t-il.

Bliss était appuyée au comptoir, un magazine people ouvert devant les yeux et un gobelet en carton embué posé à côté. Elle releva la tête et l'étudia quelques secondes avant de se rappeler qui il était.

— Non, elle n'est pas au marché, répondit-elle.

— Je dois lui parler. Où est-elle ?

— À Wolverhampton. Sa mère s'est fracturé la hanche hier soir. Tiombe est partie la rejoindre dès qu'elle l'a su. On l'a opérée en urgence, et Tiombe est la seule à pouvoir s'occuper d'elle. Ses sœurs et son frère ont tous une famille. Elle non, alors c'est elle qui y est allée.

— Vous savez quand elle revient ?

Bliss tourna une page de son magazine. Un gros titre, *« Les pires looks des stars »*, s'étalait au-dessus d'une série de photos de célébrités dans des tenues toutes plus excentriques les unes que les autres.

— Je n'en sais rien, répondit Bliss. Et elle non plus. En tout cas, c'est ce qu'elle a dit.

— Quand ça ?

— Ce matin, quand elle a appelé.

— Elle vous a appelée ?

Bliss acquiesça.

— Elle a parlé de ma sœur, Simisola ?

— Non, pas un mot.

— On avait un arrangement, Tiombe et moi. Elle devait veiller sur Simi jusqu'à ce que mon père et ma mère redeviennent raisonnables. Ils veulent la faire exciser.

Bliss réagit à peine. Tout juste écarquilla-t-elle les yeux.

— L'exciser ? Ça c'est dégueulasse ! Tu en es sûr ?

Il acquiesça.

— Tu as prévenu les flics ?

— Pas question. Tout ce que je veux, c'est la mettre en sécurité le temps qu'ils changent d'avis.

Bliss cueillit une cigarette dans le paquet posé sur le comptoir et en proposa une à Tani, qui la refusa. Elle alluma la sienne et tira une longue bouffée.

— Tu t'en sens capable ?

— Aucune idée. Tiombe devait s'occuper de Simi...

— Dans ce cas, je regrette vraiment qu'elle ne puisse pas l'accueillir.

— Et vous ?

Après un temps de réflexion, Bliss secoua la tête.

— Évidemment, je suis contre toutes les mutilations faites aux femmes. Ça me rend malade, même. Mais je gère une affaire, et je préfère entretenir de bonnes relations avec tout le monde sur le marché, ton père inclus. Il y a aussi mes clientes. Elles pourraient s'imaginer que je dirige une filière secrète pour les filles qui veulent s'enfuir de chez leurs parents. Je suis désolée. Et je regrette que Tiombe ne soit pas là.

Une femme et une fillette d'environ 12 ans entrèrent alors. Bliss se tut et leur sourit.

— Alice t'a eue à l'usure, Fola ?

— Pour le moment, elle aura juste des tresses, répondit la femme. Pas d'extensions avant ses 15 ans.

— T'es méchante ! protesta Alice.

— Ah oui ? Tu veux savoir comment c'est quand je suis méchante ? la menaça sa mère.

Avec une moue boudeuse, Alice se laissa tomber dans un fauteuil.

— Merci d'être passé, Tani, dit Bliss en écrasant sa cigarette. J'ai du travail, mais si Tiombe rappelle je lui dirai que je t'ai vu.

CHELSEA
SUD-OUEST DE LONDRES

Tandis que Havers achevait d'inspecter l'appartement de Teo Bontempi en attendant l'arrivée de Nkata, Lynley prit la direction de Chelsea. À l'heure où les habitants regagnaient leur domicile après leur journée de travail, se garer dans le quartier relevait de la mission impossible. Il finit par trouver une place sur Paultons Square et marcha jusqu'à Cheyne Row. En chemin, il ôta sa veste et la jeta sur son épaule.

À l'angle de Lordship Place, il gravit le perron d'une vaste demeure en briques et appuya sur l'unique bouton de sonnette. D'habitude, cela provoquait les aboiements enthousiastes du teckel de la maison, mais ce jour-là Peach devait être de sortie. Au bout de quelques minutes, Simon Saint James lui-même vint ouvrir. Il avait à la main ce qui ressemblait à un rapport d'autopsie. En réalité, apprit-il à Lynley, il lisait une monographie à la demande d'un collègue qui souhaitait la voir publier dans une revue scientifique.

— Je ne te dérangerai pas longtemps, s'excusa Lynley.

— Pas de problème. Je ne suis pas très concentré, de toute façon. Mon cerveau réclame un whisky depuis au moins une demi-heure. Qu'est-ce qui te ferait plaisir ?

— Un single malt, comme d'habitude.

— Lagavulin ou Macallan ?

— Les deux me tentent, mais je vais partir sur le Lagavulin.

— Excellent choix !

Saint James l'introduisit dans son bureau, lequel, au temps de la splendeur édouardienne de la maison, avait fait office de salle à manger. Une fenêtre était entrebâillée, au cas où la brise se serait levée, mais l'orientation et la disposition des pièces anéantissaient tout espoir de créer un courant d'air. Par conséquent, il faisait à peine moins chaud dans le bureau qu'à l'extérieur. Toutefois les photographies de Deborah, les rayonnages surchargés de livres, les fauteuils en cuir râpé et le fouillis qui régnait sur la table de travail procuraient une impression de confort, sinon physique, du moins psychologique. Une lampe d'architecte projetait un cône de lumière sur une pile branlante de dossiers et d'enveloppes qui attendaient sans doute d'être ouvertes depuis plusieurs jours.

Saint James versa deux doigts de Lagavulin dans des verres assortis et en tendit un à Lynley.

— Santé !

Ils burent chacun une gorgée.

— Quelque chose me dit que ce n'est pas une simple visite de courtoisie, lança Saint James. Je me trompe ?

— Je ferais un très mauvais joueur de poker, constata Lynley. Mais c'est à Deborah que je dois parler.

Il sortit de sa poche la carte que lui avait confiée Havers.

— On a découvert ceci dans les affaires d'une femme assassinée, expliqua-t-il. J'espère que Deborah pourra nous éclairer.

— Tu la trouveras au jardin. Peach avait besoin d'un peu d'exercice, et elle s'en donne à cœur joie. Je parle de Deborah, bien sûr. Peach n'est pas une grande sportive. Elle sera ravie de faire une pause.

Lynley le suivit le long du corridor, au bout duquel une volée de marches permettait d'accéder à la cuisine, équipée de tout le confort moderne. En d'autres temps, trois domestiques au moins y auraient passé la journée à laver, hacher, rôtir, servir et relaver. Une génoise au chocolat trônait sur l'îlot central, à côté d'une pile d'assiettes et de couverts.

Au fond de la pièce, une porte ouvrait sur l'escalier en pierre menant au jardin.

— Elle a décidé qu'elle était trop vieille pour ça, papa, fit la voix de Deborah. Franchement, il va falloir lui mettre une pancarte : « JE JOUE UNIQUEMENT EN ÉCHANGE D'UN BISCUIT. » Ne t'avise pas de lui en donner un si elle ne court pas après sa balle.

— Je te trouve bien cruelle, intervint Saint James, s'adressant à sa femme. Tu as de la visite.

— Oh, c'est Peach qui va être contente ! Moi aussi, d'ailleurs.

Lynley sortit à son tour tandis que Deborah se dirigeait vers une table de jardin en teck. Son père l'y rejoignit, suivi d'un teckel à poil long récalcitrant. Deux canettes de soda et plusieurs petites bouteilles d'eau pétillante baignaient dans un seau rempli de glaçons fondus.

— Comment ça va, Tommy ? Et Daidre ?

— Aïe ! fit Lynley avec une grimace.

Simon éclata de rire.

— Sur ce, je retourne travailler, dit-il.

Le père de Deborah prit la chienne dans ses bras et le suivit à l'intérieur.

— Tu as encore fait des bêtises ? demanda Deborah à Lynley.

— Je ne peux pas m'en empêcher. Au fait, j'ai trouvé quelque chose qui t'appartient.

Il fouilla dans sa poche et y piocha la carte.

Deborah la lui prit des mains et l'examina en penchant la tête.

— Et... ?

— Elle était dans l'appartement d'une femme qu'on a assassinée.

— Assassinée ? Mon Dieu, qui est-ce ?

— Le sergent Teo Bontempi. Elle travaillait à l'Empress State Building.

— Mince alors !

Deborah retourna la carte pour voir si elle avait écrit quelque chose au dos. Comme Lynley, elle remarqua qu'elle n'était pas cornée, ce qui laissait supposer que la morte l'avait depuis peu en sa possession.

— Je ne sais pas comment elle l'a eue, Tommy. Teo Bontempi, c'est ça ? Jamais entendu ce nom. C'est quelqu'un d'autre qui a dû la lui donner.

— Parce que tu n'as donné ta carte à personne récemment ?

— Si, bien sûr ! Le mois dernier, j'ai assisté à une réunion au ministère de l'Éducation. Il y avait... cinq personnes ? Cette Teo Bontempi n'en faisait pas partie. J'ai laissé ma carte à tous.

— Ailleurs, alors ?

Deborah réfléchit en pianotant sur l'accoudoir de son fauteuil.

— Il y a bien la Maison de l'orchidée… J'en ai distribué aux employées et aux bénévoles. Mais je connais tout le monde là-bas, et personne ne s'appelle Teo.

— La Maison de l'orchidée ?

— C'est une association anti-MGF. En ce moment, je travaille sur un projet de livret pédagogique destiné aux écoles londoniennes. Je photographie des jeunes filles qui ont été mutilées ou qui ont pu fuir avant. J'enregistre aussi ce qu'elles veulent bien me raconter.

— Voilà le point commun, alors.

— C'est-à-dire ?

— Teo Bontempi appartenait à une brigade luttant contre les violences envers les femmes, en particulier les MGF. À ce titre, elle intervenait dans les écoles et les centres d'entraide des communautés nigériane et somalienne. Il est possible qu'elle soit allée à la Maison de l'orchidée.

— Si c'est le cas, je n'y étais pas ce jour-là. Une policière… Ça m'aurait marquée. Et personne ne m'a parlé d'elle. Elle a dû obtenir ma carte par un autre moyen.

— Tu as une idée ?

— Malheureusement pas.

Elle but une gorgée de San Pellegrino et ôta son chapeau, sous lequel elle avait fourré son épaisse chevelure cuivrée. Une fois libérés, ses cheveux retombèrent sur ses épaules et dans son dos. Deborah se versa un peu d'eau sur la tête.

— Désolée, dit-elle tandis que l'eau ruisselait sur ses joues. Cette chaleur me rend dingue.

— Il n'y a pas de mal à se faire du bien, dit Lynley en souriant.

Elle lui tendit une bouteille intacte, qu'il refusa en riant.

— On doit pouvoir trouver une explication, reprit-il.

— À cette canicule ? Sûrement, oui. Mais tu parlais sans doute de la présence de ma carte chez cette Teo Bontempi ? Voyons… Le jour où j'en ai distribué à la Maison de l'orchidée, j'en ai donné une à Narissa Cameron. C'était sa deuxième, puisqu'elle avait assisté à la réunion au ministère de l'Éducation.

— Cette Narissa est… ?

— Elle réalise un documentaire, pour le ministère aussi. Maintenant que j'y pense, j'en ai aussi redonné une à Zawadi.

— Elle était présente également à cette réunion ?

— Oui.

— Son nom de famille ?

— Je ne le connais pas. Tout le monde l'appelle par son prénom. Ah oui ! J'en ai donné une à Adaku, une des bénévoles. Elle a été d'un grand secours pendant le tournage. Les jeunes filles avaient du mal à s'exprimer de manière naturelle face à la caméra. Pour les mettre à l'aise, Adaku a raconté sa propre histoire.

Une ombre passa sur le visage de Deborah.

— C'était affreux, Tommy. Elle a été horriblement mutilée il y a des années en Afrique.

— Pourquoi lui as-tu donné ta carte ?

— Je prépare un nouveau livre. Comme celui sur Londres, mais sur le thème des MGF. J'aimerais y publier son portrait. Elle était très réticente, alors je lui ai montré quelques photos prises tandis qu'elle parlait, pour illustrer ce que j'avais en tête. Puis je lui ai laissé ma carte afin qu'elle puisse me joindre au cas où elle changerait d'avis. Mais j'ai peur de l'avoir effrayée…

— Pourquoi dis-tu cela ?

— Ça fait plusieurs jours qu'on ne l'a pas vue. C'est vraiment dommage, elle avait un don pour mettre les filles en confiance.

Une coïncidence pour le moins troublante : africaine, mutilée, disparue depuis plusieurs jours…

— Teo Bontempi était d'origine africaine, Deb. Elle aussi a été excisée.

Deborah baissa les yeux sur ses sandales.

— Tommy, tu as bien dit qu'elle faisait partie d'une brigade ?

Il acquiesça.

— Cette brigade aurait-elle pu infiltrer un agent féminin dans la communauté africaine ?

— Teo Bontempi était la seule femme de l'équipe, et son supérieur n'a pas parlé d'agents sous couverture.

— Ou alors Adaku était une indic… Si elle était l'une des informatrices de Teo Bontempi et qu'elle a appris sa mort, ça explique qu'elle ne soit pas revenue à la Maison de l'orchidée.

— C'est possible, oui. Tu sais comment on peut la joindre ?

— Zawadi doit avoir son numéro. Elle est née au Nigeria, mais elle a de la famille dans la région. Elle a été adoptée.

Lynley tressaillit.

— Adoptée ?

— Elle l'a dit au cours de son témoignage. Ses parents sont blancs, et j'ai cru comprendre que ça l'embarrassait.

— Teo Bontempi a été adoptée. Par un couple de Blancs.

Deborah regarda Lynley, mais son esprit semblait ailleurs.

— Viens avec moi, Tommy, dit-elle après quelques secondes.

Ils rentrèrent et gagnèrent le vestibule. Là, Deborah ramassa une mallette en métal noir posée près de la porte et l'apporta dans le bureau de Simon.

— On te dérange ? demanda-t-elle.

Simon secoua la tête sans un mot et griffonna quelque chose sur la feuille qu'il parcourait. Deborah ouvrit sa mallette, qui contenait son matériel. Elle alluma l'appareil numérique et fit défiler les photos si vite que Lynley avait à peine le temps de les voir. Soudain, elle s'arrêta sur un portrait et tourna l'écran vers lui : une femme au regard habité, vêtue d'une robe africaine et coiffée d'un turban, portant un collier en bois sculpté et de larges anneaux d'or aux oreilles.

— C'est Adaku, dit Deborah.

— C'est Teo Bontempi, répondit Lynley.

7 août

EMPRESS STATE BUILDING
WEST BROMPTON
SUD-OUEST DE LONDRES

Lynley avait annoncé sa visite au sergent Jade Hopwood. S'il avait débarqué à l'improviste, il aurait dû attendre qu'elle se libère, ce qui lui aurait laissé le temps de réfléchir. Inévitablement, ses pensées auraient alors dérivé vers Daidre, et il aurait dû s'interroger sur la raison qui l'empêchait de la rappeler.

Était-ce parce qu'il répugnait à lui présenter des excuses ? Il n'arrivait pas à savoir s'il se trouvait dans une situation où son sens moral prenait les commandes de son esprit et le poussait à appliquer les principes qu'on lui avait inculqués dans son enfance, ou s'il avait juste besoin d'analyser les paroles qu'ils avaient échangées pour apprécier ce qui relevait de sa responsabilité.

Certes, il avait le chic pour s'éprendre de femmes exceptionnelles qui se révélaient beaucoup plus complexes qu'il ne l'avait imaginé. À cela, il n'avait aucune explication. Peut-être ne comprenait-il simplement rien à la psychologie féminine. Peut-être le Charles Bingley qui sommeillait en lui, conscient qu'une Elizabeth lui causerait trop de problèmes, cherchait-il sa Jane Bennet ? Une ingénue rougissante, qui parlerait uniquement quand il l'y inviterait, saurait se comporter en société, exprimer ses opinions sans jamais le contredire, n'occuper ses pensées que dans les moments où elle jouerait du piano et n'exister qu'en tant qu'objet décoratif à posséder et admirer ? Cela semblait difficile à croire. À moins que… ? Non, impossible ! Ce qu'il voulait c'était une compagne, une femme indépendante. Heureusement, ou malheureusement, Daidre Trahair était tout sauf un faire-valoir. Les compositions florales, elle était du genre à les donner à manger à ses protégés du zoo. Quant à la broderie… Le problème, c'est que s'il savait assez bien ce que Daidre n'était pas, il était incapable de dire ce qu'elle était. Et, chaque fois qu'il découvrait une nouvelle pièce du puzzle, il ignorait où la caser.

Le sergent Jade Hopwood l'attendait dans le hall de l'Empress State Building, un badge visiteur à la main. Ses recherches avaient appris à Lynley qu'elle avait 55 ans et était deux fois grand-mère. Toutefois, elle paraissait beaucoup plus jeune : sa peau sombre était restée ferme et lisse, et l'on ne décelait pas la moindre trace de gris dans ses cheveux finement tressés. Vêtue avec élégance, elle portait trois clous à une oreille et un large anneau d'or à l'autre. Elle avait un visage sérieux et des manières brusques, très professionnelles. Elle salua Lynley d'un bref signe de tête et se dirigea vers les ascenseurs. Au lieu de monter jusqu'à l'Orbit, ils s'arrêtèrent au dix-septième étage. Là, elle l'entraîna d'un pas vif vers son bureau, attrapant au passage une chaise en plastique qu'elle posa face à son fauteuil avant d'inviter Lynley à s'asseoir.

Sa table de travail était couverte de dossiers, de feuilles volantes, de journaux, de livres, de brochures et de CD. Deux photos encadrées trônaient sur une pile de bannettes à courrier pleines à ras bord. La première montrait deux fillettes serrant dans leurs bras un ours en peluche géant. Sur la seconde, les mêmes posaient avec deux jeunes adultes, sans doute leurs parents. Une jolie petite famille.

— Il y en a trois autres en route, dit le sergent Hopwood, qui avait surpris son regard. Ma fille doit accoucher le mois prochain et la femme de mon fils va avoir des jumeaux en décembre. Si elle tient le coup jusque-là : à l'entendre, on dirait qu'elle porte des septuplés depuis un an… Bref ! Phinney m'a chargée de répondre à vos questions. De vous à moi, ce serait plutôt à lui de le faire. Je ne suis pas encore au courant de tout, même s'il m'aide beaucoup. Mais, dans l'ensemble, je dois me débrouiller avec ça, précisa-t-elle en indiquant son bureau. Je crains de ne pouvoir vous renseigner, mais je ferai de mon mieux.

— Tout cela appartenait au sergent Bontempi ?

— Elle est partie en laissant tous ses dossiers. Elle n'a emporté que ses affaires personnelles. Apparemment, son transfert ne l'enchantait pas. J'imagine qu'elle était trop furieuse pour avoir envie de ranger. Et comment le lui reprocher ? Ça faisait des années qu'elle travaillait dans cette équipe.

— Vous lui avez parlé depuis que vous l'avez remplacée ?

— Au téléphone, oui. Je lui ai demandé si elle souhaitait récupérer quoi que ce soit dans son bureau. Elle m'a répondu que je pouvais tout garder, ou tout jeter si je préférais. Par la suite, je l'ai rappelée à plusieurs reprises pour lui poser des questions.

— Elle vous a aidée à vous mettre dans le bain ?

— Oui, elle m'a été d'un grand secours. Si vous voulez mon avis, elle faisait un excellent boulot.

— Tout ce que vous pourrez me dire sur elle et sur ses activités me sera extrêmement utile.

Jade Hopwood se cala dans son fauteuil et croisa les mains sur les genoux.

— D'après ce que j'ai compris, commença-t-elle, elle s'impliquait beaucoup dans son travail. Elle intervenait régulièrement dans des centres sociaux, des établissements scolaires, et entretenait des relations avec des groupes d'aide aux jeunes filles victimes de mutilations génitales. Elle avait également noué des liens au sein de la communauté nigériane. Comme vous le savez sans doute, elle-même était née au Nigeria, elle n'avait donc pas eu de mal à s'intégrer. D'après le boss, elle avait un très bon contact avec les gens.

Lynley posa une main sur la pile de dossiers.

— Quelque chose a-t-il attiré votre attention dans tout ceci ? Un nom, une date, une adresse, quelque chose qui aurait pu causer des problèmes à quelqu'un ? D'ailleurs, les personnes qu'elle fréquentait au sein de la communauté nigériane savaient-elles qu'elle travaillait pour la police ?

— Pas sûr. Mais elle ne s'en cachait pas, pour autant que je sache. Elle intervenait dans des écoles et des groupes d'entraide. Je ne pense pas que les directeurs l'auraient invitée si elle ne leur avait pas dit qu'elle était policière.

Lynley acquiesça : ça tombait sous le sens.

— Autre chose ?

Hopwood parut réfléchir.

— En fait...

Elle fouilla dans une bannette et produisit une liasse de documents attachés par une pince noire. Elle en sortit un bristol format carte de visite imprimé d'une série de chiffres, probablement un numéro de portable. Il était agrafé à une feuille vierge.

— Vous avez tenté de joindre ce numéro ? s'enquit Lynley.

— À deux reprises. Je suis tombée chaque fois sur une voix de synthèse qui m'invitait à laisser un message, ce que j'ai fait. Mais on ne m'a pas rappelée.

— Vous avez demandé au sergent Bontempi à qui il appartenait ?

— Je n'en ai pas eu l'occasion. Je ne l'ai découvert qu'hier, en triant ses papiers pour préparer notre entrevue.

— Vous avez lancé une recherche ?

— Je vous l'ai dit, je n'en ai pas eu le temps.

— C'est la seule chose qui vous a sauté aux yeux ?

— Ça ne m'a pas à proprement parler « sauté aux yeux ». Ça s'est plutôt faufilé jusqu'à moi... Une seconde ! Je viens de me rappeler qu'elle avait procédé à deux arrestations peu avant son départ. Il y a peut-être un lien avec ce numéro.

— Qui avait-elle arrêté ?

Hopwood se leva afin d'être plus à l'aise pour remuer le fatras qui encombrait son bureau.

— Le rapport doit être... Ah ! Le voici.

Elle retira un dossier de la pile et l'ouvrit.

— Il provient du commissariat de Stoke Newington, mais le sergent Bontempi en avait obtenu une copie. À force de fréquenter les centres communautaires, elle avait dû se créer un réseau d'informateurs. En tout cas, ce qu'elle dit dans une pièce jointe, c'est qu'il y a un bon paquet d'exciseuses dans le nord de Londres.

Ces femmes exerçaient déjà en Afrique et, à présent, elles gagnent leur vie en proposant leurs services aux familles qui ne peuvent pas se rendre dans leur pays d'origine pour ça.

— Mais elles ne peuvent pas le crier sur les toits, alors... ?

— Elles n'en ont pas besoin. Le système repose sur le bouche-à-oreille.

— Et les arrestations dont vous avez parlé ?

— C'était prometteur : une des deux femmes était accompagnée d'une petite fille. Mais en fin de compte ça n'a rien donné. L'une dirige une clinique pour des patientes qui rechignent à consulter un homme pour les examens de grossesse, la contraception, les mammographies de dépistage, les frottis et ce genre de choses. Apparemment, l'autre se trouvait au mauvais endroit au mauvais moment quand les policiers ont débarqué. Peut-être y avait-il anguille sous roche, ou pas. Dieu seul le sait.

— Leurs noms ?

— Ils figurent aussi dans le rapport.

Elle le tendit à Lynley et promena un regard las sur les documents éparpillés sur son bureau.

— Vous savez combien d'immigrants africains vivent à Londres ? demanda-t-elle. De Somaliens et de Nigérians, notamment ?

— Je n'en ai pas la moindre idée.

— Moi non plus. Mais ce sont ces communautés qui pratiquent les mutilations sexuelles. Pas toutes les familles, bien sûr. Honnêtement, je ne vois pas comment en venir à bout.

Lynley étudiait la policière en tapotant le dossier sur sa paume. Si sa voix vibrait de colère, on lisait sur son visage une certaine résignation.

— Sergent Hopwood, saviez-vous que le sergent Bontempi avait elle-même été mutilée ?

Elle mit quelques secondes à réagir.

— Bon Dieu, non ! Je l'ignorais. Nous ne nous sommes parlé qu'au téléphone. Elle n'avait aucune raison de se confier à ce sujet. Je suis désolée de l'apprendre. Mais ça explique pas mal de choses.

— Ah oui ?

— De ce que je sais, elle se donnait à fond dans son travail. Elle en faisait une affaire personnelle, n'est-ce pas ?

Lynley se leva et montra le dossier qu'elle lui avait remis.

— Puis-je l'emporter ?

— Il est à vous. Appelez-moi si vous avez d'autres questions. Je serai heureuse de pouvoir vous aider.

Il la remercia et se dirigea vers le Peeler's Café où, le temps de boire un double expresso, il parcourut le rapport. À la suite d'un signalement, la police avait fait une descente dans une clinique et interpellé deux femmes, Easter Lange et Monifa Bankole. Comme l'avait indiqué Jade Hopwood, cette dernière était accompagnée d'une enfant, sa fille. Manifestement, c'était sa présence qui avait déclenché l'opération. La police soupçonnait déjà cet établissement de pratiquer des MGF « médicalisées », sous anesthésie. Mais, faute d'éléments probants, elle n'avait encore jamais pu intervenir.

La suite du rapport confirmait tout ce que Jade Hopwood avait dit. La clinique suspecte était en réalité un centre de santé pour femmes, comme en attestait une pleine armoire de dossiers médicaux concernant essentiellement des mammographies de dépistage, des examens du col de l'utérus, des complications périnatales. Easter Lange, sa directrice, avait toutes les qualifications requises, en plus d'un diplôme de sage-femme.

Quant à Monifa Bankole, elle était venue consulter pour des « problèmes de femmes », selon ses propres mots. Si sa fille l'accompagnait, c'était seulement parce qu'elle répugnait à la laisser seule à la maison. Après avoir procédé aux vérifications d'usage, la brigade locale avait imputé cette méprise à une informatrice trop zélée. En brûlant les étapes, celle-ci leur avait fait perdre leur temps à tous.

Aucune charge ne pouvant être retenue contre elles, on avait relâché les deux femmes. Après avoir refermé le dossier, Lynley resta un moment songeur. Qui était l'informatrice anonyme qui avait alerté le commissariat du quartier ? Et, surtout, comment Teo Bontempi s'était-elle procuré ce rapport ?

STOKE NEWINGTON
NORD-EST DE LONDRES

Le lendemain matin, Tani appela Sophie. Tiombe étant absente et Bliss refusant d'héberger sa sœur, il ne voyait pas d'autre solution, même s'il avait réfléchi presque toute la nuit. Il ne pouvait ni faire confiance à sa mère ni passer un accord avec son père. Il ne restait donc que Sophie. Il lui demanda s'ils pouvaient se voir, sans plus de précisions.

Elle lui donna rendez-vous à Abney Park, où elle devait bientôt connaître la gloire en jouant Graine de Moutarde dans *Le Songe d'une nuit d'été*. Le parc abritait l'un des grands cimetières victoriens de Londres, à présent laissé à l'abandon. Ses arbres et sa végétation luxuriante offraient un cadre idéal pour la pièce.

Elle l'attendrait, dit-elle, à l'entrée donnant sur High Street. Ce n'était pas loin de chez ses parents, et il y faisait nettement plus frais. Toute la nuit, elle avait eu l'impression de rôtir dans sa chambre.

Ce n'était pas la porte à côté, et Tani se mit aussitôt en route. Il trouva Sophie à l'endroit qu'elle lui avait indiqué. Le voyant arriver de la gare, elle l'accueillit avec ce sourire éclatant qui l'emplissait de joie.

— Salut, lui lança-t-il.

— Salut. Écoute ça, Tani : je vais être la doublure de Titania ! Le metteur en scène vient de m'appeler !

— Génial ! Il te reste plus qu'à empoisonner l'autre actrice, alors ?

— C'est exactement ce que je me disais. Tu m'embrasses ou je vais devoir te forcer ?

— Pas la peine.

Il l'embrassa comme elle aimait, d'abord en douceur, puis en glissant sa langue entre ses lèvres.

— Tu me manques, Tani, soupira-t-elle.

— Toi aussi, tu me manques.

Quelle chance il avait d'être aimé comme ça ! La perspective d'épouser Omorquelquechose avait jeté une ombre sur son avenir, mais depuis qu'il avait surpris la conversation entre Abeo et l'exciseuse, le Nigeria avait cessé d'exister. À présent, il n'y avait plus que Sophie.

— Viens, entrons, proposa-t-elle en lui prenant la main. On pourra s'asseoir et je te montrerai le puits de l'ancienne chapelle. La majeure partie de la pièce se déroule autour.

Il n'était pas venu pour visiter le cimetière, mais il ne voulut pas la décevoir. Il la suivit donc le long d'un sentier étroit qui s'étirait entre des tombes depuis longtemps abandonnées aux ronces, au lierre et aux fleurs sauvages. Les arbres projetaient une ombre épaisse et l'air riche en oxygène offrait une sensation de pureté inhabituelle à Londres. Tout en marchant, Sophie continua à lui parler de la pièce, de Titania et du metteur en scène. Quand ils atteignirent enfin la chapelle, si délabrée que Tani ne comprenait pas comment elle pourrait accueillir un spectacle, elle se tourna vers lui.

— C'est une drôle d'idée de jouer ici, non ? Cela dit, si les représentations marchent bien, la pièce sera prolongée jusqu'en septembre.

Il fit de son mieux pour paraître enthousiaste.

— Cool !

Sophie perçut son manque de conviction, car elle alla s'asseoir sur le banc le plus proche.

— Raconte-moi, dit-elle.

Il prit place à côté d'elle, réconforté par le contact de son épaule contre la sienne, et lui expliqua comment le plan qu'il avait échafaudé avec Tiombe était tombé à l'eau. Il n'évoqua pas le marché qu'il avait proposé à son père : en faisant appel à une exciseuse nigériane ici même, à Londres, Abeo avait piétiné leur accord. Il était conscient de prendre un risque en cachant une partie de la vérité à Sophie mais, s'il lui révélait maintenant l'existence d'Omorinsola, elle lui reprocherait de ne pas l'en avoir informée avant. Or, il avait plus que jamais besoin d'elle, parce que Simi devait quitter Mayville Estate au plus tôt.

— Amène-la chez moi, proposa-t-elle dès qu'il eut terminé. On trouvera une excuse. De toute façon, il est temps qu'on fasse connaissance, elle et moi.

Avant qu'il puisse répliquer, elle posa une main sur son bras et enchaîna :

— Dis-lui que c'est l'anniversaire de ma sœur et qu'elle est invitée.

— C'est vraiment son anniversaire ?

— Bien sûr que non.

— Si j'amène Simi chez toi et qu'il n'y a pas de fête, tu ne crois pas qu'elle voudra rentrer à la maison ? Elle a aucune idée de ce qui l'attend. Elle ne sait même pas ce que ça veut dire, « excision ».

— Comment c'est possible ? Elle en a forcément entendu parler en classe.

— C'est notre mère qui l'a éduquée, Soph. Elle a fait pareil avec moi, mais seulement pour la maternelle. J'ai toujours cru que papa avait peur que l'école nous « pollue » l'esprit. Il ne voulait pas qu'on devienne anglais.

— Alors tu dois lui dire ce qui lui arrivera si elle reste chez vos parents. Sans omettre aucun détail.

Ses pensées devaient se refléter sur son visage, car elle ajouta :

— Il le faut, Tani. Tu n'as plus le choix. Explique-lui ce qu'est l'excision, et amène-la chez moi ce soir pour l'« anniversaire » de ma sœur. D'ici là, j'aurai exposé la situation à mes parents...

— Ne leur dis rien ! Sophie, si tu fais ça...

Tani ne savait comment achever sa phrase. Quand Sophie lui avait présenté sa famille, il avait veillé à paraître aussi anglais qu'eux. S'ils apprenaient la vérité, ils prendraient peur et pousseraient Sophie à rompre avec lui, ce qui pouvait se comprendre.

— S'il te plaît, ne leur dis rien.

— Mais si elle reste dormir chez nous, ils vont se demander ce qui se passe.

— Je ne veux pas qu'ils lui posent des questions sur… Il faut trouver une autre solution.

— Je vais regarder sur Internet si…

— Ma sœur n'ira pas dans un foyer !

— Ce n'est pas ce que j'avais en tête. Pour être honnête, je ne sais même pas quoi chercher, mais je trouverai. En attendant, il faut éloigner Simi de tes parents. Sinon, l'un ou l'autre lui fera du mal.

OXFORD STREET
CENTRE DE LONDRES

— C'est assez simple, en fait…

Rosie Bontempi lissa lentement sa jupe crayon en lin. Pour autant que Winston Nkata pouvait en juger, elle n'était pas froissée, mais ce geste attirait inévitablement l'attention sur ses jambes ainsi que sur ses chevilles, les plus délicates qu'il ait jamais vues, rendues plus fines encore par de vertigineux talons aiguilles. Tous deux étaient appuyés contre le rebord de la fenêtre d'un café d'Oxford Street, non loin du magasin Selfridges où travaillait la jeune femme en attendant mieux : elle espérait être engagée comme maquilleuse pour un téléfilm policier dont le tournage commencerait bientôt à Norwich.

Elle avait accepté de parler de nouveau à Nkata, mais uniquement pendant sa pause matinale, et à l'extérieur du Selfridges. Elle lui avait donc donné rendez-vous dans un café, où il était arrivé en avance.

— Teo était devenue 100 % africaine, poursuivit-elle. Elle voulait que je fasse pareil. Et elle n'a jamais cherché à comprendre pourquoi je refusais.

Elle eut un rire sans joie.

— Quand même, nos parents nous ont sauvées de l'orphelinat ! Elle aurait pu leur en être reconnaissante. Assez, du moins, pour éviter de les peiner en coupant les ponts. Sans l'AVC de papa, elle ne leur aurait jamais reparlé.

— C'est pour ça que vous vous êtes disputées ?

— Pas exactement.

Rosie regardait les taxis et les bus manœuvrer dans la rue. À ce moment de la journée, on pouvait encore respirer, mais d'ici une heure Oxford Street se transformerait en un enfer aux trottoirs brûlants et à l'air infesté de gaz d'échappement.

Nkata était venu directement de New Scotland Yard, où Barbara Havers et lui avaient passé la moitié de la matinée à exécuter les instructions de Lynley. Ils avaient retranscrit leurs entretiens de la veille avec les voisins de Teo Bontempi et confié son ordinateur aux techniciens de la police scientifique. Ni l'un ni l'autre n'avait encore jeté un coup d'œil aux images de vidéosurveillance de son immeuble, et ils n'avaient toujours pas retrouvé son téléphone portable. Lynley leur avait appris que la défunte avait une double identité : Adaku, bénévole à la Maison de l'orchidée, et Teo, sergent au sein d'une brigade spécialisée dans les violences faites aux femmes. Du moins, avant son transfert. À la suite de cette révélation, il avait chargé Nkata d'interroger de nouveau Rosie Bontempi tandis que Havers irait enquêter à la Maison de l'orchidée.

Rosie désirant boire un macchiato, Nkata s'était obligeamment déplacé jusqu'au comptoir pour passer commande.

— Vous n'avez rien pris pour vous ? avait-elle demandé quand il lui avait apporté son gobelet.

— J'ai eu ma dose chez ma mère, avait-il répondu en levant son verre d'eau gazeuse. Son café réveillerait un mort.

Il souhaitait l'interroger, avait-il enchaîné, au sujet de la violente dispute qui l'avait opposée à sa sœur quarante-huit heures avant son agression. Les occupants des quatre appartements contigus à celui de Teo avaient entendu deux femmes donner de la voix. Puis l'une d'elles avait crié « Alors fous le camp, Rosie ! », et une porte avait claqué bruyamment.

— Ça ne m'étonne pas qu'ils nous aient entendues, avait commenté Rosie. Et ce n'était pas la première fois.

— Pourquoi vous vous disputiez ?

C'est là qu'elle lui avait répondu que sa sœur était devenue « 100 % africaine ».

Savait-elle que Teo se faisait aussi appeler Adaku ?

Bien sûr que oui. Adaku était son nom de naissance. Adaku Obiaka.

— Les vêtements, la coiffure, les bijoux… On aurait dit qu'elle s'était effacée derrière son personnage. Encore heureux qu'elle ne nous ait pas obligés à l'appeler Adaku ! En même temps, on ne la voyait presque plus. C'était ça, la vraie raison de notre dispute, ce jour-là. Je suis allée chez elle parce que ça faisait plusieurs semaines qu'elle n'était pas venue voir papa. Il a fait un AVC, comme vous avez pu le constater. Elle aurait pu s'inquiéter pour lui, ou au moins faire semblant. Mais notre père n'est pas noir, donc il ne comptait plus à ses yeux. Maman non plus. C'était comme si elle s'était réveillée un jour, s'était regardée dans la glace et avait décidé de les rayer de son existence. C'était complètement idiot. Je crois qu'elle voulait les punir.

— Les punir de quoi ? D'être blancs ?

— Il y avait de ça, oui. S'ils occupent la position sociale qui est la leur, c'est parce qu'ils sont blancs. Personne ne peut prétendre le contraire. Mais surtout, c'est pour pouvoir m'adopter qu'ils ont été obligés de la sortir de l'orphelinat. Ils étaient venus chercher un bébé. Elle, ce n'était qu'une pièce rapportée. Elle le vivait comme ça.

Nkata remarqua un léger tressaillement de ses lèvres, comme si elle réprimait un sourire.

— C'est cruel de dire ça.

— Oui. Mais bon, la vie est cruelle.

Elle le scruta un moment.

— Pourquoi avez-vous une cicatrice au visage ? On vous a agressé ? reprit-elle.

— Une bagarre au couteau.

— Mon Dieu, quelle horreur !

— Dieu n'a rien à voir là-dedans. Personne ne m'a forcé.

— Est-ce que c'était… Vous vouliez arrêter un criminel ?

— J'appartenais à un gang.

Rosie ouvrit de grands yeux.

— Vous défendiez votre territoire ?

Il fit non de la tête.

— On se battait pour le plaisir.

— Pourtant, vous avez l'air costaud. Ça me surprend qu'on ose s'attaquer à vous.

— Moi aussi, ça m'a surpris. Mais ce qui m'a encore plus

étonné, c'est quand j'ai vu que l'autre avait un couteau, et qu'il savait s'en servir. J'ai eu de la chance de ne pas perdre un œil.

— Après ça, vous avez quitté le gang ?

— J'étais bien trop bête pour ça. Je suis resté trois ans de plus. Cela dit, j'ai perfectionné ma technique de combat au couteau. Ensuite, j'ai rencontré un type qui m'a sorti de ce milieu et je n'ai jamais replongé.

— Alors vous êtes gay ?

— Quoi ?

— Vous venez de dire que vous aviez renoncé à votre gang pour « un type ». Comme vous ne me draguez pas, j'ai pensé que... C'est à peine si vous avez regardé mes jambes. Vous n'aimez pas les femmes de couleur ? Vous êtes marié ? Et ne me répondez pas que c'est parce que vous enquêtez. Vous ne travaillez pas vingt-quatre heures sur vingt-quatre, quand même. On pourrait prendre un verre ensemble, si ça vous dit.

— Je ne suis pas gay. Et je vous remercie de l'invitation, mais j'évite de sortir avec une...

Il hésita. Le mot exact était « suspecte », mais il répugnait à l'appliquer à Rosie.

— Avec quelqu'un qui a peut-être commis un meurtre ? acheva-t-elle pour lui.

Elle termina son macchiato et se leva pour jeter son gobelet, offrant ainsi à Nkata une nouvelle occasion d'admirer sa silhouette. Elle était magnifique, ça ne faisait aucun doute. Et incroyablement sexy. Mais son instinct lui soufflait que Rosie Bontempi était le genre de fille à vous attirer des ennuis.

— Comment l'a-t-elle appris ? lui demanda-t-il quand elle revint s'appuyer contre le rebord de la fenêtre.

Elle frotta une tache inexistante sur la manche de son chemisier crème, probablement en soie.

— Comment ?

— Votre sœur. Comment a-t-elle découvert que vos parents l'avaient adoptée uniquement pour vous avoir, vous ?

— Je ne sais pas. C'est sans doute l'un d'eux qui le lui a dit. Ou Ross, qui le tenait peut-être de ses propres parents.

— Votre beau-frère, c'est ça ?

— Plus ou moins. On a grandi tous ensemble. Nos familles étaient très proches.

— Qu'est-ce que vous voulez dire par « plus ou moins » ?

— Ross et Teo allaient divorcer. On vous l'a dit quand vous êtes venu chez nous. Il n'était plus mon beau-frère pour très longtemps.

— D'après ce que j'ai compris, il n'était pas vraiment d'accord.

— Pour divorcer ?

Elle baissa les yeux vers ses sandales, composées de quelques lanières de cuir et de talons aussi effilés que des poignards. Il n'osait pas imaginer l'état de ses pieds à la fin de la journée.

— Vous voulez la vérité ? Eh bien la voici : Teo a jeté Ross. Je vous l'ai dit, elle se considérait africaine à 100 %. Ross est blanc, et elle ne supportait plus les Blancs depuis qu'elle savait pourquoi on l'avait adoptée. Ç'avait été un choc pour elle. Qu'est-ce que je peux vous dire de plus ?

Elle aurait pu lui dire que c'était elle qui avait révélé à sa sœur les raisons de son adoption. Il la croyait assez garce pour ça.

TRINITY GREEN
WHITECHAPEL
EST DE LONDRES

Barbara Havers s'attendait à devoir affronter deux problèmes à la Maison de l'orchidée. D'abord, elle était flic, ce qui lui aliénerait toutes les sympathies sitôt qu'elle aurait passé la porte. Ensuite, elle était blanche. Selon Lynley, Deborah Saint James lui avait en quelque sorte ouvert la voie. La différence, c'est que Deborah Saint James était là pour prendre des photos, pas pour poser des questions.

— Ce ne serait pas mieux que Winston y aille à ma place, monsieur ? avait-elle demandé.

— D'après Deborah, les hommes ne sont pas les bienvenus là-bas. Évitez de dire tout ce qui vous passe par la tête et tout ira bien.

— Et quand je leur balancerai qu'Adaku Obitami...

— Obiaka.

— C'est ça, Obiaka. D'après vous, comment vont-elles réagir en apprenant qu'elle était flic ?

— Je doute que vous commenciez par là. Si vous devez, à un moment donné, leur révéler cette information, je suis certain que tout le monde sera déjà tombé sous votre charme.

Après avoir traversé la City jusqu'au mur de Londres, elle prit la direction de Mile End Road. Pour trouver la Maison de l'orchidée, elle allait devoir se contenter des indications que Deborah Saint James lui avait fournies au téléphone : « L'association occupe la chapelle de Trinity Green, qui derrière un mur de briques fait face à deux rangées de cottages, les bâtiments de l'ancien hospice. Si vous apercevez les statues des Booth, c'est que vous l'aurez dépassée. Ça m'est arrivé la première fois. »

Deborah avait cru bon de préciser que les Booth – monsieur et madame – étaient les fondateurs de l'Armée du salut, laquelle possédait dans le quartier un grand centre.

Une fois engagée dans Mile End Road, Barbara ouvrit grand les yeux afin de repérer un mur de briques, des rangées de cottages ou, au pire, les statues des Booth. Ce n'était pas le genre d'endroit où l'on s'attendait à trouver des cottages. Cette partie de Whitechapel évoquait plutôt une zone commerciale sillonnée par des dizaines de camions chargés de marchandises qui crachaient des vapeurs de diesel dans la chaleur grandissante. Le vacarme était presque assourdissant – rien à voir avec une rumeur de circulation tellement régulière qu'on finit par ne plus la remarquer quand on habite à proximité d'une route. Aussi constant qu'un bruit blanc, il était ponctué de grincements, de crissements de freins et de coups de klaxon qui vous faisaient sursauter.

Des deux côtés, la route était bordée de salons de coiffure, de restaurants ethniques, de magasins aux rideaux baissés et couverts de tags bariolés, d'innombrables boutiques de tapis promettant des prix cassés avant fermeture définitive. Devant l'entrée de service d'un restaurant chinois, un camion déchargeait une quantité impressionnante de boîtes en carton imprimées d'un dragon vert crachant le feu par les naseaux. Juste à côté, un fish and chips annonçait un menu offert pour un acheté, sans plus de précisions sur sa composition. Barbara se promit néanmoins d'y faire une halte après sa visite à la Maison de l'orchidée.

Le soleil semblait vouloir se venger des râleurs qui, depuis des temps immémoriaux, se plaignaient sans cesse du ciel gris et du climat humide de l'Angleterre. L'air tremblait au-dessus du capot de la Mini. Barbara se cramponna à l'espoir que ce n'étaient que des ondes de chaleur.

Comme il se doit, elle aperçut les statues avant d'avoir trouvé Trinity Green. Les Booth se dressaient l'un face à l'autre sur la bande de végétation séparant le trottoir de la chaussée. Catherine, coiffée d'un chapeau et tenant une bible ouverte, était si proche de la circulation qu'on aurait pu croire qu'elle faisait du stop.

William, un index anormalement long pointé vers le ciel, semblait prendre Dieu à témoin. D'après le panneau, le bâtiment situé derrière eux était la mission de Tower Hamlets. Barbara se gara sur la bande d'herbe sèche derrière eux et repartit à pied dans la direction d'où elle venait. Elle repéra rapidement Trinity Green, à l'écart de la route et derrière le mur de briques évoqué par Deborah. L'ancien hospice n'était signalé que par une minuscule plaque émaillée, si bien qu'on pouvait facilement le manquer. On y accédait par un portail en fer forgé ou par un portillon peint en vert vif. Si le premier était fermé par un cadenas, le second était ouvert.

Deux rangées de petites maisons se faisaient face, séparées par une pelouse jaunie. À côté du portillon, une plaque en bronze précisait qu'elles avaient été construites au XVIIe siècle pour loger des « officiers de marine rendus impotents par l'âge, ou leurs veuves ». Elles étaient en brique rouge, avec des corniches blanches et des encorbellements n'offrant qu'un maigre abri contre les intempéries. Un chaînage d'angle ouvrait et fermait chaque rang comme une parenthèse. Des perrons de pierre usée délimitaient de minuscules patios personnalisés par des plantes en pots, des jouets d'enfants, des barbecues ou des salons de jardin.

La chapelle se dressait à l'extrémité de la pelouse, face à la route. Son clocheton était orné d'un cadran d'horloge bleu peint de chiffres dorés. Un large escalier menait à une double porte surmontée d'un fronton encrassé par la mousse et le salpêtre.

Barbara pénétra dans un vestibule octogonal. Quatre grands panneaux couverts d'affiches annonçaient divers événements programmés dans le voisinage, du spectacle d'acrobatie au cours de méditation. Dans la chapelle proprement dite, sur une table du style cantine scolaire, s'entassaient des fournitures de bureau, des classeurs ainsi qu'un écriteau « ACCUEIL ». Toutefois, il n'y avait personne pour accueillir les visiteurs.

Barbara regarda autour d'elle. Ne voyant pas âme qui vive, elle s'avança. La chapelle désaffectée était divisée par des cloisons amovibles de presque 3 mètres de haut derrière lesquelles résonnaient des voix. Bien qu'enlaidie par ces aménagements, elle conservait quelques vestiges de son riche passé, dont une corniche en bois sculpté et des lambris de couleur crème. Des chaînes pendaient du plafond, marquant l'emplacement d'anciens lustres – en cristal, en cuivre, en argent, qui sait ? – depuis longtemps disparus. À présent, l'éclairage provenait d'horribles néons, dont deux clignotaient sans cesse, et le sol d'origine – de la pierre, un parquet en chêne ou du carrelage ? – était recouvert d'une moquette d'un bleu particulièrement déprimant. Un cran au-dessus du linoléum, mais tout aussi moche.

— Vous cherchez quelque chose ?

Barbara se retourna. Une femme imposante, coiffée d'un turban magenta et or assorti à sa robe, l'observait dans une attitude manifestement hostile, les bras croisés sur sa poitrine généreuse.

Barbara tira sa carte de police de son vieux sac à bandoulière.

— Sergent Havers, New Scotland Yard. C'est bien la Maison de l'orchidée ?

La méfiance se peignit sur le visage de la femme.

— En effet, dit-elle. Qu'est-ce que vous voulez ?

— Vous parler.

Barbara replongea dans son sac, cette fois pour en sortir son calepin et le Criterium qu'elle avait piqué à Nkata.

— Au sujet d'une de vos bénévoles, ajouta-t-elle. Elle s'appelle Adaku.

Elle ne précisa pas le nom de famille : à Londres, les femmes prénommées Adaku devaient se compter sur les doigts de la main.

— Qu'est-ce qu'elle a fait ?

— Malheureusement, elle a été assassinée.

— Assassinée ?

— On pourrait se poser quelque part pour discuter ? Au passage, qui êtes-vous ?

— Zawadi. J'ai créé et je dirige ce centre. Mais est-ce qu'Adaku...

— Vous pourriez l'épeler ? Zawadi, pas Adaku. Celui-là, je l'ai déjà.

Zawadi s'exécuta, précisant qu'elle n'avait pas de nom de famille. Elle l'avait fait supprimer légalement des années auparavant, quand elle avait coupé les ponts avec les siens.

Elle n'y est pas allée de main morte, pensa Barbara. D'un autre côté, elle-même avait envisagé ce genre de démarche, à une époque. Elle nota le prénom dans son carnet avant de réitérer sa demande : elle ne voulait surtout pas interroger Zawadi dans un endroit où n'importe qui pourrait les entendre.

— Suivez-moi, dit Zawadi.

Elles ressortirent de la chapelle. Sous l'escalier que Barbara avait emprunté un peu plus tôt, une porte permettait d'accéder à un sous-sol également divisé en plusieurs espaces.

Zawadi l'introduisit dans un minuscule bureau déjà occupé par trois femmes : une métisse, une Indienne et une Asiatique. Zawadi fit rapidement les présentations. Barbara ne saisit que le nom de la première, Narissa Cameron. Elle était réalisatrice. Les deux autres étaient respectivement éclairagiste et preneuse de son.

— Adaku est morte, annonça brutalement Zawadi. Vous devrez vous débrouiller sans elle.

Les trois femmes restèrent muettes quelques secondes.

— Que lui est-il arrivé ? demanda ensuite Narissa.

— On l'a assassinée, répondit Barbara. Je dois interroger toutes les personnes qui la connaissaient ici. Je vais commencer par Zawadi. Quant à vous, ne quittez pas les lieux.

Narissa se tourna vers Zawadi comme si elle attendait ses instructions.

— Retournez travailler, déclara la directrice. Dites aux filles qu'Adaku a un empêchement.

C'était une façon de voir les choses.

Après le départ des trois femmes, Zawadi prit place derrière son bureau et indiqua, contre un mur, la chaise pliante la plus inconfortable que Barbara ait jamais vue. Celle-ci alla la chercher et s'assit à côté de Zawadi, et non face à elle, comme Zawadi l'aurait probablement souhaité.

— Pourquoi vous a-t-on envoyée ? s'enquit la directrice.

— Nous interrogeons toutes les fréquentations de la victime.

— Ce n'est pas ce que je voulais dire. Pourquoi vous et pas un policier noir ?

— Vous auriez préféré ?

— À votre avis ? Et vous allez vite comprendre que je ne suis pas la seule ici.

— Nous en avons un dans l'équipe, un autre sergent, mais c'est un homme. Mon chef estimait qu'entre un homme noir et une femme policière, cette dernière solution passerait mieux.

— Êtes-vous en train de me dire qu'il n'y a aucune inspectrice noire à la Met ?

— Pas sur cette enquête. D'ailleurs, je suis la seule femme sur cette affaire. Il se trouve d'ailleurs qu'Adaku était dans la police. Elle appartenait à une équipe qui lutte contre les mutilations génitales et toutes les saloperies qu'on fait subir aux femmes au nom de Dieu sait quoi. Nous tentons de déterminer si on l'a tuée parce qu'elle était Adaku, ou parce qu'elle était le sergent Teo Bontempi.

Cette information parut éveiller l'attention de Zawadi.

— Elle ne s'est pas présentée à nous en tant que policière. Elle ne s'appelait donc pas Adaku ?

— C'était son nom de naissance. Elle était devenue Teo Bontempi au moment de son adoption.

— Pourquoi ne me l'a-t-elle jamais dit ?

Barbara haussa les épaules.

— Peut-être qu'elle ne vous faisait pas confiance. Peut-être qu'elle cherchait ici quelque chose qu'elle craignait de ne pas trouver si elle se présentait en tant que policière. Comment est-elle venue à vous ? Elle a vu de la lumière en passant et elle est entrée ?

— Les écoles du quartier nous connaissent. C'est là qu'elle a dû entendre parler de nous. Sauf si elle nous a aussi menti en nous faisant croire qu'elle intervenait dans les établissements scolaires pour informer sur les MGF.

— Là-dessus, elle vous a dit la vérité.

— Elle est venue me trouver, et j'ai tout de suite senti qu'elle pouvait apporter quelque chose aux filles.

— Parce qu'elle-même avait été mutilée ?

— Parce qu'elle acceptait de témoigner à ce sujet.

Zawadi dévisagea Barbara comme si elle la défiait de poser d'autres questions personnelles.

— On vous a fait la même chose ?

Le regard de Zawadi dévia vers un calendrier mural sur lequel on avait noté les activités proposées par le centre ainsi que le nom de la responsable de chaque groupe. « *Adaku Obiaka* » apparaissait à trois reprises.

— J'avais 6 ans, dit-elle sans émotion. Je passais les vacances dans ma famille. Un jour, chez ma grand-mère, je me suis retrouvée clouée au sol par plusieurs femmes pendant qu'une autre s'occupait de moi avec une paire de ciseaux. Toutes me répétaient que j'avais de la veine qu'elle utilise une lame qu'on venait d'affûter au lieu des instruments habituels.

— C'est-à-dire ?

— Un rasoir, un couteau, un éclat de verre... Tout ce qui coupe.

Barbara fut prise de vertige.

— Je suis désolée, murmura-t-elle.

— Je ne veux pas de votre pitié.

— Croyez-moi, ce n'est pas de la pitié. Putain, pourquoi inflige-t-on ça à des gamines ?

— Parce que personne n'a réussi à l'empêcher. La loi l'interdit, chaque jour des responsables sont arrêtés, jugés et jetés en prison, pourtant ça continue. Tout ce que nous pouvons faire, la Maison de l'orchidée et les autres associations dans notre genre, c'est protéger les filles qui parviennent jusqu'à nous.

— Il y en a beaucoup ?

— Oui. Adaku voulait les y aider. Du moins c'est ce qu'elle affirmait, et je l'ai crue. Quant à son travail de policière... Je pense que personne ici n'était au courant. Maintenant, si vous n'avez pas d'autres questions... ?

— J'aimerais parler à cette réalisatrice, Narissa, et à ses deux assistantes. Si elles connaissaient Adaku, peut-être qu'elles savent sur elle des choses que nous ignorons.

THE MOTHERS SQUARE
LOWER CLAPTON
NORD-EST DE LONDRES

La visite de Lilybet chez la spécialiste, à Great Ormond Street, avait nécessité plusieurs jours de préparatifs. Il avait fallu réserver un fourgon aménagé pour accueillir son fauteuil roulant, sa bouteille d'oxygène de secours ainsi que la personne qui veillerait sur elle pendant son transport. Une fois Lilybet sanglée dans son fauteuil et celui-ci fixé au sol du fourgon, Pete prit place à côté d'elle tandis que Mark s'asseyait à l'avant avec le conducteur. Robertson attendrait à la maison afin de les aider à leur retour.

— Prenez votre temps, leur dit-il. Je suis très bien ici, et je veux savoir ce que dira la spécialiste.

Ils n'échangèrent pas un mot pendant tout le trajet.

Pete avait fouillé l'iPhone de Mark pendant son sommeil, ce qu'elle n'avait jamais fait auparavant. C'est ainsi qu'elle avait découvert le refrain de « leur chanson ». « Non, je ne veux pas tomber amoureuse de toi... » Elle avait ensuite écouté les messages associés à cette sonnerie – il avait été assez bête pour les conserver. Et, si elle n'avait pas reconnu la voix, leur contenu – « Mark, mon chéri » ; « Moi aussi, j'aimerais être près de toi » – était éloquent. S'il les avait gardés, c'était par fidélité à ses propres sentiments. Il avait voulu se persuader que cette histoire les dépassait, le genre de mensonge qu'on se raconte pour se justifier d'avoir cédé à sa libido. Leur relation ne pouvait se résumer à « J'ai envie d'elle et je l'aurai », ce qui aurait au moins eu le mérite de l'honnêteté. Non, c'était écrit d'avance, une manifestation du destin, une sensation si extraordinaire qu'on oubliait l'avoir déjà éprouvée deux ou trois fois au cours de son existence. Tout ce qu'on avait connu avant n'avait été qu'une répétition générale de ce Grand Moment. Il était donc impensable d'effacer tout ce qui pouvait raviver la flamme et vous rassurer sur le fait que, cette fois, c'était la bonne, et qu'on ne s'était jamais senti si vivant.

Une fois démasqué, il avait juré à Pete qu'il ne l'avait pas trompée. Techniquement, ce n'était pas faux. Néanmoins, en disant cela, il avait rejoint la cohorte des maris sans scrupules qui se racontaient qu'« une pipe, ça ne compte pas ». Seul un « vrai » rapport sexuel constituait une infidélité, et un « vrai » rapport consistait à se glisser entre les jambes d'une femme et à la pénétrer. Il pouvait donc jurer à Pete, les yeux dans les yeux, qu'il n'y avait « rien eu » entre eux. Il aurait voulu qu'il y ait quelque chose, oui. Mais comme elle ne lui avait posé aucune question qui l'aurait forcé à l'avouer, il n'avait pas eu à lui mentir.

Pietra n'avait pas découvert immédiatement l'identité de sa rivale. Mark n'avait pas enregistré son numéro dans ses contacts. Qu'à cela ne tienne : depuis le téléphone de son mari, elle avait envoyé un SMS au numéro concerné.

Appelle-moi, c'est urgent.

Quand Teo avait rappelé, ses premiers mots avaient été : « Chéri, qu'est-ce qui se passe ? Il est arrivé quelque chose ? Mark… ? »

Pietra n'était pas parvenue à mettre un visage sur cette voix. À l'issue de quelques recherches, elle avait réussi à relier le numéro de portable à une collègue de son mari, une certaine Teo Bontempi. Après cela, elle n'avait eu aucun mal à la trouver sur Internet. À l'ère des réseaux sociaux, c'était un jeu d'enfant.

« Notre travail nous a rapprochés », telle fut l'excuse boiteuse qu'il sortit ensuite à sa femme. « Et puis… Il y a des moments, Pete, où la solitude… »

Une explication minable, même si c'était la vérité. En outre, elle savait qu'il avait des « exutoires », selon ses propres termes, et elle devinait que les « sorties avec Paulie » ne se limitaient pas à boire quelques bières au pub.

Mais son histoire avec Teo n'avait rien à voir avec un petit extra pour conclure un massage. Ce genre d'extra, sa femme pouvait l'accepter. À dire vrai, c'était sa planche de salut. Les « sorties avec Paulie » la soulageaient de la double angoisse qui la rongeait : que Mark les abandonne un jour à leur sort, Lilybet et elle, et qu'il fasse valoir ses prérogatives maritales en exigeant d'user de son corps. Les « sorties avec Paulie » lui évitaient d'avoir à s'inquiéter, à réfléchir, à prévoir, à... tout.

Pourtant, sa réaction avait laissé Mark pantois.

« Tu n'as pas besoin de faire semblant avec moi, lui avait-elle dit. Je sais combien c'est dur, d'autant plus que... je ne suis pas toujours facile. Et je tiens à ce que tu aies une vie sexuelle. Je suis contente que tu aies trouvé quelqu'un. Je veux que tu en profites.

— Que je profite de quoi ?

— De la passion, Mark. Du bonheur, de ce que toi et moi avons connu ensemble à une époque. Je ne te reproche rien. Cela t'aide à être un bon père pour Lilybet. Et si tu fais du bien à Lilybet, tu me fais du bien aussi. »

Mais à présent Teo Bontempi était morte. Il devait affronter non seulement sa perte, mais aussi tout ce qu'impliquait la requalification de « décès accidentel » en « homicide ».

— Je ne comprends toujours pas ce qui a pu se passer, murmura soudain Pete.

Un instant, il crut qu'elle avait lu dans ses pensées et parlait de la mort de Teo, qu'il ne lui avait pas encore annoncée. Il ne répondit pas.

— Mark, tu m'écoutes ?

— Pardon, chérie. J'avais la tête ailleurs.

— J'ai dit que je ne comprenais pas pourquoi l'alarme s'était déclenchée. J'ai laissé Lilybet seule à peine cinq minutes. Elle allait parfaitement bien. Elle venait de regarder encore une fois *La Belle et la Bête*. Elle aime tellement ce dessin animé. Je suis sortie pour...

— Où était Robertson ?

— Dans la cuisine. Il préparait du thé pour nous deux et un jus de fruits pour Lilybet. Je suis juste allée aux toilettes.

— Tu ne lui avais pas mis sa canule ?

— Jusque-là, elle n'en avait pas eu besoin, et je ne comptais pas m'absenter plus de cinq minutes. Mais l'alarme s'est déclenchée. Robertson a accouru le premier. Il lui a mis le masque à oxygène. S'il n'avait pas été là… Il suffit d'une minuscule erreur, et c'est moi qui l'ai commise.

— Ne sois pas si dure.

Il se tourna vers Pete et Lilybet. Leur fille semblait observer le spectacle des rues animées de Londres : les bus, les taxis, les voitures ; des mères avec des poussettes ; des adolescents en sweat à capuche et jean baggy ; des enfants en rang par deux ; une femme avec deux bambins pendus à son bras, lancée dans une discussion houleuse avec un garçon dégingandé dont le scooter électrique gisait sur le trottoir…

— On peut faire confiance à la spécialiste, ajouta-t-il. Si elle dit que l'état de Lilybet n'a pas empiré, je pense qu'on peut la croire.

— Je suis vraiment désolée. Je me sens tellement coupable…

— Ne dis pas ça, Pete. Ce sont des choses qui arrivent.

— Mais elles ne devraient pas arriver. Nous le savons tous les deux.

TRINITY GREEN
WHITECHAPEL
EST DE LONDRES

Barbara Havers était parvenue à la conclusion que, quelle que soit la raison pour laquelle on avait tué Teo Bontempi, elle ne la trouverait pas à la Maison de l'orchidée. À moins que Zawadi n'ait été une menteuse de première classe. C'était une possibilité, bien sûr. Mais bon...

Comme elle ne tarda pas à le découvrir au fil des interrogatoires, Teo alias Adaku était non seulement admirée, mais représentait aussi une source de réconfort, d'inspiration, et un modèle. En tant que bénévole, elle s'était énormément investie : elle avait dirigé des groupes de parole, participé aux activités du quartier, informé les parents des conséquences physiques, émotionnelles et psychologiques à long terme des MGF. Elle n'avait dit à personne qu'elle travaillait aussi pour la police. Cela pouvait sembler étrange de prime abord, mais les jeunes filles auraient sans doute répugné à se confier à elle si elles avaient su qu'elles risquaient ainsi d'envoyer un ou plusieurs membres de leur famille en prison. On pouvait très bien imaginer que, apprenant que la bénévole qu'il avait rencontrée était en réalité un officier de la Met, un parent mécontent ait voulu l'éliminer. Mais, à moins de l'avoir croisée par hasard dans son rôle de flic, nul ne pouvait deviner qu'elle menait une double vie.

Barbara souhaitait néanmoins s'entretenir avec la réalisatrice, Narissa Cameron. Plutôt que de s'imposer sur le plateau, elle attendit que l'équipe fasse une pause. Aucune des trois femmes ne semblait satisfaite de la manière dont s'était déroulé le tournage sans la présence rassurante d'Adaku.

Comme l'expliqua Narissa, les jeunes filles n'avaient accepté de témoigner qu'après avoir entendu son histoire, d'autant plus que celle-ci dépassait en horreur tout ce qu'elles-mêmes avaient subi.

Barbara lui demanda si elle avait conservé le témoignage d'Adaku. C'était le cas. Barbara émit alors le souhait de le visionner. Non sans raison, Narissa voulut savoir pourquoi. Barbara opta pour la franchise.

— Je ne sais pas trop… Mais votre enregistrement contient peut-être quelque chose, un mot, un regard, n'importe quoi qui pourrait me mettre sur la voie. Ça marche souvent comme ça. Par exemple, si je suis ici aujourd'hui, c'est parce qu'on a retrouvé la carte de Deborah Saint James chez Teo Bontempi. Votre film pourrait me mettre sur une autre piste. C'est tout ce que je peux vous dire.

— Adaku voulait que j'efface son témoignage. Mais j'espérais qu'elle finirait par m'autoriser à l'utiliser. Et j'ai continué à la filmer ensuite, à son insu. Ces images traduisent bien l'impression de… puissance… je ne sais pas comment l'appeler autrement… qui émanait d'elle. La plupart des gens rêvent de pouvoir changer le monde. Mais elle, on aurait dit qu'elle avait la certitude d'y arriver.

Narissa proposa à Barbara de regarder l'enregistrement sur un moniteur plutôt que sur le minuscule écran de la caméra.

À l'écran, la femme connue à la Maison de l'orchidée sous le nom d'Adaku prit place sur un tabouret. Elle commença par se présenter, Adaku Obiaka, et par indiquer l'âge – à peine 3 ans – auquel on l'avait mutilée.

« Plus tard, disait-elle, j'ai appris qu'à cet âge le cerveau ne conçoit pas de souvenirs durables : il arrive ensuite ce qu'on appelle l'amnésie infantile. J'ai donc été excisée avant de pouvoir me créer des souvenirs de cet événement, soi-disant pour m'épargner. Mais aujourd'hui encore il me revient des flashs… »

Le visage d'Adaku exprimait un chagrin infini. Il semblait gravé au plus profond de son être, comme s'il faisait partie intégrante de son identité. Bien que née en Afrique, elle était aussi anglaise à bien des égards. Elle racontait son histoire avec une retenue qui captivait d'autant plus l'auditeur.

« J'ai subi ce qu'on appelle une infibulation, expliquait-elle. Mais les personnes qui infligent cette horreur à une fillette lui donnent un autre nom. Elles parlent d'un rite initiatique, d'une circoncision féminine. Dans leur esprit, il s'agit de vous purifier afin de vous préparer au mariage, d'augmenter votre valeur aux yeux d'un homme et d'augmenter le plaisir de cet homme quand il vous prendra. Pourtant, au bout du compte, c'est bien une mutilation. »

L'infibulation, poursuivait-elle, consistait à exciser le clitoris et à rétrécir l'orifice vaginal en cousant les lèvres l'une à l'autre, ne laissant qu'un minuscule passage pour l'urine et le flux menstruel.

— Oh mon Dieu, murmura Barbara, les paumes moites.

— Vous voulez que j'arrête ? demanda Narissa.

— Non !

Même si elle en avait entendu assez, elle devait à la défunte de l'écouter jusqu'au bout.

N'ayant jamais vu d'organes génitaux intacts, expliquait à présent Adaku, elle avait longtemps vécu dans l'ignorance de son état. Mais, comme elle n'était toujours pas réglée à 15 ans, sa mère adoptive l'avait emmenée consulter le médecin de famille. C'était cet examen qui lui avait révélé la vérité.

Elle avait d'abord cru que cette pratique n'existait que dans son pays natal. Par la suite, elle avait appris que cette barbarie se perpétrait ici aussi, au Royaume-Uni. Depuis, elle faisait son possible pour que cela cesse, et elle ne renoncerait jamais.

« Je suis nigériane, disait-elle. Nous sommes un peuple fier. Mais par ignorance nous faisons subir à nos filles ce qu'on m'a fait subir quand je n'étais qu'une enfant. À moi, à ma mère et à sa propre mère avant elle. Autrefois, c'était la norme chez les nôtres. Ma mère ayant elle-même été excisée, elle a perpétué ce qu'elle considérait comme une "tradition". Elle est morte en couches quand j'avais 7 ans. On m'a alors envoyée chez ma tante paternelle, ainsi que le bébé que ma mère avait mis au monde avant de mourir. Notre père ne se sentait pas capable de nous élever, et en fin de compte notre tante non plus. Elle avait déjà sept enfants. Elle nous a donc confiées, ma sœur et moi, à un orphelinat catholique.

Nous avons eu de la chance. Un couple nous a adoptées et nous a ramenées en Angleterre. Comme j'avais déjà 8 ans et que j'étais en bonne santé, il n'y avait aucune raison de faire examiner mes organes génitaux. C'est pourquoi personne n'a rien soupçonné jusqu'à mon adolescence. J'ignore qui m'a fait ça. Tout ce que je sais, c'est que dans les pays concernés ce sont presque toujours des femmes qui pratiquent ces mutilations. Vous comprenez ? Ce sont des femmes qui font subir cela à d'autres femmes. Pour garantir notre chasteté. Pour débarrasser notre corps des organes dédiés à la jouissance sexuelle parce que, dans l'esprit de la plupart des hommes issus de ces ethnies, une femme qui éprouve du plaisir est plus à même de succomber aux tentations. Mais je veux que vous sachiez une chose : cette mutilation m'a rendu l'existence insupportable, et j'ai souvent l'impression de n'être que la moitié de la personne que j'aurais dû être. »

Narissa arrêta le défilement de l'image, qui se figea sur le visage d'Adaku/Teo Bontempi. Barbara ne pouvait la quitter des yeux. Elle s'efforçait de comprendre ce que cette femme avait pu ressentir en décrivant son calvaire aux adolescentes qui l'écoutaient. Elle semblait n'éprouver ni colère ni désespoir, comme si elle avait depuis longtemps dépassé ce stade. Elle paraissait ne plus être animée que par la volonté de s'adresser à celles qui avaient été brisées comme elle, qui risquaient de l'être à leur tour ou persistaient à croire cette mutilation indispensable pour qu'une gamine n'aspire pas à une autre vie que celle à laquelle l'assignerait son futur mari.

— Les jeunes filles qui fréquentent cet endroit, que deviennent-elles ? s'enquit Barbara.

— Si elles sont en danger, Zawadi les cache.

— Où ?

— Elle a des contacts dans tout le Grand Londres. Je ne les connais pas. Tout ça doit rester secret. Ces familles accueillent les filles et les protègent jusqu'à ce qu'on puisse gérer les parents.

Tout en parlant, Narissa avait commencé à démonter son équipement.

— Qu'est-ce que vous entendez par « gérer » ? Qui s'en charge ?

— D'abord Zawadi, généralement avec une assistante sociale.

Elles tentent de les raisonner. Elles leur expliquent que ce qu'ils ont l'intention de faire constitue un crime. Au bout de plusieurs visites, si tout se passe bien, la fille rentre chez elle, mais elle reste en contact avec la Maison de l'orchidée.

— Et s'ils ne renoncent pas à leurs projets ?

— C'est bien le problème. On n'est jamais sûres à 100 % qu'il n'arrivera rien aux gamines. Mais on surveille leurs parents. Ils doivent participer à des réunions ici même, et ils ne peuvent s'opposer à ce que leur fille participe à nos ateliers.

— Ils perdent tout contrôle sur elle, en fait.

Pendant que Narissa rangeait la caméra dans son boîtier, ses assistantes revinrent et commencèrent à faire de même avec le matériel de son et d'éclairage.

— Vous pensez que c'est l'un d'eux qui l'a tuée ? dit Narissa.

— Et vous ?

— La plupart des gens préfèrent éviter les ennuis avec la police. Ces parents sont pris entre le marteau et l'enclume. S'ils font du mal à leur fille, ils vont en prison. S'ils font du mal à quelqu'un d'autre, le résultat est le même.

MARCHÉ DE RIDLEY ROAD
DALSTON
NORD-EST DE LONDRES

Tani retourna à l'appartement récupérer le sac à dos, et surtout sa sœur. À quatre pattes dans la cuisine, les mains protégées par des gants en caoutchouc jaune, un seau en plastique rose posé près d'elle, sa mère récurait le lino à l'aide d'une grosse éponge.

Elle ne le vit pas entrer, ne l'entendit pas, et il prit soin de ne pas attirer son attention. Il se glissa dans la chambre qu'il partageait avec sa sœur et la trouva vide. Simi devait donc être au marché. Depuis que son amie Lim n'était plus là, elle n'avait aucun autre endroit où aller. Il prit le sac dans l'armoire. Il n'était pas certain d'y avoir mis tout ce dont elle aurait besoin, mais Sophie ou sa sœur pourraient toujours la dépanner si nécessaire.

Ne voulant prendre aucun risque, il balança le sac par la fenêtre et reprit le chemin inverse pour se diriger vers le marché de Ridley Road où, assailli par mille et un relents de viande et de poisson avariés, il se faufila derrière les étals du côté opposé à la boucherie de son père, qu'il aperçut en train de découper une carcasse de porc. Un des apprentis le regardait faire pendant que l'autre tentait en vain d'éloigner les mouches d'une montagne de gigots de mouton et d'un plat rempli d'abats exposé en plein soleil.

Tani connaissait les différents repaires de Simisola, aussi la trouva-t-il assez rapidement, dans la vaste salle située au-dessus du magasin d'articles de fête qui accueillait l'Atelier déco gâteaux de Masha. Il entra juste au moment où le ménage de l'après-midi se terminait. Simi s'activait devant l'évier. À sa droite, des saladiers et des moules se côtoyaient sur un tapis de séchage. Les premiers contenaient des cuillères à mesure et des verres doseurs. Les fouets des batteurs électriques portaient encore les traces colorées des préparations réalisées par les élèves.

Une longue table verte à la peinture écaillée et à la surface mouchetée de restes de pâte et de glaçage occupait le centre de la salle. Masha s'affairait autour, l'aspergeant d'un produit nettoyant qu'elle essuyait au fur et à mesure. Elle pénétra ensuite dans ce qui semblait être la réserve et en ressortit bientôt avec des sachets d'épices et d'autres ingrédients dans son tablier relevé. C'est alors qu'elle aperçut Tani.

— Le prochain cours est à 19 h 30, et il est complet.

— Je viens chercher Simisola, dit-il.

Au son de sa voix, Simi se retourna.

— Tani ! Tu me raccompagnes à la maison ?

Elle était radieuse.

— Oui, répondit-il.

En effet, il comptait la raccompagner, mais pas à Bronte House.

— Je dois d'abord terminer la vaisselle.

Il jeta un coup d'œil à l'horloge murale. Leurs parents ne les attendaient pas avant un moment. Son père saurait qu'il n'était pas allé travailler, mais ça n'avait aucune importance. Toutefois, Simi et lui devaient se rendre chez les Franklin aussi vite que possible.

— Sophie veut te rencontrer, Mimi, annonça-t-il. Elle nous a invités tous les deux à la fête d'anniversaire de sa sœur.

— Oh, j'adore les anniversaires ! Il y aura un gâteau ? C'est quand ?

— Ce soir. C'est pour ça que je suis venu te chercher.

— Ce soir ? Oh non ! Maman et moi on doit faire des croquis pour mon gâteau. Et c'est Masha qui va le préparer. Tu te souviens ? Je te l'avais dit. Il aura un décor spécial. On le mangera après l'initiation.

— Ouais. D'ailleurs, il faut qu'on en parle, Mimi.

— Pourquoi ?

— Je t'expliquerai. Alors dépêche-toi, on doit y aller.

Intriguée, elle accéléra le mouvement. Vingt minutes plus tard, avec en poche les quelques pièces que Masha avait données à Simi en échange de son travail, ils sortirent enfin. Afin que personne ne les aperçoive de l'une des boutiques de leur père, ils quittèrent le marché par la sortie opposée. Là, Tani acheta des frites pour Simi et des Coca. Ils poursuivirent un moment sur Ridley Road avant de s'arrêter à l'ombre d'un hêtre au feuillage flétri. Il n'y avait pas de bancs, alors ils s'appuyèrent contre le tronc.

Sa sœur lui offrit une frite, que Tani accepta et mastiqua lentement en la regardant en faire autant. Puis il ouvrit les deux canettes et lui en tendit une.

— C'est vraiment important que t'ailles chez Sophie, Mimi, insista-t-il. Ses parents ont très envie de te connaître.

— Mais maman et moi…

— Mimi, écoute-moi !

Il but une gorgée de Coca pour se donner du courage.

— Il a jamais été question d'initiation. Maman a employé ce mot parce qu'elle pensait que comme ça, tu ferais pas d'histoires.

Simi ouvrit de grands yeux.

— Maman a dit…

— Je sais. Mais elle a dit ça pour te faire croire qu'ensuite tu appartiendrais à la tribu. Sauf que t'es déjà une Yoruba, Mimi. Depuis ta naissance. Pas besoin d'initiation pour ça.

— Si, protesta-t-elle. Maman m'a emmenée là où ça doit se passer. J'y ai rencontré une dame qui s'appelle Easter. Elle a dit qu'elle allait me faire une piqûre et qu'après je serais initiée.

Tani réfléchit : comment la détromper sans détruire la relation qu'elle partageait avec leur mère ?

— Tu dois me croire, Mimi. Maman t'en a pas parlé pour pas t'effrayer, mais papa et elle veulent te faire la même chose qu'aux filles de certaines tribus au Nigeria.

Simi baissa les yeux vers ses sandales et ses pieds couverts de poussière, puis elle releva la tête.

— Ce qu'on leur fait là-bas, c'est pour les initier, Tani.

— Non, Mimi.

— C'est quoi, alors ?

Tani détourna un instant le regard. C'était une femme qui aurait dû lui expliquer ça. Pourquoi n'y avait-il pas pensé plus tôt ? Bien sûr, Sophie aurait pu s'en charger, mais une femme elle-même mutilée se serait montrée plus convaincante.

— Ils abîment les petites filles. Entre les jambes. C'est horrible, Mimi. On l'a fait à maman, et maintenant, elle veut qu'il t'arrive la même chose. À cause d'une tradition débile. C'est pour ça que tu dois m'accompagner chez Sophie. Sinon ils vont te faire très mal. Tu saurais de quoi je parle si maman t'avait envoyée à l'école. Tu t'es jamais demandé pourquoi elle te donnait des leçons à la maison ? C'est parce qu'on enseigne ces choses-là en classe. T'auras qu'à poser des questions à Sophie. Elle en connaît un bout sur le sujet. Mais elle, elle a pas à s'inquiéter, parce qu'elle est anglaise. Pas de risque que ça lui arrive un jour. Toi et moi, on est nigérians et...

— Et ma fête, alors ? gémit Simi. Y a plein de gens qui vont venir, Tani. Même nos cousins de Peckham. Tout le monde va m'offrir des cadeaux, manger du gâteau et...

Sa lèvre inférieure tremblait et les larmes coulaient sur ses joues. Tani ressentit comme un coup de poing à l'estomac.

— Maman t'a pas menti là-dessus. Y aura bien un gâteau, des cadeaux et tout le reste. Sauf que...

Merde ! Elle avait 8 ans. Elle n'avait aucune idée des conséquences de la mutilation qu'on voulait lui infliger, sans parler des risques si les choses tournaient mal. Même lui ne savait pas tout. Mais la réaction de Sophie quand il avait évoqué l'exciseuse nigériane avait allumé en lui un incendie que rien ni personne ne pourrait éteindre.

— Personne t'a dit ce qui était arrivé à Lim, pas vrai ? reprit-il.

— Lim passe les vacances chez sa grand-mère. Elle va revenir dans...

— Elle reviendra pas.

— Pourquoi ?

— Parce qu'elle est morte.

Simi secoua la tête.

— Elle est chez sa grand-mère. C'est maman qui me l'a dit. Je sais pas exactement où habite sa grand-mère, mais elle sera de retour pour la rentrée des classes.

Il lui caressa la joue, essuyant ses larmes avec son pouce.

— Elle s'est tuée, Mimi. Elle avait si mal après son « initiation » qu'elle s'est pendue avec un foulard de sa mère.

Lim, l'amie et l'idole de Simisola, suicidée à 12 ans. L'infection s'était propagée dans tout son corps. La douleur était tellement insupportable que la mort lui avait paru préférable à une vie détruite au nom de la pureté, de la chasteté et de Dieu sait quoi d'autre.

— C'est pas vrai ! cria Simi. C'est pas vrai ! Maman a dit...

— Écoute-moi. Maman t'a menti. À propos de Lim, de cette initiation à la con, de tout. Il faut que tu viennes chez Sophie avec moi. Papa a amené une Nigériane chez nous pendant que maman était sortie. C'est elle qui va te charcuter. Il sait pas que j'ai tout entendu. Il veut que personne se doute de rien jusqu'à l'arrivée de l'exciseuse. Il fera ça pendant qu'on sera pas là, maman et moi. Des femmes te tiendront les bras et les jambes, et...

— Non ! hurla-t-elle. Non ! Non !

Elle jeta les frites et la canette de Coca à terre et, avant qu'il puisse l'arrêter, elle s'enfuit en direction du marché, courant droit devant elle sans se soucier des piétons qui se trouvaient sur son chemin.

BELSIZE PARK
NORD DE LONDRES

Il était tard quand Lynley arriva à Belsize Park. Il avait tenté de joindre Daidre plus tôt dans la journée, mais il était tombé sur sa messagerie. Il prenait un risque en débarquant à l'improviste. Ils ne s'étaient pas reparlé depuis leur dispute, et ignorer ce qu'elle pensait – ce qu'ils étaient l'un pour l'autre, où ils allaient – le rendait fou. Pour le moment, il voulait surtout effacer l'effet produit par les dernières paroles qu'ils avaient échangées, même s'il ne voyait pas ce qu'il pouvait faire à part présenter ses excuses. Lui demander pardon d'avoir retourné contre elle les accusations qu'elle avait formulées contre son frère et sa sœur. Il était honteux.

Son dernier rendez-vous de la journée, avec Havers et Nkata, avait duré plus longtemps que prévu. L'un et l'autre avaient porté à sa connaissance de nouveaux éléments et souhaitaient faire un point sur l'enquête à la lumière de leurs récentes découvertes.

Le smartphone de Teo Bontempi, tout d'abord : soit quelqu'un était entré chez elle pendant son hospitalisation et l'avait subtilisé, soit Ross Carver avait menti en prétendant l'avoir laissé sur sa table de chevet, soit Mark Phinney l'avait conservé après avoir trouvé sa collègue inconsciente. Dans le premier cas, on pouvait supposer que l'assassin était revenu afin de le récupérer. Mais pourquoi ne l'avait-il pas emporté juste après avoir assommé sa victime ? Dans le deuxième, l'ex-mari de Teo craignait que l'examen dudit téléphone ne révèle des choses qu'il préférait garder secrètes. Dans le dernier cas, Mark Phinney avait voulu procéder lui-même à cet examen. Naturellement, il y avait une quatrième possibilité : quelqu'un d'autre avait pris le smartphone de Teo pour des raisons encore inconnues.

Barbara Havers avait consulté l'agenda de la défunte. Le mot « évaluation » y figurait à la date du 24 juillet, sans autre précision que l'heure. On pouvait en déduire que Teo Bontempi connaissait l'endroit où elle devait avoir lieu. L'Empress State Building semblait tout indiqué, surtout qu'elle avait été mutée quelques jours plus tard.

Nkata avait ensuite raconté son rendez-vous matinal avec la sœur de Teo. « Je ne la sens pas », leur avait-il dit pour faire court. Rosie avait attribué la dispute qui l'avait opposée à Teo au fait que celle-ci ne s'inquiétait pas assez de la santé de leur père depuis son AVC. Or leur mère avait évoqué une visite de sa fille aînée trois semaines avant sa mort. Ce n'était pas tout : Rosie affirmait que Teo était devenue « 100 % africaine » et avait quitté son mari parce qu'il était blanc, ce qui ne collait pas avec la raison invoquée par Ross Carver pour expliquer leur séparation – qu'il aimait « trop » sa femme. Visiblement, l'un des deux avait pris quelques libertés avec la vérité. Lequel ? La question méritait d'être creusée.

Avait-il visionné les images de vidéosurveillance ? s'était alors enquis Lynley. Nkata avait commencé, mais la tâche s'annonçait colossale. Des dizaines de personnes entraient et sortaient de l'immeuble de Teo tout au long de la journée et jusqu'à tard dans la nuit. Il aurait avancé plus vite s'il avait eu une plage horaire plus étroite et une idée de ce qu'il cherchait.

« J'en ai encore pour des heures et des heures », avait-il ajouté. Ne connaissant de vue aucune des relations de Teo, hormis ses parents et sa sœur, il travaillait à l'aveugle. Bien sûr, il pouvait toujours isoler les images de quiconque était entré dans l'immeuble le soir où Ross Carver prétendait être allé chez sa femme, et il avait accès aux enregistrements des caméras des commerces voisins. Mais, faute d'un lecteur automatique de plaques d'immatriculation à proximité, il n'était pas sorti de l'auberge.

« J'aurais besoin d'un coup de main », avait-il conclu.

Lynley avait répondu qu'il ferait son possible pour lui obtenir de l'aide. Mais, la demande devant obligatoirement passer par Hillier, il ne pouvait rien lui garantir.

À la fin de la réunion, durant laquelle Dorothea Harriman avait fait une apparition pour informer Barbara que leur premier cours de dessin aurait lieu le week-end suivant à 10 heures pétantes, au pied de la statue de Peter Pan à Kensington Gardens, ils avaient décidé que Barbara interrogerait de nouveau Ross Carver tandis que Nkata étudierait les images filmées le soir de la visite du mari. Quant à Lynley, après avoir demandé des renforts à Hillier, il retournerait voir Phinney, la dernière personne à être entrée chez Teo Bontempi avant son hospitalisation.

« Et le numéro que Jade Hopwood vous a donné ? » avait alors demandé Havers. Il espérait du nouveau de ce côté le lendemain matin, avait-il répondu.

Lynley s'arrêta devant l'immeuble de Daidre. Elle ne l'avait toujours pas rappelé, mais il préférait se dire qu'elle avait trop de travail.

Il gravit les marches du perron. Il avait une clé, mais sa conscience lui souffla de la laisser dans sa poche et de sonner. L'appartement se trouvant au rez-de-chaussée, d'habitude Daidre venait ouvrir. Ce ne fut pas le cas ce soir-là. Sa voix jaillit de l'interphone :

— Qui est là ?

Elle semblait épuisée.

— Penses-tu pouvoir me supporter ? demanda-t-il. Ou préfères-tu te coucher ?

— Me coucher avec toi, oui. Tu n'as pas ta clé ?

— Si.

— Mais tu hésitais à t'en servir. Ça me plaît, ça. Entre.

Il la trouva dans la cuisine, penchée au-dessus d'une épaisse liasse de papiers. Une bouteille de vin rouge entamée était posée près d'elle sur la table.

— C'est de la piquette, l'avertit-elle. Je ne te conseille pas d'y goûter. Tes dents et tes amygdales ne s'en remettraient jamais.

— Je n'ai plus mes amygdales.

— Mais tu as encore toutes tes dents. Je t'assure, Tommy, il est vraiment infect. À l'avenir, j'éviterai les promos à deux balles. Il y a du blanc dans le frigo. Ouvre-le.

— Hors de question !

Lynley se versa un verre de rouge et en but une gorgée.

— Bon sang, Daidre !

— Tu n'écoutes jamais mes conseils ?

— Comme tu as pu le constater, c'est l'un de mes multiples défauts.

— En effet. Balance ça, je t'en prie. Vide aussi mon verre, et va déboucher le blanc.

— Tu en es sûre ?

— Absolument. L'autre a coûté 6 livres. C'est la catégorie au-dessus. Il ne peut pas être aussi mauvais.

— Certainement un grand millésime !

Il alla chercher la bouteille et rapporta également deux verres propres.

— Tu as dîné ? demanda-t-elle.

— J'ai mangé un sandwich de la cafétéria. Du moins, si j'en crois Barbara. Œufs mayonnaise. À part le poulet mayonnaise, c'est la seule garniture impossible à rater, à moins d'utiliser des ingrédients avariés. Tu travailles sur quoi ?

Elle fourra les papiers dans la chemise cartonnée d'où elle avait dû les sortir.

— Évaluation du personnel. Pas franchement ce que je préfère. Du coup, je procrastine.

— Ça ne te ressemble pas. Pas plus que la vinasse imbuvable. Le blanc est excellent, en revanche.

De toute évidence, elle avait menti sur le prix.

— Je sais, dit-elle.

— Tu t'inquiètes pour la Cornouailles.

Elle le dévisagea, peu disposée à remettre le sujet sur le tapis, prit son verre et but.

— Je commence à avoir faim, soupira-t-elle.

Il se leva et se dirigea vers le réfrigérateur.

— Oh, Tommy ! Je ne disais pas ça pour que tu prépares à manger.

— Ravi de l'apprendre ! Charlie Denton a dû te mettre en garde contre mes aptitudes culinaires.

— C'est vrai, il m'en a touché un mot. Au fait, pourquoi

insiste-t-il pour t'appeler « milord » ? Quand je l'entends, j'ai l'impression d'être dans un film en costume. Sans le costume.

— Il joue un rôle. Charlie considère la vie comme un théâtre. À une époque j'ai tenté de lui faire perdre cette habitude, mais j'y ai depuis longtemps renoncé pour continuer à bénéficier de ses talents de cuisinier et d'homme de ménage. Son maniement de l'aspirateur est plus aléatoire, mais il n'a pas son pareil pour repasser une chemise.

— Il existe des pressings pour ça.

— Certes, mais il aime se rendre utile entre deux auditions. Je ne veux pas le contrarier. Ah ! Tu as du fromage. Il y a des crackers ? Des pommes ? Non, reste assise. Franchement, Daidre, je suis capable de me débrouiller.

Il parvint même à dénicher un mélange de noix et de raisins secs pour l'apéritif. Les deux pêches qu'il avait trouvées au fond de la coupe à fruits avaient fait leur temps, mais la banane qui leur tenait compagnie semblait encore comestible, du moins en partie. Il disposa le tout sur la table, ainsi que deux assiettes et des couverts.

— C'est ça, dit-elle de but en blanc.

— Quoi donc ? Ah, la Cornouailles ?

— Oui, la Cornouailles. Au début, je pensais que ça leur plaisait de vivre à l'écart de tout. Dans la caravane de notre père, ils étaient complètement isolés. Donc j'ai cru que c'était une bonne idée de les installer dans un endroit où ils n'auraient pas à interagir avec d'autres personnes. Naturellement, leur travail à la cidrerie les oblige à entretenir des contacts avec l'extérieur...

— C'est peut-être ça, le problème.

— Ils ne peuvent pas rester sans rien faire, Tommy.

— Ils faisaient quelque chose avec ton père ?

— Goron, oui.

Le regard de Daidre se perdit dans le vide. La nuit était tombée. Lynley distinguait le reflet de la jeune femme dans la fenêtre donnant sur le jardin. Le vasistas entrebâillé laissait entrer le parfum du jasmin qu'elle avait planté juste au-dessous. Un miaulement plaintif s'éleva. Daidre alla ouvrir la porte et un chat noir et blanc entra d'une allure nonchalante. En vrai félin, il prit aussitôt possession des lieux et s'installa sur une chaise, l'air d'attendre qu'on s'occupe de lui.

— Tu as adopté un chat ? s'étonna Lynley.

— C'est lui qui m'a adoptée. Surtout pour la nourriture et l'eau fraîche, même si de temps en temps je le surprends à me regarder avec adoration.

— Un chat ? En adoration devant toi ? Bizarre. Je ne veux pas dire que tu n'es pas adorable, mais…

— Les chats adorent les humains, Tommy. Simplement ils l'expriment à leur manière.

Daidre versa des croquettes dans un bol posé près de la porte, près d'une coupelle d'eau. Lynley ne les avait pas remarqués en entrant. Sans doute avait-il l'esprit trop occupé.

— Viens là, toi, dit-elle en tapotant le sol. Je sais que tu as faim.

Le chat sauta de la chaise sans un bruit et alla renifler les croquettes. Comme Daidre ne le quittait pas des yeux, Lynley en profita pour l'observer à la dérobée. Il émanait d'elle quelque chose qu'il ne retrouvait chez personne d'autre et qui l'attirait comme un aimant. Peut-être était-ce pour cela qu'il la désirait dès qu'il la voyait. Il avait partagé une longue amitié avec sa femme avant que leur relation ne prenne un tour plus intime. Avec Daidre, il avait immédiatement voulu ouvrir une porte sur un avenir qu'il n'aurait su décrire.

Toutefois, mieux valait éviter le sujet.

— Tu lui as donné un nom ? demanda-t-il.

— Oui.

Accroupie par terre, elle s'assit sur ses talons et dégagea son visage en coinçant ses cheveux blonds derrière les branches de ses lunettes.

— Et donc ?

— Wally. Je trouve qu'il a une tête à s'appeler Wally. Tu ne trouves pas ?

Lynley considéra le chat. Le museau plongé dans le bol de croquettes, la queue enroulée autour du corps, il ronronnait comme un moteur.

— Pas de doute, c'est un Wally, acquiesça-t-il.

Il s'approcha de Daidre pour l'aider à se relever. Elle prit la main qu'il lui tendait et ils se retrouvèrent face à face, si près qu'ils se touchaient presque. Il brûlait d'envie de l'embrasser, mais il se retint.

— Tu ne m'as pas dit sur quoi tu travailles, fit-elle remarquer.

Il lui résuma l'affaire en deux mots : on avait tué une policière membre d'une brigade spécialisée dans les violences contre les femmes et les jeunes filles.

— Les mutilations génitales en particulier.

— Quelle horreur !

— Tout cela pour garantir leur pureté avant le mariage...

— Les hommes aussi doivent rester purs pour leurs futures épouses ?

— À ton avis ?

Elle eut un rire sans joie.

— Ça m'aurait étonnée !

Elle s'approcha de la table et but une gorgée de vin.

— Parfois, je me demande comment tu peux faire ce boulot, Tommy. L'*Homo sapiens* est une espèce vraiment tordue. On aurait mieux fait d'arrêter l'évolution à *Homo habilis*. Tout ce qui a suivi est bon à jeter. Tu n'as jamais envie de déclarer forfait ? Par rapport à l'humanité. Les animaux, eux, ne font qu'obéir à la nature. Pour ça, ils n'ont pas besoin de blesser ou détruire leurs semblables.

— Sauf à la saison des amours.

— Même en cela, ils agissent en accord avec leur nature. C'est une question de survie. Les mâles les plus forts règnent sur le groupe afin de le préserver. Les plus faibles en seraient incapables.

— Peut-être valent-ils mieux que nous, alors.

— Les animaux ? Sans aucun doute. Ils ignorent les subterfuges. Ils sont ce qu'ils sont.

Daidre mordit dans un cracker surmonté d'une tranche de fromage. Apparemment peu satisfaite, elle le reposa aussitôt sur son assiette.

— Tommy, il faut qu'on..., commença-t-elle.

— Tout devrait être…, dit-il au même moment.

Ils se turent.

— Toi d'abord, reprit Lynley.

— J'allais dire qu'il faut qu'on parle de pas mal de choses, toi et moi.

— Et moi j'allais dire que tout devrait être simple entre nous. Je t'aime. Et je crois que tu m'aimes aussi. Je m'emploie à te le faire admettre par des moyens détournés. Mais je m'y prends mal. C'est comme si j'avais besoin que tu mettes ton âme à nu pour me persuader de…

— De quoi ?

— Honnêtement ? Je ne sais pas trop. C'est bien là le problème. Est-ce que j'essaie de me convaincre que le jeu en vaut la chandelle ?

— Je ne peux pas répondre pour toi. Tout ce que je peux te dire, c'est que parfois il faut admettre qu'une personne est trop abîmée intérieurement pour qu'on puisse la réparer, et qu'on doit l'accepter comme elle est.

— Je ne peux me résoudre à croire que… Ce que je crois, c'est que nous incarnons la somme de toutes nos parties, et que notre passé n'est qu'une de ces parties. Il est gravé en nous, bien sûr, mais il ne doit pas nous empêcher d'avancer.

— Je suis abîmée, Tommy. Peut-être irrémédiablement. Enfin, je ne sais pas. Mais si c'est le cas…, dit-elle en baissant les yeux vers son verre, j'ai beaucoup réfléchi à nous deux. J'ai cherché une solution, ou au moins une réponse.

— À t'entendre, tu n'y es pas parvenue.

— Je ne peux pas faire semblant d'être la femme que tu aimerais que je sois, Tommy. Ça te rassurerait pendant un certain temps, mais ce ne serait pas moi. La vraie Daidre referait surface un jour ou l'autre, et elle te briserait le cœur. Je ne veux pas de ça. Si nous continuons ensemble, je ne sais pas comment l'empêcher.

— Es-tu en train de me dire qu'on devrait en rester là ?

— J'essaie juste de t'expliquer que je ressens les choses différemment de la plupart des gens. Tu mets ça sur le compte de la peur, mais tu te trompes. Crois-moi, il y a des moments où j'adorerais avoir peur ! Sauf qu'au fond de moi je n'éprouve rien. Ce n'est certainement pas ce que tu veux, Tommy.

— Daidre...

— Non. Je t'en prie.

— Tu me penses vraiment aussi faible ?

— Ce n'est pas la question.

— Bien sûr que si. Tu t'imagines que le chagrin que tu pourrais me causer risquerait de me détruire. Mais toi et moi, nous nous sommes rencontrés au pire moment de ma vie, après la mort de Helen. Ma femme, enceinte de notre enfant, tuée d'une balle en pleine poitrine sur le perron de notre maison, ses sacs de courses à ses pieds, la clé dans la main. Alors qu'elle essayait d'ouvrir cette fichue porte. À dix secondes près, tout aurait été différent pour elle. Pour moi. Pour notre enfant. Mais on me les a enlevés. Et je suis toujours là.

— Tu l'adorais.

— Oh oui ! Je ne dirai jamais le contraire. Elle pouvait être exaspérante, et tellement frivole parfois... Elle n'était pas parfaite. Elle n'avait rien à voir avec la femme que je pensais un jour épouser ! Mais la vie se moque de nos projets ou de nos intentions. Les choses arrivent, tout simplement. J'ai débarqué dans ton existence comme tu as débarqué dans la mienne. Et ni toi ni moi ne pouvons deviner comment tout ça va se terminer.

Daidre se rassit et fit tourner son verre sans rien dire. Le vin miroitait sous la lumière du plafonnier. Wally avait fini de manger et procédait à sa toilette rituelle, passant la patte sur son oreille et ses moustaches. Il s'interrompit soudain et cligna des yeux en regardant tour à tour les deux humains. D'un bond gracieux, il sauta sur les genoux de Daidre. Il ronronnait si fort qu'on l'aurait entendu jusque dans le salon, dans le vestibule, dans la rue. De la nourriture, de l'eau, des genoux : il n'en fallait pas plus pour le rendre heureux. Daidre avait raison de dire que les animaux ne faisaient qu'obéir à leur nature profonde.

Elle se pencha et posa sa joue sur la tête de Wally. Il se laissa faire aussi longtemps que sa nature de chat le lui permettait, puis il sauta à terre et se dirigea vers la porte. Lynley alla lui ouvrir.

— Me voilà soulagé, dit-il en revenant vers Daidre.

— Soulagé de quoi ?

— Que Wally soit sorti.

— Pourquoi donc ?

— Il m'a l'air très possessif. Je n'avais pas envie de partager le lit avec lui.

— Et avec moi, Tommy ?

— Je l'espère bien. Et toi ?

— Moi aussi.

8 août

STREATHAM
SUD DE LONDRES

Barbara Havers avait rendez-vous avec Ross Carver à Streatham, tôt dans la matinée. Il avait prévu de déposer quelques cartons dans l'appartement avant de se rendre sur le chantier d'un grand projet immobilier à Thornton Heath. Elle avait accepté de le retrouver là-bas, quitte à sacrifier son petit déjeuner. C'était d'autant plus héroïque de sa part que sa supérette de prédilection avait mis en rayon une nouvelle variété de Pop-Tarts aux fruits des bois. La veille, elle en avait acheté une demi-douzaine de paquets qu'elle avait hâte de goûter. Bien sûr, elle aurait pu en manger le soir même. Mais l'attente augmentait le plaisir et, c'était tout à son crédit, elle savait se fixer des limites. Mélanger petit déjeuner et dîner, c'était la ligne rouge qu'elle s'interdisait de franchir. C'était bon pour les vieilles filles qui se morfondent dans leur logement mal chauffé, dînant chichement d'un œuf à la coque et d'un misérable toast même pas beurré, assises dans un fauteuil râpé face à une cheminée électrique. Peut-être que c'était ce que l'avenir lui réservait, mais tant qu'elle aurait toute sa tête et qu'elle pourrait s'offrir un fish and chips, les œufs à la coque attendraient.

Elle se prépara néanmoins un café – de l'instantané hélas, mais avec du vrai lait et une grosse cuillerée de vrai sucre –, qu'elle but au volant. Ça n'avait rien d'évident : son antique Mini ne possédait pas de boîte de vitesses automatique. Ni, très logiquement compte tenu de son âge, de porte-gobelet. Au fil du temps, Barbara était devenue experte dans l'art de conduire avec un mug coincé entre les cuisses, et elle ne se renversait plus de café que sur la poitrine. Pas sur les cuisses, comme ça lui était déjà arrivé. Elle avait eu la bonne idée de choisir ce jour-là un tee-shirt noir dont l'inscription « POUR MA DÉFENSE, ON M'A LAISSÉE SANS SURVEILLANCE » semblait, sinon inspirée, du moins prophétique.

Après avoir traversé la Tamise, elle atteignit Streatham sans autre incident qu'une tache de café : aucune canalisation victorienne n'avait éclaté durant la nuit, personne n'avait écrasé de cycliste, la plupart des véhicules se dirigeaient vers le centre-ville et non vers la banlieue. Elle se gara juste en face de l'immeuble où avait vécu Teo Bontempi, et où vivrait bientôt de nouveau Ross Carver.

N'ayant toujours aucune confiance en l'ascenseur, elle emprunta l'escalier. Une fois à l'intérieur, elle ouvrit la porte-fenêtre pour laisser entrer la fraîcheur relative de l'aube et déposa son mug sur le comptoir de la cuisine. Puis elle fit rapidement le tour de la pièce, au cas où Nkata et elle auraient manqué un détail. Elle achevait de décrocher tous les objets qui décoraient les murs pour en inspecter l'envers quand elle entendit une clé tourner dans la serrure.

Ross Carver avait troqué sa panoplie de pirate de salon pour un look plus professionnel qui reléguait néanmoins les traditionnels costumes trois-pièces, chapeaux melons et parapluies noirs aux oubliettes de l'histoire de la City. Il était entièrement vêtu de coton kaki, avec une cravate nouée lâchement autour du cou. Ni boucles d'oreilles ni chignon ce matin-là, juste un élastique rassemblant ses cheveux sur la nuque. Trois cartons étaient empilés sur le seuil à ses pieds. Il les ramassa, salua Barbara d'un signe de tête et entra. Après avoir refermé la porte, il ôta ses lunettes de soleil de marque et les glissa dans la poche de sa chemise.

— Vous partez travailler tôt, fit observer Barbara.

— Ça m'aide. Je ne suis pas à 100 % à ce que je fais, mais ça me change les idées et j'en ai besoin. Vous avez découvert quelque chose ?

— Oui : Adaku Obiaka.

— Le nom de naissance de Teo. Ce n'était pas un secret.

— Elle opérait parfois sous cette identité. Fringuée en Africaine de la tête aux pieds. Ses coéquipiers n'étaient pas au courant. Elle agissait donc pour son propre compte. Vous savez pourquoi ?

Il se dirigea vers le salon et s'assit à une extrémité de la table. Barbara le rejoignit. Il tourna le regard vers le balcon et l'alignement de bonsaïs.

— Elle envisageait de reprendre officiellement son nom de naissance ?

S'il affectait l'indifférence, Barbara eut le sentiment que la réponse revêtait pour lui une importance particulière.

— On n'a pas encore vérifié. Peut-être qu'elle l'utilisait seulement dans le cadre de ses activités à la Maison de l'orchidée, afin de ne pas attirer les soupçons. Mais sa sœur a dit à l'un de nos enquêteurs qu'elle était devenue « 100 % africaine ». Reprendre son nom d'origine faisait peut-être partie de ce processus.

— C'est quoi, cette Maison de l'orchidée ?

— Une association qui protège les filles menacées d'excision. Teo, alias Adaku, y faisait du bénévolat. À première vue, ça n'a aucun rapport avec son travail, mais on ne peut pas exclure complètement qu'il y en ait quand même un.

Ross resta un moment muet.

— C'est logique qu'elle se soit impliquée là-bas, dit-il enfin.

Puis, scrutant le visage de Barbara comme s'il cherchait à lire ses pensées, il ajouta :

— Vous savez qu'elle avait subi des mutilations génitales, je suppose.

— D'après l'autopsie…

— Oui. Bien sûr. On l'a autopsiée.

Il retomba dans son silence. Il transpirait, mais Barbara aussi. Elle se leva pour allumer le ventilateur et se rassit.

— Teo me l'avait dit à l'époque où j'ai commencé à vouloir coucher avec elle, reprit-il. On sortait de l'adolescence, nos hormones travaillaient à plein régime, vous savez ce que c'est. Je lui ai mis la pression, jusqu'à ce qu'elle m'avoue qu'elle avait été excisée.

— Et après ?

Il soupira.

— J'avais 19 ans, sergent. J'étais obsédé par elle. Je comprenais à peine de quoi elle parlait. J'étais plutôt du genre : « Pas de souci, on va régler ça, mais là j'ai envie de toi et je ne peux plus attendre. » Plus tard, bien sûr, j'ai compris ce qu'elle entendait par « excisée ».

— Comment avez-vous réagi ?

— Ça ne changeait rien pour moi, et je tenais à ce qu'elle le sache. J'ai toujours veillé à ne pas la blesser. On a continué comme ça pendant des années, comme si de rien n'était, même après notre mariage. Mais au bout d'un moment je n'ai plus pu. J'étais conscient qu'elle le faisait pour moi, mais qu'elle n'en tirait aucun plaisir.

— Peut-être que partager votre intimité lui suffisait ?

— Et vous, ça vous suffirait ?

Il se reprit aussitôt.

— Excusez-moi. Je n'aurais pas dû dire ça. Le truc, c'est que j'ai fini par redouter ça. Le sexe. J'avais l'impression de me servir d'elle pour satisfaire mes désirs. Je tirais mon coup, et voilà. Je me sentais minable. Je ne pouvais pas continuer.

— Mais c'est elle qui a souhaité la séparation ?

— Oui.

— L'autre jour, vous m'avez dit qu'elle vous avait quitté parce que vous l'aimiez trop.

— Je voulais qu'elle puisse… être heureuse avec moi ?

— Sur le plan sexuel ?

— C'est ça. Alors je me suis mis en quête d'une solution, n'importe laquelle. Je ne savais pas ce que je cherchais, mais quand j'ai trouvé…

— C'était quoi ?

— Une chirurgie reconstructrice. J'avais dégoté les coordonnées d'une spécialiste. Mais Teo a refusé catégoriquement. Elle n'a même pas voulu prendre rendez-vous pour une simple évaluation. Je n'ai pas compris son entêtement. Peut-être était-il trop tard pour agir, mais s'il y avait eu la moindre chance… Je remettais sans cesse le sujet sur le tapis. Je lui disais : « Je veux que tu ressentes quelque chose. Que tu aies envie de moi. » À la fin, elle en a eu marre.

— Une « évaluation », vous avez dit ?

Barbara alla chercher son sac, qu'elle avait posé sur une chaise. Elle en sortit l'agenda de Teo Bontempi, l'ouvrit à la page du

24 juillet et le montra à Carver, qui y jeta un coup d'œil et releva vivement la tête.

— Vous pensez qu'elle a consulté un médecin ? Qu'il a procédé à une évaluation en vue d'une intervention ?

— Elle a insisté pour que vous veniez ; elle avait quelque chose à vous dire. D'après vous, quel autre sujet aurait-elle pu vouloir aborder avec vous ?

— Tout ce que je sais, c'est qu'elle comptait me parler en face à face, pas au téléphone.

— Pour vous annoncer une bonne nouvelle ? Une mauvaise ? À votre avis ?

— Elle ne m'a rien dit du tout.

Carver regardait dans le vide comme s'il tentait de rassembler ses pensées. Barbara attendit.

— Je crois que j'ai besoin... Est-ce qu'il y a de l'eau ? demanda-t-il.

Barbara alla prendre dans le réfrigérateur une bouteille d'eau gazeuse entamée et en versa dans un verre. Elle était éventée depuis longtemps. Ross la but néanmoins, puis son regard se posa ensuite sur le buffet.

— Où sont les statuettes ? s'enquit-il. Teo collectionnait les objets d'art africains. Ne me dites pas qu'on les a volées...

— La police scientifique les a probablement emportées.

— Est-ce que... C'est avec ça qu'on l'a frappée ?

— Je ne sais pas. On attend les résultats des analyses.

— Oui, murmura-t-il comme s'il se parlait à lui-même. Elles sont assez lourdes, ces statuettes. Elles auraient pu servir d'arme.

Au même moment, la porte de l'appartement s'ouvrit. Une jeune femme noire et mince apparut. Elle était élégamment vêtue d'un chemisier blanc impeccable, d'un fuseau marine qui dévoilait des chevilles délicates et chaussée d'escarpins rouges aux talons assez effilés pour crever un œil. Elle était aussi très jolie.

— Le concierge m'a laissée entrer, déclara-t-elle sur un ton enjoué. J'ai pensé que je pourrais être utile.

— Utile à quoi ? répliqua Ross Carver. Je vous présente Rosalba, la sœur de Teo, dit-il à Barbara.

MAYVILLE ESTATE
DALSTON
NORD-EST DE LONDRES

— Tani, qu'est-ce qu'il s'est passé ? Tu es où ? Pourquoi tu n'as pas amené Simi hier soir ?

— Quand je lui ai expliqué ce qu'on allait lui faire, elle n'a pas voulu me croire et elle s'est enfuie. Elle est allée trouver notre mère et lui a tout déballé.

— Mais pourquoi elle ne t'a pas cru ? Elle sait que tu ne lui mentirais jamais !

— Je lui ai aussi parlé de Lim... Je n'aurais pas dû.

Tani raconta alors à Sophie l'histoire de l'amie de sa sœur. Quand Simi avait regagné l'appartement en larmes, Monifa était en compagnie de Halimah, la mère de Lim. Au bord de l'hystérie, Simi avait exigé des explications de leur part. Monifa avait saisi ce prétexte pour la faire taire d'une gifle. Après le départ précipité de Halimah, elle s'était employée à rassurer la petite à grand renfort de soda Ribena et de mots tendres. Quoi qu'on ait pu lui dire, avait-elle prétendu, ce n'était qu'un tissu de mensonges. « Simisola, regarde-moi, ma chérie. Tu crois que je pourrais faire du mal à ma fille adorée ? »

— Ma mère a tout de suite compris que c'était moi qui lui avais parlé de l'excision. Facile, Simi ne voit presque personne. Elle connaît Masha et quelques autres personnes du marché, mais elles n'ont aucune raison de lui parler de ça, et de toute façon elles ne sont pas nigérianes. Donc ça venait forcément de moi.

Au retour de Tani, Monifa était en train de déménager les affaires de Simi dans sa propre chambre, où la fillette dormirait désormais. Ça ne poserait aucun problème, puisque Abeo avait élu domicile chez Lark. Quand le jeune homme lui avait demandé ce qu'elle fabriquait, elle avait répondu :

« Je sais ce que tu as manigancé. Mais si tu essaies d'empêcher ce qui doit être fait, ça nous retombera dessus tous les trois.

— Alors il faut qu'on parte tous d'ici ! avait rétorqué Tani. Regarde la vie qu'on mène, maman. Et écoute-moi bien : personne fera de mal à ma sœur. Personne la vendra en échange d'une dot, et il est hors de question qu'elle soit excisée ! »

— Mais en fait je sais pas quoi faire, avoua-t-il à Sophie. Mes parents ont tous les deux perdu la tête, surtout ma mère. C'est pas possible, pourquoi elle réagit comme ça ?!

— On doit pouvoir la convaincre, Tani.

— Aucune chance.

Sophie resta silencieuse un moment.

— Si seulement tu avais pu amener Simi chez moi…

— Je sais. Je peux pas la coller dans un foyer, Soph, mais je dois faire quelque chose.

— Je suis d'accord. En accueillant ta sœur, j'espérais nous faire gagner du temps, mais je vais tâcher de trouver une autre solution.

Après avoir raccroché, Tani se leva de son lit, sortit dans le couloir et vit que la porte de la chambre de sa mère était fermée. Soit Simi dormait encore, soit Monifa avait décidé de la garder captive, au moins symboliquement : Abeo avait confisqué les clés de toutes les portes.

Il frappa doucement.

— T'es réveillée, Mimi ?

Pas de réponse. Inquiet, il entrouvrit le battant. Sa mère et sa sœur étaient couchées. Simi dormait. Pas Monifa.

Sa mère se leva sans bruit et enfila un peignoir en lui faisant signe de s'éloigner. Elle le rejoignit au salon et se planta devant lui, les bras croisés sur la poitrine.

— Si tu dis encore quelque chose à ta sœur, je jure de te gifler jusqu'à ce que tu ne te reconnaisses plus dans le miroir, le menaça-t-elle.

— Tu vas me gifler comme tu l'as giflée elle ? Je lui ai dit la vérité. Tu veux savoir ce que c'est, la vérité ?

Comme elle ne répondait pas, il enchaîna :

— Papa a trouvé une exciseuse. Il l'a reçue ici, dans cet appartement. Il savait pas que j'étais rentré. J'ai tout entendu. La seule différence avec le Nigeria, c'est que cette femme se sert peut-être d'un scalpel. Ou alors elle change de lame de rasoir entre deux opérations au lieu de réutiliser la même après l'avoir essuyée avec un chiffon.

Monifa restant muette, il poursuivit :

— Elle a dit à papa qu'elle amènerait de l'aide pour tenir Simi. Puis ils se sont mis d'accord sur le prix. Alors je suis sorti, je suis allé chercher Simi et oui, je lui ai tout expliqué. Tout ! Parce que je savais qu'elle refuserait de me suivre si elle s'entêtait à croire qu'il y aurait une fête pour sa putain d'initiation. Mais j'ai besoin qu'elle coopère. J'ai besoin que toi aussi tu coopères, pourtant on sait tous les deux que ça n'arrivera pas. Parce que tu veux la même chose que papa, hein ? T'aimerais mieux le faire à ta manière, mais en fin de compte ça revient au même.

— Parfois, répondit enfin Monifa, on est obligé de faire des choses qui nous déplaisent.

— Oh, je vois ! Mais derrière tout ça y a quand même quelque chose qui m'échappe. Tu peux m'expliquer ce qui justifie de mutiler une gosse de 8 ans ?

— Essaie de comprendre, Tani. Cette... opération vise à préserver les chances de ta sœur.

— Tu veux dire sa virginité ? demanda Tani avec un rire amer. À t'entendre, on dirait que les petites filles sont des bêtes de sexe tout le temps prêtes à écarter les cuisses. Dis-moi, t'étais comme ça à l'âge de Simi ? Tu étais obsédée par le sexe, à 8 ans ?

— Ne me parle pas comme ça...

— Les gens comme toi pensent qu'on doit faire souffrir le martyre aux gamines pour les décourager de coucher avec le premier venu. Quelle mentalité d'arriérés ! Tu te rends compte à quel point c'est débile et cruel ?

Monifa jeta un coup d'œil vers la chambre.

— Parle plus bas, murmura-t-elle. Ce qui est en jeu, c'est l'avenir de ta sœur.

— Son avenir ? Mais vous êtes en train de le détruire ! Peut-être qu'elle a pas envie d'épouser un vieux qui a assez de fric pour s'offrir une vierge. Peut-être qu'elle rêve d'une autre vie : étudier, avoir un boulot et…

— C'est pour la préserver.

— La préserver ?

— Ça augmentera sa valeur aux yeux de son futur mari.

— Putain, mais on croirait entendre papa ! Tout ce qui compte pour vous c'est de la vendre au meilleur prix ?

— Ce n'est pas ce que je veux dire. Ce n'est pas une question d'argent, de biens ou de terres. Le plus important c'est que son mari prenne soin d'elle. Pour ça, il doit savoir qu'elle a accepté l'opération pour…

— Excision, maman. Appelle les choses par leur nom. Excision. Mutilation.

— Une fois purifiée, elle pourra devenir le réceptacle de l'amour de son mari…

— Bien sûr ! Et toi, ça te plaît d'être le réceptacle de l'amour de papa ? Avant que tu répondes, laisse-moi te dire un truc : ici, les murs sont pas épais. Alors ça fait des années que j'entends comme tu aimes être le réceptacle de son amour.

— Une femme n'a pas besoin de ressentir du plaisir.

— N'importe quoi ! Tu sais très bien que c'est n'importe quoi ! Pourquoi tu mens comme ça ? De quoi tu as peur, enfin ?

Elle parut hésiter. Pendant quelques secondes, Tani pensa qu'elle allait enfin ouvrir les yeux et prendre la bonne décision.

— J'ai fait ce que je pouvais pour qu'elle soit opérée dans les meilleures conditions, dit-elle si bas qu'il dut s'approcher pour l'entendre. Tu crois vraiment que j'ai envie qu'elle souffre autant que moi ?

— Pourtant c'est ce qui va arriver. Alors fais quelque chose !

— J'ai essayé. Mais la police est arrivée et… maintenant, je dois attendre que la clinique…

— Je te parle pas d'une clinique, maman ! Je te parle d'emmener Simi loin d'ici. Tu peux très bien te débrouiller sans lui ! Qu'est-ce qu'il peut faire de pire ? Te tuer ? Me tuer ? Tuer Simi et se priver de sa foutue dot ?

— Nous tuer, non. Mais nous faire du mal, il en est capable.

— Alors divorce ! Divorce ! Qu’est-ce qui t’en empêche ?

C’est à cet instant que la porte s’ouvrit. Tani se retourna : son père entrait.

STREATHAM
SUD DE LONDRES

— Rosie, dit la jeune femme en se présentant à Barbara. Ross est le seul à m'appeler Rosalba.

— Qu'est-ce que tu fais là ? demanda Carver.

Le sourire de Rosie vacilla.

— Je l'ai dit, Ross. Je pensais pouvoir me rendre utile.

Barbara eut l'impression que le regard de Rosie envoyait un message au mari de sa défunte sœur, et que celui-ci lui répondait de la même manière. Quant au contenu de ces messages, elle n'en avait aucune idée mais elle finirait par le découvrir, et le plus tôt serait le mieux.

— Tu ne devrais pas être au travail ? reprit Carver.

— Je ne commence qu'à midi aujourd'hui. On a tout le temps.

Elle referma la porte derrière elle et les rejoignit sans quitter des yeux son beau-frère.

— Maman et papa s'inquiètent de ne pas avoir de tes nouvelles, lui dit-elle. Surtout papa, et ce n'est pas bon pour lui. Alors je leur ai promis de m'assurer que tu allais bien. Nous pensions que tu viendrais à Hampstead, Ross…, ajouta-t-elle après une pause. Nous aimions tous Teo, tu sais.

Barbara regretta de ne pas posséder la clé qui lui aurait permis de décoder les paroles de la jeune femme. Comment pouvait-elle savoir que son beau-frère serait là, dans l'appartement de sa sœur ? La réponse était évidente : soit Ross l'avait appelée pour le lui dire, soit elle se trouvait avec lui la veille, quand Barbara lui avait téléphoné pour convenir d'un nouveau rendez-vous. Si tel était le cas, ils auraient tous les deux mérité un Oscar pour la comédie qu'ils jouaient à présent devant elle.

— C'est vrai que j'aurais pu leur passer un coup de fil, admit Ross. Je vais le faire.

— Et que vas-tu leur dire ?

— C'est bien le problème.

— Ils ne t'en veulent pas pour votre séparation… Ils savent que les gens changent avec le temps. Vous étiez jeunes tous les deux. Avant de vous mettre en couple, vous n'aviez connu personne ni expérimenté d'autres manières de… d'être ensemble. Tu vois ce que je veux dire…

À n'en pas douter, elle cherchait à faire passer un message à Carver, et il avait parfaitement saisi le sous-entendu.

— La police a emporté les statuettes, annonça-t-il.

— Pour quoi faire ?

— Des analyses.

Rosie regarda le buffet à présent vide.

— Ils pensent que l'une d'elles pourrait être l'arme du crime ?

— Le labo examine tout ce qui aurait pu servir à assommer votre sœur, lui dit Barbara.

— Quand on y pense, c'est étonnant qu'elle ne s'en soit pas débarrassée.

— Quand on pense à quoi ?

— Lorsque les gens divorcent…, dit Rosie en haussant une épaule, un geste qu'elle réussit à rendre élégant,… ou lorsqu'ils mettent fin à une relation, les souvenirs sont parfois douloureux. D'une certaine manière, ces statuettes la reliaient toujours à Ross.

— Si je suis votre raisonnement, Teo conservait ces sculptures parce qu'elle voulait préserver le lien qui l'unissait à M. Carver ?

— Je dis juste que dans d'autres circonstances, les choses auraient pu se passer différemment.

Barbara réprima un ricanement. La moindre parole de Rosie semblait contenir un double sens. Winston avait eu la même impression.

— On n'a toujours pas retrouvé le portable de votre femme, dit-elle à Ross.

— Comment c'est possible ? s'étonna-t-il.

— Nous avons besoin de son numéro. Je suppose que vous l'avez ?

Barbara le nota dans son carnet.

— Ce n'est pas vous qui l'avez pris ? demanda-t-elle.

— Bien sûr que non ! Je n'avais aucune raison de le prendre.

— Vous êtes certain de l'avoir vu quand vous avez passé la nuit ici ?

— Absolument. Il était en train de charger sur...

— Ross, tu ne m'avais pas dit que tu avais dormi ici, l'interrompit Rosie.

— Teo ne se rappelait pas ce qui lui était arrivé. Elle avait des vertiges et des nausées. Je ne voulais pas la laisser seule. J'étais très inquiet.

— Je serais venue pour rester avec elle si tu m'avais avertie. Ou maman serait venue. Qu'est-ce qu'il s'est passé ?

— Rien, répondit sèchement Ross.

— Mais il a forcément dû...

— Arrête, Rosalba !

L'ordre avait claqué comme un coup de fouet.

— Ta sœur est morte, ajouta Carver. On essaie de comprendre pourquoi et comment.

Rosie garda le silence et ses yeux se remplirent de larmes. L'exaspération se peignit brièvement sur le visage de Ross. Il sortit sur le balcon et prit une profonde inspiration avant de se retourner vers Barbara et elle.

— C'était toujours ma femme, Rosalba, dit-il sur un ton plus calme. Malgré tout. Et c'est toujours le cas. Si je suis venu ce soir-là, c'est parce qu'elle m'avait envoyé un SMS. Elle disait qu'elle voulait me parler.

— De quoi ? s'enquit Rosie.

— Je ne sais pas. Elle ne me l'a pas dit.

— Vous aussi, vous êtes passée. Deux jours plus tôt, lança Barbara à Rosie.

Sans attendre sa réponse, elle ajouta :

— D'après les voisins, vous vous êtes disputée avec votre sœur.

Rosie pouvait difficilement mentir à ce sujet. Elle n'était pas idiote, et elle devait se douter que Nkata avait fait un rapport sur leur conversation. Mais Barbara avait l'intuition que Ross Carver n'était pas au courant. La surprise qui passa dans son regard lui confirma qu'elle avait tapé dans le mille.

— Ça faisait longtemps qu'elle n'était pas venue voir nos parents, expliqua Rosie. J'étais en colère à cause de ça. Et ça l'énervait que ça m'énerve. C'était idiot. Comme la plupart des disputes.

— Vous vous disputiez souvent, votre sœur et vous ?

— Comme toutes les sœurs.

— Au point de crier assez fort pour que les voisins vous entendent ? Ç'avait tout l'air d'une furieuse engueulade. À quand remontait sa dernière visite ?

Rosie pinça les lèvres. Manifestement, elle avait flairé le piège, mais elle n'avait pas le choix. Elle pouvait foncer dedans tête baissée, ou le contourner en demandant à ses parents de mentir pour la couvrir. Dans tous les cas, la police vérifierait.

CHELSEA
SUD-OUEST DE LONDRES

Deborah entendit la télé alors qu'elle se dirigeait vers la cuisine.

« Comprenez-moi bien, disait une voix d'homme à l'accent cultivé. Nous soumettre à une mesure arbitraire, quelle qu'elle soit, reviendrait à voir nos existences entachées par des allégations non seulement mensongères, mais aussi répréhensibles. Notre réputation serait à jamais salie. Nous ne tolérerons pas d'être ainsi dénigrés. Nous sommes la cible de ces attaques parce que l'un de nous est un immigré... »

— Que se passe-t-il ? demanda Deborah.

Appuyé contre le comptoir, bras croisés, Simon mâchait une bouchée de toast tandis que le père de Deborah disposait des tranches de melon sur une assiette. Les deux hommes se retournèrent.

— Sky News interviewe les parents de la gosse qui a disparu, répondit son père.

— Il y a du nouveau ?

— Je viens à peine d'allumer.

« ... déraisonnable, compte tenu de l'endroit où elle s'est rendue, monsieur Akin. »

La journaliste, une Asiatique à la chevelure magnifique et aux lèvres pulpeuses, soulevait un point important.

« Voici ce que nous savons, reprit Charles Akin, et nous aimerions que les faits soient rapportés avec exactitude. Bolu n'a pas contacté cette association de son propre chef. Ce sont des personnes du centre culturel qui l'ont emmenée là-bas. Nous ignorons qui et pourquoi. Tout ce que nous pouvons dire à ce stade, c'est que sa directrice exige que nous les rencontrions, un travailleur social et elle, ce que nous refusons.

— Mais vous comprenez que votre refus donne l'impression que la Maison de l'orchidée a pris la bonne décision…

— Je me moque de ce que l'on pensera. Tout ce que je souhaite, c'est qu'on nous rende notre fille. Elle a été enlevée. Est-ce clair ? Elle n'a pas fugué. Sa mère et moi n'avons pas l'intention de coopérer avec qui que ce soit tant que la police n'aura pas arrêté les responsables de la disparition de Bolu. C'est de la séquestration ! Si les enquêteurs interrogent notre fille, ils comprendront que notre famille n'a rien à cacher.

— Pourtant, la directrice de la Maison de l'orchidée soutient le contraire. Pourquoi aurait-elle mis Bolu à l'abri si Bolu ne lui avait pas donné une raison de le faire ? »

— Tu étais au courant ? demanda Simon à Deborah.

— De quoi ?

— Que la Maison de l'orchidée était impliquée dans la disparition de la gamine.

Deborah regarda par la fenêtre. Le jardin était déjà écrasé de soleil. La journée s'annonçait étouffante.

— Je le soupçonnais à cause de certaines choses que j'avais entendues, mais c'est tout.

À la télévision, la femme de Charles Akin s'adressait à présent à la journaliste :

« … parce que mon mari est nigérian. Certes, les MGF sont encore pratiquées dans quelques régions du pays, mais le gouvernement nigérian, comme le nôtre, les a interdites.

— Pourtant, des familles issues des communautés nigériane et somalienne de Londres perpétuent cette tradition, releva la journaliste.

— Nous ne permettrions jamais que notre fille subisse des mutilations, assura Aubrey Hamilton. Nous sommes victimes de discrimination en raison des origines de mon mari. »

La journaliste rendit l'antenne au studio et Zawadi apparut à l'écran, face à une présentatrice vêtue de rouge, aux cheveux blonds si fortement laqués que même un ouragan n'aurait pas pu la décoiffer.

« Un commentaire ? » demanda celle-ci.

Zawadi ne parut nullement décontenancée par la question.

« C'est très simple, répondit-elle sur un ton posé. Si les parents n'ont rien à cacher, ils coopéreront pour qu'on leur rende Boluwatife. La mission de la Maison de l'orchidée est de protéger les jeunes filles des violences dont elles sont ou pourraient être victimes.

— Vous persistez à croire que cette fillette serait en danger ?

— Je maintiens qu'elle est en sécurité à l'heure actuelle, et qu'elle restera où elle est tant que nous n'aurons pas la certitude qu'aucun mal ne lui sera fait.

— Mais si elle n'est pas venue de son propre chef, si elle vous a été amenée par deux adolescents que vous refusez de nommer… »

Cotter éteignit le poste avec la télécommande et échangea un regard avec Simon.

— Quoi encore ? demanda Deborah.

Simon versa du café dans deux tasses tandis que Cotter sortait des œufs du réfrigérateur.

— Deborah, dit Simon en lui passant le sucre et le lait, tu es consciente que cette femme est peut-être une fanatique ?

En entendant ce ton paternaliste, Deborah s'échauffa immédiatement. C'était là l'origine de nombre de leurs disputes.

— Zawadi n'a rien d'une fanatique, à moins qu'un engagement passionné pour une cause juste ne soit devenu synonyme de fanatisme.

— C'est une façon de parler. Désolé. Et je sais combien tu détestes qu'on te fasse la morale ou qu'on te donne des conseils, surtout quand ça vient de moi.

— Mais tu vas quand même le faire, n'est-ce pas ?

Cotter s'éclaircit la voix. Même si Deborah était sa fille, il se rangeait toujours derrière le mari de celle-ci. Elle ne fut donc pas étonnée de l'entendre intervenir.

— Cette femme ne voit peut-être que ce qu'elle veut bien voir, Deb. Si tu sais où elle cache la petite…

— Je vous l'ai dit : je n'en sais rien.

— Comment est-ce possible ? intervint Simon. Tu vas là-bas tous les jours depuis…

— Bon sang ! Je suis blanche, Simon, au cas où tu ne l'aurais pas remarqué. Ça ne me rend pas digne de confiance aux yeux de Zawadi et de son équipe. Londres ne s'est pas transformé en paradis de l'égalité raciale pendant que j'étais occupée ailleurs, que je sache ?

— Mais les filles te parlent, non ?

— Ça n'a rien à voir !

La chatière claqua, annonçant l'entrée d'Alaska. Peach dormait dans son panier ; elle ne remarqua donc pas l'intrusion quasi silencieuse du chat sur son territoire.

Simon baissa les yeux vers ses chaussures, puis les releva.

— Tu crois que ce couple mixte, un avocat et un médecin, avait réellement l'intention de faire du mal à son enfant ?

— Je l'ignore. Je ne les connais pas. Mais aucune fille n'atterrit sans raison à la Maison de l'orchidée. Alors il faut tirer ça au clair.

— Ce ne serait pas plutôt à la police de s'en charger, Deb ? fit remarquer Cotter.

— Je n'en ai aucune idée, et toi non plus. Tu l'as dit toi-même, Simon : j'ai passé du temps avec ces filles, à la Maison de l'orchidée. J'ai entendu leurs témoignages. J'ai perçu leur peur. Alors si ces gens sont dans cette situation parce qu'ils refusent de recevoir quelqu'un qui prend les intérêts de Bolu…

— Bolu ? la coupa Simon.

Cette interruption attisa la colère de Deborah. Son mari avait un peu trop observé les avocats qu'il côtoyait au tribunal.

— Oui, Bolu, répéta-t-elle. C'est comme ça qu'on l'appelle. Ils viennent de le dire au journal télévisé. Inutile de chercher un sens caché à mes paroles, bon Dieu !

Sur ce, elle quitta la pièce. L'échange lui avait coupé l'appétit. Mais ni son père ni son mari ne semblaient en avoir terminé avec elle. Le premier l'arrêta dans le couloir. Bien sûr, lui dit-il, il s'inquiétait pour cette « gentille gosse », mais il se mettait aussi à la place du père.

— Le pauvre type se fait un sang d'encre, conclut-il.

Simon, lui, craignait les conséquences du silence de sa femme.

— Si tu sais quelque chose, tu enfreins la loi en gardant le silence.

— Je n'enfreins rien du tout ! J'ignore où est Bolu. Tout ce que je sais, c'est qu'elle est en danger.

— On l'a enlevée à ses parents. La police la recherche.

— La police ferait mieux de se rendre utile.

— C'est-à-dire ?

— En s'attaquant aux violences que subissent ces gamines. Ça me semble plus important que de harceler une femme qui a consacré sa vie à les protéger.

Elle quitta la maison sans avoir calmé le jeu avec Simon ni son père. Tout ce qui comptait pour eux, c'était que la police retrouve Bolu et arrête les personnes qui la cachaient. Mais Deborah refusait d'envisager les conséquences de ce dénouement.

ÎLE AUX CHIENS
EST DE LONDRES

Deborah fit halte à Trinity Green avant de se rendre à l'île aux Chiens. Sa dispute avec son mari l'avait troublée, et elle espérait apaiser son esprit en découvrant ce qui avait pu inciter les deux adolescents à conduire Bolu Akin à la Maison de l'orchidée. Il n'y avait aucune chance que Zawadi se confie à elle, mais Narissa serait peut-être plus accessible.

Elle trouva la réalisatrice dans la chapelle, en train de visionner les images qu'elle avait filmées pour les passages en voix off. Elle releva la tête à l'entrée de Deborah.

— Je n'arrive pas à savoir si ça fonctionne, dit-elle. Vous voulez bien me donner un avis sincère ?

— Vous ne douterez pas de ma sincérité ?

Narissa réfléchit.

— C'est une question intéressante. Il faut que je décide si vous êtes une petite conne de Blanche condescendante, c'est ça ?

— Je ne l'aurais pas formulé ainsi, mais oui.

Narissa l'étudia de la tête aux pieds.

— Je prends le risque, répondit-elle enfin.

Les images montraient un terrain de jeux, un marché de plein air, un groupe d'écolières en uniforme et l'hôpital St Thomas. Deborah visionna les captures tour à tour.

— Je dirais oui pour le marché et les écolières, déclara-t-elle ensuite. Non pour les deux autres.

— Même pas le terrain de jeux ?

— Ça ne colle pas. Et vous, qu'est-ce que vous en pensez ?

Narissa regarda longuement l'écran.

— Mon père…

— Il ferait un bien meilleur juge, j'imagine, l'interrompit Deborah.

— … a dit la même chose, compléta Narissa en levant les yeux vers Deborah. Vous êtes douée.

— C'est un truc de photographe. Je ne saurais pas vous dire pourquoi une image fonctionne ou pas. C'est juste un ressenti.

Narissa soupira.

— J'aimerais tellement retrouver ça !

— Quoi ?

— Cette façon de… Oh, laissez tomber.

— Je ne comprendrais pas ?

— En gros, oui.

Deborah pensa qu'il valait mieux ne pas s'étendre sur le sujet, mais Narissa n'avait pas terminé.

— Ça ?

Elle pointait l'index vers le moniteur, mais faisait à l'évidence référence à autre chose.

— Ça n'a rien à voir avec le fait d'être noire ou blanche, poursuivit-elle. La drogue et l'alcool vous mettent dans un état où vous ne ressentez plus rien. Ou plutôt vous ne savez plus ce que vous ressentez. En tout cas, c'est ce que ça me fait.

— Ah !

Narissa fit un bref sourire.

— Merci de n'avoir pas dit « Je comprends ».

Deborah y vit un encouragement.

— J'ai vu Zawadi aux infos ce matin. Les Akin, aussi.

Narissa se figea, comme la première fois que Deborah avait fait allusion à Bolu devant elle. Le silence se prolongea.

— Ils sont assez convaincants, insista Deborah.

Toujours pas de réponse.

— Vous les avez vus ? À la télé ?

— Qu'est-ce que vous voulez me dire ? demanda sèchement Narissa.

Deborah eut l'impression qu'un mur venait de se dresser entre elles.

— Rien. Simplement, je m'interrogeais…

— Arrêtez. Vous cherchez juste à me tirer les vers du nez.

— Peut-être, oui. Vous savez pourquoi ces ados ont conduit la gamine ici ?

— Aucune idée. Elle a dû leur dire quelque chose. Si vous tenez à le savoir, adressez-vous à Zawadi.

— Et vous, vous ne vous posez pas de questions ?

— Si Zawadi dit qu'une fille est en danger, ça me suffit.

— Et après ?

— Après ? Je fais ce que je peux pour l'aider. Sinon, je ne serais pas en train de tourner ce film. Et l'excision n'est qu'une des menaces qui pèsent sur les filles, Deborah. Vous devez le savoir, maintenant.

Deborah fronça les sourcils, perplexe.

— Vous voulez dire que même si les parents de Bolu n'ont pas l'intention de l'exciser, ils pourraient lui faire subir d'autres mauvais traitements ? Lesquels ?

— Eh bien, ils pourraient lui repasser les seins, par exemple.

— Qu'est-ce que... ?

— Les aplatir pour qu'ils n'attirent pas le regard des garçons.

— Mais quel âge a-t-elle ? Est-ce qu'elle a seulement des seins ?

— Là n'est pas la question ! Écoutez, voilà comment ça se passe : le jour où une mère emmène pour la première fois sa fille acheter des protections hygiéniques, c'est le signe qu'elle est en train de devenir une femme. Il est donc temps de l'exciser.

— Ce n'est pas comme ça dans toutes les familles.

— Bien sûr que non ! Mais dans celles qui respectent les traditions ancestrales, les premières menstruations déclenchent le processus de purification. Si les gamines ne sont pas conscientes qu'elles sont en danger, d'autres savent, et font le nécessaire pour les mettre en sécurité.

— C'est pour ça que Bolu a atterri ici ? Parce que sa mère l'a emmenée acheter des serviettes hygiéniques ?

— Et merde, soupira Narissa. Bon, il faut que je bosse. J'ai besoin de réfléchir. Alors laissez-moi, d'accord ?

Deborah s'exécuta, mais elle était encore plus troublée qu'à son arrivée. Elle prit ensuite la direction de l'île aux Chiens, où son GPS lui permit de localiser Inner Harbour Square.

Philippa Weatherall l'attendait à la réception de la clinique. Elle ne perdit pas de temps en bavardages inutiles.

— Allons dans mon bureau, dit-elle après un bref salut de la tête. C'est par là.

Deborah la suivit le long d'un couloir. Des murmures et des bruits traduisant une activité intense s'échappaient de derrière une porte. C'était, lui apprit la chirurgienne, la salle d'opération, où deux infirmières et un anesthésiste, tous bénévoles, préparaient la prochaine intervention.

Elle invita Deborah à entrer dans un bureau où se trouvait déjà un couple noir. La femme, prénommée Leylo, avait à peu près le même âge que Deborah. Son mari, Yasir, paraissait avoir une dizaine d'années de plus que son épouse. Il semblait également beaucoup plus nerveux. Tous deux acceptaient d'être photographiés. Ils signèrent une décharge autorisant Deborah à utiliser à la fois leur image et leurs noms si elle jugeait qu'ils donneraient plus de poids à leur témoignage.

Yasir se leva et proposa poliment sa chaise à Deborah, qui déclina l'invitation. Elle commença à déballer le matériel qu'elle avait apporté tout en bavardant avec eux. Leylo tenait sur ses genoux un paquet enveloppé dans du papier aux couleurs vives et décoré d'un nœud élaboré. Deborah supposa qu'il était destiné au Dr Weatherall, une marque de gratitude pour l'intervention imminente qui, en cas de succès, mettrait fin aux douleurs chroniques de la jeune femme et transformerait l'intimité du couple. Mais, apprit-elle, c'était tout le contraire : la chirurgienne avait coutume d'offrir un cadeau symbolique à ses patientes afin de saluer leur courage.

— Passer sur le billard n'est jamais anodin, expliqua-t-elle à Deborah. En plus de lutter contre un système de croyances qui cause du tort aux femmes, nous demandons à nos patientes de combattre leur propre peur.

Leylo assura qu'elle n'avait pas peur. Yasir ajouta qu'il avait peur pour deux, ce qui les fit tous rire. Puis le Dr Weatherall sortit, et Deborah se mit au travail. Selon sa méthode habituelle, elle conversa avec le couple tout en le photographiant et en enregistrant son témoignage.

Leylo avait été excisée à 6 ans, le même jour que quatre autres fillettes. En entendant leurs cris, elle avait tenté de fuir, mais son oncle l'avait rattrapée et livrée à l'exciseuse. « Occupe-toi d'elle tout de suite, idiote, avait-il dit. Sinon elle va encore s'échapper, et cette fois je n'irai pas la chercher. »

Yasir prit la main de sa femme et raconta d'une voix douce le calvaire qu'elle endurait depuis plus de vingt ans : abcès, kystes, septicémie, infections urinaires à répétition. Ils avaient eu un enfant. Elle avait failli perdre la vie lors de l'accouchement. Le bébé, lui, n'avait pas survécu.

— C'est une bonne épouse, dit-il. Je n'ai pas été un aussi bon mari.

Leylo protesta : ce n'était pas tout à fait vrai. Il avait seulement eu du mal à comprendre. Elle aussi. Mais à présent ils avaient l'espoir de mener une vie meilleure.

Une infirmière vint chercher Leylo. Yasir débarrassa sa femme du paquet en le posant sur une chaise et cueillit son visage dans ses mains.

— Je sais que Dieu veillera sur toi, lui murmura-t-il.

Pendant que l'infirmière préparait Leylo pour l'opération, le Dr Weatherall expliqua à Deborah ce qu'elle allait voir. Elle allait reconstruire les lèvres, petites et grandes, en prélevant de la chair ailleurs. Elle allait aussi chercher, dans les tissus cicatriciels laissés par l'ablation du clitoris, s'il restait des nerfs intacts. Dans ce cas, Leylo pourrait espérer connaître le plaisir. Dans le cas contraire, au moins, elle serait débarrassée des problèmes gynécologiques qui la faisaient atrocement souffrir depuis si longtemps.

— Le mari de Leylo sait qu'elle a subi une mutilation ayant entraîné des séquelles physiques, dit-elle en conclusion. Mais il n'a jamais eu l'occasion de le voir.

— C'est fréquent ?

— Très. Souvent, ces femmes subissent une double humiliation. Celle infligée par les personnes issues de leur culture qui leur imposent l'excision, et celle venant d'elles-mêmes.

— Elles ont honte de leur corps ?

— Oui.

— Même si ce n'est pas leur faute ? J'imagine qu'aucune d'elles n'a choisi l'excision.

— Ce n'est pas une question de choix. Le problème survient le jour où elles découvrent comment est faite une femme entière. Quand elles se comparent à elle.

EMPRESS STATE BUILDING
WEST BROMPTON
SUD-OUEST DE LONDRES

À l'issue de la réunion matinale de l'équipe, Mark Phinney se rendit à l'Orbit. Il prétexta ne pas avoir eu le temps de déjeuner, et ses collègues le crurent. Ils savaient que l'état de santé de Lilybet l'obligeait souvent à modifier ses habitudes. Aussi, lorsqu'il avait dit à Hopwood : « Vous saurez où me trouver, Jade », elle avait à peine levé les yeux de son écran pour lui adresser un signe de tête amical. « Rapportez-moi un café quand vous aurez bu le vôtre, avait-elle dit. Mais prenez votre temps, chef ! »

Il s'était forcé à sourire. Il aimait bien Jade. Ce n'était pas sa faute si elle n'arrivait pas à la cheville de Teo.

Il n'avait pas faim, mais pour sauver les apparences il acheta un biscuit aux amandes sous film plastique. Il n'avait pas l'intention d'y toucher. Il prit également un café. Pas une de ces spécialités avec un nom étranger mais un bon vieux café crème, dans lequel il vida un sachet de sucre. Puis il s'attabla près d'une fenêtre et s'efforça de ne pas penser à la dernière fois qu'il s'était assis là avec Teo. Peine perdue.

Il l'avait fait monter pour lui annoncer sa mutation. Il savait qu'elle ne parlerait pas de harcèlement, comportement à connotation sexuelle ou tout autre délit de même nature. Elle en avait le droit, et il n'aurait rien pu objecter pour sa défense. Le fait est que le mot « sexe » lui venait à l'esprit chaque fois qu'il croisait le regard de Teo. C'était pour cette raison qu'il avait fait jouer tous les leviers dont il disposait pour l'éloigner de lui.

Dès leur première rencontre, il avait été sensible à la sensualité qui émanait d'elle, même si elle n'en semblait pas consciente. Au

Taste of Tennessee exerçait sur eux le même attrait magique que sur Havers. Ils se dirigèrent vers le fast-food d'un pas décidé et disparurent à l'intérieur.

— Et leurs artères, à eux, vous vous en fichez ? protesta Havers.

— Je ne m'inquiète de l'état de son système vasculaire et de l'imminence de son trépas que si je connais le nom de l'individu. Après vous, sergent.

Le hall de l'immeuble sentait le renfermé, et du courrier traînait par terre. Lynley ramassa les lettres et les examina. Aucune n'était adressée à une clinique.

— L'escalier est par ici, dit Havers. Vétuste, mais il a l'air de tenir encore debout.

En effet, la rampe présentait des griffures et des entailles en plusieurs endroits, il manquait des balustres à la rambarde et le tapis était usé jusqu'à la corde. Pas très engageant.

L'unique porte ouverte se trouvait au dernier étage. Le désordre indiquait qu'il s'agissait bien de la clinique en cours de déménagement. Hormis les noms des deux femmes interpellées, les seules informations dont ils disposaient étaient celles que la police avait pu arracher : l'établissement traitait les problèmes féminins et ses patientes étaient issues des différentes communautés du quartier.

Le terme « problèmes féminins » pouvait s'appliquer à toutes sortes de pathologies, songea Lynley : infertilité, troubles hormonaux, cancers gynécologiques... Deux classeurs à tiroirs étaient poussés contre un mur. Le premier contenait du matériel médical et des fournitures de bureau. Les dossiers des patientes se trouvaient dans le second, rangés dans des chemises cartonnées portant leurs nom et prénom. Leur minceur étonna Lynley. Il en prit 10 au hasard et alla s'asseoir dans un fauteuil d'angle que les déménageurs n'avaient pas encore emporté. Il découvrit une liste d'antécédents, un formulaire de décharge, des notes presque illisibles au sujet de trois consultations successives. Le suivant était à peu près identique, tout comme le troisième. Quelle qu'ait été la nature des « problèmes féminins » que traitait la clinique, ceux-ci semblaient rapidement résolus.

— J'ai quelque chose, monsieur.

Accroupie près d'un caisson de bureau, Havers brandit un cahier à spirale noir.

— Un agenda, précisa-t-elle en le feuilletant. Il contient juste des noms.

Elle parcourut une page, une deuxième, une troisième, une quatrième... Puis elle releva la tête, songeuse.

— Eh bien ? fit Lynley.

— Y a un truc bizarre.

— Dans l'agenda ?

— On est dans un secteur multiculturel, non ? Comme partout à Londres. Sauf à Belgravia, Mayfair et les autres quartiers friqués, sans vouloir vous offenser...

— Continuez.

— Ce qui m'étonne, c'est qu'on ne trouve que des noms africains dans cet agenda. Easter Lange n'est pas africaine. Elle est aussi anglaise que moi. Peut-être pas autant que vous, avec votre galerie d'ancêtres remontant à... aux croisades ?

— Du côté des Percy, oui. En comparaison, les racines de l'arbre généalogique des Lynley sont misérablement superficielles.

— C'est toujours mieux que mon arbre à moi, qui a surgi du sol d'une hutte saxonne.

— Dans ce cas, ses racines sont très profondes, Barbara.

— Je parlais du côté misérable.

Lynley rit.

— Quel rapport avec Easter Lange ? demanda-t-il.

— Pardon, je m'égare. Ce que je voulais dire, c'est qu'Easter Lange étant anglaise, sa nièce, Mercy Hart, doit l'être aussi. Alors comment se fait-il qu'elle ne soigne que des Africaines ? Surtout que, comme je viens de le dire, les Africaines ne constituent pas la totalité du quartier.

— Anglaises ou africaines, elles sont toutes noires. C'est peut-être là l'explication.

— Mouais... Vous avez remarqué que le nom de la clinique n'apparaît ni sur la porte de cet appartement ni sur celle de l'immeuble. Pourquoi une telle discrétion ?

— Parce qu'elle est dirigée par un faux médecin ?

— Ou parce que ses activités sont illégales. Reprenons depuis le début : comment Teo Bontempi l'a-t-elle connue ?

— Cette clinique ? Par un informateur issu de la communauté africaine, peut-être.

— Admettons. Mais les flics ne se seraient pas déplacés sur une simple rumeur.

Lynley réfléchit à la chronologie des événements.

— Teo préparait une opération juste avant d'être mutée. Le sergent Hopwood l'a évoqué devant moi.

— Ma main à couper que c'était ça, monsieur. Elle apprend l'existence de cet endroit, mais elle est transférée avant d'avoir rassemblé les indices dont elle a besoin pour intervenir. Alors qu'est-ce qu'elle fait ? Elle enquête sur son temps libre, puis elle met les flics du quartier au parfum. Ils débarquent et procèdent à des arrestations.

— C'est plausible. D'ailleurs, elle a pris quelques jours de congé.

— ... mais quelqu'un découvre le rôle qu'elle a joué dans cette affaire, et peu après elle est assassinée. Je ne sais pas ce que vous en pensez, mais si on fait abstraction de Ross Carver, de sa sœur et de sa vie personnelle, il semble y avoir un lien entre l'objet de son enquête et les circonstances de sa mort. Ce lien, c'est cette clinique.

— Vous voulez dire que Mercy Hart, une Anglaise, pratiquait ici des mutilations génitales ?

— Ça m'en a tout l'air. D'ailleurs, selon sa tante, elle est plus ou moins infirmière.

— Ce qui ne la qualifie guère pour...

— Détrompez-vous, monsieur. Elle est largement plus qualifiée qu'une vieille équipée d'une lame de rasoir. Les MGF ne s'arrêtent pas aux frontières du Royaume-Uni. Si c'était le cas, la Met n'aurait pas formé une équipe spécialisée. Comme je le disais, cette prétendue clinique pour femmes n'est signalée par aucune plaque. Il y a une raison à cela, et quelqu'un ici, dit-elle en brandissant l'agenda, ou là, ajouta-t-elle en indiquant les chemises cartonnées que Lynley avait extraites du classeur, est à même de nous la fournir.

MAYVILLE ESTATE
DALSTON
NORD-EST DE LONDRES

Après avoir passé des heures et des heures à scruter des bandes de vidéosurveillance, Winston Nkata n'aspirait qu'à changer enfin de décor. Jusqu'à présent, il avait isolé, agrandi et envoyé au labo des clichés corrects de trois individus pénétrant seuls dans l'immeuble de Teo Bontempi le soir de son agression. Si cela ne donnait rien, avec les renforts promis par Hale il tâcherait d'exploiter les images des personnes accompagnées. Ils ne pouvaient exclure a priori aucun des visages filmés par les caméras, rien n'indiquant que Teo Bontempi avait été victime d'un assassin solitaire. Ils ne pouvaient pas non plus éliminer les résidents. En résumé, aucune piste ne devait être écartée.

Après avoir garé sa voiture à l'entrée de Mayville Estate, il étudia le plan, et se réjouit de constater que l'itinéraire pour se rendre à Bronte House ne présentait aucune difficulté. En approchant de l'immeuble, il fut encore plus heureux de voir la plupart des portes grandes ouvertes à cause de la chaleur, notamment celle de l'appartement dont Monifa Bankole avait donné le numéro à la police lors de son interrogatoire.

En chemin, il avait reçu un appel de Barbara Havers.

« Il n'y a pas d'Easter Lange, lui avait-elle dit. Enfin, il en existe bien une, mais ce n'est pas elle qui a été arrêtée.

— Sérieux ?

— La vraie travaille chez Marks & Spencer, et elle n'a jamais foutu les pieds au poste. D'après elle, c'est sa nièce qui s'est fait embarquer. Une certaine Mercy Hart. La brebis galeuse de la famille. Tata Easter n'a pas la moindre idée de l'endroit où crèche cette Mercy.

— Le patron veut que je me charge d'elle ? »

Barbara avait échangé quelques mots avec Lynley à l'arrière-plan.

« Il préfère que tu t'occupes de l'autre femme. Et, Winnie…

— Oui ?

— On pense que la clinique de Kingsland pratiquait des MGF. Elle a fermé depuis, mais le patron te fait dire de garder ça à l'esprit quand tu interrogeras cette Monifa Bankole. »

Il emprunta l'escalier menant au premier étage de Bronte House. Contrairement à l'immeuble de Streatham, il n'y avait pas besoin de clé pour y accéder. Deux voix – l'une féminine, l'autre masculine – s'échappaient de l'appartement qu'il cherchait.

— J'ai essayé ! criait la femme. Ça n'a pas marché. Je t'ai expliqué pourquoi. Abeo, tu me fais mal !

— Tu n'es vraiment qu'une bonne à rien ! Maintenant, tu vas faire ce que je te dis !

Deux silhouettes apparurent dans l'embrasure de la porte. L'homme tenait la femme par le bras et semblait la pousser dehors. Elle lui opposait une vive résistance. Ni l'un ni l'autre n'aperçut Nkata. L'adolescent qui les suivait non plus.

— Lâche-la ! ordonna ce dernier.

Puis une voix enfantine hurla à l'intérieur de l'appartement :

— Papa !

Nkata gravit les dernières marches, prêt à brandir sa carte.

— Police ! dit-il assez fort pour couvrir les cris.

Aux étages supérieurs, des voisins étaient sortis, alertés par le vacarme. Certains se penchaient au-dessus de la rambarde pour voir ce qui se passait.

L'homme poussa la femme vers Nkata et se tourna vers l'adolescent.

— Tu me manques de respect, à moi, ton père !

— Vas-y, papa, répondit le garçon. Essaie de me frapper, espèce de…

— Tani !

Une petite fille venait d'apparaître sur le seuil.

— Abeo, Tani, arrêtez ! supplia la femme.

Nkata s'interposa entre l'adolescent et son père.

— Police ! répéta-t-il. Vous deux, réfléchissez bien avant de faire quelque chose qui m'obligerait à vous passer les menottes, compris ?

— Je suis le chef de cette famille ! répliqua Abeo.

— Ça, c'est vous qui le dites. Mais au cas où vous ne seriez pas au courant, dans ce pays, on n'élève pas ses enfants en les frappant.

Abeo repoussa l'adolescent à l'intérieur. La petite fille le suivit.

— Tani ! sanglota-t-elle. Elle m'a forcée. Je voulais pas.

— Monifa Bankole ? demanda Nkata, désormais seul avec le couple.

Elle acquiesça.

— Je souhaite vous parler en privé.

— Pas question ! déclara Abeo Bankole. Elle ne parle à aucun homme en dehors de ma présence.

— Je n'ai pas besoin de votre autorisation, répondit calmement Nkata. Soit vous nous laissez, soit j'emmène madame à la salle d'interrogatoire la plus proche. Ma voiture n'est pas loin. Vous avez le choix. Décidez-vous vite, d'accord ? J'ai pas que ça à faire.

Abeo considéra Nkata. Avec son mètre quatre-vingt-quinze, le policier le dépassait d'une bonne tête. Puis il pointa un doigt accusateur vers sa femme.

— Tu me fais honte, gronda-t-il. Regarde ce que tu es devenue : tu es grosse, tu pues... Quel homme voudrait encore te...

— Ça suffit ! ordonna Nkata.

Avec un grognement mécontent, Abeo tourna les talons et rentra.

Nkata répugnait à laisser les gosses seuls avec leur père, bien du genre à s'en prendre à plus faible que lui. Mais il avait le sentiment que l'adolescent saurait lui tenir tête et protéger la fillette.

Monifa Bankole tremblait de tous ses membres, mais faisait de son mieux pour le cacher. D'une main, elle serrait le col de sa robe aux couleurs vives. Le foulard qui couvrait ses cheveux avait glissé pendant l'altercation avec son mari.

En venant, Nkata avait repéré une aire de jeux ombragée par deux platanes de l'autre côté de la rue. C'est là qu'il conduisit la femme. Après avoir franchi le portail grillagé, il la guida jusqu'à une espèce de tonneau couché qui servait de banc. Il l'aida à s'asseoir et s'accroupit face à elle. Ce faisant, il s'aperçut qu'elle pleurait. Il sortit de sa poche un mouchoir brodé par sa mère, qui aimait s'occuper les mains devant la télé, et le lui tendit. Elle regarda le mouchoir, puis Nkata.

— Prenez, insista-t-il.

Elle s'en saisit, ôta ses lunettes et tamponna ses yeux. Il attendit qu'elle ait terminé pour parler.

— Pas très sympa, votre mari.

— Parfois, il se met en colère. Ça lui arrive de plus en plus souvent. Mais quand j'étais plus jeune il n'était pas comme ça.

— Il vous frappe souvent ?

Elle détourna la tête sans répondre.

— Je parie que oui. Il existe des endroits où vos enfants et vous...

— Non !

Nkata leva les mains, paumes vers l'extérieur.

— D'accord, d'accord. Mais avant de partir je vous laisserai ma carte. Si vous décidez de quitter ce type, vous n'aurez qu'à m'appeler. Je connais des gens qui vous aideront.

Elle roula le mouchoir dans ses mains et suivit du doigt la lettre brodée dessus. Nkata sourit.

— T pour « trésor ». C'est le surnom que m'a donné ma mère. J'ai d'autres mouchoirs avec mes vraies initiales. Mais celui-ci, il est spécial, c'est une blague entre elle et moi. Avec ma cicatrice, j'ai pas vraiment une tête à m'appeler trésor, mais ça lui fait plaisir, alors je la laisse dire. Je veux pas lui causer de chagrin. Elle a déjà tellement souffert à cause de mon frère...

Elle releva la tête et l'étudia. Son visage exprimait une douleur insondable, comme si elle subissait depuis longtemps l'existence.

— Vous étiez à la clinique quand les flics ont rappliqué, non ? Celle de Kingsland High Street. C'est quoi, cet endroit ?

— Je lui avais donné de l'argent. Abeo n'était pas au courant. Quand il a su, il a voulu que je le récupère.

— C'est pour ça que vous étiez là-bas ? Cet argent, vous l'aviez donné à qui ?

— Easter, elle s'appelle. Je ne voulais pas qu'Abeo sache que j'avais pris l'argent, mais je n'ai pas eu le temps de le remettre avant qu'il s'en aperçoive. Il a puisé dans la cagnotte. Il voulait des uniformes scolaires pour les enfants de Lark. C'est comme ça qu'il a vu qu'il en manquait.

Lark… Nkata nota le prénom, mais Monifa fut incapable de lui donner son nom. Tout ce qu'elle savait de cette femme, c'est qu'elle était la maîtresse d'Abeo et qu'ils avaient des enfants ensemble.

— D'où provenait cet argent ? Celui que vous avez pris ?

— De nous tous.

— De vos enfants aussi ?

— Oui. Ils gardent pour eux une partie de ce qu'ils rapportent, j'en fais autant pour les courses de la semaine. Le reste sert aux besoins de la famille.

— Et à ceux de Lark ?

Monifa détourna le regard vers un panier de basket.

— Elle donne des enfants à Abeo. Moi, je ne peux plus. Mais avec elle il en a eu deux. Elle en attend un troisième.

— Et c'est vous qui subvenez à leurs besoins ? Vos enfants et vous ?

— Mes enfants ne savaient pas. Ils croyaient que cet argent était pour notre famille.

— Et ça vous va, cette situation ?

Les yeux de Monifa Bankole se posèrent de nouveau sur lui.

— Je n'ai pas le choix.

Nkata faillit lui rétorquer qu'on avait toujours le choix, mais à quoi bon ?

— Donc vous avez pris l'argent et l'avez donné à cette Easter. Elle en avait besoin pour les mêmes raisons que Lark ?

Monifa jeta un coup d'œil vers l'appartement, au-delà de l'aire de jeux. Nkata suivit son regard et ne vit personne. Pourtant, elle paraissait apeurée. Elle avait l'air d'une femme qui risquait le déshonneur quoi qu'elle dise.

— Cette clinique, madame Bankole, dit-il tandis qu'elle se tournait vers lui. Elle est fermée. Je le tiens de mon chef. Il est allé là-bas avec une collègue, et ils ont vu les déménageurs emporter les meubles.

— C'est pas possible !

— J'ai peur que si. Quelqu'un en a décidé ainsi. Cette Easter, sans doute.

— Mais je lui ai donné de l'argent !

— N'empêche que quand mon chef y est allé, il ne restait que des cartons, quelques chaises et des classeurs à tiroirs. On dirait bien que votre argent s'est envolé avec la femme qui se fait appeler Easter Lange. Au fait, son vrai nom, c'est Mercy Hart.

— Envolé ? répéta-t-elle, abasourdie. Dites-moi la vérité, lui lança-t-elle d'un air méfiant.

— C'est ce que je fais, madame Bankole. Si vous voulez mon avis, voilà ce qui s'est passé : les flics rappliquent, ils font du raffut dans la clinique et arrêtent deux femmes, dont une qui leur donne une fausse identité. Là-dessus, bien qu'on l'ait libérée, elle décide de mettre la clé sous la porte. Elle a dû se dire que la prochaine fois elle aurait peut-être moins de chance. Si elle ne faisait rien d'illégal dans cette clinique, pour quelle raison l'aurait-elle fermée ?

— Maintenant, il va lui faire du mal !

— À qui ? À cette Mercy Hart ?

— Je ne pourrai pas l'en empêcher !

— Madame Bankole, de qui parlez-vous ? Je ne peux pas vous aider si…

— Vous ne pouvez rien pour moi. Personne ne peut m'aider. Il va lui faire du mal, personne ne pourra l'en empêcher, même pas moi. Mon bébé…

Nkata fit aussitôt le rapprochement avec les activités supposées de la clinique.

— Madame Bankole, la petite fille que j'ai vue chez vous… Il va lui arriver quelque chose ?

— Partez ! cria-t-elle en se levant brusquement. Je vous en prie. Allez-vous-en !

THE NARROW WAY
HACKNEY
NORD-EST DE LONDRES

Avant de rentrer chez lui, Mark Phinney fit un crochet par Sutton Place et se gara à proximité de la maison de ses parents. Toutefois, ce n'étaient pas eux qu'il venait voir. Sa destination n'était même pas Sutton Place, mais The Narrow Way. Paulie devait être encore au travail. Mark avait veillé à quitter le sien assez tôt pour ne pas le manquer.

Depuis qu'il avait racheté un autre local – une ancienne mercerie – en plus de l'affaire familiale, à l'angle de Mare Street et d'Amhurst Road, Paulie exploitait deux boutiques de prêt sur gage. Il passait presque toutes ses journées à la première, Prêt Phinney, essentiellement parce qu'elle était plus proche de chez lui. La seconde n'en était pas beaucoup plus éloignée, mais il considérait que moins il dépensait d'énergie à travailler et à marcher, plus il en avait pour Eileen et les enfants. Surtout pour Eileen dont le frère, Stuart, tenait la deuxième boutique. Paulie l'avait mis aux commandes par bonté d'âme, et parce que sa femme avait su s'y prendre pour le convaincre. De toute manière, s'il ne l'avait pas payé pour ouvrir à peu près à l'heure et ne pas trop déconner avec la marchandise, il aurait été obligé de lui prêter constamment de l'argent.

Mark trouva la première boutique fermée. Sur la porte, un panonceau invitait les visiteurs à se rendre à la seconde, Chez Howe. Il traversa donc The Narrow Way, dépassa le McDonald's d'où s'échappait un fumet de hamburgers destiné à attirer les affamés, évita la cohue devant le bazar et jeta un coup d'œil machinal à l'intérieur du supermarché vivement éclairé, où une clientèle en grande partie féminine s'approvisionnait en spécialités culinaires afro-caribéennes.

Le carillon tinta lorsqu'il entra chez Howe. Ne voyant personne derrière le comptoir, il appela Paulie, dont la voix lui parvint de l'arrière-boutique.

— Merde, Stuart ! Je te demande pourtant pas grand-chose ! Combien de chances je vais devoir te donner ?

Pas de réponse.

— Tu sais, poursuivit Paulie, t'as vraiment du pot qu'on t'aide comme ça. Surtout ceux qui, comme moi, se crèvent déjà le cul pour gagner leur croûte. T'as un sacré bol d'être le frère d'Eileen.

Mark profita de ce que son frère reprenait son souffle pour manifester sa présence.

— Tu es là, Paulie ?

— Boyko ?

Paulie écarta le rideau qui masquait l'arrière-boutique. Le malheureux Stuart le suivait, penaud.

— Salut ! dit-il à Mark. Je peux y aller, Paulie ?

— Bien sûr, répondit Paulie en levant les yeux au ciel. C'est ce que tu sais faire de mieux.

— Encore désolé, dit Stuart en se dirigeant vers la porte.

Il avait garé son vélo dans la boutique, dont il bloquait à moitié l'entrée. Il enfonça son casque sur ses cheveux clairsemés, mit des pinces pour protéger le bas de son pantalon et sortit en poussant sa bécane.

— Franchement, soupira Paulie, je suis un saint de supporter ce crétin.

— Qu'est-ce qu'il a encore fait ?

— Il est lui, c'est tout. Je lui avais demandé de ranger, de faire un peu de ménage. Passer l'aspirateur. Balayer. Au lieu de ça, il a pris deux heures pour déjeuner. Il prétend être allé chez le dentiste à cause de ses « racines ». Il me raconte des salades. Si c'était pas le petit frère d'Eileen, y a longtemps que je l'aurais foutu dehors à coups de pied au cul.

— Tu es un grand sentimental, Paulie. Tu l'as toujours été.

— Ça, tu peux le dire !

Paulie entreprit de fermer la boutique et commença à baisser les stores et à retirer les bijoux des vitrines. Mark avait toujours trouvé triste que des gens mettent en gage leur alliance, leur bague de fiançailles ou leurs décorations. Paulie lui avait appris que la plupart n'étaient pas rachetés par leurs propriétaires, mais par des amateurs de bonnes affaires. Il calculait les prix au plus juste et n'avait jamais cherché à s'enrichir.

Mark attendit sans rien dire qu'il ait fini de ranger les bijoux et le contenu de la caisse dans le coffre-fort. Paulie revint ensuite s'appuyer au comptoir vitré, dans lequel étaient exposés des articles en argent : couverts, tabatières, porte-cartes, poudriers...

— Qu'est-ce qui t'amène, Boyko ? Tu veux faire une virée au salon de massage ? Je peux passer un coup de fil. Tu te souviens du prénom de la fille ?

— Je ne suis pas venu pour ça.

— Non ? Pourtant ça te ferait du bien. Je me trompe ?

Mark s'épargna de répondre en sortant de sa poche le ticket trouvé dans le sac de Pete. Le talon devait être là, ou dans l'autre boutique. Paulie regarda le ticket, puis son frère.

— Dis-moi ce qu'elle a mis en gage.

— Non.

— Non elle n'a rien mis en gage ? Non tu ne veux pas me le dire ? Ou non ce ticket ne vient pas de chez toi ?

— Tu connais les règles, Boyko. C'est confidentiel.

— En tant que policier...

Paulie s'esclaffa.

— Pas de ça avec moi ! Pour commencer, il te faudrait un mandat, et je vois mal un juge t'en accorder un sans motif sérieux.

— Paulie, Pete me l'a caché. C'est peut-être important.

— Important pour qui ou pour quoi, Boyko ?

Mark ne pouvait se résoudre à le lui dire. Tout ce qu'il voulait savoir, c'était ce que sa femme avait mis en gage. Le ticket portait la date du 31 juillet. Ç'aurait pu être un détail. Sauf que c'était le lendemain du jour où il avait découvert Teo inconsciente dans son lit.

Comme il se taisait, Paulie enchaîna :

— Demande à Pete.

— L'objet qu'elle t'a apporté, il est ici ? Si je fais le tour de la boutique, je finirai par tomber dessus ?

— Tu joues à quoi, là ? T'attends que je te dise « Chaud, froid » ? Tu peux toujours courir !

— Bon Dieu, je suis ton frère !

— Ça, je risque pas de l'oublier.

— Dans ce cas, tu dois…

— Rien du tout, Boyko. Pete m'a fait confiance, et je ne la trahirai pas, point barre. Maintenant, ça te dit d'aller boire une bière ? Ou un truc plus fort si tu préfères ? C'est moi qui régale.

Mark secoua la tête. Ce qu'il attendait de son frère, ce n'était pas une bière. C'était la vérité, et il savait qu'il ne l'obtiendrait pas.

9 août

NEW END SQUARE
HAMPSTEAD
NORD DE LONDRES

Il n'était pas encore 7 heures quand Winston Nkata arriva chez les Bontempi. Cela faisait des années qu'il n'avait pas passé toute la nuit à travailler, aussi se sentait-il épuisé malgré les trois tasses de café qu'il avait bues avant de se mettre en route. Elles s'ajoutaient à toutes celles qu'il avait vidées en visionnant des bandes de vidéosurveillance avec les deux constables que Lynley avait empruntés à Hale. En définitive, ils avaient isolé 19 individus qui avaient éveillé leur curiosité ou sonné pour entrer dans l'immeuble de Teo Bontempi le soir de son agression. La qualité des images laissait beaucoup à désirer, mais ils n'avaient pas pu obtenir mieux et comptaient sur les techniciens du labo pour les améliorer. Il avait conseillé aux constables de prendre deux heures de repos avant de passer à l'étape suivante : la recherche des patientes dont Lynley et Barb Havers avaient récupéré les dossiers à la clinique de Kingsland High Street.

Après avoir garé sa voiture devant l'impressionnante demeure des Bontempi, il fut tenté de piquer un somme. Toutefois, en guise de pause, il se contenta d'écouter le bulletin météo, qui promettait une nouvelle journée caniculaire. Au moins, pensa-t-il avec ironie, les trains continuaient à rouler alors que d'ordinaire ils s'arrêtaient à la moindre intempérie. Un automne, le trafic ferroviaire s'était même interrompu à cause des feuilles qui encombraient les voies.

Il appela sa mère, qui était sans doute déjà levée, avait préparé le café et commençait à se demander pourquoi il n'était pas encore attablé face à elle. Apprenant qu'il avait passé la nuit au bureau, elle s'inquiéta.

— Tu manges bien, hein, trésor ?

Afin de la rassurer, il promit d'avaler quelque chose de chaud à midi, pour compenser le petit déjeuner qu'il avait sauté. Ayant raccroché, il descendit de voiture. Une odeur d'herbe mouillée flottait dans l'air. Apparemment, dans le quartier, quelqu'un se fichait pas mal des restrictions. À moins que la pelouse n'ait été choyée à l'eau de vaisselle ou de lessive ?

Devant la porte, chargé d'une liasse de clichés extraits des images de vidéosurveillance, il sonna. Il attendit quelques secondes avant de recommencer. Des pas résonnèrent dans le vestibule, les verrous furent ouverts, et il se retrouva face à Solange Bontempi, vêtue d'un tailleur pantalon ajusté et d'un chemisier boutonné jusqu'au cou. Pas une mèche ne s'échappait de son chignon.

Elle parut étonnée de le voir, puis comprit ce que pouvait signifier cette visite matinale.

— Bonjour, sergent. Vous nous apportez des nouvelles ?

— Je crains que non, mais j'aurais quelques questions à vous poser. Je peux entrer ?

Elle ouvrit la porte en grand.

— Oui, bien sûr. J'étais en train de préparer le petit déjeuner de Cesare. À qui désirez-vous parler ? À Rosie ? À mon mari ou à moi ? Venez, je vous en prie.

Nkata la suivit jusqu'à la cuisine. Des paquets enveloppés dans du papier alimentaire étaient disposés sur le plan de travail, ainsi qu'une coupe à fruits, une épaisse tranche de fromage et une corbeille de petits pains. Sur un brûleur, une cafetière à deux étages sifflait en émettant de la vapeur.

— Cesare ne s'est jamais plié aux usages anglais concernant le petit déjeuner, expliqua Solange. À la réflexion, je dirais même qu'il ne s'est jamais habitué à la gastronomie britannique en général.

Elle déballa de la charcuterie, vraisemblablement italienne, qu'elle plaça sur un plateau avec une part de fromage qui sentait extrêmement fort et qui, à la grande surprise de Nkata, lui mit l'eau à la bouche. Puis elle sortit du four un cake aux graines de pavot qu'elle démoula sur un plat. Elle en coupa une tranche, jeta un coup d'œil à Nkata et en coupa une seconde à son intention. Elle préleva ensuite dans la corbeille deux petits pains, tous deux destinés à Cesare. Elle haussa un sourcil en direction de Nkata, qui déclina. Après avoir complété le plateau avec des fruits, elle le recouvrit d'un torchon et regarda l'horloge.

— L'aide à domicile est en retard, fit-elle remarquer. D'habitude, elle arrive à 6 h 30. J'ai cru que c'était elle qui sonnait parce qu'elle avait oublié sa clé.

Elle éteignit le gaz sous la cafetière et remplit un petit pichet de lait.

— Il n'en boit jamais, précisa-t-elle. Mais si je n'en mets pas sur le plateau il me le reprochera. Ah ! les hommes... Je vous écoute, sergent.

— Vous ne lui apportez pas son déjeuner ? demanda Nkata avec un mouvement de tête en direction de l'escalier.

— Il dort encore. En tout cas, il dormait quand je l'ai laissé. Que vouliez-vous savoir ?

— Quand avez-vous parlé à Teo pour la dernière fois ? demanda-t-il en consultant ses notes pour se rafraîchir la mémoire. Vous avez dit qu'elle était venue voir son père il y a trois semaines. Vous avez échangé avec elle par la suite ?

Solange jeta un coup d'œil au calendrier accroché au-dessus du téléphone.

— Oui, répondit-elle. C'était il y a dix jours, je crois.

Solange expliqua alors que, si Teo s'arrangeait pour venir une ou deux fois par semaine depuis l'AVC de son père, son travail l'en empêchait parfois. Mais il ne se passait pas une journée sans qu'elle l'appelle.

— Dans les jours qui ont suivi sa dernière visite, nous nous sommes inquiétés de ne pas avoir de ses nouvelles. Nous avons compris pourquoi plus tard.

— Quand on l'a trouvée inconsciente chez elle ?

— Oui. Vous ne la connaissiez pas, forcément, dit Solange avec un petit sourire triste. Mais Teo était la fille dont n'importe quels parents auraient rêvé.

— C'était votre cas ? demanda Nkata.

— Pardon ?

— Vous la vouliez ?

La perplexité se peignit sur les traits de Solange.

— Je ne comprends pas, reprit-elle. Bien sûr que nous la voulions !

— Si on m'a bien renseigné, vous souhaitiez un bébé, mais vous vous êtes retrouvés avec en prime une fillette. Peut-être auriez-vous préféré n'avoir qu'un bébé ?

— Oh non ! protesta Solange. Non, non. Au départ, nous voulions un bébé. En découvrant que celui que nous avions prévu d'adopter avait une grande sœur, nous avons hésité. Puis nous avons rencontré Adaku, comme on l'appelait alors. Et nous sommes tombés sous son charme. Mais même dans le cas contraire, jamais nous n'aurions séparé les petites. Elles avaient déjà perdu leur mère, leur père, leur tante, leurs cousins… Ç'aurait été trop cruel de les priver de la dernière personne avec laquelle elles étaient liées par le sang.

— Elle le savait ? demanda-t-il.

Au fond de la cuisine, une porte donnant sur le jardin s'ouvrit soudain et une jeune femme entra.

— Vous voilà enfin, Katie !

— Je suis désolée, madame. Laissez-moi faire.

— Nous avons de la chance qu'il ne soit pas déjà en train de hurler.

Solange versa un liquide ressemblant à de l'huile de moteur dans une tasse en porcelaine qu'elle posa sur le plateau. Katie s'en empara, puis salua Nkata de la tête avant de sortir.

— Quelle était votre question, sergent ? s'enquit Solange.

— Est-ce que Teo savait que vous la vouliez, elle aussi ?

Elle déposa un morceau de sucre dans une tasse et servit un autre expresso qu'elle offrit à Nkata, qui déclina.

— Nous le lui disions souvent, affirma-t-elle en remuant son café. Je suis certaine qu'elle le savait. Et Cesare l'adorait. Ils s'entendaient… Comment dit-on ? Comme lurons en fête ?

— Larrons en foire ?

— C'est ça ! Je n'ai jamais compris cette expression.

Nkata sourit.

— Moi non plus. Mais je vois ce que vous voulez dire.

— Oui, ils étaient très…

Au même moment, Rosie fit irruption dans la pièce en criant :

— Maman !

Puis elle s'adressa à sa mère en français tout en resserrant la ceinture de son peignoir jaune.

— Pourquoi tu ne m'as pas avertie ?

— Je ne t'ai pas réveillée parce que c'est à moi que le sergent souhaitait parler.

— Je suis venu informer Mme Bontempi des progrès de l'enquête, intervint Nkata.

— Vous en êtes où, alors ? demanda Rosie en plissant les yeux avec méfiance.

— Votre mère vient de m'expliquer dans quelles circonstances vous aviez été adoptées, Teo et vous. Il semble que vous ayez mal interprété la situation.

Une veine palpita sur la tempe de Rosie. Elle tentait de comprendre d'où le vent soufflait, avec quelle force, et ce qu'elle pouvait faire pour éviter qu'il se transforme en ouragan.

— Ah oui ? dit-elle enfin. Comme c'est bizarre.

— Je ne vous le fais pas dire ! Pourquoi m'avoir raconté que vos parents avaient été forcés de prendre Teo alors qu'ils ne voulaient que vous ?

— Rosie ! s'exclama sa mère. Comment as-tu pu penser une chose pareille ? Est-ce que Teo le croyait aussi ?

— On parlera de ça plus tard, répliqua Rosie. Je dois me préparer pour le travail.

— Vous allez devoir attendre un peu, dit Nkata.

Il lui tendit les clichés qu'il avait apportés.

— Vous reconnaissez quelqu'un ?

Rosie regarda la première photo, puis la deuxième, les sourcils froncés.

— Je ne vois pas comment on pourrait identifier quelqu'un là-dessus.

Elle plissa les yeux, comme si cela allait rendre les photos plus nettes. Après les avoir toutes examinées, elle secoua la tête.

— Désolée.

— Pas de souci. Nos techniciens s'efforcent d'améliorer la résolution. Je vous les montrerai à nouveau quand nous aurons des tirages de meilleure qualité.

Cette perspective ne parut guère enchanter Rosie.

— J'aimerais en savoir un peu plus sur vos relations avec votre sœur, reprit Nkata.

— C'est-à-dire ?

— Eh bien, vous avez une drôle de manière de parler de votre relation à toutes les deux. Il semblerait qu'entre Rosie et Teo, précisa-t-il à l'intention de Solange, ça ne se passait pas toujours bien. Les voisins de Teo les ont entendues se disputer bruyamment.

— Rosie, de quoi parle-t-il ? Tu t'es disputée avec ta sœur ?

— Votre fille a prétendu qu'elle reprochait à Teo de ne plus venir voir leur père. Mais d'après ce que vous m'avez dit, ce n'était pas le cas.

Solange s'écarta du plan de travail.

— Rosie, est-ce que tu... ?

Elle marqua une pause avant de poursuivre.

— Pourquoi as-tu menti à la police, Belle ?

— Parce que ce dont Teo et moi avons parlé ne les regarde pas. Elle l'avait jeté, maman ! Elle ne voulait plus de lui. Tout ce qu'elle voulait, c'était l'Afrique, et rien que l'Afrique. Et malgré tout ce que Ross avait représenté pour elle il n'était pas l'Afrique, et il ne pouvait pas faire semblant de l'être. C'est tout ce qui comptait pour elle. Mais pas pour moi. Pour moi, ça n'a aucune importance et ça n'en aura jamais.

— Qu'est-ce que tu entends par là, Rosie ?

— Je suppose qu'elle fait allusion au fait que sa sœur s'était séparée de son mari, intervint Nkata.

— Il avait fini par tourner la page, continua Rosie. Il ne l'aimait plus. Je ne lui aurais jamais brisé le cœur, moi. Il le savait, et il le sait toujours. On est ensemble maintenant. Et ça, elle ne le tolérait pas. Elle ne voulait pas de lui, mais elle ne voulait pas non plus que je l'aie. Ça n'a plus aucune importance, à présent. C'est trop tard.

Solange se dirigea vers la table placée sous la fenêtre et s'assit. Les bras croisés, Nkata resta appuyé contre la cuisinière en inox. Rosie resserra le col de son peignoir.

— Je l'ai aimé la première, maman. Il m'a sauvée. Tu te rappelles ? J'étais en train de me noyer dans la mer. Il m'a vue me débattre et il a plongé sans hésiter. Personne n'avait rien remarqué. Il m'a dit : « Ne t'inquiète pas, Rosie. Je te tiens. » Puis il m'a ramenée vers le rivage. C'est là que j'ai compris.

— Tu avais 6 ans, Rosie. Tout le monde s'est jeté à l'eau pour te secourir. Ross est arrivé le premier, c'est tout.

— C'est faux ! Il n'y avait que lui. On était faits l'un pour l'autre. Mais Teo s'est dressée entre nous alors qu'elle ne l'aimait même pas. Elle ne l'a jamais aimé, malgré tout l'amour qu'il lui donnait. Mais c'est fini maintenant, je suis là et... Là, elle ne peut plus m'en empêcher. Je suis libre de lui donner ce qu'elle ne peut pas, ce qu'elle n'a jamais pu et ce que de toute manière elle ne voulait pas lui donner.

Nkata regarda tour à tour Solange puis Rosie.

— Enfin, de quoi parles-tu ? demanda la première.

Rosie jeta un coup d'œil à Nkata, peut-être pour voir comment il allait réagir à l'aveu qu'elle s'apprêtait à faire.

— On comptait vous l'annoncer tous les deux, Ross et moi, une fois que... Teo ne voulait pas d'enfants, ni de lui ni de personne. Mais moi si, et j'en aurai bientôt un. C'est ça que j'étais allée lui dire.

— Vous vous êtes pointée chez votre sœur pour lui dire que vous alliez avoir un gosse avec son ex-mari ? demanda Nkata.

— Exactement !

Rosie leva le menton avec un air de défi, comme une mauvaise actrice de téléfilm.

— Elle l'aurait appris tôt ou tard. Ça fait plusieurs mois qu'on est ensemble, lui et moi. Je le voulais, il me voulait, et maintenant je vais lui donner le bébé qu'il attendait d'elle.

Solange était restée parfaitement immobile pendant la confession de sa fille. Soudain, elle ferma les yeux et porta une main à son front.

— Mon Dieu, Belle…, murmura-t-elle.

— Quoi ? Ross et moi, on va te donner le bébé que tu espérais. Ne me dis pas que tu n'en rêvais pas ! Les parents de Ross aussi en rêvaient. Ils vont être fous de joie.

Solange laissa retomber son bras.

— Qu'est-ce que tu as dit à ta sœur ? demanda-t-elle.

— Maman, elle le maintenait dans l'espoir. Comme je voulais que ça cesse, je lui ai dit. Qu'est-ce que ça change ? Elle ne l'aimait pas. Et elle ne voulait pas d'enfants avec lui, elle…

— Bien sûr que si ! cria soudain Solange. Ils ont essayé d'en avoir, mais elle était trop abîmée !

Rosie dévisagea sa mère. Puis elle regarda Nkata, qui resta impassible.

— Comment ça, « abîmée » ? demanda-t-elle.

Solange fondit en larmes. Incapable de répondre, elle se leva et quitta la pièce.

Rosie se tourna alors vers Nkata.

— Qu'est-ce qu'elle a voulu dire ?

Il ne voyait aucune raison de lui cacher la vérité.

— Votre sœur a été mutilée. Avant votre naissance, au Nigeria.

— Mutilée ?

— On l'a excisée. Un travail de boucher. Je suppose que vos parents ne voulaient pas que vous le sachiez. Ou c'était elle qui ne voulait pas.

Rosie déglutit.

— Vous mentez. C'est une technique de flic. Vous racontez des mensonges aux gens pour leur arracher des aveux.

— À la télé, peut-être, mais pas dans la réalité. Et quel intérêt j'aurais à vous mentir à ce sujet ?

— Ross m'en aurait parlé. Il me l'aurait dit.

— Peut-être qu'il n'avait pas envie que vous vous mêliez de sa vie privée. Sa vie avec votre sœur, je veux dire. Peut-être qu'elle ne souhaitait pas que vous le sachiez, et qu'il a respecté sa volonté.

— Elle ne voulait plus de lui… Et lui avait tourné la page…

Elle se mit à fixer le sol.

— Laissez-moi, s'il vous plaît.

THE MOTHERS SQUARE
LOWER CLAPTON
NORD-EST DE LONDRES

Le changement des draps souillés par Lilybet offrit à Mark Phinney l'occasion qu'il attendait. C'était une tâche qui nécessitait d'être deux, et ce matin-là il y avait urgence, car la couche de leur fille avait débordé pendant la nuit. L'odeur était tellement atroce qu'il avait du mal à respirer. Pete ne semblait pas gênée, elle. Comment faisait-elle ? À dire vrai, il ne l'avait jamais vue reculer devant aucune difficulté.

Comme à son habitude, elle paraissait calme et posée, son tee-shirt blanc rentré dans son jean, les cheveux coiffés en arrière et fixés par des barrettes. On distinguait quelques mèches grises, qu'elle ne dissimulerait sans doute jamais.

Ils avaient fait la toilette de Lilybet ensemble, l'un lui ôtant sa couche et son pyjama pendant que l'autre la soulevait. Mark avait effacé les traces de l'« accident » avec un gant tandis que Pete calmait leur fille en lui fredonnant une chanson sur l'air de *Con Te Partirò*, le tube de cet Italien aveugle dont Mark oubliait toujours le nom. Puis ils avaient porté Lilybet jusqu'à la baignoire. Ils étaient occupés à la laver de la tête aux pieds quand Robertson arriva.

— Bonjour ! lança l'infirmier à la cantonade.

— Par ici ! répondit Mark.

Robertson se dirigea vers la salle de bains. En chemin, il s'arrêta sur le seuil de la chambre de Lilybet.

— Houla ! Je me charge du lit ou vous avez besoin d'aide pour le bain ?

Mark n'avait pas d'avis sur le sujet, les deux représentant une corvée, mais Pete si.

— Le lit, s'il vous plaît, Robertson !

Elle ne voulait pas que Lilybet se sente humiliée, même si rien ne prouvait que la honte fasse partie de son répertoire d'émotions.

Parfait, pensa Mark. Cela lui laisserait plus de temps pour deviner ce que Pete avait mis en gage chez Paulie, et pour quelle raison. Il n'aurait su dire laquelle de ces deux questions – quoi ou pourquoi – l'inquiétait le plus.

Avait-il besoin ou même envie de le savoir ? Quelques jours plus tôt, il aurait sans doute répondu par la négative. Mais le fait que Pete ait découvert sa liaison avec Teo changeait la donne.

La dimension charnelle de leur relation ne la dérangeait pas. Qu'ils aient des rapports sexuels, complets ou non, ne lui posait aucun problème. Pendant des années, elle l'avait d'ailleurs encouragé à trouver un moyen d'« évacuer la pression », comme elle disait. Mais, si elle ignorait que le désir et les fantasmes que Teo avaient fait naître chez lui n'avaient pas abouti à grand-chose, elle avait compris que son cœur, plutôt que son corps, était compromis. Elle s'était alors retrouvée face à sa plus grande frayeur : qu'en la trompant avec sa bénédiction, il ait rencontré une femme avec laquelle il pourrait avoir une relation authentique ; qu'il décide de la quitter parce que la demi-vie qu'elle lui offrait ne lui suffisait plus. Il était conscient que la peur d'être abandonnée expliquait en partie le dévouement de Pete envers leur fille. En se montrant capable de gérer la situation, elle espérait le convaincre de rester.

— Prête à sortir de l'eau, mon amour ? gazouilla Pete.

Elle souleva Lilybet sans effort. Au fil des ans, elle avait acquis une certaine force physique. Pendant qu'elle soutenait le corps frêle de leur fille, Mark enveloppa l'enfant dans sa cape de bain et rabattit sur sa tête la capuche en forme de bec de canard.

— Comme tu es jolie ! dit-il en se forçant à paraître enjoué.

— On a oublié le fauteuil, fit remarquer Pete. Tu peux aller le chercher, Mark ?

Il le pouvait, et il y alla. Il trouva Robertson en train de terminer le lit.

— Je m'en occupe, dit l'infirmier en le voyant empoigner le fauteuil roulant. Vous travaillez aujourd'hui, non ?

— Oui. Mais rien ne presse.

— Allez donc déjeuner. La journée va être longue.

Mark ne se fit pas prier. Il se rendit à la cuisine où il prépara du café, sortit les céréales du placard et mit la table.

Tout en s'affairant, il se demanda comment la situation aurait évolué si Teo avait toujours été en vie. Aurait-il fini par nourrir le terrible espoir que Lilybet meure pour pouvoir quitter Pietra ? Il répugnait à croire qu'il serait tombé aussi bas : souhaiter la mort de sa fille afin de plaquer sa femme pour une autre... En réalité, il n'en savait rien. Il n'avait pas eu l'occasion de le découvrir, parce que Teo n'avait jamais rien exigé de lui.

Peut-être ne serait-elle restée qu'un fantasme. Un moyen, dans les moments de déprime, d'occuper son esprit à rêver d'une vie avec elle. Celle d'un couple profondément et durablement épris, qui n'aurait pas hésité à s'afficher. Tous les regards auraient convergé vers eux quand ils... Ils auraient fait quoi ? Ils auraient passé leurs vacances aux sports d'hiver ? Dîné dans des restaurants chic ? Ils se seraient promenés dans les parcs londoniens ? Se seraient soutenus, confiés l'un à l'autre, auraient cultivé des centres d'intérêt communs ? En voyant cette magnifique créature à son bras, les hommes auraient été fous de désir et les femmes dévorées par la jalousie. Teo aurait conquis la famille de Mark grâce à sa générosité ; Mark aurait séduit celle de Teo par son dévouement. Ils auraient eu une maison en ville et une autre à la campagne, où ils... Ils auraient cultivé un potager ? Promené leurs chiens ? Ils se seraient rendus à la fête du village main dans la main et auraient salué leurs voisins ? Ils auraient commémoré la nuit de Guy Fawkes en faisant exploser des pétards ? Ce n'étaient là que des chimères. Tout ce qui avait jamais compté pour lui c'était ce qu'il voulait lui, et non ce que Teo endurait. Parce qu'il ignorait qu'elle souffrait, parce qu'elle ne lui avait pas dit qu'elle souffrait, parce qu'il était trop occupé à l'imaginer assouvissant ses désirs pour se demander ce qu'elle désirait ou s'il était capable de la satisfaire.

Une conversation entre Robertson et Pete le tira de sa rêverie.

— Vous devriez surveiller ça, disait l'infirmier. Si ça se trouve, elle développe une intolérance à quelque chose. Qu'en pense votre médecin ?

— Je ne l'ai pas appelé.

— Vous devriez, avant que ça s'aggrave. Dans son état, on doit toujours craindre des complications, vous savez.

Ils parlaient de Lilybet, bien sûr, mais Mark n'avait pas la moindre idée de ce qui les inquiétait. Au cours des derniers mois, il ne s'était préoccupé que de lui-même. Son tort, ce n'était pas d'avoir désiré quelque chose, mais de l'avoir désiré aveuglément, au point d'ignorer tout le reste.

Il devait parler à Pete sans détour. Il lirait sur son visage si elle était sincère ou pas. Pete mentait mal. D'après son expérience, d'ailleurs, seuls les psychopathes mentaient bien. Il n'aurait donc qu'à l'interroger pour obtenir les réponses aux questions qu'il se posait : quoi et pourquoi ? Même si cette discussion l'obligeait à dévoiler ses sentiments pour Teo. Même si la vérité qu'elle ferait émerger risquait de détruire leur univers, si pathétique et étriqué soit-il.

— Nous voici, papa ! annonça Pete en poussant le fauteuil de Lilybet dans la cuisine. On veut des œufs brouillés et des toasts, ce matin. Avec du beurre et de la confiture de fraises. Miam, quel régal ! Tu peux t'en occuper, papa ? Sinon, je m'en charge. Reste assis. Tu prends juste des céréales ? Ce n'est pas bien. Pour une fois, prenons un vrai petit déjeuner, tous les trois. Avec Robertson, s'il en a envie. Robertson ? cria-t-elle en direction de la chambre de Lilybet. Des œufs et des toasts ? De la confiture de fraises ?

— Je m'en occupe, Pete.

— Pas question. Tu en as assez fait pour ce matin. N'est-ce pas, Lilybet ? Ton papa en a fait assez comme ça.

Avachie dans son fauteuil, Lilybet se mit à agiter les mains.

— Elle applaudit ! s'exclama Pietra. Elle comprend !

— Pete, il faut qu'on parle, dit Mark.

— Mais regarde-la ! Elle applaudit ! C'est la première fois !

— Robertson ? appela Mark. Vous pouvez venir ?

L'infirmier apparut sur le seuil de la cuisine, un paquet de linge sale plaqué contre le ventre.

— J'ai besoin de parler à Pete, expliqua Mark. Vous pouvez rester un moment avec Lilybet ?

— Bien sûr, répondit Robertson. Elle va m'aider à préparer des œufs brouillés. N'est-ce pas, Lily ?

Lilybet agitait toujours les mains.

Mark prit sa femme par le bras et l'entraîna vers leur chambre. Là, il ferma la porte et se planta face à elle.

— On peut parler de la boutique de prêt ? attaqua-t-il.

— Laquelle ? Celle de ton frère ?

— Plutôt celle que tient Stuart. Tu sais, le beau-frère de Paulie. Paulie tient la boutique du bas de la rue, et Stuart celle du haut.

Mark avait conservé le ticket dans la poche de son pantalon. Il l'en sortit et le montra à Pete.

— J'aimerais que tu me dises ce que tu as mis en gage, et pour quelle raison.

Elle fixait le ticket, aussi immobile qu'une statue.

— Pete ?

— Je ne sais pas d'où tu sors ça, dit-elle enfin. Franchement, Mark, ajouta-t-elle avec un mouvement du bras qui englobait la pièce et, supposa-t-il, l'ensemble de la maison. Qu'est-ce que je pourrais bien mettre en gage ?

— S'il te fallait de l'argent, pourquoi tu ne me l'as pas dit ? Je ne t'ai jamais rien refusé, si ? Chaque fois que Lilybet ou toi avez eu besoin de quelque chose… Tu vas me dire ce qui se passe, Pete ?

— Il ne « se passe » rien, répliqua-t-elle en mimant des guillemets. Qu'est-ce qui pourrait bien « se passer » ? Comme si j'avais le temps de faire les boutiques. De prêt, en plus !

— Ce ticket était dans ton sac.

— Tu as fouillé…

— Je t'avais avertie que je prenais quelques billets dans ton porte-monnaie. C'est comme ça que je l'ai trouvé.

— Pourquoi ne pas m'en avoir parlé tout de suite ?

Pourquoi ? Parce que, au fond, il n'avait pas envie de savoir. *Et pourquoi ça, Mark ?* se demanda-t-il. *Tu as peur de quoi, mon vieux ?*

— Sur le coup, je n'y ai pas pensé, mentit-il. Mais maintenant…

— Tu te poses des questions pour rien. Je retourne à la cuisine. Je dois préparer le petit déjeuner de Lilybet.

Le ticket lui brûlait la main.

— Ton secret est bien gardé avec Paulie, reprit-il. Il n'a rien voulu me dire. Est-ce qu'il sait pourquoi tu as mis quelque chose en gage ?

Elle secoua la tête.

— Je n'ai rien mis en gage, Mark.

Puis elle sortit.

Pourquoi, se demanda-t-il, ne l'avait-elle pas regardé une seule fois dans les yeux ?

HACKNEY
NORD-EST DE LONDRES

— Je vous ai déjà tout dit, sergent. Je n'ai rien à ajouter.

— Ça, j'en doute. Je peux entrer ?

— Vous avez vu l'heure ?

— Croyez-moi, tout ça me gonfle autant que vous, monsieur Carver, soupira Barbara.

Elle jeta un coup d'œil par-dessus son épaule. Dans la cour de la ferme, de l'autre côté de la rue, un coq faisait un raffut infernal.

— Vous arrivez à dormir avec ce boucan ?

— Avec des bouchons d'oreilles en silicone, oui. Ç'a été mon premier achat quand je me suis installé ici.

— Je suppose que le deuxième c'était de l'encens. Je vous repose la question : est-ce que je peux entrer ? J'imagine que vous n'avez pas très envie que les voisins me voient. Ils pourraient se faire des idées, et votre réputation en prendrait un coup.

Jusqu'à présent, l'unique point positif de la matinée, c'était qu'elle avait enfin pu déguster une Pop-Tart aux fruits des bois. Et pas qu'un seul, pour être honnête. Pour rattraper le temps perdu, elle en avait englouti deux avec une tasse de thé très noir. Mais c'était au volant, et elle avait renversé la moitié de son thé sur le tapis de sol de la Mini. Elle avait cependant réussi à ne pas tacher ses vêtements, ce qui constituait déjà un exploit.

Son portable avait sonné précisément au moment où le grille-pain éjectait les deux Pop-Tarts, diffusant dans sa maison un puissant arôme chimique mêlé à des relents de brûlé. Après que Winston Nkata lui eut relaté sa conversation avec Rosie Bontempi et sa mère, elle avait enveloppé son déjeuner dans un torchon et empoigné son mug de thé avant de gagner sa voiture, bien décidée à tailler une bavette avec Ross Carver. À une heure aussi matinale, elle était certaine de le trouver chez lui.

Il n'avait pas chômé depuis sa précédente visite, il y avait moitié moins de cartons sur le balcon. Ceux qui manquaient avaient sans doute atterri à Streatham.

— Étant donné que je suis malheureusement réveillé et levé, dit-il, autant que vous entriez.

Lui tournant le dos, il se dirigea vers le fond de l'appartement, comme pour lui laisser le temps de se décider.

Carver ne portait qu'un pantalon de survêtement qui bâillait à la taille. Son torse musclé témoignait de longues heures passées à soulever de la fonte. « De quoi tomber en pâmoison », aurait sans doute commenté Dee Harriman. Il disparut dans la chambre, où Barbara supposa qu'elle n'était pas invitée à le suivre. Elle entendit un tiroir s'ouvrir puis se refermer. Il ressortit moins d'une minute plus tard habillé d'un jean et d'un tee-shirt imprimé du logo du marathon de Londres. Il était toujours pieds nus et ses cheveux décoiffés pendaient librement.

À peine trois pas séparaient le salon de la cuisine. Ross s'approcha de l'évier et remplit la bouilloire électrique. Il prit ensuite un mug dans le placard et proposa un café à Barbara. Plutôt du thé, répondit-elle. S'il en avait sous la main, ce ne serait pas de refus. Quand il ouvrit le réfrigérateur pour y prendre la bouteille de lait, elle remarqua qu'il ne contenait pratiquement que des plats préparés. Carver sortit une barquette et la vida sur une assiette qu'il enfourna dans le micro-ondes. Après avoir réglé le minuteur, il se retourna vers Barbara.

— Eh bien ? dit-il. J'imagine que ce n'est pas une simple visite de courtoisie. Mais je vous le répète : je vous ai dit tout ce que je savais.

— C'est possible, admit Barbara. Dois-je en déduire que vous n'êtes pas au courant pour Rosie ?

L'inquiétude se peignit sur le visage de Carver.

— Rosie ? Il lui est arrivé quelque chose ?

— Oui et non. Elle ne vous a pas annoncé la bonne nouvelle ?

Le micro-ondes tinta. Carver en sortit l'assiette, prit des

couverts dans un tiroir et attaqua son repas debout, appuyé au plan de travail.

— Quelle bonne nouvelle ?

— Elle est enceinte.

— Enceinte ?

— De vous, à ce qu'elle raconte. Selon elle c'est le destin, vous êtes faits l'un pour l'autre, tout ça tout ça. D'après elle, c'était écrit dans les étoiles. Elle et vous, je veux dire. Pas Teo et vous.

Ross avait cessé de manger.

— Comment est-ce que… Comment c'est arrivé ?

— De la façon habituelle, je pense, sauf si l'ange Gabriel lui a présenté le Saint-Esprit pendant qu'elle lavait ses culottes à la rivière. Vous avez l'air estomaqué, monsieur Carver. Je me trompe ?

Ross se retourna et posa son assiette dans l'évier. Visiblement, il avait perdu l'appétit. Il mit un sachet de thé dans une tasse, et versa du café moulu dans une cafetière à piston.

Barbara le regarda faire, puis reprit :

— Si Rosie a dit la vérité, ça pourrait expliquer que Teo ait demandé à vous parler. Sa sœur lui avait tout balancé. C'est sans doute la source de l'engueulade que les voisins ont entendue. Au début, elle a raconté à mon collègue qu'elle avait reproché à Teo de délaisser leur père, et que Teo l'avait mal pris. Maintenant, elle affirme qu'elles se sont disputées à cause de sa grossesse et de vous. Elle dit que Teo ne voulait pas de vous, qu'elle vous a jeté comme une vieille chaussette. Cette histoire avec Rosie, c'est sérieux ? Si je vous pose la question, c'est qu'on n'arrive pas à voir clair en elle. C'est votre nouvelle chérie, ou alors vous tirez juste votre coup à l'occasion tout en restant marié à sa sœur ?

Ross rouvrit le réfrigérateur, cette fois pour y prendre une bouteille de jus de fruits, grenade ou canneberge. Il en remplit un verre et le but. Il ne bougea même pas quand la bouilloire électrique s'éteignit avec un déclic. Il semblait avoir oublié le thé et la cafetière.

— Vous êtes toujours aussi brutale ou vous faites une exception pour moi ?

— Si vous m'en disiez un peu plus sur votre relation avec la sœur de Teo Bontempi, monsieur Carver ? Je vais tâcher d'être gentille, mais je ne peux rien vous promettre.

— OK.

Il commença par verser de l'eau chaude dans le mug destiné à Barbara et le poussa vers elle. Puis il remplit la cafetière et actionna le piston en prenant son temps.

— Teo, dit-il enfin.

— Teo quoi ?

— Ça a toujours été elle que je voulais.

— Alors comment vous vous êtes retrouvé avec Rosie ?

— Elle le sait. Je le lui ai dit. Je ne lui ai pas menti.

— Vous pourriez être plus clair ?

— Rosalba sait que Teo était tout pour moi. Personne ne l'ignorait. Je vous l'ai dit : nous étions ensemble depuis ses 16 ans. Mais quand Teo m'a mis dehors, Rosalba s'est sentie... Elle a voulu me consoler, m'offrir une épaule sur laquelle pleurer. Appelez ça comme vous voudrez.

— Apparemment, vous ne vous êtes pas servi que de son épaule...

— Je ne lui demandais rien. C'est elle qui est venue vers moi. Quand ça a commencé...

— « Ça » ?

— Le sexe. Chaque fois je me disais : « Juste ce soir, et après c'est fini. » Je le pensais sincèrement. Mais elle revenait toujours. Qu'est-ce que je pouvais faire ?

— Ne pas lui ouvrir, par exemple. Mais vous la laissiez entrer, hein ? Ça se passait ici ?

Il leva les yeux, comme s'il implorait le Ciel de lui pardonner.

— C'est vrai, je la laissais entrer, avoua-t-il. Elle est magnifique. L'image de la perfection. Elle me désirait, et elle me le faisait comprendre. Moi, j'étais au fond du trou. Ce n'est pas une raison, je le sais bien. Voilà pourquoi c'est arrivé. Je ne l'aime pas. Je le lui ai dit : « Ce n'est pas de l'amour, Rosalba. Ne va pas t'imaginer des choses. C'est ta sœur que j'aime. » Et elle m'a répondu : « Alors fais comme si j'étais elle. Appelle-moi Teo. » Et je l'ai fait.

Barbara faillit se pincer pour s'assurer qu'elle ne rêvait pas.

— Vous voulez dire qu'elle jouait un rôle pour vous ? Vous couchiez avec elle parce qu'elle faisait semblant d'être sa sœur ?

— Je vous explique juste comment et pourquoi c'est arrivé. Ça me donnait un prétexte pour coucher avec elle. Je vous rappelle que c'est elle qui était demandeuse... Elle savait que j'avais besoin d'une excuse pour accepter. Et quand elle a affirmé prendre ses précautions, je l'ai crue.

— Apparemment, ce n'était pas le cas. Sa mère est au courant pour l'heureux événement. Elle était présente pendant que mon collègue interrogeait Rosie. Il voulait vérifier certains détails.

— Quel genre de détail ?

— Rosie lui avait raconté que leurs parents avaient adopté Teo uniquement pour l'avoir, elle. Que l'orphelinat avait refusé de leur confier le bébé s'ils ne prenaient pas sa grande sœur avec.

— Elle a dit ça ?

Barbara acquiesça.

— Sa mère a aussitôt démenti. Et Rosie ignorait que sa sœur avait été mutilée.

Ross courba la tête, prit une profonde inspiration, puis il la regarda.

— Teo ne voulait pas qu'elle le sache. Seuls ses parents, son médecin et moi étions au courant.

— Elle a aussi témoigné pour un reportage.

Ross versa le reste de café dans un mug sur lequel était écrit « PIAZZA SAN MARCO » au-dessus de l'image d'une cathédrale.

— Pourquoi aurait-elle fait ça ?

— La réalisatrice tentait de convaincre des jeunes filles d'évoquer les mutilations qu'elles avaient subies. Mais elles se bloquaient, sans doute par timidité, quand la caméra commençait à filmer. Alors votre femme a raconté sa propre histoire. Elle a fait promettre à la réalisatrice que la séquence ne figurerait pas dans le montage final. Néanmoins, j'ai pu la visionner. Elle avait l'air...

Barbara chercha le mot exact pour exprimer ce qu'elle avait ressenti devant Teo Bontempi.

— Elle semblait meurtrie. Je ne parle pas de la mutilation. Son corps était abîmé, bien sûr. Mais c'était autre chose. Comme si on l'avait amputée d'une partie de son... son être ? Son âme ?

Carver prit sa tasse de café et se dirigea vers le coin salon. Il s'approcha de la porte-fenêtre et resta un long moment à contempler la rue, et au-delà la ferme urbaine.

— La plupart du temps, dit-il enfin, elle parvenait à cacher cette... déchirure dont vous parlez. Je pensais qu'il était possible de la réparer.

— Avec un soutien psychologique ?

— Une psychothérapie, oui. Mais pas seulement. Comme je vous l'ai déjà dit, je voulais qu'elle voie un chirurgien. Elle refusait. Elle me répétait : « À quoi bon ? » Mais j'insistais. À force, elle s'est lassée.

— On en revient donc à l'« évaluation » qu'elle avait notée dans son agenda à la date du 24 juillet.

Carver se retourna vers Barbara.

— Vous pensez qu'elle a fini par consulter ?

— C'était peut-être de ça qu'elle souhaitait vous parler ?

— Pourquoi aurait-elle attendu si longtemps pour me le dire ?

— Ou alors elle désirait vous parler de Rosie, parce que vous l'aviez mise en cloque. Ou des deux, genre : « J'ai consulté pour toi, pour nous. Et toi, pendant ce temps, tu t'envoyais en l'air avec ma sœur. »

— Je ne voulais pas. Je...

— J'ai du mal à croire que Rosie vous ait attaché avant de vous violer. Comment était Teo au téléphone ?

— Elle ne m'a pas appelé. Elle m'a envoyé un SMS.

— C'était normal de sa part ?

— Non. Que voulez-vous dire ? Le SMS provenait bien de son numéro. Vous pensez que quelqu'un aurait pu... L'appareil était dans sa chambre. Je l'ai vu.

— On ne l'a toujours pas retrouvé.

— Vous n'avez pas réussi à le géolocaliser ?

— On a déposé une requête, mais la file d'attente est longue.

— Et l'historique de ses appels ?

— On y travaille aussi.

Barbara farfouilla dans son sac et sortit une carte de visite.

— Vous regardez la télé, j'imagine. Donc vous connaissez la chanson : si vous voyez ou entendez quoi que ce soit, passez-moi un coup de fil. Si vous recevez des nouvelles de Rosie, ou de ses parents, tenez-moi au courant. Idem si vous vous rappelez un détail que vous n'avez pas mentionné. Compris ?

Il prit la carte et la glissa dans sa poche.

— Compris.

KENNINGTON
SUD DE LONDRES

Deborah était en proie à des pensées parasites qui perturbaient son travail. Elle ruminait la discussion, ou plutôt la dispute, qui l'avait opposée à son mari et à son père, ainsi que le coup de fil que Narissa Cameron lui avait passé la veille au soir.

Deborah avait d'abord cru qu'elle voulait lui parler du documentaire, mais Narissa appelait pour une tout autre raison. La police avait débarqué chez ses parents, alertée par un voisin. En rentrant de la Maison de l'orchidée, elle avait trouvé un mot de son père sur sa porte : *« Monte, s'il te plaît »*.

« C'est à cause de ce foutu chaton, avait expliqué Narissa. Je me doutais que ça finirait par arriver. »

Sachant que la police ne se serait pas déplacée pour un chat, Deborah avait aussitôt fait le lien avec les messes basses qu'elle avait surprises entre Narissa et Zawadi.

« C'est donc vous qui hébergez Bolu Akin.

— Ils n'étaient pas censés être au courant.

— Vos parents ?

— Je ne voulais pas risquer de me retrouver à la rue. Mais après le départ des flics, mon père est descendu à l'appartement qu'ils me prêtent, au sous-sol, et il l'a trouvée. Il avait regardé les nouvelles à la télé. Ma mère aussi. Donc ils savaient qui c'était. C'est lui qui finance en grande partie mon documentaire, et il m'a menacée de se retirer. Deborah, ça m'emmerde vraiment de vous demander ça, mais…

— Elle ne serait pas plus en sécurité chez moi. »

Deborah avait expliqué à la jeune femme ce que son père pensait de la disparition de Boluwatife Akin, ainsi que la position de son mari.

« Si vous me l'amenez, l'un d'eux appellera aussitôt le commissariat local. Mon père croit dur comme fer tout ce que dit Charles Akin. Et mon mari ne veut pas que nous soyons mêlés à une affaire qui, selon lui, concerne la police. Si ça ne tenait qu'à moi, je l'hébergerais volontiers, mais je n'arrive pas à leur faire comprendre qu'elle est en danger. »

Narissa avait juré à voix basse.

« Et la femme avec qui je vous ai entendue parler au téléphone ? avait suggéré Deborah.

— Laquelle ?

— Votre... marraine ? C'est bien comme ça qu'on dit ?

— Victoria ? »

Le silence s'était prolongé.

« Elle ne pourrait pas l'accueillir pour une ou deux nuits ? avait insisté Deborah.

— Si Zawadi apprend que je l'ai déplacée, elle va me tuer. Bon Dieu, rien de tout ça ne serait arrivé si elle avait accepté le système des ordonnances de protection.

— Des quoi ?

— Ne me dites pas que vous ne savez pas ce que c'est, Deborah. Ah, c'est vrai, vous êtes blanche. Vous n'avez pas besoin de ça pour qu'on vous protège. En plus, vous habitez Chelsea !

— C'est bon, j'ai compris. Je me suis déjà excusée d'être ce que je suis, je ne vais pas recommencer. Maintenant, vous voulez bien m'expliquer ce qu'est une ordonnance de protection ?

— Une arme légale contre les mutilations génitales. Les parents reçoivent une mise en demeure. On leur confisque leur passeport et on les informe qu'ils iront en prison s'ils font exciser leur fille. N'importe qui peut déposer une demande, mais Zawadi s'y refuse. Si elle acceptait, Bolu pourrait rentrer chez elle.

— Dans ce cas, pourquoi Zawadi ne veut-elle pas...

— Parce qu'elle considère les ordonnances de protection comme une invention des Blancs pour faire croire qu'ils aident notre communauté, alors qu'ils ne font rien pour améliorer ses conditions de vie. Au cas où vous ne l'auriez pas encore remarqué, Zawadi ne croit pas aux "bonnes œuvres" des Blancs.

— Vous voulez dire qu'aucun activiste noir ne soutient ce dispositif ?

— Beaucoup y ont recours. Mais Zawadi juge qu'une ordonnance nécessite l'intervention de trop de personnes, blanches pour la plupart. Elle trouve plus simple et plus rapide de confier une victime potentielle à des sympathisants.

— Pour combien de temps ?

— Jusqu'à ce que les services sociaux aient noué avec sa famille une relation garantissant sa sécurité. »

Or, Charles Akin et sa femme refusaient catégoriquement cette solution. Ils en faisaient une question de principe et ne semblaient pas près de céder.

Ne pouvant prendre le risque d'introduire Bolu chez elle, Deborah avait décidé d'aborder le sujet des ordonnances de protection avec Zawadi à la première occasion. Narissa avait accepté de lui donner son adresse personnelle. Aussi, ce matin-là, au lieu de se rendre directement à la Maison de l'orchidée, elle avait fait un crochet par Hillingdon Street, dans le quartier de Kennington.

Zawadi habitait une immense tour en béton gris comme il en avait poussé un peu partout dans Londres, avec du linge qui pendait mollement aux balcons et des antennes satellites qui scintillaient au soleil. Le bâtiment appartenait à un ensemble de cinq immeubles, à un jet de pierre de Kennington Park et à environ un quart d'heure de marche de l'Oval.

Alors que Deborah descendait de sa voiture, Zawadi la dépassa au volant de la sienne. Elle se dirigeait vers les tours au lieu de s'en éloigner. Deborah lui fit un signe de la main et, quand elle l'aperçut dans son rétroviseur, Zawadi freina. Puis elle enclencha la marche arrière, s'immobilisa à sa hauteur et baissa sa vitre.

— Il faut qu'on parle de Boluwatife Akin, déclara Deborah avant qu'elle puisse lui demander ce qu'elle fabriquait là.

Zawadi plissa les yeux.

— Si vous êtes venue pour me tirer les vers du nez...

— Narissa m'a appelée hier soir. Elle voulait l'amener chez moi, mais mon père est du côté de celui de Bolu, et mon mari... Je ne peux pas leur faire confiance.

Deborah enchaîna sur la visite de la police chez les parents de Narissa et ses conséquences. Zawadi accueillit ces nouvelles avec un calme admirable.

— Venez avec moi, dit-elle après avoir longuement étudié Deborah.

Elle s'engagea sur le parking de la tour la plus proche. En se garant à côté d'elle, Deborah la vit attraper un sac sur la banquette arrière de sa voiture.

— J'ai conduit mon fils à l'école, expliqua Zawadi. Vous avez sonné à l'appartement ?

— Je viens à peine d'arriver. Je ne savais pas que vous aviez des enfants.

— Ned a 12 ans. Si vous ne pouvez pas prendre Bolu chez vous, de quoi voulez-vous me parler ?

— En fait, je pensais... On pourrait monter chez vous ?

Zawadi jeta un coup d'œil à sa montre.

— Dix minutes, dit-elle, puis elle l'entraîna vers la tour. J'imagine que votre père a regardé l'interview à la télé, poursuivit-elle pendant qu'elles attendaient l'ascenseur dans le hall.

— Il suit l'affaire depuis le début. Je suis sa seule enfant, voyez-vous. Il s'identifie au père de Bolu. Il est persuadé de sa sincérité.

Zawadi la toisa sans cacher sa désapprobation et son mépris.

— Et vous ?

— Je soutiens totalement votre combat contre les MGF. Mais si ça ne vous ennuie pas... ?

Deborah indiqua l'ascenseur, qui venait d'arriver.

Zawadi appuya sur le bouton du septième étage, puis guida Deborah le long d'un couloir sombre. La plupart des ampoules qui pendaient du plafond étaient grillées ou éclairaient à peine. Les murs étaient un patchwork de tags crème, beiges, roses, vert menthe et blancs qui ne tenaient aucun compte de la couleur d'origine, sans doute le jaune pisseux commun à tous les HLM du pays. L'appartement de Zawadi se trouvait à mi-couloir, juste à côté d'un tableau d'affichage en liège.

Le bazar intérieur témoignait de la présence d'un préadolescent au tempérament actif : drone miniature, voiture de course télécommandée, rollers, jeux de société, skate-board, Xbox, baskets, ballons de foot... L'unique chambre comportait deux lits. Apparemment, aucun homme ne vivait là.

— On est tous les deux, Ned et moi, indiqua Zawadi comme si elle avait lu dans les pensées de Deborah. Son père a trouvé quelqu'un d'autre.

Comme elle ne donnait pas l'impression de vouloir s'asseoir, Deborah resta debout face à elle. Comment aborder le sujet qui la préoccupait sans déclencher une explosion de colère ?

— Voilà, se lança-t-elle. J'ai des doutes à propos des parents de Bolu.

— Encore heureux ! Tout le monde devrait en avoir.

Zawadi entreprit de mettre de l'ordre dans la pièce, rassemblant les jouets de Ned dans un grand panier en osier avec le soin de qui connaît le prix des choses.

— Ce que je veux dire, c'est que j'ai des doutes sur...

— Ce Charles Akin s'appelait autrefois Chimaobi Akinjide, et il est rusé comme un renard. Quand vous lui posez une question, à vos intonations, au choix de vos mots, il devine ce que vous avez envie d'entendre, et il vous le donne sur un plateau. Il sait comment détourner une conversation et susciter la compassion pour lui, pas pour sa fille. C'est ce que vous éprouvez, pas vrai ? De la compassion pour M. Akin ? C'est pour ça que vous êtes venue ?

— Je doute simplement que ce soit une bonne chose de garder Bolu loin de ses parents.

— Ah oui ? Et qu'est-ce qui vous fait croire que votre avis compte ?

— Parce que j'ai à cœur de...

— Rien du tout. Me Charles Akin sait très bien ce qu'il doit faire pour qu'on lui rende sa fille. On ne lui demande pas de payer une rançon, hein ? Mais il ne le fera pas. « Par principe », dit-il. Tant qu'il ne voudra pas coopérer, je n'aurai rien de plus à dire.

— Essayez de comprendre ce qu'il ressent. Il a l'impression d'être stigmatisé et...

Zawadi éclata d'un rire moqueur, le panier plaqué contre la hanche.

— Vous savez ce que c'est d'être stigmatisée, vous ? Écoutez, je me fiche de ce qu'il ressent. Tout ce qui m'importe, c'est la sécurité de sa fille.

— Mais il est dans le viseur parce qu'il est nigérian, non ?

Zawadi récupéra un sweat-shirt et une chaussure de sport sur le canapé.

— Ce serait pareil s'il était somalien ou originaire de n'importe quel pays pratiquant les mutilations génitales, affirma-t-elle.

— Il a toujours vécu au Royaume-Uni et sa femme est anglaise. Un médecin, en plus. Rien ne laisse penser que…

— Vous oubliez que leur fille est venue d'elle-même nous trouver, l'interrompit Zawadi. Personne ne l'y a forcée. Et je devrais m'asseoir là-dessus sous prétexte que les télés et une demi-douzaine de tabloïds considèrent que cet homme est victime d'une injustice ? Alors qu'eux ne sont pas foutus de faire cesser les horreurs que subissent des centaines de milliers, peut-être des millions de victimes bien réelles, elles ?

— Narissa m'a parlé des ordonnances de protection.

— Ah non, pas ça !

— Pourquoi ? Écoutez-moi, Zawadi. S'il vous plaît. J'ai vu la manière dont les médias traitaient cette affaire. Une telle unanimité, vous ne pensez pas que…

— Tout ce que je vois, moi, c'est une gosse en danger. Ses parents raconteront n'importe quoi pour la récupérer. Ils peuvent clamer sur les toits et jurer sur ce que vous voulez que jamais ils ne lui feront du mal, ça ne les empêchera pas de l'exciser dès qu'elle sera rentrée. Ils savent qu'elle ne les dénoncera pas à la police après coup. Parce que, s'ils vont en prison, qu'est-ce qu'elle deviendra ? Je vais vous le dire, moi : on la placera dans un foyer.

Tout en parlant, Zawadi avait rangé les jeux de société de Ned sur une étagère à côté du téléviseur à écran plat. Elle s'accroupit et lança un regard incisif à Deborah.

— Vous savez ce qu'est une excision, n'est-ce pas ?

— Évidemment !

— Mais vous n'en avez pas subi. Ce n'est donc pas à vous de décider si une gamine est en danger ou pas. Dans le fond, vous êtes comme Narissa. Son film, votre bouquin… C'est tout ce qui compte, pour elle comme pour vous.

Deborah sentit le rouge lui monter aux joues.

— Vous êtes en train de me dire que ce n'est pas un combat important pour moi ou pour Narissa ? Que nous nous servons de vous et de la Maison de l'orchidée ? Vous croyez que nous nous serions autant impliquées si nous n'avions pas à cœur de sauver ces jeunes filles ?

Ayant rassemblé la Xbox, la voiture de course télécommandée et un ballon, Zawadi prit appui sur la table basse pour se relever.

— Ce qui passe au premier plan pour Narissa et vous, ce sont vos projets personnels. Et cette histoire avec Bolu et ses parents servirait parfaitement vos intérêts. En voulant me forcer à revenir sur ma décision, vous espérez créer le happy end qui apportera la touche finale à vos œuvres.

— C'est faux ! protesta Deborah. Vous voyez des ennemis partout.

— À juste titre.

— Zawadi, je ne suis pas votre ennemie, et vous ne pouvez pas mener cette guerre seule. Pourquoi rejeter une solution qui pourrait mettre un terme à cette affaire ?

— Parce que chaque fois qu'une gamine franchit la porte de la Maison de l'orchidée, je m'engage à la protéger. Par conséquent je ne peux pas la renvoyer chez elle sans avoir la certitude qu'elle y sera en sécurité. Tant que je ne serai pas convaincue de la bonne foi des parents de Bolu, ils ne reverront pas leur fille.

— Et si on vous arrête pour enlèvement, séquestration d'enfant ou je ne sais quoi ? Comment la Maison de l'orchidée poursuivra-t-elle sa mission sans vous ?

— Je compte sur mon avocat pour poser cette question au juge avant qu'il décide de me placer en détention.

Zawadi promena un regard satisfait autour d'elle.

— Maintenant, ajouta-t-elle, je dois aller à Trinity Green. Du travail m'attend, et comme vous venez de le faire remarquer je suis la seule à pouvoir le faire.

MAYVILLE ESTATE
DALSTON
NORD-EST DE LONDRES

Après son interpellation, Monifa avait répondu aux questions des policiers sans leur avouer pourquoi elle avait versé à la clinique les 300 livres qu'elle était venue récupérer. Elle avait fait croire qu'il s'agissait d'un acompte pour une intervention, « un truc de femmes ». Mais elle avait changé d'avis, son mari lui ayant dit qu'ils n'avaient pas les moyens et que, de toute manière, son corps lui plaisait tel qu'il était. Ils l'avaient crue et l'avaient relâchée, de même qu'Easter Lange, supposait-elle. Elle avait donc prévu de retourner à Kingsland High Street avec Simisola afin qu'on lui rende son argent.

D'après le policier noir, la clinique avait fermé, et Easter Lange/ Mercy Hart, consciente de l'avoir échappé belle, n'avait probablement pas l'intention de la rouvrir à la même adresse. Monifa était néanmoins déterminée à suivre son plan. Maintenant que Tani l'avait informée de la visite de l'exciseuse, elle devait agir sans tarder.

Quand elle avait regagné l'appartement après sa conversation avec le sergent noir, Tani et Abeo l'attendaient dans le salon et son mari s'en était aussitôt pris à elle.

— Notre famille a encore plus de problèmes à cause de toi. Qu'est-ce qu'il voulait ?

— Fiche-lui la paix, était intervenu Tani.

— Ce qui se passe entre ta mère et moi ne te regarde pas, avait rétorqué Abeo.

Tani avait eu un rire cassant.

— Ah ouais ? Tu crois ça ? J'étais là, figure-toi. Ça t'en bouche un coin, hein ?

— Qu'est-ce que tu racontes ?

— J'étais là quand t'as amené cette vieille sorcière ici. Tu croyais pouvoir faire exciser Simi sans que personne le sache, hein ? Mais je vous ai entendus, et je laisserai pas cette salope toucher ma sœur ! T'en as parlé au flic ? avait-il ensuite demandé à sa mère. De l'exciseuse ?

Monifa avait détourné le regard.

— Putain, c'est pas vrai ! avait explosé Tani. Un flic est venu et tu lui as rien dit ? C'est quoi ton problème ? Pourquoi t'as pas…

— Parce qu'elle sait ce qu'elle doit faire, l'avait interrompu Abeo.

— Arrête tes conneries ! Si jamais je croise cette sorcière dans la rue je…

— Tu ne feras rien.

— Ah ouais ? Tu veux parier ?

Arrivée devant la clinique, Monifa sonna à la porte en priant pour que quelqu'un vienne ouvrir.

— Madame ?

Elle se retourna. Un homme avec un tablier blanc taché se tenait sur le seuil du fast-food Taste of Tennessee.

— C'est fermé, dit-il en indiquant le bâtiment devant lequel elle attendait. Depuis la descente des flics, l'autre jour, on n'a vu personne à part les déménageurs. Eux, et deux autres flics, c'est tout. Vous vous sentez bien, madame ? Vous avez pas l'air dans votre assiette. Vous voulez que j'appelle quelqu'un ?

Monifa secoua la tête.

— Pas la peine, non. Tout va bien, dit-elle, formulant à voix haute le mensonge qu'elle se répétait tout bas depuis trop d'années.

Qu'allait-elle faire maintenant ? Elle n'en avait pas la moindre idée. Tout ce qu'elle avait, c'étaient deux numéros de téléphone : celui de la prétendue Easter Lange, qui n'avait répondu à aucun des messages qu'elle lui avait laissés, et celui du policier noir.

WESTMINSTER
CENTRE DE LONDRES

De retour à New Scotland Yard, Barbara Havers trouva un grand sac en plastique sur son bureau. Une enveloppe y était jointe. Avant de l'ouvrir, elle vida le sac de son contenu : des crayons, une gomme de la taille d'un poing, deux carnets de croquis, un petit et un moyen, une règle. Leur origine ne faisait aucun doute. Elle ouvrit néanmoins l'enveloppe. « *J'ai pensé que vous n'auriez pas le temps de les acheter vous-même* », lut-elle sur une page de calendrier illustrée d'une « maxime du jour » : Les yeux sont le miroir de l'âme. Au-dessous, comme elle s'y attendait, Barbara découvrit une initiale, un *D* orné de fioritures.

Elle soupira. Samedi approchait à grands pas. Elle savait que Dee ne se faisait aucune illusion sur son talent pour le dessin, mais qu'elle comptait fermement sur sa présence au cours, persuadée que les hommes de leurs rêves allaient surgir de derrière la statue de Peter Pan.

— Et merde ! marmonna-t-elle.

Elle rangea les fournitures et fourra le sac sous son bureau, bien décidée à l'oublier, ce qui la contraindrait à éviter Dorothea jusqu'à la date fatidique.

Elle se dirigea ensuite vers le bureau provisoire de Lynley. Penchés au-dessus de la table ronde, dans un coin de la pièce, le chef et Nkata examinaient une dizaine de photographies. D'autres étaient empilées sur le côté.

— Carver a été plus bavard que la dernière fois, leur annonça-t-elle.

Nkata leva les yeux.

— Tu lui as dit, pour Rosie ?

— Ouais. Soit c'est un comédien hors pair, soit il ignorait vraiment qu'elle était en cloque.

— Ils étaient réellement amants ? s'enquit Lynley en reposant sa loupe.

— D'après Carver, c'est elle qui lui courait après. Il n'était pas chaud, mais elle a insisté jusqu'à ce qu'il craque. Elle lui aurait dit qu'elle prenait des précautions. Lui n'avait d'yeux que pour Teo, mais ça ne la dérangeait pas plus que ça. Pour lui faire plaisir, elle est allée jusqu'à jouer le rôle de sa sœur. Quoi qu'il en soit, il a l'impression qu'elle l'a piégé.

— Je parie que Rosie voit les choses autrement, dit Nkata.

— T'en penses quoi, Winnie ? Rosie serait du genre à estourbir sa propre sœur ?

— Difficile à dire.

— Prenez une chaise, Barbara.

Lynley plaça six photos devant elle.

— Des images de vidéosurveillance ? supposa-t-elle. C'est quoi, cette résolution de merde ? On arrive à peine à déchiffrer l'heure !

— On n'a pas pu obtenir mieux, dit Lynley.

— La caméra n'est pas toute jeune, précisa Nkata.

— Concentrez-vous sur ces images, reprit Lynley. Quant à savoir qui fait quoi dessus, je crains qu'il n'y ait rien à espérer de ce côté pour le moment.

Barbara examina les photos. Quatre montraient des inconnus entrant seuls dans l'immeuble. Sur les deux autres, une femme discutait sur le pas de la porte avec la personne – une autre femme dans les deux cas – qui avait sonné chez elle.

— D'après vous c'est Teo, là, dans le hall ?

— Nous pensons que oui. On a envoyé la bande au laboratoire. Ils vont tenter de l'améliorer. D'ici là, c'est tout ce que nous avons. En supposant que cette femme soit Teo…

— Avec beaucoup d'imagination, alors. On distingue juste une tache.

— … nous nous demandons pourquoi elle serait descendue au lieu d'ouvrir à ces deux visiteuses.

— Peut-être qu'elle ne les connaissait pas, suggéra Barbara. Ou elle les connaissait et se méfiait d'elles.

— Ou peut-être qu'il y avait quelqu'un chez elle, et elle ne voulait pas que ça se sache, intervint Nkata.

— Quelqu'un ou quelque chose, rebondit Barbara. Ou peut-être qu'on ferait aussi bien de balancer ces deux photos. Franchement, elles ne prouvent rien.

— C'est vrai. Mais il y a autre chose.

Lynley plaça de nouveaux tirages devant Barbara. Sur le premier, on voyait quatre personnes à l'entrée de l'immeuble. Sur le deuxième, trois d'entre elles se retournaient, comme si elles avaient entendu un bruit ou si quelqu'un les avait interpellées. Un cinquième individu, homme ou femme, vêtu d'un sweat à capuche, les rejoignait sur le troisième. Le dernier cliché montrait le groupe des quatre quittant l'immeuble.

Barbara leva les yeux vers Lynley.

— Je suis censée m'extasier ? J'ai dû rater quelque chose, monsieur. Ils rentrent à cinq. Ils ressortent à quatre. Peut-être que Souètakapuch habite l'immeuble et qu'il, ou elle, a crié aux autres de l'attendre. Ils rentrent tous ensemble et se séparent. Plus tard, ils repartent à quatre. Si Souètakapuch habite l'immeuble, comme je l'ai dit, où est le problème ? Il ou elle n'avait peut-être aucune raison de ressortir.

— C'est possible, en effet, lui concéda Lynley. Mais regardez de plus près.

— La sacoche, Barb, ajouta Nkata.

Barbara emprunta sa loupe à Lynley. En étudiant la photo, elle vit que Souètakapuch transportait ce qui ressemblait à un sac de coursier avec une bande fluorescente. Elle reprit les tirages supposés montrer Teo Bontempi avec des visiteuses à l'entrée de son immeuble et distingua la même sacoche sur le deuxième. Sur les deux clichés, la silhouette vêtue de noir avait la tête couverte, d'une capuche dans le premier cas, d'une casquette de base-ball dans le second.

— Ça pourrait être la même personne, admit-elle. Transportant un sac assez grand pour contenir une arme contondante. Mais, si c'est Souètakapuch qui a fracassé le crâne de Teo Bontempi, pourquoi n'est-il pas ressorti une fois son méfait accompli ?

— Il y a forcément une issue de secours, fit remarquer Nkata. Peut-être est-il passé par là.

— À condition de l'avoir repérée avant de faire son coup. Je l'imagine mal perdre du temps à la chercher après...

— Peut-être était-il déjà venu ?

— La présence de la même sacoche sur deux photos semble confirmer cette hypothèse, dit Lynley.

— Rosie ?

— Possible. En plus, nous savons à présent qu'elle est enceinte du mari de sa sœur...

— À propos de Carver, reprit Barbara. Il affirme être allé chez Teo, l'avoir trouvée par terre et l'avoir couchée. Vous avez des images de lui ?

Elle consulta les photos de la seconde pile et en fit glisser une vers Lynley et Nkata.

— Ça ressemble à Ross Carver, confirma-t-elle. Même taille, même poids, même man bun, même...

— Même quoi ? demanda Lynley en la regardant par-dessus ses lunettes.

— Un chignon pour homme, expliqua Nkata. Pour les mecs à cheveux longs. Comme les samouraïs ou les lutteurs de sumo.

— Ah ! Fascinant. Sait-on à quelle heure il s'est rendu chez son ex-femme ?

Lynley reprit la photo où l'on voyait l'inconnu à la sacoche pénétrer dans l'immeuble avec le groupe et la compara à celle où Barbara avait identifié Carver.

— D'après l'horodatage, la personne transportant une sacoche est entrée soixante-quatorze minutes avant Ross Carver. Ça lui laissait peu de temps pour monter chez Teo Bontempi, peut-être se disputer avec elle, l'assommer et repartir.

— Mais pourquoi ne pas avoir fini le boulot ?

— L'assassin a paniqué ?

— Genre « Putain qu'est-ce que j'ai fait ?! » ?

— Ce qui supposerait qu'il soit venu pour discuter, et non pour tuer.

— Ça pourrait correspondre à Rosie, dit Nkata.

— Et elle se serait munie d'une arme juste au cas où ? fit Barbara, dubitative.

— On a aussi Souètakapuch et sa sacoche, fit remarquer Nkata.

— Et pourquoi pas le colonel Moutarde avec le chandelier ?

Lynley repoussa les photos.

— Peut-être cette sacoche n'a-t-elle aucune signification particulière, dit-il.

— Peut-être aussi que la piste de Souètakapuch ne mène à rien. Du nouveau pour les sculptures ?

— Le labo nous a promis un résultat demain. Mais il disait la même chose hier…

Lynley se pencha de nouveau sur les photos.

— Est-ce que la sœur apparaît sur les images de vidéosurveillance ? demanda-t-il à Nkata.

— Les constables n'ont pas fini de les analyser. Elle a dit qu'elle était allée chez Teo, donc on devrait la trouver.

— Tout ce dont on est sûrs pour le moment, reprit Barbara, c'est que Teo Bontempi s'est entretenue devant la porte de son immeuble avec deux personnes non identifiées, mais qu'elle ne les a pas laissées entrer.

— Pas à notre connaissance, en effet.

— L'une des deux est revenue plus tard. Elle est entrée en même temps qu'un groupe de quatre mais n'est pas ressortie. Nous cherchons donc quelqu'un qui avait de bonnes raisons de rendre visite à Teo pour faire un brin de causette.

— Ça nous mène à qui ou à quoi, sinon à Rosie ? s'interrogea Nkata.

— À son travail, dit Lynley.

— On commence par son équipe ? demanda Barbara.

— Ça, et la piste des MGF.

— Vous pensez qu'il y a un lien avec la clinique ?

— Si elle a fermé, c'est en grande partie à cause d'elle.

— Mercy Hart, alors ?

— Il est urgent de la retrouver.

WESTMINSTER
CENTRE DE LONDRES

— J'ai une bonne et une mauvaise nouvelle pour vous.

Lynley détacha les yeux de l'écran sur lequel défilaient les images de vidéosurveillance que l'équipe de Nkata avait soumises à son appréciation. Par-dessus ses lunettes, il aperçut sur le seuil de son bureau une jeune Asiatique qu'il ne connaissait pas avec un badge pendu au cou.

— Plaît-il ?

— Marjorie Lee. Police scientifique. On s'est occupés du numéro que vous nous aviez envoyé.

— Ah !

Il lui fit signe d'entrer. Elle sortit une feuille de papier de la chemise cartonnée qu'elle avait apportée et la lui tendit.

— Commençons par la bonne nouvelle. Nous vivons dans une métropole. Ou plutôt une mégalopole, équipée de plusieurs milliers d'antennes-relais. Par conséquent, il est très facile de localiser un téléphone portable allumé.

— C'est encourageant. Et la mauvaise ?

Lynley regarda le document que la jeune femme lui avait remis. Il comportait un graphique qui, pour un œil aussi novice que le sien, évoquait les cartes de navigation antérieures aux GPS, aux satellites et aux ordinateurs.

— Vous savez comment ça marche ? demanda Marjorie.

— J'ai entendu parler du bornage. Mais pour être honnête je n'ai jamais vraiment compris en quoi cela consistait.

— C'est assez simple. Vous permettez ?

Elle indiquait l'une des chaises postées face au bureau.

— Je vous en prie.

Elle s'assit et ramena ses cheveux derrière ses oreilles. Une mèche était du même rose vif que les verres en losange de ses lunettes, qu'elle remontait sans cesse.

— Un portable allumé envoie constamment des signaux en direction des antennes-relais ou « bornes » les plus proches. Elles sont peu nombreuses à la campagne, mais en ville il y en a partout. La plupart sont installées sur des immeubles, de sorte que nous n'y prêtons pas attention, à moins de les chercher. Bref, quand on connaît le numéro d'un téléphone, il est facile de savoir dans quelle zone il a borné pour la dernière fois. On peut également retracer l'itinéraire qu'il a suivi pour arriver à cet endroit. En revanche, on ne peut pas le localiser avec précision.

— Dans quel secteur l'appareil a-t-il borné pour la dernière fois ?

— Il a émis en direction de l'antenne Vodafone de Hackney Downs, mais aussi des antennes Vodafone de Regal House et Cornerstone de l'O2. En triangulant les données, nous avons délimité un périmètre à environ 750 mètres au sud-est de Hackney Downs.

Elle lui tendit la chemise cartonnée, qui contenait d'autres graphiques.

— Le souci, c'est que votre équipe va devoir interroger toutes les personnes possédant un portable dans ce périmètre. Où réside le propriétaire de l'appareil que vous recherchez ?

— Résidait. Elle a été assassinée. Elle habitait Streatham High Road.

— Désolée. Bon, si vous connaissez son adresse, on va pouvoir retracer l'itinéraire de son téléphone jusqu'à Hackney Downs.

— Je pense que ce ne sera pas nécessaire, déclara Lynley en rangeant les documents dans la chemise. Je vous tiendrai au courant.

— Patron ?

Nkata venait d'apparaître sur le seuil de la pièce. Il entra et salua Marjorie Lee, qui se retira.

— Mon équipe a fini d'éplucher les dossiers que Barb et vous avez rapportés de la clinique, annonça-t-il. Un seul concerne une personne vivant à Londres, et elle dit qu'elle n'a jamais mis les pieds dans cet établissement. Et puis pourquoi serait-elle allée là-bas vu qu'elle vit à South Lambeth ?

— Quel motif de consultation était inscrit dans le dossier ?

— Mammographie et examen de suivi. Mais selon la « patiente » elle n'a rien fait de tout ça. Et comme je vous le disais, aucun des autres noms figurant dans ces dossiers ne correspond à une personne réelle.

— Ça n'a rien d'étonnant. Et l'agenda ?

— Une constable appelle les patientes une par une. Celles-là, elles existent vraiment. Mais si elles consultaient pour des mutilations génitales, elles ne s'en vanteront pas auprès des flics. Du neuf pour le portable ?

— Il nous mène à Hackney Downs. Le labo a délimité un périmètre autour de l'antenne-relais qui couvre la zone.

— On va faire du porte-à-porte ?

— Pour ça, il faudrait du personnel, et ça m'étonnerait que Hillier nous accorde des renforts.

— Ça veut dire non ?

— Vous m'avez compris.

— Commissaire intérimaire Lynley ?

Il n'eut pas à se retourner pour savoir qui le demandait : Dorothea Harriman était la seule à appeler les gens par leur grade et leur nom de famille.

— Oui, Dee ?

— Un message de Judi-avec-un-i. Il vous réclame. Immédiatement. « Pour une petite conversation », selon ses termes. Mais j'imagine mal l'adjoint au préfet avoir une « petite conversation » avec qui que ce soit. Surtout avec vous, sans vouloir vous offenser.

— Je ne me sens pas le moins du monde offensé.

Après avoir chargé Winston de se concentrer sur les voitures filmées dans la rue de Teo, Lynley se dirigea vers le bureau de Hillier.

Le visage de sir David était encore plus rougeaud que d'ordinaire.

L'adjoint au préfet semblait toujours à deux doigts de succomber à une attaque.

— Bon, alors, on en est où ? lança-t-il en guise de bienvenue. Qu'a-t-on appris ? L'enquête avance ?

Il ne proposa pas de chaise à Lynley, qui lui en fut infiniment reconnaissant : l'entrevue ne durerait pas. L'enquête progressait lentement mais sûrement, expliqua-t-il. Toutefois, le manque de personnel la ralentissait.

— Les constables ne poussent pas sur les arbres, répliqua Hillier. Continuez.

Ils étaient sur le point de localiser le téléphone de la victime. Ils en savaient un peu plus sur la clinique qu'elle avait signalée à la police du quartier. Ils avaient découvert que la femme qui semblait diriger ladite clinique agissait sous une fausse identité, et ils avaient isolé des images filmées par la caméra de l'immeuble le soir de l'agression de Teo Bontempi.

— Vous les passerez au service de presse, dit Hillier.

— Monsieur, puis-je vous faire remarquer…

— Ils ne me lâchent pas, en haut, commissaire.

Par intérim, compléta intérieurement Lynley. *Dieu merci !*

— Les médias commencent à se désintéresser de la gamine disparue, poursuivit Hillier. Vous savez, la fille de l'avocat nigérian. Si elle réapparaît, elle fera peut-être la une un jour de plus. Puis les journaux, surtout les tabloïds, se mettront en quête de chair fraîche. Et rien de tel que le meurtre d'un officier de police pour les régaler, à moins d'un scandale au sein de la famille royale, ou d'un député qui s'envoie en l'air avec un gosse de 12 ans ou un agent du KGB. Le préfet et le service de presse veulent avoir un os à leur jeter quand ils deviendront trop pressants. Ils raffolent des images de vidéosurveillance ? Eh bien, on va leur en donner ! Avec un bandeau : « Avez-vous vu cette personne ? Si oui, contactez la police métropolitaine. » Vous connaissez la chanson.

— D'abord, nous devons améliorer la qualité des clichés, monsieur.

— Aucune importance. Cette meute enragée…

Lynley supposa qu'il parlait des journalistes.

— ... se satisfera de ce qu'on lui donnera... tant qu'on lui en donnera.

Hillier prit un temps de réflexion.

— Et tant mieux, ajouta-t-il, si les photos ne sont pas tout à fait nettes. Ça leur donnera une idée des difficultés auxquelles nous nous heurtons.

Lynley avait assez trimé sous la férule inflexible de l'adjoint au préfet pour savoir qu'il était inutile de discuter. La soumission aveugle de Hillier à la volonté collective des tabloïds de dicter le cours d'une enquête l'avait toujours horripilé. Cette attitude lui paraissait non seulement absurde, mais aussi dangereuse. Toutefois, il avait tout lieu de croire que Hillier, le préfet et Deacon accepteraient avec gratitude le moindre témoignage de leurs efforts. Il se retira donc sur la promesse de faire le nécessaire et alla trouver directement Winston.

— Envoyez donc au service de presse quelques images prises au hasard d'individus pénétrant dans l'immeuble de Teo Bontempi, lui dit-il. Peu importe qui et quand.

10 août

BELGRAVIA
CENTRE DE LONDRES

Lynley ne regretta pas d'avoir patienté plusieurs heures au bureau, car le laboratoire avait fini par produire des tirages grandement améliorés des images de vidéosurveillance. En rentrant chez lui, tard dans la soirée, il avait trouvé son dîner dans le four, soigneusement recouvert de film alimentaire. Sur la porte, un mot inspiré de Lewis Carroll suppliait : « *Mangez-moi* ». Une excellente bouteille d'Amarone décantait sur le comptoir, accompagnée d'un second mot qui disait : « *Buvez-moi* ». Lynley se demanda si Denton avait auditionné pour le rôle du Lièvre de Mars ou du Lapin blanc. Le Chapelier fou exigeait sans doute plus de talent qu'il n'en avait, même s'il se serait bien gardé de le lui dire.

Après dîner, il s'était traîné jusqu'à son lit et s'était réveillé tôt, sans avoir vraiment récupéré. Une fois douché et rasé, il passa un coup de fil avant de descendre.

— Tu es bien matinal, fit observer Daidre. À moins que tu ne viennes juste de rentrer ?

— Réponse A. Je me demandais si Wally avait pris ma place.

— J'ai bien peur que oui. Mais c'est provisoire. Il ronronne quand il dort, tu sais. C'est un bruit de fond tout à fait charmant.

— Malheureusement, je ne peux pas rivaliser. Je doute que mes ronflements t'enchantent.

— Je suis désolée, Tommy, mais Wally détesterait partager son lit avec un ronfleur.

— Mince ! L'avenir m'apparaît soudain bien sombre.

— Ton enquête avance ?

— Peut-être. Nous pensons que le tueur pourrait être une tueuse. Pourtant, ça ne ressemble pas à un crime féminin.

— Ah bon ? Pourquoi ?

— D'après mon expérience, les meurtrières évitent les contacts directs avec leur victime. Le poison, oui. Une balle de revolver, oui. Mais briser le crâne de quelqu'un…

— Ça n'a pas l'air très efficace, comme méthode. Une seconde, Wally, ajouta-t-elle en aparté. Désolée, Tommy, mais il veut sortir.

Le chat miaula, et Daidre alla ouvrir la porte donnant sur le jardin. Lynley l'entendit ensuite faire couler de l'eau, sans doute pour préparer du café. Quelques instants plus tard, elle reprit la communication.

— Tu sais avec quoi on a assommé la victime ? Ça ressemble davantage à un acte spontané qu'à un meurtre soigneusement organisé. La conséquence d'une dispute ?

— Ou un crime passionnel. Le labo examine sa collection de statuettes. L'arme se trouve peut-être parmi elles.

— Ce qui exclurait la préméditation.

— À moins que l'assassin n'ait eu connaissance de ces sculptures et n'ait eu l'intention de s'en servir.

— Ça réduit le champ ou ça l'élargit ?

— Le champ est déjà assez restreint.

— Je vois… Oh ! Revoici Wally pour le petit déjeuner ! Je te jure, Tommy, il mange comme s'il avait été affamé pendant des mois.

— Il sait reconnaître un cœur d'or quand il en croise un. Moi aussi, d'ailleurs. On se voit bientôt ?

Il entendit de nouveau la porte s'ouvrir, puis le bruit des croquettes versées dans un bol en aluminium. Il imagina Wally installé devant, le bout de la queue frétillant de bonheur jusqu'au moment où Daidre le renverrait au jardin avant de partir travailler.

— Ça dépend surtout de toi en ce moment, non ?

— C'est vrai, soupira-t-il. La nuit dernière, je suis resté jusqu'à 2 heures du matin au bureau. C'est fou la quantité d'informations qu'on peut glaner à partir des antennes-relais de téléphonie mobile.

— C'est censé m'inquiéter ou me rassurer ?

— Si tu as récemment embrassé une carrière criminelle, tu peux t'inquiéter. Sinon, tu n'as sans doute rien à craindre.

Ils raccrochèrent. Lynley descendit et jeta un coup d'œil aux journaux étalés sur la table de la salle à manger. Le *Times*, le *Guardian*, le *Financial Times* publiaient la même photo à la une, accompagnée plus ou moins du même titre. L'affaire Boluwatife Akin avait enfin abouti à une arrestation.

THE MOTHERS SQUARE
LOWER CLAPTON
NORD DE LONDRES

Mark Phinney agrandit au maximum la première des deux images de vidéosurveillance publiées par le tabloïd. La résolution était si mauvaise qu'on n'apercevait que de vagues silhouettes. Pourquoi la Met avait-elle autorisé leur divulgation ? Il était impossible d'identifier qui que ce soit dessus, à moins que la sacoche que portait l'un des individus n'ait présenté un signe distinctif. En scrutant l'écran de son smartphone, Mark crut déceler une bande réfléchissante sur le fond. Peut-être ses collègues espéraient-ils qu'un coursier ayant effectué une livraison dans l'immeuble ce soir-là se manifesterait.

Il élargit la seconde image, ce qui la rendit encore plus floue. Un haut de couleur claire, un pantalon évoquant un jean… L'individu, plus grand et costaud que le coursier, semblait être une femme, mais il aurait tout aussi bien pu s'agir d'un homme. Les photos étaient accompagnées du message habituel : la police souhaitait interroger ces personnes. Si quelqu'un les reconnaissait, etc.

— Mark ? appela Pete. On t'attend !

Il glissa son portable dans sa poche avant de la rejoindre. Comme chaque matin, elle avait fait la toilette de Lilybet avec un gant ; il n'y avait pas eu d'« accident » cette nuit-là. À présent, elle avait besoin de l'aide de Mark pour l'habiller. En général, c'était Robertson qui s'en chargeait, mais il les avait prévenus qu'il serait en retard à cause d'une panne d'aiguillage entre deux stations de métro. Il s'était excusé platement. Pas de problème, lui avait répondu Mark. Il pouvait très bien s'occuper de Lilybet jusqu'à son arrivée.

En réalité, Mark détestait voir sa fille nue. Ce qui le dérangeait, c'étaient moins ses chairs flasques que les signes avant-coureurs de sa puberté. La dernière fois qu'il lui avait changé sa couche, il avait remarqué quelques poils pubiens, ce qui l'avait projeté dans un avenir encore impensable qui se révélerait sans doute insoutenable le jour où il se concrétiserait.

Pete l'attendait dans la chambre, Lilybet appuyée contre elle. Elle avait réussi à lui passer un tee-shirt Hello Kitty. Une jupe et des chaussettes à rayures roses et violettes étaient étalées sur le lit près d'elle.

— Quelle jolie poupée ! s'exclama Mark.

Il prit un pied de Lilybet et l'embrassa.

— Mademoiselle aurait besoin d'une pédicure, fit-il remarquer en lui enfilant une chaussette.

Il allait en faire autant avec l'autre pied quand on frappa.

— Robertson a encore oublié sa clé ? se demanda Pete. On devrait peut-être en laisser une à l'extérieur.

Ce n'était pas Robertson, mais l'inspecteur de la Met qu'il avait reçu à l'Empress State Building. Et il était bien placé pour savoir que la présence d'un enquêteur – à plus forte raison d'un chef de brigade – sur le pas de sa porte à une heure aussi matinale n'annonçait rien de bon.

MAYVILLE ESTATE
DALSTON
NORD-EST DE LONDRES

L'appartement était silencieux comme une tombe. Mais pas aussi frais, malheureusement. Aucun souffle d'air n'entrait par la fenêtre ouverte. Même les oiseaux qui nichaient dans les arbres de l'aire de jeux avaient renoncé à chanter.

Tani avait dû fouiller toutes les pièces pour découvrir quatre sacs en plastique cachés dans le placard au-dessus de la penderie de son père. Pour les atteindre, il avait dû emprunter un escabeau à un voisin. Il les avait vidés sur le lit de ses parents, et son sang s'était glacé.

À première vue, le contenu était assez anodin. S'il n'avait pas surpris la conversation d'Abeo et de l'exciseuse, il n'y aurait probablement vu que du feu. Tout au plus se serait-il étonné de trouver des draps, une grande toile cirée, deux cutters neufs, du coton hydrophile, un flacon d'alcool et quatre paquets de compresses dans le même sac. La question n'était plus quoi ni pourquoi, mais quand.

Parmi les objets étalés sur le lit, il aperçut également une feuille de papier jaune : la liste que l'exciseuse avait remise à Abeo. Un numéro de téléphone était imprimé juste au-dessous de son nom, Chinara « Sarah » Sani. Elle ne prenait même pas la peine de se cacher… Mutiler des petites filles constituait un business juteux, et elle tenait à ce que sa clientèle lui fasse de la publicité. Inutile d'aller au Nigeria, proclamait-elle. Je me déplace à domicile. Il suffit d'un coup de fil, et d'aligner les billets.

Il appela le numéro. Évidemment, personne ne décrocha. Il laissa donc un message :

« Tu touches à ma sœur, tu poses ne serait-ce qu'une main sur elle et je te bute, salope. Je suis Tani Bankole, B-a-n-k-o-l-e. Ma sœur s'appelle Simisola, mon père Abeo. Et crois-moi, je suis sérieux. »

Pas vraiment soulagé, il rassembla les affaires qu'il avait sorties du placard et les jeta dans une benne à ordures ; pas la plus proche mais une autre, à bonne distance de Bronte House. Il éprouva une pointe de satisfaction en rabattant le couvercle. De retour à l'appartement, il remplit les sacs vides de papier journal froissé et les remit à leur place.

Par acquit de conscience, il fouillait la commode de ses parents quand quelqu'un cria son prénom.

Sophie se tenait sur le seuil, hésitante. Il la rejoignit, heureux pour la première fois de la journée, et la serra dans ses bras. Il sentit son cœur battre contre sa poitrine le temps d'une brève étreinte, car elle s'écarta aussitôt.

— J'ai trouvé un endroit sûr pour Simi, annonça-t-elle.

— Maman est sortie et l'a emmenée. Je sais pas où elles sont allées.

— J'ai fait des recherches sur Internet, et j'ai découvert un centre anti-MGF qui accueille les filles qui ne veulent pas être excisées. Sinon, j'ai ça…

Elle fouilla dans son grand sac cabas et en tira un formulaire qu'elle lui tendit.

— Une demande d'ordonnance de protection, expliqua-t-elle. Il faut la remplir.

— Pour quoi faire ? S'il existe un endroit…

— Il existe, et on y emmènera Simi en attendant que l'ordonnance soit rendue. Mais nous devons mettre toutes les chances de notre côté.

— Il est où, ce centre ?

— À Whitechapel.

— Whitechapel ? Tu déconnes, Soph ?

— C'est la meilleure solution pour mettre Simi en sécurité le plus rapidement possible. C'est eux qui cachent la fille dont on a parlé aux infos. Tu vois qui je veux dire ?

Tani fit non de la tête. Il avait trop de problèmes pour se soucier de ceux des autres.

— Peu importe, reprit Sophie. Quelqu'un a conduit cette fille là-bas, et la directrice a dit qu'elle ne la rendrait pas à ses parents tant qu'elle n'aurait pas la certitude qu'il ne lui arriverait rien.

— Cette femme, tu lui as parlé ?

— Pas la peine. Il suffit de lui amener ta sœur et de lui expliquer la situation. Où elle est ?

— Je te l'ai dit, Soph : j'en sais rien ! Maman la quitte pas des yeux une seconde. J'ai peur qu'elle l'ait emmenée quelque part où…

— Oh non ! Tu crois qu'ils sont en train de le faire, en ce moment ?

— Elle a parlé d'une clinique. Elle leur a filé du fric, et mon père a voulu le récupérer. Ma mère lui avait pas dit qu'elle l'avait pris. Et… Sophie, j'ai découvert un tas de trucs pour quand l'exciseuse va revenir s'occuper de Simi. Elle avait donné une putain de liste à mon père. J'ai tout mis à la poubelle.

— Parfait ! Maintenant, il ne reste plus qu'à trouver Simisola.

THE MOTHERS SQUARE
LOWER CLAPTON
NORD-EST DE LONDRES

— Pourrais-je vous parler ? s'enquit poliment Thomas Lynley.

— Je dois aider ma femme à s'occuper de notre fille, répondit Mark.

— J'attendrai que vous ayez terminé.

— On ne pourrait pas discuter plus tard, à mon bureau ?

— Je crains que non. Vous permettez... ?

Lynley lui signifia qu'il souhaitait entrer.

— Elle est handicapée, vous savez. Notre fille, précisa Mark face à l'air perplexe de Lynley. L'infirmier est en retard, alors c'est moi qui aide ma femme. Donc si c'était possible de...

Au même moment, Mark aperçut Robertson à l'angle de Sladen Place. Il ne pouvait pas tomber plus mal.

L'infirmier agita le bras en criant :

— Me voici ! Maudits transports en commun. La princesse est levée ?

— Oui. Nous étions en train de l'habiller.

— Je m'en occupe !

Robertson salua Lynley de la tête et alla rejoindre Pete. Mark n'avait pas le choix : il s'effaça devant le visiteur.

— Pourquoi ici ? Si vous vouliez me parler seul à seul, on aurait pu se retrouver à l'Orbit, comme la dernière fois.

— J'ai pensé que vous préféreriez que cette conversation reste confidentielle.

Mark le conduisit à la cuisine, la pièce la plus éloignée de la chambre où Pete et Robertson achevaient de préparer Lilybet pour sa promenade matinale. Il espérait qu'ils allaient sortir le plus vite possible. Pete avait prévu d'aller à Hackney Downs, car il était plus facile de manœuvrer le fauteuil roulant sur le chemin qui longeait le parc.

Il débarrassa la table de la vaisselle du petit déjeuner, qu'il empila sur le comptoir déjà encombré par la cafetière, le micro-ondes, le robot mixeur, ainsi que par quatre paquets de céréales, des bananes trop mûres et une bouteille de lait. Dans l'angle de la pièce, la poubelle attendait d'être vidée et un sac plein de couches sales répandait une odeur âcre caractéristique. Mark vit soudain sa cuisine à travers les yeux de son visiteur, si élégant et raffiné. Comment imaginer Thomas Lynley vivant dans un cadre aussi sordide ?

— Un café ? proposa-t-il.

Lynley déclina, mais accepta une chaise. Il sortit d'une enveloppe kraft des agrandissements des images de vidéosurveillance que Mark avait étudiées plus tôt sur son smartphone. Ceux-ci, toutefois, étaient beaucoup plus nets. Les informaticiens de la police scientifique les avaient améliorés depuis leur parution dans les tabloïds. C'était à se demander si la Met n'avait pas délibérément diffusé des clichés trop granuleux pour que les personnes figurant dessus se croient à l'abri d'une identification.

Lynley s'empressa de le détromper.

— Ces clichés nous sont parvenus la nuit dernière. C'est pourquoi ils n'ont pas encore été publiés.

Mark s'assit en face de lui, puis s'empara des photos afin de montrer qu'il leur accordait toute son attention.

— En quoi puis-je vous être utile ?

— Quand vous vous êtes rendu chez Teo Bontempi, peut-être avez-vous croisé un de ces deux individus.

— À mon avis..., dit Mark avant de s'éclaircir la voix, vous auriez plus de chances en interrogeant les résidents de l'immeuble.

— C'est en cours. En attendant, reconnaissez-vous l'une de ces personnes ? L'une au moins semble être une femme.

Mark examina de nouveau les tirages.

— Ces photos datent de la nuit où Teo a été blessée ?

— La première, oui. Et celles-ci ont été prises quarante-huit heures plus tôt. Ce sont des agrandissements, bien sûr. Les originaux montrent également Teo.

— Avec ces deux personnes ? s'étonna Mark.

— Avec chacune, séparément. Les deux ont sonné à l'interphone, mais au lieu de leur ouvrir elle est descendue pour leur parler.

— Puis elle les a laissées entrer ?

— Il semblerait que non. Il est important que nous les retrouvions. À l'évidence, les deux venaient pour elle.

Mark secoua la tête.

— J'aimerais pouvoir vous aider. Ça vous aurait évité de vous déplacer pour rien.

— À ce propos...

Lynley s'interrompit et rangea les photos dans l'enveloppe.

— Oui ?

— Vous êtes en possession d'une pièce à conviction capitale. En fait, c'est l'objet de ma visite.

Mark eut tour à tour chaud et froid.

— De quoi parlez-vous ?

— De son portable. C'est vous qui l'avez. Ou votre femme. Ou le monsieur qui vient d'arriver. Il a borné pour la dernière fois dans cette zone. Parmi toutes les connaissances de Teo, c'est vous qui habitez le plus près de l'antenne-relais ayant capté le signal. Sachant que le mari de Teo a vu l'appareil charger sur la table de chevet, et que c'est vous qui l'avez découverte le lendemain, c'est forcément vous qui l'avez. La question étant de savoir quand vous l'avez pris. Avant l'arrivée de l'ambulance ? Ou pendant que Teo était hospitalisée ?

Mark était coincé. S'il niait, Lynley reviendrait avec un mandat de perquisition. Pourquoi ne s'était-il pas débarrassé de ce foutu téléphone ?

— Je m'en suis servi pour appeler les secours, répondit-il sur un ton sinistre.

Lynley continua à le dévisager sans parler.

— Je sais que j'ai eu tort de le garder.

Il avait l'appareil sur lui, dans sa poche.

— Si je l'avais laissé, quelqu'un aurait pu le récupérer, expliqua-t-il en le tendant à Lynley.

— Et vous ne pouviez pas courir ce risque.

— J'avais prévu de le lui rendre à sa sortie de l'hôpital. Et puis…

— Et puis elle est morte, et vous vous êtes cru tiré d'affaire. D'autant que vous ignoriez qu'il s'agissait d'un meurtre. Mais quand vous l'avez appris… C'est là que le bât blesse, commissaire Phinney. Vous saviez, et vous avez quand même gardé ce téléphone. En tant que policier, vous êtes conscient de l'impression que vous donnez.

— L'impression que je vous ai menti lors de notre première entrevue.

— C'est le cas ?

— J'ai dit vrai au moins sur un point : Teo manquait d'esprit d'équipe. Elle préférait agir en solo.

— Mais ce n'est pas pour cela que vous l'avez fait transférer, n'est-ce pas ? Je pense que vous aviez un motif plus personnel. Le contenu de cet appareil devrait nous en apprendre davantage.

Mark détourna le regard. Il savait ce que Lynley allait trouver : les photos échangées, les innombrables SMS, les messages vocaux, ainsi qu'une vidéo particulièrement crue.

— Il vous apprendra que l'amour peut faire perdre la raison, au cas où vous l'ignoreriez, répliqua-t-il. J'ai gardé ce téléphone parce que je ne voulais pas que vous voyiez ce qu'il contenait. Personne n'était au courant.

— Pas même votre femme ?

— Non, non… Elle ne se doutait de rien.

— Et de quatre, dit Lynley.

— Quatre quoi ?

— Quatre preuves de votre aveuglement.

Lynley ressortit les photos de l'enveloppe et les plaça côte à côte sur la table.

— Regardez mieux.

— Je ne connais pas ces personnes. Je n'ai pas la moindre idée de qui elles sont. Je ne…

Il se tut brusquement.

— Avez-vous quelque chose à me dire au sujet de ce que je vais trouver dans ce téléphone ? demanda Lynley.

— Elle me rendait dingue. Ce que vous allez trouver, ce sont les messages d'un homme fou d'amour.

— Et les autres messages, que m'apprendront-ils sur leurs expéditeurs ?

— Ça, je n'en sais rien. Une fois l'appareil verrouillé, je n'ai pas pu accéder à son contenu.

La porte de la cuisine s'ouvrit alors. Les deux hommes tournèrent la tête vers Pete, avec Lilybet et Robertson.

— On venait faire un bisou à papa, annonça Pete.

Avant que Mark puisse dire quoi que ce soit pour tenter de retarder l'inéluctable, elle entra en poussant le fauteuil.

LEYTON
NORD DE LONDRES

Monifa Bankole avait appelé plusieurs fois le numéro que lui avait donné la prétendue Easter Lange. Celle-ci ne décrochait jamais et, à sa dernière tentative, un message lui avait indiqué que la boîte vocale était pleine. Pourtant, les pages de l'agenda qu'elle avait aperçu à la clinique étaient remplies de noms. Dans ces conditions, il paraissait inconcevable qu'elle ait fermé pour de bon. Elle avait plus probablement déménagé pour un autre quartier de Londres. Monifa n'avait plus qu'à découvrir lequel.

Jusque-là, elle l'avait cherchée sans succès. Or il était devenu urgent d'agir. Tani avait attisé son inquiétude en lui apprenant qu'Abeo avait acheté les fournitures réclamées par Chinara Sani, l'exciseuse nigériane. Il les avait jetées et lui en avait montré la liste, exigeant qu'elle lui confie Simisola. Face à son refus, il avait brandi devant elle un formulaire de demande de protection, menaçant de le remettre lui-même aux autorités compétentes si elle ne coopérait pas.

C'était ce mot, « coopérer », qui l'avait fait sortir de ses gonds. Le mot, et l'idée même qu'elle devait « coopérer » avec son propre fils parce qu'elle était une femme.

« Tu n'as aucun ordre à me donner ! avait-elle répliqué.

Il avait immédiatement changé de ton.

— Maman, s'il te plaît… Tout ce que je veux, c'est l'emmener dans un endroit où elle sera en sécurité. »

Elle n'avait pas cédé. En campant sur ses positions, elle prenait le risque que Simisola soit placée temporairement dans un foyer si Tani mettait son projet à exécution. Mais la crainte d'être séparée de sa fille pendant de longs mois, voire pour toujours, l'avait emporté.

Elle avait pris Simi par la main pour se rendre chez Halimah. Celle-ci habitait Woodville Road, de l'autre côté de la cité, au deuxième étage de Lydgate House. Monifa n'était jamais allée chez elle : Abeo n'aimait pas la mère de Lim parce qu'elle était divorcée. Mais Simisola connaissait le chemin.

Lim était l'unique enfant de Halimah, qui au départ n'était pas décidée à faire exciser sa fille. Mais, comme elle l'avait été elle-même, elle avait finalement cherché quelqu'un pour accomplir ce rituel de purification. À ce moment-là, elle n'imaginait encore qu'une simple formalité, une étape qui marquerait l'entrée dans l'âge adulte et n'entraînerait qu'un désagrément temporaire. Personne, et surtout pas elle, ne s'attendait à ce que les choses tournent mal. Rien ne s'était passé comme prévu, et Lim était morte par sa faute.

Monifa frappa, et Halimah ouvrit presque aussitôt.

— Abeo a trouvé quelqu'un, annonça Monifa. Elle est venue à l'appartement. Tani est au courant. J'ai peur qu'il emmène Simisola pour empêcher que ça ait lieu.

Halimah comprit aussitôt de quoi elle parlait.

— Vous ne pouvez pas rester ici ! C'est le premier endroit où il vous cherchera.

Elle lança un regard alentour, comme si elle s'attendait à voir Abeo apparaître au bout d'une liane tel Tarzan pour enlever sa fille après avoir assommé Monifa.

— Je ne te demande pas de nous cacher. Tout ce que je veux, c'est son adresse. Je dois lui parler face à face.

— À qui ?

— Tu le sais très bien.

Après quelques secondes d'hésitation, Halimah les invita à entrer.

L'appartement était plongé dans la pénombre. Halimah avait laissé les fenêtres et les rideaux fermés dans l'espoir de retenir la fraîcheur relative de la nuit mais, quand la température s'élèverait, elle devrait se résoudre à les ouvrir en grand.

Monifa et Simi attendirent dans le vestibule tandis que Halimah se dirigeait vers la cuisine. Peu après, elles l'entendirent farfouiller dans un tiroir rempli de couverts. Une minute plus tard, elle revint avec un morceau de papier quadrillé sur lequel était griffonnée une adresse à Leyton Grange. Ce n'était pas la porte à côté, mais Monifa n'avait pas le choix. Elle remercia Halimah et se mit en route avec Simisola.

L'adresse la mena à un immeuble de briques dont les étages étaient délimités par une bande de couleur crème. Ses balcons se distinguaient de ceux de la plupart des tours d'habitation londoniennes par une barrière de sécurité en métal rouge percée de minuscules trous octogonaux supposés faciliter la circulation de l'air. Le bâtiment était entouré d'une pelouse jaunie au milieu de laquelle trônait un canapé bleu abandonné. Les arbustes perdaient leurs feuilles. Tout offrait le même aspect poussiéreux et parcheminé.

Il leur avait fallu presque une heure et demie pour arriver à destination. Elles avaient enchaîné les trajets dans des bus à l'atmosphère irrespirable et s'étaient égarées à deux reprises à cause des indications données par des passants apparemment aussi perdus qu'elles.

Monifa appuya sur le bouton correspondant au numéro d'appartement que Halimah avait noté au-dessous de l'adresse. Rien. Elle sonna à nouveau. Cette fois, une voix féminine jaillit de l'interphone :

— Qu'est-ce que c'est ?

Monifa se présenta et demanda si elle était bien chez Chinara Sani.

— Vous êtes de la famille d'Abeo Bankole ?

— Je suis sa femme.

— Et vous venez pour quoi ?

— Pour parler de ce qu'il a prévu pour Simisola.

— Un moment, je vous prie.

Plusieurs minutes s'écoulèrent. Monifa imaginait Chinara Sani s'agitant nerveusement tout en échafaudant un plan de fuite. Elle sonna à nouveau, et la porte s'ouvrit. Monifa entra et entraîna Simisola vers l'ascenseur.

Il arriva après une attente ponctuée de grincements et les monta au dixième étage. À peine Monifa eut-elle frappé à la porte que Chinara Sani ouvrit.

Elle pensait rencontrer une femme très âgée et vêtue à

l'africaine. En réalité, Chinara Sani ressemblait à une employée de banque, même si son rouge à lèvres écarlate détonnait avec ses cheveux gris et donnait à sa bouche l'aspect d'une plaie béante.

— Vous êtes Chinara ? demanda Monifa.

— Oui. Et voici Simisola, n'est-ce pas ?

Chinara sourit, révélant une trace de rouge sur une incisive.

— Vous me l'amenez pour que nous fassions connaissance ? Ça me facilite le travail. Comment vas-tu, Simisola ? Tu es prête à devenir une grande fille ?

Simi recula, intimidée.

— Justement, dit Monifa. C'est de ça que je suis venue vous parler.

— Ah oui ? Très bien. C'est rare qu'un père conclue l'affaire en l'absence de son épouse. Vous avez des questions ?

Comme Monifa se taisait, Chinara s'adressa à Simi :

— Et toi, ma chérie ? C'est comme ça qu'on devient une femme, tu sais. On te l'a expliqué, non ?

Simi se colla contre sa mère. Tout son petit corps tremblait.

— Nous n'aurons pas besoin de vos services, déclara Monifa. J'ai pris d'autres dispositions. Abeo n'était pas encore au courant quand il vous a fait venir chez nous.

— D'autres dispositions, hein ? Je suis la seule authentique exciseuse nigériane du nord de Londres. Il y a des Somaliennes, bien sûr. Elles sont moins chères, c'est vrai. Mais jamais je ne laisserais une exciseuse somalienne entrer chez moi, et encore moins poser les mains sur mon enfant. Je peux savoir comment vous avez eu mon adresse ?

— Par la mère d'une petite qui s'est suicidée après que vous l'avez excisée. Vous vous en souvenez peut-être ? Elle s'appelait Lim. Elle avait 12 ans. Elle s'est pendue avec un foulard.

— Douze ans, murmura Chinara. C'est mieux d'opérer sur des filles plus jeunes. C'est ce que je dis aux parents qui viennent me trouver. S'ils ne m'écoutent pas, je ne suis pas responsable des conséquences.

— Si jamais vous touchez à Simisola, je préviens la police. Même chose si vous remettez les pieds chez nous.

— Ce n'est pas à vous d'en décider. Votre mari m'a dit que...

— Je me fiche de ce qu'il vous a raconté.

— ... vous étiez d'accord, tous les deux. Il m'aurait menti ?

— Tout ce que je dis, c'est que vous ne toucherez pas ma fille. Sinon, j'appelle la police.

Les boucles d'oreilles dorées de Chinara se balançaient comme le pendule d'un hypnotiseur quand elle penchait la tête.

— Qu'est-ce qui vous a fait changer d'avis, madame Bankole ? Quand j'ai rencontré votre mari, il m'a dit que vous étiez satisfaite de la manière dont nous comptions procéder.

— Il vous a menti.

— Pourquoi ?

— Maman ? chuchota Simisola. J'ai envie de faire pipi.

— Bien sûr, ma chérie ! Les toilettes sont par là.

Comme Monifa s'apprêtait à accompagner sa fille, Chinara la retint.

— La petite peut se débrouiller toute seule, non ? Il n'y a personne ici à part nous, si c'est ce qui vous inquiète.

Tout chez elle inquiétait Monifa, mais elle tenta de se raisonner.

— Fais vite, dit-elle à Simi.

— Vous savez ce qui va se passer, hein ? lança Chinara à Monifa quand la fillette les eut laissées seules. Si elle n'est pas préparée, vous ne trouverez pas un bon parti pour elle.

— Je vous l'ai dit, j'ai pris d'autres dispositions.

— Pour un mariage ? Avec un vrai Nigérian ? Il aura des exigences...

— Ça ne vous regarde pas. Si Abeo vous a payée en avance, gardez l'argent. Mais ne revenez jamais chez nous. C'est clair ?

— Votre mari voudra...

— Tout ce qui compte pour moi, c'est Simisola.

Au même moment, un coup de sonnette long et appuyé retentit. Une sorte de signal ? La panique envahit Monifa. Elle n'aurait su dire pourquoi, si ce n'était qu'elle se trouvait chez une femme dont le gagne-pain pouvait lui valoir une peine de prison. Pour avoir été arrêtée et traînée au poste une fois, elle n'avait pas envie de revivre cette expérience.

Au lieu de parler dans l'interphone, Chinara ouvrit directement la porte de l'immeuble. À cet instant, Monifa comprit que Simi et elle devaient impérativement partir. Elle appela sa fille, lui disant de se dépêcher.

Elle entendit enfin un bruit de chasse d'eau, puis de l'eau coulant dans un lavabo : Simi se lavait les mains, comme elle le lui avait appris. Quand elle réapparut, Monifa se précipita vers elle et passa un bras autour de ses épaules.

— Nous allons vous laisser, dit-elle à Chinara.

Elle se dirigeait vers la sortie quand on frappa trois coups à la porte.

— Ah ! dit Chinara. Nous allons connaître la vérité.

Elle les dépassa pour aller ouvrir, et Abeo entra.

DEPTFORD
SUD-EST DE LONDRES

L'appartement de Leylo et Yasir donnait sur Pepys Park, à Deptford. Il n'était pas très éloigné du tunnel piéton de Greenwich, qui reliait le couple improbable formé par l'île aux Chiens et le Collège royal de la marine. À la différence de certains espaces verts de Londres, accessibles uniquement à quelques privilégiés assez riches pour en obtenir la clé, le parc était ouvert à tous. En descendant de voiture, Deborah aperçut des tables de pique-nique, des bancs ainsi qu'une vaste pelouse malheureusement grillée destinée aux jeux de ballon. L'endroit idéal pour lire, bronzer dans un transat ou promener son chien dans l'ombre abondante des arbres.

Quand Deborah avait appelé, Leylo était seule chez elle. Elle avait été ravie d'apprendre que la photographe passait dans le quartier et souhaitait leur offrir un tirage, à son mari et elle. Deborah frappa donc à la porte de l'appartement, un paquet sous le bras et sa sacoche à l'épaule.

Leylo lui parut métamorphosée. En d'autres temps, on l'aurait qualifiée de « radieuse ». Au siècle présent, elle irradiait la santé et l'énergie. Elle accueillit Deborah avec un sourire éclatant.

— Entrez, entrez ! Voulez-vous du thé ? Je vous proposerais bien du thé chaud mais par ce temps… Si vous préférez, j'en ai du frais.

Deborah accepta volontiers. En pénétrant dans le salon, elle se demanda où le couple allait pouvoir accrocher le portrait. Au-dessus du canapé, sur les murs et sur toutes les surfaces disponibles, il y avait plus d'œuvres d'art africain qu'elle n'en avait vu de toute sa vie : tableaux, masques, sculptures, gravures, paniers, tissages encadrés. Sur une table basse, une statuette brandissant une lance côtoyait une vitrine renfermant d'étranges objets aux formes abstraites ou figuratives.

— Ce sont les poids de Yasir. Il les collectionne depuis qu'il est petit.

Deborah se retourna. Leylo venait d'entrer, apportant le thé et une assiette de biscuits.

— À quoi servent-ils ? demanda-t-elle.

— Ils servaient à calculer le poids de la poussière d'or qu'on utilisait comme monnaie d'échange avant les pièces et les billets de banque.

— Ils sont magnifiques, surtout l'alligator. Ou est-ce un crocodile ? Je ne sais jamais à quoi on les reconnaît.

Leylo posa son plateau sur une table basse en verre, à côté d'un catalogue de meubles ouvert. Elle surprit le regard de Deborah.

— Nous allons renouveler nos vœux de mariage, expliqua-t-elle. Pour fêter ça, Yasir veut une nouvelle chambre à coucher, sans souvenirs de souffrance et de douleur.

— Quelle bonne idée ! Yasir est très attentionné.

— Il est différent de beaucoup de maris traditionnels. J'ai de la chance de l'avoir.

— Lui aussi a de la chance. J'espère qu'il le sait.

— Vous êtes mariée ?

— Oui.

— Et votre mari ?

— Je l'aime depuis mes 7 ans.

— Bonté divine ! Vous vous êtes connus enfants ?

— J'étais une enfant. Pas lui.

— Il est beaucoup plus vieux, alors ?

— Non, non. Enfin, il a onze ans de plus. Mais si nous ne nous étions pas connus depuis si longtemps, nous aurions peut-être épousé d'autres personnes.

— Quelle histoire ! dit Leylo en tendant un verre de thé à Deborah.

Il était à température ambiante, pas glacé, et aromatisé au citron. Deborah le trouva délicieux.

— Une histoire beaucoup trop longue à raconter, reprit-elle. Si je peux me permettre, vous avez l'air en pleine forme. L'opération a été un succès ?

Leylo acquiesça.

— Le Dr Weatherall m'a dit que, bientôt, Yasir et moi pourrions envisager d'avoir des enfants. Vous en avez ?

— Malheureusement, non. Vous voulez voir la photo que je vous ai apportée ?

— Oh oui, bien sûr !

Deborah indiqua de la tête le paquet qu'elle avait calé contre le canapé. Il était enveloppé dans du papier kraft scotché aux deux extrémités. Leylo ne mit pas longtemps à l'ouvrir. Ce n'était pas un banal portrait de studio, mais une œuvre d'art destinée à être exposée. Deborah l'avait tiré en noir et blanc, avec un support blanc et un cadre en métal noir tout simple. Assis sur l'accoudoir du fauteuil de Leylo, Yasir baissait les yeux vers sa femme, qui levait le visage vers lui. Il était de profil et elle de trois quarts. Deborah aimait particulièrement ce cliché : il révélait la nature de leur relation, fondée sur la patience, le dévouement et un soutien sans faille.

— Elle est magnifique ! s'exclama Leylo en joignant les mains. Comme vous êtes gentille de me l'avoir apportée !

— C'est vous qui avez eu la gentillesse de m'autoriser à vous photographier. D'ailleurs, vous voulez bien que je vous prenne à nouveau, ici même ? Vous avez tellement changé !

Leylo parut étonnée.

— Maintenant ? Sans mon mari ?

— Si cela ne vous dérange pas.

Leylo réfléchit un moment, puis elle sourit.

— D'accord ! Où dois-je me mettre ?

Elle avait pris place sur le canapé éclairé par un rayon de soleil. La lumière était intéressante, mais derrière elle les œuvres exposées sur le mur risquaient de distraire le regard, même en ajustant la profondeur de champ.

— Pourrait-on approcher une chaise de la fenêtre ? demanda Deborah.

— Rien de plus facile.

Leylo déplaça elle-même la chaise et s'assit. Deborah alluma la lampe sur la table et éloigna la statue ainsi que la vitrine contenant les poids.

Puis elle recula de quelques pas et étudia la composition : la lumière ambiante éclairait la joue de la jeune femme tandis que celle de la lampe nimbait sa chevelure.

— Ça va être superbe, Leylo. Je vous en apporterai un tirage. Seulement… Je vais également devoir photographier Yasir, pour que vous ayez deux portraits assortis. Puis ce sera le tour de vos enfants, un par un. Peut-être aussi de vos parents ? De vos frères et sœurs ? Je vais devenir tellement envahissante que bientôt vous devrez me considérer comme un membre de votre famille !

Leylo éclata de rire. C'était le moment qu'attendait Deborah pour appuyer sur le déclencheur.

LEYTON
NORD DE LONDRES

Monifa comprit que Chinara Sani avait employé les minutes qui s'étaient écoulées avant de les laisser entrer à appeler Abeo. Probablement pour lui demander ce que sa femme et sa fille venaient faire chez elle. Pour être là aussi vite, il avait dû emprunter la voiture de Lark ou prendre un taxi.

Il referma soigneusement la porte et alla se planter devant Monifa. Ses gestes lents et son visage impassible évoquaient un cobra prêt à l'attaque.

— Qu'est-ce que tu fabriques ici, Monifa ? demanda-t-il sur un ton posé.

Il observa ensuite Simi, qui s'était réfugiée dans un coin de la pièce.

— Et Simisola ?

Monifa prit une profonde inspiration. Quelle facette de sa personnalité allait-il montrer devant une étrangère ?

— J'ai dit à cette femme que j'appellerai la police si elle touche à ma fille, répondit-elle calmement.

— *Ma* fille, rétorqua Abeo. Du moins, c'est ce que tu prétends. Si elle est vraiment de moi, c'est à moi de décider de son avenir. Avec toi, elle deviendrait ce que tu es aujourd'hui : une branche pourrie de l'arbre de ton père. Viens ici, Simisola.

La fillette ne bougea pas.

— Ne m'oblige pas à aller te chercher ! insista Abeo.

Simi leva les yeux vers sa mère.

— Maman, qu'est-ce que…

C'en était trop pour Abeo. Il traversa la pièce en quelques enjambées et saisit le bras de sa fille.

— On va le faire maintenant, dit-il à Chinara.

Monifa s'interposa entre Abeo et l'exciseuse.

— Non ! Je ne vous laisserai pas… !

Lâchant Simisola, Abeo écarta brutalement sa femme, qui s'écrasa contre un fauteuil. Pendant qu'elle se relevait, il rattrapa Simi et la poussa vers Chinara.

— Maintenant ! répéta-t-il.

— Je ne peux pas, dit l'exciseuse.

— Tu dois le faire. Je t'ai payée. Je la tiendrai. Va chercher ton matériel. Toi, dit-il à Monifa, reste où tu es. Sinon, je…

— Tu me feras quoi, hein ?

Il s'avança vers elle, les poings serrés, mais Chinara l'arrêta.

— Ça suffit ! Tu m'as dit que ta femme était d'accord. Tu m'as menti. Sans accord, je ne fais rien.

— Il y a un accord, rétorqua Abeo. L'accord, c'est moi qui le donne. Le reste, c'est entre elle et moi. Ça n'a rien à voir avec Simisola.

— Il n'y a pas d'accord qui tienne quand la mère menace de prévenir la police. C'est terminé. On n'en parle plus. Je ne ferai rien, ni aujourd'hui ni jamais.

Le visage d'Abeo s'était figé comme s'il faisait une attaque cérébrale. Simi courut vers Monifa, qui s'agenouilla auprès d'elle.

— J'ai acheté tout ce qu'il te fallait, dit Abeo d'une voix glaciale. J'ai dépensé de l'argent. Je t'ai payée. Tu vas…

— Je ne ferai rien du tout, tu entends ? Maintenant, vous allez partir, ou c'est moi qui appelle la police. Fichez le camp !

Un silence lourd de tension s'installa. Monifa crut qu'Abeo allait frapper l'exciseuse mais, après l'avoir défiée du regard, il agrippa Monifa par le bras et la poussa vers la porte avant d'en faire autant avec leur fille.

Ils sortirent dans le couloir, et Chinara claqua la porte derrière eux.

— Puisque c'est comme ça, gronda Abeo en entraînant Monifa et Simi vers l'ascenseur, elle ira au Nigeria.

WESTMINSTER
CENTRE DE LONDRES

Il était 10 h 30.

— Judi-avec-un-i a appelé, annonça Dorothea Harriman. L'adjoint au préfet veut vous parler.

Winston Nkata se tourna vers Havers, qui haussa les épaules.

— L'inspecteur Lynley n'est pas là, dit-il à Dorothea.

— C'est ce que j'ai répondu à Judi. D'abord, elle a dit : « Dès qu'il arrivera », etc. Puis elle a rappelé, d'où ma visite.

— L'adjoint au préfet veut s'entretenir avec l'un de nous deux ?

Dorothea posa son pied droit en équilibre sur son talon aiguille avant d'abattre la pointe de son escarpin sur le lino.

— Elle a bien insisté : « Immédiatement. » Ça ne peut pas attendre le retour du commissaire par intérim.

— C'est à quel sujet, Dee ? intervint Havers.

— Vous savez bien que Judi ne laisse jamais rien filtrer, sergent. Il ne faudrait pas gâcher la fête. Ou la surprise. Du moins, c'est ainsi que l'adjoint au préfet voit les choses.

— D'accord, soupira Havers. Ordre d'en haut. Tu préfères quoi, Winnie ? Pierre-papier-ciseaux ou pile ou face ? Heureusement que je suis en tenue professionnelle ce matin, au cas où je perdrais.

— Concernant la tenue, reprit Dorothea, vous êtes encore loin du compte. Ce sont des baskets en peau de léopard ?

— En faux léopard. Je suis l'amie des bêtes. Si vous en voulez une paire, je peux...

— Pour l'instant je passe mon tour, sergent. Alors ? demanda ensuite Dee à Nkata, qui avait sorti une pièce de 50 pence de sa poche.

— Face tu y vas, pile c'est moi, proposa Havers. Mais n'oublie pas que je ne suis pas dans les petits papiers de Hillier.

Nkata lança la pièce, qui retomba au pied de la chaise de Barbara. Celle-ci y jeta un coup d'œil et sourit.

— Amuse-toi bien, Winnie !

Nkata soupira.

— Je ne suis jamais allé dans son bureau.

— Les premières fois sont toujours les meilleures. Je te parie qu'il va sortir les biscuits au chocolat en voyant que ce n'est pas moi.

Nkata glissa quelques feuilles dans une chemise, et plus vite qu'il ne l'aurait souhaité il se retrouva devant Judi-avec-un-i. Il n'était encore jamais monté dans le nid d'aigle de Hillier.

— Sergent Nkata, dit-il.

Judi-avec-un-i l'examina de la tête aux pieds.

— Vous êtes grand, constata-t-elle.

— Normal.

— C'est-à-dire ?

— C'est génétique. On l'est tous dans la famille.

— Je vous demandais votre taille.

— Oh ! Pardon. 1,95 mètre. Pas loin de 2 mètres.

— Ah oui. Eh bien, ça se voit.

Elle appela l'adjoint au préfet et lui annonça que le sergent Nkata était arrivé.

— Certainement, ajouta-t-elle après avoir écouté sa réponse. Allez-y, dit-elle à Nkata. Débrouillez-vous pour avoir l'air plus petit. Ça aidera.

Décontenancé, le sergent se voûta un peu et entra. Hillier l'attendait de pied ferme, les poings appuyés sur son bureau. La première chose que remarqua Nkata furent les tabloïds étalés devant lui. À voir leur nombre, on aurait pu croire qu'il avait pillé tous les kiosques à journaux de la ville. Derrière lui, une rangée de fenêtres offrait une vue appréciable sur les cimes des arbres de St James's Park, qui se découpaient en vert sur un ciel sans nuages.

Nkata n'avait pas encore pris connaissance des nouvelles,

mais cette mise en scène n'augurait pas un happy end du type : « Bravo, bon boulot ! »

Hillier plissa les yeux.

— Où est votre supérieur ? aboya-t-il.

— À Lower Clapton. Il est allé récupérer le portable de la victime et discuter avec celui qui l'a fait muter.

— C'est tout ?

— Il lui montre aussi quelques photos.

— Espérons qu'il en ait de meilleures que celles-ci, dit Hillier en indiquant les journaux. Vous les avez apportées ?

Nkata jeta un coup d'œil au dossier qu'il avait à la main. En vérité, il ne savait pas vraiment ce qu'il contenait ni pourquoi il s'en était encombré.

— Les photos améliorées ? Le patron les a reçues hier, tard dans la soirée. Il n'a pas eu le temps de nous en fournir des copies.

Hillier observa quelques secondes de silence.

— Vous êtes loyal, dit-il enfin.

— Pardon, monsieur ?

— Envers Lynley. C'est tout à votre honneur, sergent.

Nkata se borna à acquiescer. Un téléphone sonna à l'extérieur, probablement sur le bureau de Judi-avec-un-i.

— Tâchez de m'en faire parvenir des exemplaires, ajouta Hillier.

Nkata détourna le regard, réfléchissant à l'ordre qu'il venait de recevoir.

— Pour les communiquer aux médias, monsieur ?

— Pour en faire ce que je jugerai bon.

— Mais…

— Mais quoi ? l'interrompit Hillier sur un ton cassant.

— L'inspecteur Lynley ne veut pas que le coupable sache que nous en avons de meilleures.

— Vous m'avez entendu, oui ou non ? Ce n'était pas une suggestion.

— Si les photos sont publiées et qu'elles montrent le tueur, on abat notre jeu.

— C'est une façon de voir les choses. Il y en a d'autres, qui vous échappent visiblement.

— Bien, monsieur.

— Et puis-je savoir pourquoi Lynley monopolise deux sergents quand un seul suffirait ? Je lui ai déjà demandé de se justifier à ce sujet, ce qu'il s'est bien gardé de faire. Et je doute que Barbara Havers se soit mise en quête d'un autre emploi, même si ce serait une excellente nouvelle.

— Le problème, ce sont les réductions budgétaires, expliqua Nkata, à la fois soulagé de se retrouver en terrain connu et bien décidé à détourner l'attention de Hillier du sujet Havers. Croyez-moi, on fait le maximum avec les deux constables que nous a prêtés l'inspecteur Hale. En ce moment même, l'un d'eux regarde les bandes de vidéosurveillance de l'immeuble de Teo Bontempi et des deux boutiques situées en face. L'autre visionne celles de Streatham High Road afin de repérer les voitures et les taxis qui sont passés dans le secteur. Comme elle n'a rien trouvé le jour du meurtre, elle est remontée quarante-huit heures en arrière. Une fois qu'elle a relevé les plaques d'immatriculation, elle les envoie à Swansea.

— Et que dit Swansea ? Sergent, j'aimerais ne pas devoir vous tirer les vers du nez !

— Ce qu'on a de plus intéressant pour le moment, c'est une voiture enregistrée au nom de Mark Phinney, le supérieur de Teo Bontempi avant sa mutation. Il est passé à plusieurs reprises dans le quartier, alors qu'il n'y vit pas. Il a également été filmé par la caméra de l'immeuble.

— Est-ce que les dates correspondent ?

— Les deux premières correspondent à ses déclarations. La troisième et la quatrième, non.

— Dans ce cas, foncez !

— L'inspecteur Lynley est sur le coup, monsieur. Comme je vous le disais, il s'est rendu chez Phinney tôt ce matin.

Hillier ne le quittait pas des yeux. Sans doute une technique d'intimidation.

— Autre chose ? demanda-t-il sur un ton égal.

— On a saisi l'agenda d'une clinique récemment fermée sur dénonciation. La police locale y avait interpellé deux femmes. D'après elles, l'établissement traitait les « problèmes féminins ».

Là où ça se corse, c'est qu'aucune des patientes qu'on a pu contacter n'a voulu révéler le motif de sa consultation. Chaque nom inscrit dans l'agenda est suivi d'un second prénom entre parenthèses. Un prénom de fille. Notre théorie, c'est que la victime, le sergent Bontempi, a signalé aux collègues du quartier cette clinique parce qu'elle pratiquait des excisions. On recherche activement la responsable supposée.

— Et… ?

— On ne l'a pas encore retrouvée. Elle opérait sous un faux nom. Pour le moment, nous concentrons nos efforts sur le propriétaire de l'immeuble. Quand nous aurons son nom et son adresse, nous pensons qu'il nous mènera à elle.

— Qui s'en occupe ?

— Barbara Havers. Pour être honnête, on aurait besoin de renforts. Rien que l'étude des images de surveillance prend un temps fou, mais on ne peut pas faire l'impasse dessus.

Hillier fronça les sourcils.

— Vous venez de me dire que vous aviez deux constables.

— Ils font du bon boulot. Mais il nous en faudrait d'autres : chaque fois qu'on trouve un nom, un autre surgit. Et quand on aura des copies des photos améliorées, il faudra les montrer à la ronde. Vous savez comment ça se passe…

Nkata doutait fortement que sir David Hillier soit parvenu au poste qu'il occupait en enquêtant sur des affaires criminelles, mais un brin de flatterie ne pouvait pas faire de mal. Sa ruse porta ses fruits.

— Je peux vous accorder deux constables supplémentaires, dit l'adjoint au préfet. Pas un de plus, vous entendez ? On ne recherche pas un tueur en série. Si l'inspecteur Lynley est incapable de résoudre cette affaire avec une équipe de sept personnes, c'est que nous avons de sérieux problèmes, et lui aussi. Envoyez-moi ces photos améliorées dès que possible. D'ici là, prions pour que quelque chose vienne détourner l'attention de la presse à scandale. Une catastrophe naturelle, par exemple.

Pour une fois, Nkata était d'accord avec lui.

MAYVILLE ESTATE
DALSTON
NORD-EST DE LONDRES

Avant de quitter l'appartement, Tani montra à Sophie les affaires qu'il avait mises de côté pour Simisola. Elle lui recommanda de rajouter deux tee-shirts et des sandales. Il dégota dans l'armoire une paire de Crocs violettes, que Sophie fourra dans le sac à dos avec un tigre en peluche auquel il manquait un œil. Ils se rendirent ensuite au marché de Ridley Road. Il y avait de fortes probabilités pour que Monifa y soit allée avec Simi.

Ils se séparèrent à l'entrée. Sophie prit le côté où se trouvaient la boucherie et la poissonnerie d'Abeo ; Tani partit à l'opposé. Ils se rejoignirent au bout de la rue trente minutes plus tard. Ni l'un ni l'autre n'avait vu Simisola. Tani jeta un coup d'œil aux boutiques de son père, qui n'était pas là non plus. Cette absence était encore plus inhabituelle que celle de Monifa et Simisola.

— Elles sont parties depuis plus de trois heures, dit-il à Sophie. Et s'ils étaient en train de faire exciser Simi en ce moment même ? Soph, je suis son frère. C'est à moi de…

— Ne t'inquiète pas, Tani. Elles sont sans doute juste allées…

Évidemment, Sophie n'en savait pas plus que lui.

— Essaie de te calmer, enchaîna-t-elle. Elles ne vont sûrement pas tarder.

— J'aurais dû les suivre quand elles sont sorties. Mais je me suis dit que je pouvais pas non plus enlever Simi en pleine rue. Maintenant, je me demande bien ce qui m'en empêchait.

— Tu as bien fait. Elles n'ont pas pu aller très loin. Elles seront bientôt de retour.

En effet, ils n'eurent pas à attendre longtemps. Moins de dix minutes après avoir regagné l'appartement, ils entendirent la voix d'Abeo à l'extérieur.

— Écoute-moi bien, maintenant. Tu as intérêt à te conduire correctement. Sinon…

— Tu lui fais mal, papa ! cria Simisola.

— Toi, tais-toi !

Tani et Sophie se regardèrent. Le jeune homme se leva et entrebâilla la porte de sa chambre. Celle de l'appartement s'ouvrit, il y eut des bruits de pas, puis elle se referma.

— Tu es contente de toi ? lança Abeo.

— J'ai fait ça pour éviter à Simisola de souffrir.

— Tu sais ce qui va se passer, maintenant ? Je vais acheter des billets d'avion, aujourd'hui même. Tu peux te féliciter.

— Je ne te laisserai pas l'emmener, Abeo.

— Papa, je ne veux pas partir, gémit Simi.

— Et comment tu m'en empêcheras ? reprit Abeo.

— Je préviendrai la police, menaça Monifa.

Abeo émit un rire bref.

— Et puis quoi ? Ils vont me sermonner : « Vous n'avez pas le droit de faire ça, monsieur », comme si j'allais obéir.

— Ils te mettront en prison.

— Maman, où est-ce qu'il veut m'emmener ?

— Au Nigeria, pour être sûr que…

— Espèce d'idiote !

Une gifle claqua.

— Tu n'as aucun pouvoir dans cette maison.

— Abeo…

— Assez !

— Je ne t'autoriserai pas à…

— Tu es sourde ou quoi ? Ici, celui qui autorise ou qui interdit, c'est moi. Fourre-toi ça dans le crâne !

— Papa…

— Simisola, dit Monifa, s'il te plaît, va…

— Non ! Elle reste. Elle va regarder et apprendre ce qu'est l'obéissance.

— Abeo, ne fais pas ça !

— Je ne veux plus t'entendre.

— Je t'en prie…

— Qu'est-ce que je viens de dire ?

Une deuxième gifle retentit, suivie d'un cri étranglé.

— Arrête, papa ! hurla Simi. Tu fais mal à maman !

— C'est ce que font les maris quand leurs femmes refusent d'obéir. Prends-en de la graine. Où est-ce que tu crois… Je n'en ai pas fini avec toi !

Un corps tomba lourdement au sol.

— Abeo, arrête ! supplia Monifa. Tu fais peur à…

— Je vais te montrer…

Puis il n'y eut plus que les grognements d'Abeo, le bruit des coups, les gémissements de Monifa.

— Non ! Non ! Papa ! implorait Simi.

— Ne te mêle pas de ça ! Tu vois ce que tu as fait d'elle ? Tu le vois ? Tu gâches tout ce que tu touches. Simisola, ne… Sale petite…

Simi poussa un cri strident, Monifa hurla. Tani se leva d'un bond et se rua vers la porte. Sophie le retint par le bras.

— Arrête, murmura-t-elle. Si tu y vas, il te frappera aussi.

— File dans ta chambre ! rugit Abeo. Et restes-y, sinon je tue ta mère.

— Papa…

— Tu veux qu'elle meure, c'est ça ?

Il y eut des pas précipités, et Simi entra dans la chambre. Tani la serra contre lui tandis que Sophie lui faisait signe de se taire. Des bruits de lutte et des cris leur parvinrent du salon.

— Il frappe maman ! sanglota Simisola contre la poitrine de son frère.

— Je sais, Mimi, chuchota Tani. On a tout entendu.

— Tu dois l'en empêcher !

— Je le ferai. Mais d'abord tu dois venir avec nous.

— Mais…

— On n'a pas le temps, Simi, souffla Sophie. Ton père veut te faire du mal. Ta seule chance, c'est de venir avec nous.

— C'est ce que maman voudrait, ajouta Tani.

Alors qu'il ramassait le sac à dos, Abeo hurla :

— Tu crois que je ne sais pas ce que tu fabriques ? Mais c'est fini, tout ça !

Un cri terrifiant que Tani n'oublierait pas de sitôt retentit.

Sophie sortit la première par la fenêtre, et Tani souleva sa sœur pour lui faire prendre le même chemin. Sophie saisit alors la main de Simi et l'entraîna vers l'escalier en courant, suivie de près par Tani.

WESTMINSTER
CENTRE DE LONDRES

Barbara Havers considéra que la conversation de Nkata avec Hillier, quel qu'en soit l'objet, lui procurait l'excuse dont elle avait besoin.

— On dirait que c'est mort pour le cours de dessin, Dee, lança-t-elle à Dorothea d'un air navré dès qu'il fut sorti. Maintenant que Hillier a décidé de prendre le taureau en main, on va être sur le pont vingt-quatre heures sur vingt-quatre.

Elle fronça les sourcils et réfléchit.

— Je crois que je me suis emmêlée dans les métaphores. Mais vous m'avez comprise, non ?

La déception altéra légèrement les traits parfaits de Dorothea.

— Si je ne vous connaissais pas mieux, Barbara – pardon, sergent Havers –, je penserais que vous cherchez à vous défiler.

— Jamais je ne ferais une chose pareille !

— Hum ! C'est vrai. Mais, dites-moi, c'est le fait de devoir dessiner qui vous rebute tant ? J'ai bien vu que vous aviez fourré le sac de fournitures sous votre bureau.

— Oh ! En fait...

Barbara se demanda comment elle allait s'en sortir.

— Il ne faut pas vous inquiéter pour ça, lui assura Dorothea. Je suis sûre que les trois quarts des gens qui viendront n'ont jamais tenu un crayon de leur vie. Sans doute n'ont-ils même pas envie d'apprendre à dessiner. Si vous voulez mon avis, ils seront là pour la même raison que nous : ils cherchent le grand amour.

C'en était trop.

— Dee, ne me dites pas que vous croyez à ces bêtises ?

— Lesquelles ?

— L'amour avec un grand *A*. Ça n'existe que dans les contes de fées.

— Et quel est le problème avec les contes de fées ?

— La fin.

— Mais encore ?

— « Ils vécurent heureux. » Il vaudrait mieux écrire : « Ils vécurent assez heureux, jusqu'au jour où les choses se gâtèrent. »

— Pfff ! Vous baissez les bras trop facilement.

— C'est ce boulot qui me rend cynique.

— J'ai bien l'intention de vous en guérir.

— Du boulot ou du cynisme ?

— Très drôle ! Je constate que le dessin n'était pas une bonne idée. Je vais tout rapporter à la boutique. Donnez-moi ce sac.

— Hourra ! s'écria Barbara en le tendant à Dee.

— Je n'ai pas dit mon dernier mot, sergent Havers.

Sur cette menace, Dee sortit en faisant claquer ses talons.

Restée seule, Barbara appela le laboratoire médico-légal, situé sur l'autre rive de la Tamise. À la troisième tentative, elle réussit à parler au technicien qui avait examiné les statuettes de Teo Bontempi. Il n'avait rien trouvé de concluant : toutes les empreintes digitales appartenaient à la victime, et aucune trace d'ADN n'indiquait que l'une d'elles ait pu servir à l'assommer. Encore une fausse piste. Avant de raccrocher, Barbara demanda que les sculptures soient rapportées à Streatham, puis chercha le numéro de Taste of Tennessee sur Internet.

Le téléphone sonna un moment dans le vide avant qu'un homme ne réponde.

— Ouais ? Faites vite. J'ai une tournée de frites en cours.

Barbara se montra compréhensive. La police métropolitaine, expliqua-t-elle, souhaitait savoir s'il connaissait le nom du propriétaire de l'immeuble voisin du restaurant.

— Comment vous voulez que je le sache ? Et puis en quoi ça intéresse la Met ?

Avait-il remarqué que la clinique d'à côté avait fermé ? Oui ? Eh bien la police s'efforçait de retrouver sa responsable, et l'on pouvait supposer que le bail de location indiquait son nom et son adresse.

— Qu'est-ce qu'elle a fait, cette femme ?

A priori, rien de répréhensible. Mais ils se posaient des questions au sujet de sa clinique, et nul n'était mieux placé qu'elle pour y répondre.

— Je peux pas vous aider, mais je vais tâcher de me renseigner. Y avait pas mal d'allées et venues, mais on a rien remarqué de louche. Merde, me dites pas qu'ils faisaient de la traite d'êtres humains ? Ils prostituaient des étrangères à qui ils avaient fait miroiter un boulot ? Parce que j'ai jamais vu que des femmes là-dedans...

Non, non, rien de tel. Barbara lui donna son numéro pour qu'il puisse la joindre. L'homme le nota et promit de l'avertir immédiatement s'il découvrait quelque chose. Il demanda ensuite si « quelqu'un » avait des ennuis, avant de répondre lui-même à sa propre question :

— Sinon la Met aurait pas appelé, hein ?

Nkata rappliqua alors, encore auréolé de sa victoire sur sir David, et Lynley arriva dans la foulée.

— Quelles nouvelles ? s'enquit le second.

— Winnie vous a remplacé au pied levé chez Hillier.

— Ah ! Merci, Winston. Vous avez ma reconnaissance éternelle.

— Comment ça s'est passé ? demanda Barbara à son collègue. Tu t'es agenouillé devant lui ? Il t'a fait baiser son anneau ? J'espère qu'au moins tu es sorti à reculons.

— J'ai rentré les épaules, répondit Nkata en jetant le dossier sur son bureau.

— Rentré les épaules ?

— Ouais. C'est ce qu'on m'avait conseillé.

— Judi-avec-un-i ?

— C'était censé améliorer son humeur. Il est petit, non ?

— Il est du genre petit mais méchant. Ou méchant parce que petit ? Naturellement, je n'ai rien contre les petits, mais je représente l'exception à la plupart des règles.

— C'est un euphémisme, Barbara, glissa Lynley. Que voulait l'adjoint au préfet, Winston ?

— Les bonnes photos. Je lui ai raconté qu'elles étaient arrivées trop tard hier pour que vous les lui donniez. Mais il les veut tout de suite.

— Nous avons déjà gagné une journée. C'est mieux que rien.

— Il faut trouver quelque chose pour détourner son attention. J'ai quand même réussi à lui arracher deux constables de plus.

— Bien joué !

Lynley s'assit, sortit un téléphone portable de sa poche et le posa sur le bureau de Barbara.

— Où en sommes-nous ?

— L'examen des statuettes n'a rien révélé d'autre que les empreintes digitales de Teo. Évidemment, l'assassin a pu les nettoyer, mais je vois mal comment il aurait pu effacer son propre ADN tout en laissant d'autres empreintes que les siennes. Je pense qu'on peut éliminer l'hypothèse d'un accès de colère. À ce stade, j'hésite entre faire tourner des tables et brûler des cierges.

— On risque d'avoir besoin des deux. Et de votre côté, Winston ?

— On exploite les images de surveillance de Streatham High Road. Celles d'avant le meurtre. On y a repéré la voiture de Mark Phinney à quatre reprises. Quarante-huit heures avant l'agression de Teo, le jour où il l'a trouvée, et deux fois après son hospitalisation.

— Son hospitalisation… ou son décès ?

— Son hospitalisation. Comment ça s'est passé avec lui ?

Lynley désigna le téléphone sur le bureau.

— C'est celui de Teo. Phinney dit l'avoir pris pendant qu'on la montait dans l'ambulance.

— Comment avez-vous réussi à lui faire cracher le morceau ?

— Je lui ai posé la question, et il m'a répondu sans faire d'histoires. Il affirme l'avoir gardé pour cacher sa liaison avec Teo et épargner la vérité à sa femme.

— Ça n'a pas de sens. Il comptait en effacer le contenu ? En plus, à ce moment-là, on pouvait encore croire que Teo allait se rétablir. Une fois tirée d'affaire, elle se serait demandé où était passé son téléphone.

— Sauf s'il avait la certitude qu'elle ne s'en sortirait pas.

— Phinney connaissait le code PIN de l'appareil ?

— Il prétend que non.

— Dans ce cas, pourquoi ne pas l'avoir balancé ou laissé où il était ?

— Il était bien placé pour savoir que la police n'aurait aucun mal à en extraire les données si elle mettait la main dessus.

— Et il ne voulait surtout pas de ça, renchérit Nkata.

— Il souhaitait peut-être le garder en souvenir de sa liaison avec Teo ? supposa Barbara. Les feux de la passion et tout le tralala ?

— Sans doute y a-t-il un peu de ça. L'amour rend les gens… Je ne trouve pas le mot. J'hésite à employer « aveugles », dans ce cas précis.

— « Débiles » ? proposa Barbara.

— Je vais confier l'appareil à Marjorie Lee, ajouta Lynley en se levant. Nous saurons très vite si Phinney avait d'autres raisons de vouloir le conserver.

Une constable entra aussitôt après.

— Vous avez trouvé quelque chose ? lui demanda Nkata.

— Peut-être. En épluchant l'agenda de la clinique, je suis tombée sur un nom qui ne m'était pas inconnu : Monifa Bankole. Je me suis rappelé l'avoir lu dans le dossier.

— Elle a été interpellée en même temps que la pseudo Easter Lange. Elle a dit qu'elle était venue récupérer un acompte versé pour une opération. « Un truc de femmes », selon elle.

— Nous avons remarqué qu'à côté de chaque nom figurant dans l'agenda, un prénom avait été écrit entre parenthèses. Celui de Monifa Bankole ne fait pas exception. Pourtant, elle a raconté à la police qu'elle était là uniquement pour réclamer son argent. Est-ce qu'elle mentait ?

— Je ferais bien de retourner la voir pour tirer ça au clair, dit Nkata. Vous pourriez me faire une copie de la page sur laquelle figure son rendez-vous ?

La constable acquiesça et sortit juste au moment où Lynley revenait.

— Le labo va extraire les données du téléphone et nous les envoyer, annonça-t-il. S'il contient autant de choses que je le crois, on va avoir du pain sur la planche. Heureusement que vous avez réussi à obtenir du renfort, Winston. D'ici là… ?

— Je m'occupe de Monifa Bankole, déclara Nkata. Elle en sait plus que ce qu'elle dit.

— Hormis celui de Mark Phinney, avez-vous repéré d'autres véhicules intéressants le jour de l'agression, avant ou après ?

Barbara et Nkata ayant répondu par la négative, Lynley les chargea de se procurer une photo de Phinney, et de la comparer aux individus filmés par la caméra de l'immeuble de Teo Bontempi aux dates où sa voiture avait circulé dans le quartier.

— Il faut absolument que cette enquête avance. Mais je ne vous apprends rien, n'est-ce pas ?

TRINITY GREEN
WHITECHAPEL
EST DE LONDRES

— C'est quoi, cet endroit ? demanda Tani. Ça ne ressemble pas à un refuge.

— C'est pourtant là, répondit Sophie. Le site indiquait « Trinity Green ». Nous y sommes.

Il leur avait fallu une éternité pour rejoindre leur destination en train, en métro, et pour finir à pied. Ne voyant aucun panneau signalant la Maison de l'orchidée, que ce soit sur le mur d'enceinte ou sur le portail à l'entrée de Trinity Green, Tani avait commencé à paniquer. Sophie avait tenté de le rassurer en lui faisant remarquer que la nature des activités de l'association exigeait une certaine discrétion. Après avoir franchi le portillon, ils s'arrêtèrent à la limite d'une pelouse desséchée (le « green » qui donnait son nom à l'endroit, probablement) et tâchèrent de se repérer.

Sophie supposa que la Maison de l'orchidée occupait le bâtiment le plus vaste, au-delà de la pelouse. Tani lui rétorqua qu'on aurait plutôt dit une chapelle, avec ces fenêtres cintrées et cet escalier imposant. Il n'y avait pas trente-six moyens d'en avoir le cœur net. Ils se dirigèrent donc vers la chapelle en longeant les cottages. Un tricycle auquel il manquait une roue traînait devant l'un d'eux. Devant un autre, c'était un jeu de croquet à la peinture écaillée, ou un barbecue sans grille. Les maisons étaient elles-mêmes en plus ou moins bon état. Sans surprise, les mieux entretenues étaient des propriétés privées et les plus délabrées des logements sociaux dont la municipalité ne se souciait plus depuis longtemps.

Tani reprit un peu espoir en apercevant de la lumière dans la chapelle. Mais la porte était fermée à clé et, quand ils frappèrent, personne ne vint.

— C'est mauvais signe.

Tani passa un bras autour des épaules de Simi, qui leva des yeux craintifs vers lui.

— Tu avais dit que c'était toujours ouvert, dit-il à Sophie.

— C'est censé l'être jusqu'à 21 heures, répondit-elle en tentant de jeter un coup d'œil à travers une fenêtre latérale. Il y a peut-être une autre entrée.

Simi pointa alors l'index vers une autre fenêtre. On avait scotché dessus une affiche rédigée à la main qui disait : *« Fermeture exceptionnelle »*. Suivait un numéro à appeler en cas d'urgence. Sophie le composa et fut dirigée vers une boîte vocale l'invitant à laisser un message.

En faisant le tour du bâtiment, ils découvrirent une porte menant au sous-sol. Une plaque en laiton indiquait qu'il s'agissait d'un bureau, mais elle était également fermée à clé.

— Zut ! marmonna Sophie. Changement de plan. On va chez moi. Tes parents ne savent toujours pas qu'on sort ensemble, hein ?

Simi les regarda tour à tour.

— C'est ta copine ? demanda-t-elle à son frère. C'est pour ça que tu veux pas épouser la Nigériane ?

Sophie se retourna vivement.

— Une idée de mon père, expliqua en hâte Tani. Quand il m'a annoncé qu'il avait tout organisé, je lui ai dit qu'il n'en était pas question. Ça valait pas la peine que je t'en parle. Si je me marie un jour, ce sera pas avec une femme que j'aurai jamais vue, Soph. Et pour le moment, j'ai pas l'intention de me marier.

Quand ils regagnèrent l'avant du bâtiment, trois adolescentes étaient en train de monter l'escalier. Au même moment, un vieux sortit d'un cottage. Avec ses cheveux en bataille, ses sourcils broussailleux, les poils qui jaillissaient de ses oreilles et surtout de ses narines, il ressemblait à un épouvantail. Malgré la chaleur étouffante, il portait un cardigan, une chemise en pilou et un nœud papillon.

— Hé, vous ! les héla-t-il. Vous n'avez rien à faire ici. Déguerpissez. Ouste !

Comme les jeunes gens se dirigeaient vers lui, il enchaîna :

— Je l'avais prévenue. Je lui ai dit qu'on ne voulait voir personne traîner par ici. Elle a promis, et voilà le résultat. Elle disait aussi qu'il y aurait pas de garçons. Alors qu'est-ce que tu fais là, toi ?

Une des trois adolescentes épargna à Tani la peine de se justifier.

— On a une réunion, dit-elle.

— Il n'y aura pas de réunion aujourd'hui, et peut-être même plus jamais, rétorqua le vieux. Les flics sont venus et ils l'ont arrêtée. Alors fichez le camp !

— Mais on a une réunion, protesta une autre jeune fille. Normalement, il y a toujours quelqu'un. Il doit y avoir quelqu'un.

— Qu'est-ce que vous voulez que j'y fasse ? Et je ne vais pas passer mon temps à renseigner les gens comme vous. J'étais à ma fenêtre quand les flics l'ont embarquée. Sans menottes, remarquez. Après leur départ, on a tout fermé.

— Qui ça, « on » ? s'enquit Sophie.

— Moi. J'ai une clé.

— Donc vous pourriez nous ouvrir.

— Je le pourrais, mais je n'en ferai rien. Je ne vous connais pas. Même elle, je la connais à peine. Zawadi, elle s'appelle. C'est un nom, ça ? Je parie qu'elle l'a inventé. Maintenant, allez-vous-en. Tant que cet endroit restera fermé, vous n'aurez rien à faire là.

— Mais vous savez ce que fait la Maison de l'orchidée, non ? insista Sophie. Vous savez qu'elle protège les petites filles. Comme Simisola, ici présente. Si vous le vouliez, vous pourriez nous aider.

— J'ignore de quoi vous parlez et ça ne m'intéresse pas. J'ai ma télé, je n'ai pas besoin de m'occuper des affaires des autres.

THE NARROW WAY
HACKNEY
NORD-EST DE LONDRES

D'ordinaire, Mark Phinney laissait passer les embouteillages avant de regagner son domicile. Il consacrait donc les deux dernières heures de la journée à la paperasse, ou il buvait une pinte avec ses collègues dans le pub le plus proche de l'Empress. Quand il rentrait chez lui, vers 20 heures, Lilybet avait depuis longtemps terminé son repas, presque toujours composé d'œufs brouillés au cheddar et d'un toast au bacon. Elle somnolait ensuite dans son fauteuil pendant que Pete s'activait en cuisine. Souvent, Robertson se joignait à eux pour dîner. Parfois, tout se passait bien. Parfois pas.

Ce soir-là, toutefois, il n'attendit pas que la circulation soit fluide pour prendre le volant. Il roula d'abord vers Holland Park Avenue, puis traversa Londres en diagonale vers Hackney. Ce trajet permettait d'explorer les différentes strates économiques de Londres, les rangées de maisons sordides cédant la place à des demeures somptueuses, puis à des quartiers autrefois peu fréquentables mais à présent hors de prix. Sa destination n'était pas Lower Clapton, mais l'une des deux boutiques de Paulie. Elles ne fermaient qu'à 21 heures, aussi avait-il tout son temps.

Ce n'était pas son frère qu'il voulait voir, mais Stuart.

Mark jeta un coup d'œil à sa montre et se gara devant le bureau de paris Paddy Power, en face de Pembury Estate. Des familles flânaient dans The Narrow Way. Les nombreux magasins encore ouverts offraient une distraction bienvenue et, à cette heure, il faisait sans doute plus frais à l'extérieur que dans les appartements.

Les deux enseignes lumineuses de la boutique de prêt étaient allumées. Au-dessus de la porte, le carillon émit un tintement discordant quand il entra. En l'absence de climatisation et de ventilation, il régnait une chaleur atroce à l'intérieur. Mark s'étonna que les murs ne transpirent pas.

— Un instant ! cria Stuart depuis l'arrière-boutique.

On aurait dit qu'il avait la bouche pleine, ce qui était sans doute le cas. Il y avait un McDonald's juste au bas de la rue.

— Prends ton temps, lui répondit Mark. Paulie est dans le coin ?

— Mark, c'est toi ? J'arrive !

Stuart franchit le rideau de perles en s'essuyant les mains sur une serviette en papier avec laquelle il se tamponna ensuite le front.

— Paulie est dans la boutique du bas. Tu veux que je l'appelle ?

— Je lui ai déjà parlé. C'est toi que je viens voir.

Il sortit le ticket de sa poche et le fit glisser sur le comptoir.

— J'ai trouvé ça dans le portefeuille de Pete.

— Oh ! Si Paulie a pas...

— Il n'a pas bien compris ce que je voulais. Je souhaite juste comprendre où est passé l'argent que vous lui avez remis en échange de son dépôt. C'était quoi, d'ailleurs ?

— J'ai pas le droit de te le dire.

Mark remarqua avec satisfaction qu'il semblait mal à l'aise.

— C'est une information confidentielle, ajouta Stuart. Pourquoi tu demandes pas directement à Pete ?

— À l'évidence, elle ne voulait pas que je sois au courant.

— Dans ce cas...

— Je ne cherche pas à savoir combien tu lui as donné, Stuart, ni même à avoir une description précise de l'objet qu'elle a mis en gage...

— *Des* objets, souffla Stuart en regardant autour de lui comme s'il craignait les oreilles indiscrètes.

Mark ne releva pas.

— Pour son bien et celui de Lilybet, je veux juste savoir quel genre d'objets c'était.

— Comment ça ?

Mark aperçut derrière Stuart une demi-douzaine de caves à cigares posées en vrac sur une étagère en verre.

— Par exemple, articles pour fumeurs, dit-il en pointant le doigt vers elles.

Puis il indiqua les différents modèles de montres exposés sous la vitre qui les séparait.

— Horlogerie.

Il désigna ensuite le mur.

— Tableaux, ou si tu préfères, œuvres d'art.

Stuart parut réfléchir. Mark ne le bouscula pas.

— Ça, déclara-t-il enfin, je pense que j'ai le droit de te le dire.

Il sortit de sous la caisse un registre qui évoquait irrésistiblement l'image d'Ebenezer Scrooge, le personnage de Dickens obsédé par l'argent, griffonnant dans son livre de comptes à la lueur d'une bougie. Mark ne comprenait pas que Paulie n'ait pas informatisé sa comptabilité. Cela dit, un registre à l'ancienne faisait partie du décorum d'une boutique de prêt sur gage.

Stuart revint deux pages en arrière et fit glisser son index le long d'une colonne, sans doute pour créer un effet dramatique.

— Je vois..., articula-t-il lentement. Comment on dit, déjà ? Ah oui ! Bijoux et argenterie. J'espère que ça te sera utile.

Pete n'avait presque pas de bijoux et leur couple n'avait jamais possédé d'argenterie.

— C'est tout ? demanda Mark.

— Oui. Mais, Mark, si je peux me permettre...

Stuart referma le registre et le replaça sous le comptoir.

— ... ce sont pas mes oignons, mais... pourquoi tu poses pas la question à Pete ?

— Tu as raison, répondit Mark. Ce ne sont pas tes oignons.

Stuart s'empresserait probablement d'appeler Paulie, mais Mark n'avait aucun moyen de l'en empêcher. En vérité, sa marge de manœuvre était plus étroite que jamais. Il ignorait toujours ce que Pietra avait mis en gage, et pourquoi elle l'avait fait. Pire, il ignorait si elle y avait été poussée par le manque d'argent ou par une autre raison.

11 août

BELSIZE PARK
NORD DE LONDRES

Il émergea d'un rêve similaire à ceux qui l'avaient hanté les mois qui avaient suivi la mort de Helen. Dans ce rêve, il l'avait entendue dire « Tommy chéri » sur le ton qu'elle employait pour formuler une demande ou une proposition dont elle savait qu'il la rejetterait. Elle avait prononcé ces mots, « Tommy chéri », de bien des manières au cours des années qu'ils avaient vécues ensemble, avant et pendant leur mariage, et chaque fois ils avaient eu une signification différente.

Toujours en rêve, il avait brusquement relevé la tête au son de sa voix, le cœur battant à tout rompre. Elle semblait murmurer à son oreille. Ne la voyant pas dans la chambre, il l'avait cherchée à travers la maison, résolu à la trouver. En passant de pièce en pièce, il avait fini par comprendre que, même si elle avait été là, tout près, il ne serait jamais parvenu à la rejoindre.

La maison n'était ni celle de Londres ni la vieille demeure de ses ancêtres, sur la côte sud-est de la Cornouailles. Il ne reconnaissait rien de ce qui l'entourait et cela ne faisait qu'accroître son désespoir, comme si un gouffre s'était ouvert en lui.

Cette sensation d'égarement persista à son réveil. Immobile dans l'obscurité, il distinguait les contours des meubles sans pouvoir les identifier. Puis il entendit de nouveau « Tommy ? » et se retourna.

Il réalisa alors qu'il se trouvait au lit avec Daidre. Pourtant, le vide et l'angoisse qu'il avait ressentis dans son rêve ne se dissipaient pas. Le sentiment de sa trahison l'emplit soudain de honte. Toutefois, il n'aurait su dire s'il avait trahi la mémoire de Helen, ou la femme qui lui faisait face, la tête calée sur son bras et la joue barrée d'une mèche de cheveux blonds.

— Ça va, Tommy ? murmura-t-elle. Quelle heure est-il ? Tu pars déjà ?

Partir, c'était tout ce qu'il voulait. Sa propre duplicité lui faisait horreur. Comment pouvait-il prétendre aimer cette femme merveilleuse ? Comment osait-il lui faire l'amour et dormir ensuite dans son lit – ils étaient chez elle, et non dans sa maison de Belgravia – alors que le souvenir de Helen le plongeait encore dans une détresse infinie ? Pourtant, dans ces moments, nul ne le réconfortait mieux que Daidre. Elle était le havre de paix qu'il recherchait, même s'il avait bien peu à lui offrir en retour.

Il était arrivé tard dans la soirée. Au départ, il n'avait même pas l'intention d'aller chez elle. Préoccupé par ce qu'ils avaient appris sur Teo Bontempi, par ce qu'ils découvraient sur les dernières semaines de sa vie et par ce que tout cela pouvait signifier, il avait roulé en direction de Belsize Park sans s'en rendre compte. En comprenant où il était, il avait envisagé de faire demi-tour pour rentrer chez lui. Mais il en avait été incapable, surtout quand il avait vu de la lumière dans le salon de Daidre. Le regard tourné vers cette fenêtre, il avait tenté de vider son esprit de toutes les informations que lui avait transmises Marjorie Lee.

Elle avait eu besoin de vingt minutes à peine pour extraire le contenu du téléphone de Teo Bontempi. Des programmes informatiques avaient été conçus dans ce but précis, des agents avaient été formés à leur utilisation et, en définitive, les données et les habitudes enregistrées dans les smartphones n'étaient absolument pas protégées. Dès lors qu'un portable tombait entre les mains de la police, la vie de son propriétaire devenait un livre ouvert. Si le commun des mortels n'avait pas à s'inquiéter outre mesure, les criminels, en revanche, avaient du souci à se faire.

Après avoir confié le téléphone à Marjorie Lee, Lynley avait proposé à Havers et Nkata de rentrer chez eux, mais ils n'avaient rien voulu savoir.

« Ce n'est pas comme si un mec, un chien ou un petit plat mijoté m'attendaient chez moi, avait dit la première.

— Je vais prévenir ma mère, avait ajouté le second. Elle me gardera mon dîner au chaud si je lui promets de le manger à mon retour. »

Ils étaient donc restés. À la réception des fichiers, ils s'étaient réparti le travail... et il y avait beaucoup à répartir. En plus des SMS de Teo et de ses appels, ils avaient toutes ses photos, ses enregistrements, ses messages vocaux, ses recherches GPS, ses jeux, ses restaurants préférés, son historique Uber... Bref, ils avaient tous les éléments de sa vie à passer en revue. Même avec le renfort de deux constables supplémentaires, la tâche semblait écrasante. Lynley avait insisté pour que Havers et Nkata aillent prendre un peu de repos avant de s'y atteler.

— Tu as dormi, Tommy ? demanda Daidre.

— Oui. Mais je crois que ce sera tout pour cette nuit. Quelle heure est-il ?

— 4 h 10, répondit-elle après avoir consulté le réveil sur le carton qui lui servait de table de chevet.

— Ça fait trois heures et demie de sommeil. J'ai connu pire.

Il glissa ses jambes hors du lit, s'assit et ramassa ses vêtements par terre.

— Tu es très tendu, fit remarquer Daidre en posant une main sur son dos nu. Qu'est-ce que je peux faire pour toi ?

— Rendors-toi. Toi aussi tu as une longue journée de travail devant toi.

— Je sais, oui. Je vais quand même te préparer un café.

Elle enfila son peignoir et se dirigea vers la cuisine pendant qu'il s'habillait. Une porte s'ouvrit, se referma, puis un miaulement suppliant s'éleva.

— Tu surveillais la fenêtre pour voir s'il y avait de la lumière ? demanda Daidre.

Wally répondit sur le même ton plaintif.

— Tu vas devoir t'habituer à passer au second plan, tu sais. Wally, non ! Pas le comptoir, et la table non plus. Sinon tu sors... Oh, d'accord ! Tiens.

Lynley sourit en entendant le bruit des croquettes versées dans le bol du chat. Il prit les lunettes de Daidre sur le carton et la rejoignit à la cuisine. Elle s'affairait autour de la machine à café tandis que Wally attaquait son petit déjeuner de bon cœur.

Lynley tourna Daidre vers lui, lui posa ses lunettes sur le nez et lissa ses cheveux derrière ses oreilles.

— Tu n'es pas obligée d'en faire tant, tu sais, lui dit-il.

— De ton point de vue, peut-être. Mais Wally est d'un autre avis. Tu vas directement au bureau ?

— Je vais d'abord passer chez moi histoire de me doucher, de me raser, de me changer et d'informer Charlie que je n'ai pas été enlevé.

Elle hocha la tête. Il sentit toutefois qu'elle voulait dire quelque chose.

— Qu'est-ce qu'il y a ? s'enquit-il.

— Rien.

— Tu es sûre ?

— Oui.

— On ne s'est pas beaucoup parlé hier soir.

Elle sourit.

— En même temps, on n'a pas eu beaucoup de temps pour parler.

— Tu me promets qu'il n'est rien arrivé ?

— Qu'est-ce qui aurait bien pu arriver ?

— Quelque chose de mal, de grave ou que je devrais savoir.

— Mais non, voyons !

— Si c'était le cas, tu me le dirais ?

Elle lui sourit tendrement avant de répondre.

— Sans doute que non. Du moins, pas tout de suite et pas si je me sentais capable de gérer la situation seule.

— Dois-je le prendre comme une rebuffade ? Ou ai-je des raisons d'être jaloux de Wally ?

— Une rebuffade, non. Quant à Wally… Regarde-le, Tommy. Qui résisterait à la tentation d'en faire son confident ?

Le chat releva la tête et la replongea aussitôt dans son bol.

Lynley rit.

— Je doute qu'il te prête une oreille très attentive.

— Je t'accorde que la compassion n'est pas son fort. Mais est-ce vraiment la qualité que l'on recherche quand on souhaite parler de ses problèmes ?

Lynley l'embrassa et prit ses clés de voiture dans la poche de son pantalon.

— Je ne vais pas prendre le risque de répondre à cette question.

WESTMINSTER
CENTRE DE LONDRES

Il était un peu plus de 6 heures quand Lynley se présenta au siège de New Scotland Yard. Douché, rasé et vêtu de frais, il alla attendre Barbara dans son bureau. Elle arriva à 7 heures, suivie de près par Winston. Comme toujours, elle portait une tenue d'un chic très personnel : pantalon de jogging rayé, baskets montantes rouges, et un tee-shirt dont l'inscription était heureusement recouverte par son sweat à capuche rose. Comme toujours, Nkata était tiré à quatre épingles : chemise immaculée et cravate, veste de costume sur l'épaule.

Havers avait à la main une Pop-Tart entamée. Lynley lui lança par-dessus ses lunettes un regard désapprobateur, et Nkata en fit autant.

— Pas de commentaires, s'il vous plaît, dit-elle. Surtout de ta part, Winnie. Moi, je n'ai pas une maman qui me prépare un petit déjeuner hyper nutritif, équilibré et bourré de vitamines. Depuis quand êtes-vous là, monsieur ?

— Je me suis réveillé tôt. J'avais le choix entre faire les cent pas dans ma chambre et venir travailler. Revenons sur les derniers jours de Teo, si vous voulez bien. J'ai repensé à certaines des informations contenues dans son portable.

Havers s'appuya contre son bureau, toujours occupé par Lynley.

Nkata approcha une chaise et la lui proposa.

— Pas la peine, Winnie. Mais merci.

Lynley se leva et lui fit signe de s'asseoir.

— Nous avons plusieurs appels et messages vocaux de sa sœur, reprit-il. Elle n'a répondu qu'à quelques-uns. On a aussi plusieurs coups de fil à ses parents, et un message vocal qu'ils lui ont laissé.

— Et ils disent quoi, ces messages ?

— Celui des parents est banal, quelque chose comme : « Désolé d'avoir manqué ton appel. » Pour la sœur, c'est différent.

— Mais encore ?

Havers sortit de son sac informe un paquet de Kleenex et en utilisa un pour essuyer les miettes de Pop-Tart sur ses doigts et ses lèvres.

— Je n'ai écouté que les plus récents, expliqua Lynley. Rosie la presse, je cite, d'« avoir une conversation franche avec lui ».

— Lui ? Ross Carver, donc ?

— Possible. Teo l'a appelé à quatre reprises la semaine qui a précédé sa mort.

— Elle lui avait demandé de passer, non ? dit Nkata.

— D'après lui, elle lui avait envoyé un SMS. On l'a retrouvé ?

— Oui, mais ça ne l'innocente pas pour autant. Il affirme l'avoir couchée et être resté auprès d'elle jusqu'au petit matin, mais nous n'avons que sa parole.

— Autre chose ?

— Des appels entrants et sortants de la Maison de l'orchidée, et d'une certaine Narissa Cameron.

— La réalisatrice du documentaire, expliqua Havers. Elle m'a montré la séquence qu'elle avait tournée avec Teo, ou plutôt Adaku. Elle ne m'a pas semblé suspecte. Et Adaku – Teo, pardon – l'a aidée à mettre les filles en confiance pour s'exprimer face à la caméra. Je la vois mal l'assommer pour ça.

— Et Phinney ? demanda Nkata.

— Il m'avait prévenu que nous trouverions toute sa relation avec Teo dans son portable, répondit Lynley. Il n'avait pas exagéré : SMS, appels, messages vocaux, vidéos, photos… Il était fou amoureux. Elle aussi.

— Genre « J'ai rencontré l'âme sœur » ? dit Havers avec ironie.

— Plus ou moins.

— N'importe quoi…

— Votre tour viendra, assura Lynley.

— Surtout si Dee s'en mêle, ajouta Nkata.

— Et à part ces conneries, reprit Havers, il y a quelque chose d'intéressant ?

— Il a continué à lui envoyer des SMS pendant qu'elle était à l'hôpital.

— Alors même qu'il avait son portable ?

— Oui. Et aussi après sa mort.

— En gros, il s'écrit à lui-même…

— Pour brouiller les pistes ? supposa Nkata.

— Possible.

— À moins que quelqu'un ne lui ait emprunté son téléphone.

— Possible aussi.

— Sa femme ?

— J'ai montré à Phinney la version améliorée des images de vidéosurveillance. Il a prétendu ne reconnaître personne dessus. Puis sa femme est entrée dans la pièce…

— C'est une des mystérieuses inconnues qui ont rendu visite à Teo ?

— Une des deux qu'elle n'a pas laissées monter, oui. On va devoir lui parler pendant que son mari est au travail. On aura plus de chances d'en tirer quelque chose.

— Elle a l'air du genre à défoncer le crâne de sa rivale ?

— On ne peut jamais savoir. Nous avons aussi un message d'une certaine Dr Weatherall demandant à Teo de la rappeler. Elle téléphonait d'une ligne fixe, pas d'un portable. Le numéro correspond au Centre de soins pour femmes du Port. Trois autres appels ont été passés depuis cette ligne.

— Un rapport avec l'« évaluation » qu'elle avait notée dans son agenda ?

— Tout ce que je peux vous dire, c'est que Teo a utilisé son GPS pour s'y rendre.

Lynley fouilla dans la chemise qu'il avait posée sur le bureau de Havers et en sortit une feuille.

— Ce centre de soins est situé à Inner Harbour Square.

— C'est où ?

— Sur l'île aux Chiens. Je vous laisse y aller, Barbara. Moi, je retourne voir Phinney.

MAYVILLE ESTATE
DALSTON
NORD-EST DE LONDRES

Monifa avait réussi à gagner sa chambre, pensant y retrouver Simisola. Mais elle n'y était pas. Elle s'était donc rendue dans la chambre de Tani, vide également. Voyant la fenêtre ouverte, elle en conclut que Simi s'était enfuie. À sa connaissance, sa fille n'avait pu aller qu'à deux endroits : soit elle avait traversé la cité pour se cacher chez Halimah, soit elle avait cherché refuge au marché de Ridley Road, à l'atelier de Masha ou à Beauté Xhosa.

Elle devait à tout prix la retrouver et la ramener. Mais pour le moment elle en était incapable. Elle avait si mal aux côtes qu'elle pouvait à peine respirer, la douleur irradiait dans toute sa mâchoire dès qu'elle ouvrait la bouche et son visage était contusionné. Elle eut tout juste la force de téléphoner à Halimah, qui lui apprit que Simisola n'était pas chez elle.

Le seul point positif, c'est qu'Abeo ne s'était pas donné la peine de chercher leur fille après avoir puni la mère. Une fois sa fureur retombée, il était parti travailler ou rejoindre son autre famille. Cela n'avait aucune importance. Tout ce qui comptait, c'était qu'il ne soit plus là.

Tani n'était pas rentré non plus, ce qui la rassurait un peu. Si son fils avait passé la nuit à l'extérieur, c'était sans doute que Simi l'avait retrouvé. Elle lui avait tout raconté et, à présent, il veillait sur elle.

Le matin n'apporta aucune amélioration. Monifa se leva lentement, rassembla son courage et se traîna jusqu'à la salle de bains en se tenant aux meubles et aux murs. Après l'un des nombreux coups d'Abeo, elle avait eu un goût de sang dans la bouche. En se regardant dans le miroir, elle constata que sa lèvre était fendue.

Elle avait les yeux gonflés, et l'un d'eux était presque entièrement fermé. Sur son front, une entaille avait saigné pendant la nuit.

Elle resta un moment à contempler son reflet, se disant qu'elle ne pouvait s'en prendre qu'à elle-même. Elle avait cru se montrer courageuse en allant défier Chinara Sani chez elle, alors qu'elle avait juste fait preuve d'une bêtise criminelle.

Abeo n'avait pas prononcé un mot pendant le trajet de retour. Monifa savait qu'elle n'avait rien à craindre tant qu'ils ne seraient pas arrivés. Mais sitôt franchi le seuil de l'appartement, il avait laissé libre cours à sa fureur. « Pourquoi tu ne m'obéis pas ? » avait-il hurlé avant de lui infliger la correction qu'elle méritait. Après avoir brisé toute résistance chez elle, il était parti en claquant la porte, et le silence était retombé.

Après son départ, elle était restée étendue sur le sol. *Repose-toi*, s'était-elle dit. *Juste quelques minutes*. Dire qu'elle avait passé tant de temps à chercher comment protéger sa fille… À l'évidence, Simi avait trouvé elle-même comment se protéger.

Dès qu'elle s'en sentit capable, Monifa gagna la cuisine d'un pas hésitant et prit des glaçons dans le congélateur. Elle les enveloppait dans un torchon quand le téléphone sonna. Le répondeur se déclencha, et elle reconnut la voix de sa mère.

— Je sais que tu es là, Monifa. Abeo m'a appelée. Décroche.

Monifa obéit, comme elle l'avait fait toute sa vie.

— Qu'est-ce qu'Abeo t'a raconté ?

— Ne sois pas bête, ma fille. Si tu t'opposes à ton mari, il te tuera.

— J'avais trouvé quelqu'un pour s'en occuper ! Elle l'aurait fait de telle manière que Simisola n'aurait pas souffert comme moi !

— Monifa, écoute-moi. Laisse Abeo l'amener au Nigeria. Je l'inviterai chez nous, d'accord ? Je vais tout organiser, et je veillerai à ce que ce soit bien fait.

— Ce n'est jamais « bien fait » au Nigeria… Pas là où tu vis.

— Je m'assurerai que si.

— Comme tu l'as fait pour moi ?

Il y eut un silence.

— C'était il y a longtemps, reprit Ifede. Ça a changé depuis.

— Changé comment ? Il n'en est pas question !

Le soupir de sa mère fut parfaitement audible, même à des milliers de kilomètres de distance.

— Monifa, *daina*, comment feras-tu pour t'occuper de Simisola s'il te tue, hein ? Que deviendra-t-elle sans toi ? Qu'il me l'amène donc, et je veillerai à ce qu'elle ne souffre pas.

Monifa ne répondit pas. Les larmes ruisselaient sur ses joues.

— Monifa, tu m'entends ? Je peux rappeler Abeo pour lui dire que tout est arrangé ?

Monifa raccrocha sans un mot. Puis elle se laissa tomber sur une chaise et pressa les glaçons sur sa mâchoire. Elle était toujours là quand la porte s'ouvrit derrière elle. Elle se raidit, craignant le pire, mais ce n'était que Tani.

— Maman ? Mon Dieu, qu'est-ce qu'il t'a fait ?

Sans réfléchir, elle abaissa le torchon enveloppant les glaçons, révélant l'état de son visage.

— Je t'emmène aux urgences. Viens !

— Non. Ça ne ferait qu'aggraver les choses.

— Tu vas le laisser te tuer ? C'est ça que tu veux ? Moi, je peux me débrouiller sans toi, mais pas Simi.

— Ne sous-estime pas ta sœur. Hier, elle a réussi à s'enfuir. Elle doit…

— C'est moi qui l'ai emmenée ! J'étais dans la chambre quand vous êtes rentrés. Seule, elle ne serait allée nulle part.

— Où est-elle ?

— En sécurité.

— Où ? Tu dois me le dire.

— Non. Il serait capable de te frapper jusqu'à ce que tu craches le morceau. Tu la trouveras pas. Et lui non plus.

Tani posa son sac à dos sur la table et en sortit un formulaire officiel.

— C'est une demande de protection. Pour Simi. J'ai commencé à la remplir, mais il faut expliquer ce qui se passe ici. Tu dois écrire que papa a l'intention de l'emmener au Nigeria pour la faire exciser, et signer. Si ça vient de toi, Simi sera immédiatement prise en charge. L'audience aura lieu plus tard.

— Devant un juge ? Je ne peux pas...

— Bien sûr que si ! Surtout si tu veux revoir Simi. Je suis sérieux. Parce que si tu remplis pas les parties que j'ai laissées vides, je la ramènerai pas. Alors tu vas tout raconter : l'exciseuse, ici à Londres, et le fait que papa compte emmener Simi au Nigeria pour la faire exciser et la marier.

Il sortit un stylo de la poche arrière de son jean, prit la main de sa mère et replia ses doigts autour.

— Une fois que t'auras rempli ce formulaire, tu le quittes. Il le faut, maman.

Monifa courba la tête. La feuille tremblait devant ses yeux. Tous ses efforts avaient échoué. Et si elle faisait ce que lui demandait Tani, Abeo exercerait sur elle sa justice implacable. Elle lâcha le stylo.

— S'il te plaît, murmura Tani. Regarde ce qu'il a fait. Pense à ce qu'il pourrait encore vous faire, à Simi et toi. On peut l'en empêcher. Mais pour ça il faut que tu signes ce papier.

Il plaça de nouveau le stylo dans la main de sa mère et la guida vers la section à remplir. Cette fois, Monifa commença à écrire.

Tani disait la vérité. Simisola ne serait peut-être pas purifiée, pas même de la manière qu'elle avait prévue, mais elle ne pouvait pas laisser Abeo emmener leur fille.

Quand elle eut terminé, elle posa le stylo à côté de la liasse de feuilles.

— Tu sais, maman, il existe des endroits pour les femmes comme toi. Celles que leur mari maltraite. T'es pas obligée de rester ici. D'ailleurs, une fois que j'aurai déposé cette demande, tu pourras pas rester. Tu comprends ?

Monifa fut incapable de répondre. Elle avait le cœur trop lourd. Si son corps était meurtri, les blessures de son âme étaient encore plus profondes.

Tani s'apprêtait à ranger le formulaire quand la porte de l'appartement s'ouvrit. Abeo n'avait rien à y faire à cette heure. Mais apparemment, il jugeait ne pas en avoir fini avec Monifa.

Il regarda sa femme, son fils, puis la liasse qu'il avait à la main. Avant que Tani puisse réagir, il la lui arracha et jeta un coup d'œil au titre imprimé en gras en haut de la première page : « *Demande d'ordonnance de protection contre les mutilations génitales féminines (MGF).* » Il déchira les feuilles et se rua sur l'adolescent. Tani le dépassait de plusieurs centimètres et avait déjà la force des hommes de la famille de Monifa. Pourtant, il tomba à la renverse.

À califourchon sur lui, Abeo se mit à le frapper au visage.

— Ça t'apprendra à me défier... À me désobéir... À priver un père de ses droits !

Chaque accusation était accompagnée d'un nouveau coup.

Tani tenta de se dégager, mais Abeo l'immobilisait. Il souleva la tête de son fils et la cogna contre le sol.

— Tu as répandu des mensonges sur moi au marché, grogna-t-il. Tu me fais honte. Tu fais honte à notre famille. Je vais t'apprendre !

Les coups pleuvaient sur les yeux, le menton, la bouche, les oreilles, les pommettes de Tani.

— Sale fils de pute, gronda Abeo. Cette fois, je vais...

Monifa se leva en titubant. Son regard tomba sur le fer avec lequel elle repassait fidèlement les chemises d'Abeo, les vêtements de sa seconde femme et de leurs enfants. Elle s'approcha d'Abeo, qui s'acharnait toujours sur leur fils. Tani avait le visage en sang.

— Arrête ! hurla-t-elle. Tu vas le tuer !

Son cri libéra en elle une force qu'elle ignorait posséder. Elle lui abattit le fer sur le front.

TRINITY GREEN
WHITECHAPEL
EST DE LONDRES

Deborah n'avait aucune raison de se rendre à la Maison de l'orchidée. Aussi, tandis qu'elle se dirigeait vers la chapelle en traversant la pelouse, elle décida de prétexter qu'elle était venue offrir aux jeunes filles qui avaient posé pour elle un tirage de leur portrait afin de les remercier. Mais d'abord, elle devait parler à Narissa.

« RETROUVÉE ! » Ce mot s'étalait à la une de l'exemplaire de *The Source* que l'un des présentateurs de la BBC brandissait face à la caméra quand elle était entrée dans la cuisine ce matin-là.

« On a ramené la gosse chez elle », lui avait annoncé son père.

Une explication rendue inutile par le titre *« LA FILLETTE DISPARUE RENDUE À SA FAMILLE ! »* du tabloïd concurrent qui s'affichait au même moment à l'écran, suivi de photos de Bolu souriante, avec ses parents sur le perron de leur maison, et de Charles Akin serrant la main à un policier.

Les présentateurs avaient ensuite disserté sur la place que la presse quotidienne accordait à l'événement. Sans surprise, elle était considérable. Si tous les articles racontaient la même histoire, selon les journaux ils le faisaient de manière factuelle, neutre et dépassionnée, ou volontairement sensationnaliste, à grand renfort de verbes et d'adverbes chargés en émotion.

Cotter avait posé ses melons sur le plan de travail pour aller chercher un couteau.

« Tout est bien qui finit bien, avait-il commenté en inclinant la tête vers le téléviseur. Et ça, grâce à la police.

— Pourquoi dis-tu ça ?

— On a arrêté la femme hier.

— Quelle femme ?

— Celle qui refusait de rendre la petite à ses parents tant qu'ils n'auraient pas fait ce qu'elle voulait.

— Zawadi ? Elle souhaitait juste les rencontrer en présence d'un travailleur social. Ce sont eux qui ont refusé.

— Elle s'en sort bien, à mon avis. Les parents n'ont pas l'intention de porter plainte. Ils ont dit qu'ils soutenaient à 100 % son action. Ils ne comprennent pas ce que leur fille est allée faire là-bas…

— À la Maison de l'orchidée ?

— … mais ils tâcheront de tirer ça au clair quand elle se sera reposée. En attendant, comme je le disais, tout est bien qui finit bien. »

Toutefois, une question restait en suspens : qu'était-il arrivé à Narissa ? Deborah avait suggéré à la réalisatrice de confier la fillette à sa marraine des Alcooliques anonymes. Soit quelqu'un avait reconnu Bolu à ce moment-là, soit elle n'était allée nulle part.

Elle descendit directement au sous-sol de la chapelle. À peine entrée, elle entendit la voix de Zawadi surgir de son bureau.

— J'ai passé la nuit en cellule ! Tu sais ce que ça fait ? Et Ned a dû dormir chez son connard de père. Il ne l'avait pas vu depuis trois ans !

— J'ai essayé de t'expliquer !

À son grand soulagement, Deborah reconnut Narissa.

— La police s'était déjà pointée une première fois pour récupérer un chaton dans le jardin. C'est un miracle qu'ils ne l'aient pas trouvée ce jour-là. Mais mes parents étaient furieux, surtout mon père. Je n'avais pas le choix, il fallait que je l'emmène ailleurs. J'ai appelé Victoria, ma marraine des Alcooliques anonymes, qui ne pouvait pas la prendre. J'avais d'abord demandé à Deborah…

— On ne place pas de filles chez des Blancs ! Tu ne sais pas ça ?

— … qui m'a répondu que Bolu ne serait pas en sécurité chez elle, parce que son père pensait que la famille était dans son droit. J'ai donc été obligée de la garder. Quand mes parents l'ont appris, ils ont appelé les flics.

— S'il lui arrive quelque chose, ce sera ta faute.

— Les Akin n'oseront jamais s'en prendre à elle. Pas maintenant qu'elle a fait la une de tous les journaux.

— Le dénouement de cette histoire fait perdre toute crédibilité à la Maison de l'orchidée. Qui me fera encore confiance à l'avenir ?

— J'ai tenté de t'avertir. Je t'ai dit qu'elle ne pouvait pas rester chez moi, que c'était trop dangereux. Tu m'as répondu que tu n'avais pas d'autre endroit où la placer.

— Qui acceptera d'héberger une fille après ça ? Maintenant, les parents savent que pour récupérer leur enfant il leur suffit de s'attirer la sympathie du public et d'attendre que quelqu'un dans ton genre facilite la tâche aux flics. Voilà ce que tu as fait : tu as discrédité la Maison de l'orchidée. Tu as mis en danger des centaines, peut-être des milliers de gamines !

— Je vais aller trouver la police. Je dirai que c'est moi qui t'ai convaincue de cacher Bolu parce que je croyais qu'elle risquait d'être excisée.

— Ça servirait à quoi ? Elle est venue se réfugier ici. Je suis le visage de la Maison de l'orchidée, c'est moi qui répondais aux questions des journalistes. J'ai l'air de quoi, maintenant ? La prochaine fille qui craindra pour sa sécurité, à qui pourra-t-elle s'adresser ?

Il y eut un silence.

— Laisse-moi te filmer, dit enfin Narissa. Zawadi, si on s'y prend bien, tu en sortiras grandie.

— Oh ! Nous y voilà… Tout ce qui compte pour toi, c'est ton film. Je ne marcherai pas dans ta combine.

— Mais…

— Je ne veux plus te voir. Tu as causé assez de dégâts.

— Je sais que tu es furieuse. Mais tu peux canaliser cette colère pour…

— Non ! Va terminer ton fichu film ailleurs.

Deborah se sentit obligée d'intervenir. Elle s'avança sur le seuil. Zawadi était assise derrière son bureau et Narissa près de la fontaine à eau, comme si elle gardait ses distances.

La première prit conscience de sa présence.

— Qu'est-ce que vous fichez là, vous ?

— Narissa n'y est pour rien, dit Deborah. J'aurais pu accueillir

Bolu chez moi. Mais mon mari et mon père pensaient qu'il fallait la rendre à ses parents, aussi je ne pouvais pas leur faire confiance. Narissa n'était pas…

— Sortez d'ici, la coupa Zawadi. Pour vous, tout cela n'est qu'un jeu. Les gens comme vous n'ont aucune idée de ce que vivent les personnes comme moi. Ou comme Bolu, ou comme tous ceux qui n'ont pas la chance d'être nés blancs.

— Vous êtes injuste ! protesta Deborah.

— Je me fiche de ce que vous pensez. Partez. Toutes les deux.

Zawadi repoussa sa chaise et se leva. Son turban la faisait paraître encore plus grande.

— Vous avez pris vos photos. Et toi, tu as fait ton film. Vous avez toutes les deux ce que vous vouliez.

Un silence pesant s'installa. Narissa se leva à son tour. En sortant, elle frôla Deborah, qui lui emboîta le pas.

À l'extérieur, Narissa plissa les yeux à cause du soleil.

— Ce n'est pas la fin du monde, dit-elle. J'ai beaucoup d'images en stock. Mais Zawadi a raison sur un point : cette histoire pourrait tuer la Maison de l'orchidée.

— On ne peut pas laisser faire ça ! dit Deborah.

— Je vais avoir besoin d'une réunion, reprit Narissa en se parlant à elle-même. Je peux tenir le coup aujourd'hui, mais demain… ?

Deborah se rappela brusquement une précédente conversation avec la jeune femme.

— Vous avez trouvé votre narratrice ? demanda-t-elle.

Narissa eut un rire amer.

— Franchement, ce n'est pas le moment !

— Pourquoi ?

— Toutes les personnes à qui j'en ai parlé sont convaincues de l'importance du film, et deux d'entre elles ont proposé de faire la voix off quand le montage serait terminé. Mais je souhaite une présence, pas seulement une voix.

— Zawadi, dit Deborah.

— Comme narratrice ? Vous délirez ! Je l'imagine mal nous aider, vous ou moi.

— Oh ! Je doute qu'elle veuille m'aider. Et elle ne vous aidera pas non plus si vous lui présentez les choses de cette manière. Mais le fait est qu'elle a autant besoin de vous que vous avez besoin d'elle. Le véritable enjeu, c'est la Maison de l'orchidée.

— Le véritable enjeu, lui rétorqua Narissa, c'est d'ouvrir les yeux du public sur les MGF.

— D'accord. Mais d'après ce que j'ai appris depuis que je fréquente cet endroit, il semblerait que ce soit un problème culturel… Je ne sais pas si « problème » est le mot qui convient ?

— C'est ça. Continuez.

— En même temps, cette pratique n'est plus aussi répandue qu'autrefois. Pourtant, des jeunes filles y sont toujours exposées. C'est ce que le documentaire met en lumière.

— Oui, acquiesça Narissa, le regard tourné vers les arbres, derrière Deborah. Donc le témoignage de Zawadi…

— … énonçant ces faits…

— … la présenterait comme une partie de la solution, et non comme une femme noire en colère ; une emmerdeuse, quoi.

— Cela mettrait aussi en avant le travail de la Maison de l'orchidée.

— Ce qui sauverait sa réputation en même temps que celle de Zawadi.

— Au final, cela profiterait à tout le monde.

— Et surtout aux filles.

EMPRESS STATE BUILDING
WEST BROMPTON
SUD-OUEST DE LONDRES

Lynley avait apporté la version améliorée des images de vidéosurveillance, mais aussi l'ensemble des SMS que Phinney avait échangés avec Teo Bontempi. Il y en avait beaucoup. Au début de leur relation, leurs messages avaient été brefs et explicites. Après la mutation de Teo, il lui avait adressé de longues suppliques que la plupart du temps elle avait ignorées.

Lynley sentit que le commissaire n'était pas ravi de le voir, mais s'efforçait de le cacher.

— Vous venez pour moi ou pour un autre membre de mon équipe ? demanda-t-il en se levant.

Lynley lui confirma qu'il souhaitait s'entretenir avec lui. Au lieu de monter à l'Orbit, Phinney le conduisit dans une salle de réunion.

— Avant tout, commença Lynley, je tiens à vous dire que nous avons récupéré le contenu du portable du sergent Bontempi. Pas uniquement les SMS.

— Je m'y attendais. La technologie progresse à la vitesse de l'éclair.

— À la lire, il semble qu'elle était aussi attachée à vous que vous l'étiez à elle.

— Au départ, oui.

— Hormis sa mutation forcée, qu'est-ce qui avait changé entre vous ?

— La pression n'a pas aidé.

Phinney se dirigea vers la table, assez grande pour accueillir une dizaine de personnes. Lynley s'assit délibérément face à lui, pour lui signifier qu'il n'y avait pas de rapport de force. Du moins pour le moment.

— Quel genre de pression ? s'enquit-il.

— De nature sexuelle. Nous n'avions pas des relations… normales. Elle me refusait l'accès à… à cette partie de son corps. Mais j'ai insisté. Comme un imbécile, j'ai cru qu'elle finirait par céder et me laisserait l'emmener au septième ciel. Vous voyez ce que je veux dire ?

— Mais ce n'est pas arrivé.

— Je pensais que c'était une façon d'exercer une pression sur moi pour que je quitte ma femme. Il ne m'est jamais venu à l'esprit qu'il pouvait y avoir une autre raison. Comment aurais-je pu m'en douter ? Nous étions fous l'un de l'autre. En tout cas, moi j'étais fou d'elle, et elle assurait l'être aussi.

— Donc vous n'avez jamais eu de rapports sexuels complets.

— Non. Il y avait juste… ce qu'elle me faisait.

Lynley parcourut les SMS extraits du portable de Teo. Ayant trouvé celui qu'il cherchait, il le montra à Phinney.

Mon amour, venir en toi encore une fois, rien qu'une fois.

Phinney le déchiffra en silence.

— Vu ce que vous venez de me confier, j'en conclus que vous n'êtes pas l'auteur de ce message. Pourtant il a bien été envoyé de votre téléphone. Votre femme se doutait bien que votre relation avec Teo n'était pas platonique, n'est-ce pas ? Mais pourquoi lui aurait-elle écrit cela ?

— Je l'ignore.

Lynley sortit les photos et les étala sur la table.

— Votre femme s'est rendue chez Teo deux jours avant son agression, Mark. Je pense qu'hier vous l'avez immédiatement reconnue sur ces clichés.

— Jamais elle ne lui aurait fait de mal.

— Pourquoi voulait-elle la voir, alors ? Teo n'avait pas répondu aux SMS qu'elle lui avait envoyés. Rien ne lui permettait d'affirmer qu'il y avait quelque chose entre vous.

— Elle m'a dit qu'elle savait qui c'était. Je n'ai jamais rien confirmé.

— Teo s'en est peut-être chargée quand votre femme l'a appelée.

— Ce n'est pas ce que Pete lui aurait demandé. Elle l'aurait juste priée de penser à Lilybet et à ce qui lui arriverait si je les quittais. Ce que je n'aurais jamais fait, avec ou sans Teo.

— Mais ça, votre femme ne le savait pas.

— Je le lui ai dit à de nombreuses reprises. Mais elle a de bonnes raisons d'en douter.

Lynley attendit qu'il développe, ce qu'il fit.

— Nous vivons sous le même toit. Nous nous occupons de notre fille, nous prenons nos repas et nous dormons ensemble. Mais c'est tout ce que nous partageons.

— Vous voulez dire que vous vivez comme des colocataires ? Ou comme frère et sœur ?

— Comme un frère qui coucherait dans le lit de sa sœur. Quant au côté physique… Pete m'encourage à le chercher ailleurs. À condition qu'il n'y ait ni sentiments ni engagement de ma part.

— Une relation purement sexuelle ?

— Oui.

Phinney eut un rire amer.

— Croyez-moi, j'ai conscience de l'ironie de la situation, ajouta-t-il.

— Je ne suis pas sûr de saisir.

— Les craintes de Pete se sont confirmées, mais pas comme elle l'imaginait : j'ai eu les sentiments, sans la satisfaction sexuelle.

— Elle savait qu'il existait un lien affectif entre Teo et vous ?

— Je ne lui en ai pas parlé, mais elle a dû constater un changement chez moi, dit Mark en regardant Lynley comme pour le jauger. Avez-vous déjà été fou amoureux ? Avez-vous déjà aimé au point de ne plus avoir l'esprit clair parce que l'objet de votre amour occupe toutes vos pensées ?

— Non, avoua Lynley. J'ai été amoureux, oui. J'ai aussi désiré ardemment quelqu'un. Mais pas à en perdre la raison.

— Veinard ! Sans doute est-ce parce que votre vie ressemble davantage à un long fleuve tranquille. C'est plus simple quand la personne que vous aimez partage vos besoins et vos désirs.

Lynley s'abstint de le détromper. Depuis ses 16 ans, sa vie n'avait jamais été un long fleuve tranquille.

— Avez-vous eu d'autres contacts avec Teo après sa mutation ?

— J'ai continué à l'appeler et à lui envoyer des SMS. C'était plus fort que moi. Croyez-moi, si j'avais pu, je me serais fait reprogrammer le cerveau pour reprendre une existence normale. S'il avait existé une pilule pour effacer Teo de ma mémoire, je l'aurais avalée sans hésiter. Chaque fois je me disais que c'était le dernier appel, le dernier message, la dernière miette de son temps que je mendiais... Elle n'a jamais répondu. Comment le lui reprocher ?

— Nous allons devoir interroger votre femme. Vous le savez ?

— Jamais elle n'aurait porté la main sur Teo.

— Peut-être pas. Mais elle avait beaucoup à perdre. Et dans cette position, les gens sont souvent prêts à tout.

MAYVILLE ESTATE
DALSTON
NORD-EST DE LONDRES

Ce fut le mari de Monifa Bankole qui ouvrit à Nkata. Il pressait un gant de toilette sur son front, et sa chemise blanche et son pantalon kaki étaient tachés de sang. Nkata lui colla sa carte sous le nez, bien que ce ne fût pas nécessaire.

— Encore vous ? grogna Bankole. C'est elle qui vous a appelé, c'est ça ? Elle n'a rien de mieux à faire que de me pourrir la vie ?

— Personne ne m'a appelé. À ce que je vois, il aurait mieux valu que quelqu'un le fasse.

Derrière Bankole, Nkata vit le salon plongé dans la pénombre et des meubles renversés.

— Je dois parler à Mme Bankole.

— Elle n'est pas là.

Bankole tenta de refermer la porte, mais Nkata la bloqua de la main.

— Vous permettez que je vérifie ?

Bankole lui tourna le dos et Nkata entra.

— Monifa ! cria Bankole. La police te demande !

Pas de réponse. Toutefois, cela ne prouvait rien.

— Je vais jeter un coup d'œil, déclara Nkata.

Il se dirigea vers la cuisine, puis vers les chambres et la salle de bains. Bankole avait dit vrai : il n'y avait personne.

Pour autant, il n'avait pas renversé les meubles seul, et il était peu probable qu'il se soit lui-même frappé le front avec le fer à repasser qui traînait au pied d'un fauteuil. Restait à déterminer si le sang qui maculait ses vêtements était le sien, celui de sa femme ou de quelqu'un d'autre.

— Où est-elle allée ? demanda Nkata.

— Je n'en sais rien.

— Mais il s'est passé quoi, ici ?

— Mon bon à rien de fils m'a agressé. Moi, son père ! Sans moi, ce petit merdeux n'existerait même pas.

— Vous vous êtes bien défendu, on dirait, fit remarquer Nkata.

— Il s'imaginait être trop grand pour recevoir une bonne correction. Eh bien il se trompait. Comme vous l'avez constaté, il n'y a personne avec moi. Laissez-moi, maintenant.

— Sur votre chemise, le sang, c'est celui de Mme Bankole ?

— C'est moi qui commande, ici. Pas elle. Tant que je vivrai, aucune femme ne fera sa loi sous mon toit.

Nkata ne put se retenir plus longtemps.

— À votre avis, monsieur Bankole, ça va se terminer comment pour vous ?

— Partez, répondit simplement Bankole.

Nkata comprit qu'il n'obtiendrait rien de lui, même en le provoquant. Il sortit et fit halte au pied de l'immeuble pour consulter sa messagerie, au cas où Monifa Bankole aurait tenté de le joindre.

— Psssst ! Monsieur le policier ! Pssst !

Il regarda autour de lui, leva les yeux et aperçut une femme penchée à une fenêtre du troisième étage. Il revint sur ses pas.

La voisine des Bankole lui fit signe d'attendre et disparut. Moins d'une minute plus tard, elle revint et lui lança un objet qu'il rattrapa au vol : une brosse à cheveux autour de laquelle on avait enroulé un papier. Il lut ce qui était écrit dessus : *« Halimah Tijani, Lydgate House »*, ainsi qu'un numéro d'appartement. Nkata salua la voisine de la main, puis déposa la brosse sur une marche à son intention.

Il alla consulter le plan de Mayville Estate pour localiser Lydgate House. Une fois arrivé, il monta à l'appartement 501 et frappa. Pas de réponse.

— Madame Bankole ? dit-il à travers la porte. Sergent Winston Nkata, de Scotland Yard. On s'est déjà parlé.

Il entendit chuchoter à l'intérieur, puis on déverrouilla la porte et une femme, sans doute Halimah Tijani, ouvrit. Elle l'invita à entrer en regardant derrière lui pour s'assurer qu'il n'avait pas été suivi.

Il faisait une chaleur étouffante dans l'appartement, et les fenêtres et les rideaux fermés empêchaient l'air de circuler.

Monifa Bankole était assise sur un pouf. Nkata soupira en voyant son visage tuméfié et ses paupières enflées. Elle se leva avec tant de difficulté qu'il en déduisit qu'elle avait aussi plusieurs côtes fêlées. Elle lui jeta à peine un regard avant de courber la tête.

— Il prétend avoir frappé votre fils, dit Nkata.

— C'est vrai. Et moi avant.

— Vous devez m'accompagner.

— Je ne peux pas. Je ne sais pas ce qu'il compte faire à Tani, mais Simisola... Il l'emmènera au Nigeria si je ne l'en empêche pas.

— Chaque chose en son temps, madame Bankole. Elle va venir avec moi, dit-il ensuite à Halimah. Personne ne doit retourner là-bas. Compris ?

— Et ses affaires ? objecta Halimah. Ses vêtements ? Qu'est-ce que tu as d'autre à récupérer ? demanda-t-elle à Monifa. Des médicaments ?

— Je ne peux pas, répéta Monifa. Tani va revenir avec une autre demande de protection et je ne serai pas là. Et après, je ne saurai pas où ils sont, Simisola et lui. S'il vous plaît, essayez de comprendre.

— Ce que je comprends, c'est que ce type va vous tuer, vous ou votre fils. J'ai constaté qu'il avait reçu un coup au front. Il y avait un fer à repasser par terre. C'est vous qui avez fait ça ?

Elle ne répondit pas.

— Je vois, reprit Winston. Madame Tijani, vous pourriez nous laisser une minute ?

Halimah passa dans une autre pièce, sans doute une chambre, et referma la porte derrière elle.

Nkata sortit alors de sa poche la raison initiale de sa visite : la photocopie d'une page de l'agenda de la clinique. Il prit place dans un fauteuil, la déplia et la défroissa sur sa cuisse.

— Regardez, s'il vous plaît. C'est votre nom, là. Et juste à côté, entre parenthèses, il y a le prénom que vous venez de mentionner : Simisola. Vous voyez ?

Monifa acquiesça.

— L'autre jour, vous m'avez dit que vous étiez allée à cette clinique pour récupérer un acompte. Vous n'avez pas précisé à quoi était destiné cet argent. Mais vu que le nom de votre fille est écrit à côté du vôtre, j'ai l'impression que c'est elle qui devait être opérée. Je me trompe ?

Monifa garda le silence, les yeux baissés vers le sol.

Nkata l'observa. Elle représentait leur seule chance de découvrir ce qui se manigançait à Kingsland High Street. Aucune autre femme dont le nom figurait dans l'agenda n'admettrait jamais qu'il s'y pratiquait des mutilations génitales. Si pour l'heure la responsable s'était volatilisée, Londres était une ville immense et il lui faudrait à peine quelques mois, peut-être moins, pour ouvrir une nouvelle clinique ailleurs.

— Vous espérez que cette Easter Lange, ou plutôt Mercy Hart, va vous rappeler. Mais peu importe la personne qui fera ce que vous envisagez pour Simisola, ça vous mènera droit en prison. Vous, votre mari, ou vous deux. On vous tient à l'œil, maintenant. Au moindre soupçon, vous serez arrêtés et votre fille ira en foyer. Je sais que vous ne voulez que son bien, mais ce n'est pas en la faisant exciser que vous l'aiderez.

Monifa leva les yeux vers lui et dirigea ensuite le regard vers la fenêtre, comme si à travers les rideaux elle pouvait voir la cime des arbres qui perdaient déjà leurs feuilles. Puis elle parla d'une voix si ténue que pour l'entendre il dut se rapprocher d'elle et s'asseoir dans le fauteuil installé face au pouf qu'elle occupait, les genoux ramenés contre la poitrine.

— Après avoir pris rendez-vous, j'ai versé un acompte en puisant dans la cagnotte du ménage. C'était la seule solution pour que Simi ne souffre pas. Mais Abeo a découvert que j'avais pris cet argent, et il m'a envoyée le récupérer. C'est là que la police a débarqué et nous a arrêtées, cette Easter Lange et moi.

— Où est Simisola en ce moment ?

— Tani l'a emmenée. Il n'a pas dit où. Il ne la ramènera pas tant que le juge n'aura pas délivré une ordonnance de protection. C'est pour ça qu'il est passé à la maison aujourd'hui : il voulait que je remplisse la demande. Entre-temps, Abeo est rentré. Il était déjà en colère, mais quand il a vu le papier... Il l'a déchiré, puis il a frappé Tani. Ce n'est pas mon fils qui a commencé.

Elle expliqua alors quels étaient les projets de son mari : confier

Simisola à une exciseuse nigériane vivant à Londres, pour un coût moindre que celui qu'exigeait la clinique. Cette femme avait causé la mort de la fille de Halimah. Monifa s'était procuré son adresse auprès de cette dernière. Elle s'était ensuite rendue chez elle et l'avait menacée d'appeler la police si elle touchait à Simisola.

— Maintenant, comme Chinara Sani refuse de l'exciser, Abeo veut l'emmener au Nigeria. Sans ordonnance de protection, je sais qu'il le fera. C'est le seul moyen d'obtenir une grosse dot pour elle. Il a l'intention de lui trouver un mari là-bas.

— Quel âge a votre fille, madame Bankole ?

— Huit ans.

Nkata accusa le coup.

— Et vous trouvez normal de marier une gosse de 8 ans ?

— Ce serait juste un arrangement, officialisé par le paiement d'une dot. Mais pour ça il faut que Simisola ait été purifiée.

— En d'autres termes, excisée. Ça ne vous pose pas de problème ?

Monifa se mit à tripoter un pan de sa jupe. À sa respiration hachée, il comprit qu'elle luttait contre les larmes.

— Je ne sais plus, dit-elle enfin. C'est ce que je cherchais à éviter quand je l'ai amenée à la clinique.

— Franchement, madame Bankole, j'ai du mal à suivre. Vous l'avez emmenée dans une clinique qui pratique les MGF pour la protéger ? Ça ne tient pas debout !

— Son père l'aurait fait abîmer comme je l'ai été. Tout ce que j'ai fait, c'était pour lui épargner ça. Elle n'aurait rien senti et elle aurait bien cicatrisé. Mais Abeo a trouvé que ça coûtait trop cher. Par deux fois j'ai défié son autorité. Il n'y aura pas de troisième fois. Dès qu'il l'aura retrouvée, il s'envolera pour le Nigeria avec elle.

— Il a un passeport ? Simisola en a un aussi ?

Monifa fit oui de la tête.

— Dans ce cas, reprit Nkata en se levant, vous venez avec moi.

— Je vous en prie, non ! Je dois l'en empêcher.

— Vous n'y arriverez pas.

— Il le faut !

— Je ne suis pas sûr que m'ayez bien compris. Soit vous venez avec moi, soit je vous arrête. À vous de choisir.

ÎLE AUX CHIENS
EST DE LONDRES

Barbara Havers avait appelé le Dr Philippa Weatherall pour s'assurer qu'elle travaillait bien ce jour-là. La chirurgienne lui avait confirmé qu'elle passerait la journée à son cabinet, et elle acceptait de la rencontrer entre deux patientes. Toutefois, elle ne pourrait pas lui consacrer beaucoup de temps.

« Si vous me disiez déjà de quoi il s'agit ? avait-elle demandé.

— D'une certaine Teo Bontempi, qui a été assassinée, avait répondu Havers. Vous en saurez davantage quand nous nous verrons. »

Après avoir traversé le centre de Londres, Barbara rejoignit la Tamise au niveau de Limehouse et poursuivit vers Westferry Road, la route qui longeait la partie ouest de l'île aux Chiens. Connaissant mal le quartier, elle eut recours au GPS de son portable pour la guider jusqu'à Millwall Inner Dock. Après avoir garé sa Mini, elle marcha jusqu'à Inner Harbour Square, où le Dr Weatherall exerçait son art au-dessus d'une sandwicherie, Notre pain quotidien.

Le hasard faisant bien les choses, elle commença par s'offrir un sandwich garni de crevettes et de coleslaw, un sachet de chips au vinaigre, des biscuits fourrés à la vanille et une canette de Ribena. Elle engloutit ce repas improvisé sur la place, non sans faire tomber du coleslaw sur son tee-shirt. Voyant cela, elle poussa un juron et agrandit la tache en étalant la sauce avec une serviette en papier bien grasse. Elle tenta alors de se convaincre qu'elle venait de créer une œuvre d'art et se consola avec un biscuit, suivi d'une cigarette qui lui arracha un soupir de satisfaction.

Revigorée, elle monta au cabinet. Une femme qu'elle prit pour une assistante raccompagnait une patiente vers la sortie tandis qu'une autre remplissait un questionnaire sur un porte-bloc.

— Sergent Havers ? demanda la femme.

Barbara acquiesça.

— Je suis le Dr Weatherall. Entrez ! Fawzia, dit-elle en se tournant vers la patiente qui complétait le questionnaire, quand vous aurez fini, frappez à la porte de mon bureau, s'il vous plaît.

Elle guida Barbara le long d'un étroit couloir et l'introduisit dans une pièce aussi peu apprêtée qu'elle l'était elle-même. Sur les murs, des diplômes côtoyaient des images impersonnelles, probablement téléchargées sur Internet. La chirurgienne était vêtue d'une blouse noire sans manches et d'un pantalon en lin de la même couleur, une tenue particulièrement adaptée à la chaleur. Un foulard roulé en bandeau retenait ses cheveux poivre et sel. Barbara remarqua avec une pointe d'envie qu'elle avait des bras bronzés et incroyablement musclés, de même que ses épaules. À l'évidence, elle pratiquait une activité physique régulière et intense. Sans doute surveillait-elle aussi son régime alimentaire. Barbara en regretta presque d'avoir mangé des chips et des biscuits fourrés. Mais ce « presque » l'incita à penser que ces remords ne s'attarderaient pas plus que d'habitude.

Au lieu de s'asseoir derrière son bureau, le Dr Weatherall prit place dans l'un des fauteuils destinés aux visiteurs et désigna l'autre à Barbara, qui l'informa de la mort de Teo Bontempi sans préciser les circonstances de son décès. Elle ajouta que la police avait mis la main sur l'agenda de la victime.

— Teo y a noté le mot « évaluation » le 24 juillet, ce qui ne nous aidait pas beaucoup. Mais quand on a récupéré le contenu de son portable on a constaté qu'elle avait saisi l'adresse de votre clinique dans son GPS. Elle avait subi des mutilations génitales et son mari, ou plutôt son futur ex-mari, insistait depuis longtemps pour qu'elle envisage une chirurgie réparatrice. Vous pratiquez ce genre d'opération ici ?

— En effet.

— Vous avez examiné Teo Bontempi ?

— Oui. C'est la première étape du diagnostic.

— Vous vous souvenez d'elle, donc.

— Au début, son nom ne m'évoquait rien. Mais après votre coup de fil j'ai consulté mes dossiers. Je reçois beaucoup de femmes chaque semaine. Je ne me rappelle pas tous les rendez-vous en détail.

— Je suppose que vous conservez les dossiers de toutes vos patientes ?

— Oui, de chacune d'elles.

— Pourrais-je avoir une copie de celui de Teo ?

Le Dr Weatherall parut réfléchir.

— Je n'y vois pas d'objection, dit-elle enfin. Si vous enquêtez sur le décès de Teo Bontempi, c'est qu'elle...

— Elle a été assassinée, oui.

La chirurgienne soupira.

— Je suis désolée de l'apprendre. Comment l'a-t-on... Peu importe. Je suppose que vous n'avez pas le droit de me le dire, de toute façon.

Elle se glissa derrière son bureau et pianota sur le clavier de son ordinateur.

— Cela ne prendra que quelques minutes. L'imprimante se trouve..., dit-elle avec un geste en direction du couloir. Vous voulez que j'aille vous chercher la copie de son dossier ?

— Je la récupérerai en sortant, merci. Quelles ont été vos conclusions après l'examen de Teo ?

Le Dr Weatherall consulta le fichier ouvert sur son écran.

— La personne qui l'avait excisée avait fait un travail de boucher. Avant d'envisager une réparation, il aurait fallu supprimer le tissu cicatriciel. Ce n'est pas la partie la plus difficile, mais l'issue est incertaine.

— Pourquoi ?

— Son dossier contient des photos. Vous verrez l'étendue des dégâts. Dans pareil cas, la première question qui se pose est de savoir s'il reste des terminaisons nerveuses sous le tissu cicatriciel. Si oui, je peux reconstruire un clitoris.

— Et s'il n'y en a plus ?

— La patiente n'aura jamais de plaisir clitoridien, mais au moins elle ne souffrira plus lors des rapports sexuels.

— Quel est l'intérêt d'entreprendre une reconstruction, alors ?

La chirurgienne se carra dans son fauteuil, les mains à plat sur les accoudoirs.

— Il y en a plusieurs. Retrouver une certaine normalité, éviter les infections à répétition et, comme je vous l'ai dit, ne plus avoir mal. Toutefois, le plaisir de la femme se limitera à l'intimité physique avec son partenaire.

— Qu'en était-il pour Teo ?

— J'étais parvenue à la conclusion qu'une reconstruction était envisageable. Mais, pour lui permettre d'éprouver des sensations, il fallait d'abord retirer le tissu cicatriciel.

— Vous lui avez expliqué tout ça ?

— Bien sûr ! Je le fais toujours, juste après l'examen.

— Et qu'a-t-elle répondu ?

— J'ai écrit qu'elle avait demandé un délai de réflexion.

— C'est tout ce qu'il y a dans son dossier ?

— Oui. Mais je n'ai pas noté ce que je dis à toutes mes patientes : si elles décident de se faire opérer, elles doivent m'en informer au préalable et revenir accompagnées.

— Teo vous a rappelée ?

— Pas immédiatement. J'ai pensé qu'elle avait renoncé. Cela arrive fréquemment. Chez certaines, la peur l'emporte sur toute autre considération. Il n'est pas rare non plus que leur mari refuse qu'elles soient opérées, de peur qu'elles ne le trompent ensuite. Pour d'autres, c'est leur père ou leur mère qui le leur interdit.

— Il arrive aussi qu'elles meurent…

— Je n'ai jamais perdu une patiente durant une intervention, sergent.

— Je parlais de Teo Bontempi. Elle a été tuée avant d'avoir pu prendre ses dispositions.

— Quand est-elle morte exactement ?

— Le 31 juillet. Elle est tombée dans le coma après avoir reçu un coup sur la tête et ne s'est pas réveillée.

— Vous pensez que quelqu'un s'opposait à ce qu'elle soit opérée, quelqu'un qui… Je ne sais pas… ne supportait pas qu'elle se réapproprie son corps ?

— Pour l'instant, nous n'écartons aucune piste. Vous a-t-elle dit par qui elle comptait se faire accompagner si elle se décidait à sauter le pas ?

— Non. Mais elle était venue pour une simple évaluation.

— A-t-elle évoqué quelqu'un qu'elle aurait informé de ce rendez-vous ?

— Pas que je me rappelle. Il est possible qu'elle n'en ait parlé à personne. C'est souvent le cas.

— Pourquoi ?

— La plupart de ces femmes sont mariées. Elles comptent sur cette opération pour améliorer leur vie conjugale.

— Ça me semble normal.

— Bien sûr. Mais imaginez tout ce qui leur passe par la tête. Elles arrivent pleines d'espoir, puis je les examine et elles apprennent que l'intervention ne leur permettra peut-être pas de retrouver des sensations.

— En quoi cela justifie-t-il qu'elles viennent en cachette de leur mari ?

— C'est une chose de voir ses attentes déçues, c'en est une autre de les partager avec son partenaire et de devoir ensuite affronter sa déception.

Barbara réfléchit. Séparée de Ross Carver, Teo Bontempi avait de bonnes raisons de ne pas se confier à lui, surtout que, de son propre aveu, il avait déployé des efforts constants pour réparer son esprit en même temps que son corps. Comment aurait-il réagi en apprenant que son cas était désespéré ? Au demeurant, comment aurait-il réagi en apprenant qu'elle voulait être opérée ?

— C'est pas faux, admit-elle.

— On ne peut pas exiger d'elles qu'elles se livrent franchement à propos de ce qu'elles ont vécu, sergent. Souvent, elles refusent d'en parler, même à moi. Elles désirent juste être à nouveau entières, ou aussi entières que possible. Certaines étaient trop jeunes pour en garder un souvenir précis. Pour d'autres, l'humiliation est trop grande. Certaines ont été piégées, d'autres prises par surprise. Il y en a à qui on a fait croire que toutes les filles subissaient le même traitement. Ces pratiques sont sous le sceau du secret au sein même des familles. Les mères ne disent pas la vérité à leurs filles : elles occultent les effets à long terme de ces mutilations, le fait qu'on les prive de certaines sensations au nom d'une tradition imbécile… Essayez d'imaginer les conséquences sur leur vie, sur leur avenir, et ce que cela fait d'être réduite au statut de marchandise…

La chirurgienne en avait les larmes aux yeux. Elle prit un mouchoir en papier dans la boîte posée sur son bureau et s'en tamponna les paupières.

— Désolée, dit-elle. Je m'emporte facilement.

— Il y a de quoi. Teo Bontempi vous a-t-elle dit qu'elle appartenait à une brigade policière qui combat les MGF ?

— Non.

— Vous a-t-elle dit qu'elle était dans la police ?

— Ni l'un ni l'autre. Vous pensez que c'est pour ça qu'on l'a tuée ?

— Possible. Son équipe fait un travail de sensibilisation et d'éducation auprès des communautés concernées. On ne tue pas quelqu'un pour ça. Mais Teo allait plus loin. Elle avait découvert une clinique pratiquant des excisions dans le nord de Londres et l'avait fait fermer.

— Vous avez dû entendre parler des exciseuses nigérianes. Il y en a partout dans Londres. Si l'une d'elles…

On frappa alors à la porte. La chirurgienne invita Fawzia, la femme que Barbara avait vue remplir un formulaire, à entrer et lui prit le porte-bloc des mains.

— La salle d'examen est juste en face, lui indiqua-t-elle. Retirez vos vêtements au-dessous de la taille. Il y a un drap pour vous couvrir. Je vous rejoins dans une minute.

— Quand vous lui avez annoncé que vous pouviez l'opérer, Teo vous a-t-elle semblé heureuse ? demanda Barbara une fois la femme ressortie.

— Je ne suis pas très douée pour interpréter les réactions des gens. Mais en règle générale ces femmes ne laissent pas éclater leur joie devant moi. Elles paraissent plutôt soulagées, puis elles se mettent à réfléchir. Il est humain de ne pas vouloir nourrir de faux espoirs.

— C'est pour ça que vous l'avez rappelée ?

— Je procède ainsi avec toutes mes patientes, au cas où elles auraient des questions après l'évaluation.

— L'historique de son téléphone montre que vous l'avez appelée quatre fois.

— Ah oui ? Je ne m'en souvenais pas.

Elle marqua une pause et dirigea son regard vers les images qui décoraient le mur.

— Sans doute s'interrogeait-elle beaucoup.

— Ça vous arrive souvent d'avoir plusieurs conversations avec une même patiente ?

— Oui. Je leur parle autant qu'il le faut pour les rassurer.

Barbara leva les yeux de son calepin pour demander :

— Que pouvez-vous me dire d'autre au sujet de Teo Bontempi ?

Le Dr Weatherall fronça ses sourcils rectilignes et d'un noir de jais.

— Eh bien, ça m'est revenu pendant que je parcourais son dossier, mais elle avait l'air troublée.

— C'était l'idée d'être opérée qui l'inquiétait ?

— D'après mes souvenirs, c'était plutôt lié à son consentement. Elle m'a donné cette impression avant même que je l'examine.

— Elle subissait des pressions ?

— Je l'ignore. Elle ne me l'a pas dit.

Le téléphone sonna. Un son brutal et discordant. Barbara attendit que la chirurgienne décroche, mais elle laissa le répondeur se déclencher.

— Vous en êtes restées où, toutes les deux ?

— Elle était partante pour se faire opérer.

— Vous aviez fixé une date pour l'intervention ?

— Non. D'après mes notes, elle voulait organiser son absence au travail avant de me rappeler.

— Vous a-t-elle dit à ce moment-là si elle avait informé quelqu'un de sa décision ?

Le Dr Weatherall secoua la tête.

— Honnêtement, je ne m'en souviens pas. Peut-être que oui. C'est tout ce que je peux vous dire.

BRIXTON
SUD DE LONDRES

Monifa savait très bien pourquoi le policier l'avait arrêtée. Elle lui avait avoué ses intentions : faire purifier Simisola avant son entrée dans l'âge adulte. Même pratiquée sous anesthésie, par une personne qualifiée, avec des instruments chirurgicaux stériles et des soins postopératoires, une excision restait hors la loi dans ce pays. Le policier appartenait à une autre culture, il n'avait aucune idée de ce qui se jouait pour Simisola. Le rôle d'une femme était de servir les hommes auxquels la liaient sa naissance ou son mariage. Sa propre mère vivait ainsi, tout comme sa belle-mère, sa grand-mère, son arrière-grand-mère, et ainsi de suite jusqu'à l'origine de leur peuple. L'excision purifiait la femme. Une femme pure trouvait plus facilement un mari. Monifa ne pouvait pas plus changer cela que modifier l'ordre des mois de l'année. Mais Nkata, l'homme assis au volant, était anglais même si ses ancêtres venaient d'un autre pays. Il ne pouvait pas comprendre.

Ils roulaient depuis un moment quand elle lui fit remarquer qu'il ne l'emmenait pas au commissariat du quartier. Il lui jeta un bref regard.

— Vous êtes impliquée malgré vous dans une affaire de meurtre, madame Bankole. La Met est en charge de l'enquête. Mon chef veut vous interroger au sujet de la clinique où on vous a interpellée et de la femme qui la dirigeait. Comme je vous l'ai dit, elle se faisait appeler Easter Lange, mais ce n'est pas son vrai nom. Et si elle utilise un faux nom, c'est sans doute parce qu'elle n'a pas le droit d'exercer la médecine. Autrement dit, vous alliez livrer votre fille au même genre d'exciseuse que celle dégotée par votre mari. Sauf que celle-ci faisait semblant d'être en règle.

— Ce n'est pas vrai !

— Vous n'allez pas me raconter que vous ne projetiez pas d'exciser votre fille, quand même ? Pas après m'avoir avoué le contraire ?

— Ce que je veux dire, c'est que c'était différent. Simisola ne risquait rien avec cette femme. Après, elle aurait été...

— Ça, c'est votre avis. Tout ce que je vois, moi, c'est qu'elle aurait été mutilée et détruite à vie.

— Vous ne comprenez pas.

— Et croyez-moi, je n'ai pas envie de comprendre, affirma Nkata en frappant le volant du plat de la main.

Après ça, ils gardèrent le silence. Monifa sentait tout le poids du dégoût et de la colère du policier. Elle sentait aussi le poids des arguments que sa mère, Abeo et sa belle-mère lui rabâchaient depuis des mois. Elle pensait au chagrin de Halimah qui avait perdu sa fille bien-aimée, son unique enfant. Elle avait l'impression d'être entourée de bandelettes qui l'empêchaient de faire le moindre mouvement, comme une momie.

Des larmes jaillirent de ses yeux et elle les laissa couler. Elle courba la tête et regarda ses mains, la vision brouillée par la douleur qu'elle s'était infligée à elle-même et infligeait à présent à ses enfants.

Le trajet lui parut durer une éternité. Ils franchirent la Tamise, traversèrent les quartiers gentrifiés du sud de la ville et tournèrent dans une rue étroite, Angell Road, pour se garer sur un parking entouré d'immeubles.

— Je ne vois pas de poste de police, fit remarquer Monifa.

— Je vous ai menti. Venez avec moi, madame Bankole.

— Vous n'êtes pas policier !

Nkata soupira et sortit de la poche intérieure de sa veste la carte qu'il lui avait déjà montrée. Sa photo et son numéro de portable figuraient dessus. Mais cela n'expliquait ni où ils étaient ni pourquoi.

— Venez, répéta Nkata. Personne ne vous fera de mal.

— Où sommes-nous ?

— Loughborough Estate. À Brixton. C'est là que j'ai grandi et que je vis toujours.

— Pourquoi m'avez-vous amenée ici ?

Il lui prit doucement le bras.

— Vous n'avez rien à craindre. Ma mère nous attend.

Monifa se rappela qu'il avait passé un coup de fil après l'avoir fait monter dans sa voiture. Sur le moment, elle avait cru qu'il parlait à son supérieur.

— Il va falloir marcher un peu, ajouta-t-il. Vous pouvez vous appuyer sur moi.

Le long trajet avait engourdi ses muscles déjà douloureux, et elle avait si mal aux côtes qu'elle faillit hurler en sortant de l'habitacle. Elle accepta le bras qu'il lui offrait. Ils empruntèrent l'allée en ciment qui menait aux immeubles, avançant au rythme de Monifa.

Nkata la fit entrer dans un hall et la guida vers une porte ouvrant sur un escalier.

— L'ascenseur est en panne, expliqua-t-il. Désolé.

Ils montèrent trois étages en prenant leur temps. Chaque marche était une torture, mais Monifa s'efforçait de faire bonne figure. Puis Nkata ouvrit une porte donnant sur un couloir au sol couvert de linoléum.

— On y est presque.

Ils s'arrêtèrent devant la quatrième porte.

— M'man ? appela Nkata après l'avoir ouverte.

— Par ici, trésor !

Il y eut un bruit de pas et la mère du policier apparut, les mains tendues vers Monifa.

— Tu en as mis du temps ! Je suis Alice Nkata, se présenta-t-elle. Il a été prudent au volant ? J'espère que oui. Parfois, il conduit comme s'il avait le diable aux trousses.

Alice Nkata introduisit Monifa dans un salon où un vieux piano droit aux touches jaunies côtoyait un tambour africain ainsi qu'un canapé et deux fauteuils enfouis sous des étoffes colorées, peut-être pour cacher leur âge. Une grande quantité de photos encadrées trônaient sur le piano. La pièce communiquait avec une cuisine à la propreté irréprochable et une chambre dont la porte était fermée. Un petit couloir donnait sur d'autres portes fermées, sans doute celles d'une salle de bains et d'une seconde chambre.

— Je vous dérange, dit Monifa. Je suis vraiment désolée.

— Venez par ici, répondit Alice sur un ton chaleureux. Trésor m'a dit que vous aviez besoin de soins. J'ai élevé deux garçons, et s'il y a bien une chose que je sais faire c'est panser les blessures.

Une infirmerie de fortune avait été improvisée dans la cuisine. Des compresses, une boîte d'Elastoplast, des tubes de pommade, du coton hydrophile et un rouleau de bande extensible étaient alignés sur le comptoir.

— Trésor, ajouta Alice, va mettre des draps et des serviettes propres dans la chambre. Je n'ai pas eu le temps de m'en occuper à mon retour du café.

— Je vous en prie, murmura Monifa. Ne vous donnez pas tout ce mal pour moi.

— Ce n'est rien du tout !

Alice lui indiqua une chaise et se tourna vers le comptoir pour y prendre ce dont elle avait besoin.

— Trésor et son frère partageaient la même chambre. Quand Stoney, enfin Harold, mon aîné, rentrait dans un sale état, trésor allait dormir sur le canapé pour le laisser se reposer. Il a l'habitude, ne vous en faites pas pour lui. Pourriez-vous enlever votre robe, s'il vous plaît ? C'est un pagne, hein ? Dans ce cas, vous n'avez qu'à le baisser. Trésor a peur que vous ayez des côtes cassées. Elles vous font mal ?

Monifa s'exécuta avec l'aide de la mère du policier.

— Tsss, tsss, fit Alice en l'examinant. Trésor m'a dit que vous aviez refusé qu'il vous conduise à l'hôpital.

— Ce n'est pas si grave.

— Vous en êtes sûre ? D'accord. Mais je vais quand même vous bander, par sécurité, dit-elle en entreprenant d'enrouler la bande extensible autour du torse de Monifa. Vous pourrez l'enlever pour prendre un bain, mais c'est tout. Il faudra la remettre aussitôt après.

— Je vous cause des ennuis. Pardon.

— Ce n'est rien comparé à mes garçons. Vous avez vu la cicatrice de trésor ? Forcément. Comment ne pas la remarquer ? Ça, c'étaient de vrais ennuis. Il est arrivé encore pire à notre Stoney, mais c'est une longue histoire. Vous savez cuisiner, madame Bankole ?

— C'est une des rares choses que je sache faire, madame…

— Nkata. Mais appelez-moi Alice.

— Moi, c'est Monifa.

— Quel genre de cuisine faites-vous, Monifa ?

— Anglaise, un peu. Mais surtout nigériane.

— Nigériane ?

Alice imbiba de liquide antiseptique une boule de coton.

— T'entends ça, trésor ? cria-t-elle. Monifa sait faire la cuisine nigériane ! C'est ton père qui va être content !

— Il est nigérian ?

— Non. Mais si vous lui préparez un plat de chez vous, il sera aux anges. Il a vécu à Londres la plus grande partie de sa vie, mais il est né en Afrique. En Côte d'Ivoire, pour être exacte.

— Je serais ravie de cuisiner pour votre mari. Pour vous aussi, bien sûr, et pour… Je dois l'appeler trésor ? demanda-t-elle en baissant la voix.

Alice Nkata éclata de rire.

— Vaut mieux pas ! C'est le petit nom que je lui donne parce qu'il est mon trésor à moi. Mais je crois qu'il préférerait que vous l'appeliez Winston. Maintenant, voyons un peu cet œil…

STOKE NEWINGTON
NORD-EST DE LONDRES

Tani avait terriblement envie de dormir. Mais il savait qu'il devait rester éveillé jusqu'à ce qu'un médecin l'examine, au cas où son père lui aurait causé une commotion cérébrale en lui tapant la tête par terre, comme le lui faisait craindre la douleur lancinante qu'il ressentait sous son crâne. Et, avant toute chose, il devait mettre Simi en sécurité. C'est pourquoi Sophie, sa sœur et lui attendaient sur le quai de la gare de Stoke Newington le train qui les conduirait à Whitechapel.

Après s'être enfui de Mayville Estate, il était retourné chez Sophie en se félicitant de n'avoir jamais dévoilé son existence à ses parents. Il y avait de nombreuses raisons à cela, la principale étant que Sophie était anglaise. Si les ancêtres de la jeune fille étaient africains, sa famille s'était enracinée en Angleterre trois siècles plus tôt, à l'époque où les élites sans conscience soutenaient la traite négrière en s'offrant des esclaves. Mais cette sinistre réalité ne rendrait pas Sophie plus acceptable aux yeux de son père, et peut-être pas non plus à ceux de sa mère. Sophie n'était pas nigériane, et surtout elle n'était pas pure au sens où l'entendaient la tradition et les parents de Tani. Heureusement, Abeo ignorait tout d'elle, et donc son adresse. Par conséquent il ne pourrait pas deviner où Tani avait emmené Simisola.

Les Franklin vivaient à Evering Road, dans le quartier de Stoke Newington. Sa mère était nutritionniste et son père un génie de l'informatique qui inventait des applications dont personne n'imaginait avoir besoin avant de les avoir essayées. Sophie avait deux frères plus âgés et une sœur cadette. Ils occupaient une maison de quatre étages avec un magnifique jardin à l'arrière, et côté rue une courette ensoleillée pleine de fleurs et de plantes en pots. Lors de sa première visite, Tani avait été stupéfait de découvrir que chacun des enfants avait sa propre chambre. Il y avait des toilettes à chaque niveau, et une cuisine si vaste qu'elle aurait pu accueillir un orchestre, en laissant de la place pour danser. La peur de renverser ou de casser quelque objet précieux l'avait saisi dès la porte d'entrée.

Sophie était seule avec Simi quand il était revenu de Mayville Estate. En le voyant, la jeune fille avait fondu en larmes. Attirée par le bruit, Simi avait rappliqué et s'était jetée au cou de son frère.

— Je vais bien, avait-il dit. T'inquiète pas pour moi, Mimi.

Il n'avait pas voulu lui dire ce qui lui était arrivé, mais elle l'avait deviné.

— C'est papa qui t'a fait du mal ? avait-elle sangloté. Je le déteste !

— Il a débarqué juste quand j'allais ranger la demande de protection, avait expliqué Tani à Sophie.

— Oh Tani ! Je suis désolée ! C'était mon idée, et...

Il l'avait interrompue avec autant de détachement que possible.

— Il me faudrait de la glace pour ma tête, Soph. Ou quelque chose de froid.

— Oui, bien sûr ! Viens par là, avait-elle répondu en l'entraînant vers le salon. Étends-toi un moment. Simisola, tu veux bien aider ton frère ?

Elle avait couru vers la cuisine tandis que Simi, toujours en larmes, prenait sa main et le guidait vers un canapé. Quand il fut assis, elle dénoua les lacets de ses baskets, le déchaussa et s'installa près de lui sur un repose-pieds.

— Ça va aller, Mimi. C'est moins grave que ça n'en a l'air.

Il n'était pas certain que ce soit vrai. N'ayant pas encore croisé de miroir, il n'avait pas pu constater l'étendue des dégâts, mais étant donné la quantité de sang qui lui avait coulé sur le visage, le mal que lui faisait sa gorge, la douleur qui martelait son crâne et son œil qui voyait flou, il devait offrir un spectacle effrayant pour une gosse de 8 ans. La réaction de Sophie avait été révélatrice.

La jeune fille revint bientôt avec un gant de toilette, un bol rempli de glaçons et un sachet de petits pois surgelés qu'elle tendit à Simisola.

— Tu peux plaquer ça sur sa tête ? Là où il a mal.

Elle repartit en courant et rapporta une trousse de premiers secours qu'elle vida sur la table basse. Tandis qu'elle en triait le contenu, Tani remarqua que ses mains tremblaient.

— C'est bon, Soph. Ce n'est pas si grave.

— C'était mon idée, dit-elle en essuyant ses larmes. Tu n'étais pas d'accord mais j'ai insisté. J'ai dit que si ta mère remplissait la demande de protection, on n'aurait pas à attendre que le juge se prononce. Si j'avais laissé tomber, rien de tout ça ne serait arrivé. Tani, tu ne dois pas retourner là-bas, jamais !

Tani ne pouvait pourtant pas laisser Monifa à la merci de son père. À présent, elle n'était pas plus en sécurité que Simi à l'appartement. Mais il n'en dit rien à Sophie et la laissa s'affairer tandis que sa sœur maintenait le sachet de petits pois surgelés sur son front.

— Où est maman ? chuchota Simi, la tête calée contre son épaule. Tani, il lui est arrivé quelque chose ?

— T'inquiète pas, Mimi. Elle va bien.

En réalité, il n'en savait rien.

— Je vais faire des photos ! s'écria soudain Sophie.

Elle ressortit en courant et revint quelques secondes plus tard avec son smartphone. Elle aida Tani à s'asseoir et le photographia sous tous les angles, en prenant en gros plan les hématomes qui marquaient son cou, son œil à demi fermé, les coupures sanglantes qui barraient son front, son menton, sa tempe et sa joue. Puis elle le força à se rallonger avant de nettoyer et panser le mieux possible ses blessures.

Ils se mirent ensuite en route pour la gare, heureusement située à moins de vingt minutes de marche de chez les Franklin. Tani dut faire plusieurs pauses en chemin, mais en prenant appui sur l'épaule de Sophie, qui avait passé un bras autour de sa taille pour le soutenir, il parvint à atteindre leur destination.

Quand ils franchirent enfin le portillon en fer forgé de Trinity Green, Tani vit que la chapelle était ouverte. Lorsqu'ils s'en approchèrent, des rires s'en échappèrent.

— Dieu merci ! soupira Sophie avec ferveur.

Tani n'était pas sûr que Dieu y soit pour grand-chose.

Elle l'attendit au bas des marches et l'aida à les monter. À l'intérieur, deux adolescentes et une Blanche avec de longs cheveux roux examinaient des photos étalées sur une table de réfectoire.

— J'aime bien celle-ci, dit la femme, mais ce n'est pas à moi de choisir.

— J'ai l'air d'une folle, non ? répondit l'une des filles.

— Tu as un air sérieux. Ce n'est pas pareil.

— Ouais, j'ai sérieusement l'air d'une folle !

Toutes trois éclatèrent de rire.

La Blanche fut la première à les voir.

— Vous avez besoin d'aide ? demanda-t-elle en regardant Tani. Suivez-moi, ajouta-t-elle sans attendre leur réponse.

Ils ressortirent avec elle et descendirent l'escalier menant au bureau qu'ils avaient trouvé fermé lors de leur précédente visite.

TRINITY GREEN
WHITECHAPEL
EST DE LONDRES

La terreur se lisait sur le visage des trois jeunes visiteurs, surtout celui de la fillette. Elle avait pleuré, comme l'adolescente. Mais c'était surtout l'état du garçon qui inquiéta Deborah. On l'avait littéralement roué de coups.

Elle les fit entrer dans le couloir et déplia trois des chaises rangées le long du mur.

— Je vais vous chercher de l'eau, annonça-t-elle.

En sortant de la réserve, elle aperçut Zawadi dans son bureau avec Narissa Cameron. Deborah ignorait que la documentariste était revenue.

Elle passa la tête à l'intérieur.

— Qu'est-ce que vous faites encore là, vous ? demanda Zawadi avec lassitude. C'est déjà assez compliqué avec celle-ci, ajouta-t-elle en désignant Narissa.

— Une petite fille et deux adolescents sont arrivés, dit Deborah.

— Qui les a amenés ?

— Je crois qu'ils sont venus seuls.

— Qui est-ce ? Qu'est-ce qu'ils veulent ? Qu'est-ce qu'ils ont dit ?

— Rien pour le moment. Le garçon est grièvement…

— Les hommes ne sont pas admis ici. Vous ne comprenez pas ? C'est un coup monté contre la Maison de l'orchidée. Contre moi !

Deborah était consciente que l'arrivée de la fillette rappelait étrangement celle de Bolu Akin, elle aussi accompagnée de deux adolescents. Elle ne pouvait reprocher sa méfiance à Zawadi : les tabloïds avaient commencé à étaler au grand jour les détails de sa vie et de celle de son ex-mari.

— Il y a aussi une jeune fille, précisa-t-elle. La petite et elle ont pleuré. Et le garçon a été battu.

— Je ne peux rien pour lui. Qu'il aille trouver la police !

Narissa rejoignit Deborah sur le seuil et lança un regard vers le petit groupe.

— Ils attendent dans le couloir, dit-elle. Je vais...

C'en était trop pour Zawadi. Furieuse, elle sortit en frôlant Deborah. Les trois visiteurs se levèrent précipitamment en la voyant. Deborah donna une bouteille d'eau à chacun.

Zawadi s'approcha du garçon, et l'hostilité qui se lisait sur son visage céda la place à l'inquiétude.

— Il faut l'emmener aux urgences, dit-elle à la plus âgée des deux filles.

— Il refuse d'y aller. C'est son père qui lui a fait ça. Il a peur qu'il arrive la même chose à sa mère, alors il veut retourner chez eux.

— Tu as perdu ta langue ? demanda Zawadi au jeune garçon.

Il secoua la tête et poussa devant lui la petite fille qui se cachait derrière son dos.

— Voici Simisola, dit-il en passant un bras autour de ses épaules. Je m'appelle Tani, et elle c'est Sophie. Elle dit que vous pouvez nous aider.

— Leur père veut faire exciser Simisola, expliqua Sophie. Il s'était arrangé avec une exciseuse, ici, à Londres. Sa mère a tenté de l'en empêcher, et il l'a frappée. Alors avec Tani, on a rempli une demande de protection, mais son père l'a déchirée.

— Il veut emmener Simi au Nigeria, précisa Tani.

— La petite a un passeport ? Lui aussi ? s'enquit Zawadi sur un ton abrupt, comme si elle réprimait son émotion.

— Oui.

— Vous les avez ?

— J'ai pas eu le temps de les chercher, répondit le garçon, mais je crois savoir où ils sont.

— Venez dans mon bureau !

Deborah se demanda si la brusquerie de Zawadi traduisait de la méfiance ou autre chose. Même si on ne pouvait lui reprocher sa prudence, la situation paraissait évidente. En aucun cas les blessures de l'adolescent ne pouvaient être feintes.

Un portable sonna soudain. Tani sortit le sien de la poche de son jean et jeta un coup d'œil à l'écran.

— Je dois répondre, dit-il.

Elles n'entendirent qu'une partie de la conversation qui suivit.

— Tiombe, vous êtes revenue... ? Oh ! D'accord. Pas de souci. J'ai trouvé un endroit...

Pendant qu'il écoutait, son regard passa de Simisola à Sophie.

— Qu'est-ce qu'elle lui a dit ? demanda-t-il.

Il écouta de nouveau.

— Pas de souci, répéta-t-il. Mais j'aurais aimé que Bliss me prévienne avant de... Oui. Je comprends. Merci pour l'info.

Il raccrocha et se tourna vers Sophie.

— On nous a vus ensemble au marché, Sophie. Mon père est au courant pour nous deux.

— Mais il ne sait pas comment je m'appelle !

— Pas encore. Enfin, j'espère.

— Je n'ai parlé à personne là-bas. Personne ne me connaît. Tu as dit mon nom à quelqu'un ?

Il fit non de la tête.

— Vous voulez bien m'expliquer ce qui se passe ? intervint Zawadi.

— Mon père cherche Simi au marché de Ridley Road. Il a deux boutiques là-bas. La personne qui vient d'appeler est une amie. Sa collègue lui a laissé un message pour l'avertir que mon père posait des questions à tout le monde. Ces femmes travaillent dans un salon de coiffure. Simi est copine avec elles.

— C'est l'une d'elles qui t'appelait ?

— Oui, Tiombe. Elle est à Wolverhampton en ce moment. Simisola et moi, poursuivit-il à l'intention de Sophie, on peut pas retourner chez toi. S'il se pointe là-bas et qu'il nous trouve, ça va être un carnage.

— Vous trois, venez avec moi, ordonna Zawadi. On va tirer ça au clair. Tant que personne ne saura que vous êtes ici, vous ne risquerez rien.

Zawadi les fit entrer dans son bureau et referma la porte sans plus de cérémonie, laissant Narissa et Deborah dans le couloir.

— Qu'est-ce qu'elle va faire ? demanda la seconde.

— La même chose qu'avec Bolu, répondit Narissa. Elle va mettre la petite fille et le garçon en sécurité.

— Et ensuite ?

— Elle prendra contact avec leur père. Mais celui-là ça m'a l'air d'être un cas. Si elle doit le rencontrer, j'espère qu'elle sera accompagnée d'un travailleur social. Du genre costaud, ou armé d'une batte de cricket. Et qui n'hésitera pas à s'en servir.

THE MOTHERS SQUARE
LOWER CLAPTON
NORD-EST DE LONDRES

Lynley trouva Pietra Phinney en train de pousser le fauteuil de sa fille sur le trottoir, entre une file de voitures garées et les grilles en fer forgé qui bordaient les maisons de The Mothers Square. Il l'aperçut dès qu'il sortit de sa Healey Elliott avec l'enveloppe kraft contenant les photos. Elle se trouvait à l'extrémité est de la place, au niveau d'un bâtiment dont la façade était ornée d'une grande plaque en cuivre. Elle semblait lire à voix haute un livre posé en équilibre sur le dossier du fauteuil roulant.

Tandis qu'il marchait vers elle, elle cala le livre sur les genoux de sa fille et fit pivoter le lourd fauteuil pour le descendre du trottoir. Lynley accéléra le pas et cria son nom. Elle regarda dans sa direction sans manifester le moindre étonnement. Son mari l'avait sans doute avertie qu'elle recevrait la visite d'un enquêteur de Scotland Yard.

Elle portait les mêmes vêtements que le jour où Lynley l'avait vue pour la première fois : tee-shirt blanc, jean et baskets sans chaussettes. La seule touche de couleur venait de son rouge à lèvres. Des barrettes en écaille retenaient ses cheveux noirs derrière ses oreilles.

— Je vais vous aider, dit Lynley.

Il lui tendit l'enveloppe et saisit les poignées du fauteuil.

— J'allais m'asseoir sous la pergola pour faire la lecture à Lilybet. Mark m'a appelée. Il m'a dit que vous souhaitiez me parler.

Lynley poussa la fillette jusqu'à la pergola centrale, ombragée par une glycine luxuriante. Il se courba pour éviter une branche pendante et gara le fauteuil le long du banc de pierre le plus proche. Il attendit que Pietra soit assise pour en faire autant.

— Que lisez-vous ? demanda-t-il.

— *Matilda,* de Roald Dahl. Nous en sommes au moment où l'héroïne utilise son pouvoir de télékinésie pour écrire au tableau noir. Lilybet adore ce passage. N'est-ce pas, ma chérie ?

Elle prit un mouchoir en papier dans une pochette accrochée à l'un des accoudoirs du fauteuil et essuya la bouche de sa fille – sans réelle nécessité, sembla-t-il à Lynley. Puis elle remit en place le plaid enroulé autour des jambes de l'enfant, qui gazouilla en agitant ses petites mains.

— Oui, on va y aller, ma chérie. Dès que j'aurai fini de parler à ce policier, nous irons chercher Robertson pour goûter au Merlin, comme je te l'ai promis. Tu voudras quoi avec ta crêpe ? Du chocolat ? Du chocolat et des bananes ? Des fraises à la chantilly ? Réfléchis. Comme ça, quand on arrivera là-bas, tu auras déjà choisi.

Elle glissa les mains sous les aisselles de Lilybet et la souleva. La fillette s'était affaissée pendant qu'elle la promenait, et il était évident qu'elle ne pouvait se redresser seule.

— Je suis à vous, dit ensuite Pietra à Lynley.

Elle prit un second mouchoir pour éponger son visage. Son geste n'avait rien d'anormal étant donné la chaleur qui régnait même à l'ombre de la glycine.

Lynley ouvrit l'enveloppe qu'elle lui avait rendue avant de s'asseoir et en sortit une photo. Elle aurait pu nier être la femme qu'on distinguait dessus, mais elle n'en fit rien.

— Je suis allée la voir, dit-elle simplement. Une seule fois.

— Pourquoi ?

— C'était suffisant. Elle m'avait donné sa parole.

— Je voulais dire, pourquoi y êtes-vous allée ? Je suppose que vous avez emprunté la voiture de votre mari ?

— Nous n'en avons qu'une.

Elle fixait un point derrière Lynley avec l'expression de quelqu'un qui tente de se remémorer un incident auquel il a assisté ou participé.

— Je souhaitais lui parler. J'ai sonné et je lui ai demandé si je pouvais monter, mais c'est elle qui est descendue.

— Avez-vous eu l'impression qu'il y avait déjà quelqu'un chez elle ?

— C'est possible, mais ce n'est pas ce que je me suis dit.

— Qu'est-ce que vous vous êtes dit ?

— Qu'elle avait peur que la femme de son amant fasse un esclandre et que les voisins l'entendent. Ou qu'elle craignait qu'une fois entrée je refuse de repartir. Ou peut-être pensait-elle que je lui voulais du mal.

— En effet, quelqu'un lui a fait du mal.

— Ce n'était pas moi.

— Racontez-moi ce qui s'est passé.

— Je l'ai attendue à la porte de l'immeuble. J'ai cru qu'elle ne viendrait pas, parce qu'il s'est écoulé cinq ou dix minutes avant qu'elle descende. Elle m'a dit qu'elle n'avait pas l'intention de me voler Mark. Et il n'avait pas non plus l'intention de me quitter, a-t-elle ajouté. Elle a précisé qu'elle était toujours mariée, et qu'elle ne voulait pas divorcer. Non que le mariage signifie encore grand-chose aujourd'hui, mais il fallait bien qu'elle trouve quelque chose pour me rassurer.

— Après cela, pourtant, vous lui avez envoyé des SMS avec le téléphone de votre mari.

— Elle m'avait dit qu'elle ne voyait plus Mark, et qu'elle ne souhaitait pas le revoir. Mais il y a parfois loin, des paroles aux actes.

— Donc vous avez voulu vérifier qu'elle vous avait dit la vérité.

— Il fallait que je sache. Je ne tenais plus en place. Mark l'aimait comme il n'avait jamais aimé aucune…

Elle arrangea de nouveau le plaid autour des jambes de sa fille avant de poursuivre :

— Il y a eu d'autres femmes avant Teo, mais Mark n'était amoureux d'aucune. Elles étaient juste… des femmes. Avec elle, c'était différent. Ils avaient une vraie relation. Je ne les croyais pas capables d'y renoncer si facilement. Quand deux personnes sont liées comme ils l'étaient… Je veux dire, il existe un lien entre Mark et moi. Mais ce qui nous unit, c'est… C'est Lilybet, dit-elle en regardant sa fille. Ce n'est pas comparable à ce qu'il y avait entre

Teo et lui. Donc j'ai laissé passer un jour ou deux, puis je lui ai envoyé un SMS avec le téléphone de Mark pour voir comment elle réagirait.

— Elle n'a pas répondu.

— J'en ai déduit qu'elle avait été sincère.

— Et Mark ?

— Quoi, Mark ?

— Comment a-t-il vécu la fin de leur relation ?

— Je préférais ne pas savoir ce qu'il ressentait. Alors nous avons commencé à porter un masque en présence l'un de l'autre. J'espérais qu'il l'oublierait et que tout redeviendrait comme avant.

— C'est-à-dire ?

— Je suppose qu'il vous l'a dit. Nous vivons sous le même toit et prenons soin de Lilybet ensemble. C'est tout ce que nous partageons.

Elle déglutit, et Lynley remarqua qu'elle pressait ses mains l'une contre l'autre.

— Ces choses-là n'arrivent pas du jour au lendemain, inspecteur. Elles sont le résultat de… de tout ce qui concourt à faire de nous ce que nous sommes et ce que nous devenons. Vous comprenez ?

Lynley acquiesça.

— Quand Lilybet est née, il a fallu provoquer l'accouchement à cinq mois de grossesse. Je souffrais de pré-éclampsie. Ça aurait pu, ça aurait dû bien se passer, mais ça n'a pas été le cas. Elle… il y avait tellement de choses qui fonctionnaient mal chez elle. Le cœur, les poumons, un rein. Comme si une partie de ses organes ne s'était pas développée normalement. Chaque jour apportait son lot de mauvaises nouvelles, jusqu'à ce qu'il n'y ait plus aucun espoir. Ou du moins aucun espoir de bonne nouvelle.

Elle chiffonna le mouchoir en papier qu'elle n'avait pas lâché et se mit à le déchirer nerveusement.

— Je ne voulais pas revivre ça. Je ne voulais prendre aucun risque. Et au bout d'un certain temps je… je n'ai plus pu du tout.

Ses yeux se remplirent de larmes. Elle prit un autre mouchoir.

— Si Mark devait me quitter, je ne le lui reprocherais pas.

Personne ne peut exiger d'un homme qu'il... Je pensais qu'en l'encourageant à... trouver quelqu'un qui comprenne, ou même sans comprendre, qui soit prêt à... Il y a forcément des femmes qui ne demandent rien de plus que ce qu'il pouvait donner.

— Vous vouliez qu'il trouve une partenaire sexuelle ? Quelqu'un qu'il aurait payée ?

— Non, mais une femme dont le mariage aurait mal tourné, avec des besoins physiques que son partenaire n'aurait pas pu satisfaire, ou une jeune veuve qui n'aurait pas souhaité se remarier. Je me moquais de savoir qui ce serait, ou même s'il pouvait y en avoir deux, trois ou une dizaine. Tout ce que je voulais, c'était qu'il ne tombe pas amoureux. Mais avec elle, avec Teo, j'ai compris que c'était différent.

Elle appuya son front sur sa main gauche, qui reposait sur la poignée du fauteuil roulant.

— Je regrette tellement, murmura-t-elle. Rien ne se passe jamais comme il le faudrait.

Lynley réfléchit à ce qu'elle avait dit, à la nature de sa relation avec son mari. Il pensa aux secrets cachés derrière les portes des maisons, et à la manière dont ils influençaient nos actions.

— Madame Phinney, je dois vous demander où vous étiez le 29 juillet. À partir du milieu de l'après-midi.

Elle ne répondit pas.

— Madame Phinney ?

Toujours rien.

Lynley attendit. Il ne se voyait pas l'arrêter et la traîner en salle d'interrogatoire pour la contraindre à parler. C'était une femme brisée. Il lui aurait semblé inhumain de rajouter à son malheur.

— Je sais combien c'est difficile pour vous, lui dit-il doucement. Je sais aussi que vous comprenez la situation : il est de mon devoir de découvrir ce qui est arrivé à Teo Bontempi afin d'apporter un peu d'apaisement à sa famille et à tous ceux qui l'aimaient.

— Comme Mark.

— Comme tous ceux pour qui elle comptait.

— Je n'avais aucune haine contre elle.

Pietra se redressa brusquement. Lilybet avait toussé. Une

toux venue du fond de la poitrine, qui s'achevait sur un râle. En quelques secondes, sa mère se leva, régla le cadran de la bonbonne accrochée à l'arrière du fauteuil roulant et ajusta un masque à oxygène sur le visage de la fillette.

— Respire, Lily ! Respire à fond pour maman !

Au même moment, un homme sortit de la maison des Phinney, près de l'entrée de la place. Lynley reconnut l'infirmier de Lilybet. Il se mit à longer la rue en cherchant Pietra du regard. Sans doute pensait-il qu'elle avait besoin d'aide avec le fauteuil. Il ne tarderait pas à les repérer.

— Quelles qu'aient été vos intentions envers Teo, la situation vous a échappé. À présent, vous avez peur, à juste titre. Mais si vous croyez pouvoir cacher…

— Non ! protesta Pietra. Je ne suis pas allée chez elle ce jour-là. Ce n'est pas moi qui l'ai tuée. Je ne l'ai rencontrée qu'une seule fois !

— Vous étiez chez vous, alors ? En fin d'après-midi et en début de soirée ?

Le silence de la jeune femme était éloquent.

— Vous étiez avec quelqu'un ?

Elle ne répondit pas.

— Madame Phinney, si quelqu'un peut confirmer…

— Ah, vous êtes là ! J'ai cru que vous aviez été enlevées par des extraterrestres, dit l'infirmier en descendant du trottoir afin de les rejoindre. Vous voulez que j'emmène Lily faire un tour, Pete ? demanda-t-il en voyant Lynley.

— Non, non. Tout va bien, Robertson. J'ai promis à Lilybet que nous irions au Merlin. Vous nous accompagnez ?

— Pour rien au monde je ne manquerais ça !

L'infirmier salua Lynley de la tête et s'accroupit devant Lilybet.

— Le Merlin ! Qu'est-ce que tu dis de ça ? La princesse et moi, on va partir devant, d'accord ? lança-t-il ensuite à Pietra. Vous nous rattraperez en chemin.

— Non, je viens avec vous. Nous avons terminé.

Robertson commença à pousser le fauteuil le long de la pergola, déversant sur la fillette un flot de paroles enjouées où il était question de crêpes, de noisettes et de chocolat. Pendant quelques secondes qui parurent durer des heures, Pietra Phinney s'épongea le visage en fixant le sol.

Lynley attendit qu'elle relève la tête.

— Était-ce un autre homme, madame Phinney ? demanda-t-il.

— Avez-vous déjà connu la honte, inspecteur Lynley ?

— Oui.

— Je ne vous crois pas.

— La vérité est parfois aussi gênante à avouer que désagréable à entendre.

— Là-dessus, je vous crois.

Elle s'éloigna afin de rejoindre Robertson et sa fille. Lynley la suivit du regard. Elle dut le sentir, car elle se retourna et lança :

— S'il vous plaît, ne faites aucun reproche à Mark. Rien de tout ça n'est sa faute. Ça ne l'a jamais été.

WESTMINSTER
CENTRE DE LONDRES

— Teo a bien consulté le Dr Weatherall pour savoir si elle pouvait l'opérer, annonça Barbara Havers. C'est pour ça qu'elle avait noté « évaluation » dans son agenda.

Il ne restait qu'un biscuit dans le paquet qu'elle avait acheté sur l'île aux Chiens. Elle le sortit de son sac et le posa délicatement sur son bureau, tel un trésor.

— Et c'était possible ?

Lynley avait approché une chaise de la table où siégeaient déjà Barbara et Nkata. Les quatre constables étaient assis où ils pouvaient ou adossés au mur, carnets à la main.

— Apparemment, oui. Compte tenu de sa condition physique, l'intervention ne présentait aucun risque. Le cœur, les poumons, tout était nickel chez elle.

Elle tendit la copie du dossier médical de Teo à Lynley, qui sortit ses lunettes de la poche de sa veste.

— Et les coups de fil que la chirurgienne lui a passés ? demanda-t-il en ouvrant le dossier.

— Apparemment, elle procède ainsi avec toutes ses patientes. Elle l'a appelée le 25 pour savoir si elle avait des questions à la suite de la consultation. Elle a ajouté que, dès le premier contact, Teo lui avait paru « troublée ». Du coup, elle l'a rappelée quelques jours plus tard afin de la rassurer au cas où elle aurait encore hésité. Il y avait peu de chances que l'opération aggrave son état, mais elle ne pouvait pas non plus lui garantir une amélioration.

— Pourquoi ça ?

Un bruit de crayon grattant le papier s'éleva du côté des constables.

Barbara leur répéta les explications de la chirurgienne sur le rôle des terminaisons nerveuses.

— Tu crois que ça aurait suffi à la décourager ? demanda Nkata.

— C'est une chose d'entretenir un espoir, c'en est une autre de prendre le risque de le voir réduit à néant... En tout cas, d'après le Dr Weatherall, Teo avait décidé de se faire opérer. Il ne lui restait plus qu'à trouver un chauffeur pour la conduire à la clinique, et l'affaire était pliée. Du moins, elle l'aurait été si tout ça n'était pas parti en sucette.

— Quelqu'un aurait voulu l'empêcher de subir cette intervention ?

Lynley retira ses lunettes et rendit le dossier à Barbara.

— Je suppose que sa sœur n'aurait pas sauté de joie en apprenant qu'elle était réparée et bonne pour le service, fit observer celle-ci.

— Sauf que Rosie ignorait que Teo avait été excisée, fit remarquer Nkata. Ou alors elle a joué la comédie quand sa mère le lui a révélé.

— C'est pas impossible, vu le portrait que tu nous as fait d'elle, releva Havers.

— Et vous, comment voyez-vous les choses ? demanda Lynley.

— Ross Carver pense qu'il a perdu Teo parce qu'il lui mettait la pression en lui parlant de sexe, de chirurgie, de sexe, de reconstruction, de sexe, de sensations, et tout le toutim. Y compris le sexe... Jusqu'à ce qu'elle le jette dehors avec ses valises. Rosie a saisi sa chance au vol...

— Elle se tape le mec et tombe enceinte, traduisit Nkata.

— Là-dessus, elle découvre que Teo va se faire opérer, ce qui rebat les cartes, pas forcément à son avantage.

— Et elle aurait assommé sa propre sœur ?

— Rappelez-vous Caïn et Abel.

— Certes. D'un autre côté, Rachel n'a pas tué Léa, alors qu'elle aurait eu de bien meilleures raisons de le faire, objecta Lynley.

— Qui ça ?

— Ah ! Votre éducation biblique n'est pas au point, à ce que je vois.

— Je n'ai jamais pigé qui engendrait qui, et avec qui. C'était trop prise de tête. C'est déjà pas mal que je connaisse Caïn et Abel, monsieur.

— En effet. Donc, dit Lynley à l'ensemble de l'équipe, Rosie Bontempi reste une suspecte. Pietra Phinney nie être allée chez Teo le jour où elle a été agressée, mais elle refuse de dire où elle était. Winston, où en est-on avec Monifa Bankole ?

Nkata leur exposa la situation : Monifa Bankole confirmait avoir pris rendez-vous à la clinique de Kingsland High Street pour faire exciser sa fille. Elle y était retournée afin de récupérer l'acompte qu'elle avait versé, son mari jugeant la somme excessive. Depuis, ses enfants avaient disparu.

— Abeo Bankole s'en est violemment pris au garçon, Tani, parce qu'il voulait que sa mère remplisse une demande de protection. Monifa a frappé son mari avec un fer à repasser…

— Aïe ! fit Havers.

— … et le gosse en a profité pour filer. D'après Monifa, Bankole a décidé d'emmener la fillette, Simisola, au Nigeria pour qu'elle soit excisée là-bas. Il va quitter le pays avec elle si on ne récupère pas leurs passeports.

Nkata raconta ensuite comment il avait retrouvé Monifa Bankole grâce aux informations fournies par une voisine, et comment il l'avait mise à l'abri chez ses parents, à Brixton.

— J'ai dû lui mentir et faire semblant de l'arrêter pour qu'elle accepte de me suivre. Désolé, monsieur. Sinon, elle serait partie chercher ses enfants et aurait disparu dans la nature.

— Tu l'as enchaînée au lit, Win ? demanda Barbara. Si elle est décidée à retrouver ses gosses, comment comptes-tu l'en empêcher ?

— Ma mère la surveille, et elle est balèze. Vous auriez vu les raclées qu'elle nous filait, à Stoney et moi… Pour le moment, l'urgence, c'est de confisquer son passeport au père, et pour ça il nous faut une ordonnance de protection. Sinon, il s'envolera pour le Nigeria dès qu'il aura retrouvé Simisola.

— On sait où elle est ?

— Son frère est le seul à le savoir. Et à mon avis il n'est pas près de le dire.

Lynley se tourna vers les constables.

— Du neuf du côté de Mercy Hart ?

— J'ai une adresse !

Celui qui venait de parler était un grand gaillard encore dans la vingtaine affligé d'une acné persistante. Une traînée de boutons s'étirait au coin de sa bouche.

— On l'a arrêtée pour excès de vitesse en janvier, expliqua-t-il. À cette occasion, elle a indiqué une adresse différente de celle qu'elle avait donnée aux collègues de Stoke Newington. J'ai vérifié qu'elle était toujours valable.

— Que sait-on sur elle ? Hormis le fait qu'elle dirigeait une prétendue « clinique pour femmes » ?

— Pas grand-chose. Mère célibataire. Trois enfants. Que des filles.

— Où vit-elle ?

— Rokeby Street, à Stratford.

— Vous êtes sûr ? C'est assez loin de Kingsland High Street.

— C'est sa dernière adresse connue, monsieur.

— Nous allons devoir l'interroger. Mais d'abord nous demanderons au commissariat de Stratford de lui envoyer quelqu'un. Il nous faudrait aussi une photo à montrer aux voisins de Teo. Vérifiez si sa voiture a été filmée à proximité de l'immeuble.

— À ce propos...

L'interruption provenait d'une jeune constable coiffée de tresses, qui paraissait avoir 12 ans.

— Désolée, ça a pris du temps, mais il y avait énormément de circulation dans Streatham High Road le jour où Teo Bontempi a été agressée.

— Vous avez trouvé quelque chose d'intéressant ?

— Ce n'est peut-être qu'un homonyme, mais une des voitures est enregistrée au nom de...

Elle s'interrompit pour consulter ses notes.

— ... un certain Paul Phinney.

Barbara échangea un regard avec Lynley et Nkata.

— Vous êtes sûre ? demanda-t-elle à la jeune femme.

— Du nom ? Oui. Mais, bien sûr, ça pouvait être n'importe qui au volant.

CHELSEA
SUD-OUEST DE LONDRES

Lynley se dirigeait vers l'ascenseur quand Dorothea Harriman l'aborda.

— Commissaire par intérim Lynley ? Puis-je vous poser une question ? C'est au sujet de..., enchaîna-t-elle sans attendre sa réponse. J'aurais besoin de vos lumières. Je ne vois pas à qui d'autre m'adresser, et comme vous travaillez avec elle depuis longtemps...

— Vous parlez du sergent Havers, je présume ?

— Oui, oui. Barbara. Je pensais que GroupMeet serait la solution. Encore mieux que les claquettes. Les claquettes, c'est très bien, j'ai déjà perdu plusieurs kilos, et je perdrais probablement encore plus si nous n'allions pas manger un curry après chaque cours. Le problème, c'est qu'il y a surtout des femmes. Enfin, notre professeur est un homme. Il est pas mal, d'ailleurs. Mais les participants ? Il y a bien un garçon de 14 ans qui vient de s'inscrire, mais ce n'est pas ce que nous recherchons, même s'il est très talentueux. Donc je pensais qu'en changeant de cadre...

— Changer pour GroupMeet, vous voulez dire ?

— Non, non. GroupMeet n'est qu'un moyen, pas un but. Je trouvais que le dessin était un bon choix, mais... J'ai compris que Barbara n'était pas emballée. J'ai alors pensé au badminton, au croquet, au tennis – je n'y joue pas, et je doute que Barbara y ait jamais joué, mais peu importe –, au jardinage, à l'entretien de cimetières...

Lynley haussa un sourcil.

— Enfin, n'importe quelle activité. GroupMeet propose même des cours d'œnologie.

— Très utile, commenta Lynley avec le plus grand sérieux.

— Oh ! Je sais que vous me trouvez idiote. Mais vous n'imaginez pas combien il est difficile pour une femme de rencontrer un homme à peu près convenable à Londres.

— Les chorales d'église ne suffisent plus ?

— Plus personne ne va à l'église, sauf pour les mariages, les enterrements, et à Noël. Et là n'est pas la question.

Tout en parlant, ils avaient atteint l'ascenseur. Dorothea s'assura qu'aucune oreille indiscrète ne traînait dans les parages, puis elle baissa la voix pour ajouter :

— Il m'est venu à l'esprit que le sergent Havers – Barbara – n'aimait peut-être pas les hommes... Ou du moins pas de la manière dont les femmes les aiment généralement.

— Je ne vous suis pas.

Elle soupira.

— Dois-je vous faire un dessin ?

— Oh ! Je comprends. Enfin, il me semble. Vous me demandez si Barbara Havers est lesbienne.

— Chuuut !

Dorothea lança des regards affolés autour d'elle.

— Je vous en prie ! Il ne faudrait pas qu'elle pense... Vous voyez ce que je veux dire ?

Lynley ne voyait pas, mais il estima qu'il était temps de mettre un terme à une situation gênante pour l'un comme pour l'autre.

— Je ne sais rien des préférences sexuelles de Barbara, Dee. Et, pour être honnête, s'il me venait l'envie de me renseigner, j'ignore comment je m'y prendrais.

Dee fronça les sourcils.

— Seriez-vous en train de vous moquer de moi, commissaire par intérim ?

— Certainement pas !

— C'est juste que je crains de la placer dans une position qui la forcerait à se dévoiler. Si elle souhaitait m'en parler, ça ne me dérangerait pas du tout, notez bien. Mais je ne veux pas qu'elle s'y sente obligée pour que je cesse de la bassiner avec GroupMeet.

— Hum, je comprends. Mais Barbara pourrait très bien

rencontrer une femme grâce à GroupMeet, non ? À supposer qu'elle soit attirée par les femmes, bien sûr. Ou sinon, un homme. Ou un hérisson à trois pattes, même si ça semblait peu probable.

— Ce que je crois, reprit Lynley, c'est que vous n'avez pas encore trouvé une activité qui lui convienne.

— Vous pensez que je devrais persévérer avec GroupMeet ?

Ce n'était pas le propos de Lynley ; il voyait mal Barbara s'investir dans l'entretien d'un cimetière, mais il répugnait à anéantir les espoirs de Dee ou à décourager sa bonne volonté.

— Avant d'entreprendre quoi que ce soit, vous devriez la sonder pour savoir ce qui l'intéresse, se borna-t-il à conseiller.

— Justement : rien ne l'intéresse.

— Ce n'est pas tout à fait exact. Elle fait toujours des claquettes, n'est-ce pas ?

— Oui. Mais c'est sans doute pour le curry. Elle considère ça comme une récompense.

— Et voilà !

— Voilà quoi ?

— Vous venez de mettre le doigt dessus. Barbara fonctionne à la récompense, comme nous tous.

— Qu'est-ce qu'il faut pour la motiver, alors ? Une portion supplémentaire de curry ?

— Je ne pense pas que ce soit une bonne idée…

La porte de l'ascenseur s'ouvrit. Craignant que la secrétaire ne saute dedans pour poursuivre la discussion, Lynley appuya sur le bouton du parking et se hâta de conclure.

— Je suis certain que vous trouverez une solution, Dee !

Ayant récupéré sa voiture, il roula jusqu'à la Tamise, les vitres baissées pour profiter d'une hypothétique brise montant du fleuve. La circulation était fluide en direction de Chelsea et, même s'il dut se garer en haut de Bramerton Street, il ne lui fallut que quelques minutes de marche pour atteindre la maison des Saint James.

Il gravit le perron et sonna, déclenchant l'habituelle salve d'aboiements. Une voix s'éleva pour mettre fin à ces salutations canines mais Peach, en bon teckel, n'était pas un modèle d'obéissance. Sitôt la porte ouverte, elle se rua à l'extérieur et renifla les chevilles du visiteur. Apparemment satisfaite, elle rentra aussitôt en trottinant.

— Cette chienne est infernale, gronda Joseph Cotter.

— Elle est plus efficace qu'une alarme.

Lynley se pencha pour faire sentir ses doigts à Peach, se félicitant de s'être soigneusement lavé les mains après le sandwich au thon dont il avait avalé une moitié avant de quitter le bureau.

— J'ai bien peur qu'il ne soit sorti, reprit Cotter. Il avait rendez-vous à Lambeth.

— Ah ! Un nouveau procès en perspective ?

— Oh oui ! Il n'arrête pas. S'il s'écoutait, il travaillerait vingt-quatre heures sur vingt-quatre. Et c'est pareil pour Deb.

— Elle est là ? En réalité, c'est elle que je venais voir.

— Elle est en haut. Je vais lui dire de vous rejoindre dans le bureau. Elle est occupée avec ses photos. Ne me demandez pas ce qu'elle fabrique !

Lynley préféra monter plutôt que d'interrompre Deborah en plein travail. Il emprunta l'escalier jusqu'au dernier étage de la maison. C'était là, sous une immense verrière, que Deborah et Simon aimaient vaquer côte à côte à leurs activités respectives : elle à ses photos, lui à des expertises judiciaires.

Il trouva la jeune femme penchée au-dessus d'une série de tirages étalés sur une table. Elle avait tressé son opulente chevelure cuivrée, pour mieux supporter la chaleur sans doute, et ses épaules bougeaient au rythme de la musique qu'elle écoutait au casque. Afin de ne pas la faire sursauter, il alla se placer face à elle. Ayant décelé un mouvement, elle lui fit signe de patienter. Puis elle glissa deux des photos qu'elle examinait dans un dossier à soufflet et releva enfin la tête. Surprise, elle jeta un regard autour d'elle pour voir si Simon était avec lui. Elle retira ensuite son casque, d'où s'échappaient les accords stridents d'une guitare électrique, avant d'éteindre la musique.

— Qu'est-ce que c'est que ce boucan ? s'enquit Lynley.

— Scorpions, répondit-elle en riant. « Rock You Like a Hurricane ». C'était juste l'intro. Tu ne connais rien au hard rock, Tommy.

— Et je souhaite que ça dure. C'était indescriptible. Tu n'as pas peur de t'abîmer les tympans ?

Elle couva le casque d'un regard un peu trop affectueux au goût de Lynley.

— C'est rare que j'écoute de la musique aussi fort. Mais quelquefois rien ne vaut un bon vieux rock à fond.

— Pour détartrer les dents ?

Elle rit de nouveau.

— Je crois que Barbara serait d'accord avec moi.

— Non, à moins que Buddy Holly n'ait quitté sa tombe pour se joindre au groupe.

Deborah balaya la remarque d'un revers de la main.

— Simon est sorti. Papa a dû te le dire.

— Je te dérange ? demanda-t-il en désignant les photos.

C'étaient toutes des portraits de la même femme, une Noire à l'expression timide. On apercevait une collection d'objets d'art africains derrière elle sur le mur. Ils étaient volontairement flous, néanmoins on identifiait des masques.

— Qui est-ce ?

— Elle s'appelle Leylo. Je l'avais déjà photographiée, mais elle était très différente à ce moment-là. Quand je l'ai revue, j'ai eu envie de la prendre à nouveau pour montrer combien elle avait changé. Mais j'ai du mal à sélectionner le portrait le plus éloquent.

— Éloquent pour quoi ?

— Celui qui fait le mieux ressortir le contraste, si tu préfères. Ces photos ont été prises après l'intervention. Les précédentes juste avant.

— L'intervention ?

— Enfant, elle a subi des mutilations génitales. Récemment, elle a entrepris une chirurgie reconstructrice.

— Tu parles d'une coïncidence !

Lynley examina les tirages avec plus d'attention.

— Quelle coïncidence ?

— Teo Bontempi s'apprêtait à subir une opération de même nature. Je ne sais pas si ça t'aidera, dit-il en désignant une photo de l'index, mais j'aime bien celle-ci.

— Tu ne trouves pas que l'arrière-plan distrait le regard ?

— Un peu, oui.

— Mince, soupira-t-elle.

— Leylo t'a dit qui l'avait opérée ?

— Elle n'a pas eu besoin de me le dire. J'ai assisté à l'intervention. La chirurgienne ne voulait pas que je réalise son portrait, mais elle avait accepté que je la photographie en pleine action, masquée et vêtue d'une blouse. Malheureusement, cette série est ratée. J'aurais dû insister pour la faire poser dans un autre cadre.

— C'est une femme, donc ? La chirurgienne.

— Oui. Elle s'appelle Philippa Weatherall.

Lynley sentit se dresser les poils sur sa nuque.

— Qu'y a-t-il, Tommy ? Tu as l'air surpris.

— Philippa Weatherall. Son nom est apparu dernièrement dans notre enquête.

— Elle est impliquée dans le meurtre ?

— Indirectement, oui.

Lynley ramassa distraitement une figurine en cuivre posée sur une pile de documents dactylographiés. En la faisant rouler dans ses mains, il remarqua qu'elle avait la forme d'un crocodile.

— C'est un poids, expliqua Deborah. Leylo me l'a offert pour me remercier d'avoir fait son portrait. Son mari les collectionne.

— Un poids ?

— Oui, on s'en servait pour peser la poussière d'or à l'époque où les pays africains n'avaient pas de billets de banque.

Il reposa le poids sur la table.

— Comment es-tu entrée en contact avec Philippa Weatherall, Deb ?

— C'est Narissa Cameron qui m'a parlé d'elle. Tu sais, la documentariste. Elle voulait l'interviewer pour son film, mais elle a refusé. Tu penses vraiment qu'elle a quelque chose à voir avec la mort de Teo Bontempi ?

— Seulement dans la mesure où, en décidant de se faire opérer, Teo a pu fournir un mobile à son assassin.

— Le Dr Weatherall craint d'être prise pour cible.

— Elle t'a expliqué pourquoi ?

— Elle redoute les représailles de maris, de pères, de petits copains, de familles. Certaines personnes refusent de voir disparaître les mutilations génitales féminines, ou même qu'on vienne en aide à leurs victimes.

Deborah s'écarta de la table et éteignit un ventilateur, qui ne servait qu'à brasser l'air chaud.

— On descend ? proposa-t-elle. Il fera un peu plus frais dans le bureau de Simon. Et, connaissant papa, il est en train de préparer du thé.

Une fenêtre était grande ouverte dans le bureau, et depuis la dernière visite de Lynley on avait installé un ventilateur dans l'embrasure. Deborah l'alluma, sans grand effet. Chacun prit place dans un fauteuil en cuir face à la cheminée.

Deborah le regarda longuement. Il eut soudain follement envie de caresser ses cheveux, même tressés. Prélude et promesse, ce geste lui était si familier, des années auparavant. Un réflexe animal, et un désir bien humain. Renonce-t-on jamais au souvenir d'un amour passé ?

Deborah parut également troublée, car elle rompit le silence.

— Parle-moi de Daidre. Tu as réussi à tout faire dérailler ?

— Tu me connais trop bien, répondit-il en souriant.

— Oh, Tommy ! Qu'est-ce que tu as fait ?

— Trop passionné. Ça a toujours été ma faiblesse.

— Comment peut-on considérer cela comme une faiblesse ? La passion est un gage de sincérité, non ? Ce que je veux dire, c'est qu'elle est difficile à cacher…

— C'est bien là le problème.

— Je vois. Ta passion t'a poussé à un excès de franchise ? Mais mieux vaut avoir ce genre de faiblesse qu'un faible pour… les moelleux au chocolat ?

— Sauf si on en pince pour une pâtissière. Cela dit, maintenant que j'ai compris ce qui empoisonne ma relation avec Daidre, je m'efforce d'arrondir les angles. Pour l'instant. Je suis sûr que je vais encore tout gâcher d'ici quelques jours.

Il y eut des bruits de pas dans le couloir.

— Fais attention à Peach, ma puce, dit Cotter. Elle vient toujours se fourrer dans nos jambes quand elle espère quelque chose à manger.

— Nous avons une invitée, expliqua Deborah en se levant.

Cotter apparut alors sur le seuil, accompagné d'une petite fille noire qui portait un plateau avec des tasses et des soucoupes. Le père de Deborah apportait tout le nécessaire à thé sur un autre.

Lynley regarda la fillette, puis Cotter, puis Deborah. Pour la deuxième fois de l'après-midi, les poils se dressèrent sur sa nuque.

— Tommy, je te présente Simi Bankole, dit Deborah.

— Bankole ?

— Oui. Elle va passer quelques jours chez nous.

12 août

BRIXTON
SUD DE LONDRES

Monifa n'avait dormi que par intermittence. L'angoisse ne lui avait laissé aucun répit, et la douleur non plus. Si son corps entier la faisait souffrir, l'angoisse, elle, concernait ses enfants.

C'était moins sa fille qui l'inquiétait que son fils. Elle savait que Tani ne ramènerait pas Simi à l'appartement tant que la situation ne serait pas réglée. Mais elle craignait qu'il n'y retourne seul, pour s'assurer qu'elle allait bien ou lui faire remplir une autre demande de protection. S'il tombait sur Abeo, ils se battraient de nouveau.

Elle n'avait aucun moyen de le joindre. S'il avait enregistré le numéro de son portable dans ses contacts, elle ne l'avait jamais appris par cœur. Pour l'appeler, elle n'avait qu'à sélectionner son nom sur l'écran de son propre téléphone, qu'elle avait oublié à l'appartement quand elle s'était réfugiée chez Halimah après avoir assommé Abeo.

Elle s'assit lentement dans le lit, chaque mouvement lui arrachant un gémissement. Il était temps qu'elle se lève et aille chercher ses enfants. Mais les vêtements qu'elle avait laissés sur une chaise avaient disparu. Une tasse de thé était posée à côté du lit. Il était presque froid, ce qui signifiait que plusieurs heures s'étaient écoulées depuis que quelqu'un, sans doute Alice Nkata, l'avait apporté. Était-elle censée rester dans la chambre jusqu'à ce que quelqu'un vienne ?

Elle aperçut alors un mince peignoir jaune accroché au pied du lit. Il était assorti à la chemise de nuit qu'Alice lui avait prêtée.

Comme celle-ci, il était un peu trop long pour elle. Elle l'enfila avec précaution.

Elle s'approcha de la penderie encastrée dans le mur. Elle contenait peu de vêtements : un costume, une paire de chaussures bien cirées, sept cravates, quatre chemises blanches, deux jeans soigneusement repassés. Tout était parfaitement propre et n'aurait pas détonné dans les rayons d'un grand magasin.

Elle ouvrait la porte de la chambre quand elle entendit la voix d'Alice.

— Le mieux, ce serait qu'elle vienne au café avec moi, Benj.

— Win nous a chargés de sa sécurité.

— Elle serait en sécurité avec moi.

— Aucun doute là-dessus. Mais tu as demandé son avis à Win ? Il sait mieux que nous ce qu'il faut faire, chérie.

C'était Benjamin Nkata qui parlait. Monifa l'avait rencontré la veille au soir. Il était conducteur de bus sur la ligne 11, lui avait-il appris. En général, il appréciait son travail, mais pas cet été. Cet été, il avait l'impression d'être assis aux portes de l'enfer tellement on cuisait dans le bus. La chaleur affectait même l'humeur des plus patients de ses habitués. Quant aux touristes, ils étaient encore pires que d'ordinaire. Et Dieu sait s'ils étaient nombreux, car la ligne 11 passait devant presque tous les monuments et les attractions du centre de Londres. Il avait tout entendu de leur part, vraiment. De « On est en Angleterre ! Il est censé pleuvoir tous les jours ! » à « On ne connaît pas la climatisation, dans ce pays ? ».

Benjamin Nkata avait immédiatement plu à Monifa. Elle aimait la façon dont il se comportait avec sa femme et son fils. Elle aimait les voir plaisanter ensemble. Elle avait surtout aimé qu'il demande à sa femme si elle avait eu le temps de lui préparer à dîner. Quand Alice lui avait répondu que oui et que c'était du poulet mariné avec du riz et des tranches d'ananas (« En conserve, malheureusement »), Monifa avait apprécié qu'il dise que c'était son plat préféré. Sous les rires de sa femme, son fils avait expliqué :

« Il dit ça tous les soirs.

— Mais chaque jour, avait ajouté Benjamin, elle fait encore

mieux que la veille. Aussi, dès que je goûte ce qu'elle a préparé, ça devient mon plat préféré.

— Tu parles ! s'était esclaffée Alice avant de se tourner vers son fils. Tu prends des notes, trésor ? Si quelqu'un sait baratiner les femmes, c'est bien ton père. »

Monifa se glissa dans la salle de bains pour aller aux toilettes. Elle se regarda ensuite dans le miroir, au-dessus du lavabo. Son œil était toujours à moitié fermé et une croûte à l'aspect hideux s'était formée sur sa lèvre fendue. Elle nettoya ses blessures à l'eau et au savon avant de rejoindre les Nkata dans la cuisine.

— Ah, la voici ! s'écria Alice.

— Vous avez bien dormi, madame Bankole ? s'enquit Benjamin. Le paracétamol vous a soulagée ?

— Un peu, mentit Monifa. Merci pour tout ce que vous faites. Je dois aussi remercier votre fils.

— Il est déjà parti travailler, dit Alice. Il nous a donné l'ordre de bien nous occuper de vous.

— Il nous a aussi chargés de vous dire de ne pas vous inquiéter, ajouta Benjamin. Je sais que c'est difficile, mais je connais Win, et je peux vous assurer qu'il ne laissera rien arriver de mal à vos enfants.

Monifa acquiesça sans pour autant se sentir rassurée. Tani retournerait certainement à l'appartement. Abeo en ferait autant, et il n'en bougerait pas avant d'avoir mis la main sur Simi.

— Si vous cherchez vos vêtements, reprit Alice, ils sont là, sur le banc du piano. Je les ai lavés hier soir et repassés ce matin.

Monifa resta sans voix. Elle n'avait jamais rencontré des gens comme eux, prêts à traiter une inconnue comme une invitée d'honneur.

— Je ne sais comment vous remercier.

— Ne vous inquiétez pas pour ça, dit Benjamin. Alice m'a dit que vous étiez une excellente cuisinière.

— Nous serions ravis que vous nous prépariez un repas africain, ajouta Alice avant que Monifa puisse répondre. Ce serait le meilleur moyen de nous remercier. Alors si vous dressez la liste de ce dont vous avez besoin, Benjamin se chargera des courses.

Je me suis fait remplacer au café aujourd'hui. Comme ça, je pourrai vous regarder cuisiner et prendre des notes.

Monifa savait que le sergent Nkata lui avait donné pour consigne de la surveiller. Alice voulait bien faire, tout comme son fils et son mari. Mais si elle parvenait à découvrir où étaient ses enfants, ils auraient le plus grand mal à la garder enfermée à Brixton. Néanmoins, elle décida de leur laisser une chance.

WESTMINSTER
CENTRE DE LONDRES

La dernière chose que Lynley souhaitait entendre à nouveau, c'était la voix enregistrée de Daidre : « Désolée. Je ne peux pas vous répondre pour le moment. Veuillez laisser un message. » La veille au soir, il avait supposé qu'elle avait été rappelée au zoo pour une urgence. Mais ce matin ? Passablement inquiet, il envisagea de faire un saut à Belsize Park. Toutefois, après y avoir réfléchi le temps d'essuyer la buée sur le miroir de la salle de bains et de se raser, il y renonça. Si elle était rentrée tard du travail et avait éteint son téléphone afin de se reposer, elle ne serait pas enchantée de le trouver sur le pas de sa porte.

Malgré tout... Quelque chose n'allait pas dans la vie de Daidre en ce moment. Il l'avait deviné à son expression et à la tension de ses épaules. Elle se confierait à lui quand elle serait prête, pensait-il. Mais quand ? Il connaissait la réponse : pas maintenant. Il ne pouvait s'en satisfaire.

Il lui avait laissé un message : « On dirait que nous sommes très occupés tous les deux. Appelle-moi quand tu pourras. S'il y a quoi que ce soit... » Il s'était interrompu, sachant comment elle accueillerait une proposition d'aide. « ... qui m'empêche de décrocher, je te rappellerai dès que possible. »

Il prit un petit déjeuner copieux, conscient que ce serait probablement son seul repas jusqu'au dîner que Charlie Denton lui garderait au chaud. La lecture, dans le *Guardian*, d'un entrefilet disant que Scotland Yard menait des investigations sur le meurtre d'un officier de la police métropolitaine, le sergent Teodora Bontempi, lui arracha un juron : non seulement cet article risquait d'en inspirer d'autres, mais il inciterait certainement sir David Hillier à exiger un rapport sur les progrès de l'enquête. Et il n'avait aucune envie de s'entretenir de nouveau avec lui.

Son bureau étant devenu trop petit avec l'arrivée des nouveaux constables, ils avaient déplacé le tableau blanc dans une salle plus grande. C'est là qu'ils se réunirent, face au portrait de Teo Bontempi dans l'uniforme que portent tous les policiers en début de carrière. Son air sérieux montrait qu'elle avait conscience d'endosser de lourdes responsabilités, mais le demi-sourire qui relevait le coin de ses lèvres suggérait qu'elle en était fière.

On avait tracé plusieurs colonnes au-dessous. La première regroupait les informations fournies par les images de vidéosurveillance de l'immeuble de Teo et des commerces des environs. La deuxième rassemblait les photos des personnes qui connaissaient à la fois la victime et son lieu de résidence. Chaque fois que l'une d'elles avait été identifiée par les voisins, c'était précisé. La troisième et dernière colonne concernait les véhicules repérés dans le quartier et leurs propriétaires.

— Où en sommes-nous ? demanda Lynley en mettant ses lunettes.

— Nos collègues, répondit Havers en indiquant les quatre constables, ont montré les photos aux gens de l'immeuble. Ils ont reconnu Ross Carver, ce qui n'a rien d'étonnant puisqu'il a habité l'appartement avec sa femme et qu'il va s'y installer de nouveau. Ils ont également identifié Rosie et Mark Phinney, mais pas les autres. Ça peut signifier qu'aucun n'est jamais monté chez Teo…

— Ou que personne ne les a vus, intervint l'un des constables.

— Ou qu'ils sont passés par une autre porte, ajouta un deuxième.

— Ça ne laisse que l'issue de secours, sur la face nord du bâtiment, indiqua Havers. Il n'y a pas de caméra de ce côté.

— Et son ouverture ne déclenche aucune alarme, précisa Nkata.

— Vous suggérez que l'assassin aurait pu ressortir par là ? dit Lynley.

La question suscita des murmures approbateurs, mais aucun nom ne fut cité.

— On a trouvé quelque chose dans son ordinateur, Winston ? s'enquit Lynley.

— Un informaticien de la scientifique me transmet son contenu au compte-gouttes, répondit Nkata en prenant un dossier sur son bureau. Pour le moment, nous avons des échanges de mails avec ses collègues, en particulier avec sa remplaçante.

— Le sergent Jade Hopwood.

— Exact. On a également un paquet de mails de Mark Phinney, strictement professionnels…

— Ils gardaient les détails croustillants de leur relation pour leurs smartphones, glissa Havers.

— La plupart contiennent les instructions de Phinney et les rapports de Teo. Il y a aussi des échanges avec Ross Carver et sa famille. Jusque-là, rien que de très banal. Mais ça se corse par la suite : Teo a écrit à sa sœur pour lui demander si elle pouvait l'accompagner à « une petite intervention chirurgicale » qu'elle devait subir. Rosie a accepté, mais elle avait besoin de connaître la date pour prévenir son employeur et a voulu en savoir plus sur cette intervention. Et là, silence radio.

— Peut-être Teo avait-elle trouvé un autre chauffeur entre-temps ? suggéra Lynley.

— Ou elle ne voulait pas que Rosie sache pourquoi elle se faisait opérer, reprit Nkata.

— Ou on lui a défoncé le crâne avant qu'elle puisse répondre, renchérit Havers.

— Possible aussi. Pour en revenir au contenu de son ordinateur, Teo recherchait un peu tout et n'importe quoi sur Internet, comme la plupart d'entre nous. Des destinations de voyage – l'Islande et l'Antarctique figuraient en bonne place sur sa liste –, des conseils pour l'entretien des bonsaïs… Elle se renseignait également sur les groupes anti-MGF et sur la chirurgie reconstructrice, ce qui l'a menée sur le site d'un certain Ignace Séverin, un Français. Elle a aussi fait des recherches sur Philippa Weatherall.

— Logique si elle envisageait de passer entre ses mains.

— Qu'avons-nous au sujet de Mercy Hart ? demanda Lynley aux constables.

— Le commissariat de son quartier a appelé ce matin, monsieur, répondit l'une des femmes. Elle réside toujours à Stratford. Je leur ai annoncé qu'un enquêteur de la Met viendrait dans leur secteur pour l'interroger.

— Il me semble que si quelqu'un a un mobile, intervint un autre constable, c'est bien elle. Teo Bontempi l'a privée de son gagne-pain.

— Mais rien ne l'empêche d'ouvrir une autre clinique, fit remarquer Havers. D'après ce que nous ont dit les déménageurs, tout son équipement est entreposé dans un garde-meubles. Il lui suffit d'attendre que les choses se tassent et de l'installer ailleurs.

— Ça la rend encore plus suspecte à mes yeux, dit Nkata. Si Teo Bontempi l'a obligée à fermer boutique une première fois, elle aurait très bien pu recommencer. Et, à moins que Monifa Bankole n'accepte de témoigner sur ce qui se passait réellement dans cette clinique, Mercy sera tirée d'affaire.

— Tu n'utilises pas ton charme irrésistible sur elle, Win ?

— Ça ne marche pas à tous les coups, Barb.

— Nous avons peut-être une carte à jouer pour la convaincre, dit Lynley. J'y reviendrai ultérieurement. D'ici là…

Il répartit ensuite les tâches : Havers s'occuperait de Rosie Bontempi. Nkata et lui rendraient visite à Mercy Hart. Pendant ce temps, le reste de l'équipe continuerait à chercher les propriétaires de l'appartement qui accueillait la clinique ainsi que ceux du garde-meubles, et éplucherait le dossier médical de Teo Bontempi.

— Pour le moment, conclut-il, nous n'écartons aucune piste.

CHELSEA
SUD-OUEST DE LONDRES

Du moment qu'il y avait de la nourriture en jeu, Peach ne voyait pas d'inconvénient à rester docilement assise aux pieds de sa maîtresse, même si pour cela elle avait dû quitter la cuisine – et donc renoncer à un éventuel morceau de bacon tombant accidentellement par terre. Comme elle ne disait jamais non à un peu de fromage – plus il sentait fort, mieux c'était –, Deborah l'avait attirée à l'étage à l'aide de minuscules bouts de brie. À présent, elles attendaient devant la porte de sa chambre que Simisola se réveille. La veille au soir, la fillette s'était écroulée de sommeil pendant que Deborah lui lisait un quatrième conte des frères Grimm, dûment expurgé des passages les plus effrayants.

La jeune femme avait dû batailler ferme pour se voir confier Simi et son frère. Non seulement parce que Zawadi répugnait à ce qu'ils soient hébergés par une famille blanche, mais aussi parce que Tani refusait d'être confié à qui que ce soit. Si la directrice de la Maison de l'orchidée avait fini par plier, c'était uniquement grâce à Narissa.

« Sois un peu raisonnable ! lui avait-elle dit avec impatience. Si Deborah a de la place, il est logique qu'ils aillent chez elle. »

Devant le silence de Zawadi, Deborah avait insisté.

« Nous ne sommes que trois à la maison. Nous avons deux chambres d'amis, mais avec cette chaleur personne ne risque de venir nous rendre visite à Londres.

— Vous nous avez dit qu'on ne pouvait compter ni sur votre père ni sur votre mari, avait rétorqué Zawadi. Je refuse de laisser ces gosses à…

— Vous n'avez aucun souci à vous faire, l'avait interrompue

Deborah. Dès qu'ils auront vu le visage de Tani, ils seront convaincus, croyez-moi. »

L'adolescent avait alors déclaré qu'il n'avait pas besoin d'un hébergement, car il retournait à Mayville Estate. Zawadi lui avait opposé que c'était de la folie, tout comme Sophie. Mais il n'avait renoncé à son projet que lorsque Simisola s'était cramponnée à lui comme une bernique à son rocher. Elle ne supportait pas l'idée d'être séparée de lui, et nul ne pouvait le lui reprocher. C'est ainsi que Zawadi avait fini par accepter la proposition de Deborah.

Celle-ci s'était présentée aux jeunes Bankole en leur serrant la main. Après en avoir fait autant avec Sophie, elle avait embarqué le frère et la sœur dans sa voiture, Simisola agrippant le bras d'un Tani contrarié.

Ils avaient fait une halte à l'hôpital le plus proche, Deborah exigeant que le garçon soit examiné par des médecins. Elle avait acheté des sodas pour eux trois et tenu compagnie à Simisola dans la salle d'attente. Il n'avait pas été simple d'engager la conversation avec la petite fille, et c'est seulement plus tard, en rencontrant Peach, que Simisola s'était enfin détendue : Tani n'avait rien de grave, elle avait un chien avec qui jouer, il y avait aussi un chat arrogant qui allait peut-être s'adoucir. Bref, tout allait pour le mieux jusqu'à ce que Tani leur annonce son départ.

Simisola avait fondu en larmes.

« Non, non ! s'était-elle récriée. Tu vas où ?

— Il faut que je retrouve maman, Mimi. Je dois aussi récupérer nos passeports, surtout le tien. C'est très important. Je vais passer la nuit chez Del. C'est plus près de l'appartement. Demain matin, je ferai un saut là-bas et je reviendrai aussitôt après. »

Malgré ces paroles rassurantes, Simisola n'avait pas voulu le laisser partir. Personne ne le voulait, d'ailleurs. Simon avait répété à Tani que c'était à la police de régler cette affaire, pas à lui. Mais face à l'insistance du jeune garçon, Cotter avait enregistré un numéro dans son portable.

« Au moindre problème, lui avait-il dit, préviens-nous.

— Et donne-nous l'adresse de tes parents, avait ajouté Simon.

— Si ça se passe mal là-bas, on enverra la police. Et n'hésite pas à appeler, hein ? Ne va pas t'imaginer que tu peux gérer des choses qui te dépassent. Compris ? »

Tani était donc parti en leur promettant tout ce qu'ils voulaient. Deborah espérait juste qu'il tiendrait parole.

Enfin, la porte de la chambre s'ouvrit et Simisola glissa la tête à l'extérieur. En voyant Peach, elle mordit sa lèvre inférieure, révélant ses incisives légèrement écartées. La chienne, elle, se mit à remuer la queue.

— Peach te réclamait, prétendit Deborah en se levant de la marche sur laquelle elle était assise. Quand nous sommes descendues, elle a commencé à te chercher et… nous voici. Il faut lui gratter la tête, sinon elle va devenir intenable. Tu veux bien faire ça ?

— Oh oui ! répondit Simisola en s'accroupissant près de la chienne.

STRATFORD
GRAND LONDRES

— La fillette est chez les Saint James, annonça Lynley à Nkata. Je l'ai vue hier après-midi. Son frère l'a amenée à la Maison de l'orchidée alors que Deborah s'y trouvait. S'il a agi ainsi, c'est qu'il estimait que sa sœur aurait été en danger avec l'un ou l'autre de leurs parents.

— Donc pour Mme Bankole, je ne sais pas où est Simisola. Mais elle est morte d'inquiétude, monsieur. Pour ses deux enfants.

— J'imagine bien, Winston. Mais tant qu'elle aura l'intention de faire exciser sa fille, il en sera ainsi.

— Je peux au moins lui dire qu'elle est en sécurité ? Hors de portée de son père ?

Lynley jeta un coup d'œil à Nkata. Il y aurait toujours une barrière entre eux, liée à leur naissance et à leur parcours personnel, mais aussi à leur histoire commune en tant que collègues.

— Je m'en remets à votre jugement, Winston.

— Merci, monsieur.

Ils atteignirent enfin Rokeby Street, une rue banale, bordée de maisons mitoyennes en briques avec des toits en composite imitation tuile. Celle où vivait Mercy Hart possédait une cour délimitée par un muret et une haie de buis qui aurait eu besoin d'être taillée. Elle contenait en tout et pour tout une chaise d'enfant en plastique rouge et un tricycle couverts d'une épaisse couche de poussière. Des dizaines de mégots jonchaient le sol, d'autres débordaient d'une boîte de haricots en conserve vide. À l'avant de la maison, la minuscule véranda semblait avoir été récemment peinte en blanc. Constatant qu'elle n'était pas fermée, les deux hommes entrèrent en évitant quatre paires de bottes en caoutchouc et un porte-parapluie en fer forgé. Lynley frappa puis, comme personne ne répondait, il sonna. Une très jeune femme vint ouvrir. Elle était plutôt jolie, avec une multitude de tresses striées de mèches orange brûlé retombant sur les épaules. Vêtue d'un jean déchiré au genou et d'un débardeur vert, elle avait deux anneaux d'argent à chaque oreille et un autre à une narine. Elle portait une toute petite fille à califourchon sur sa hanche.

— Mercy Hart ? demanda Lynley.

— Non. Moi c'est Keisha, répondit-elle.

Elle se tourna vers l'escalier étroit qu'on apercevait derrière elle.

— M'man ! cria-t-elle. T'as de la visite !

Elle se retourna vers eux et sourit à Nkata, avant de remarquer Lynley. Elle baissa alors les yeux avec coquetterie.

— Désolée, murmura-t-elle. Je peux pas vous laisser entrer. Ordre de ma mère.

Puis elle referma la porte.

Ils entendirent des voix d'enfants à l'intérieur ainsi qu'un bruit de jouets renversés sur un sol en lino.

Une moto passa dans la rue en faisant rugir son moteur, provoquant les aboiements d'un chien. Au loin, un train filait en direction du centre de Londres. Ils n'étaient pas loin d'une voie ferrée, même s'ils n'avaient vu aucune gare en cherchant Rokeby Street.

La porte se rouvrit et ils se retrouvèrent face à une femme qui semblait à peine plus âgée que Keisha.

— Mercy Hart ?

— C'est moi.

Soit elle avait trouvé le secret de l'éternelle jeunesse, soit elle était devenue mère en sortant de l'enfance. Lynley exhiba sa carte.

— Police métropolitaine. Nous aimerions vous parler.

Mercy tendit la main vers la poignée, leur barrant le passage.

— À quel sujet ?

— Au sujet de la clinique qui a récemment fermé dans Kingsland High Street.

— Je ne connais aucune clinique dans Kingsland High Street.

— En tant que Mercy Hart, je le crois volontiers. Mais en tant qu'Easter Lange ? Il s'agit du Centre de santé pour les femmes de Hackney. Nous nous sommes entretenus avec votre tante. Pouvons-nous entrer ?

Mercy plissa les yeux et recula. Toutefois, elle n'alla pas loin. Elle sortit un paquet de cigarettes de sa poche, monta quatre marches et s'immobilisa sous l'une des nombreuses photos de famille joliment encadrées qui décoraient le mur. Lynley et Nkata restèrent debout au pied de l'escalier. Elle alluma une cigarette, tira une bouffée et attendit.

— Une femme se faisant appeler Easter Lange travaillait dans cette clinique, reprit Lynley. La police l'y a arrêtée et l'a emmenée au poste, ainsi qu'une certaine Monifa Bankole. Je pense que si nous lui montrons votre photo elle vous identifiera comme étant Easter Lange.

Mercy l'écouta d'un air impassible et réfléchit quelques secondes avant de répondre :

— J'ai juste emprunté son nom. Je ne lui ai rien pris d'autre.

Nkata leva les yeux de son carnet.

— Vous n'avez pas usurpé l'identité d'Easter Lange dans le but de commettre un délit ?

— Elle vous a raconté quoi ? Que j'avais vidé son compte en banque ? Que j'avais contracté un crédit à son nom ? Ça, ça ne risque pas d'arriver ! ricana Mercy.

— Si vous n'aviez rien à vous reprocher, pourquoi n'utilisiez-vous pas votre vrai nom dans le cadre de vos activités à la clinique ?

— Je ne l'ai jamais aimé. Je n'avais pas envie de m'en servir. J'ai toujours trouvé le sien plus joli.

Sans trop d'efforts, ils avaient réussi à lui faire admettre qu'elle travaillait bien à la clinique de Kingsland High Street. Quels autres aveux pouvaient-ils encore lui soutirer en posant les bonnes questions ?

— Vous n'utilisiez pas plutôt le nom de votre tante pour vous protéger d'éventuelles poursuites judiciaires ?

— Je n'ai rien à craindre de ce côté.

— Ah !

Lynley s'appuya contre le chambranle. Nkata en fit autant en face.

— Pourtant, vous avez tout fait pour attirer les soupçons sur cette clinique : des dossiers médicaux pour des patientes fictives, un agenda rempli de noms bien réels, ceux-là, et appartenant à des femmes qui avaient toutes d'excellentes raisons de ne pas se confier à la police... Mais on ne peut pas penser à tout, n'est-ce pas ? Vous avez commis une erreur en laissant cet agenda sur place.

Mercy resta silencieuse. Elle feignait assez bien l'indifférence. À l'évidence, elle attendait d'en savoir plus.

— Monifa Bankole, enchaîna Nkata, vous a versé un acompte pour que vous excisiez sa fille. Seulement son mari l'a forcée à retourner récupérer l'argent, d'où sa présence à la clinique quand les policiers vous ont interpellées.

— Je n'ai rien fait de mal, affirma Mercy. À personne, y compris à cette... Monifa Bankole.

— En revanche, reprit Lynley, quelqu'un vous a causé beaucoup de tort : Teo Bontempi. Elle est à l'origine de la perquisition et des désagréments qui ont suivi.

— Teo quoi ? Je ne connais aucune Teo.

La cigarette se consumait dangereusement. Qu'allait-elle faire de la cendre ?

— Elle se faisait appeler Adaku Obiaka. Elle est allée à la clinique pour prendre rendez-vous. Mais ce n'était qu'un prétexte : elle était officier de police.

Mercy demeurait immobile. Nkata changea de position pour caler son épaule contre le mur. Tenant son bloc-notes dans une main et son portemine dans l'autre, il paraissait curieux d'entendre la réponse de la jeune femme. Les minutes défilaient, et des voix d'enfants leur parvenaient du jardin.

— Je veux faire la maman ! criait une fillette. Keisha, dis-lui que c'est moi la maman ! Elle est trop petite, de toute façon !

— Teo Bontempi vous a ôté le pain de la bouche, n'est-ce pas ? Les agents de police de Stoke Newington vous ont relâchée, mais ils vous avaient à l'œil. Et surtout, vous étiez désormais dans le viseur de la brigade anti-MGF pour laquelle travaillait Teo Bontempi. L'avez-vous reconnue dans la rue le jour de la perquisition, madame Hart ? Avez-vous compris alors que c'était elle qui vous avait dénoncée ?

— Je ne ferai aucun commentaire.

Elle descendit les marches, ouvrit la porte de la maison, puis celle de la véranda.

— Allez-vous-en, dit-elle.

Et comme pour indiquer la direction qu'elle souhaitait les voir prendre, elle lança sa cigarette dans la rue.

Lynley sortit, suivi de Nkata. Mais avant qu'elle ne referme derrière eux, le premier se retourna.

— Par simple curiosité, où avez-vous fait vos études de médecine ? demanda-t-il.

— Pas de commentaire.

— Êtes-vous certaine de vouloir garder le silence ? insista Lynley en bloquant la porte de la main.

Elle ne répondit pas.

— C'est regrettable. Winston, à vous l'honneur !

— Vous êtes en état d'arrestation, madame Hart.

— Vous ne pouvez pas m'arrêter si je n'ai rien fait ! protesta Mercy tandis que Nkata l'informait de ses droits.

— Pratiquer des mutilations génitales, ce n'est pas rien.

— Je n'ai rien fait !

— Et exercer la médecine sans diplôme ?

— Je n'ai jamais fait ça !

— Tuer une flic, ce n'est pas rien non plus, ajouta Nkata. Et vous savez quoi, madame Hart ? Vous avez le profil idéal pour ça aussi.

HAMPSTEAD HEATH
NORD DE LONDRES

Barbara Havers comprit rapidement que sa mission ne serait pas aussi simple qu'elle l'avait cru. Si Rosie Bontempi avait donné rendez-vous à Nkata dans un café d'Oxford Street, quand Barbara l'appela, elle lui expliqua que c'était son jour de repos. Par conséquent, si le sergent voulait lui parler, elle devrait se déplacer jusqu'à Hampstead Heath. En ce moment même, elle se dirigeait vers l'étang du parc réservé aux femmes dans l'intention de s'y baigner. Le sergent pouvait se joindre à elle si elle le désirait. Il faisait déjà très chaud, mais l'eau serait encore délicieusement fraîche en milieu de matinée.

Enfiler un maillot pour une baignade délicieusement rafraîchissante figurait si bas dans la liste de souhaits de Barbara qu'il y avait peu de chances qu'elle le fasse de son vivant. Elle accepta donc de retrouver Rosie au bord de l'étang, mais leur conversation aurait lieu sur la terre ferme.

— Dommage ! soupira la jeune femme.

Barbara lui fit alors remarquer que l'eau ne facilitait pas la prise de notes.

Elle n'avait pas non plus l'intention de sillonner le parc à pied jusqu'à localiser les espaces de baignade. Pour ce qu'elle en savait – c'est-à-dire pas grand-chose –, ils étaient situés du côté de Highgate. En consultant un plan, elle vit qu'en se garant à proximité de la jonction entre Fitzroy Park et Millfield Lane, elle tomberait rapidement sur un sentier qui la mènerait à l'étang des femmes.

La circulation ne fut pas trop cauchemardesque jusqu'à Highgate, même si, pour stationner à l'endroit qu'elle avait repéré, elle dut faire usage de son macaron de police en croisant les doigts pour qu'aucun véhicule ne vienne emboutir un côté de sa voiture.

Quoique, à la réflexion, cela aurait donné un certain cachet à sa Mini.

À ce moment de la journée, elle ne s'attendait pas à voir beaucoup de monde dans le parc, mais elle fut étonnée par l'affluence. Des familles entières s'installaient déjà pour pique-niquer sur la pelouse, qui accueillait un match de football improvisé. Des adeptes de la bronzette lézardaient sur l'herbe jaunie dans des transats ou sur des serviettes. Deux jeunes garçons se lançaient un frisbee (une activité parfaitement futile, de l'avis de Barbara), des retraités coiffés de chapeaux de paille flânaient le long des sentiers. Elle aperçut même un ornithologue amateur, quoique sa proximité suspecte avec l'espace de baignade pour les femmes laissait planer un doute sur la sincérité de son intérêt pour le Pouillot fitis ou d'autres volatiles.

L'étang était niché dans un écrin de massifs et d'arbres assoiffés à quelques nanosecondes de perdre leurs feuilles. En approchant, Barbara constata qu'il grouillait de baigneuses. Des dizaines de femmes se prélassaient sur la berge. Des adolescentes vêtues de trois triangles d'étoffe stratégiquement placés plongeaient depuis un ponton, d'autres entraient et sortaient des cabines de bain en riant et en bavardant.

Dans d'autres circonstances, repérer Rosie Bontempi dans cette foule aurait relevé de la mission impossible. Mais l'étang se trouvant à la lisière de Highgate, un quartier huppé (quoique moins que Hampstead), la plupart de ces femmes étaient, sans surprise, blanches. Par conséquent, il ne fallut pas longtemps à Barbara pour situer Rosie, qui se laissait flotter sur un fauteuil gonflable. La sœur de Teo l'aperçut au même moment et lui adressa un salut langoureux de la main. Elle regagna la rive à la nage en traînant le fauteuil derrière elle et sortit de l'eau telle la petite-cousine de Neptune, révélant un corps qui ne pouvait être que le fruit d'un bon patrimoine génétique, de nombreuses heures de sport et d'un régime alimentaire strict. Elle avait un bikini jaune à pois bleus. Barbara se sentit presque gênée d'arborer un tee-shirt jaune sur lequel était écrit en lettres bleues : « SOUS-ESTIME-MOI, QU'ON SE MARRE UN COUP ». Puis elle se dit qu'elle surmonterait rapidement son embarras, même si elles semblaient s'être concertées sur le choix des couleurs qu'elles portaient. Rosie eut la délicatesse de ne pas y faire allusion.

— Cet endroit est splendide, vous ne trouvez pas ? demanda-t-elle. Franchement, vous auriez dû prendre votre maillot de bain.

— Encore une chose que j'aurais dû faire, et à laquelle j'ai réussi à échapper, répliqua Barbara. Où peut-on se mettre pour parler ?

Rosie haussa les épaules, l'air de dire : Qu'est-ce que j'en sais ? Puis elle regarda autour d'elle et indiqua un savonnier de Chine auquel s'accrochaient encore héroïquement quelques fleurs flétries. Pendant qu'elles se dirigeaient vers l'arbre, Rosie tendit le fauteuil gonflable à Barbara afin de récupérer le drap de bain et le sac filet qu'elle avait laissés sur la pelouse.

— J'espère que nous n'en aurons pas pour longtemps, sergent. Maman et moi avons rendez-vous pour déjeuner. De toute façon, je ne vois pas ce que je pourrais vous dire de plus.

Beaucoup de choses, pensa Barbara.

— Je serai aussi brève qu'un été anglais, répondit-elle sur un ton enjoué.

Sauf que, vu le temps qu'il faisait depuis deux mois, leur entretien risquait de durer une éternité.

Barbara posa le fauteuil à l'ombre du savonnier et Rosie s'assit tout au bord, de façon à lui laisser de la place.

— Autant se mettre à l'aise, dit-elle.

Barbara sortit son calepin de son sac et s'assit sur le bord opposé. Elle constata aussitôt que cette position l'empêchait de voir le visage de Rosie, ce qui offrait un avantage à la jeune femme. Elle roula donc sur le côté pour se relever, manquant s'étaler sur la pelouse grillée par le soleil.

— J'ai repensé à votre dispute avec Teo, deux jours avant qu'on ne lui défonce le crâne.

— Que voulez-vous savoir de plus ? Je vous ai dit la vérité depuis le début.

Rosie essuya une de ses jambes, les orteils pointés vers le ciel, et en fit autant avec l'autre.

— Pour commencer, vous pourriez m'expliquer pourquoi vous avez changé de version.

— J'ai fait ça ? Je ne crois pas, non.

— D'abord, vous avez raconté que vous vous étiez disputées parce que Teo délaissait votre père depuis son AVC. Puis vous avez raconté que c'était parce que vous lui aviez annoncé votre grossesse. Vous avez dit aussi que Ross voulait des enfants, et pas Teo. Apparemment, ce n'était pas exact non plus. Alors laquelle de ces versions est la bonne ?

Rosie drapa la serviette autour d'elle et Barbara remarqua qu'elle portait le même motif que son bikini, avec les couleurs inversées. La jeune femme tamponna ensuite longuement ses joues et son front encore humides.

— Je ne vous ai dit que la vérité, sergent. Si je ne me rappelle pas exactement quand ni pourquoi je me suis disputée avec Teo, cela n'a aucune importance. Entre sœurs, c'est normal de se chamailler. Vous avez une sœur ? Non ? Eh bien, si vous en aviez une, vous sauriez de quoi je parle.

— Êtes-vous en train de me faire comprendre qu'un de vos mensonges est vrai, ou qu'ils le sont tous ?

— Je suis allée chez Teo pour lui révéler que j'étais enceinte. Je lui ai dit aussi que Ross était le père. Forcément, elle l'a mal pris.

— C'est pour ça que vous vous êtes disputées ?

Rosie acquiesça d'un haussement des épaules.

— Et le 29 ? poursuivit Barbara.

— Quoi, le 29 ?

— Teo a envoyé un SMS à Ross pour lui demander de passer la voir. Je pense qu'elle avait quelque chose à lui annoncer. Je crois aussi que vous saviez de quoi il s'agissait.

— Tout ce que je peux vous dire, c'est qu'elle n'était pas enceinte. C'était fini entre Ross et elle. Il était… Comprenez-moi bien, sergent : avec Ross, nous étions en couple. Nous le sommes toujours.

— D'accord. « En couple » écrit en majuscules, en gras, surligné. Tout ce que vous voulez. Mais j'ai dans l'idée que votre petit couple n'était pas loin de se fracasser sur un écueil.

— Pourquoi ça ? Ross souhaitait divorcer, Teo aussi. Il me l'a dit. Elle aussi me l'a dit.

— Soit. Le problème, c'est qu'on entend souvent ce qu'on a envie d'entendre. D'après le sergent Nkata, vous ignoriez que votre sœur avait subi des mutilations génitales.

Rosie se leva et tira sur la valve pour dégonfler son fauteuil.

— Personne ne me l'avait dit. Elle ne m'en avait jamais parlé. Ross non plus.

— Est-ce que les choses auraient été différentes si vous aviez su ?

— Différentes pour qui ?

— Pour vous. Peut-être auriez-vous hésité à courir après le mari de votre sœur.

Rosie se retourna et regarda Barbara droit dans les yeux.

— Je n'ai « couru » après personne, dit-elle avec une colère contenue. Ross fait partie de notre famille depuis toujours. J'étais sa... son amie, sa confidente, appelez ça comme vous voudrez. Ce qui s'est passé entre nous n'avait rien à voir avec les mutilations de Teo. Comment cela aurait-il pu être le cas, puisque je n'en savais rien ?

— Comme je vous le disais, parfois on n'entend que ce qu'on a envie d'entendre. Au cours de votre dispute, Teo vous a-t-elle parlé de l'examen qu'elle avait subi en vue d'une intervention chirurgicale ?

— Elle m'avait demandé de la conduire à une clinique pour y être opérée, sans plus de précisions. Avant d'accepter, j'ai voulu savoir de quoi il s'agissait. J'avais peur que ce soit grave, comme... un cancer, quelque chose de ce genre. Mais elle ne me l'a pas dit.

— C'était une chirurgie reconstructrice des organes génitaux. Ross Carver la suppliait depuis des années de consulter quelqu'un qui pourrait l'aider. La reconstruire. La réparer. Peu importe. Il voulait qu'elle voie un chirurgien. Pendant longtemps, elle a refusé, puis elle a changé d'avis. Elle s'est fait examiner, et une intervention était programmée.

Rosie empoigna le fauteuil et le pressa. Le bruit de l'air évoquait la respiration sifflante d'un asthmatique.

— Comment aurais-je pu le savoir ? On ne m'avait jamais dit qu'elle avait été excisée.

— Alors quand elle vous a demandé de la conduire à la clinique…

— Je lui ai envoyé un message. Elle n'a pas répondu. Qu'est-ce que je pouvais faire de plus ? La frapper pour qu'elle avoue ?

Barbara se tut pour laisser à la jeune femme le temps de réaliser ce qu'elle venait de dire. Les lèvres pincées, Rosie plia le fauteuil dégonflé en deux puis en quatre.

Comme le silence se prolongeait, Barbara le rompit.

— Une sœur normale n'aurait-elle pas insisté pour en savoir plus sur cette intervention ?

Rosie enroula le drap de bain autour de sa taille.

— Teo ne s'est jamais confiée à moi, sergent. Pourquoi ? Je l'ignore, mais nous n'étions pas aussi proches que le sont certaines sœurs. Nous étions trop différentes, et elle avait sept ans de plus. Maintenant, si vous n'avez pas d'autres questions, ma mère m'attend.

— Votre déjeuner mère-fille. J'ai pigé.

— Tant mieux.

Sur ce, Rosie entreprit de gravir la côte vers New End Square. Barbara la suivit, telle une demoiselle d'honneur s'invitant à un mariage auquel on ne l'aurait pas conviée.

— Je vois le topo, dit-elle. À moins, bien sûr, que Teo ne vous ait dit en quoi consistait l'intervention qu'elle s'apprêtait à subir, et que cette révélation n'ait déclenché une dispute. Car il y avait de fortes chances que Ross et elle se remettent ensemble après l'opération. Ce qui aurait assombri votre avenir et celui de votre petit couple.

Rosie se tourna brusquement vers elle.

— Arrêtez avec votre « petit couple » ! Nous étions en couple. Nous le sommes toujours. Nous sommes amants et nous allons avoir un enfant. Vous croyez que Ross aurait couché avec moi s'il n'avait pas souhaité partager ma vie ? Ce bébé, nous l'avons désiré.

— OK. Et c'est pour ça que vous vouliez qu'il vous appelle Teo pendant que vous vous envoyiez en l'air ? C'est pour ça que vous lui avez assuré que vous preniez des précautions ?

— Taisez-vous ! Vous ne savez rien de ces choses-là. Vous n'êtes qu'une vieille morue. Vous ne feriez même pas envie à un homme si vous étiez les deux seuls survivants sur Terre. Vous êtes jalouse, c'est tout ! Vous pouvez me coller aux basques jusqu'à New End Square si ça vous chante, je ne dirai plus un mot.

Convaincue que Rosie tiendrait parole, Barbara la laissa filer en direction de Hampstead. Elle-même fit demi-tour vers Highgate et sa voiture. Elle avait presque atteint la sortie du parc quand son portable sonna au fond de son sac. Le nom de Ross Carver s'affichait sur l'écran.

— Je viens d'échanger quelques amabilités avec votre chérie, commença-t-elle. C'est une impression ou elle change de version comme de culotte ?

— Rosie ? Je ne vous appelle pas pour parler d'elle. Je suis à l'appartement. Vos techniciens ont rapporté les statuettes de Teo.

— En général, ils sont corrects pour ce genre de chose, oui. Mais évitez d'y toucher avant la fin de l'enquête, au cas où ils en auraient encore besoin.

— Trop tard. Je les ai déjà déballées et remises à leur place. Il en manque une.

MAYVILLE ESTATE
DALSTON
NORD-EST DE LONDRES

Sophie avait insisté pour l'accompagner, mais Tani avait refusé tout net. Il n'avait pas la moindre idée de ce qui l'attendait à l'appartement. Il espérait simplement y trouver sa mère avec ses valises. Mais si elle hésitait encore à partir, il voulait au moins lui dire que Simi était en sécurité, que leur père ne la retrouverait pas et qu'elle n'avait pas besoin de rester pour protéger ses enfants. Quant à Abeo, il était sans doute retourné chez Lark.

Il allait entrer quand quelqu'un l'appela dans les étages.

— *Ragazzo, ragazzo !*

Avant même de la voir, il sut que c'était Mme Delfino. Elle lui fit signe de la rejoindre. Il se dirigea vers l'ascenseur et monta. Quand la porte s'ouvrit, elle l'attendait juste derrière.

— Il vient pour sa *mamma,* c'est ça ? demanda-t-elle.

Il acquiesça.

— Elle a parti avec un homme noir très grand.

Mme Delfino lui expliqua qu'elle revenait du marché de Ridley Road quand elle les avait vus. Ils ne sortaient pas de chez les Bankole, mais d'un autre immeuble.

— Elle était... elle avait l'air mal en point. Comme si on l'avait battue, et le Noir l'aidait à marcher. Elle s'appuyait sur lui, sur son *braccio,* précisa-t-elle en montrant son bras. Il l'a emmenée dans sa voiture.

— Ce type, il ressemblait à quoi ?

— Très grand. Noir. Avec un costume. Et son visage... Je me rappelle qu'il avait une... marque. Le genre que fait un couteau.

Tani n'avait pas besoin de plus de détails. C'était le flic qui était déjà venu chez eux. Il remercia Mme Delfino, qui lui tapota la joue.

— Tu es un bon garçon, dit-elle, tu aimes ta *mamma*. Tout s'arrange quand on aime sa *mamma*.

Tani ne demandait qu'à la croire, mais il doutait que l'amour suffise à régler ses problèmes. Il appela l'ascenseur et redescendit. La porte de l'appartement n'était pas fermée. Il la poussa et resta bouche bée devant le spectacle qui s'offrait à lui.

On aurait dit qu'une tornade s'était déchaînée après son départ. Toute la vaisselle avait été brisée. La cuisinière était cabossée. La poêle en fonte qui avait dû servir pour ça traînait sur le sol avec d'autres ustensiles. Les livres de recettes de sa mère avaient été déchirés et leurs pages éparpillées.

Dans le salon, l'écran du téléviseur était cassé et la table basse renversée. Deux lampes avaient été fracassées et trois foulards réduits en lambeaux. Au milieu de ce capharnaüm, Tani aperçut soudain le portable de sa mère. Il le ramassa et le glissa dans sa poche.

Il pensait savoir où étaient les passeports. Son père gardait une boîte en métal fermée à clé sous le lit de la chambre parentale, avec les bacs en plastique contenant les vêtements d'hiver de Monifa. Tani décida de les emporter également, pour lui éviter de devoir retourner à Mayville Estate.

Ce qu'il vit en ouvrant la porte de la chambre l'obligea à réviser ses projets. Étendu tout habillé sur le lit, Abeo dormait à poings fermés.

La première réaction de Tani fut de fuir. Mais il se ravisa : il ne voulait plus avoir peur de cet homme. Aussi, il s'approcha du lit et s'agenouilla. La boîte était bien là, avec la clé glissée dans la serrure.

Sans quitter son père des yeux, il la tira lentement vers lui, l'ouvrit et fouilla rapidement son contenu. Il y trouva des actes de naissance, des documents officiels concernant les boutiques, les quittances de loyer de leur appartement et de celui de Lark ainsi que de vieilles photos. Il n'y avait ni argent ni passeports.

Tani sentit la colère l'envahir. Il se releva et regarda son père endormi. Il comprit alors qu'il avait toujours détesté Abeo Bankole. Simplement, il avait refoulé sa haine.

Tani prit la boîte en métal et la vida sur son père. Abeo se réveilla en sursaut. En voyant Tani dressé au-dessus de lui, il ne parut pas plus inquiet que ça.

— Qu'est-ce que t'en as fait, espèce d'enfoiré ? rugit le jeune garçon.

Un sourire se dessina sur les lèvres d'Abeo.

— Je sais comment elle s'appelle, dit-il. Sophie Franklin. Une petite putain anglaise.

— Où sont les passeports ?

— Elle habite Stoke Newington. Avec son nom, ça n'a pas été difficile de trouver son adresse. Surtout quand on ne prend aucune précaution.

— Qu'est-ce que tu crois que tu peux lui faire ? Ou à sa famille ? Sa mère, son père, sa sœur, ses frères ? Tu crois qu'ils vont tous rester les bras ballants à écouter tes menaces ? Tu rêves, papa !

Abeo se débarrassa des documents et des photos qui étaient tombés sur lui.

— On aurait dû te laisser au Nigeria. Dès que je t'ai vu, j'ai su que tu n'étais pas mon fils.

— Si c'était le cas, je me serais tiré d'ici la première fois que t'as levé la main sur moi. J'aurais pris un billet pour le Nigeria et j'aurais cherché mon « vrai » père, celui qui existe que dans les films que tu te fais. Tu crois que maman a couché avec qui, hein ? Ses frères ? Le facteur ? Son propre père ? Tu fais pitié, franchement. T'es tellement transparent que j'ai de la peine pour toi.

Abeo regarda Tani dans les yeux et serra lentement les poings.

— T'aurais pu avoir une vraie famille, papa. Mais c'était pas une femme que tu voulais, ni des enfants. Ce que tu voulais, c'est une domestique et deux esclaves pour t'obéir au doigt et à l'œil. Eh bien t'as tout perdu. Tu retrouveras jamais Simi, alors lâche l'affaire.

— Evering Road, reprit Abeo. Je suis au courant de tout ce que tu fais, Tani.

Il tenta de se lever, mais son fils le repoussa sur le lit.

— Donne-moi ces putains de passeports ! T'emmèneras personne nulle part. J'irai pas avec toi au Nigeria et Simi encore moins. Tu la reverras jamais. Et tu reverras pas non plus maman, parce qu'elle est partie. Elle s'est tirée avec ce flic noir, tu sais ? Je la comprends : il est dix fois mieux que toi, et à ce qu'on m'a dit il cherche une femme. Et maman ? Tu peux être sûr qu'elle veut un homme, un vrai. À mon avis, il l'a déjà mise dans son lit...

Abeo se dressa tel un ressort.

Tani fit alors ce qu'il brûlait de faire depuis longtemps : il le frappa en plein visage. La douleur qui éclata dans ses phalanges n'était rien à côté du plaisir qu'il éprouva en entendant craquer le nez de son père.

La tête d'Abeo pivota sous la violence du coup. Tani lui serra le cou avec son bras afin de le traîner vers la porte. Mais son père était fort. En se débattant et en donnant des coups de pied, il parvint à repousser Tani. Comme il se jetait sur lui, celui-ci roula sur le côté, et Abeo tomba à plat ventre sur le lit.

Tani s'assit alors à califourchon sur lui et lui enfonça la tête dans le matelas.

— Qui a le pouvoir maintenant, hein ? Qui contrôle qui ? T'es qu'une merde !

Bon Dieu, ce que c'était bon ! Tani avait l'impression de renaître dans la peau, dans la chair, dans les muscles de celui qu'il aurait dû être depuis toujours. Tandis qu'il exultait, le corps de son père devenait flasque, de plus en plus flasque...

Tani sentit qu'on le soulevait. Il se retourna pour frapper quiconque osait l'empêcher de faire subir à cet homme le sort qu'il méritait.

Il mit une fraction de seconde à reconnaître les deux femmes qui tentaient de l'éloigner de son père. L'une était Zawadi, la directrice de la Maison de l'orchidée, et l'autre la réalisatrice dont il avait oublié le nom.

THORNTON HEATH
GRAND LONDRES

— Ce sera un immeuble d'habitation. Conformément aux vœux du conseil municipal, il y aura des logements sociaux aux quatre premiers niveaux et des appartements de standing aux étages supérieurs. Tous bénéficieront des mêmes commodités, d'une piscine couverte, d'une salle de sport, d'une laverie, d'un parking souterrain, d'un local à vélos, d'un grand jardin à l'arrière, d'une aire de jeux, d'un terrain de basket et d'une crèche, si les résidents le souhaitent.

— La gentrification en marche, constata Barbara.

— Ce n'est pas ainsi que je le vois.

— Pourtant, ça y ressemble fort, monsieur Carver. Certains vont se faire un max de blé et les habitants historiques du quartier seront obligés d'aller ailleurs.

— Si tel avait été l'objectif, je n'aurais pas signé.

— Je n'en doute pas. Mais votre rôle se limite à mettre la structure en place, non ? Quand l'« objectif » sera atteint, vous aurez remballé vos affaires depuis belle lurette.

— Dans quelque temps, nous nous retrouverons ici, vous et moi. Et alors on verra qui de nous deux avait raison.

Cette conversation se déroulait dans le bureau de vente du projet immobilier sur lequel travaillait Ross Carver. Ne pouvant s'absenter, il avait proposé à Barbara de l'y rejoindre. Havers n'avait pas été enthousiasmée par cette perspective : Thornton Heath était presque aussi éloigné de Hampstead Heath que l'était Croydon. Mais, en arrivant, elle avait repéré un Domino's Pizza dans la rue principale. Rien de tel qu'une pizza à emporter (tomates, fromage, champignons et olives noires, merci !) pour un déjeuner sur le pouce. Elle ne s'était pas privée de ce plaisir, qu'elle avait accompagné d'un Fanta ananas en observant les allées et venues autour de la boucherie Zenith Halal, avant de s'accorder une cigarette le temps de trouver l'adresse que lui avait indiquée Ross Carver.

À présent, elle contemplait la maquette de la « Résidence de standing de Thornton ». Des plans et des images d'architecte des différentes catégories d'appartements s'étalaient sur les murs. Dans la pièce voisine étaient exposés les divers modèles de lino, de moquette et de carrelage proposés à la clientèle. Tout cela était très impressionnant. En outre, le futur immeuble ne remplaçait pas des logements existants, mais une usine désaffectée qui constituait une verrue pour le quartier.

Avant de se déplacer, Barbara avait interrogé Ross Carver au sujet de la statuette disparue. D'après ses informations, les techniciens de la police scientifique avaient emporté toute la collection. Comment avait-il su qu'il en manquait une quand il les avait déballées ?

La réponse était évidente : il savait qu'il en manquait une parce que c'était lui qui l'avait offerte à Teo.

— Elle s'en était peut-être débarrassée ? suggéra Barbara. Elle l'avait donnée à une boutique solidaire ou à un dépôt-vente ?

— Elle n'aurait jamais fait ça.

— Parfois, quand un couple se sépare, la partie lésée…

— Teo n'était pas la partie lésée ! S'il y avait une partie lésée, c'était moi. Comme je vous l'ai expliqué, c'est elle qui a souhaité cette séparation. J'ai accepté parce que je n'avais pas le choix. Vous vouliez que je fasse quoi ? Que je la garde prisonnière ?

On a déjà vu pire, pensa Barbara.

— Certaines personnes ont besoin de faire le ménage chez elles en même temps que dans leur vie, reprit-elle. Elles entassent tout ce qui leur rappelle leur ex dans le barbecue avant d'y foutre le feu.

— Ce n'est pas ça non plus.

— Comment pouvez-vous en être si sûr ?

— Parce que je lui ai offert trois sculptures et qu'une seule a disparu.

— Ah ! Ça change tout. Selon vous, ça pourrait être l'arme du crime ? Dans le feu de l'action, l'assassin aurait pris le premier truc qui lui tombait sous la main ?

— Je ne vois pas d'autre explication. Et vous ?

Barbara se gratta la tête en réfléchissant.

— Si quelqu'un connaissait l'existence de ces sculptures...

— Qui donc ? Qui pouvait savoir qu'elles étaient dans l'appartement ?

Barbara le regarda en silence. Il pouvait trouver la réponse sans fournir trop d'efforts.

— À moins, enchaîna-t-elle, que l'agresseur n'ait minutieusement préparé son coup et emporté la statuette pour nous lancer sur une fausse piste. Mais là encore ce scénario suppose qu'il connaissait son existence. Où l'avez-vous achetée, au fait ?

— Dans une galerie de Peckham. Ils sont spécialisés dans l'art africain. La pièce manquante s'appelle *Guerrier debout*. Je ne me souviens plus du nom de l'artiste, mais les trois œuvres que j'ai offertes à Teo sont signées.

— Elles proviennent toutes du même endroit ?

Carver acquiesça.

— Comment s'appelle cette galerie ?

— Padma.

— C'est noté. Au fait, j'ai parlé à Rosie ce matin. À l'en croire, Teo n'était pas folle de joie quand elle a appris que vous aviez mis sa sœur enceinte.

— C'est donc pour ça qu'elle souhaitait me voir, murmura Carver comme pour lui-même.

— Possible. Mais il y avait autre chose, et sa sœur était peut-être au courant.

— Vous ne pensez tout de même pas que Rosie...

— Ne collez pas la charrue avant les bœufs, je vous prie. Teo a consulté une chirurgienne. C'est pour ça qu'elle avait noté « évaluation » dans son agenda. Elle s'est fait examiner pour savoir s'il était possible de réparer les dommages physiques qu'elle avait subis. Cette chirurgienne a émis un avis favorable, et Teo a donné son accord pour une reconstruction. Pour ça, il fallait que quelqu'un l'emmène et la ramène de la clinique. Elle a demandé à Rosie. La suite, vous la connaissez.

Carver l'avait écoutée en secouant la tête.

— Pourquoi Teo ne m'a rien dit ?

— Peut-être voulait-elle vous l'annoncer de vive voix, d'où son SMS. Ou alors elle souhaitait juste vous parler de Rosie. À votre avis ?

Barbara l'entendit déglutir.

— Je ne sais pas. Et maintenant, je ne le saurai jamais. Si au moins elle m'avait donné un indice… Vous êtes sûre qu'elle allait se faire opérer ?

— Je le tiens de la chirurgienne en personne. Teo a réfléchi, parce que l'intervention n'aurait pas forcément réglé tous ses problèmes. Sur le plan sexuel, je veux dire. Elle n'avait pas la certitude de connaître le plaisir. Pour ça, il fallait que les terminaisons nerveuses soient intactes, et le seul moyen de le savoir était d'enlever le tissu cicatriciel. Elle était prête à courir ce risque.

— Quel risque ?

— Celui d'être déçue.

Trois personnes entrèrent alors, deux femmes et un homme, tous tirés à quatre épingles. Ils regardèrent bizarrement Barbara et Ross Carver.

— Je suis à vous dans un instant, dit l'une des femmes.

À l'évidence, elle les avait pris pour un couple désireux d'acheter un appartement. Barbara faillit éclater de rire.

Ils poursuivirent leur conversation dehors.

— J'ai tout gâché : ma vie, celle de Teo, et maintenant avec Rosie… Je n'aurais jamais dû… Voilà le résultat.

Barbara comprit où il voulait en venir. Sans aucun doute, la nouvelle de la grossesse de sa sœur avait bouleversé Teo. « Vous n'avez rien à vous reprocher, aurait-elle dû lui dire. Vous ne pouviez pas savoir comment les choses allaient tourner. » Mais de son point de vue il aurait pu et dû s'en douter.

— Rosie a menti à plusieurs reprises à la police, reprit-elle. Elle trafique la vérité chaque fois que ça l'arrange. C'est pourquoi j'ai du mal à la croire quand elle prétend que Teo ne lui a pas révélé la nature de l'opération qu'elle s'apprêtait à subir. Et vous, vous en pensez quoi ?

Carver pressa ses tempes.

— Je ne comprends pas. Pourquoi a-t-elle décidé de faire ça à ce moment-là ? Pourquoi pas plus tôt ? Je lui avais dit que ce type de chirurgie existait. Je lui avais proposé de se faire examiner. De tenter tout ce qui était possible, parce que ensemble on pouvait trouver quelqu'un...

— Apparemment, elle ne se sentait pas prête avant. Et quand elle l'a été, c'était trop tard.

— À moins qu'elle n'ait décidé qu'il n'était pas trop tard. Pour nous deux, je veux dire.

— Vous comprenez que ça met Rosie dans une position délicate, n'est-ce pas ? Elle est en cloque, elle a des attentes, et Teo est à deux doigts de tout faire foirer. Rosie sait que vous êtes un bon père pour Colton, même si vous n'avez pas épousé sa mère. Elle sait aussi que vous aimez encore Teo, et que celle-ci s'apprête à reprendre une place dans votre vie, comme vous l'avez toujours souhaité. Vous admettrez que l'avenir s'assombrit pour notre Rosie.

Carver scruta le ciel à travers l'atmosphère souillée par le smog. Puis il ferma les yeux, comme s'il essayait de prendre une décision.

— Il y a autre chose, dit-il enfin.

— Une autre chose que Rosie sait à votre propos ?

— Une chose que je ne vous ai pas dite.

— À quel moment ?

— La première fois que vous m'avez interrogé. Le soir où j'ai trouvé Teo, elle... elle m'a parlé quand je l'ai aidée à se relever. Elle a dit : « Elle m'a frappée, Ross. »

— Putain de merde, soupira Barbara.

CHELSEA
SUD-OUEST DE LONDRES

Deborah avait engagé Simi comme « assistante » et l'avait fait monter dans son atelier, au cinquième étage de la maison. La fillette était perchée sur un tabouret haut et Deborah se tenait debout près d'elle. Elles passaient en revue une série de photos d'une adolescente de 13 ans, Jubilee. Son portrait devait servir à la fois pour la brochure destinée au département de l'Éducation et pour le livre que Deborah espérait publier par la suite. Simon recevait dans son bureau le représentant d'un laboratoire médico-légal indépendant qui devait signer un contrat avec Scotland Yard. Et à l'office, Joseph Cotter testait son nouveau jouet, un impressionnant fer à vapeur rotatif, sur tout ce qu'il trouvait : des draps, des taies d'oreiller, des serviettes de table et une nappe fraîchement lavés. S'il avait pu, il aurait même repassé les tapis.

Simisola posa l'index sur le bord d'une des photos.

— Celle-ci. Elle est très jolie, dessus.

— En effet, c'est la meilleure, approuva Deborah. Elle est retournée chez ses parents depuis. Je pense que ça leur fera plaisir d'en avoir un exemplaire.

Simi tripota ses petites tresses en silence.

— Toi aussi, quand tout sera réglé, tu retourneras chez tes parents, Simi. Tu le sais, n'est-ce pas ? Tu n'as pas à t'inquiéter pour ça.

La fillette la regarda d'un air grave.

— Maman va venir me chercher ?

— Je pense qu'il faut attendre un peu pour ça. Personne ne souhaite que tu ailles dans un endroit où tu ne serais pas en sécurité.

Soudain, un grand vacarme éclata au rez-de-chaussée : des aboiements, des pas dans le vestibule, une porte qui se ferma, une autre qui s'ouvrit et se referma, des voix mêlées, de nouveaux aboiements... Inquiète, Deborah aida Simi à descendre du tabouret et la guida vers la chambre noire. Celle-ci comportait un placard où elle stockait auparavant des produits chimiques. À présent vide, il était assez spacieux pour accueillir une enfant de 8 ans. Deborah dit à Simi de se glisser à l'intérieur et de ne pas faire de bruit.

— Ce n'est probablement rien, murmura-t-elle. Mais mieux vaut ne prendre aucun risque.

Elle atteignait le palier du troisième étage quand elle reconnut la voix de Narissa Cameron. Elle dévala l'escalier tandis que Simon sortait du bureau avec son invité. C'était le père de Deborah qui avait ouvert. Le vestibule fut vite bondé, car Narissa était accompagnée de Zawadi et de Tani. En revanche, la mère, que le jeune garçon était allé chercher, était absente.

— Qu'est-ce qui se passe ? s'enquit Deborah. Tani, il est arrivé quelque chose à ta mère ?

— Vous l'avez laissé sortir ? demanda Zawadi avec incrédulité.

— Zawadi, elle n'allait quand même pas l'attacher à une chaise ! répliqua Narissa.

— Elle n'était plus chez nous, expliqua Tani. Une voisine m'a dit qu'elle était partie avec un flic. Celui qui était venu l'interroger. Ça veut dire qu'elle a encore été arrêtée, et je ne sais pas où on l'a emmenée...

— On va s'en occuper, intervint Simon.

— Simon connaît beaucoup de policiers, ajouta Deborah. Il va les appeler. On retrouvera ta mère plus vite que tu ne le crois. Fais-nous confiance.

Zawadi leva les yeux au ciel.

— Comment se fait-il que Tani soit avec vous ? demanda Deborah aux deux femmes.

Simon regagna le bureau avec son invité. « Des associées de Deborah », l'entendit-elle dire. Narissa lui raconta ensuite que Zawadi et elle s'étaient rendues dans le nord de Londres pour rencontrer officiellement les parents de Simisola.

— Je l'ai accompagnée parce que aucune assistante sociale

n'était disponible et que je ne voulais pas qu'elle y aille seule. Pas après ce qu'on a vu hier, quand Tani est arrivé à la chapelle avec…

Deborah se rappela soudain que Simisola était toujours cachée dans la chambre noire.

— Une seconde ! dit-elle.

Elle remonta l'escalier en courant, pour le dévaler quelques minutes plus tard avec la fillette, qui se jeta dans les bras de son frère.

— Il t'a encore battu, Tani ? Papa t'a fait du mal ?

— Ce serait plutôt le contraire, ma puce, répondit Zawadi.

— On l'a empêché d'assommer son père, souffla Narissa à Deborah. Ne le laissez surtout pas retourner là-bas.

— Tani, tu as trouvé les passeports ? demanda Deborah.

Il secoua la tête.

— Et maman ? s'écria Simisola. Tani, où est maman ?

Il avoua qu'il n'en savait rien. La fillette fondit en larmes.

— Je vais la retrouver, Mimi, promit-il en lui caressant les cheveux.

— Toi, lui dit Zawadi, il est hors de question que tu t'approches de ton père ou de ta mère. Après ce qui s'est passé aujourd'hui…

Deborah ne parvenait pas à interpréter son expression, jusqu'à ce qu'elle ajoute :

— … on va demander une mesure de protection. Crois-moi, ce n'est pas de gaieté de cœur. Mais en attendant tu restes dans cette maison, Tani. Simisola aussi.

— Papa se pliera jamais à une ordonnance, répliqua Tani sur un ton lourd de mépris. Je pensais que si. Sophie m'a convaincu de le faire. Mais il obéira jamais.

— Écoute-moi, reprit Zawadi. Cette ordonnance lui sera remise par un flic, et ce flic ne repartira pas sans les passeports. Tu comprends ? Ton père n'emmènera Simisola nulle part et il ne lui fera aucun mal. On y veillera. Maintenant, je veux que tu me donnes ta parole que tu ne retourneras pas là-bas.

— Et Sophie ? Il connaît son nom. Il sait où elle vit. Il va se pointer chez elle, c'est sûr.

— Tu vas appeler ta copine et lui expliquer la situation. Elle m'a l'air d'avoir la tête sur les épaules. Si ton père débarque, elle préviendra aussitôt la police.

— Et ma mère ?

— Nous allons la retrouver, promit Deborah.

Elle pria le ciel pour qu'ils y parviennent.

THE NARROW WAY
HACKNEY
NORD-EST DE LONDRES

Mark avait décidé de se faire porter pâle. L'équipe pouvait parfaitement fonctionner sans lui et il n'avait rien de prévu ce jour-là, hormis une réunion de service en fin d'après-midi. Il appela donc le sergent Hopwood pour l'avertir de son absence et lui dit qu'il serait de retour le lendemain matin.

— Je peux faire quelque chose pour vous ? demanda-t-elle.

Il avait juste besoin de repos, répondit-il. Il avait un peu mal à la gorge, rien de grave.

— Pensez à vous hydrater, lui recommanda-t-elle.

— C'est bien mon intention.

Sa véritable intention, c'était de percer le mystère de Pete. Le décalage entre ses paroles et ses actes lui devenait plus insupportable de jour en jour.

L'exploration de leur chambre ne lui prit pas longtemps. Pete n'avait jamais été coquette. À part une touche de rouge à lèvres, elle ne se maquillait pas. Elle n'avait pas d'autres bijoux que son alliance et ses boucles d'oreilles en perles. Elle s'habillait tous les jours de la même manière : tee-shirt ou chemisier blanc et jean. Mais peut-être lui cachait-elle quelque chose. Il jeta un coup d'œil dans ses tiroirs, les poches de ses vêtements ainsi que dans l'armoire à pharmacie. Il fouilla ensuite le placard à linge, puis la cuisine. Rien ne manquait ni n'avait été ajouté à leurs maigres possessions.

Pendant qu'il s'affairait, Pete faisait la lecture à Lilybet – des poèmes pour enfants, lui sembla-t-il – et Robertson passait l'aspirateur. Personne ne lui prêtait attention. Comme il avait prétendu être enrhumé, sa femme l'avait libéré de ses obligations envers leur fille, qui ne devait surtout pas être exposée à quoi que ce soit susceptible de dégrader sa santé fragile.

— Je sors, Pete ! cria-t-il. Tu as besoin de quelque chose à la pharmacie ?

Elle répondit par la négative et lui recommanda de faire des stocks de médicaments contre le mal de gorge.

Il promit et se mit en route pour The Narrow Way et la boutique de prêt du haut de la rue. Avant d'entrer, il examina la vitrine. Comme d'habitude, elle contenait surtout des bagues, des colliers, des broches et des montres. Pete n'avait jamais rien possédé de tout cela. Toutefois, une des pièces exposées attira son attention : un pendentif en forme de larme, monté sur une chaîne en argent, qui brillait de mille feux sous les projecteurs. On aurait pu croire à un bijou en marcassite serti de pierres fantaisie bleues. En réalité, il était en or blanc, et les pierres étaient des saphirs. Il valait plusieurs milliers de livres et appartenait à la mère de Mark.

Il entra et s'approcha du comptoir en appelant Stuart. Le beau-frère de Paulie tarda à sortir de l'arrière-boutique, une tasse de thé dans une main et un toast généreusement beurré dans l'autre.

— Apporte-moi les objets que Pete a déposés, ordonna Mark. Et ne me raconte pas de salades, Stuart. Je suis pas d'humeur.

Cette fois, Stuart n'essaya même pas de discuter. Il regagna l'arrière-boutique et y resta au moins cinq minutes, le temps d'ouvrir le coffre-fort et d'en trier le contenu. Si le pendentif pouvait facilement passer inaperçu dans la vitrine, Paulie ne prendrait pas le risque d'exposer l'intégralité de la collection aux regards d'éventuels voleurs.

Mark savait que l'ensemble comptait 15 pièces, que sa mère ne portait que dans les grandes occasions : mariages, baptêmes, sorties au restaurant, ballet une fois par an, et opéra deux fois. Son père les lui avait offertes au fil du temps. Mark refusait d'imaginer comment elles avaient atterri dans cette boutique.

Stuart rapporta une paire de boucles d'oreilles ornées de sept diamants chacune, deux bagues, l'une décorée d'une opale cristal, l'autre d'une aigue-marine de taille émeraude, ainsi qu'un bracelet en platine incrusté de jade et de diamants.

Il y avait également un petit plateau en argent de la fin du XVIIIe siècle, sur lequel les visiteurs déposaient leurs cartes en l'absence du maître ou de la maîtresse de maison. Sa valeur était inestimable. Lui aussi appartenait à la mère de Mark.

— Tout y est ?

Stuart acquiesça.

— Pete les a apportés en personne ?

Stuart déglutit si bruyamment qu'on aurait dit le coassement d'une grenouille. Une réaction éloquente.

— Tu ne lui as pas demandé... Tu ne t'es pas posé de questions ? Bon sang, Stuart ! Qu'est-ce qui ne va pas chez toi ? Remets tout ça dans le coffre, y compris le pendentif de la vitrine, et ne vends rien. Même si le prince de Galles entre ici et veut acheter tout le lot. Compris ?

Stuart hocha de nouveau la tête.

— Et ne dis pas à Paulie que tu m'as vu.

En sortant de la boutique, Mark redescendit The Narrow Way jusqu'à St Augustine Tower. Le jardin de St John's Church était peu fréquenté en raison de la chaleur, et l'on n'entendait que les cris des enfants assez courageux pour jouer en plein soleil. Mark dépassa le café, d'où s'échappait un fumet de grillades, et atteignit bientôt Sutton Place.

Sa mère vint lui ouvrir.

— Boyko ! s'exclama-t-elle en souriant. Je me disais bien qu'on avait frappé. Si je n'étais pas rentrée chercher de l'eau gazeuse, je t'aurais loupé.

Elle inclina la tête vers l'arrière de la maison.

— Je suis dans le jardin avec Esme. Ça lui fera plaisir de te voir.

— Papa n'est pas là ?

— Notre Eileen l'a emmené chez l'audioprothésiste, Dieu merci ! Si j'avais dû passer une semaine de plus à hurler pour me faire entendre, j'aurais fini par le tuer. Va dire bonjour à Esme. Je vais te chercher une bouteille d'eau.

— Ça peut attendre. C'est toi que je suis venu voir.

— Moi ?

Peut-être alertée par son regard, elle ajouta précipitamment :

— Il n'est rien arrivé à Lilybet ?

— C'est Pete.

Elle porta la main à sa gorge. Mark se demanda si toutes les femmes faisaient ce geste quand elles redoutaient de mauvaises nouvelles.

— Elle n'est pas… ?

— Elle t'a pris des bijoux. Cinq pièces de ta parure Art déco. J'ai l'intention de les récupérer pour te les rendre. Vu le prix qu'elle a dû en retirer, ce sera long, mais…

— Tu ne soupçonnes quand même pas Pete de m'avoir volée !

— Elle les a déposés à la boutique d'en haut avec ton petit plateau en argent. J'en viens. J'ai trouvé le ticket dans son sac. Je voulais… J'ai pensé que… Enfin, peu importe. Stuart m'a tout montré.

— Il n'aurait pas dû. C'est très mal de sa part.

— Je ne lui ai pas vraiment laissé le choix.

— Quand même. C'est confidentiel.

— Qu'est-ce que tu cherches à me dire ?

— Je savais que Pete avait déposé ces objets.

— Tu le savais ? Tu as des problèmes, maman ? demanda Mark en fronçant les sourcils.

— Quel genre de problèmes pourrais-je avoir ?

— Des soucis d'argent ? Papa et toi…

Le regard de sa mère dévia vers la fenêtre, à travers laquelle on voyait Esme verser du compost sur un tas de terreau. Elle mélangea le tout avec un déplantoir et entreprit de remplir un pot.

— Si c'est le cas, je peux vous aider. On n'a pas de grosses économies, mais tu n'as pas besoin de mettre tes bijoux en gage. En plus, c'est papa qui te les a offerts. Ils ont une valeur sentimentale. Et tu voulais les léguer à Esme, non ?

— C'était le bon moment. Ils ont fait leur temps, Boyko.

— Donc c'est bien un problème d'argent…

Floss passa sa langue sur ses lèvres et regarda son fils dans les yeux.

— Nous ne manquons de rien, affirma-t-elle. Et il reste bien assez de bijoux pour Esme. Tu n'as pas à t'inquiéter pour ça.

— Alors pourquoi Pete…

Mark se tut : des taches rouges commençaient à apparaître dans le cou de sa mère et le décolleté en *V* de son chemisier à fleurs.

— C'est Pete qui avait besoin d'argent, comprit-il. Pas toi.

Floss fit rouler une bouteille d'eau gazeuse entre ses mains. Mark vit qu'Esme se dirigeait vers la maison, se demandant sans doute pourquoi sa grand-mère restait aussi longtemps à l'intérieur. Il devait achever cette conversation avant qu'elle n'entre.

— C'était pour faire quoi ? Maman, pourquoi Pete avait-elle besoin d'argent ? Pourquoi elle s'est confiée à toi et pas à moi ?

La porte s'ouvrit.

— C'est moi qui l'ai appelée, répondit rapidement Floss. Nous avons parlé. Je lui ai donné les bijoux. Le reste, c'est elle qui te le dira.

— Tonton Mark ! s'écria Esme. Viens voir ce que mamie et moi on a semé. Ça va être ma-gni-fique cet automne !

— D'abord, dit sa grand-mère, on doit semer toutes les graines. Rien ne pousse là où on ne sème rien. Ne l'oublie jamais, Esme.

DEPTFORD
SUD-EST DE LONDRES

— On va où ? demanda Tani avec un air renfrogné.

— À Deptford, répondit Deborah.

— Il y a quoi à Deptford ? Non. Dites rien. Je sais. Y a que dalle.

— Tani, c'est pas poli ! souffla Simisola.

— Il faut qu'on retrouve maman !

Il était en colère, et Deborah ne pouvait pas lui en vouloir. Non seulement on l'obligeait à vivre chez des Blancs, mais il avait aussi le sentiment de perdre son temps à se balader dans la Vauxhall Corsa presque neuve de son hôtesse. Tout ce qu'il souhaitait, c'était rechercher sa mère. Le reste ne faisait que le détourner de son objectif. Deborah l'aurait volontiers laissé à Chelsea, mais Simon avait rendez-vous à Middle Temple avec un avocat de la Couronne, et son père était allé faire les courses pour le dîner. Elle était presque certaine qu'il se serait volatilisé dès qu'elle aurait eu le dos tourné. L'adolescent était comme une cocotte-minute prête à exploser.

— Tani, dit-elle, si ta mère est partie avec un policier, elle ne risque rien.

— Si elle est partie avec un flic, c'est qu'elle a été arrêtée.

— Quand bien même. Elle est plus en sécurité là où elle est que chez vous, tu ne crois pas ?

— Deborah a raison, Tani.

Simisola pivota sur son siège pour regarder son frère.

— De toute façon, elle n'a rien fait de mal. Si Deborah dit qu'on va la retrouver, on la retrouvera. En tout cas, moi je le crois. Ou c'est elle qui nous trouvera.

Dans le rétroviseur, Deborah vit Tani se détendre et esquisser un sourire.

— Au moins, on est ensemble, Mimi, dit-il.

Arrivée à Deptford, Deborah se gara dans Millard Road. Il y avait un camion de glaces à l'entrée de Pepys Park. Sitôt descendue de voiture, elle se dirigea vers lui, suivie de Simisola.

— Ah ! soupira-t-elle. Après l'effort, le réconfort.

Elle fit passer le frère et la sœur devant elle pour qu'ils jettent un coup d'œil à la marchandise. Tani affectait l'indifférence, la bouderie n'ayant pas fonctionné aussi bien qu'il l'avait espéré. Mais l'indifférence ne fut pas plus efficace avec une Simi surexcitée à l'idée de déguster une glace.

— Avec des oreilles de lapin ! Des oreilles de lapin ! scandait-elle.

— Vos désirs sont des ordres, mademoiselle, dit Deborah. Quant à moi, je vais prendre une simple avec un bâton de chocolat. Et toi, Tani ?

— Rien, marmonna-t-il en tournant le dos.

— Hum ! fit Deborah. Tu m'as l'air du genre Cornetto à la menthe. Qu'en penses-tu, Simi ?

— Oh oui !

Deborah passa la commande.

— Simi et moi, on finira la tienne si tu n'en veux pas, dit-elle à Tani pendant qu'ils attendaient. Mais vous êtes tous les deux tenus au secret. Mon père est un partisan de la méthode « pas de sucreries avant le dîner ». Alors motus et bouche cousue !

Elle récupéra les glaces et les leur distribua.

— Mangeons-les dans le parc, proposa-t-elle.

Ils gravirent un escalier, Simisola marchant près de Deborah et Tani tâchant de les ignorer toutes les deux. La jeune femme se demandait comment abattre les murs qu'il avait dressés autour de lui. N'importe qui aurait été perturbé par ce qu'il vivait, et son sentiment d'impuissance ne faisait qu'aggraver ses tourments. Bien sûr, cette situation était temporaire, mais il devait avoir l'impression qu'elle durerait éternellement.

Deborah repéra près de l'entrée du parc un banc à l'ombre d'un hêtre. Elle s'y assit avec Tani d'un côté et Simisola de l'autre. La fillette faisait honneur à sa glace. Tani n'avait toujours pas ouvert son Cornetto à la menthe.

— Tu devrais la manger avant qu'elle fonde, lui conseilla-t-elle.

Il secoua la tête mais commença à déballer le cornet. C'était bon signe.

Ils observèrent deux petits garçons qui tapaient dans un ballon. L'un était très doué à ce jeu, ce qui paraissait énerver son adversaire.

— Tu joues au foot ? demanda Deborah à Tani.

Il haussa les épaules.

— Tu fais du sport ?

Il poussa un soupir excédé.

Simisola regarda son frère, puis Deborah. Elle hocha la tête pour indiquer qu'il faisait du sport, ou qu'il jouait au foot. L'un comme l'autre aurait pu leur fournir un sujet de conversation, sauf que Tani refusait de lui parler.

Elle tenta donc une approche différente.

— J'ai trouvé Sophie très sympa. Vous êtes ensemble depuis longtemps ?

— Pas la peine de faire semblant de vous intéresser à elle et moi.

— Je ne fais pas semblant. Mais tu n'es pas obligé de répondre.

Il malaxa le dessus de son Cornetto avec le pouce et examina le résultat.

— Elle pense que je peux réussir tout ce que je veux, dit-il doucement sans regarder Deborah.

— C'est super. Mais ça ne t'oblige pas à porter le monde sur tes épaules non plus. Ce que je veux dire, c'est que tu n'es pas forcé de tout assumer. Hormis ton père, tout le monde est de ton côté dans cette histoire. Personne ne le soutient, lui.

— Vous en savez rien.

— Alors explique-moi.

— Ma mère allait la faire opérer. Elle appelait ça autrement pour que Mimi se doute de rien. Et mes deux grand-mères veulent aussi que ça se fasse. Donc elles sont du côté de mon père. Vous comprenez ?

— Je l'ignorais. Mais si c'est le cas, Simi ne retournera pas chez vous avant que tout ne soit réglé.

Deborah se tourna ensuite vers la petite fille.

— Désolée, Simi. Nous parlons de toi comme si tu n'étais pas là, c'est très impoli. Dis-moi, ça te plairait de rester avec nous jusqu'à ce qu'on soit sûrs que tu ne risques rien ? Ça nous ferait très plaisir, d'ailleurs. Nous apprécions beaucoup ta compagnie.

La bouche auréolée de glace à la vanille, Simisola regarda tour à tour la jeune femme et son frère.

— Et Tani ?

— Tani peut rester aussi longtemps qu'il le souhaite, si ça lui convient. Bien entendu, il faut qu'il s'entende avec Peach et Alaska. Tu crois que c'est possible ?

— Oh oui ! Il n'a pas du tout peur des animaux !

— Dans ce cas…

— Je dois retrouver maman, dit-il. Je dois aussi récupérer les passeports, Mimi.

— Et si tu laissais la police s'en charger ? suggéra Deborah. Ton père n'osera pas s'en prendre à des policiers.

Tani la regarda comme si elle était à moitié folle.

— Vous allez m'écouter, d'accord ? dit-il. Les flics peuvent retourner l'appartement de fond en comble, ils trouveront pas les passeports. Parce qu'ils y sont plus. Même s'ils y étaient encore ce matin, il les a emportés ailleurs. Ils resteront planqués jusqu'à ce qu'il en ait besoin. Sauf si je les trouve avant.

Tout cela ne rassurait pas Deborah. Mais comment empêcher Tani de n'en faire qu'à sa tête, à moins de l'enchaîner à un radiateur ou de l'enfermer ? La vie lui avait appris qu'il ne pouvait compter que sur lui-même. Et peut-être sur Sophie. Mais Deborah supposait qu'il n'avait pas l'intention de l'impliquer dans ses projets.

Elle se leva.

— J'espère que j'arriverai à te faire changer d'avis. Maintenant, allons-y. Je dois apporter une photo à une amie qui habite le quartier.

Ils regagnèrent la voiture, et Deborah prit un paquet dans le coffre avant de les guider jusqu'à l'immeuble où vivaient Leylo et son mari, qui les attendaient.

— Quelle joie de vous voir, Deborah ! s'exclama la jeune femme en leur ouvrant. Bonjour, mes trésors, dit-elle à Simi et Tani. Je suis Leylo, et voici Yasir. J'ai du thé froid et des biscuits. Et Yasir est allé chercher des jus de fruits et de l'eau pétillante. Qu'est-ce qui vous ferait plaisir ? Je vous en prie, asseyez-vous.

— Je vous recommande le thé de Leylo, dit Deborah. Il est délicieux.

Simisola et Tani parurent immédiatement fascinés par la profusion d'œuvres d'art africaines qui décoraient la pièce. Le garçon se dirigea aussitôt vers les masques et la fillette vers la vitrine contenant les poids, comme Deborah lors de sa première visite.

— Mon péché mignon, glissa Yasir à Tani en indiquant les masques accrochés au mur.

— Ils sont ouf ! Vous les avez trouvés où ?

— Dans différentes régions d'Afrique, lors de mes très nombreux voyages... Lequel préfères-tu ?

Tani croisa les bras.

— Difficile à dire.

— Ils sont tous exceptionnels, oui.

Leylo entra avec un plateau en bois.

— Et voici ! dit-elle en le posant sur la table basse. Simisola, je vois que tu aimes les poids. Comme Deborah. Prends-en un, si tu veux.

La fillette cacha aussitôt les mains derrière son dos.

— Oh non !

— Vas-y, si ça te fait plaisir, l'encouragea Leylo.

Simi s'approcha des poids, les mains toujours derrière son dos. Elle mordilla sa lèvre inférieure, ses dents blanches contrastant joliment avec sa peau. Deborah ne put résister. Elle n'avait pas son appareil, mais elle prit la fillette en photo avec son portable. Elle prit également Tani en pleine conversation avec Yasir. Le garçon était de profil et il souriait. C'était la première fois qu'elle le voyait aussi détendu.

Elle avait posé le paquet qu'elle avait apporté près du plateau.

— Ouvrez-le, dit-elle à Leylo.

La jeune femme s'exécuta.

— Oh, il ne fallait pas ! s'écria-t-elle, visiblement émue. Yasir, regarde !

Son mari s'approcha et étudia le portrait en hochant la tête d'un air pensif.

— Vous avez bien saisi la différence entre avant et après, dit-il à Deborah. Je ne la remarquais que furtivement sur son visage. Maintenant je la verrai chaque fois que je poserai les yeux sur cette photo. Merci. Vous êtes une grande artiste.

Deborah se sentit rougir.

— J'adore faire des portraits, c'est tout. Et Leylo est un excellent modèle.

Yasir plaça la photo encadrée sur une petite table d'appoint. Tani l'examina avant de se tourner vers Leylo.

— C'est vrai, ce que dit Yasir, déclara-t-il.

Son expression avait changé. Ses traits s'étaient adoucis.

— Elle est douée, Mimi, dit-il ensuite à sa sœur. Peut-être qu'un jour elle pourrait nous prendre tous les deux ?

— C'est déjà fait, dit Deborah. Je te montrerai comment imprimer les photos quand nous serons rentrés. Enfin, si ça t'intéresse…

Il resta un moment silencieux, peut-être pour réfléchir à sa proposition et à ce qu'elle impliquait.

— D'accord, finit-il par dire.

WESTMINSTER
CENTRE DE LONDRES

— Un village vacances, Barbara ! Vous savez, le genre d'endroit où nous allions en famille, enfants... En bord de mer, avec toutes sortes d'activités. Tout est organisé, il n'y a qu'à se laisser guider !

En arrivant au bureau, Barbara avait chargé Dorothea de faire des photocopies d'un document que Carver avait trouvé sur Internet. La secrétaire avait sauté sur l'occasion pour l'entretenir de sa dernière lubie.

— Dee, soupira Barbara, on pourrait parler de ça plus tard ?

Par chance, Lynley et Nkata entrèrent au même moment.

— Où en sommes-nous ? lança Lynley, fidèle à son habitude. Winston, vous voulez bien faire venir les constables ?

Dee en profita pour le prendre à témoin.

— Ça a l'air génial, non, commissaire Lynley ?

— Par intérim, Dee. Que suis-je censé trouver génial ?

— Ceci, monsieur ! dit Barbara en lui tendant les photocopies. Dee en a imprimé pour tout le monde. Merci, Dee. C'est la sculpture que nous recherchons. Elle s'appelle *Guerrier debout*.

Dorothea ne baissa pas les bras.

— Un village vacances, commissaire par intérim Lynley. Normalement, ils n'accueillent que des familles, mais chaque année ils réservent une semaine aux célibataires. Vous savez, c'est le genre d'endroit où nous allions avec nos parents en été...

Barbara se retint de rire.

— Je vous parie 100 livres qu'il n'a jamais foutu les pieds dans un village vacances, dit-elle. Avec ou sans ses parents.

— Un quoi ? demanda Lynley en mettant ses lunettes.

— Vous voyez ? Il ne comprend même pas de quoi vous parlez !

Cela n'entama en rien l'enthousiasme de Dorothea.

— C'est comme un camping, commissaire par inté…

— Contentez-vous de m'appeler « monsieur », Dee.

— Franchement, reprit Barbara, il a l'air du genre à se mêler au prolétariat ?

— Le quoi ?

— La populace, monsieur et madame Tout-le-monde, les petites gens, le peuple, la plèbe. Avec son accent, il se ferait assassiner dès le premier soir !

— C'est ridicule ! riposta Dorothea. Ces endroits accueillent tout le monde, Barbara. Pensez-y.

— Je suis vraiment obligée ?

Nkata revint alors avec les constables en file derrière lui, telle une mère poule suivie de ses poussins.

Lynley distribua à chacun un exemplaire de la photo du *Guerrier debout*.

— On peut y pratiquer la natation, le yoga et la danse, poursuivit Dorothea. Mais aussi le badminton, le tennis, le croquet, le mini-golf. Il y a même un mur d'escalade ! Les soirées sont consacrées aux animations et les matinées aux cours de sport. Et, cerise sur le gâteau, il y a un spa. Et une piscine. En même temps, s'ils donnent des cours de natation, c'est logique…

— Dee, je suis navrée de briser vos rêves, mais je me suis juré de ne jamais mettre les pieds dans un village vacances pour célibataires de mon vivant, lui dit Barbara, qui venait de s'effondrer dans son fauteuil.

— C'est ridicule ! C'est exactement ce qu'il nous faut. On peut louer un mobil-home ou, soyons folles, un petit bungalow ! On peut aussi en partager un grand avec d'autres personnes. Du même sexe ou non.

— Et ensuite, il se passe quoi ? On prend le café tous ensemble en pyjama ?

— Pour avoir déjà vu le sergent Havers en pyjama, intervint Lynley, je vous conseille d'y réfléchir à deux fois, Dee.

— Pitié, non ! s'exclama Barbara alors que la secrétaire piquait un fard. Ce n'est pas ce que vous croyez. Loin de moi l'idée que le patron et moi ne formerions pas un couple parfait... Mais le fameux pyjama était un cadeau de Winston, et...

— Quoi, le sergent Nkata ?

— Vous vous enfoncez, Barbara, fit remarquer Lynley.

— Peu importe, affirma Dee. Mais nous devons nous dépêcher, Barbara. Sinon le séjour sera complet. C'est une offre limitée. Heureusement que j'ai vu la publicité !

— Vous avez bien mérité quelques jours de congé, sergent, déclara Lynley avec gravité.

Il baissa la tête pour cacher son sourire tandis que Barbara lui décochait un regard assassin.

— Pour en revenir à la statuette disparue..., dit-elle sur un ton lourd de sous-entendus.

— Oh ! D'accord, dit Dorothea. Je vous laisse.

— Dieu soit loué, murmura Barbara.

— Mais gardez ceci et jetez-y un coup d'œil. Si vous n'êtes pas emballée, c'est à n'y rien comprendre.

Dorothea tendit à Barbara une liasse de feuilles imprimées, de toute évidence la brochure du village vacances dont elle venait de lui vanter les mérites. N'ayant pas le choix, Havers les prit.

— J'ai hâte de lire tout ça, mentit-elle.

Dorothea avait à peine quitté la pièce qu'elle jeta la liasse dans la corbeille à papier.

— Elle en imprimera d'autres, Barb, dit Nkata.

Barbara repêcha la brochure dans la corbeille et la lui lança.

— Tiens, attrape ! Je t'imagine bien dans un club pour célibataires, mon vieux !

— Les vacances mises à part, où en sommes-nous ? demanda Lynley. Vous pouvez nous expliquer de quoi il s'agit ? ajouta-t-il en montrant la photocopie que Barbara lui avait donnée.

— Cette sculpture s'appelle *Guerrier debout*. Ross Carver dit l'avoir achetée dans une galerie à Peckham, que j'ai appelée. Elle est fermée aujourd'hui, mais vous avez des infos sur la statuette au bas de la feuille. Si vous voulez mon avis, monsieur, c'est l'arme du crime. Elle ne figurait pas dans le lot que la police scientifique a examiné. On peut en déduire que le tueur l'a emportée après avoir assommé Teo Bontempi. En plus, M. Carver a omis de signaler un détail croustillant la première fois que je l'ai interrogé. Le soir où il l'a trouvée par terre, Teo lui a dit : « Elle m'a frappée, Ross. » Donc nous avons la confirmation que l'assassin est une femme.

— Sauf s'il y avait plusieurs agresseurs, fit remarquer Nkata. J'imagine mal Teo Bontempi attendre les bras croisés qu'on lui fracasse le crâne.

— Peut-être l'a-t-on assommée pendant qu'elle avait le dos tourné. Une femme sonne. Teo la connaît, alors elle la laisse entrer…

— Ça pourrait être Rosie.

— Une dispute éclate. Teo demande à la visiteuse de dégager et se dirige vers la porte. L'autre la suit, mais ce que Teo ne sait pas c'est qu'elle a attrapé une statuette au passage. Et elle est assez bien renseignée sur les méthodes de la police scientifique – comme tout le monde, vu le nombre de séries qui passent à la télé – pour emporter l'arme une fois son forfait accompli.

— Dans ce cas, on devrait la voir sur les images de vidéosurveillance, non ? intervint un constable.

— À moins qu'elle n'ait emprunté la sortie de secours.

— Ou qu'elle ait jeté la statuette par une fenêtre avant de faire le tour de l'immeuble pour la récupérer.

— Ou bien tout ça est un leurre, dit Lynley.

— Pardon ? fit un autre constable, qui présentait une ressemblance troublante avec Charlot le vagabond.

— Pour nous persuader que Teo a été tuée avec une statuette et nous faire perdre notre temps à la chercher, expliqua Barbara.

— Ça voudrait dire qu'elle s'est pointée avec l'intention d'assommer sa victime et s'était munie d'un objet contondant pour ça ? demanda Charlot.

— Pas nécessairement, répondit Lynley. Il se peut qu'elle soit allée là-bas pour discuter, que la conversation ait mal tourné et que Teo Bontempi soit devenue une menace pour elle.

— Ce qui nous ramène à Mercy Hart, glissa Nkata.

— Ou à Rosie Bontempi, ajouta Barbara.

— Ou encore à Pietra Phinney, reprit Lynley. Mark prétend qu'il avait rompu avec Teo, mais nous n'avons que sa parole.

Le silence s'installa, chacun réfléchissant aux indices dont ils disposaient et à ce qu'ils savaient. Puis Lynley répartit le travail pour le lendemain : Barbara se rendrait à la galerie de Peckham pour en apprendre davantage sur le *Guerrier debout*. Deux des constables continueraient à chercher les propriétaires des murs et du garde-meubles de l'ex-clinique de Hackney pendant que leurs collègues appelleraient les boutiques solidaires et les dépôts-ventes au cas où on leur aurait apporté une statuette africaine en bronze. Entre-temps, Nkata s'efforcerait d'obtenir le témoignage de Monifa Bankole. Lui-même tenterait de nouveau sa chance auprès de Mercy Hart.

— Maintenant, rentrez tous vous reposer, conclut-il. Je veux voir tout le monde sur le pont demain à 6 h 30. Une longue journée nous attend.

BELGRAVIA
CENTRE DE LONDRES

Lynley emporta son verre de whisky au jardin. Assis sur la terrasse, il contempla les rosiers et médita brièvement sur le fait que la plupart des roses étaient devenues presque inodores. Il était tout près du parterre central bordé de granit, et pourtant il ne sentait rien. Helen s'en plaignait souvent : « Chéri, les roses devraient au moins être des roses. Comment a-t-on pu en produire qui soient dénuées de parfum ? Ou… le mot est peut-être mal choisi ? Est-ce qu'on "produit" des fleurs ? » Hormis ce détail, elle aimait beaucoup le jardin. Malheureusement elle n'avait pas la main verte, mais elle s'évertuait à en prendre soin. Quand il faisait beau, ils dînaient sur la terrasse. Quand il pleuvait, elle passait de longs moments à l'admirer par la fenêtre du palier. « J'aurais adoré être paysagiste », lui avait-elle avoué un jour. Il lui avait dit que c'était toujours possible, à quoi elle avait répondu qu'elle n'avait pas le talent nécessaire. « En tout cas, chéri, je te remercie de me témoigner autant de confiance. » Grâce à Internet, elle avait appris à créer de somptueuses compositions avec des plantes en pot, mais à l'entendre c'était un jeu d'enfant. « Il suffit d'une jardinière, d'un peu de terreau et de se renseigner pour savoir quelles variétés peuvent être plantées ensemble. Avec des arrosages réguliers, seules les annuelles doivent être remplacées. » Après sa mort, Lynley n'avait pas eu le courage de s'occuper de ses créations et il les avait laissées suivre le même chemin qu'elle. Des voix, des rires et des bruits de maillets frappant des boules de croquet lui parvenaient du jardin de la maison voisine.

— Les cocktails sont servis ! annonça une femme. C'est une nouvelle recette. Vous me direz ce que vous en pensez.

La conversation cessa pour laisser place à la dégustation, puis un adjectif fusa : « Délicieux ! »

Lynley sourit sans raison particulière, simplement parce que ces gens passaient du bon temps ensemble. Il continua à écouter, jusqu'à ce que le poids de sa propre solitude lui devienne insupportable.

Ce soir-là, cette solitude venait d'une sensation de vide autour de laquelle s'articulait toute son existence actuelle. Même quand il croyait combler ce vide par le travail, il demeurait enfoui en lui, et il avait conscience de s'abîmer dans l'action à seule fin de masquer ce qu'il ressentait.

Était-ce ce que Daidre percevait chez lui sans pouvoir ou vouloir l'exprimer ? Aimait-il vraiment Daidre ou seulement l'idée d'être avec elle, parce qu'il avait besoin de se sentir à nouveau entier en aimant une femme comme il avait aimé Helen ? Au-delà des circonstances tragiques de sa mort, comment pouvait-il se dire libéré du chagrin de l'avoir perdue quand ce chagrin provenait en grande partie de sa décision même de la laisser partir ?

Il vida son verre de Macallan, un single malt de 30 ans d'âge. Même s'il n'avait pas faim, il était temps de passer à table.

Charlie lui avait laissé des instructions pour réchauffer son dîner. Alors qu'il fermait la porte du micro-ondes et réglait le minuteur, son portable sonna. C'était Daidre, enfin ! Son appel le remplit de joie, et en même temps il fut aussitôt sur ses gardes.

— Tu as cherché à me joindre, Tommy, dit-elle de but en blanc.

— Oui, répondit-il en lançant le micro-ondes. J'étais inquiet de ne pas avoir de nouvelles. Où es-tu ? Tu vas bien ? Il me semblait que…

Il grimaça. Il détestait ce ton implorant, et il parlait trop.

— Je vais bien, mais j'ai dû me rendre en Cornouailles.

— Oh. Des ennuis ?

— Goron a laissé Gwynder seule sans voiture… Sympa ! Il est peut-être retourné à la caravane. Bref, elle était coincée à Polcare Cove. Tu sais combien la maison est isolée…

Il le savait. C'était même pour cela que Daidre l'avait achetée.

Tellement isolée que c'était la seule qu'il ait trouvée le jour où il avait eu un besoin urgent d'un téléphone – dont elle n'était pas équipée à l'époque.

— Elle m'a appelée il y a quelques jours, poursuivit Daidre. Sur le moment, j'ai cru qu'il était allé faire un tour dans la campagne ou je ne sais où. Mais il n'est pas revenu.

— Tu penses qu'il aurait pu avoir un accident ?

— C'est la première idée qui m'a traversé l'esprit, parce qu'il n'a pas l'habitude de conduire. Mais j'ai appelé les hôpitaux et les commissariats. Ni les uns ni les autres n'avaient eu connaissance d'un accident. Je ne vois qu'un endroit où il a pu aller : la caravane.

— Tu m'as dit qu'il ne se plaisait pas à la maison. Son départ t'étonne tant que ça ?

— Bêtement, je pensais qu'il ne retrouverait pas le chemin. D'ailleurs, je ne suis même pas sûre qu'il soit là-bas. Ni lui ni mon père n'ont de portable. Gwyn craint qu'il ne lui soit arrivé quelque chose et elle est morte de peur.

— Pas simple, tout ça.

— C'est le moins qu'on puisse dire. Je cherche une solution, mais laquelle ? Je ne peux pas forcer Goron à rester à Polcare Cove contre son gré !

— Tu y es en ce moment ?

— Non, non. Les portables captent très mal là-bas. J'ai fait installer le téléphone fixe pour les jumeaux, mais je voulais un peu plus d'intimité pour te parler. J'ai amené Gwyn à l'auberge. Je t'appelle du parking pendant qu'elle demande une table à l'intérieur.

— Je suppose que c'est ce qui te tracassait ces derniers temps.

— Les jumeaux ? Oui. J'étais persuadée d'avoir agi au mieux en leur procurant un travail, un logement, une voiture. Je pensais qu'ils s'épanouiraient loin de leur trou à rat. Loin de la caravane, je veux dire. Mais maintenant, je ne sais plus, Tommy. Gwyn a proposé d'y retourner elle aussi. Qu'est-ce qui les attend de bien, là-bas ? Je suis perdue.

— Ça s'entend à ta voix. Mais peut-être que ce qui était bon pour toi, être enlevée à tes parents et adoptée par une autre famille, ne l'est pas pour eux ? Peut-être que vivre dans la caravane avec votre… leur père est ce qui leur convient le mieux ?

— Comment c'est possible ? Une vie de prospecteurs d'étain ? Dans une caravane ? Ils n'ont rien, à part l'eau courante et un poêle à bois pour se chauffer en hiver.

— Nous avons tous tendance à rechercher ce qui nous est familier. L'habitude nous procure un certain confort et un sentiment de sécurité. Polcare Cove représentait l'inconnu pour eux. Tu as une idée de ce que tu vas faire ?

— Franchement, non. J'hésite à conduire Gwyn à la caravane, ne serait-ce que pour récupérer la voiture. Elle en a besoin pour aller travailler. Mais qu'est-ce que je fais si elle veut y rester ?

— Eh bien… Tu l'y laisseras.

Tout en parlant, Lynley regardait tourner le plateau à travers la vitre du micro-ondes. Il prit un set, des couverts dans le tiroir et mit la table, adressant des excuses muettes à son défunt père qui, de toute sa vie, n'avait jamais mis les pieds à la cuisine, à plus forte raison pour y dîner.

— Je sais que ce n'est pas ce que tu souhaites pour elle, enchaîna-t-il. Mais elle est en âge de faire des choix, non ? Et elle peut changer d'avis. La maison sera toujours là pour l'accueillir.

— Je pensais les ramener tous les deux à Londres. Ou au moins Gwyn.

— Vraiment ?

— Je te sens dubitatif, Tommy.

— Je me disais juste que ce serait un sacré dépaysement : passer des côtes de la Cornouailles à… tout ce qu'implique Londres.

— Elle aime les animaux. Je vais voir si je peux lui trouver un boulot au zoo. Ça lui permettrait de rencontrer des gens, peut-être de se faire des amis. Ce serait mieux que ce qu'elle a, ou que ce qu'elle croit vouloir maintenant, c'est-à-dire retourner à la caravane.

Le micro-ondes tinta. Lynley ouvrit la porte, libérant un agréable fumet de tourte au bœuf et aux rognons – sans les rognons, qu'il détestait.

— On en revient toujours au même point, fit-il remarquer

en posant le plat sur la table. Tout ça, c'est ce à quoi tu aspirais toi. Mais sait-on jamais de quoi les autres ont besoin pour s'épanouir ?

Il alla chercher une bouteille de bière. Impossible d'apprécier une tourte au bœuf sans bière !

— Tu es le bon sens incarné, Tommy.

Il rit.

— C'est faux, et nous le savons trop bien l'un et l'autre. Je ne suis pas directement impliqué dans cette affaire. Du moins, pas avec ton frère et ta sœur. Mais avec toi ? C'est une autre histoire. Je m'investis, parfois trop. Je sais aussi ce que l'on ressent en voyant quelqu'un prendre une voie différente de celle que l'on aimerait le voir suivre. C'est difficile à admettre.

— Admettre quoi ?

— Que l'on peut se tromper, que cette personne fait le meilleur choix possible compte tenu des circonstances et de son état d'esprit.

Daidre resta silencieuse. Il se demanda ce qu'elle voyait depuis sa voiture : les grands arbres feuillus derrière la Salthouse Inn, le chemin caillouteux qui montait vers la forêt, la route étroite qu'elle avait empruntée pour venir de Polcare Cove. Il s'assit et découvrit son dîner : c'était bien une tourte au bœuf, avec des courgettes qui n'étaient pas sorties indemnes du micro-ondes.

— Ça t'arrive de penser que tu ne fais pas tout ce qu'il faudrait ? dit-elle enfin.

— Dans mon travail ? Tu connais la réponse.

— Sincèrement, non. C'est ce que tu ressens parfois, Tommy ?

— La plupart du temps, oui. Je me dis que si je m'y prenais autrement, si je considérais les choses sous un angle différent, j'obtiendrais de meilleurs résultats. Nous commettons tous la même erreur, je crois. Nous nous accrochons à ce que nous voulons au lieu de tenter quelque chose de neuf ou d'inattendu.

— Je comprends. La vie ne nous est pas donnée avec un mode d'emploi à la naissance.

— Hélas, non.

Lynley passa son couteau sur le pourtour de la tourte au bœuf et aux rognons sans rognons, et un filet de vapeur parfumée s'éleva du plat. Puis il la renversa sur son assiette et piqua sa fourchette dans une courgette qu'il examina d'un œil critique.

— Je te proposerais bien de te rejoindre, dit-il, mais c'est malheureusement impossible pour le moment.

— Pas la peine. Mais…

Il attendit. Le silence se prolongea. Sans le léger bruit de fond du parking, il aurait pu croire qu'ils avaient été coupés.

— J'aimerais beaucoup que tu sois là, finit-elle par avouer. Et je ne sais pas très bien pourquoi.

— Ah !

— « Ah » ? C'est tout ?

— Je suis censé dire autre chose ?

— C'est toute la question, n'est-ce pas ?

— Encore et toujours, Daidre.

— Gwyn vient de sortir de l'auberge, Tommy. Elle doit se demander ce que je fabrique. Mais avant d'aller la retrouver je voudrais te dire… Notre conversation m'a fait beaucoup de bien.

— Vraiment ? Alors je suis heureux que tu m'aies appelé. Je l'aurais été de toute manière, mais je suppose que tu le sais déjà.

— Oui, je le sais. Et je t'en remercie, Tommy.

— Je te souhaite une bonne soirée.

— Merci.

Il en espérait autant pour lui. La courgette lui apporterait certainement une ébauche de réponse. À cela, à défaut d'autre chose.

13 août

BRIXTON
SUD DE LONDRES

Monifa Bankole n'était pas prisonnière mais c'était l'impression qu'elle avait, même si elle avait elle-même créé sa prison. Alice Nkata lui avait proposé de l'accompagner au café. Elle aurait pu refuser, lui fausser compagnie en chemin et faire un scandale si elle avait tenté de la retenir. Ou elle aurait pu faire semblant de se soumettre et s'éclipser pendant qu'Alice aurait été occupée en cuisine ou à servir ses clients… Mais rien de tout cela ne lui aurait ramené ses enfants. Si elle voulait les revoir, elle n'avait pas le choix.

Le sergent avait été très clair à ce sujet avant de partir travailler. Mercy Hart, la femme qui se faisait passer pour Easter Lange, était en garde à vue. Elle risquait d'être inculpée pour exercice illégal de la médecine et pratique de mutilations génitales féminines. Elle avait été assez maligne pour effacer toute preuve matérielle des activités réelles du Centre de santé de Hackney. Par conséquent, leur seul espoir résidait en elle, Monifa. Elle allait devoir rédiger une déposition détaillant ce qu'elle savait de la clinique.

« Faites le bon choix, madame Bankole, avait-il dit avant de quitter l'appartement. Pour vous et pour vos enfants. Vous avez ma carte, vous pouvez m'appeler quand vous voulez. »

Après son départ, elle rejoignit Alice et Benjamin. S'ils avaient entendu les paroles de leur fils, ils n'en laissaient rien paraître. Alice préparait le déjeuner de son mari avec les restes des plats que Monifa avait cuisinés la veille : *efo-riro*, *eba* et riz aux œufs.

Benjamin Nkata s'était procuré les ingrédients sur le marché nigérian de Peckham.

Durant le dîner, la transpiration et les compliments qui accompagnaient généralement un repas nigérian réussi avaient coulé à flots. Monifa pensait avoir dosé les épices avec parcimonie. Pourtant, dès la première bouchée, le sergent s'était précipité vers le réfrigérateur pour y prendre du lait.

« Il est 100 % anglais, notre Win, s'était esclaffé son père. Reviens t'asseoir, fils, et goûte-moi cette merveille. »

À présent, Alice remplissait un sac isotherme avec des récipients contenant un peu de chaque plat tandis que Benjamin pliait du linge propre. La veille, après le dîner, il était descendu à la laverie de l'immeuble et n'en était remonté qu'une fois la lessive terminée. Monifa n'avait encore jamais vu un homme s'acquitter de cette corvée. Décidément, les Nkata étaient pleins de surprises.

— Monifa, je vais bientôt me mettre en route pour le café, dit Alice. Vous voulez bien m'accompagner ? J'ai l'intention de tester votre recette de riz aux œufs, et j'aimerais que vous me supervisiez.

Les deux femmes partirent donc ensemble. L'itinéraire qu'elles empruntèrent parut si compliqué à Monifa qu'elle soupçonna le sergent Nkata d'avoir donné des instructions à sa mère afin qu'elle l'égare. Comme elles s'approchaient du poste de police de Brixton, son cœur s'accéléra dans un réflexe de fuite, mais elles dépassèrent le bâtiment et atteignirent enfin Brixton Road. Le Café Alice N. était niché entre une laverie automatique et le bar-restaurant Habeesha. Comme celles de la plupart des commerces de la rue, sa vitrine et sa porte d'entrée étaient protégées par un rideau métallique. Son nom s'étalait en rouge vif sur sa façade peinte en bleu et décorée de personnages dessinés autour de tables abondamment garnies. *« Petit déjeuner, déjeuner et snacks à toute heure »*, pouvait-on lire dans des bulles façon BD. Au-dessous, un illustrateur plein d'imagination avait écrit *« Sur place ou à emporter »* avec des lettres imitant des assiettes et des couverts. Monifa crut d'abord à un graffiti avant de remarquer que l'artiste avait signé son œuvre : Annan Kwame. Elle en déduisit qu'il était connu et apprécié dans le quartier.

Alice leva le rideau métallique et invita Monifa à entrer. Une pancarte « OUVERT/FERMÉ » était accrochée derrière la vitre de la porte. Elle ne la retourna pas.

— Tabby ne va pas tarder, dit-elle à Monifa. Je veux qu'elle regarde pendant que nous ferons la cuisine. En l'attendant, on va se prendre un café.

Quand il fut prêt, Alice l'apporta dans la salle, ainsi qu'un petit pot de lait froid et un panier contenant des dosettes de sucre.

— Ça fait longtemps que vous tenez cet endroit ? s'enquit Monifa.

— Quand Stoney, enfin, notre Harold, est parti en prison, je n'arrêtais pas de me demander ce que j'avais raté dans son éducation. Benj disait que ça ne servait à rien de me torturer ainsi, puisqu'on ne pouvait rien faire de plus pour lui. Alors j'ai cherché comment me changer les idées. La seule chose que je sache faire, à part la dentelle, que j'adore, c'est la cuisine caribéenne. J'ai donc décidé de me lancer. J'ai commencé au marché de Brixton, uniquement le matin. J'y ai toujours un stand ; c'est la mère de Tabby qui le tient. Mais Benj trouvait qu'en prenant de l'âge je serais mieux dans un vrai café. Et voilà !

— La cuisine ? fit Monifa d'un air songeur.

— Oui ?

— Vous ne savez rien faire d'autre ?

Alice sourit.

— Comme je vous le disais, il y a aussi la dentelle. Je dois bien avoir d'autres talents, mais c'est le seul que je pratique régulièrement. Avec trois hommes affamés à nourrir, on n'a pas vraiment le choix. J'ai pensé que si je gagnais un peu d'argent, ce serait un plus. Ce n'était pas le cas quand j'ai commencé. Je commandais trop, je cuisinais trop, je servais trop… Il m'a fallu du temps pour comprendre.

— Moi, c'est pareil, dit Monifa. La cuisine, le ménage, le repassage, les courses.

Alice avala une gorgée de café et grimaça.

— Ouh ! Il est trop fort. Ne buvez pas ça, Monifa, sinon vous n'allez pas dormir de la semaine. Je vais en refaire.

— Oh non ! Laissez. Je suis sûre qu'il est très bon.

Sous le regard dubitatif d'Alice, Monifa versa du lait et du sucre dans sa tasse avant de la porter à ses lèvres. En effet, le café était trop fort, mais elle ne se serait jamais permis de le dire.

— Votre talent est devenu votre métier ?

— Mon métier ?

Alice passa une main sur la table en formica. Elle se leva et alla chercher derrière le comptoir un vaporisateur et un chiffon avec lequel elle frotta énergiquement la surface.

— J'ai encore beaucoup à apprendre. C'est pourquoi je vous ai fait venir. Je crois que vous pouvez me transmettre une partie de vos connaissances. Vous avez déjà pensé à donner des cours de cuisine nigériane ?

Monifa pencha la tête et étudia Alice, se demandant si elle plaisantait.

— Moi ? Des cours ?

— Pourquoi pas ? Vous allez bien me superviser aujourd'hui.

— C'est différent.

— Mais non. Vous pourriez diriger des ateliers en soirée. Ici même, si vous voulez. Je suis sûre que vous auriez du succès, surtout qu'il y a de plus en plus de gens aisés dans le quartier. Et vous aurez bientôt besoin d'argent…

— Pourquoi ?

Alice resta un moment silencieuse. Enfin, elle releva la tête et regarda Monifa dans les yeux.

— Je vais être directe. Je ne crois pas que vous soyez une imbécile, Monifa.

— Je l'espère !

— Oui, je m'en doute. Mais je vais vous dire une chose que vous devez entendre : il faudrait être stupide pour retourner avec un homme qui vous bat. Il m'a semblé comprendre que trésor vous avait demandé de prendre une décision aujourd'hui. J'ai raison ?

Monifa acquiesça.

— Tel que je vois les choses, vous êtes à la croisée des chemins. À vous de choisir lequel vous suivrez.

PECKHAM
SUD DE LONDRES

Cynthia Swann et Clete Jensen (*Clete ? Sérieux ? Pourquoi pas Clito ?*) se disputaient tandis que Barbara roulait en direction de Peckham. Elle avait hésité à emprunter les transports en commun pour s'y rendre, mais le trajet en métro, en train, en bus, et pour finir à pied lui aurait pris presque toute la matinée. Aussi avait-elle finalement opté pour la voiture, emportant avec elle la version audio d'une romance contrariée pour maintenir sa tension artérielle dans les limites de la normale au milieu des embouteillages. En fin de compte, c'était exactement ce qu'il lui fallait. Dans cette histoire de grand amour trouvé, perdu et retrouvé, la température commençait enfin à grimper. Clete le cow-boy venait de claquer la porte du ranch que Cynthia avait hérité d'un oncle depuis longtemps brouillé avec sa famille. Clete avait entretenu le domaine pour lui éviter de s'écrouler, au propre comme au figuré. Quand la jeune femme avait découvert son héritage, paumé au milieu de… Barbara ne se souvenait jamais de quel État il s'agissait même si, d'après les descriptions, l'auteur avait trop fréquenté l'Outback australien. Bref, dès l'instant où leurs regards s'étaient croisés, Cynthia et Clete avaient été unis par le destin, mais aussi par l'absence de tout autre partenaire éventuel dans un rayon de 100 kilomètres, hormis un ancien taulard sénile qui vivait en ermite. Le destin et leur isolement avaient donc décidé qu'ils étaient faits l'un pour l'autre. En 25 pages, ils avaient fait deux fois l'amour avec un « plaisir inégalable ». Mais la troisième leur avait été fatale, même si leur rupture n'était vraisemblablement que temporaire. À présent, le beau cow-boy s'éloignait sur son étalon (il n'allait pas monter un hongre, pour des raisons évidentes) tandis que Cynthia sanglotait à la fenêtre. Il se retourna une fois, comme s'il hésitait, et leurs regards se croisèrent, ne se quittèrent plus, s'adoucirent, s'accrochèrent à une promesse qui ne pouvait et ne pourrait jamais rester sans suite...

Bla-bla-bla, pensa Barbara. Elle coupa le son. Clete reviendrait. Une nuit de passion inégalée – voire deux ou trois – ne leur suffirait pas. Les retrouvailles n'allaient pas tarder.

En revanche, elle tarda quelque peu à trouver la galerie Padma. Elle était bien cachée dans une ruelle parallèle à Rye Lane, entre l'épicerie ZA Afro Foods et le salon de coiffure Ali Baba. Barbara passa trois fois devant sans la voir avant d'entrer dans un magasin de meubles asiatiques pour se renseigner.

Elle l'aurait probablement repérée plus tôt si elle n'avait pas été distraite par le mur de briques dans lequel elle s'insérait. Il était entièrement couvert de tags, parmi lesquels l'impératif « LÂCHE-TOI » se distinguait par une certaine attention à la forme et à la couleur. Non que Barbara s'y connaisse le moins du monde en art, en forme ou en couleur, mais ce « LÂCHE-TOI » avait quelque chose de spécial, alors que « LE TRAVAIL TUE ! » était clairement l'œuvre d'un débutant.

En entrant, Barbara fut frappée par le contraste entre la galerie et le décor de la ruelle. Les tableaux étaient accrochés sur des murs blanc crème, les sculptures exposées sur des socles pivotants, les bijoux entreposés dans des vitrines parfaitement transparentes tandis que les articles d'art traditionnel s'alignaient sur des rayonnages.

Une femme en robe africaine coiffée d'un turban compliqué était assise derrière un bureau. Elle se leva et se dirigea vers Barbara, la main tendue. Elle s'appelait Neda et était l'associée de la propriétaire.

— Padma est la propriétaire ? s'enquit Barbara.

— Non, c'est sa mère.

Barbara sortit la photocopie de son sac et la montra à Neda.

— Reconnaissez-vous ceci ?

— Oh oui ! C'est le *Guerrier debout*.

Neda lui confirma que la statuette avait bien été vendue par la galerie Padma, la seule de Londres à présenter des œuvres de cette artiste originaire du Zimbabwe.

— Vous voulez le voir ? demanda-t-elle.

— Il est ici ? s'exclama Barbara tandis que les mots « jackpot » et « bingo » dansaient le cha-cha-cha dans sa tête. Quelqu'un vous l'a laissé en dépôt pour que vous le vendiez ?

— Cela arrive parfois, mais ce n'est pas le cas du *Guerrier debout*.

— Je ne vous suis pas... Vous m'avez bien proposé de le voir ?

— Bien sûr. Il est par là, avec d'autres sculptures de différents artistes. L'ensemble est très impressionnant, je trouve.

Elle guida Barbara vers le fond de la galerie. Dans une alcôve à l'éclairage tamisé, cinq socles pivotants baignaient dans des cônes de lumière. Barbara s'arrêta devant l'une des œuvres, la plus grande, et reconnut la statuette dont Ross Carver avait déniché la photo sur Internet.

Haute de 50 centimètres environ, elle représentait un guerrier africain avec une lance et un bouclier. Il était mince et musclé, avec un long visage dépourvu d'expression. Il portait un collier de perles et un anneau à une oreille.

— Les artistes travaillant le bronze réalisent généralement des éditions limitées de leurs créations, expliqua Neda. Cette artiste-ci, Blessing Neube, a produit 15 exemplaires de son *Guerrier debout*. Elle nous les envoie par paire. Nous n'avons pas la place d'en stocker davantage. Quand nous avons vendu les deux, elle nous expédie le lot suivant. Celui-ci est le treizième. Le numéro est gravé dessous, avec les initiales de Blessing. Puis-je vous demander pourquoi il vous intéresse tant ?

Barbara se présenta et expliqua qu'un exemplaire du *Guerrier debout* avait peut-être servi à commettre un meurtre. Troublée, Neda accepta néanmoins qu'elle prenne la statuette en main. Barbara jugea qu'elle aurait fait une arme parfaite. On pouvait facilement la saisir par les chevilles. En outre, elle était assez lourde pour causer de sérieux dommages, mais assez légère pour être maniée par une femme. Elle remarqua le n° 13 gravé dessous.

— Savez-vous où sont les 12 autres exemplaires ? demanda-t-elle.

Oui, bien sûr, répondit Neda. La galerie tenait un registre des ventes, non seulement pour garantir la provenance des œuvres, mais aussi pour informer les acheteurs quand elle recevait une nouvelle création du même artiste. Barbara lui donna le nom de Ross Carver. Après une rapide recherche sur son ordinateur, Neda lui confirma que M. Carver avait acquis un *Guerrier debout*.

— Il portait le n° 10, précisa-t-elle.

— Il me faudrait la liste des autres acquéreurs. On va devoir les contacter pour vérifier qu'ils sont toujours en possession de leur exemplaire.

Neda parut hésiter.

— C'est tout à fait contraire à…

— Un mandat de perquisition aussi, dit Barbara sur un ton aimable. C'est uniquement pour savoir où sont les autres *Guerrier debout*.

Avec un soupir, Neda imprima la liste demandée. Barbara y jeta un coup d'œil. Elle ne reconnut aucun des noms, mais c'était une piste à explorer.

Elle tendit sa carte à Neda.

— Si quelqu'un vous en apporte un exemplaire pour le vendre…

— Je vous préviendrai aussitôt, bien sûr.

CHELSEA
SUD-OUEST DE LONDRES

Tani ne comprenait pas comment trois personnes, plus un chien et un chat, pouvaient occuper autant d'espace. La maison était au moins deux fois plus grande que celle de la famille de Sophie, avec une quantité incroyable de chambres, plusieurs salles de bains, une bibliothèque, une cuisine, et il n'avait pas encore tout vu. Ainsi, la veille, il avait découvert la salle à manger, où ils avaient dîné autour d'une table en acajou tellement lustrée qu'il distinguait son reflet dedans. Huit chaises tapissées en épousaient la courbure. Sur l'espèce de buffet ancien adossé au mur, de part et d'autre d'une soupière ventrue, il avait aperçu des photos encadrées qui, comme on pouvait s'y attendre, ne montraient que des Blancs. Parmi elles, il y avait un portrait de mariage du couple qui les hébergeait. La femme portait une élégante robe blanche boutonnée jusqu'au cou, et l'homme une redingote grise. Elle avait glissé son bras sous celui de son mari, dont la main reposait sur la sienne. « Voyez un peu comme on est amoureux », semblaient-ils dire. Mais ce n'était qu'une photo.

Ils s'étaient fait passer les plats en tenant le genre de conversation que doivent avoir tous les riches Blancs. Simisola répondait quand on la questionnait, et lorsque les autres parlaient entre eux elle les regardait avec des yeux ronds, comme si elle vivait un conte de fées et n'en revenait pas de sa chance.

Le lendemain matin, après le petit déjeuner, Tani était sorti dans le jardin. Il avait jeté une balle de tennis mâchouillée à la chienne. Quelle idée d'appeler un teckel Peach et un chat Alaska !

Peach semblait se moquer du nom qu'on lui donnait. Pour le moment, elle était concentrée sur la balle. Elle aboyait pour qu'il la relance, aboyait en courant la chercher et quand elle la laissait tomber à ses pieds. Perché dans l'arbre au milieu du jardin, Alaska les observait. Seul le léger balancement de sa queue trahissait son intérêt.

— On a besoin de ton avis, Tani.

Il se retourna vers la maison et vit Deborah au sommet des marches menant à la cuisine.

— Simi et moi sommes en train de choisir des photos. Ça alors, comment as-tu fait pour que Peach te rapporte cette balle ?

Tani regarda la chienne, qui revenait vers lui.

— Je l'ai jetée, dit-il. Tous les chiens vont chercher ce qu'on leur lance.

— Manifestement, tu ne connais pas les teckels. Ou peut-être devrais-je dire, tu ne connais pas ce teckel. En général, elle court après la balle, se couche sur la pelouse et commence à la massacrer. Je parle de la balle, pas de la pelouse. On aurait sans doute pu lui apprendre en appliquant la méthode de la récompense. Tu sais : « Ramène la balle et tu auras un biscuit. » Mais aucun de nous n'a la patience pour cela, et elle est bien trop rusée pour montrer qu'elle a retenu la leçon. Donc elle joue surtout un rôle décoratif dans nos vies. Tu veux bien te joindre à nous ?

Ils se dirigèrent vers la salle à manger, Peach trottinant sur leurs talons dans l'attente d'une friandise qu'elle n'obtiendrait pas. Un ordinateur portable reposait sur la table en acajou. Simi était agenouillée devant, sur une chaise.

— Regarde, Tani, Deborah a fait des photos de nous. Elle les a prises hier, et on doit choisir celle qu'on préfère. Elles sont trop belles. Viens voir.

Il se plaça derrière Simi, qui fit défiler les photos sur l'écran. En effet, elles étaient très réussies. Deborah avait joué avec les ombres pour cacher les traces de coups. Elle était également parvenue à saisir l'instant où sa carapace s'était fendue, adoucissant les traits de son visage et révélant sa vulnérabilité, ce qui le mit très mal à l'aise.

Deborah lui tendit un morceau de papier. Deux autres étaient pliés en quatre sur la table. Deborah lui demanda de sélectionner trois photos : une de lui, une de Simi, une de sa sœur et lui ensemble.

— Simi et moi avons déjà choisi, dit-elle en montrant les papiers pliés. Maintenant, c'est à toi. Nous comparerons nos préférences à la fin.

— C'est un jeu ?

— Non, non. C'est pour éviter de s'influencer mutuellement.

— Et après, vous en ferez quoi ?

— Des photos que nous aurons sélectionnées ? Je les offrirai à ta mère quand je la rencontrerai. Oups ! Je n'aurais pas dû dire ça. Ça risque de peser sur ton choix. Désolée. Essaie d'oublier ce que j'ai dit. Même si c'est débile comme conseil. Comment pourrais-tu oublier ce que j'ai dit il y a trente secondes ? Enfin bref. Fais de ton mieux.

Elle était nerveuse, il le voyait bien. À cause de lui, sans doute. Typique : une femme blanche, un adolescent noir... Elle avait probablement planqué l'argenterie, juste au cas où.

Il s'assit à côté de sa sœur, mais il ne regarda pas immédiatement les photos. Il venait de comprendre comment utiliser sa gêne à son avantage.

— Vous le pensiez vraiment, pour Sophie ? demanda-t-il.

Pendant quelques secondes, elle parut confuse.

— Qu'elle pouvait te rendre visite ici ? dit-elle enfin.

Il acquiesça.

— Bien sûr ! Elle sera la bienvenue.

— Je trouve Sophie très gentille, intervint Simisola. Elle a deux frères et une sœur. Mais il ne faut pas dire que c'est la copine de Tani. Parce que papa a dit que Tani devait aller au Nigeria et se marier avec une fille là-bas. Il ne savait pas qu'il a déjà une copine. Sauf que maintenant on pense qu'il le sait, parce que quelqu'un du marché le lui a dit.

— J'ignorais que tu devais aller au Nigeria, dit Deborah. C'est ce que tu souhaites ?

— Pas du tout, non, répondit Tani.

— Qu'est-ce que tu veux faire, alors ? Du moins, qu'est-ce que tu préfères ?

— Au lieu d'épouser une vierge nigériane que j'ai jamais vue ?

— Oui.

— Avoir mon bac restauration, et un diplôme de commerce à l'université.

— Ça me paraît sensé. Tu as quel âge ?

— Dix-huit ans.

— Ton père ne peut pas te forcer à te marier ?

— En se servant de Simi, si. C'est comme ça qu'il comptait m'y obliger.

Il écrivit les numéros des trois photos qu'il avait choisies sur le papier, qu'il plia et posa au centre de la table.

— J'aimerais passer un coup de fil à Sophie, si ça vous dérange pas.

— Bien sûr, répondit Deborah. Tu veux que je te note l'itinéraire pour venir ici ?

— Juste l'adresse. Elle trouvera.

Et il espérait de toutes ses forces qu'elle ferait vite.

WESTMINSTER
CENTRE DE LONDRES

La deuxième entrevue de Lynley avec Mercy Hart ne l'avait mené nulle part. D'après son expérience, la plupart des suspects qui clamaient leur innocence étaient plus que disposés à se confier à la police afin de se blanchir. En outre, ils évitaient généralement de réclamer un avocat, pensant que cette requête aggraverait les soupçons qui pesaient déjà sur eux ; pour être franc, c'était souvent le cas. Ils laissaient ainsi aux enquêteurs toute latitude pour leur poser des questions désagréables ou sans aucun rapport avec l'affaire. Mais Mercy Hart était d'une autre trempe. En entrant dans la salle d'interrogatoire, il avait pu constater qu'elle s'était déjà attaché les services d'une représentante légale.

Pas une commise d'office, non, une avocate d'un cabinet privé. Me Shalott Abbott – ses parents devait être férus de légendes arthuriennes ou de la poésie d'Alfred Tennyson – lui avait immédiatement tendu sa carte.

« Il vous reste deux heures pour trouver des éléments à charge contre ma cliente, avait-elle dit en regardant ostensiblement sa montre. Faute de quoi vous devrez la relâcher, inspecteur. Je suis certaine que vous l'auriez déjà inculpée si vous aviez la moindre preuve de son implication dans le meurtre dont vous l'accusez. Mais, d'après son dossier, la seule chose qu'on peut lui reprocher c'est d'avoir utilisé l'identité de sa tante sur son lieu de travail et pour l'achat d'un téléphone portable. Souhaitiez-vous l'inculper pour ce motif ? Auquel cas je demanderai une libération sous caution. »

Comme l'aurait formulé Barbara Havers, ils avaient une « putain de brouette » d'éléments à charge, mais aucune preuve irréfutable. Mercy Hart avait un mobile, certes : Teo Bontempi avait coulé son entreprise. Pas de quoi l'inculper pour meurtre. Restaient les accusations de pratique de mutilations génitales féminines ou, au minimum, d'exercice illégal de la médecine. Mais là encore ils n'avaient pas grand-chose à présenter au parquet, à moins que quelqu'un n'accepte de témoigner contre elle. Or, d'après Winston Nkata, Monifa Bankole gardait le silence au sujet des activités de la clinique de Kingsland High Street. Lynley avait donc dû se résoudre à relâcher Mercy Hart.

Aussi n'était-il porteur d'aucune bonne nouvelle quand il arriva à New Scotland Yard. Tous travaillaient d'arrache-pied sur les tâches qu'il leur avait confiées la veille. Un constable avait appelé toutes les boutiques solidaires et les dépôts-ventes du Grand Londres pour tenter de retrouver la sculpture disparue. Winston en avait chargé un deuxième de récupérer l'adresse du garde-meubles auprès des déménageurs afin de notifier son propriétaire qu'il devrait prévenir la police si le matériel de la clinique était déplacé. Un troisième recherchait les documents relatifs à la location de l'appartement de Kingsland High Street. Avec l'aide du dernier constable, Nkata avait lui-même entrepris de visionner les images filmées par les différentes caméras de la rue dans l'espoir d'apporter un démenti à Mercy Hart quand elle affirmerait n'avoir jamais parlé à Teo Bontempi.

Dorothea Harriman entra alors dans le bureau, les bras chargés d'une énorme composition florale qu'elle déposa d'un air triomphant sur le bureau de Barbara Havers.

— Il y a une carte ! glissa-t-elle aux deux hommes. Est-ce que je..., s'enquit-elle en regardant autour d'elle pour s'assurer de l'absence d'oreilles indiscrètes. Vous croyez que ça l'ennuierait qu'on y jette un coup œil ?

— Je doute que ce soit une bonne idée, Dee, répondit Lynley.

— Mais j'ai tellement envie de savoir...

— De savoir quoi ? demanda Havers depuis le seuil.

À la vue du bouquet, elle s'arrêta net, puis s'approcha de son bureau comme si un cobra était enroulé dessus.

— Qu'est-ce que c'est que ça ? dit-elle avec méfiance. Vous vous foutez de moi ?

— On vient juste de les livrer, expliqua Dorothea. Elles sont magnifiques. Oh ! J'aimerais tant que quelqu'un m'envoie des fleurs. C'est tellement romantique. Ouvrez l'enveloppe, Barbara. Il y a une carte dedans. S'il vous plaît !

Havers considéra l'enveloppe qui dépassait de fleurs orange vif évoquant des pinceaux.

— Plus tard.

— Mais vous devez l'ouvrir. Il le faut ! Vous n'êtes pas curieuse ?

— Non. Mais vous serez la première informée quand j'aurai lu la carte, plus tard. Beaucoup, beaucoup plus tard. Vraiment beaucoup plus tard.

— Pfff… Je suis sûre que vous brûlez autant que moi de savoir, mais vous avez décidé de faire votre tête de mule.

Sur ce, Dee pivota sur la pointe de son talon droit et sortit. Havers les regarda tous d'un air soupçonneux.

— C'est quoi, cette histoire ? Vous avez fait une collecte ?

— Ça risque pas, Barb, répondit Nkata. Ne le prends pas mal, mais moi quand j'envoie des fleurs, c'est à ma mère et à personne d'autre.

— Mouais…

Elle tira la carte de l'enveloppe et rougit jusqu'à la racine des cheveux. Lynley ne l'avait jamais vue ainsi. Les autres non plus apparemment, car le silence s'abattit sur la pièce.

D'un geste vif, elle fourra la carte dans son sac à bandoulière. Elle semblait tellement déterminée à la cacher qu'elle y enfonça son bras jusqu'au coude. Pour éviter les questions, elle enchaîna aussitôt sur sa visite à la galerie de Peckham. Aucun d'eux n'aurait pu dire si elle était contente ou pas, surprise ou non.

Après leur avoir indiqué la provenance de la statuette et précisé qu'elle faisait partie d'une série limitée, elle ajouta qu'elle l'avait prise en main.

— Elle est assez grande et lourde pour assommer quelqu'un, tout en restant maniable. Homme, femme, enfant ou singe savant, n'importe quel individu possédant deux mains aurait pu l'utiliser. Si ce n'est pas l'arme du crime, je veux bien bouffer ces fleurs. Il n'y a aucune autre explication à sa disparition. La meurtrière l'a emportée, ou elle l'a balancée par la fenêtre pour ne pas être filmée avec. Ensuite, soit elle l'a récupérée et jetée dans une poubelle, soit elle l'a planquée. À nous de trouver où.

— Les constables font le tour des boutiques solidaires et des dépôts-ventes, lui rappela Lynley.

— Et le garde-meubles ? demanda Nkata. Il nous faut un mandat pour y accéder, mais ce n'est pas un problème.

— Cette fichue sculpture peut être n'importe où, releva l'un des constables.

— Oui, mais non, reprit Havers. On a une liste de suspects. On n'a qu'à fouiller le coffre de leur voiture, le fond de leurs armoires, sous leurs lits, dans la moindre boîte qui nous tombe sous la main. On sait que le tueur est une femme, et…

— Ça, c'est ce que prétend Ross Carver, la coupa Lynley.

— Vous n'êtes pas en train de dire que c'est lui qui l'a assommée ? Pourquoi aurait-il fait ça ? Si vous cherchez un mobile, il me semble que Rosie a le meilleur. Teo l'aurait laissée entrer sans hésiter ni poser de questions. Elle n'avait aucune raison de se méfier de sa sœur, qui en plus ignorait pourquoi elle allait se faire opérer.

— Là encore, nous n'avons que la parole de Rosie. Revenons-en aux faits. Nous avons les images de vidéosurveillance du soir où Teo a été agressée. Nous savons qu'une femme portant des vêtements sombres et un sweat à capuche a pris soin d'éviter la caméra. Nous savons qu'elle est entrée avec un groupe dont elle ne faisait pas partie, et qu'elle n'est pas ressortie par la même porte. Elle n'habite pas l'immeuble, sinon elle se serait reconnue, ou aurait été reconnue quand nous avons montré les photos aux voisins. À mon avis, c'est par là qu'il faut commencer.

— On a déjà fait le tour de la question, monsieur ! Et tout ce que vous venez de dire pourrait s'appliquer à Rosie.

— Je crois que nous sommes passés à côté de quelque chose, insista Lynley. À nous de découvrir de quoi.

THE NARROW WAY
HACKNEY
NORD-EST DE LONDRES

Lynley s'était laissé le soin d'interroger Paul Phinney, dont la voiture avait été filmée dans Streatham High Road le soir où Ross Carver avait trouvé son ex-femme blessée. Paul étant le frère aîné de Mark, Lynley souhaitait vérifier qui conduisait le véhicule ce soir-là.

La boutique de prêt où travaillait Paul Phinney était fermée, mais une pancarte « JE REVIENS TOUT DE SUITE » était accrochée derrière la porte. Lynley traversa la rue, entra dans le McDonald's de The Narrow Way et commanda un café si chaud qu'un nuage de vapeur s'élevait du gobelet, masquant habilement son absence d'arôme. Puis il s'assit à une table près de la fenêtre, d'où il pouvait surveiller la boutique.

Son café avait suffisamment refroidi pour être bu quand il décela un signe de vie dans le bâtiment. Peu après, une femme en sortit. La silhouette d'un homme s'encadra dans la porte derrière elle. Tous deux rirent et échangèrent un rapide baiser. Lynley suivit la femme du regard tandis qu'elle remontait The Narrow Way. Arrivée au clocher de la vieille église, elle tourna à droite et disparut.

Lynley jeta son reste de café dans la poubelle et retraversa la rue. Dès le seuil de la boutique, il fut agressé par un fort parfum artificiel de pêche. Paul Phinney faisait un usage plus que généreux d'un vaporisateur. Ou peut-être avait-il découvert un cadavre en décomposition dans la réserve, d'où il semblait sortir.

Quand Lynley l'appela, Phinney se redressa et se recoiffa précipitamment.

— Désolé. Je vous avais pas entendu entrer. Je peux vous aider ?

Lynley lui présenta sa carte.

— J'attendais votre retour au McDonald's d'en face, expliqua-t-il. J'espère que je ne dérange pas...

— Pardon de vous avoir fait poireauter. Ma femme est passée pour... discuter. De notre fils. Vous savez ce que c'est. Les histoires de famille. Eileen et moi, on est du genre à s'échauffer rapidement, si vous me comprenez...

Son besoin de se justifier indiquait qu'il n'avait pas uniquement discuté avec la femme – peu importe qui elle était – que Lynley avait vue sortir. Mais il n'était pas là pour enquêter sur le couple de Paul Phinney.

— Votre voiture a été filmée par une caméra de surveillance devant le salon funéraire de Streatham High Road. Il se trouve qu'une policière a été agressée chez elle dans l'immeuble en face. C'était le 29 juillet. Que pouvez-vous me dire à ce sujet ?

— Je connais aucune policière. Vous pouvez me redire la date ?

Lynley la lui répéta. Phinney fronça les sourcils.

— Ma femme et moi on a aucune raison d'aller à Streatham, pour autant que je sache. Bien sûr, Eileen s'est peut-être envoyée en l'air avec un type là-bas, mais c'est peu probable. C'est elle qui vient de partir, je vous l'ai dit. Elle et moi... On est assez actifs à ce niveau-là. En plus, nos quatre gosses lui laissent pas beaucoup de temps libre. Une heure par-ci, une demi-heure par-là... Je vois pas ce qu'elle serait allée faire à Streatham. Quant à moi, j'y ai jamais foutu les pieds. Je serais sans doute incapable de trouver le chemin, même avec une carte. Ou un GPS, d'ailleurs.

— Quelqu'un d'autre a-t-il accès à votre voiture ?

— Ma mère a une clé. Mes parents vivent en face de chez nous. Elle sait qu'elle peut la prendre en cas de besoin, mais je vois pas pourquoi elle irait à Streatham. Et de toute façon elle m'en parlerait d'abord. À moi ou à Eileen.

Il resta un moment silencieux, le regard fixé sur un présentoir en verre contenant des boîtes à bijoux en émail peint. Il venait de se rappeler quelque chose. Lynley le devina à la façon dont il appuyait sa main, les doigts écartés, sur la vitre.

— Quelqu'un d'autre, dans ce cas ? J'ai besoin de le savoir, monsieur Phinney. Simple vérification de routine.

Ce n'était pas tout à fait vrai. Mais cet argument facilitait généralement les aveux.

— Mon frère l'a empruntée, maintenant que j'y pense. Sa femme, Pietra, avait pris la sienne pour aller voir une copine. Il lui fallait une voiture, alors il m'a demandé de lui prêter la mienne et de rester avec Lily jusqu'à son retour.

— Le 29 juillet ? insista Lynley.

Paul Phinney secoua la tête.

— J'ai pas fait attention à la date.

— Il s'est absenté longtemps ?

— Ça, je sais pas. Pete est revenue avant lui, et je suis rentré chez moi. La voiture était pas là quand Eileen et moi on a bordé les gosses et… fait nos petites affaires dans notre chambre. Mais le lendemain matin je l'ai trouvée à sa place habituelle.

— Il vous a dit pourquoi il en avait besoin ?

— Peut-être, mais j'en ai aucun souvenir. C'est à lui qu'il faut poser la question.

C'était précisément l'intention de Lynley.

Il savait que Paul Phinney appellerait Mark dès qu'il aurait tourné le dos, lui donnant ainsi le temps de se préparer mentalement à ce qui l'attendait. Il ne pouvait pas l'en empêcher, sauf à le ligoter et le bâillonner. Il était tout aussi inutile de lui demander de ne pas avertir son frère de sa visite, leur lien de parenté l'emportant certainement sur tout le reste.

PEMBURY ESTATE
HACKNEY
NORD-EST DE LONDRES

Tani savait où était le vrai danger, et c'était pour cela qu'il voulait retourner à Hackney. Les trois Blancs tentèrent de l'en dissuader, mais il leur rappela que Joseph Cotter avait insisté pour lui donner son numéro. Il sortit son portable de sa poche et rédigea un message qu'il pourrait lui envoyer d'une simple pression du doigt, lui signifiant qu'il était en danger et qu'il fallait alerter la police.

— J'y vais pour les passeports, expliqua-t-il. On doit les fournir avec la demande d'ordonnance de protection. Tant qu'il les aura, aucun de nous ne sera en sécurité.

— Tu le seras encore moins si tu retournes là-bas, répliqua Deborah. Accepte au moins que mon père t'accompagne.

— C'est une bonne idée, approuva le mari de Deborah en montrant sa jambe.

Tani avait remarqué la barre métallique qui traversait le talon de sa chaussure, lui donnant une démarche saccadée. Le pauvre type était certainement incapable de courir.

— Comme tu le vois, poursuivit Simon, je ne te serais pas d'un grand secours si tu croisais à nouveau ton père. Mais Joseph oui.

Ils étaient tous rassemblés dans le vestibule, et Tani avait déjà une main sur la poignée de la porte. Simi observait la scène sur la dernière marche de l'escalier.

— S'il te plaît, Tani, supplia-t-elle. N'y va pas. J'ai peur qu'il t'arrive du mal.

Les trois Blancs le regardaient avec des mines graves. Tani se tourna vers sa sœur et sentit sa résolution flancher. Mais il devait aller au bout de son projet. Au fond, ils en étaient tous conscients, même Simi : si personne ne récupérait ces passeports, leur père garderait la mainmise sur eux.

— Quand j'arriverai là-bas, il sera au marché. Tu le connais, Mimi : s'il est pas allé travailler hier, il laissera pas les boutiques sans surveillance deux jours de suite.

— Je t'en prie…

Simi joignit les mains. Des larmes brillaient dans ses yeux.

— Il faut que j'y aille, Mimi. Et j'ai mon portable. Tu vois ?

Pour la rassurer, il brandit son téléphone.

— En cas de besoin, j'aurai qu'à appuyer ici pour demander de l'aide. Mais ce sera pas nécessaire. Il a eu ce qu'il méritait hier. Il recommencera pas.

Simi jeta un regard implorant aux Blancs.

— Le mieux, dit Joseph Cotter, c'est que je t'y emmène et que je te ramène. Tu le sais, ça, mon garçon.

Oui et non. Tani était conscient que son expédition risquait de mal tourner. Mais se faire accompagner d'un Blanc était le meilleur moyen de mettre le feu aux poudres.

Ils parvinrent enfin à un compromis : Deborah le conduirait à la station de métro Victoria Station. De là, il n'aurait qu'un changement jusqu'à Hackney Central.

Hormis la cohue à Victoria Station, le trajet se déroula sans incident. Tani descendit à Hackney Central, remonta The Narrow Way et atteignit Pembury Estate quelques minutes plus tard.

Lark répondit à l'interphone à son premier coup de sonnette. Il se présenta et il y eut un silence. Elle avait raccroché. Il sonna à nouveau.

— Si tu insistes, j'appelle ton père pour lui dire de rentrer en vitesse, menaça-t-elle.

Ça signifiait qu'elle était seule, ou seule avec ses enfants, comme il l'avait prévu.

Il rusa alors en sonnant chez tous les autres locataires, et l'un d'eux ouvrit sans même poser de questions. À croire que les gens n'apprennent jamais rien.

Il frappa à la porte, et Lark vint ouvrir. Elle semblait résignée et s'écarta pour le laisser entrer.

Son ventre était énorme. Sa grossesse ne se voyait pas autant lors de la première visite de Tani. Le nouvel héritier d'Abeo n'allait pas tarder à naître. Il se demanda à quoi ressemblerait la vie de ce gosse.

— J'ai appelé ton père, dit-elle. Tu as intérêt à filer avant son retour.

— Je suis juste venu chercher les passeports. Donnez-les-moi, et je m'en irai.

— Quels passeports ?

Lark porta une main à ses reins en grimaçant. Elle paraissait fatiguée et accablée par la chaleur.

— Le mien, celui de Simisola et celui de ma mère. Je les ai pas trouvés chez nous. On sait l'un comme l'autre qu'ils peuvent être qu'ici.

— Ah ouais ? Alors je devrais me souvenir de les avoir vus. Mais c'est pas le cas.

Elle se dirigea vers la cuisine et ouvrit le compartiment congélateur du frigo.

— Quelle chaleur ! soupira-t-elle.

Elle regarda à l'intérieur, déplaça quelques sachets et en sortit une poche de glace comme celles qu'utilisent les athlètes. Puis elle alla s'asseoir en la pressant sur sa nuque. Il y avait des crayons et un livre de coloriage sur la table. Tani reconnut des images d'un dessin animé Disney dont tous les héros étaient blancs et toutes les héroïnes attendaient le prince charmant. Qu'est-ce qu'on pouvait fourrer comme conneries dans la tête des gosses !

L'idée de retourner l'appartement pour trouver les passeports ne l'enchantait pas, mais il devrait s'y résoudre si elle ne lui laissait pas le choix. Il la croyait sur parole quand elle affirmait avoir appelé son père. Abeo avait trop à perdre pour flâner en chemin. Il serait là dans quelques minutes, et Tani n'avait pas l'intention de l'attendre.

Lark plaça la poche de glace sur sa poitrine. Elle jeta un regard noir à Tani et la remit sur sa nuque. Puis ses yeux se posèrent brièvement sur une plante en pot assoiffée sous la fenêtre du salon avant de se fixer sur le canapé.

Elle cherchait à gagner du temps en le lançant sur de fausses pistes. La question était donc : où ne voulait-elle pas qu'il regarde ?

La réponse apparut à Tani dans la seconde d'hésitation qu'elle eut lorsqu'elle comprit qu'elle avait pris une mauvaise décision et devait rapidement corriger le tir.

Tani se rua vers le réfrigérateur. La chaise racla le sol quand Lark se leva précipitamment. Il plongea le bras dans le compartiment congélateur et commença à jeter son contenu sur le lino : des paquets de frites et de légumes surgelés, trois bacs de crème glacée, des plats cuisinés, des crumpets, deux boîtes de poisson pané… Soudain, il aperçut au fond un sachet format sandwich. À l'intérieur, les couvertures foncées contrastaient avec le givre qui s'était accumulé à l'extérieur. Il devait être là depuis des mois, peut-être même des années.

— Laisse ça ! ordonna Lark.

Tani l'ignora et sortit les passeports un à un, vérifiant les noms. Puis il jeta le sachet vide par terre.

Elle fit deux pas vers lui, une main levée.

— J'ai pas envie de vous frapper, dit-il, mais s'il le faut, je le ferai. Compris ?

— Je m'en fous. Vas-y, cogne-moi.

— Soyez pas bête.

— Cogne-moi ! Il m'a prévenue. Il a dit que quand tu veux quelque chose, tu ferais n'importe quoi pour l'obtenir.

— C'est faux. Mais si vous continuez ça va mal se finir. Vous avez aucune chance contre moi. Il a dû vous dire aussi que je sais me servir de mes poings.

Elle tenta de lui arracher les passeports, mais il fit un pas de côté. Quand elle planta ses ongles dans son bras, il la repoussa et elle se mit à crier, appelant à l'aide la police, Abeo, n'importe qui.

La seule issue était la porte par laquelle il était entré, et elle l'empêchait d'y accéder. Il voulut l'écarter de son chemin. Solide comme un roc, elle lui hurlait en plein visage : Au secours ! Au voleur ! Au viol ! À l'assassin ! Elle ne lui laissait pas le choix. Il la poussa brutalement, et elle tomba.

Il ne se retourna même pas pour voir si elle s'était fait mal. Il fallait qu'il sorte de là. Et c'est ce qu'il fit.

EMPRESS STATE BUILDING
WEST BROMPTON
SUD-OUEST DE LONDRES

Cette fois, sa carte de New Scotland Yard lui suffit pour passer les contrôles de sécurité et atteindre les ascenseurs. Lynley monta au dix-septième étage et trouva Mark Phinney dans le bureau du sergent Jade Hopwood.

— Si vous voulez mon opinion, chef..., disait celle-ci.

— Je vous écoute, répondit Phinney.

— Alors voilà : éduquer les femmes ne servira à rien si les hommes ne bougent pas. À mon avis, c'est eux la clé du problème. Pas tous les hommes noirs, évidemment, mais les Nigérians. Tant qu'ils ne feront pas savoir qu'ils préfèrent épouser une femme qui n'a pas été excisée, rien n'évoluera.

— Un changement complet de paradigme...

— Appelez ça comme vous voulez. Et, si je peux me permettre... ?

— Allez-y.

— Le message passerait mieux avec des officiers noirs. Parce que les Blancs que vous employez, c'est ridicule de les voir faire la morale aux Noirs. Nigérians ou pas.

Le sergent aperçut alors le visiteur.

— J'espère que l'inspecteur sera de mon avis, dit-elle.

— Ça me paraît tout à fait sensé, approuva Lynley. Mais je n'ai entendu que la fin de votre conversation. Mark, j'aimerais vous parler, si vous voulez bien.

Phinney le conduisit à son bureau et ferma la porte. Par chance, il avait été trop occupé jusque-là avec Jade Hopwood pour vérifier s'il avait reçu des appels. Il s'empressa de réparer cet oubli sitôt que Lynley eut évoqué la voiture de son frère.

— C'est vrai, je l'ai empruntée.

Au lieu de s'asseoir dans son fauteuil, il s'approcha de la fenêtre où, à cette heure de la journée, il était à contre-jour, ce qui rendait son expression beaucoup plus difficile à déchiffrer.

— J'avais peur qu'elle aille de nouveau trouver Teo, poursuivit-il. Ça aurait servi à quoi ? J'avais juré à Pete que tout était fini, que je ne les quitterais jamais, Lilybet et elle, et c'était vrai. Comment pourrais-je encore me regarder dans un miroir si je faisais une chose pareille ? Dans mon esprit, il n'y avait rien à ajouter. Sur Teo et moi, je veux dire. J'aurais pu me répéter des milliers de fois, mais je n'en voyais pas l'intérêt.

Il s'appuyait au rebord de la fenêtre. Derrière lui, le bleu du ciel virait lentement au jaune sous l'effet du smog, signe que Londres – comme tout le pays – avait désespérément besoin de pluie.

— Ça fait des années que Pete sort chaque semaine avec une amie, Greer. C'est sa seule activité sociale. Greer est sage-femme. C'est elle qui devait accoucher Pete, mais ça ne s'est pas passé comme ça. Elles sont quand même devenues très proches. Parfois, elles se retrouvent pour parler de leurs lectures, prendre un verre, aller au cinéma ou au restaurant. Ce jour-là, Pete m'avait dit qu'elles avaient prévu de dîner dans un bar à vin.

— La sortie a été annulée ?

— Vous n'y êtes pas. À un moment, on a frappé à la porte, et je suis allé ouvrir. C'était Greer. « Je passais dans le quartier, m'a-t-elle dit. Du coup, je suis venue vous dire bonjour. » J'ai d'abord cru que Pete ou elle s'était trompée de jour pour leur rendez-vous. Mais non. Ça faisait environ trois mois que ma femme et elle ne s'étaient pas vues. Pourtant, Pete sortait un soir par semaine. Il n'y avait que deux explications possibles. Soit elle avait un amant, soit elle… espionnait Teo ? La surveillait ? Cherchait à savoir si j'entretenais toujours une liaison avec elle ?

— C'est curieux, comme raccourci, non ?

— Pourquoi ?

— Comment êtes-vous passé de l'idée que votre femme avait un autre homme dans sa vie à celle qu'elle épiait Teo Bontempi ?

— Si elle avait pris un amant, il y aurait eu des signes. Une nouvelle coiffure ? Un peu de maquillage ? Des coups de fil à la sauvette ? Des messages sur son téléphone ? Et elle était – elle est toujours – tellement occupée avec Lilybet... Je ne voyais pas où elle aurait trouvé du temps pour une liaison. En revanche, elle était au courant pour Teo et moi. Si elle avait suivi des cours, fréquenté la bibliothèque, chanté dans une chorale ou Dieu sait quoi d'autre, elle m'en aurait parlé, non ? Mais elle m'avait toujours dit qu'elle passait la soirée avec Greer. Après le départ de la sage-femme, j'ai appelé Paulie. Je lui ai demandé de rester avec Lilybet pendant que j'emprunterais sa voiture. Je voulais vérifier si Pete était retournée chez Teo.

— Teo vous avait confirmé que votre femme était déjà venue la voir ?

— Oui. Mais vous le savez, non ? Vous l'avez identifiée sur les images de vidéosurveillance.

— Vous n'avez pas tenté de la joindre sur son portable ?

— Si, mais elle l'avait éteint. Donc je n'étais pas plus avancé. Et je ne le suis toujours pas.

Phinney se tourna vers la fenêtre, comme s'il s'adressait à elle et non à Lynley.

— Pendant que j'attendais dans la voiture de Paulie, Ross Carver est arrivé. J'avais vu des photos de lui. Je... je l'avais cherché sur les réseaux sociaux quand Teo et moi avions commencé à nous fréquenter. Il est entré dans l'immeuble, et c'est tout.

— Il avait une clé. Et vous ?

— Non. Comme je vous l'ai dit, j'ai dû demander au concierge de m'ouvrir le jour où elle ne s'est pas présentée à son nouveau poste.

— Combien de temps êtes-vous resté là ? Dans la voiture ?

— Environ un quart d'heure. Un peu moins, peut-être. J'ai attendu pour voir si Pete allait sortir. Je ne l'imaginais pas rester après l'arrivée de Carver.

— Et elle est sortie ?

— Non. Pour autant que je sache, elle n'a même pas mis les pieds chez Teo ce soir-là. En rentrant, je l'ai trouvée couchée et Paulie était déjà parti. Elle dormait, ou elle faisait semblant.

— Le lendemain, vous lui avez demandé où elle était allée ?

Phinney regarda le sol.

— Je pensais que Greer l'avertirait que j'avais découvert le pot aux roses, et qu'elle… Comment dire ? Qu'elle avouerait. Mais non. En toute franchise, je crois que je ne tiens pas à savoir où elle était. Et le fait est que…

Quand il releva la tête, la douleur qui le rongeait depuis si longtemps se lisait sur son visage.

— Quoi donc ? l'encouragea Lynley.

— Je n'ai pas vu la voiture. La nôtre. Elle n'était pas dans la rue de Teo ce soir-là. Pourtant, j'ai bien cherché. Pete n'avait aucune raison de la cacher. Elle ne pouvait pas deviner que Greer avait vendu la mèche et que j'allais me pointer.

Mais elle était mariée à un policier, pensa Lynley. Elle connaissait les ficelles du métier mieux que quiconque. En outre, elle aurait pu aller à Streatham et en revenir dans le laps de temps qu'il avait fallu à Mark pour emprunter la voiture de son frère et s'y rendre lui-même. Il garda ses réflexions pour lui. Phinney n'était pas idiot. Il devait être parvenu aux mêmes conclusions.

— Nous allons devoir relever ses empreintes digitales. Et prélever un échantillon de son ADN. Si elle est entrée chez Teo, quoi qu'il se soit passé entre elles ce soir-là, nous devrons procéder à des vérifications avant de la rayer de la liste des suspects.

Phinney acquiesça, défait.

— Elle n'aurait jamais fait de mal à Teo. Ce n'est pas son genre. Ce n'est pas sa façon d'agir.

Lynley ne répondit pas. La plupart des maris auraient dit la même chose.

BRIXTON
SUD DE LONDRES

Monifa n'avait pas le choix. Elle pouvait préparer un millier de dîners pour la famille Nkata. Elle pouvait ajouter 20 plats nigérians à la carte du Café Alice N., voire 50 s'il le fallait. Elle pouvait y travailler avec Alice, ou lui apprendre, ainsi qu'à Tabby – son employée – à cuisiner elles-mêmes ces spécialités. Mais rien de tout cela ne lui rendrait ses enfants.

Monifa rejoignit Alice dans la cuisine. La gazinière dégageait une telle chaleur qu'elles durent se couvrir la tête avec des serviettes humides. Quand elles furent sèches, elles les mouillèrent à nouveau et les enroulèrent autour de leur cou. Tabby restait en salle, pour noter les commandes à emporter et servir les clients qui déjeunaient sur place. Monifa constata qu'Alice et Tabby connaissaient la plupart par leur nom. La seconde parvenait même à deviner ce qu'ils souhaitaient manger avant qu'ils ouvrent la bouche. Bientôt, le café résonna de rires et de conversations sur fond de musique jamaïcaine.

Après le service, le ménage leur prit deux heures, ce qui les ramena à Loughborough Estate peu avant 18 heures. Alice avait choisi un itinéraire différent de celui du matin, toujours afin de désorienter Monifa. De fait, passé le premier changement de direction, celle-ci aurait été incapable de se repérer.

— Asseyez-vous et reposez vos pieds, Monifa, lui dit Alice lorsqu'elles furent rentrées. Je vais nous préparer une tasse de thé. Ou peut-être préférez-vous de l'eau pétillante ?

Du thé, dit Monifa, ce sera très bien, merci. Puis elle demanda à Alice si elle avait du papier. La mère de Winston répondit qu'il devait rester un bloc ligné à l'intérieur du banc de piano, un vestige lointain de l'époque où Benj se prenait pour un grand compositeur, ajouta-t-elle.

— Il doit y avoir un crayon ou un stylo avec. Sinon, dites-le-moi, et je vous en trouverai un.

— Je dois rédiger une lettre pour le sergent, expliqua Monifa.

— Appliquez-vous, alors. Trésor est très à cheval sur l'écriture. Vous avez vu la sienne ? Non ? À le lire, on croirait que sa moindre liste de courses est destinée à un musée. Formez bien vos *q*, surtout. Il ne supporte pas les *q* qui ressemblent à des *g*.

Monifa ouvrit le banc de piano et y découvrit le bloc ainsi qu'un stylo. Quelques mesures avaient été griffonnées sur la première page.

Elle réfléchit : comment dire ce qu'elle savait sans nuire à quiconque ? Si, comme l'affirmait le sergent, la clinique était à présent fermée, la seule personne susceptible de pâtir de sa déposition était Mercy Hart. Elle pouvait toujours prétendre que son rôle se limitait à encaisser les règlements, à noter les rendez-vous, à contrôler la température et la tension artérielle des patientes. Winston Nkata n'avait aucun moyen de vérifier si elle disait la vérité. Son insistance à lui arracher un témoignage indiquait que Mercy n'avait encore rien avoué. Mais ses mensonges lui ramèneraient-ils Tani et Simisola ? Sans doute pas.

Quand Alice la rejoignit au salon avec une théière et deux tasses, Monifa n'avait pas encore écrit un seul mot. Elle regardait le bloc jaune comme s'il détenait la solution à son dilemme.

— Du sucre et du lait ? demanda Alice.

Plongée dans ses réflexions, Monifa ne l'entendit pas. Alice retourna à la cuisine et en revint avec un pichet en forme de vache et un bol contenant du sucre. Monifa ne leva les yeux que lorsqu'elle lui toucha doucement l'épaule.

— Mon trésor est un type bien. Quoi qu'il vous ait dit, vous pouvez lui faire confiance. Je ne l'ai jamais vu mentir. Ce n'est pas son genre.

Tandis qu'Alice attaquait les préparatifs du dîner, Monifa prit enfin le stylo afin de rédiger la déposition que le sergent attendait d'elle.

Tout avait commencé par une conversation près d'un étal d'épices au marché. Elle-même était venue acheter du poivre de Penja, de la vernonie séchée, du *yaji*, de l'*ata Jos*. Devant elle, la cliente se plaignait de la rareté des feuilles d'uziza quand elle avait entendu murmurer dans son dos : « Ils font ça autrement, ici. Il y a quelqu'un qui le fait proprement, sans risque d'infection. »

Monifa avait jeté un coup d'œil par-dessus son épaule et vu deux femmes échanger à voix basse. Elle s'était approchée d'elles, avait donné son nom et expliqué qu'elle avait une fille en âge de le faire. Les femmes hésitaient à poursuivre leur discussion devant elle quand Talatu était passée dans la rue.

« Dites à votre Simisola que j'attends toujours ses turbans, avait-elle lancé à Monifa. Le modèle spécial. Elle comprendra. J'espère qu'elle me les apportera avant les prochaines vacances. »

Rassurées sur le fait qu'elle avait bien une fillette, les deux femmes avaient attiré Monifa à part pour lui fournir les renseignements qu'elle voulait.

C'est ainsi qu'elle avait appris l'existence de la clinique de Kingsland High Street et fait la connaissance d'Easter Lange, ou plutôt de Mercy Hart. Cette Mercy avait examiné Simisola et proposé de l'opérer sous anesthésie. À son réveil, avait-elle dit, elle devrait encore passer une nuit sous surveillance. L'intervention coûtait cher, oui. Il fallait débourser 300 livres rien que pour obtenir un rendez-vous. Mais elle était garantie indolore.

Les soupçons de la police étaient fondés. Monifa n'avait pas vu Mercy Hart opérer, mais celle-ci avait immédiatement compris pourquoi Monifa était venue la consulter avec Simisola, et elle avait encaissé les 300 livres demandées.

Monifa acheva sa confession en la datant et la signant. Elle n'avait plus qu'à espérer qu'Alice Nkata disait la vérité au sujet de son fils, et que celui-ci tiendrait parole.

STOKE NEWINGTON
NORD-EST DE LONDRES

— Il y a quelqu'un dehors, Tani ? Qu'est-ce que tu regardes ?

Tani remit le rideau en place et se retourna. Sophie était calée contre les oreillers et la tête de lit. Elle était nue, le drap remonté jusqu'à sa taille.

Ce n'était pas une bonne idée d'être venu à Stoke Newington en sortant de chez Lark, il le savait. Aussi, il avait dû se trouver une excuse pour ne pas retourner directement à Chelsea comme il l'avait promis. Cette excuse, c'étaient les passeports.

Sophie avait paru étonnée quand elle lui avait ouvert, mais son visage s'était illuminé à la vue de son butin. Elle s'était munie d'un couteau à la lame fine et aiguisée afin d'inciser son matelas le long de la couture, au pied de son lit.

L'entaille était à peine plus large que les passeports. Après les avoir glissés à l'intérieur, elle avait proposé de recoudre la toile, mais Tani ne lui en avait pas laissé le temps. Parce qu'ils étaient dans sa chambre, sur son lit, et que l'occasion était trop belle.

À son arrivée, il lui avait rapidement expliqué d'où il venait et ce qui s'était passé.

« Elle est tombée ? Elle ne s'est pas fait mal ? »

Tani avait menti en assurant que Lark allait bien, parce que en réalité il l'ignorait.

« Tu es sûr que ton père ne t'a pas suivi jusqu'ici ? » avait alors demandé Sophie.

Tani n'en savait rien non plus, même s'il avait affirmé le contraire. Parce que Lark était tombée, avait-il dit, Abeo resterait certainement avec elle. Il ne la quitterait pas avant d'avoir prévenu la sage-femme ou de l'avoir emmenée aux urgences pour la faire examiner. Sa priorité serait de prendre soin d'elle et de leur bébé.

Il devait laisser les passeports à Sophie parce que, à présent, son père allait le traquer. Il était possible qu'il appelle aussi les flics pour l'accuser d'avoir agressé Lark. Il ne pouvait donc pas les garder. Pouvait-elle les cacher dans un endroit où Abeo n'aurait jamais l'idée de regarder, même s'il parvenait à s'introduire dans leur maison ?

« Tu as dit qu'il ne t'avait pas suivi ! avait répliqué Sophie.

— Il connaît le nom de la rue, Soph. Il me l'a dit la dernière fois que je l'ai vu. »

Après mûre réflexion, elle avait opté pour le matelas. Mais, après ça, Tani n'avait pu se résoudre à la quitter. Ils avaient profité de son lit avant de s'assoupir. À son réveil, Tani avait constaté que deux heures s'étaient écoulées.

Il s'était alors levé et approché de la fenêtre pour scruter la rue, chaque voiture, chaque recoin où son père aurait pu se cacher. Abeo avait eu amplement le temps de s'assurer que Lark allait bien avant de se lancer à la recherche de son fils.

Il commença à se rhabiller et elle en fit autant. Puis elle le suivit dans l'escalier et jusque dans le vestibule. Il l'embrassa, plongeant ses doigts dans ses cheveux aussi doux que ceux d'un bébé. Puis il entrouvrit la porte et inspecta de nouveau la rue. Il lui fit un signe de tête rassurant et se mit en route.

Tout en marchant, il sortit son portable. Il était plus que temps de faire savoir à sa sœur et aux habitants de la grande maison de Chelsea qu'il était sain et sauf.

En jetant un coup d'œil à l'écran, il vit qu'il avait manqué plusieurs SMS et un appel. Il s'arrêta et consulta sa messagerie. Deux SMS de Deborah, un de Cotter, un de Zawadi. Il y avait aussi un message vocal, qu'il écouta en se dirigeant vers la gare.

« Tu crois que tu peux brutaliser la femme que j'aime ? La mère de mes enfants ? Tu vas payer pour ça. Je te retrouverai, Tani. Et ceux qui te protègent regretteront de t'avoir hébergé ou d'avoir même prononcé ton nom. »

Tani écouta une seconde fois le message. Le fait que son père l'ait appelé ne le surprenait guère. Ses menaces l'étonnaient encore moins. Mais ce qu'il n'avait pas calculé, c'était qu'en allant à Pembury Estate il mettrait toutes ses connaissances en danger. Si sa visite avait répondu à un objectif clair – récupérer les passeports –, il était encore loin d'en mesurer les conséquences.

CHALK FARM
NORD DE LONDRES

Évidemment, ils devaient croire Ross Carver sur parole quand il affirmait que Teo avait été frappée par une femme le soir où il l'avait trouvée par terre chez elle – ou plutôt dans son futur chez-lui. Il devait être ravi de quitter le voisinage nauséabond de la ferme urbaine de Hackney, sans parler du concert gratuit offert chaque matin par le coq du quartier. Pourtant, Barbara n'arrivait pas à le considérer comme un suspect sérieux. Il s'était rendu chez Teo sur son invitation. Le portable de la jeune femme confirmait qu'elle lui avait envoyé un message. Qu'aurait-il bien pu se passer entre eux pour qu'il en vienne à la frapper avec le *Guerrier debout* ? Si, comme elle le soupçonnait, Teo souhaitait lui parler parce qu'il avait mis sa sœur enceinte, il aurait été plus plausible que ce soit elle qui lui brise le crâne, et non l'inverse. Elle venait d'accepter de subir une opération qui aurait donné une seconde chance à leur couple. Là-dessus, elle apprenait que sa sœur était enceinte de son mari. Qui aurait pu croire que tout ce petit monde allait vivre heureux comme dans un conte de fées un peu tordu ?

Cela propulsait Rosie Bontempi en haut de la liste. Elle s'était violemment et bruyamment disputée avec Teo peu avant sa mort. Elle savait qu'il y avait une caméra à l'entrée de l'immeuble. Si elle était revenue dans le but d'en découdre avec sa sœur, elle n'allait donc pas danser la macarena devant ! Au contraire, elle devait se rendre méconnaissable, trouver un moyen de s'introduire dans la résidence à l'insu de Teo, et en ressortir par l'issue de secours.

Toutefois, tuer sa propre sœur n'était pas à la portée de tout le monde. Et là encore, il aurait été logique que ce soit Teo qui ait eu envie de buter Rosie. Elle savait que Ross n'était pas du genre à se dérober à son devoir. Même s'il n'épousait pas Rosie, elle ferait toujours partie de sa vie, de même que leur enfant. Si Teo espérait, prévoyait ou avait l'intention de remettre le couvert avec lui après l'opération – une pure supposition, Barbara était la première à l'admettre –, elle aurait dû faire contre mauvaise fortune bon cœur pendant un sacré paquet d'années.

Cela dit, la mort de Teo arrangeait d'autres personnes, notamment le commissaire Mark Phinney et sa femme, ainsi que Mercy Hart/Easter Lange, si elle comptait rouvrir sa clinique... Bref, au terme de cette nouvelle journée d'enquête, ils étaient tout aussi incapables que le matin de désigner un coupable.

Lynley n'avait fait qu'une courte apparition dans le service. Judi-avec-un-i l'avait appelé en fin d'après-midi pour la même raison que d'habitude : l'adjoint au préfet de police souhaitait lui parler avant son départ. Il avait juste eu le temps de communiquer à l'équipe les informations qu'il avait soutirées à Paul Phinney et à son frère Mark – à croire que tout Londres s'était donné rendez-vous à Streatham ce soir-là. Mais, avant de monter chez Hillier, il leur avait laissé des instructions : « Continuez ce que vous avez commencé, surtout avec les vidéos de Kingsland High Street. Il y a forcément un détail qui nous échappe. »

Vu l'importance de la rue, cela faisait beaucoup d'images à scruter. La plupart des commerces y étaient équipés de caméras (certains en avaient même plusieurs), sans parler de celles appartenant à la municipalité ou à la police. Une banalité à Londres, où les gens étaient filmés des centaines de fois par jour.

Au bout de deux heures de visionnage, Barbara décida qu'elle avait rempli sa mission. Sur le chemin du retour, elle s'arrêta dans un petit restaurant grec, où le chef farcit deux moitiés de pitas avec de l'agneau, quelques feuilles de laitue, des tomates pour la couleur et une bonne dose de tzatziki. Le tout était servi avec une salade ou des frites. Barbara ne connaissait pas de meilleur synonyme de « Tes artères sont foutues » qu'une portion de frites brûlantes à peine sorties de leur bain d'huile, arrosées de vinaigre de malt ou, à la rigueur, d'une montagne de ketchup.

Elle rapporta tout cela chez elle. En remontant l'allée, elle remarqua, comme d'habitude, que l'appartement au rez-de-chaussée de la maison jaune derrière laquelle elle vivait était inhabité. Et, comme d'habitude, elle se dit qu'il y avait peu de chances qu'il soit occupé de sitôt.

Une fois rentrée dans son bungalow à peine plus grand qu'un abri de jardin, elle posa son dîner sur la table qui servait un peu à tout dans la cuisine – qui servait elle-même un peu à tout, mais surtout à laver ses sous-vêtements dans l'évier, deux fois par semaine. Elle retourna à la Mini et en sortit les fleurs qu'on lui avait livrées. Elle se sentait parfaitement ridicule de les trimballer ainsi en public, mais si elle les avait laissées au bureau Dorothea l'aurait harcelée pour connaître le nom de l'expéditeur, et ses collègues se seraient fait un plaisir de la chambrer.

Restait le problème de la carte et de la réponse qu'il convenait de donner. Quand quelqu'un écrivait « J'espère vous revoir bientôt », était-ce une invitation ou une simple formule de politesse ? Après réflexion, Barbara retint la première hypothèse. Leur dernière rencontre – à la limite, elle supposait qu'on pouvait appeler cela un rencard –, trois semaines plus tôt, s'était bien passée. Ils avaient beaucoup parlé et même ri ensemble.

Mais avant d'approfondir cette épineuse question, il fallait qu'elle dîne.

Elle s'ouvrit une bouteille de bière brune de Newcastle. Un plat grec, des frites et une bière pour faire couler : le repas idéal, selon elle. Elle déballa sa nourriture, alla chercher du ketchup dans le frigo, fouilla dans sa « trousse de secours aromatique » pour trouver du vinaigre de malt. Puis elle attaqua. En guise de dessert, elle n'avait qu'un sachet de papillotes en chocolat acheté à Pâques. Elle les avait mises au congélateur et s'en accordait deux, trois, voire une dizaine les soirs où elle réussissait l'exploit de manger plus ou moins sainement. Ce repas-ci semblait bien scorer dans l'échelle de l'alimentation saine, aussi s'autorisa-t-elle à en croquer deux. Elle les déballa l'une après l'autre et les engloutit avant de repenser aux fleurs.

Elle sortit alors son téléphone de son sac et grilla deux cigarettes en réfléchissant à ce qu'elle allait dire. Autant faire simple, non ?

Elle chercha le numéro et le composa. Le portable sonna quatre fois dans le vide. Elle allait raccrocher – pourquoi le répondeur ne se déclenchait-il pas ? – quand elle entendit sa voix.

— Lo Bianco, *pronto*.

— Salvatore ?

— Barbara ! Quelle joie ! Pour moi ça fait plaisir… Non. *Ho torto*. Ce n'est pas correct. Je suis content que vous m'appelez.

— Vous faites des progrès en anglais ?

— Je regrette de ne pas l'avoir appris quand j'étais 5 ans.

— Quand vous aviez 5 ans ? Ç'aurait été bien, ça. Mais vous vous en sortez mieux en anglais que moi en italien, vous pouvez me croire.

— Pour bien parler italien, il faut le vivre… Non : il faut vivre là-bas. C'est pareil pour la plupart des langues, je pense. Sauf si on est un génie, comme mon Marco. Sa mère a une télévision avec beaucoup, beaucoup de… *canali*, c'est le mot en italien.

— Chaînes ?

— Oui, oui. Elle a beaucoup de chaînes, donc Marco regarde la télé en anglais. Il adore les séries policières.

— Il doit avoir un vocabulaire intéressant.

Lo Bianco rit.

— Moi aussi, je devrais suivre ces programmes. Marco m'apprend des mots anglais, ceux qu'il entend à la télé. « Chelou. » Il aime ce mot. Et « le poulailler ». Il me dit : « Quand est-ce que tu retournes au poulailler, papa ? » Je ne sais pas ce que ça veut dire, donc il m'explique. Alors maintenant je peux vous le demander. Barbara, comment c'est… Non, pas ça. Comment ça se passe dans votre poulailler ?

— On croule sous le boulot. Une flic a été assassinée.

— Je suis désolé. C'était une amie ?

— Non, non. Elle travaillait pour la Met, mais dans une autre unité. On a hérité de l'enquête parce que c'était une collègue. L'adjoint au préfet n'aime pas trop quand on tue un flic. Donc voilà.

— Voilà quoi ?

— C'est juste une expression. Ça ne veut rien dire.

— Ah. Oui. En italien aussi on dit ça…

Un silence suivit. Il semblait heureux de son appel. Elle faisait de son mieux pour l'encourager, non ? Ou, du moins, pour ne pas le décourager. Elle se demanda ce qu'il faisait pendant qu'ils discutaient. Elle savait qu'il louait une chambre près de la station Dagenham East et que sa logeuse lui servait un petit déjeuner anglais traditionnel chaque matin. Elle savait aussi qu'il passait ses journées en cours ou à se promener dans Londres, et c'était tout. Elle l'imaginait prenant ses repas seul. À la réflexion, pourquoi aurait-il mangé seul ? Il était sociable et désireux de progresser. Il devait se douter qu'il n'apprendrait pas grand-chose en restant dans son coin. Il avait certainement trouvé un cadre où exercer ses compétences linguistiques. Peut-être qu'à cet instant précis son ou sa partenaire brûlait de reprendre leur conversation ou l'activité, quelle qu'elle soit, qu'elle avait interrompue.

Elle se gifla mentalement. Bon sang. Remercie-le, nom de Dieu !

— En fait, j'appelais pour vous remercier pour les fleurs. Fallait pas, mais merci quand même. Et pour répondre, plus ou moins, à votre carte, moi aussi, Salvatore, j'aimerais vous revoir. Je pourrais vous inviter à dîner. Pas chez moi, mais au restaurant. Pas un italien, évidemment. Pourquoi pas un indien ? L'addition sera pour moi, bien sûr. C'est vous qui avez payé la dernière fois.

Sa réaction la prit totalement au dépourvu.

— Quelles fleurs ?

— Celles qu'on m'a livrées en fin de matinée. C'était courageux de votre part de les envoyer à Scotland Yard. La machine à rayons X aurait pu les massacrer lors du contrôle de sécurité. En tout cas, merci. Je les ai rapportées chez moi et elles égaient mon intérieur.

— Ah ! Oui.

— Vous ne connaissez pas ma maison, mais vous pouvez me croire, elle a bien besoin d'une touche de gaieté.

— Je suis content, alors, dit-il sur un ton qui sonnait faux.

Barbara ne voyait qu'une explication à sa gêne.

— Je tombe mal, c'est ça ? dit-elle. Vous êtes avec…

— Non, non. Je suis seul. J'ai dîné dans le quartier et je fais une promenade. Il fait chaud en ce moment, non ? Je ne m'y attendais pas. J'ai pensé… Non, je pensais que les Anglais avaient un très mauvais climat. Mais on se croirait à Lucques en été.

— Sans l'ambiance.

— C'est très vrai. Barbara, ajouta-t-il d'une voix hésitante, je serai content de dîner avec vous. Mais ce ne serait pas bien de vous laisser…

— Ne discutez pas, Salvatore. C'est moi qui régale.

— Qu'est-ce que ça veut dire ?

— C'est moi qui paie, point final.

— Ah oui, je comprends. Mais je ne dois pas…

— Ne soyez pas si têtu. Ce n'est probablement pas la coutume italienne, mais c'est la mienne.

— C'est pour les fleurs…

Enfin, elle percuta.

— Oh ! fit-elle.

Salvatore tenta de rattraper le coup avec une double dose de galanterie.

— Ce ne serait pas bien de m'attribuer le mérite de ce geste. Vous avez un autre admirateur qui vous les a envoyées.

Barbara se sentait tellement ridicule qu'elle aurait voulu disparaître sous terre.

— Un autre ? N'en jetez plus, la cour est pleine ! parvint-elle à plaisanter.

Il réagit en parfait gentleman.

— Bientôt, vous serez noyée sous les fleurs.

— Tant pis pour mes allergies !

Ils rirent ensemble. Barbara continua à feindre pendant encore une très longue minute. Et Salvatore en fit autant.

BRIXTON
SUD DE LONDRES

Winston Nkata s'attarda une dizaine de minutes dans sa voiture arrêtée, le siège légèrement incliné, la nuque calée sur l'appui-tête et les yeux clos. Il était mort de fatigue. Qui aurait pu prévoir que le visionnage de toutes ces images de vidéosurveillance l'userait jusqu'à lui donner l'impression de ne plus avoir de cerveau ? En d'autres circonstances, il aurait avalé deux comprimés de paracétamol et prié pour qu'ils agissent rapidement. En d'autres circonstances, il se serait isolé dans sa chambre, la tête enfouie dans l'oreiller. Il aurait peut-être rejoint ses parents plus tard pour dîner. Ou peut-être pas. Mais à part se gaver de cachets, il ne pouvait rien faire de tout cela. Il n'avait que ces quelques minutes de répit, et il comptait bien en profiter.

Heureusement, ses efforts et ceux des constables n'avaient pas été vains. Ils étaient parvenus à repérer Teo Bontempi, en tenue africaine, sur le trottoir de Kingsland High Street. On la voyait traverser la rue pour sonner à la porte de la clinique. Une séquence en apparence anodine, même si l'immeuble n'abritait aucune autre activité. Mais un examen attentif montrait la porte en train de s'ouvrir, et dans l'ombre une personne faisant signe à la policière d'entrer. Pas suffisant pour établir un lien entre Mercy Hart et Teo Bontempi, mais c'était mieux que rien.

Nkata déplia ses longues jambes et descendit de voiture. Il avait presque atteint l'appartement de ses parents quand son portable sonna. C'était Barb Havers.

— Je veux savoir si tu es dans le coup, bordel ! lui dit-elle sans préambule.

— Qu'est-ce que tu racontes, Barb ?

— Ne fais pas l'innocent, Winston. Tu es dans le coup ? À question simple, réponse simple : oui ou non.

— Alors ça doit être non, parce que je ne vois pas de quoi tu parles.

— Tu me le jures ?

Elle semblait au bord des larmes.

— Je viens de me ridiculiser comme une merde. L'un de vous, ou vous tous, m'avez piégée, et je veux savoir qui.

Ne comprenant rien à ce qu'elle racontait, il lui donna la seule réponse possible.

— Je te le jure, Barb. Tu vas bien ?

— Bien sûr que non ! Est-ce que j'ai l'air d'aller bien ? Je viens d'appeler Salvatore Lo Bianco. J'aurais baissé ma culotte en public, ce serait pareil.

— L'inspecteur Lo Bianco ? Je ne savais pas qu'il était encore à Londres. Je ne l'ai vu qu'une fois, Barb, au spectacle de claquettes. Tu veux bien me dire ce qui se passe ?

Apparemment, ce qu'elle voulait, c'était surtout mettre un terme à leur conversation. Après avoir répété son prénom plusieurs fois dans le vide, Nkata tenta de la joindre successivement sur son portable et sur son téléphone fixe. Il laissa un message sur son répondeur et lui envoya un SMS.

Rappelle-moi si tu as besoin de parler.

En entrant dans l'appartement, il entendit des voix dans la cuisine. Il reconnut le débit rythmé de sa mère et le phrasé hésitant de Monifa. Un appétissant fumet de bœuf et de poulet s'échappait de trois casseroles couvertes. Alice fut la première à le voir.

— Monifa nous a fait de la soupe d'*ewédù*, trésor. Et un ragoût de *buka*. Elle a aussi fait du *foufou*. Ça se prépare avec du manioc, mais on peut utiliser... Que disiez-vous, Monifa ?

— Beaucoup de choses. Des bananes plantains, des ignames...

— Il peut regarder ? demanda Alice.

Monifa sourit et découvrit une des casseroles.

Winston jeta un coup d'œil à l'intérieur. Le *foufou* se révéla être une boule de pâte qui n'était ni du pain, ni des pommes de terre, ni rien d'autre que du *foufou*. Sa mère lui expliqua qu'il servait à puiser la soupe, comme une cuillère.

— Les couverts sont interdits, précisa-t-elle. Et, d'après Monifa, on ne mâche pas le *foufou*, on l'avale tout rond.

La dégustation risquait de s'achever par une manœuvre de Heimlich. Voyant l'expression de Winston, Monifa s'empressa de le rassurer.

— Non, non ! Vous devez mâcher si c'est la première fois que vous en mangez.

Nkata était prêt à goûter tout ce qu'on lui proposait : il avait sauté le déjeuner, mais il n'était pas stupide au point de l'avouer à sa mère.

Il alla donc chercher le paracétamol et en avala deux cachets avant de rejoindre les femmes à table. Son père dînerait plus tard, en rentrant du travail.

Il trouva plusieurs feuilles pliées dans le sens de la longueur à côté de son assiette. Il comprit aussitôt de quoi il s'agissait.

Monifa y racontait comment elle avait découvert le Centre de santé de Hackney et y nommait la personne à laquelle elle avait eu affaire là-bas : Mercy Hart, alias Easter Lange. Elle admettait y avoir emmené sa fille pour y subir une MGF médicalisée, une intervention illégale au Royaume-Uni, quelle que soit la manière dont elle était pratiquée ou par qui. Ce témoignage offrait à la Met les moyens d'en finir avec Mercy Hart et de sceller son sort. Ce n'était que justice, même si ça ne ferait pas progresser leur enquête sur le meurtre de Teo Bontempi.

En levant les yeux, il constata que Monifa l'observait d'un air grave. Il savait ce qu'elle attendait de lui : qu'il lui garantisse qu'elle reverrait ses enfants.

Elle désigna les papiers tandis qu'Alice apportait le *foufou* et le ragoût.

— Est-ce que c'est… J'ai écrit assez ? Pour Simisola et Tani ?

— Je pense que oui, répondit Winston, mais je dois en référer à mon chef. Mercy Hart est impliquée dans deux enquêtes. Votre témoignage va nous permettre de l'inculper dans la première affaire. Mais il nous faudra plus de temps pour réunir des preuves concernant la seconde, et je ne veux pas compromettre nos chances.

— Mais vous allez l'appeler ? Votre chef…

— Dès que j'aurai goûté ce *foufou*.

Alice leur servit la soupe. Monifa tendit à Winston une part de *foufou* tandis que sa mère complétait sa ration avec une louche de ragoût. Elle remplit ensuite l'assiette de Monifa, puis la sienne, avant de s'asseoir.

— Vous êtes sûre que je peux mâcher ? demanda Nkata. Ce n'est pas tabou, au moins ?

— Ce n'est pas tabou, le rassura Monifa, et comme vous n'en avez jamais mangé, oui, vous pouvez mâcher le *foufou* autant que vous voulez.

— Cette dame, trésor, dit Alice en utilisant un morceau de *foufou* comme cuillère, c'est une cuisinière hors pair. Je me répète, mais elle devrait donner des cours. Goûte et ose me dire que j'ai tort.

Winston s'exécuta. Alice avait raison. Mais même si elle avait eu tort, il se serait bien gardé de le dire.

14 août

WESTMINSTER
CENTRE DE LONDRES

Si Lynley comprenait la mission du service de presse et approuvait toutes leurs tentatives de gérer la manière dont les informations étaient transmises aux médias, il détestait assurer le spectacle. En tant que remplaçant de la commissaire Ardery, il était censé être au courant de tout et pouvoir communiquer sur tous les éléments d'enquête qui lui passaient sous les yeux. Aussi, lorsqu'il s'était présenté à son rendez-vous avec Hillier et Deacon, la veille, il aurait dû flairer le traquenard. Pourtant, même les instructions de Judi MacIntosh – l'adjoint au préfet de police et le directeur du service de presse l'attendaient dans la salle de conférence, et non dans le bureau du premier – ne lui avaient pas mis la puce à l'oreille. Il n'avait compris qu'en se retrouvant face à une vingtaine de journalistes et trois équipes de télévision. Hillier et Deacon étaient assis sur une estrade derrière une longue table.

— Le voici ! s'écria Hillier à son entrée. Le commissaire Lynley va pouvoir vous donner de plus amples détails.

Cette affabilité appuyée lui enjoignait tacitement de coopérer. Vingt têtes se tournèrent vers lui et les caméras filmèrent ses moindres gestes tandis qu'il avançait vers l'estrade, le visage fermé.

Il découvrit rapidement la raison de ce point presse improvisé. Sur la table, devant Hillier et Deacon, reposait un exemplaire du tabloïd le plus racoleur du pays, *The Source*. Une photo de Teo Bontempi occupait presque toute la première page, accompagnée d'un titre incendiaire : « *Discrimination raciale = zéro progrès* ». L'article se poursuivait à l'intérieur. Le racisme systémique dans la police était l'un des thèmes de prédilection de *The Source*.

La réponse de Lynley à la première question – « Ce ne sont que des foutaises » – ne lui attira aucune sympathie. Ce n'était pas ce que les journalistes étaient venus entendre. « Vous croyez vraiment que New Scotland Yard ne mettrait pas tout en œuvre pour coincer le meurtrier d'un de ses agents ? » ne contribua pas davantage à apaiser les esprits. Au contraire, cela ouvrit la porte à la différence de traitement entre les crimes commis par des Noirs contre des Blancs et ceux commis par des Noirs contre des Noirs, ainsi qu'à des statistiques sur les taux de condamnation, d'incarcération et de classement de l'une et l'autre catégorie d'affaires.

À la fin du point presse, Lynley crispait si fort la mâchoire que ses oreilles bourdonnaient. Il attendit de se retrouver seul avec Hillier et Deacon pour laisser éclater sa colère.

— Si jamais vous me refaites ça…

— Je vous conseille de vous rappeler à qui vous vous adressez, l'interrompit sèchement Hillier.

— … je démissionnerai si vite que vous en aurez le vertige.

— Allons, calmez…, commença Deacon.

Mais Lynley était déjà parti. Ce soir-là, il lui fallut deux verres de Macallan et une immersion profonde dans Tchaïkovski pour se remettre en état de communiquer avec un autre être humain. Même alors, la seule personne avec qui il voulut ou put échanger quelques mots fut Charlie Denton. Boirait-il du vin au dîner ? désirait savoir celui-ci. Il y avait du bœuf bourguignon au menu.

Oui, Lynley prendrait du vin. Une bouteille entière.

Le lendemain matin, il avait recouvré son calme. Après une très longue douche chaude suivie d'une très courte douche froide, il arriva au bureau pour trouver le reste de l'équipe déjà au travail. Nkata s'entretenait avec deux des constables et Havers avec les deux autres.

Tous se mirent au garde-à-vous quand il lança son habituel : « Où en sommes-nous ? »

Le premier rapport concernait le *Guerrier debout*. Aucun

dépôt-vente ni aucune boutique solidaire n'avait vu passer la statuette depuis la mort de Teo Bontempi. Barbara Havers précisa que les propriétaires des autres exemplaires les avaient toujours. Seul manquait le n° 10, celui que Ross Carver avait offert à sa femme avant leur séparation. Alerté par sa froideur inhabituelle, Lynley la surprit en train de lui lancer un regard qu'il qualifia aussitôt d'« assassin ».

— Autre chose ? lui demanda-t-il.

— Ça peut attendre, répondit-elle.

De leur côté, les constables de Nkata n'avaient pas chômé. Ils avaient localisé le garde-meubles et récupéré le bail de l'appartement, établi au nom d'Easter Lange. La même Easter Lange avait loué un box de stockage pour lequel elle avait réglé trois mois d'avance en espèces. Il leur faudrait un mandat de perquisition, leur dit Lynley. Il y avait fort à parier que le *Guerrier debout* était planqué parmi les affaires de l'ex-clinique.

— Monifa Bankole a rédigé une déposition, annonça Nkata en tendant une chemise cartonnée à Lynley. Elle a désigné Mercy Hart, patron. Elle admet l'avoir consultée pour une MGF.

Lynley mit ses lunettes et parcourut rapidement le début du témoignage avant de sauter à la dernière page pour vérifier qu'il était bien daté et signé.

— Occupez-vous de faire coffrer Mercy Hart, Winston. Si sa garde à vue pouvait se dérouler plus près de la City que la première fois, ce serait parfait. Je pense que son avocate apprécierait également.

— Maintenant, Monika Bankole voudrait voir ses enfants, patron.

— Faites le nécessaire. Mais pour le moment, ils restent où ils sont. On ne peut pas prendre le risque qu'elle disparaisse dans la nature en les emmenant. Nous allons avoir besoin d'elle, et le parquet aussi. Je souhaite voir tout le monde sur les images de vidéosurveillance, ajouta Lynley pour le reste de l'équipe. Nous cherchons à identifier toutes les personnes à qui Teo – Teo-Adaku – a pu adresser la parole dans Kingsland High Street. Je reste convaincu que cette piste nous mènera à son assassin.

Puis il se leva et se dirigea vers son bureau.

WESTMINSTER
CENTRE DE LONDRES

Barbara lui emboîta le pas. Elle ne l'avait pas lâché du regard pendant la réunion. Elle savait qu'il avait remarqué son hostilité à son endroit et qu'il s'interrogeait. À présent, elle allait se faire un plaisir d'éclairer sa lanterne.

— Il faut que je vous parle, attaqua-t-elle sans même lui laisser le temps de s'asseoir.

Il posa le témoignage de Monifa Bankole sur son bureau.

— Il s'est passé quelque chose, constata-t-il.

— Ça, on peut le dire ! J'ai pensé que vous aimeriez connaître le fin mot de l'histoire.

Il lui désigna une chaise. Barbara savait qu'il ne s'assiérait pas tant qu'elle resterait debout. Sa Seigneurie était trop bien élevée pour ça. S'il s'asseyait, il risquait de voir la foudre s'abattre sur lui. Un météore traverserait la fenêtre pour le pulvériser. La main de Dieu lui arracherait la tête. Cette dernière option n'aurait pas déplu à Barbara. Les autres non plus, à vrai dire.

— Je ne suis pas sûr de comprendre…

— À d'autres ! Non seulement vous comprenez très bien, mais vous serez vachement heureux d'apprendre que votre plan a fonctionné à merveille.

Lynley garda le silence. Elle se retint de lui crever les yeux avec les ongles.

— Quelle conne je fais ! enchaîna-t-elle. J'ai pris tout ça au sérieux. J'ai même cru que… Mais vous et moi savons très bien que j'ai des bulles à la place du cerveau, hein ? Et vous… vous étiez obligé de vous mêler de mes affaires ?

Lynley baissa la tête et son regard s'assombrit. Puis il poussa un soupir.

— Doux Jésus ! murmura-t-il.

— Ouais, c'est ça. Doux Jésus. Ça a si bien marché qu'il serait descendu de sa croix rien que pour entendre ça.

— Pour entendre quoi ? Barbara, je...

— Je l'ai appelé, OK ? Je l'ai remercié. Je me suis ridiculisée, et c'est votre faute. La carte ? Oh, c'était une idée brillante ! En plus, vous en saviez juste assez pour trouver les mots qui feraient mouche.

— Si nous devons avoir cette conversation, il vaudrait mieux fermer la porte.

— Trop tard ! En plus, je me fiche qu'on entende ce que j'ai à vous dire. Parce que si vous croyez pouvoir manipuler les gens comme des poules et vous en tirer en faisant la bouche en cul de pantin...

— Vous mélangez les expressions.

— Je m'en fous ! Je les mélange si je veux, et je me ferai une joie de vous les enfoncer dans le...

— Patron ?

Barbara se retourna. Nkata se tenait sur le seuil.

— Dégage ! hurla-t-elle. Si tu cherches à faire diversion, trouve autre chose, parce que...

D'un geste, Nkata lui coupa la parole.

— On a Mercy Hart et Teo Bontempi sur les images de vidéo-surveillance. Dans Kingsland High Street, en deux occasions. Les deux fois, Teo porte les mêmes vêtements africains, donc il n'y a aucun doute. C'est bien elle.

CHELSEA
SUD-OUEST DE LONDRES

Contrairement à Tani, Sophie ne resta pas bouche bée en entrant chez les Saint James. Sans doute connaissait-elle des tas de gens qui habitaient des maisons comme celle-ci. Sa famille menait une vie très différente de la sienne. Aussi, quand M. Cotter lui ouvrit, elle s'adressa directement à Peach, qui s'élançait sur le perron en faisant son cirque habituel : aboyer, renifler, aboyer et tourner en rond pour qu'on la remarque.

— Comment tu t'appelles ? lui demanda Sophie comme si la chienne pouvait lui répondre. C'est toi qui fais la loi ici, je parie.

— On peut dire ça ! acquiesça Joseph Cotter.

Il avait attendu pour ouvrir que Simi ait filé à l'étage et que Tani se soit caché dans le bureau, d'où il jaillit dès qu'il reconnut la voix de Sophie.

Elle serra la main de M. Cotter et se présenta comme étant « l'amie de Tani, Sophie Franklin ».

Au même moment, Simi dévala l'escalier en criant :

— Sophie ! C'est Sophie !

— Entre donc, dit Joseph Cotter à la jeune fille tandis que Tani l'embrassait et que Simi se serrait contre elle.

Puis il fit cette chose si typique des Anglais blancs : il proposa du thé.

La journée de Tani avait commencé par un coup de fil à Zawadi. Elle lui avait adressé un SMS la veille, mais dans sa hâte à regagner Chelsea après avoir passé une partie de l'après-midi avec Sophie, il l'avait oubliée.

« Quand je t'envoie un message te demandant de m'appeler,

tu le fais immédiatement, lui avait-elle dit sur un ton brusque. C'est bien compris ?

— Pardon. J'étais occupé.

— Eh bien débrouille-toi pour ne pas l'être.

— Désolé.

— Une famille de Lewisham accepte de vous accueillir, Simisola et toi. Ils sont déjà nombreux, mais vous serez en sécurité chez eux. Et la situation sera plus normale pour vous deux. »

Tani savait que par « normale », elle voulait dire « chez des Noirs ». Il réfléchit. Les gens qui les hébergeaient en ce moment étaient peut-être des bons samaritains, surtout Deborah, mais leurs intentions étaient honnêtes et ils avaient pris des risques pour les protéger. Et surtout, Simi se plaisait chez eux : un chien, un chat, un jardin où elle pouvait gambader, une glace avec des oreilles de lapin… Ç'aurait pu être pire.

« Je pense qu'il vaut mieux qu'on reste où on est, avait-il répondu. Les gens sont assez sympas ici.

— Comment ça, "assez sympas" ? Ils ne vous traitent pas bien ?

— Je veux dire qu'ils sont très corrects. Ils sont gentils, pour des Blancs.

— Si ça change, même d'un iota, tu m'appelles aussitôt. »

Il avait promis.

« Maintenant, venons-en au fait, avait poursuivi Zawadi. J'ai l'ordonnance de protection. »

Cette nouvelle l'avait pris au dépourvu.

« Est-ce que maman…

— On n'a pas eu besoin d'elle. On a complété la demande ici, à la Maison de l'orchidée, et on l'a remise aux autorités.

— Je croyais que la partie qu'elle devait remplir était la plus importante ?

— Et ça n'a pas changé. Les autorités voudront connaître sa version dès qu'elles pourront l'interroger. Pour l'instant, j'ai joint les photos de ton visage après ta bagarre avec ton père. Elles ont tout de suite compris quel genre de type c'était.

— Est-ce que vous… ? Vous allez pas la lui apporter vous-même, hein ? L'ordonnance de protection ? Ce serait de la folie.

— Non. Elle va être transmise au commissariat le plus proche de chez vous, puis un flic la remettra en main propre à ton père, et il sera obligé de donner les passeports.

— Ils étaient pas chez nous. Mais je les ai trouvés. »

Il lui avait alors raconté comment il les avait obtenus, à quoi elle lui avait répondu qu'il les lui fallait au plus vite.

Il avait donc appelé Sophie, qui avait rappliqué dès que possible. Elle avait sorti les passeports de son sac à dos et s'apprêtait à les confier à Tani quand Deborah Saint James les rejoignit dans l'entrée.

— Regarde qui est là, Deborah ! s'écria Simi. C'est Sophie ! Ton papa est en train de préparer du thé.

— Je vois ça, dit Deborah en souriant.

Elle aperçut alors les passeports et ajouta :

— Tani, tu devrais appeler Zawadi, non ? La police va en avoir besoin.

Mais Tani n'était plus très sûr de vouloir les donner. Il ne faisait confiance qu'à lui-même pour les garder en lieu sûr, et par conséquent pour protéger Simisola.

Ils furent rejoints par Cotter, qui remarqua également les passeports.

— Vous préférez prendre le thé dans la cuisine ou dehors ? demanda-t-il.

— Il faut que Sophie voie le jardin ! s'exclama Simi. Est-ce que Alaska y est ? Et Peach ?

— Le chat, je n'en sais rien, répondit Cotter, mais tu connais Peach. Dès qu'elle aura senti les petits gâteaux, elle viendra se coller dans nos pattes. Tu montres le chemin à notre invitée ?

Simi prit la main de Sophie. Tani s'apprêtait à les suivre quand Cotter le retint.

— Veux-tu que je m'en charge ? dit-il. Si je les cache, il faudra démolir cette maison brique par brique pour espérer les retrouver. Je promets de te les rendre dès que tu me les demanderas.

Tani réfléchit. En attendant que Zawadi ou lui-même puisse les remettre à la police, confier les passeports à Joseph Cotter semblait la meilleure solution. Ainsi, à part lui, aucun d'eux ne saurait où ils étaient. Et donc aucun d'eux ne pourrait révéler leur emplacement.

BETHNAL GREEN
EST DE LONDRES

Mercy Hart avait été emmenée à Bethnal Green. C'était assez loin du centre, quoique moins que le commissariat de son quartier. Elle se trouvait entre les mains de la police depuis plus de trois heures quand Lynley et Havers entrèrent dans la salle d'interrogatoire où elle les attendait avec son avocate.

Par expérience, Lynley savait que seuls les professionnels du crime ou les récidivistes étaient insensibles au claquement d'une porte de cellule se refermant sur eux. N'étant ni l'un ni l'autre, Mercy Hart avait visiblement les nerfs à fleur de peau.

Elle avait de bonnes raisons de s'inquiéter. La première séquence qui l'incriminait provenait de la caméra de Taste of Tennessee. Teo Bontempi, vêtue à l'africaine, était passée juste au-dessous, en pleine conversation avec Mercy Hart. Celle-ci parlait et Teo l'écoutait attentivement, une main glissée sous son bras. On aurait pu les prendre pour deux amies si la femme en tenue traditionnelle n'avait pas travaillé pour une brigade anti-MGF, ce qui donnait une coloration différente à leur discussion.

La deuxième séquence était encore plus accablante. Elle avait été filmée par l'une des caméras de la Met fixée au bord du toit du Rio Cinema et équipée d'un objectif grand angle qui couvrait une bonne trentaine de mètres dans chaque direction. L'image, parfaitement nette, montrait sans aucun doute possible Mercy Hart ouvrant la porte de l'immeuble à Teo Bontempi.

Elle était déjà accusée d'avoir menti à la police, d'avoir exercé illégalement la médecine et pratiqué des mutilations génitales féminines. À présent, elle risquait également d'être inculpée pour homicide. Shalott Abbott réclama des preuves. Lynley lui assura qu'ils disposaient du témoignage écrit d'une femme qui avait rendez-vous au Centre de santé de Hackney pour faire exciser sa fille par une certaine Easter Lange, le nom que Mercy Hart avait emprunté à sa tante. Celle-ci avait signé le bail de la clinique et loué un box afin d'entreposer son matériel après la descente de police. En ce moment même, les enquêteurs de Scotland Yard montraient sa photo au personnel et au directeur du garde-meubles. Son inculpation ne faisait aucun doute.

— Avez-vous quelque chose à déclarer, madame Hart ? demanda Lynley.

Mercy regarda son avocate, qui lui adressa un signe discret de la main gauche.

— Je faisais ce qu'on me disait, dit-elle alors.

— Ce qui signifie ?

— Que vous perdez votre temps avec ma cliente, intervint Shalott Abbott. Vous pouvez penser ce que vous voulez des pratiques de cette clinique, mais cela ne la concerne en rien. Son rôle se limitait à noter les rendez-vous et à accueillir les visiteuses.

— Ça n'explique pas ses conversations avec Adaku Obiaka.

— Je vous l'ai dit, rétorqua sèchement Mercy. Je ne connais pas cette personne. Je ne l'ai jamais rencontrée.

— Donc ce n'est pas vous qu'on a filmée en train de papoter avec elle ? intervint Havers.

— Les images d'une autre caméra vous montrent la faisant entrer dans l'immeuble, lui rappela Lynley.

— Rien de tout cela n'est vrai. Rien.

— Alors comment expliquez-vous ces images ?

— Tout le monde sait qu'on peut les retoucher. Il suffit d'un ordinateur.

— Je vois, soupira Havers. Et d'après vous, quel intérêt les gens de Taste of Tennessee avaient-ils à trafiquer cette vidéo ?

— Ça a pu être fait après.

— Après quoi, exactement ?

— Après qu'ils vous ont donné les bandes.

— Ah ! Comme si les techniciens de la Met, qui n'ont rien de plus urgent à faire que de jouer avec leurs smartphones, comme chacun sait, avaient tout lâché pour coller la tête de Teo Bontempi – Adaku, pour vous – sur le corps d'une femme vêtue d'une robe africaine... Laquelle, au passage, était accrochée dans sa penderie. Alors qui était cette personne habillée exactement comme Adaku ?

— Pour vous répondre, il faudrait que je regarde la vidéo.

Havers soupira de nouveau.

Lynley observait Mercy Hart. Elle s'humecta les lèvres, saisit le gobelet en plastique posé entre eux sur la table et se ravisa aussitôt. Elle ne voulait pas qu'ils voient ses mains trembler.

— De quoi avez-vous peur ? demanda-t-il. Ou devrais-je dire : de qui ?

— Je n'ai fait de mal à personne ! protesta-t-elle. Ni MGF ni meurtre, rien ! Si quelqu'un m'a accusée de quoi que ce soit, c'est un mensonge. C'est tout ce que je peux dire. Je veux m'en aller, dit-elle à son avocate.

— Vous êtes en état d'arrestation, lui rappela Havers. Vous pouvez mettre un terme à cette conversation, mais alors on vous conduira immédiatement à la prison de Bronzefield. D'après vous, comment votre Keisha va-t-elle s'en sortir avec ses petites sœurs ?

— Je ne vous dirai rien de plus.

— J'aimerais m'entretenir avec ma cliente, intervint Me Abbott.

Lynley se leva et éteignit le magnétophone. Il annonça que sa coéquipière et lui attendraient dans le couloir, puis il tint la porte à Havers et la referma derrière lui.

— Elle joue la montre, dit Havers. Si vous voulez mon avis, elle sait que c'est foutu.

— Possible. Mais je vous parie que son avocate va lui dire que la déposition que nous avons obtenue n'a aucune valeur en soi. C'est la parole de notre témoin contre la sienne. En cherchant bien, nous trouverions probablement des images de Monifa Bankole entrant dans la clinique avec sa fille. Mais nous n'avons aucune preuve de ce qui s'est passé à l'intérieur. Et la même Monifa pourrait décider de revenir sur ses aveux en prétendant qu'ils lui ont été arrachés sous la contrainte. Je vous rappelle qu'on lui a enlevé ses enfants.

— Oublions les MGF, alors. Le meurtre de Teo, qui a fait fermer sa clinique ? Ça ferait un mobile en béton, non ?

— C'est vrai. Mais si elle persiste dans son silence, tout ce que nous avons contre elle se résume à une séquence vidéo la montrant en train de discuter dans la rue avec Adaku. Vous savez aussi bien que moi que cela ne vaut rien, à moins d'avoir la preuve de sa présence sur le lieu du crime ou de trouver son ADN sur l'arme qui a servi à le commettre.

La porte de la salle d'interrogatoire s'ouvrit alors, et Shalott Abbott sortit dans le couloir. Sa cliente, leur annonça-t-elle poliment, avait pris sa décision. Elle ne souhaitait pas poursuivre cet entretien et attendait son transfert à la prison de Bronzefield.

CHELSEA
SUD-OUEST DE LONDRES

Leur destination était un nid de verdure au cœur de la ville. Au nord-ouest se dressaient de grandes maisons en brique accolées les unes aux autres. Des grilles en fer forgé empêchaient les passants de tomber dans leur courette, en contrebas de la rue. La partie sud-est, moins uniforme et distinguée, mélangeait quant à elle les matériaux de construction et les styles architecturaux. Des deux côtés poussaient des arbres au feuillage poussiéreux, et les fenêtres étaient décorées de jardinières dont les fleurs ployaient sous la chaleur.

Monifa ne s'imaginait pas vivre dans cet endroit et avait du mal à y visualiser ses enfants. En descendant de voiture, elle n'entendit que le chant des oiseaux et quelqu'un qui toussait derrière la fenêtre ouverte de la maison devant laquelle ils s'étaient garés.

— Où sommes-nous ? demanda-t-elle.

— À Chelsea, lui répondit le sergent Nkata.

Ce nom ne lui évoquait rien à part une équipe de football, et seulement parce que Tani supportait Tottenham.

Le policier la guida vers une immense bâtisse en brique à l'angle d'une rue. Des jardinières de géraniums rouges égayaient les fenêtres du rez-de-chaussée et quatre marches menaient à un perron abrité. Un grand porte-parapluie trônait près de la porte. Des poignées recourbées en dépassaient : les gens qui vivaient là ne craignaient pas de tenter les voleurs.

Le sergent actionna le heurtoir en cuivre. Comme personne ne répondait, il fronça les sourcils. Monifa sentit le sang cogner à ses tempes. Elle savait qu'Abeo ne viendrait jamais chercher leurs enfants ici, mais l'idée qu'ils puissent être partis ailleurs lui donnait des sueurs froides.

Après avoir frappé de nouveau et sonné en vain, le policier lui fit signe de le suivre. Ils tournèrent à l'angle de la maison et marchèrent jusqu'à un portail derrière lequel aboyait un chien.

— Il ne faut pas lui donner un biscuit si elle ne rapporte pas la balle, Sophie, fit une voix d'enfant aux intonations joyeuses.

Simisola ! Monifa saisit la poignée et poussa le portail. Elle les vit alors, Simi, Tani et une adolescente noire vêtue d'un short en jean qui dévoilait ses cuisses et d'une chemise en coton sans manches dont le décolleté laissait deviner le galbe de ses seins.

Un chien-saucisse à poil long courait de la jeune fille à Simisola. Tani et une Blanche à la chevelure rousse observaient la scène depuis des transats.

La femme fut la première à les voir.

— Winston ! s'écria-t-elle en se levant. Bonjour.

— Je vous amène de la visite.

Simisola lâcha la balle et se précipita vers Monifa en criant :

— Maman ! Maman !

Monifa ouvrit grand les bras et le petit corps de sa fille se blottit contre le sien. Elle tendit la main vers Tani, qui vint à elle. Il portait encore les traces des coups. Elle lui toucha la joue, et le beau visage de son fils se brouilla devant ses yeux.

— Je suis Deborah Saint James, dit la Blanche. Et vous devez être Mme Bankole, ajouta-t-elle avec un sourire.

Monifa acquiesça, submergée par l'émotion des retrouvailles avec ses enfants.

L'adolescente à moitié nue était la seule à ne pas avoir encore parlé. Elle regardait Tani comme si elle attendait quelque chose.

— Maman, dit-il à Monifa, je te présente Sophie, ma copine. Elle nous a aidés, Simi et moi.

Monifa devinait sans peine le genre d'aide que la jeune fille apportait à son fils. Elle s'abstint de commenter sa tenue et quand Sophie s'approcha, elle eut la sagesse de ne pas la repousser.

— Merci, dit-elle simplement.

— Je suis contente de pouvoir être utile, déclara Sophie.

— Sophie est super, affirma Simisola. Elle a pris des photos de

Tani après ce qui est arrivé pour qu'on puisse avoir… Tani, c'est quoi ce qu'on a eu ?

— Une ordonnance de protection, Mimi, répondit son frère. Comme ça, on a pas eu besoin de ta signature, maman. Si quelqu'un doit en subir les conséquences, ce sera moi, et je veillerai à ce qu'il le sache.

Monifa protesta : Tani avait déjà trop souffert. Simi aussi. C'était à elle, Monifa, de leur assurer un avenir meilleur.

— Où est-ce que tu habites, maman ? demanda Simi.

— Chez les parents du sergent Nkata, expliqua Monifa.

— Tu ne peux pas t'installer ici avec nous ? Deborah est très gentille. Oh, et ça, c'est Peach. Tani lui a appris à rapporter une balle. Et je crois qu'Alaska est là-haut, dans cet arbre. En tout cas, il y était tout à l'heure. Alaska, c'est le chat. Tu vas rester, dis, maman ?

— Vous êtes la bienvenue, madame Bankole, affirma Deborah Saint James.

— Oh, s'il te plaît, maman ! supplia Simi en joignant les mains.

— Pas maintenant, Simisola, intervint le sergent Nkata. Elle donne des cours de cuisine nigériane à ma mère. On a encore besoin d'elle.

— Mais ça va prendre une éternité ! protesta Simisola.

— Ma mère apprend très vite.

— J'ai un cadeau pour ta maman, Simi, dit Deborah. Tu veux bien aller le chercher ? Tu te rappelles où il est ?

Simi plaqua une main sur sa bouche, cachant un sourire. En revanche, elle ne put étouffer son rire.

— Oh oui ! s'écria-t-elle. J'y vais tout de suite ?

— On t'attend, dit Deborah.

Simi trottina vers l'escalier de pierre, qu'elle descendit en sautillant, et la porte du sous-sol se referma derrière elle.

— J'ai fait des…, commença à expliquer Deborah.

Au même moment, le portail s'ouvrit si violemment qu'il alla cogner contre le mur du jardin. Puis un cri inarticulé rompit la quiétude du quartier, et un homme fonça vers eux à travers la pelouse. Abeo les avait retrouvés.

— Où est-elle ? rugit-il.

Il attrapa Monifa, lui donna un coup de poing à la tempe et la traîna vers la rue.

— Où est Simisola ? hurla-t-il. Qu'est-ce que tu en as fait ?

Cela n'avait pris que quelques secondes. Le sergent Nkata entra en action et rejoignit Abeo en trois enjambées.

— Pas de ça ici ! dit-il d'une voix ferme.

Monifa sentit qu'Abeo lâchait prise. Deborah et Sophie se précipitèrent vers elle tandis que Tani marchait vers son père, l'air menaçant. Nkata serra le cou d'Abeo avec son bras, et il maintint sa pression jusqu'à ce qu'il glisse à terre. Puis il sortit des clés de sa poche et les lança à Tani.

— La Fiesta rouge à côté de l'église. Il y a des menottes en plastique dans la boîte à gants.

Tani courut vers la rue tandis que Nkata sortait son portable, sans doute pour appeler des renforts.

— Maman ? Maman !

Simisola émergea de la maison une enveloppe en kraft à la main. En voyant son père, elle s'arrêta net. Sophie fut la première à réagir. Elle se rua vers elle, la souleva et la porta à l'intérieur pendant que le sergent Nkata s'identifiait au téléphone.

— J'ai ici un homme qui vient d'agresser une femme. Pouvez-vous... OK.

Puis il donna l'adresse.

Abeo remua, ouvrit les yeux et tenta de se lever. Mais le policier fut plus rapide. Il se jeta sur lui et lui plaqua les bras dans le dos.

— Rentrez ! lança-t-il à Monifa.

Puis il tira Abeo vers la rue. Tani réapparut alors. Avant que la porte de la maison ne se referme derrière elle, Monifa le vit aider le sergent à passer les menottes à son père.

CHELSEA
SUD-OUEST DE LONDRES

Deborah trouva Sophie et Simisola blotties derrière la porte. Elles n'étaient même pas allées jusqu'à la cuisine. Simi pleurait en se cramponnant à l'adolescente. À voir son expression, on aurait dit qu'elle était la seule rescapée d'une catastrophe.

Monifa prit sa fille dans ses bras.

— C'est fini, Simi. Il ne te fera pas de mal. Il ne t'emmènera pas.

Sophie plaqua une main sur sa bouche et regarda vers le portail du jardin.

— Est-ce que Tani va bien ? demanda-t-elle à Monifa.

— Abeo ne l'a pas touché. Tani a aidé le sergent Nkata. La police va arriver. Nous sommes en sécurité.

— Comment a-t-il pu… ? dit la jeune fille d'une voix brisée. Il a dû me suivre. Pourtant j'ai fait très attention. Je n'ai pas pensé qu'il… Je suis vraiment désolée. Il devait se douter que j'avais les passeports. Pourquoi ne m'a-t-il pas attaquée pour les récupérer ?

— C'est Simisola qu'il voulait, répondit Monifa. Les passeports aussi, bien sûr. Mais sans elle ils ne lui servent à rien.

La porte s'ouvrit et Tani entra.

— Le sergent Nkata l'a maîtrisé, annonça-t-il. Ils attendent la police dans la rue.

— Mais il fait partie de la police, s'étonna Monifa. Alors pourquoi il… ?

— Je crois qu'il veut pas nous laisser seuls.

En effet, Simon n'était pas là et Cotter non plus. Même à cinq, si un nouveau danger survenait, ils étaient tous trop secoués par l'irruption soudaine d'Abeo et son agression contre Monifa pour l'affronter. Deborah fut reconnaissante à Winston de son attention.

Elle s'excusa auprès des autres et téléphona à Simon. Il était parti ce matin-là pour Southampton, où il comptait passer deux nuits pour voir ses frères, leur famille et leur mère.

— Je rentre immédiatement, dit-il quand elle l'eut mis au courant des derniers événements. Où est Joseph ?

— Non, ce n'est pas la peine, lui assura Deborah. Tout va bien, Simon. Papa est allé faire les courses pour le dîner, mais Winston est avec nous. Il attend dehors que la police vienne chercher le père de Simi. Si nous ne sommes pas en sécurité avec lui, nous ne le serons avec personne. Je... C'est puéril de ma part, mais je voulais juste t'entendre. Je t'aime, Simon, dit-elle après une pause.

Cela lui paraissait idiot, mais elle avait besoin de le lui dire. Ni l'un ni l'autre ne l'aurait jamais exprimé à voix haute, mais ils savaient tous deux qu'il aurait été incapable d'arrêter un homme tel qu'Abeo Bankole, surtout animé d'une rage qui lui donnait une force colossale.

— Moi aussi, dit-il. Tu veux bien appeler ton père ? Je serai plus tranquille s'il est auprès de toi.

Elle promit de le faire. Elle venait de raccrocher quand la voix de Nkata lui parvint de la cuisine, si calme et rassurante que l'arrivée soudaine d'Abeo semblait ne s'être jamais produite.

— ... occupé pour un moment, disait-il. Mais heureusement que j'étais là.

— Il est parti ? demanda Deborah en les rejoignant.

Ils étaient tous réunis autour de l'îlot central.

— Il va devoir s'expliquer au commissariat de Belgravia.

— Il m'a suivie jusqu'ici, dit Sophie. Tani, je suis vraiment désolée. Je croyais avoir été prudente, mais...

Tani passa un bras autour de sa taille et plaqua un baiser sur sa tête.

— C'est ma faute, pas la tienne, assura-t-il. Si j'avais gardé les passeports au lieu de te les confier... Mais c'était un prétexte pour te voir. Et quand Zawadi m'a envoyé un SMS, j'aurais dû lui répondre d'aller les chercher chez toi.

— Il a fait tout ça pour ces fichus passeports ? s'étonna Nkata.

— Le juge a rendu une ordonnance de protection, expliqua

Deborah. La police va exiger que le père de Tani les lui remette pour éviter qu'il ne quitte le pays avec Simi.

— Dans ce cas, vous feriez bien de me les confier, déclara Nkata. Je veillerai à ce qu'ils atterrissent entre de bonnes mains. D'ici là, ça m'étonnerait qu'il vienne les chercher à Brixton. Même moi, j'aurais peur de m'embrouiller avec ma mère, ajouta-t-il avec un petit sourire.

Deborah acquiesça. Mais elle devait appeler son père pour savoir où il les avait cachés.

« J'ai arrangé des commodités pour qu'Alaska fasse ses besoins, expliqua Joseph Cotter.

— Tu les as cachés dans le jardin ?

— Quand il était petit, il n'allait pas au jardin, Deb, répondit-il en riant. Regarde sous l'évier de l'arrière-cuisine. »

Elle admira l'ingéniosité de son père, qui avait déniché Dieu sait où l'ancien bac à litière du chat et l'avait même garni de granulés mouillés en deux endroits pour faire croire qu'il avait servi récemment.

Deborah remua les granulés et découvrit les passeports au fond de la caisse, enveloppés dans du film alimentaire et dans un sac de congélation. Elle les déballa, se lava les mains et les apporta à Winston.

— Ils étaient bien cachés, au moins ? s'enquit Tani.

— Ça oui ! acquiesça Deborah. Il aurait fallu avoir le cœur bien accroché pour les trouver.

Nkata glissa les passeports dans la poche intérieure de sa veste et tendit une carte de visite à Tani. Pouvait-il appeler Zawadi pour lui dire qu'il les avait récupérés ?

Tani promit de s'en charger.

THE MOTHERS SQUARE
LOWER CLAPTON
NORD-EST DE LONDRES

Il était grand temps qu'ils aient une discussion franche. Mark avait tout fait pour l'éviter, même si sa mère l'y avait encouragé. Lorsqu'il rentra chez lui cet après-midi-là, il commença par rassembler ses pensées en se concentrant sur un unique sujet : pourquoi sa femme avait-elle eu besoin d'argent ?

Greer lui avait révélé que Pete avait mis fin à leurs sorties hebdomadaires depuis plusieurs mois. Pourtant, elle allait chaque semaine Dieu sait où pour y faire Dieu sait quoi. Après la mort de Teo, le remords lui avait fait supposer que Pete avait attendu le moment idéal pour mettre en œuvre un plan qui l'aurait débarrassée de l'angoisse d'être quittée. Mais elle avait certainement des raisons plus plausibles de se livrer à quelque activité secrète.

Il était peu probable qu'elle consomme de l'héroïne, de la cocaïne, de la méthamphétamine ou l'un de ces antalgiques aussi addictifs que dangereux. Imaginer sa femme affalée sur un matelas dans un squat ou achetant sa dose sous un pont était également inconcevable, voire risible. En outre, si elle s'était droguée, Robertson l'aurait remarqué. Sauf si c'était le cas depuis si longtemps que, même défoncée, elle continuait à paraître normale. Cela excluait d'emblée l'héroïne et les analgésiques, qui vous rendaient amorphes, et les ravages de la méthamphétamine auraient déjà été apparents.

Compte tenu des craintes de Pietra, une liaison paraissait tout aussi improbable. Avec un homme, du moins. Mais avec une femme ? À sa connaissance, elle ne fréquentait que Greer. Soit celle-ci était une comédienne hors pair, soit elle ignorait le secret de Pietra.

S'adonnait-elle à l'une des multiples formes que revêtaient les jeux d'argent à Londres ? Il ne l'imaginait pas dans un bureau de paris ou au casino. Le bingo ? Là encore, il voyait mal Pete aligner une vingtaine de grilles et s'enflammer à chaque tirage. Il y avait aussi la loterie, mais l'achat des billets ne justifiait pas de sortir le soir.

Non, la seule hypothèse qui tenait la route était celle d'une rencontre... Une rencontre qu'elle avait préféré lui taire. Si elle n'avait pas pris un amant, de quoi s'agissait-il ?

Malgré ses efforts, la mort de Teo flottait toujours à la lisière de sa conscience. Pete avait découvert l'identité de la femme dont son mari s'était épris. Elle s'était rendue chez elle pour lui parler. S'il voulait se persuader qu'elle en était restée là, l'argent qu'elle avait reçu en échange des bijoux de sa mère menait à une autre piste. Qu'est-ce qui empêchait Pete d'engager quelqu'un pour se débarrasser de Teo ?

Il avait quitté le bureau plus tôt que d'habitude. Le sergent Hopwood avait réuni cinq constables de couleur dans la salle de conférence afin de leur exposer son plan pour vaincre les préjugés des hommes d'origine nigériane et somalienne, au lieu d'intervenir uniquement auprès de leurs femmes. Mark s'était éclipsé pendant la projection d'un PowerPoint.

En introduisant sa clé dans la serrure, il entendit de la musique et reconnut un livre audio sur les ours polaires dont les chapitres étaient entrecoupés de chansons.

Une fois entré, il gagna le salon. Pete et Robertson étaient occupés à faire « danser » Lilybet. Ils la maintenaient debout et la balançaient au rythme de la musique en chantant. Lilybet riait à sa manière, en émettant une sorte de gargouillis. Il faisait une chaleur étouffante. Les deux adultes étaient en sueur, avec des auréoles de transpiration sous les aisselles. Lilybet ne portait que sa couche et un tee-shirt trop grand.

Ce fut Robertson qui le vit le premier. Il adressa alors un signe de tête à Pete, qui se retourna.

— C'est papa ! s'écria-t-elle pour inviter Lilybet à regarder son père.

Robertson installa leur fille dans son fauteuil tandis que Pete s'approchait de lui.

— Tu rentres tôt, fit-elle remarquer. Je ne suis même pas sortie faire les courses pour le dîner.

— J'irai nous prendre des plats à emporter. Mais avant il faut que je te parle, Pete.

Il se dirigea vers leur chambre sans vérifier qu'elle le suivait, pensant que le ton qu'il avait employé l'y inciterait. À raison. Il ferma la porte et attaqua.

— Ma mère semble décidée à protéger ton secret. Du moins c'est comme ça que j'interprète ses paroles.

La surprise qui se lut alors sur le visage de Pete lui apprit que Floss ne l'avait pas appelée pour la prévenir et lui laisser le temps d'inventer une histoire.

— Pardon ?

— Les bijoux qu'elle t'a donnés... Elle a constitué sa collection au fil des ans, quand mon père pouvait se permettre de garder une pièce au lieu de la mettre en vitrine. Tu le sais, n'est-ce pas ?

— Je ne lui ai rien demandé, Mark. C'est elle qui a voulu que je les prenne.

— Mais ce n'est pas elle qui avait besoin d'argent. C'est toi.

Debout face à lui, elle semblait s'adresser à ce qu'elle voyait au-delà de son épaule, probablement les rideaux :

— Je ne voulais pas de cet argent. Mais ta mère a insisté. Elle disait que je devais au moins essayer. Que la situation n'était juste ni pour Lilybet ni pour moi, et encore moins pour toi. Elle m'a demandé combien d'années on tiendrait encore comme ça. Tout est une question de temps. Surtout ça. C'est ce qu'elle m'a dit.

Mark voyait combien ces aveux coûtaient à Pete. Mais il n'aurait su dire si ce qui la faisait souffrir était la culpabilité ou le fait d'avoir été démasquée.

— Je voudrais comprendre, Pete. Quand j'ai trouvé ce ticket dans ton sac... Nous ne possédons rien de valeur. Si je n'avais pas reconnu le pendentif dans la vitrine, je ne saurais toujours pas ce qui se passe. Et encore, pour le moment, je ne le sais qu'à moitié. Ma mère t'a donné une partie de ses bijoux pour que tu les mettes en gage, mais l'argent ne lui était pas destiné ?

Elle essuya ses mains sur son jean et ramena ses cheveux derrière ses oreilles.

— C'est pour une thérapie, dit-elle enfin.

— Une thérapie ?

Il crut d'abord que les soins étaient pour Lilybet, sauf que Pete la laissait à la maison pour aller à ses mystérieux rendez-vous. Puis il pensa que sa femme s'était fait mal en soulevant leur fille et qu'elle ne voulait pas qu'il le sache. C'était possible, car elle n'attendait jamais qu'on vienne l'aider.

— Oui, acquiesça-t-elle. J'aurais préféré en journée, mais elle n'avait que des créneaux en soirée. J'ai calé les rendez-vous le jour où j'avais l'habitude de sortir avec Greer. Je l'ai prévenue qu'on ne pourrait pas se voir pendant quelque temps, sans lui expliquer pourquoi.

Il n'était pas beaucoup plus avancé.

— La police sait que tu es allée à Streatham, dit-il. La caméra de l'immeuble t'a filmée. Teo est descendue te parler. À un moment, tu vas devoir dire la vérité. Je préférerais être le premier à l'entendre, Pete.

Elle baissa les yeux et parut étudier ses baskets blanches.

— Je t'ai dit que ça m'était égal que tu fasses ça, parce que c'était ma faute. Mais je m'étais trompée.

— Que je couche avec une autre ? C'est de ça que tu parles ?

Elle acquiesça sans le regarder.

— Au début, ça ne m'a pas dérangée. Comment aurais-je pu t'en vouloir alors que c'est moi qui t'y ai encouragé ? Mais avec elle j'ai compris que c'était différent, et que je devais réagir.

— Par rapport à Teo ?

La gorge nouée, il avait du mal à trouver les mots. La musique retentit à nouveau dans le salon, annonçant la fin d'un chapitre du livre audio. Soudain, il eut peur qu'elle s'en aille, qu'elle le laisse une fois de plus avec ses doutes pour s'occuper de Lilybet. Mais elle ne bougea pas.

— Pas par rapport à elle, non. Par rapport à moi. Cette thérapeute traite les gens qui ont des problèmes… comme moi. C'est ta mère qui l'a trouvée.

— Ma mère ?

— Elle savait, pour nous deux. Tu as dû y faire allusion devant elle, mais je ne t'en veux pas. Parce que c'est ce qui l'a incitée à… chercher un moyen de nous aider, reprit-elle avec un petit sourire sans joie. Elle m'a donné le nom et le numéro de téléphone. Elle m'a dit de ne pas m'inquiéter, qu'elle paierait les séances, et tant pis si je ne pouvais pas la rembourser. J'ai donc appelé pour prendre rendez-vous, mais cette thérapeute n'accepte que les patients dont les problèmes n'ont pas de cause physique. On doit d'abord consulter un généraliste qui nous renvoie vers elle s'il y a lieu. Ce n'est pas pris en charge par le National Health Service. Ta mère le savait.

Il rassembla les éléments qu'elle lui avait livrés depuis le début de leur conversation.

— Pete, cette thérapeute, c'est une sexologue ?

Elle acquiesça en tirant sur un fil qui dépassait de la couture de son jean. Elle avait l'air toute petite, triste et épuisée, comme quelqu'un qui aurait porté un lourd fardeau sur ses épaules sans oser demander de l'aide. Malgré lui, il sentit son cœur s'ouvrir et l'émotion le submerger. Il n'aurait su dire ce qu'il éprouvait exactement. De l'amour ? De la compassion ? Du chagrin ? Du regret ? Tout ce qu'il savait, c'est qu'il l'avait laissée errer seule dans la nuit pendant qu'il s'abandonnait non seulement à son désir, mais à des sentiments inexprimés dont il avait longtemps nié l'existence.

— Pete, tu n'étais pas obligée…

Elle releva la tête.

— Je ne voulais plus être cette personne. Je ne voulais plus vivre dans la peur. Ça m'a rongée de l'intérieur jusqu'à ce qu'il ne reste presque plus rien de moi, de la femme que tu aimais. C'était comme un lent effacement, et j'étais si fatiguée…

Il s'approcha d'elle et lui caressa les cheveux.

— Je n'ai jamais cessé de t'aimer, Pete.

Comme elle ne s'écartait pas, il la prit dans ses bras et l'attira contre lui.

— J'essaie de trouver comment revenir vers toi, murmura-t-elle, la joue collée contre sa poitrine.

— Oh, Pete ! Tu es si courageuse…

Il posa ses lèvres sur le sommet de sa tête.

— On va tenter de retrouver le chemin qui nous mène l'un vers l'autre, Pete. On le cherchera ensemble.

WESTMINSTER
CENTRE DE LONDRES

Durant le trajet de retour, ils ne parlèrent que de l'enquête : les ratés et les avancées, les preuves dont ils disposaient et celles qu'il leur manquait, les suspects et leurs éventuels mobiles... Barbara se demandait si Lynley aborderait de lui-même le sujet ou si elle allait devoir mettre les pieds dans le plat. Elle s'y préparait quand il se gara sur sa place de parking.

— Attendez, Barbara, s'il vous plaît.

Elle mourait d'envie d'en griller une, néanmoins elle resta dans la voiture. Il l'observait en pianotant sur le volant. Il semblait réfléchir. Elle ne l'interrompit pas.

— Je vous dois des explications pour les fleurs, dit-il enfin.

— Faux ! Vous me devez des excuses.

— Il n'y a aucune excuse à ce que j'ai fait. Une excuse, ce serait : « Je voulais les envoyer à ma mère pour son anniversaire, mais elles sont arrivées ici par erreur. »

— Ben voyons ! Avec mon nom dessus.

— C'était juste un exemple, Barbara.

— C'était son anniversaire, au moins ?

— Non. Bien sûr que non. Mais ce n'est pas là que je veux en venir.

— Alors où voulez-vous en venir ?

— À Dorothea.

Lynley semblait s'attendre à ce qu'elle suive le fil de son raisonnement, alors qu'elle nageait en plein brouillard.

— Nous en avons parlé, vous et moi, poursuivit-il. Vous avez émis l'idée que Charlie se fasse passer pour votre soupirant...

— Mon « soupirant » ? Vous vous croyez dans un roman de Jane Austen, inspecteur ?

— Votre prétendant. Votre amoureux. Votre « petit ami », même si le terme paraît incongru. Que dites-vous de l'« envoyé du destin » ? Bref, si Charlie acceptait de jouer ce rôle, disiez-vous, Dorothea cesserait peut-être de se mêler de votre vie sentimentale. Vous vous rappelez ?

Barbara soupira. Elle ramassa son sac, en sortit ses cigarettes et un briquet.

— Je ne suis pas encore gâteuse.

— Encore heureux ! Figurez-vous que Dorothea est venue me parler. Il était évident qu'elle n'entendait pas renoncer à ses projets. Donc...

— Vous avez chargé quelqu'un d'écrire cette carte. C'était cruel. Affreusement cruel. Comment vouliez-vous que je réagisse en la lisant ?

— La carte était simplement destinée à faire plus vrai, mais...

— Quelle idée pourrie !

— Je comptais vous prendre à part pour vous avertir. Mais les fleurs ont été livrées avant votre arrivée, et Dorothea vous les a apportées. Devant elle, je ne pouvais pas... Seigneur ! J'ai fait n'importe quoi.

— Ça, on peut le dire !

— Puis vous avez lu la carte. En voyant votre visage, j'ai compris que je ne pouvais pas vous dévoiler ma supercherie. Pas à ce moment-là, du moins. J'aurais dû, bien sûr. Mais je vous assure que ce n'était pas pour... Je n'ai jamais voulu...

Ça ne ressemblait pas à Lynley de bafouiller ainsi.

— Ce sera tout ? demanda-t-elle.

— Non. Je tiens à m'excuser. J'ai été stupide. Je n'ai pas réfléchi à l'effet que ces fleurs et cette carte produiraient sur vous. En tentant de vous aider, je n'ai réussi qu'à vous blesser. Sur le moment, j'ai cru que c'était le seul moyen d'empêcher Dorothea de jeter du sel sur le feu en mettant son grain d'huile dans votre vie privée...

— Vous mélangez les expressions.

— Vous avez raison.

— C'est rassurant, inspecteur. Un défaut par-ci par-là, ça rend les gens un peu plus humains. Comme les erreurs.

— Depuis le temps, je pense que vous pourriez dresser le catalogue de mes défauts et de mes erreurs.

— Je pourrais en dire autant.

— C'est vrai.

Il observa les murs gris du parking souterrain, puis reprit.

— Mais nos défauts et nos erreurs ne sont qu'une partie de nous-mêmes, non ? C'est la globalité de notre être qui nous permet de tisser des liens, même si, en toute franchise, ce serait plus facile si nous pouvions construire des relations uniquement à partir de ce qui nous plaît chez nous.

Ses yeux bruns revinrent se poser sur elle.

— Je suis pétri de honte et de regret. Sincèrement. Je vous demande pardon.

Barbara pensa aux dégâts qu'il avait causés et parvint à la conclusion que seule sa fierté avait souffert. Avec le temps, elle finirait par se remettre de ce nouveau coup porté à son amour-propre, comme elle avait surmonté les précédents.

— C'est bon, soupira-t-elle. Allez en paix, et ne péchez plus.

Puis elle ouvrit sa portière et descendit en allumant une clope. Elle n'avait pas fumé depuis leur départ pour Bethnal Green. Elle tira longuement dessus, pour son plus grand plaisir.

— Vous devriez vraiment arrêter, Barbara. Cette habitude va finir par vous tuer.

— Impossible.

— Pourquoi ? J'y suis bien arrivé, moi.

— Ce n'est pas ça, dit-elle en tirant une nouvelle bouffée.

— Qu'est-ce que c'est, alors ?

— Je veux garder tous mes défauts.

Il éclata de rire en se dirigeant vers l'ascenseur, tâchant d'éviter la fumée qui flottait dans le sillage de Havers. Barbara jeta sa cigarette, l'écrasa du bout de sa basket, ramassa le mégot et le fourra dans son sac. Le téléphone de Lynley bipa.

— On nous attend, dit-il après avoir lu le message.

— Oh non, pas Hillier ! gémit Barbara.

— Ça vient de Winston. Une constable a repéré quelque chose dans les images de vidéosurveillance.

— Winston a vu de quoi il s'agit ?

— Il est en route.

— Il était où ?

— À Brixton.

Les portes de l'ascenseur s'ouvrirent en silence. La constable – June Taylor, selon son badge – les accueillit à la sortie.

— Ce n'est peut-être rien, leur dit-elle. Mais on voit le sergent Bontempi vêtue à l'africaine. J'ai pensé que ça vous intéresserait.

— Vous avez bien fait, approuva Lynley. Où a-t-elle été filmée ?

— Dans Kingsland High Street, le jour de la descente de police. Apparemment, elle suivait le déroulement de l'opération à distance.

— Vous êtes certaine que c'est… ?

— Le sergent Bontempi ? À 100 %, monsieur.

La constable Taylor avait mis les images sur pause. Leur netteté indiquait qu'elles provenaient d'une caméra de la Met. Elle zooma sur deux silhouettes en pleine conversation. La séquence complète durait deux minutes et quarante-trois secondes, précisa-t-elle.

Opérant sous l'identité d'Adaku Obiaka, Teo Bontempi était reconnaissable à sa tenue et à sa haute taille. Elle dépassait de plusieurs têtes son interlocutrice, une Blanche habillée en noir.

À la demande de Lynley, la constable fit défiler les images une par une. Une mère avec un bébé dans une poussette, puis trois hommes en vêtements de chantier traversèrent l'écran. Teo Bontempi et l'autre femme s'écartèrent pour les laisser passer. Ce faisant, la seconde se tourna vers la caméra.

— Oh punaise ! souffla Havers.

— Vous la connaissez, sergent ?

— Je veux, mon neveu ! C'est Philippa Weatherall.

15 août

BRIXTON
SUD DE LONDRES

Ce jour-là, il était prévu que Monifa accompagne de nouveau Alice au café. La mère du sergent Nkata souhaitait tester plusieurs plats nigérians sur sa clientèle. Elle avait acheté des ingrédients pour au moins quatre recettes différentes. Elle proposa de commencer par des *alkaki*. La veille, pendant que Monifa rendait visite à ses enfants, elle avait préparé la pâte et l'avait laissée reposer, bien couverte, pendant les dix heures requises. Elle ajouta du même ton enjoué qu'elle voulait aussi apprendre à confectionner des *donkwa*. Elle avait lu que c'était une spécialité de rue très appréciée des Nigérians, et comme elle faisait aussi de la vente à emporter elle s'attendait à ce qu'ils remportent un franc succès.

Monifa ne doutait pas de l'enthousiasme d'Alice. En fait, elle parvenait presque à s'imaginer travailler quotidiennement au café. Alice ne lui avait-elle pas suggéré de donner des cours de cuisine pour assurer sa subsistance et celle de ses enfants ? Mais Alice était issue d'une culture différente, et ce qui lui semblait simple et logique ne l'était pas pour une femme comme Monifa.

Elle accepta néanmoins sa proposition. Elle n'avait pas grand-chose d'autre à faire pour le moment, hormis attendre que l'horizon s'éclaircisse.

— C'est très facile, les *alkaki* et les *donkwa*. Vous n'avez pas besoin de moi pour vous guider, Alice.

— Mais je veux que vous me guidiez ! Tabby et sa mère

regarderont aussi. Pour commencer, on les vendra sur le stand, et si on peut les faire à la maison…

— Un enfant y arriverait.

— … la mère de Tabby les préparera le matin, juste avant l'ouverture du marché. Trésor, tu penses que Monifa peut venir sans danger au café aujourd'hui ?

— Tant que son mari restera en garde à vue, oui.

Il sortait de la chambre dans laquelle dormait Monifa. Benjamin Nkata devant prendre son service dans moins d'une heure, il avait réquisitionné la salle de bains, obligeant son fils à s'habiller dans une autre pièce.

— Mais ils ne le garderont que s'il y a une plainte contre lui, non ?

— Il faut qu'on en parle tous les deux, dit le sergent avec un regard appuyé en direction de Monifa.

Monifa savait que ce moment viendrait. Abeo n'avait touché qu'elle chez les Saint James, mais l'agression avait duré quelques secondes à peine. Si elle portait plainte contre lui, cela suffirait-il à l'éloigner définitivement d'elle et de leurs enfants ? Ne s'exposerait-elle pas à des représailles ?

Elle garda ses réflexions pour elle et dit simplement :

— Oui, je comprends.

Nkata sourit.

— Tant mieux ! Vous avez montré les portraits de vos enfants à ma mère ? Je suis sûr qu'elle aimerait les voir, surtout Simisola. Tu te souviens de Deborah Saint James ? demanda-t-il en se tournant vers Alice. Elle a fait trois photos qu'elle a données à Monifa. Moi aussi, j'ai envie de les voir.

Monifa se douta qu'il disait cela pour s'entretenir en privé avec Alice. En effet, tandis qu'elle allait chercher les photos, elle les entendit discuter à voix basse et prononcer le nom de Zawadi. Elle comprit qu'ils parlaient de l'ordonnance de protection et des passeports.

Elle rapporta l'enveloppe en kraft, en sortit les trois portraits et les donna à Alice.

— Ce sont les amours de ma vie.

Alice les trouva « très beaux », « adorables », et fit passer les clichés à son fils.

— Votre Simisola, déclara-t-il, a quelque chose de spécial.

— C'est vrai, acquiesça Monifa. Tout le monde le dit.

Nkata jeta un coup d'œil à la dernière photo et son sourire s'évanouit.

— Deborah vous a dit où elle les a prises ? demanda-t-il à Monifa.

— Je ne lui ai pas posé la question. J'aurais dû ? Il y a un problème ?

— Non, aucun problème. Mais je peux vous emprunter celle-ci ? Je vous la rapporte dès que possible.

Monifa lui tendit l'enveloppe afin qu'il y range la photo.

— Tu as vu quelque chose d'important, trésor ? s'enquit sa mère.

— Peut-être que oui, peut-être que non. En tout cas je dois vérifier.

ÎLE D'EEL PIE
TWICKENHAM
GRAND LONDRES

Le jour se levait à peine quand ils arrivèrent à Twickenham et se garèrent juste en face de l'île d'Eel Pie. Une passerelle en arche les conduisit à un panneau d'information dressé à l'intersection de deux chemins pavés. Il affichait un plan de l'île indiquant le nom et l'emplacement des différentes habitations. Malheureusement, Mahonia Cottage n'y figurait pas.

— Nom d'un chien ! pesta Lynley.

— Ce n'est pas grave, monsieur, dit Barbara. Il suffit de trouver la maison qui n'a pas de nom.

— À supposer qu'il n'y en ait qu'une, ce dont je doute.

Ils empruntèrent le chemin qui partait vers la droite, le plus court, dont les maisons s'étiraient le long de la berge. La seule sans nom paraissait inhabitée depuis un certain temps : on avait cloué des planches en travers des fenêtres et la rampe menant à la porte était complètement délabrée. Ils retournèrent donc au panneau et suivirent le chemin le plus long, qui serpentait entre des peupliers et des saules à l'ombre touffue.

Peu après, ils rencontrèrent un homme qui se dirigeait vers la passerelle en poussant sa bicyclette. Quand ils lui demandèrent s'il connaissait Mahonia Cottage, il secoua la tête.

— C'est là qu'habite Philippa Weatherall, précisa Barbara.

— Oh ! Pips !

Il pointa le pouce par-dessus son épaule.

— C'est par là, sur la droite. Le toit bleu.

Ils le remercièrent mais, tandis qu'ils s'éloignaient, il ajouta :

— Vous ne la trouverez pas chez elle. Je l'ai aperçue sur la rivière il y a, quoi, dix minutes ? Elle allait vers le hangar à bateaux. Ça prend du temps pour ranger tout le matériel, alors elle y est sans doute encore.

Il se retourna et tendit le bras dans la direction qu'il leur avait précédemment indiquée.

— Continuez et vous le verrez bientôt sur votre gauche. Vous ne pouvez pas le rater. C'est le seul de l'île.

Puis il enfourcha sa bicyclette et poursuivit son chemin, leur laissant le soin de deviner de quel bâtiment il s'agissait. Toutefois, il n'avait pas menti : ils risquaient d'autant moins de manquer le hangar que sa façade portait un panneau signalant le club d'aviron de l'île. Malheureusement, il était entouré d'une clôture fermée par un portail à code. Soit ils repartaient bredouilles, soit ils attendaient la chirurgienne.

Ils optèrent pour la seconde solution.

Le portail s'ouvrit au bout de vingt minutes qui leur parurent beaucoup plus longues. Et ce fut un jeune homme qui sortit.

— Le Dr Weatherall est toujours à l'eau ? demanda Barbara.

— Philippa ?

— Oui. Nous voulons lui parler.

— Elle est en train de ranger son matériel. Elle devrait avoir fini dans…

— C'est urgent, l'interrompit Lynley en lui collant sa carte sous le nez.

Les yeux du jeune homme s'agrandirent.

— J'espère qu'il n'y a rien de grave, dit-il tandis que le portail se refermait derrière eux.

Ils trouvèrent Philippa Weatherall en train de hisser son embarcation sur un rack. Elle portait une combinaison noire en Néoprène avec des bandes réfléchissantes. Elle se retourna quand Lynley prononça son nom.

— Bon sang, vous m'avez fait peur ! lança-t-elle avec un air peu amène. Encore vous ? s'étonna-t-elle en voyant Havers. Je n'ai rien de plus à vous dire.

— Je vous présente mon chef, le commissaire Lynley.

La chirurgienne regarda l'un, puis l'autre.

— Pourquoi de si bon matin ? demanda-t-elle.

— Le monde appartient à ceux qui se lèvent tôt, dit Barbara en haussant les épaules. Vous-même, vous êtes une lève-tôt, non ?

— Ce n'est pas pour autant que je me pointe chez les gens à des heures indues.

— Nous aimerions vous poser quelques questions, dit Lynley.

— On a pensé que vous seriez plus à l'aise chez vous qu'à la clinique pour y répondre, ajouta Barbara.

La chirurgienne inséra son aviron dans un logement vide du râtelier.

— Je n'ai que quelques minutes à vous accorder, dit-elle en jetant un coup d'œil à sa montre. Je dois recevoir une patiente à 8 h 30.

— On ne vous retiendra pas longtemps, affirma Barbara sur un ton affable. Vous avez terminé, ou vous avez besoin qu'on vous aide ?

— J'ai fini. Mais je dois me doucher avant d'aller travailler. Donc s'il vous faut plus de cinq ou dix minutes...

— Cela devrait suffire, lui assura Lynley. Maintenant, si vous le voulez bien...

L'attitude de la chirurgienne exprimait clairement à quel point ils la dérangeaient. Toutefois, elle s'inclina et ils regagnèrent la maison sans échanger un mot. Devant la porte, un chat était assis près d'un bol vide.

— On dirait que vous êtes attendue, fit observer Barbara.

— Oh oui ! soupira le Dr Weatherall. Ce chat a flairé la bonne poire.

Elle les fit entrer et alluma le plafonnier.

— Si vous voulez bien vous occuper de lui pendant que je prépare du café, dit-elle en tendant un sac de croquettes à Barbara. Est-ce que l'un de vous... ?

Lynley refusa poliment. Barbara répondit qu'un café était exactement ce dont elle avait besoin.

Tandis que la chirurgienne s'affairait autour de la bouilloire électrique et de la cafetière à piston, Barbara remplit le bol du chat.

Lynley, lui, étudiait les photos encadrées sur l'étagère, à côté du téléviseur à écran plat. En approchant, Barbara constata que la plupart remontaient à l'enfance de Philippa Weatherall. Elle y posait en famille, dans différents endroits et à différentes saisons. Une seule la montrait adolescente. Sa maigreur squelettique, ses pommettes saillantes et ses yeux enfoncés étaient caractéristiques de l'anorexie.

— Cette saloperie de maladie m'a volé dix ans de ma vie.

La chirurgienne n'avait pas quitté la cuisine, mais la maison était si petite qu'elle voyait ce qu'ils regardaient.

— C'est à cause de ça que ma mère est morte si jeune.

— Comment ça ? dit Barbara tandis que Lynley reposait la photo.

— Cancer des ovaires. Elle a négligé les symptômes parce qu'elle était trop occupée à me soigner. J'enchaînais les séjours à l'hôpital, et je pense qu'elle culpabilisait. Elle n'y était pour rien. Mais quand il s'agit de leurs enfants, les mères s'accusent toujours de tout, à tort ou à raison.

— J'en ai fait l'expérience, acquiesça Lynley.

La chirurgienne le regarda comme si elle cherchait à jauger sa sincérité.

La bouilloire s'éteignit avec un déclic. Elle prépara le café puis les rejoignit, désignant la photo de deux hommes en smoking plus jeunes qu'elle d'une dizaine d'années, qui se tenaient par la taille.

— Mon frère et son compagnon, dit-elle. Enfin, son mari maintenant. Et le militaire coiffé d'un béret, c'est leur fils aîné, Elek.

— Un prénom original, fit remarquer Lynley.

— Grec, comme l'un de ses pères. Ça veut dire « défenseur de l'humanité ». C'était bien trouvé. Il a été tué en Afghanistan.

— Toutes mes condoléances.

— Merci. Asseyez-vous, je vous prie. Il n'y a aucune raison que nous restions debout, n'est-ce pas ?

Elle-même se laissa tomber dans un fauteuil de style moderne constitué d'une mince structure en acier chromé. Lynley et Barbara prirent place sur le canapé, qui croulait sous une tonne de coussins aux couleurs vives. Barbara sortit son calepin et son crayon.

— Pouvez-vous nous dire quelles étaient vos relations avec la clinique pour femmes de Kingsland High Street ? commença Lynley.

— Le centre de santé de Hackney ? Il a fermé. Donc à l'heure actuelle je n'entretiens plus aucune relation avec lui.

— Mais vous en aviez.

— Oui. J'y faisais du bénévolat sur mon temps libre.

— En tant que chirurgienne ?

— Non. Comme a dû vous le dire votre sergent, j'opère sur l'île aux Chiens. À Kingsland High Street, je réalisais principalement des examens de dépistage : cancer du sein, de l'utérus et des ovaires. Je dispensais aussi des conseils en matière de contraception, de soins prénataux et post-partum. Pourquoi ?

— Ces patientes ne pouvaient pas s'adresser à leur médecin généraliste ou à une sage-femme ? s'étonna Barbara.

— Certaines sont entrées illégalement au Royaume-Uni. D'autres refusent qu'un homme les touche. J'essaie de leur faciliter les choses.

— Aucune de ces contraintes ne s'appliquait à Teo Bontempi, fit observer Lynley.

— Je ne vous suis pas. Quel rapport avec Teo Bontempi ?

— C'est à cause d'elle qu'on a perquisitionné la clinique, répondit Barbara. Mais je pense – nous pensons – que vous le saviez, n'est-ce pas ?

Le Dr Weatherall les regarda tour à tour.

— Comment l'aurais-je su ? Elle est venue me consulter sur l'île aux Chiens, mais…

— Vous lui avez parlé dans Kingsland High Street moins de trente minutes après l'arrivée de la police. Les caméras de surveillance ont filmé votre conversation.

— C'est pour ça que vous êtes là ? Parce qu'elle et moi avons échangé quelques mots dans la rue ? Quel mal y a-t-il à cela ? Elle était venue me consulter pour une chirurgie réparatrice. Je vous l'ai dit, sergent Havers.

— C'est une manière d'interpréter ce que l'on voit sur la vidéo. Deux connaissances se retrouvent par hasard dans un quartier de la ville sans rapport avec le lieu de leur rencontre…

— Si notre conversation a été filmée, comme vous le prétendez, vous avez dû constater que j'étais étonnée de la croiser. Je ne l'ai pas reconnue tout de suite, d'ailleurs. C'est elle qui m'a abordée. Elle était vêtue à l'africaine, alors que la première fois que je l'avais vue, sur l'île aux Chiens, elle était... Comment dirais-je ? Habillée à l'occidentale ?

— Vous a-t-elle demandé ce que vous faisiez là ?

— Je ne m'en souviens pas. Probablement. Ce serait logique, non ?

— Et vous, vous êtes-vous étonnée de la voir là ?

— Je n'avais pas retenu son adresse. Pour autant que je pouvais en juger, elle habitait le quartier et portait des vêtements africains quand elle n'était pas en service.

La chirurgienne se leva. Barbara et Lynley restèrent assis.

— Maintenant, dit-elle, si vous n'avez pas d'autres questions, j'ai des patientes à voir et je dois me dépêcher.

— Cela fait une trotte, d'ici à l'île aux Chiens, fit remarquer Lynley. Il n'aurait pas été plus simple d'installer votre clinique à Twickenham ?

— J'y vais en bateau à moteur. Je ne possède pas de voiture. Et non, ça n'aurait pas été plus simple, pas pour les femmes qui viennent me consulter. Comme vous devez le savoir, il est facile de se rendre sur l'île aux Chiens par la ligne des Docklands.

— Kingsland High Street aurait été encore plus pratique pour elles, non ? D'autant qu'il existe, ou qu'il existait, dans la rue, une clinique équipée d'une salle d'opération...

— Ce n'était pas la mienne, commissaire, répliqua Philippa Weatherall avec impatience. Et mes interventions nécessitent des installations plus spacieuses.

— Mercy Hart prétend elle aussi que la clinique ne lui appartient pas.

— Qui ?

— Mercy Hart. En tant que bénévole, vous avez forcément eu affaire à elle.

— Je n'ai jamais entendu ce nom. Maintenant, je vais me doucher et me changer ; cette conversation a assez duré.

— Vous la connaissez probablement sous l'identité d'Easter Lange.

— Easter ? Oui, je la connais. C'est sa clinique, et c'est grâce à elle que je me suis retrouvée là-bas. Elle avait lu un article sur mon travail – ne me demandez ni où ni comment, parce que je n'en sais rien –, et elle m'a contactée pour me proposer d'offrir un peu de mon temps, si c'était possible. Elle prétendait s'appeler Easter. Quel nom avez-vous dit ?

— Mercy Hart. Easter Lange est sa tante.

— Donc les réponses à vos questions sont sans doute quelque part entre ces deux-là. Soit Mercy Hart utilise le nom d'Easter Lange, soit Easter Lange a fait quelque chose qui a conduit à la fermeture de la clinique.

— Si elle a fermé, intervint Barbara, c'est parce qu'on y pratiquait des mutilations génitales féminines.

La chirurgienne parut accuser le coup.

— C'est absurde ! protesta-t-elle.

— Malheureusement non. Nous avons la déposition de la mère d'une fillette qui devait y être opérée.

— Et vous pensez que j'ai quelque chose à voir avec ces mutilations ? Ça fait des années que je consacre mes forces à réparer leurs victimes.

Elle leva les mains comme pour repousser tout ce qu'ils pourraient ajouter.

— Maintenant, je vous demande de me laisser. Comme je vous l'ai dit, je dois me doucher et me rendre sur l'île aux Chiens. Vous m'avez assez retardée comme ça.

WESTMINSTER
CENTRE DE LONDRES

— On dirait qu'elles jouaient dans le même camp, fit observer Havers pendant qu'ils rejoignaient leurs véhicules respectifs. Elles combattaient les mutilations génitales chacune à sa manière. Tout ce qu'elle a dit tient la route. Elle ne savait pas que Teo Bontempi était flic et travaillait dans une brigade spéciale. En la voyant vêtue à l'africaine, elle avait de quoi être surprise, ne serait-ce que de la rencontrer par hasard.

Elle alluma une cigarette, s'attirant un regard noir de Lynley.

— On est dehors, se défendit-elle.

— Vous auriez pu attendre de monter dans votre voiture.

— Que Dieu nous garde des fumeurs repentis ! soupira-t-elle en levant les yeux au ciel.

N'obtenant aucune réponse d'en haut, elle poursuivit :

— En consultant à la clinique de Kingsland, elle était bien placée pour dissuader les patientes de recourir aux MGF. Je l'imagine bien le faire pendant que Mercy avait le dos tourné.

— Sauf qu'à l'entendre elle n'était pas au courant de ce qui s'y passait réellement. Quant à Mercy, elle affirme n'avoir été qu'une exécutante, et que ce n'était pas elle qui procédait aux interventions.

— Et vous la croyez ? Je parle de Mercy.

— Elle préfère rester en prison que se confier à nous. Qu'en déduisez-vous ?

— Qu'elle craint de plonger pour un paquet de délits et de passer les plus belles années de sa vie à perfectionner sa technique du macramé derrière les barreaux. Et vous, vous en pensez quoi ?

— Peut-être a-t-elle peur.

— C'est clair. Elle a peur de finir en taule. Elle a un mobile, monsieur. En béton, en acier, en ce que vous voulez. Pas étonnant qu'elle refuse de nous parler.

Ils se séparèrent ensuite et prirent la direction du centre de Londres. La circulation était encore assez fluide, du moins jusqu'à la Great West Road, où leur combat quotidien contre les bus, les taxis et les autres voitures mettait toujours à rude épreuve la patience, l'endurance et les aptitudes des automobilistes.

À Chiswick, Lynley perdit de vue la Mini de Barbara. Toutefois, elle se rangea sur une place libre du parking souterrain de New Scotland Yard juste au moment où il émergeait de sa Healey Elliott à la carrosserie miraculeusement intacte.

Ils prirent l'ascenseur ensemble. Havers empestait le tabac et ne s'en excusa même pas quand il lui jeta un regard désapprobateur. Lui suggérer de s'asperger de désodorisant n'aurait servi à rien, aussi ne rompit-il son silence que le temps de saluer Dorothea Harriman dans le couloir.

Ils trouvèrent leur équipe réunie autour du bureau de Winston Nkata. Une photographie circulait de main en main, et une effervescence en demi-teinte régnait dans la pièce.

— Venez voir ça, monsieur ! dit Nkata. C'est Monifa Bankole qui me l'a prêtée.

Lynley mit ses lunettes et prit le cliché que lui tendait l'un des constables. Il montrait un bel adolescent noir à moitié dans l'ombre. Il portait un tee-shirt blanc troué à l'encolure et l'éclairage soulignait la musculature de ses bras croisés sur sa poitrine. Lynley devina qui était l'auteure de ce portrait avant même de le retourner et de voir le tampon de Deborah.

— Qui est-ce ? demanda-t-il.

— Tani Bankole, le fils de Monifa. Il réside actuellement à Chelsea avec sa sœur, Simisola.

— Cette photo n'a pas été prise là-bas, fit remarquer Lynley. En quoi nous intéresse-t-elle, Winston ?

Il ôta ses lunettes et tendit le cliché à Havers, qui s'exclama :

— Oh putain ! Putain de merde ! Winnie, je me jetterais bien sur toi, là tout de suite maintenant, mais j'ai peur qu'aucun de nous n'y survive.

— Je savais que tu dirais ça ! s'esclaffa Nkata. Enfin, pas exactement ça…

Lynley remit ses lunettes afin d'étudier la photo. De toute évidence, un détail important lui avait échappé. Deborah avait réglé la profondeur de champ de manière à flouter l'arrière-plan. L'adolescent posait devant un mur où de vagues formes faisaient penser à un tableau cubiste. Mais sur la table, près de lui, on distinguait un objet assez grand, anguleux, en bronze, qui ressemblait furieusement au *Guerrier debout*.

Lynley comprit pourquoi son équipe manifestait cependant un enthousiasme modéré. Treize exemplaires de l'œuvre étaient déjà parvenus à Londres. La statuette de la photo pouvait appartenir à Teo Bontempi comme à l'un des collectionneurs de la liste fournie par la galerie Padma.

— On a peut-être touché le jackpot, dit Havers. Il faut qu'on sache où Deborah Saint James a pris cette photo.

— Nous devons aussi nous assurer qu'il s'agit bien du *Guerrier debout*, lui dit Lynley.

— Monsieur, vous voyez bien…

— J'admets que ça y ressemble. Mais d'abord il convient d'identifier son propriétaire. Je vais appeler Deborah. Vous autres, continuez ce que vous avez commencé.

WESTMINSTER
CENTRE DE LONDRES

Deborah disposa sur la table les tirages qui, selon elle, convenaient le mieux au projet de Dominique Shaw. La sous-secrétaire d'État à l'Éducation avait apporté la maquette du livret pour qu'elles choisissent ensemble les photos.

Narissa Cameron et Zawadi étaient également présentes. La réalisatrice leur avait montré un premier montage du film de vingt minutes destiné aux établissements scolaires. La version longue ne serait pas terminée avant au moins un an. Zawadi avait accepté d'être la narratrice des deux.

La veille, au téléphone, Narissa avait confié à Deborah que la campagne de dénigrement dont Zawadi avait fait l'objet de la part des tabloïds à la suite de l'« affaire Akin » l'avait incitée à relever la tête afin de prouver que ses erreurs passées n'avaient en rien entamé sa détermination.

« Elle a compris que ce n'était pas du tout le moment de se mettre en retrait. Je vais lui conseiller d'engager une attachée de presse, mais il est encore trop tôt pour ça. »

— Je suis contente que vous soyez la narratrice, dit Deborah à Zawadi lorsqu'elle les rejoignit. C'est une excellente idée.

— Ah oui ? fit Zawadi sur le ton brusque qu'elle employait toujours avec elle. La grosse Noire dit des choses qui valent la peine d'être écoutées, alors ?

Deborah rougit.

— Je suis désolée. Est-ce que j'ai été involontairement… ? Je disais juste que…

Zawadi éclata de rire.

— Tu avais raison, lança-t-elle à Narissa.

— Pardon ?

— Vous vous excusez tout le temps. C'est inutile. Même si je ne suis pas votre meilleure amie, je sais que vous êtes pleine de bonnes intentions. Je ne dis pas qu'une Noire n'aurait pas fait mieux, mais vous avez bien travaillé.

Ce compliment devait énormément lui coûter. Mais comment lui reprocher ses réticences ? Au lieu d'imposer sa présence, Deborah aurait pu céder sa place à une photographe noire. Mais elle ne l'avait pas fait, consciente que cette commande pourrait déboucher sur la publication d'un ouvrage comparable à *Visages de Londres*. Elle n'avait pas réfléchi aux conséquences.

Dominique Shaw était très satisfaite. Elles se reverraient une dernière fois pour présenter le film et le livret aux directeurs d'école qui les diffuseraient.

Elles allaient se séparer quand le portable de Deborah sonna. Elle jeta un coup d'œil à l'écran et s'excusa auprès des deux autres femmes, puis rentra dans le bâtiment du ministère pour prendre l'appel.

— Tommy ?

— Où es-tu ?

— Great Smith Street.

— Tu es disponible ?

— Oui. Je sors du bureau de la secrétaire d'État à l'Éducation. Pourquoi ?

Elle l'entendit alors s'adresser à quelqu'un :

— Elle est dans Great Smith Street. Nous avons ici une photo prise par toi, poursuivit-il à son intention, un portrait de Tani Bankole. Sa mère l'a confiée à Winston ce matin.

— Exact. Je l'ai prise dans l'idée de la lui offrir.

— Où était-ce ?

— À Deptford.

— Chez quelqu'un ?

— Oui. J'ai fait le portrait de la femme qui vit dans cet appartement. Tu l'as vu chez moi, Tommy. Tu te rappelles ? Son mari et elle possèdent une collection d'art africain.

— Ah oui ! L'arrière-plan surchargé.

— Arrête tes compliments, tu vas me faire rougir.

— Pardon. Toutes mes excuses.

— Bref, j'ai emmené Tani et Simisola chez eux pour qu'ils voient leur collection. Tani, en particulier, semblait avoir besoin d'une distraction. Il avait à peine prononcé 10 mots depuis son arrivée à Chelsea.

— Comment s'appelle cette femme ?

— Leylo. Et son mari, Yasir. Je ne connais pas leur nom de famille.

Lynley parla de nouveau à la personne qui se trouvait avec lui :

— Leylo et Yasir. Elle n'a pas le nom. Vérifiez sur la liste.

— Quelle liste ? intervint Deborah. Tommy, qu'est-ce qui se passe ?

— Il se pourrait qu'une des œuvres que l'on aperçoit sur cette photo, une statuette, soit recherchée. Tu as leur adresse ?

— Je ne l'ai pas apprise par cœur. Il faudrait que je regarde dans mon GPS. Mais leur immeuble donne sur Pepys Park. Tu veux que j'aille récupérer la sculpture en question ?

— Nkata va s'en charger. Puisque la femme te connaît, tu pourrais l'accompagner ?

— Bien sûr. Maintenant ?

— Il est en route pour te rejoindre. Que sais-tu du couple qui possède cette statuette ? Barbara ne l'a pas sur la liste des personnes qui en ont acheté un exemplaire à la galerie. Comment as-tu rencontré ces gens ?

— Dans le cadre du projet pour le département de l'Éducation.

— À la Maison de l'orchidée ?

— Non, non. C'était autre chose. J'ai fait une séance de photos dans une clinique, sur l'île aux Chiens. Leylo a subi des mutilations génitales dans son enfance. Elle était venue pour une chirurgie reconstructrice…

— Avec le Dr Weatherall ?

— Tu la connais, Tommy ?

— Oui. Teo Bontempi la connaissait aussi.

— Et tu penses qu'elle a quelque chose à voir avec le meurtre ?

— Nous n'avons aucune certitude pour l'instant. C'est pour cela que nous nous intéressons à cette sculpture. S'il s'agit bien du dixième exemplaire du *Guerrier debout*, ça signifie qu'on l'a volée chez Teo Bontempi et que la police scientifique doit l'examiner.

À peine avaient-ils raccroché que la Ford Fiesta du sergent Nkata se gara à sa hauteur le long du trottoir.

CHELSEA
CENTRE DE LONDRES

Le peu que Tani savait des procédures judiciaires provenait des séries télé. Mais si tout ça était réaliste, alors Abeo allait rester un bon moment en cellule.

Douze heures s'étaient écoulées depuis son arrestation. La police pouvait le retenir pendant vingt-quatre heures au moins. D'un autre côté, rien ne lui permettait d'affirmer que son père se trouvait en garde à vue. Sa seule certitude, c'était que sa mère ne porterait pas plainte contre lui. Elle ne l'avait jamais fait jusque-là, pourquoi aurait-elle changé d'avis ?

À vrai dire, Tani n'avait jamais compris comment fonctionnait Monifa. Elle avait toujours été là pour lui, bien sûr. C'était sa mère. Mais elle semblait avoir abdiqué toute volonté le jour où elle avait épousé Abeo. Tani avait beau se répéter que son éducation l'avait prédisposée à obéir aveuglément à son mari, il ne pouvait s'empêcher de penser que sa vie aurait été très différente si… si quoi ? Qu'attendait-il d'elle, au juste ? La seule réponse qui lui venait à l'esprit était : qu'elle lui tienne tête. Mais comment lui reprocher sa soumission alors que la moindre velléité de résistance l'exposait à une raclée ? Tani pouvait toujours dresser la liste des actions qu'elle aurait pu entreprendre, aucune n'aurait dissuadé Abeo d'exercer ce qu'il considérait comme son rôle légitime de chef de famille. Cette position lui donnait un pouvoir illimité sur eux. Enfant, Tani n'y voyait rien à redire. À l'époque, il croyait encore que son père finirait par lui céder une partie de ce pouvoir. Mais il avait sous-estimé sa détermination à les garder sous tutelle, commettant en cela une erreur fatale.

Abeo était parvenu à découvrir l'identité de Sophie alors que Tani ne l'avait présentée à personne au marché de Ridley Road. Il s'était procuré son adresse et l'avait suivie jusqu'à Chelsea, témoignant ainsi de l'étendue de ses ressources. Monifa en avait probablement déduit que, quoi qu'elle fasse, elle ne pourrait jamais se libérer de son emprise. Elle aurait beau fuir et se cacher, cela ne servirait à rien.

— Tani, Tani ! appela Simisola.

Au moins, pensa le jeune homme, sa sœur était en sécurité pour le moment.

— Je suis à la cuisine, Mimi ! cria-t-il.

Joseph Cotter cherchait des recettes sur Internet. Un peu plus tôt, il avait annoncé son intention de leur préparer un vrai repas nigérian. Ayant remarqué qu'ils ne mangeaient presque rien, il avait cru que c'était parce qu'ils n'aimaient pas ce qu'il leur servait, alors qu'ils étaient juste trop secoués par les bouleversements survenus dans leur vie pour avoir de l'appétit. Malheureusement, les ingrédients avaient eu raison de sa bonne volonté. Il avait peu de chances de trouver du *daddawa* ou de l'écrevisse moulue au supermarché du quartier.

Simi descendit l'escalier, le chat des Saint James dans les bras.

— Alaska voulait qu'on s'occupe de lui, confia-t-elle. Je l'ai vu à sa façon de me regarder.

— Il n'aime pas beaucoup qu'on le porte, dit Cotter en levant les yeux de son ordinateur. Fais attention qu'il ne te griffe pas en se débattant.

— Pourtant, il ronronne. Il a ronronné presque toute la nuit. Ça veut dire qu'il est content, non ?

— Il a dormi sur ton lit ? s'étonna Cotter. On dirait bien qu'il a le béguin pour toi. Ce chat ne dort jamais avec aucun de nous. En fait, je ne sais même pas où il passe ses nuits.

— Où est Peach, monsieur Cotter ? Tani, il faut la trouver. Comme ça, on aura tous les deux quelqu'un à câliner.

Des aboiements excités provenant du rez-de-chaussée répondirent à sa question. Puis la sonnette retentit et on frappa quelques coups brefs à la porte.

— Restez là, tous les deux, ordonna Cotter. Je vais voir qui c'est.

Il monta et les aboiements cessèrent presque aussitôt ; la

chienne devait être occupée à renifler les chaussures du visiteur, ou Joseph Cotter l'avait renvoyée. Simi, les yeux emplis d'effroi, avait lâché le chat pour se rapprocher de Tani. Alaska sortit dans le jardin en faisant claquer la chatière.

Puis ils entendirent des pas dans l'escalier.

— … dans la cuisine avec moi, dit Cotter.

— Dieu merci !

Tani reconnut la voix de sa mère.

Le temps que Simi s'exclame « C'est maman ! », Monifa les avait rejoints. La fillette courut vers elle, noua les bras autour de sa taille et la regarda avec une joie manifeste.

Monifa se tourna vers Tani.

— Ils m'ont téléphoné, dit-elle. Grâce à Dieu ils m'ont prévenue !

— Qu'est-ce qu'il…

— Ils l'ont relâché. Ils m'ont dit qu'il avait passé la nuit en cellule et qu'il ne représentait plus une menace pour nous. Comment ils peuvent dire ça ? Ils ne le connaissent pas. Tout ce qu'ils voient, c'est la manière dont il se comporte avec eux.

— Je vais appeler la police, déclara Cotter. Et faites-moi confiance, s'il ose rappliquer, il n'entrera pas dans cette maison.

— Non ! s'écria Monifa. S'il vous plaît. Vous ne pouvez rien y faire. Il attendra son heure, mais il viendra. Simisola, tu vas venir avec moi. Toi, Tani, tu restes ici. Tu lui feras croire que Simi est toujours là et que tu lui interdis de la voir. Pendant ce temps, elle sera à Brixton avec moi, chez les parents du sergent Nkata. Tani, tu veux bien faire ça ? Je t'en prie. Après ce qui s'est passé hier, il va… Il ne doit pas savoir où elle est.

Tani acquiesça en silence. La peur l'envahit. Il avait beau tenter de se persuader qu'Abeo n'oserait pas revenir les menacer, il connaissait son père. En plus de ses projets pour Simisola, il voudrait régler ses comptes avec son fils.

— Maman, comment…

— Un taxi nous attend. Simi, il faut partir tout de suite.

— Mais je dois aller chercher mes…

— On n'a pas le temps. Tani t'apportera tes affaires plus tard.

La fillette regarda tour à tour Tani puis Cotter, puis de nouveau son frère.

— Va avec maman, lui dit-il.

Elle courut vers lui et le serra dans ses bras, puis en fit autant avec Cotter. Puis elle prit la main de sa mère, qui remonta rapidement l'escalier. Tani la rejoignit avant qu'elle n'ouvre la porte.

— Je vais jeter un coup d'œil dehors, dit-il. S'il est en embuscade et qu'il vous voit…

— Tu as raison, approuva Monifa. Fais vite.

Le taxi attendait dans la rue. Tani s'en approcha, regarda dans toutes les directions, même dans les arbres, et signifia à sa mère que la voie était libre. Monifa fit monter Simisola dans la voiture et s'assit à côté d'elle. Puis elle abaissa la vitre.

— Tu es le meilleur des fils. Mais sois très prudent. Ne le laisse surtout pas entrer dans cette maison. Il te ferait du mal.

La main de Tani reposait sur la portière. Monifa la baisa et la pressa contre sa joue.

— S'il vous plaît, dit-elle ensuite au chauffeur. Roulez aussi vite que possible.

Le taxi démarra, s'arrêta quelques secondes à l'extrémité de Cheyne Row, puis il tourna à gauche et disparut.

ÎLE AUX CHIENS
EST DE LONDRES

Pendant que Lynley attendait des nouvelles de Nkata dans son bureau, Havers supervisait les recherches des constables. Parmi d'autres tâches fastidieuses, ils devaient contacter tous les taxis, agences de location de véhicules et entreprises de VTC opérant au sud de la Tamise. Ils devaient également répertorier les embarcadères entre King's Stairs et le pont de Londres ainsi que leurs éventuelles caméras de vidéosurveillance. Lynley avait insisté sur l'importance capitale de ce travail de fourmi : à moins de détenir une preuve irréfutable, ils n'avaient aucune chance d'obtenir des aveux pour le meurtre de Teo Bontempi. Les incertitudes demeuraient trop nombreuses pour céder à l'optimisme.

Nkata appela deux heures et quart plus tard. Lynley appela aussitôt le commissariat de Westferry Road afin de réserver une salle et d'annoncer son arrivée avec le sergent Havers. Avant de raccrocher, il veilla à exprimer sa reconnaissance aux policiers de ce commissariat local. Certains suspects se montraient plus loquaces quand on les interrogeait dans un environnement familier. Il espérait que cette règle se vérifierait une fois de plus.

Lorsqu'il la rejoignit, Havers lui demanda avec ironie s'il avait la moindre idée du nombre d'embarcadères qu'il y avait le long de la Tamise. Plusieurs dizaines, supposa-t-il. Mais leurs collègues de Wapping devraient pouvoir leur indiquer les plus fréquentés par les plaisanciers occasionnels, ce qui leur permettrait de restreindre le champ de leurs recherches. Elle transmit l'information aux constables avant de le retrouver devant l'ascenseur.

Ils prirent la voiture de Lynley. C'était le milieu de l'après-midi, et ni l'un ni l'autre n'avait eu le temps de déjeuner. Havers, qui

« crevait la dalle », procéda à une fouille minutieuse de son sac. Elle en sortit une quantité impressionnante d'objets avant de brandir triomphalement un Twix dont elle offrit la moitié à Lynley après une seconde d'hésitation. Puis elle exhuma de son fourbi une galette à l'avoine qu'elle partagea également. Elle enchaîna avec un paquet de biscuits fourrés à la vanille. Lynley s'attendait à ce qu'elle lui propose ensuite une Pop-Tart. Il aurait été très étonné qu'elle ait un fruit dans son sac. Elle ne le déçut pas : après les biscuits, elle pêcha quatre bonbons Starburst, dont deux avaient perdu leur enveloppe et présentaient des villosités assez inquiétantes. Il les refusa car il commençait à avoir mal aux dents. Même si c'était purement psychologique, il convenait de ne pas négliger cet avertissement. Avant d'atteindre leur destination, ils s'avouèrent mutuellement qu'à part commettre un meurtre ils auraient fait à peu près n'importe quoi pour une tasse de thé. Havers suggéra une halte dans « le premier boui-boui venu », mais Lynley lui affirma qu'ils trouveraient certainement leur bonheur au commissariat.

Le bâtiment s'étirait le long de deux rues perpendiculaires, l'entrée se situant à l'angle. Ils se présentèrent à l'accueil, où un agent en uniforme vint bientôt les chercher. Ils firent un détour par la cafétéria et prirent trois tasses de thé à emporter. Havers en profita pour reconstituer ses réserves de sucre, puis ils suivirent l'agent jusqu'à la salle d'interrogatoire.

Le suspect les y attendait, et n'était pas content.

— Vous deux ! s'écria-t-elle en les voyant. J'aurais dû m'en douter !

— Vous n'avez pas demandé un avocat ? s'enquit Lynley.

Havers et lui s'assirent face au Dr Weatherall. Lynley alluma le magnétophone, indiqua l'heure et les noms des personnes présentes, puis il répéta sa question tandis que Havers tendait une tasse de thé à la chirurgienne. Elle sortit de son sac les dosettes de lait et de sucre qu'elle y avait glissées et les posa entre eux sur la table.

— Je m'apprêtais à opérer quand deux policiers qui se fichaient complètement de ma patiente m'ont sommée de les suivre, attaqua

Philippa Weatherall. À l'heure qu'il est, ajouta-t-elle en jetant un coup d'œil à sa montre, j'aurais presque terminé.

— Quel genre d'intervention était-ce ?

— Vous vous moquez de moi ? Vous le savez très bien. S'il vous faut des détails, vous n'avez qu'à chercher sur Internet.

— Oui, nous connaissons cet aspect de votre travail. C'est le reste qui nous intéresse.

— Je consulte dans le cadre d'une clinique gynécologique. Par conséquent, je traite les problèmes de santé féminins. Nous en avons déjà parlé. Je suppose que votre sergent a noté tout ça dans son calepin.

— En effet. Mais nous souhaitons approfondir la discussion que nous avons eue avec vous ce matin. Vous êtes certaine de ne pas vouloir d'avocat ? Nous pouvons appeler un commis d'office.

Elle plissa les yeux. Lynley s'était adressé à elle sur un ton aussi aimable que possible, mais elle n'appréciait visiblement pas le message qu'il lui faisait passer en lui renouvelant sa proposition. Elle finit par répondre que non, elle ne souhaitait pas d'avocat. Havers sortit son carnet à spirale et un portemine. Lynley, reconnaissant le Criterium de Nkata, lui jeta un regard désapprobateur. Elle le gratifia en retour d'un sourire innocent. Elle était vraiment incorrigible.

— Vous avez parmi votre patientèle une femme prénommée Leylo, je crois, commença Lynley. Vous le confirmez ?

— Oui. Elle a récemment subi une reconstruction. Dans son cas, l'intervention a été un succès complet.

— Nous avons appris que vous aviez pour habitude d'offrir un cadeau à chacune de vos patientes.

— En effet. C'est peut-être difficile à comprendre, mais cette décision exige beaucoup de courage de la part de ces femmes, inspecteur Lynley... Désolée, je ne me souviens pas de votre grade.

— Va pour inspecteur. Quel genre de cadeau ?

— Quoi ?

— L'inspecteur vous demande ce que vous leur offrez, traduisit Havers. Une boîte de chocolats ? Du papier à lettres ? Un parfum ? Un foulard ? Une carte-cadeau McDonald's ?

— Ça dépend.

Philippa Weatherall parut soudain remarquer la tasse qui lui était destinée. Elle versa deux dosettes de lait dans le thé. Faute de touillette ou de cuillère, elle fit tournoyer le liquide pour mélanger.

— C'est bizarre, non ? reprit Havers. On s'attendrait plutôt à ce que ce soient elles qui vous fassent un cadeau.

Le Dr Weatherall haussa les épaules.

— Vous n'êtes pas dans leur tête. Elles ont été trahies par des membres de leur communauté, des personnes qu'elles aimaient et qui devaient les protéger. Confier leur corps à une inconnue, blanche de surcroît, est un acte de foi. Aussi, je trouve normal de les remercier. C'est un privilège de pouvoir les aider.

Lynley fut frappé par la passion et la sincérité qui transpiraient de ses paroles. Son travail représentait toute sa vie, ce qui rendait son geste d'autant plus incompréhensible. Il sortit de son enveloppe le portrait de Tani Bankole et le fit glisser vers elle.

— Je suis censée reconnaître ce jeune homme ? demanda-t-elle avec un air perplexe.

Lynley fit non de la tête.

— Si vous regardez derrière lui, vous remarquerez une sculpture sur la table. Leylo affirme que vous la lui avez offerte pour la remercier de sa confiance.

Elle ne répondit pas immédiatement.

— C'est possible, dit-elle avec hésitation.

— Vous lui avez donné une statuette, oui ou non ?

— Oui. Mais cette photo…

— Elle est floue, je sais. Une seconde !

Havers prit une feuille de papier entre les pages de son calepin, la déplia et la lissa soigneusement avant de la poser à côté du portrait de Tani Bankole. C'était l'image du *Guerrier debout* que Ross Carver avait imprimée.

— C'est bien la statuette que vous avez offerte à Leylo ?

Lynley observa la chirurgienne tandis qu'elle étudiait la photo. Son expression témoignait du dilemme qui l'agitait. Soit elle niait, et il serait facile de vérifier si elle disait la vérité, soit elle avouait et s'exposait à de sérieux ennuis. Elle allait devoir se fier à son instinct.

— Oui, admit-elle. Ça ressemble beaucoup à l'objet que je lui ai donné.

— Merci, dit Lynley. Sergent, si vous voulez bien…

Havers informa le Dr Weatherall de ses droits. La chirurgienne comprit aussitôt qu'elle avait pris la mauvaise décision.

— Qu'est-ce qui se passe ? demanda-t-elle.

— Nous venons de vous notifier que tout ce que vous direz pourra être retenu contre vous, expliqua Lynley. Je vous repose la question : souhaitez-vous un avocat ?

— Pourquoi aurais-je besoin d'un avocat ? Je n'ai rien à me reprocher ! C'est absurde. De quoi suis-je accusée ?

— Vous refusez de nouveau un avocat ?

— Oui. Je ne comprends pas ce que je fais ici, et je commence à croire que vous n'en savez rien non plus.

Lynley écarta les mains, lui signifiant qu'elle n'avait peut-être pas tort.

— D'où vient la statuette que vous avez donnée à Leylo ?

— Je ne m'en souviens pas. Quand l'occasion se présente, j'achète des objets que j'offre ensuite à mes patientes. Celui-ci pourrait venir de n'importe où. D'un marché aux puces, d'une brocante, d'un vide-greniers, d'une boutique solidaire…

— De chez Teo Bontempi ?

— Quoi ?

— Teo Bontempi possédait une collection de statuettes africaines.

— Vous sous-entendez que j'aurais pu lui voler cette sculpture ? Je ne sais même pas où elle habitait !

— C'est faux, intervint Havers. Vous aviez ses coordonnées dans son dossier.

— Je n'apprends pas par cœur les adresses de mes patientes. Et même si j'étais allée chez elle, ce qui n'est pas le cas, pourquoi aurais-je pris une de ses statuettes ?

— Après l'avoir assommée avec, vous n'aviez pas tellement le choix.

Philippa Weatherall dévisagea Havers, puis observa Lynley.

— Vous délirez !

— Le plus difficile a été de comprendre pourquoi vous l'aviez fait. La question du comment est à présent réglée. Vous nous l'avez dit vous-même : vous ne possédez pas de voiture, vous vous déplacez en bateau à moteur. Cela explique que vous ayez pu vous rendre chez Teo Bontempi sans que les caméras de la rue aient filmé votre véhicule. De l'île aux Chiens, vous avez rejoint l'embarcadère le plus proche de Streatham High Road, puis vous avez pris un taxi ou un VTC. Idem au retour.

— Vous racontez n'importe quoi ! Je voudrais un avocat, maintenant.

— Le vôtre ou un commis d'office ?

Elle opta pour le second. Les formalités furent vite réglées, même s'ils durent attendre quarante minutes l'avocate, une Asiatique qui masquait sa jeunesse et son inexpérience derrière un tailleur pantalon gris à rayures, un chemisier blanc tellement empesé qu'il aurait pu tenir debout tout seul et de grosses lunettes à monture noire. Vêtue autrement et sans ses lunettes, on l'aurait sans doute prise pour une adolescente. Elle se présenta – Vivienne Yang – et émit le souhait de s'entretenir en privé avec sa cliente.

Lynley lui donna son numéro et retourna à la cafétéria avec Havers. Ils venaient à peine de s'attabler quand son portable sonna.

— Sacrément rapide, fit remarquer Havers.

Mais c'était Nkata. Il avait la statuette en bronze sous les yeux. C'était bien celle qu'ils cherchaient. Il s'apprêtait à la déposer au labo, en espérant qu'elle serait traitée en priorité. À l'œil nu, elle semblait assez propre.

— Elle porte peut-être encore des traces d'ADN, celui de Teo ou du Dr Weatherall, dit Lynley. Même sans cela, elle peut nous mener à l'assassin par des voies détournées.

Vingt minutes plus tard, Lynley reçut un SMS de Vivienne Yang et ils regagnèrent la salle d'interrogatoire. Lynley relança l'enregistrement et rappela ses droits à la chirurgienne.

— Comme nous l'avons établi d'après vos déclarations, dit-il, la statuette visible sur la photo prise au domicile de votre patiente, Leylo, est bien celle que vous lui avez offerte.

— J'ai dit qu'elle lui ressemblait, inspecteur. Mais je ne sais pas si c'est elle.

— Suggérez-vous qu'elle en possédait une copie ? Ou qu'elle en a acheté une pour faire la paire ?

— Je ne suggère rien du tout. Comme vous le voyez, l'arrière-plan est flou.

— C'est pour cela que j'ai envoyé un membre de mon équipe vérifier qu'il s'agissait bien du *Guerrier debout*. Il a également confirmé que cette sculpture appartenait à Teo Bontempi.

— C'est absurde ! Il n'a aucun moyen de le confirmer.

— Je crains que si. La statuette sera bientôt entre les mains de la police scientifique. Nous ne recevrons les résultats des analyses que dans plusieurs jours, voire plusieurs semaines. Ce dont nous sommes sûrs, en revanche, c'est que cette statuette avait été offerte à Teo Bontempi par son mari, dont elle était séparée. Lorsqu'il est retourné à l'appartement, il a constaté qu'elle avait disparu.

— Elle aurait pu s'en débarrasser, la donner ou la jeter. Il y a des dizaines d'explications. Et quand bien même on l'aurait volée, rien ne vous permet d'affirmer qu'elle a fini entre les mains d'une de mes patientes.

— Et pourtant c'est le cas.

Havers tapotait son calepin du bout de son crayon.

— Comment…

— C'était le n° 10, précisa Lynley.

— Comment ça ?

— Il n'existe que 15 exemplaires du *Guerrier debout*, docteur Weatherall. Ross Carver, le mari de Teo Bontempi, a acquis l'un de ceux mis en vente par une galerie de Peckham. Le sien portait le n° 10. Il est gravé sous la statuette, à côté de la signature de l'artiste. Encore faut-il le savoir.

La chirurgienne ne répondit pas. Vivienne Yang croisa les mains sur la table. Des voix leur parvinrent du couloir. Au-dessus de leurs têtes, le système de ventilation se mit soudain à diffuser un souffle d'air glacé dans la pièce.

— Jusqu'à présent, Mercy Hart a tenu sa langue, reprit Lynley. Vous devez vous douter que cela ne durera pas, même si vous la payez bien. Quand nous nous rendrons à la prison de Bronzefield pour l'interroger à nouveau…

Le regard de la chirurgienne s'était assombri quand Lynley avait mentionné Bronzefield.

— … il se pourrait qu'elle devienne plus loquace en apprenant que vous êtes en garde à vue.

— Je n'ai rien à ajouter, dit Philippa Weatherall.

— Vous en êtes sûre ? demanda Havers. En plus du *Guerrier debout*, qui va sacrément vous compliquer la vie, nous avons la preuve que vous avez téléphoné plusieurs fois à Teo Bontempi. Vous avez passé le premier appel quelques heures après l'avoir croisée à proximité de la clinique.

— Puis vous l'avez rappelée pour la dissuader de vous dénoncer, enchaîna Lynley.

— Me dénoncer pour quoi ? Pour avoir rendu leur intégrité physique à des femmes ? C'est devenu illégal ?

— Au début, nous pensions que c'était Mercy Hart qui mutilait les petites filles sous le nom d'Easter Lange. En réalité, c'était vous. Vous vous rendiez à la clinique quand Teo Bontempi vous a vue. Elle a dû se demander ce que vous fabriquiez dans le quartier avant de sauter à la seule conclusion possible : c'était là que vous pratiquiez des MGF médicalisées.

— Je n'ai rien à vous dire, vous entendez ? s'emporta la chirurgienne. Rien ! Pendant combien de temps vais-je devoir subir ces accusations ? demanda-t-elle à Vivienne Yang.

D'une voix feutrée, l'avocate lui indiqua combien d'heures ils pouvaient la retenir avant de l'inculper. Lynley et Havers doutaient qu'elle ait envie de passer tout ce temps en leur compagnie.

— Les femmes que vous opérez n'ont pas toutes les moyens de payer leur intervention, n'est-ce pas ? D'autant plus que le National Health Service ne rembourse pas ce genre de chose… J'imagine que les associations anti-MGF et certains particuliers vous adressent des subsides, mais le Centre de santé de Hackney vous apportait un complément de revenus appréciable. Ce que je ne comprends pas, c'est pourquoi vous avez choisi les MGF médicalisées pour financer votre travail. Non seulement c'est illégal, mais c'est précisément ce que vous combattez.

— Pas tout à fait, monsieur, intervint Havers. Elle combat les conditions dans lesquelles ces mutilations sont pratiquées, pas leur existence. À mon avis, elle s'est dit que si des parents tenaient à faire exciser leurs filles, autant leur éviter d'être massacrées par un boucher. Elle n'aurait jamais laissé Mercy Hart faire ce sale boulot, mais tout le monde devait croire que c'était le cas. Je suppose qu'elle se pointait à la clinique uniquement quand Mercy la prévenait qu'une opération était programmée. C'est bien ça, docteur Weatherall ?

— Je n'ai rien à vous dire, répéta la chirurgienne.

Son assurance semblait fondre à vue d'œil.

— Pour autant, le rôle de Mercy demande à être éclairci, poursuivit Lynley, songeur. Elle était forcément au courant de ce que vous faisiez. Elle savait aussi que c'était illégal.

— Elle a besoin d'argent, monsieur, intervint Havers. Elle a des gosses, pas de mari ni de petit ami pour l'aider, et la vie est chère.

— Elle aurait pris de tels risques uniquement pour l'argent ?

— Ou par conviction. Elle est peut-être sincèrement persuadée que les MGF médicalisées représentent un progrès.

Philippa Weatherall gardait le silence, mais des larmes brillaient dans ses yeux. Vivienne Yang lui glissa quelques mots à l'oreille, et elle acquiesça.

— Ma cliente et moi souhaitons nous entretenir en privé, inspecteur, dit l'avocate.

Lynley mit le magnétophone en pause et sortit avec Havers.

— Une clope ou je fais un malheur ! gronda Barbara avant de se ruer à l'extérieur.

Lynley consulta son portable. Il avait reçu un SMS laconique de Dorothea Harriman – « *C'est China Wharf* » – ainsi qu'un message vocal de Daidre : « Je rentre ce soir, Tommy. Tu me manques terriblement. Appelle-moi, s'il te plaît. »

C'est ce qu'il fit aussitôt. Il tomba sur le répondeur et laissa lui-même un message. Il s'apprêtait à boucler son enquête, dit-il, et se réjouissait de son retour. Il se retint d'ajouter qu'il espérait qu'elle avait résolu les problèmes des jumeaux. Elle le lui dirait quand ils se reverraient.

Havers revint au bout de quelques minutes. Elle sentait le feu de camp mais paraissait de bien meilleure humeur. Ils attendirent encore un quart d'heure avant que Vivienne Yang ouvre la porte de la salle d'interrogatoire.

— Nous sommes prêtes, annonça-t-elle.

Ils retournèrent s'asseoir et Lynley enclencha une nouvelle fois le magnétophone. Havers rappela ses droits à la chirurgienne, qui jeta un coup d'œil à son avocate avant de se lancer :

— Je vais vous expliquer ce qui s'est passé.

BRIXTON
SUD DE LONDRES

Winston Nkata commença par ramener Deborah Saint James à sa voiture, qu'elle avait laissée sur un parking proche du palais de Westminster. Il ne lui avait pas expliqué en quoi le fait que Leylo se soit trouvée en possession du dixième exemplaire du *Guerrier debout* revêtait une telle importance, et elle ne lui avait posé aucune question. Elle n'était pas mariée à un expert en criminologie pour rien.

Quand Nkata avait produit un sac à scellés pour emballer la statuette, elle avait simplement demandé :

« C'est la pièce manquante du puzzle ?

— On l'espère. »

La discussion en était restée là.

Après avoir reconduit Deborah, il apporta la sculpture au laboratoire médico-légal et brossa le technicien dans le sens du poil pour qu'il l'examine en priorité.

« Je ne peux rien vous garantir » fut la seule réponse qu'il obtint.

Toutefois, le ton bienveillant sur lequel avaient été prononcés ces mots était encourageant. Il regagnait sa Fiesta quand son portable sonna. L'appel provenait d'un numéro inconnu.

— Winston Nkata ? fit une voix de femme.

— Oui.

— Je suis Zawadi. Tani Bankole m'a dit que vous aviez les passeports. Il me les faudrait. Je dois les déposer au commissariat de Stoke Newington.

— Je les ai mis en lieu sûr.

— J'espère bien. Mais ils doivent rester avec l'ordonnance de protection. Le jour où elle sera levée, si elle l'est, ils seront rendus à la famille.

Nkata expliqua que les passeports se trouvaient chez lui. Il pouvait les apporter lui-même à Stoke Newington. Elle répondit qu'elle préférait s'en charger et se mettrait en route dès qu'il lui aurait indiqué l'adresse.

Nkata retourna donc chez ses parents. Il n'y avait personne dans l'appartement, comme toujours à ce moment de la journée. Son père était au volant d'un bus de la ligne 11 et sa mère devait se trouver au café avec Tabby et Monifa, à tout remettre en état après le coup de feu du déjeuner.

Il entra dans sa chambre. Des draps et des serviettes de toilette parfaitement pliés formaient une pile bien nette au pied du lit où dormait Monifa. Il sortit de la penderie la veste qu'il portait la veille et glissa une main dans la poche intérieure. Elle ne contenait qu'un seul passeport. Celui de Tani, constata-t-il après l'avoir ouvert. Il fouilla les autres poches et fronça les sourcils. Les passeports manquants étaient peut-être tombés quand il avait accroché le vêtement à un cintre, même si cela semblait peu probable. Il inspecta néanmoins le sol, en vain.

Il réfléchit. Il revoyait Deborah Saint James essuyer un à un les documents récupérés dans la litière du chat. Elle les lui avait ensuite tendus, et il les avait aussitôt rangés. Abeo Bankole était déjà entre les mains de la police de Belgravia à ce moment-là. Il n'avait donc aucun moyen de savoir que c'était lui, Winston, qui détenait les passeports. Il ne connaissait même pas son nom ! Par conséquent il n'aurait jamais pu découvrir l'adresse de ses parents, entrer par effraction et les subtiliser – surtout sans laisser la moindre trace de son passage.

Nkata se tourna vers la pile de linge. Il avait d'abord cru que sa mère l'avait déposée là à l'intention de Monifa. À présent, il voyait une autre explication. Il souleva la mince couette d'été à rayures et constata que le lit avait été défait. Il toucha les serviettes. Elles étaient légèrement humides. Puis il examina les draps. Eux aussi avaient servi.

Il prit son portable et composa le numéro du café. Tabby décrocha et lui passa sa mère.

— Tout va bien, trésor ? s'inquiéta Alice.

— Monifa est avec toi, maman ? s'enquit-il, la bouche sèche.

— Elle est partie chercher Simisola. Elle a reçu un coup de fil disant qu'Abeo – c'est bien le nom de son mari ? – était libre. Elle avait tellement peur qu'il retourne à Chelsea que j'ai appelé un taxi pour la conduire là-bas et les ramener au café, la petite et elle. Elle devait revenir aussitôt. Une seconde, mon chéri.

Alice demanda à Tabby si elle se souvenait de l'heure à laquelle Monifa était partie. La serveuse n'en était pas sûre. Elles étaient toujours débordées à l'heure du déjeuner, entre les clients qui mangeaient sur place et ceux qui faisaient la queue jusque sur le trottoir pour récupérer les plats à emporter.

— Ça fait plusieurs heures, trésor... Seigneur ! Si ça se trouve, Abeo est retourné à Chelsea avant que... Que dis-tu, Tabby ?

Nkata sentit la sueur perler à son front. Il n'entendit pas ce que disait la serveuse, mais Alice le lui répéta :

— Tabby dit qu'elle a reçu ce coup de fil vers midi et demi.

Il y eut un blanc puis elle ajouta, comme si elle venait de regarder l'horloge murale ou sa montre :

— Oh là là ! Elle devrait être revenue depuis longtemps. J'aurais dû t'avertir, trésor. Si son mari lui a fait du mal, je ne me le pardonnerai jamais. Je suis tellement...

— Ne t'inquiète pas, m'man. Je suis sûr qu'il ne lui a rien fait.

Ils raccrochèrent sur ces paroles rassurantes. Nkata était assez sûr de lui, mais il contacta quand même le commissariat de Belgravia. Oui, Abeo Bankole était toujours en cellule. Si personne ne portait plainte contre lui, il serait relâché au terme de ses vingt-quatre heures de garde à vue.

Nkata appela ensuite les Saint James. Il tâcha d'être aussi bref et calme que possible. Joseph Cotter l'informa que Monifa était venue chercher Simisola. Puis il demanda à parler à Tani, qui lui donna la même version : Monifa leur avait annoncé qu'Abeo était libre. Sachant que son père ne renoncerait pas à ses projets, le jeune homme se tenait prêt à en découdre avec lui si nécessaire. Mais Abeo n'avait pas réapparu à Cheyne Row, du moins pas encore.

Tani avait-il la moindre idée de l'endroit où Monifa avait pu conduire Simisola ?

— À Brixton. Elle a dit que mon père risquait pas de la trouver là-bas.

— Et sinon ?

— Mais c'est là qu'elle est allée ! Elle nous l'a dit, à M. Cotter et à moi.

Sa voix s'altéra tandis que l'inquiétude s'insinuait en lui.

— Qu'est-ce que… Il l'a retrouvée ?

— Je vais me renseigner, répondit Nkata.

— Mais elle est bien à Brixton ?

— Tu restes avec M. Cotter, compris ? Est-ce que Mme Saint James est rentrée ?

— Oui.

— Et monsieur ?

— Non. Mais…

— Restez tous à la maison. Je vais passer quelques coups de fil. Je te rappelle dès que je sais où est ta mère. Elle aurait pu aller autre part ?

— On a des cousins à Peckham.

— Téléphone-leur et demande si elle est chez eux, d'accord ?

Nkata raccrocha avant que l'adolescent ne pose d'autres questions auxquelles il aurait été incapable de répondre, que ce soit en disant la vérité ou en mentant. Il avait des gens à prévenir, à commencer par Zawadi. Ne parvenant pas à la joindre sur son portable, il en conclut qu'elle était en route pour Brixton. Il lui laissa un message l'invitant à le rappeler au plus vite. Lynley était le deuxième sur sa liste. Avant qu'il puisse en placer une, son chef lui annonça que, selon les constables, China Wharf était l'embarcadère de la rive sud le plus pratique pour amarrer un bateau à moteur. Situé un peu à l'est de Tower Bridge, il était équipé d'un escalier à chaque extrémité. Il y avait une caméra juste en face, sur un bâtiment proche d'un passage souterrain menant à la Tamise. Ce tunnel reliait China Wharf et Reeds Wharf, tous deux sur Bermondsey Wall. Les entrepôts du quartier ayant depuis longtemps été transformés en appartements, on pouvait parier qu'on avait installé d'autres caméras à proximité pour assurer la tranquillité des résidents.

Nkata espérait que ces bonnes nouvelles compenseraient la disparition des passeports. Il fit un rapide topo à Lynley.

— D'après l'employée de ma mère, Monifa a reçu un appel lui annonçant que son mari était libre. Sauf que ça ne venait pas des flics de Belgravia, parce que Abeo Bankole restera sous les verrous jusqu'à 15 h 30, si personne ne porte plainte contre lui.

Il entendit des voix en arrière-fond.

— Dans ce cas, dit Lynley après quelques secondes de réflexion, elle a peut-être ramené sa fille à... comment s'appelle leur quartier ?

— Mayville. Mais pourquoi aurait-elle dit à Tani qu'elle allait à Brixton, monsieur ? Et pourquoi avoir pris les passeports ?

— Elle a une carte bleue ? De l'argent ? Assez pour partir à l'étranger ?

— Je n'en ai aucune idée, soupira Nkata. Elle a un cousin à Peckham. Tani va le contacter.

— C'est troublant.

— Vous en êtes où avec Weatherall ?

— Elle a accepté de parler. Elle aurait pu continuer à broder en espérant que Mercy garderait le silence, mais apprendre que la statuette était numérotée lui a cloué le bec. Vous avez fait du bon travail, Winston.

— C'est Barb qu'il faut féliciter, monsieur. Moi, j'ai juste vu la photo de Mme Saint James.

— Quand même. Tenez-moi au courant pour Mme Bankole. Rappelez le commissariat de Belgravia. Elle y est peut-être passée pour porter plainte.

Nkata n'y croyait pas une seconde, mais il acquiesça. Toutefois, Zawadi restait sa priorité. Cette fois, elle décrocha : elle était à Brixton, en train de tourner dans Loughborough Estate.

— Vous êtes où, bon sang ? demanda-t-elle.

— J'arrive tout de suite. Et vous, vous êtes où ?

— Dans une foutue rue en arc de cercle.

Winston n'était pas beaucoup plus avancé. Zawadi lui envoya alors une photo de l'immeuble le plus proche pour l'aider à se repérer.

Cette tactique fut efficace. Il ignorait à quoi ressemblait Zawadi mais quand il l'aperçut à l'angle de St James's Crescent et de

Western Road, il n'eut aucun mal à l'identifier : tout dans son attitude traduisait l'impatience et l'agacement. Elle tapait du pied, ne décroisant les bras que pour consulter sa montre ou tripoter son collier de perles africaines. Les présentations furent vite expédiées.

— Les passeports ? demanda-t-elle.

— Ils ont disparu. Ceux de Simisola, de sa mère et de son père. Il ne reste que celui de Tani.

Elle le regarda comme s'il lui avait poussé une deuxième tête.

— Comment c'est possible ?

— Monifa... La mère de Simisola. Je pense que c'est elle qui les a pris. Je ne vois pas qui d'autre aurait pu le faire.

— Vous ne les avez pas gardés sur vous ? Vous ne les avez pas mis sous clé ? Bon sang, qu'est-ce que...

Elle serra les poings. Nkata devina qu'elle brûlait de le frapper. Il ne pouvait pas lui en vouloir.

— Si on n'a plus le passeport de la gosse, rien ne garantit que quelqu'un ne va pas l'embarquer à bord du premier avion pour le Nigeria. Espèce de crétin... Vous êtes sûr que vous êtes flic ?

— Je suis désolé. Je n'ai pas réfléchi...

— Là-dessus, on est d'accord ! Cette Monifa, elle sait où sont ses enfants ?

— Oui. Elle est allée chercher Simisola là-bas.

— Nom de Dieu ! Comment l'a-t-elle appris ?

Winston aurait voulu rentrer sous terre, mais il lui devait la vérité : Monifa savait où se cachait sa fille parce qu'il l'avait emmenée la voir en échange de sa collaboration dans une enquête criminelle. Elle avait témoigné contre la clinique de Kingsland High Street où elle s'était rendue avec Simisola afin de lui faire subir une excision médicalisée.

— Et ça ne vous a pas alerté ? s'étrangla Zawadi. Imbécile ! Elle n'a jamais dissimulé ses intentions.

ÎLE AUX CHIENS
EST DE LONDRES

— Les gens disent : « Il faut que ça cesse », et ils partent en croisade, commença Philippa Weatherall. Ils croient qu'ils peuvent endiguer la marée. Mais c'est impossible. Personne ne le peut. Ce qu'on inflige à ces filles, c'est ancré dans leur culture, et c'est comme ça qu'ils le justifient. Les associations, la loi, les tribunaux... Rien ne les arrête. Vous savez ce qui se passe dans ce pays à l'heure actuelle ? La majorité des gamines sont excisées avant 5 ans. Une enfant aussi jeune n'a pas les mots pour raconter ce qu'on lui a fait ou ce qu'elle risque. Elle ne peut pas chercher de l'aide auprès d'un enseignant ou de la police. Son cerveau ne forme pas encore de souvenirs précis. Ce que je veux vous dire, c'est que ces horreurs se déroulent de plus en plus dans la clandestinité.

Ils étaient de retour dans la salle d'interrogatoire. Havers avait fait un saut à la cafétéria d'où elle avait rapporté, en plus du thé, des coupelles de fruits en morceaux, des bananes et des paquets de biscuits. La chirurgienne leur expliquait à présent comment elle en était venue à « rendre service » à des mères persuadées que leurs filles ne trouveraient un mari qu'avec une virginité non seulement garantie, mais imposée par la force.

Dans l'ensemble, ce qu'elle leur avait dit jusque-là tenait debout, du moins pour elle. Ces pratiques ignobles ne disparaîtraient pas uniquement parce que certains voulaient y mettre fin. Philippa Weatherall en avait pris conscience en se formant auprès du chirurgien français. Il lui était rapidement apparu qu'elle pouvait faire plus que remédier au mal déjà commis. En les excisant elle-même, elle pouvait épargner aux fillettes des dommages irréparables. Ainsi, une fois adultes, elles auraient la possibilité de faire reconstruire leurs organes génitaux pour jouir d'une vie sexuelle qui ne soit pas seulement synonyme de douleur.

C'est ce qui l'avait incitée à créer le Centre de santé pour les femmes de Hackney. Parmi les centaines de patientes qu'elle y avait opérées, pas une n'était morte, un résultat qui la remplissait de fierté. L'aspect monstrueux de son travail, même réalisé avec le plus grand soin, ne semblait pas lui traverser l'esprit.

Le rôle de Mercy Hart consistait à faire la publicité de la clinique par le bouche-à-oreille et à distribuer des cartes de visite indiquant uniquement un numéro de téléphone. Elle gérait aussi les affaires courantes et procédait aux examens préliminaires. Une fois le rendez-vous fixé, le Dr Weatherall ne restait sur place que le temps nécessaire. Ni les jeunes patientes ni leur mère ne voyaient son visage. Le jour de l'intervention, elle se présentait devant elles en blouse et masquée.

Tout se déroulait à merveille avant que Teo Bontempi ne vienne tout gâcher.

— Quand elle m'a aperçue dans Kingsland High Street pendant que la police fouillait la clinique, elle a aussitôt fait le rapprochement. Elle a voulu savoir ce que je faisais dans le quartier. Je lui ai répondu que je consultais bénévolement au Centre de santé pour les femmes. Elle m'a demandé comment je pouvais exercer là-bas sans être au courant de ce qui s'y passait. Elle m'a accusée d'y pratiquer des excisions. J'ai nié, bien sûr. Elle n'avait aucune preuve, mais je la sentais déterminée à en trouver, et je me doutais que quelqu'un finirait par parler. Ce n'était qu'une question de temps. Et, le jour où elle parviendrait à ses fins, je risquerais la radiation.

— Vous deviez la neutraliser, dit Lynley sur un ton posé.

— Je lui ai téléphoné le soir même, à plusieurs reprises.

— Vous n'aviez pas peur que Mercy passe aux aveux ?

Philippa Weatherall secoua la tête.

— Mercy croit en notre mission.

— Mutiler des petites filles ? fit Havers. Des bébés ?

— Leur sauver la vie, sergent. Avez-vous la moindre idée du nombre d'exciseuses africaines qui agissent à Londres ? Moi non plus. Mais j'ai constaté les dégâts qu'elles causent avec leurs lames de rasoir, leurs couteaux de cuisine et leurs cutters. Cette coutume perdurera tant que les femmes concernées ne seront pas assez informées et éduquées. Elle perdure parce que ces femmes le permettent. Elle disparaîtra le jour où elles l'auront décidé.

— Teo ne voyait pas les choses ainsi.

— Elle jugeait en termes de bien et de mal. Mais rien n'est jamais tout noir ou tout blanc.

— Donc vous vous êtes pointée chez elle et vous l'avez tuée.

— Non ! Ça n'a jamais été mon intention. Nous avons parlé, mais je n'ai pas réussi à la convaincre. Elle m'a dit qu'elle ne changerait pas d'avis, et elle s'est dirigée vers la porte pour me mettre dehors. C'est là que j'ai perdu pied. J'étais si en colère, si frustrée. Je l'ai frappée avec la statuette. Vraiment, je ne sais pas ce qui m'a pris. Je l'ai frappée et elle est tombée. Elle ne bougeait plus...

Philippa Weatherall regarda les deux policiers. Son avocate n'avait pas prononcé un mot. Lynley se demanda quels conseils elle avait prodigués à sa cliente. Il eut vite la réponse à sa question.

— J'étais horrifiée par ce que j'avais fait. J'ai lâché la statuette et me suis agenouillée près d'elle pour la secourir. C'est là qu'on a frappé. La porte s'est ouverte et... je me suis cachée.

— Où ça ? Nous avons vu l'appartement. Il n'y a pas beaucoup d'endroits où se dissimuler.

— Dans l'armoire.

— Celle de la chambre ? C'était risqué, non ?

— Est-ce que j'avais le choix ? Il y avait deux grands placards dans le couloir, mais je n'avais plus le temps de les atteindre. Je ne pouvais pas non plus prétendre l'avoir trouvée inconsciente : elle m'aurait dénoncée dès qu'elle aurait repris connaissance. Alors je me suis cachée et j'ai attendu, en espérant que la personne qui venait d'entrer repartirait rapidement.

— Sans porter secours à Teo ?

— Je n'y ai pas réfléchi.

— Mais ça ne s'est pas passé comme vous le souhaitiez. Il est resté.

— Il ? répéta la chirurgienne avec un air étonné. Ce n'était pas un homme !

CHELSEA
SUD-OUEST DE LONDRES

Après avoir parlé au sergent Nkata, Tani raccrocha et s'assit sur le bord de son lit. Le regard fixé sur ses baskets aux lacets défaits, il se balança doucement. Il n'avait pas envie de réfléchir. Il avait réussi à joindre le cousin de Peckham, qui était tout étonné d'avoir de ses nouvelles. Cela faisait au moins cinq ans que les Bankole n'avaient pas donné signe de vie. Comment allait-il ? Comment allait tatie ? Et Simisola ? Savait-il que sa sœur Ovia s'était mariée ? Et lui, Tani, que devenait-il ? Avait-il une copine ?

À l'évidence, Monifa et Simisola n'étaient pas chez lui. Tani téléphona alors à Halimah, mais elle n'avait pas vu Monifa depuis qu'elle avait quitté Mayville Estate avec le policier noir. Elle ne lui avait pas parlé non plus. Ni à Abẹo.

Halimah demanda s'il y avait un problème. Tani lui cacha la vérité pour la simple raison qu'il ne la connaissait pas.

Puis il avait informé le sergent Nkata de l'échec de ses démarches. Sa réaction ne l'avait pas rassuré.

« Je continue à chercher de mon côté, avait-il dit. En ce moment, je me dirige vers le commissariat de Belgravia.

— Vous croyez que...

— Je te rappelle, l'avait coupé Nkata. Tu ne bouges pas, d'accord ? »

Tani avait promis de rester chez les Saint James, même si c'était la dernière chose dont il avait envie. Toutes ses terminaisons nerveuses lui hurlaient d'agir. Sa mère n'était pas débrouillarde. Elle atteindrait vite les limites de ce qu'elle était capable de faire pour protéger Simi. Si – et il ne pouvait écarter aucune hypothèse – c'était vraiment son intention.

Il se secoua et appela Sophie.

— Maman a emmené Simi, lui annonça-t-il. Je sais pas où.

— C'est bien, non ? Comme ça, ton père ne risque pas de la retrouver.

— Ouais. Mais le problème c'est qu'elle a dit qu'elles allaient à Brixton, chez le flic. Sauf qu'elles y sont pas.

Sophie garda le silence. Il l'imaginait en train de réfléchir, enroulant une mèche de ses cheveux autour de son index.

— Le point positif, dit-elle enfin, c'est que même si ton père rapplique il ne pourra pas te forcer à avouer ce que tu ne sais pas.

— Justement... Ma mère a dit que les flics l'avaient relâché, et qu'elle devait filer avec Simi avant qu'il vienne la chercher. Le truc, c'est qu'on ne l'a pas encore vu.

— Il est probablement retourné chez... Comment elle s'appelle, déjà ?

— Lark.

— Ah oui, Lark. Quand il s'est pointé à Chelsea, la police l'a embarqué aussitôt. Alors il n'allait pas refaire la même erreur. Il est chez cette Lark, et il réfléchit à un plan.

Tani voulait la croire. En effet, la première visite de son père à Chelsea avait mal tourné. Pourquoi serait-il revenu ? La réponse était évidente : il savait que Tani avait récupéré les passeports chez Lark. Il chercherait à le punir d'avoir brutalisé sa maîtresse enceinte.

Il noua les lacets de ses baskets et se leva. Il trouva Deborah Saint James au rez-de-chaussée. Assise dans un fauteuil du bureau, elle parlait au téléphone :

— C'est difficile à croire... Pourquoi... C'est le mieux à faire, selon vous ? Vous pensez pouvoir contrôler la situation ? Évidemment, vous avez déjà prouvé que vous en étiez capable, mais c'était avant...

Elle aperçut Tani dans l'embrasure de la porte et lui fit signe d'attendre.

— Mon père n'est pas là, et Simon non plus. Il ne rentrera pas avant ce soir. Une réunion de famille à Southampton. Oui, oui... Au fait, est-ce que la statuette vous a été utile ? Au moins une bonne nouvelle, alors !

Elle raccrocha peu après, se leva et s'approcha de Tani.

— Tu n'as pas à t'inquiéter, dit-elle en posant une main sur son épaule.

Il était à deux doigts d'exiger qu'elle lui dise ce qui se passait, mais elle le devança.

— C'était Winston… Le sergent Nkata. Il va se rendre au commissariat de Belgravia pour parler à ton père à la fin de sa garde à vue.

BELGRAVIA
CENTRE DE LONDRES

Comme l'apprit bientôt Nkata, Monifa Bankole ne s'était pas présentée au commissariat de Belgravia pour porter plainte contre son mari, dont la garde à vue allait se terminer. Après avoir exposé la situation, Winston n'eut donc qu'à remplir un formulaire pour qu'on le lui amène. Sans surprise, Abeo Bankole ne fut pas ravi de se retrouver en présence du type qui l'avait fait embarquer la veille.

Sa nuit en cellule l'avait marqué. Il n'était pas rasé, ses vêtements étaient chiffonnés, et il sentait mauvais comme si plusieurs jours s'étaient écoulés depuis son arrestation.

— Vous ! gronda-t-il avec un profond dégoût.

— Il faut qu'on parle.

— Je n'ai rien à vous dire.

— Je crois que si. Je suis garé à deux pas d'ici.

— Je n'irai nulle part avec vous.

Nkata s'immobilisa sur le trottoir. Il avait laissé sa Fiesta un peu plus loin, à Ebury Square, mais rien n'obligeait Abeo à le suivre et il n'avait guère de moyens de pression sur lui.

— Je vous conduirai où vous voudrez, monsieur Bankole, à condition que nous discutions en chemin. Je ne peux pas vous y forcer, et nous le savons tous les deux. Mais Simisola a disparu. Sa mère l'a emmenée quelque part, on ignore où. Leurs passeports aussi se sont envolés.

Le visage d'Abeo se figea, puis une veine se mit à battre sur sa tempe.

— Tani et sa pute…

— Ils n'ont rien à voir avec ça. C'est moi le responsable.

— Vous !

— On peut régler ça ici et maintenant, si vous préférez. Ou vous pouvez venir avec moi et m'aider à résoudre ce problème. J'ai l'intention de vous ramener à Chelsea. Mais sachez que Tani est toujours là-bas. Si vous levez la main sur lui, c'est retour à la case prison. C'est bien compris, monsieur Bankole ?

Abeo serra les dents, puis il prit une profonde inspiration et fit signe qu'il acceptait.

— Par ici, dit simplement Nkata.

Ils tournèrent à l'angle de Semley Place et de Buckingham Palace Road, puis longèrent le commissariat jusqu'à Ebury Square, où d'énormes platanes projetaient une ombre bienfaisante sur les bancs qui entouraient la fontaine.

Ils n'échangèrent pas un mot durant le trajet. La tension était si vive entre eux qu'il semblait à Nkata que la moindre étincelle aurait pu mettre le feu à sa voiture. Heureusement, ils n'étaient pas loin de Chelsea. D'autant que lorsqu'ils se retrouvèrent coincés derrière un bus, Nkata parvint à le doubler à une intersection – au mépris du code de la route – pour rejoindre l'Embankment. Quand il aperçut l'Albert Bridge, il appela Deborah Saint James pour qu'elle prépare Tani à la venue de son père.

Elle devait les attendre dans le vestibule, car il eut à peine besoin de frapper. Elle tenait Peach dans ses bras. La chienne, sans doute impatiente de renifler leurs pieds, gigotait pour qu'on la pose. Deborah avait prévu des boissons fraîches dans le bureau de son mari. Si l'odeur que dégageait Abeo Bankole la choqua, elle n'en laissa rien paraître.

Tani avait lui aussi dû guetter leur arrivée, car il était debout face à la porte quand son père entra.

— Je voulais pas faire tomber Lark, dit-il aussitôt, suscitant l'admiration de Nkata. J'étais juste venu chercher les passeports. Je suis désolé.

— Tu ne sais pas de quoi tu parles, rétorqua sèchement Abeo.

— Ça se peut, répondit Tani. Je compte sur toi pour m'expliquer.

Deborah désigna l'un des fauteuils en cuir à Abeo. Sitôt assis, il adopta une posture de domination, les jambes largement écartées, les mains à plat sur les cuisses. Tani garda ses distances et resta près de la fenêtre.

— On a prévenu la police des transports, annonça Nkata. Train, métro et bus. D'après ce qu'on sait, elle n'a pas beaucoup d'argent liquide, mais si elle possède une carte bleue…

— Sa mère, le coupa Abeo. Ou la mienne. Ou quelqu'un de sa famille. Ou de ma famille.

— Ça veut dire quoi ?

— Ça veut dire que quelqu'un a acheté les billets pour elle.

— D'où le coup de fil, alors.

— Quel coup de fil ?

— Elle a reçu un appel au café de ma mère, expliqua Winston. Elle a prétendu que c'était du commissariat de Belgravia, pour la prévenir que vous étiez libre. En réalité, ça devait plutôt être de la personne qui lui a payé les billets, pour lui indiquer où elle pouvait les récupérer. Où a-t-elle pu aller, à votre avis ?

Abeo eut un rire moqueur.

— Elle a les passeports, maintenant ! Où voulez-vous qu'elle aille, abruti ?

— Au Nigeria, murmura Deborah. Oh non ! Ce n'est pas possible…

Nkata se dirigea vivement vers la porte en sortant son portable de sa poche. Il entendit Tani crier derrière lui :

— Tu racontes n'importe quoi, papa ! C'est toi qui voulais partir là-bas. T'as dit…

— Qu'est-ce que j'ai dit ?

— T'as parlé de cette fille que je devais épouser au Nigeria, et de la dot que tu obtiendrais pour Simi.

— Et alors ?

— T'as ramené une exciseuse chez nous. T'as même acheté le matériel qu'elle réclamait.

— Pour faire comprendre à ton idiote de mère que dans cette famille, c'est moi qui décide !

Tani prit sa tête dans ses mains, comme si ce geste pouvait l'aider à remettre de l'ordre dans ses idées.

— Non, protesta-t-il. Non. Ça tient pas debout.

— Tu sais très bien pourquoi elle est allée dans cette clinique ! Tu m'as entendu lui dire d'y retourner pour récupérer l'argent qu'elle leur avait donné. Pourquoi j'aurais parlé comme ça, sinon pour l'empêcher de faire du mal à Simisola ?

— Tu veux dire que tout ça, c'est la faute de maman ?

— C'est quoi, « tout ça » ? L'excision de ta sœur ?

Abeo éclata d'un rire âpre et sans joie qui voulait tout dire.

Nkata leur annonça que les aéroports, les compagnies aériennes et les agents d'embarquement allaient être informés de la fuite de Monifa. Elle n'avait aucune chance de passer entre les mailles du filet.

Abeo se leva.

— Vous tous, vous prétendez tout savoir. Mais vous ne savez rien. Je vais les retrouver et mettre enfin un terme à tout ça.

— Winston, vous ne pensez pas que… ? souffla Deborah alors qu'il se dirigeait vers la porte.

Nkata lut sur son visage ce qu'elle attendait de lui. Mais il n'avait aucun motif légal pour retenir Abeo Bankole. Et son instinct lui disait qu'il n'avait pas menti.

WESTMINSTER
CENTRE DE LONDRES

— Pourquoi je ne suis pas plus emballée que ça de savoir que c'est elle ? s'interrogea Havers.

Ils venaient de mettre le Dr Philippa Weatherall en détention provisoire et roulaient vers New Scotland Yard. L'audience préliminaire aurait lieu quand le parquet se serait prononcé sur les différents chefs d'accusation pesant sur la chirurgienne concernant ses activités à la clinique de Kingsland High Street et l'agression de Teo Bontempi.

Lynley comprenait parfaitement ce qu'éprouvait Havers ; lui-même ressentait un trouble proche du malaise.

— Le monde est plus simple quand on voit les choses comme Teo Bontempi, dit-il enfin. Tout en noir ou tout en blanc. Cela facilite la prise de décisions.

— Sauf que c'est justement ce qui l'a tuée.

— D'un autre côté, quel autre choix avait-elle après avoir percé Philippa Weatherall à jour ?

Havers s'agita sur son siège.

— Il me semble que tout est parti en vrille quand Weatherall a voulu la dissuader de la dénoncer, dit-elle. Jusque-là, Teo croyait que c'était Mercy, l'exciseuse. Si Weatherhall s'en était tenue à sa version – elle consultait à Hackney à titre bénévole et n'était au courant de rien –, on n'aurait jamais pu prouver qu'elle jouait un rôle plus important.

— Peut-être s'est-elle dit que Mercy finirait par craquer en garde à vue. Même convaincue du bien-fondé de leur « mission », je ne pense pas qu'elle se serait laissé condamner à la place de la véritable coupable. MGF, agression, meurtre ? Mercy aurait passé un accord avec le procureur : son témoignage en échange d'une sentence moins sévère, d'un sursis ou d'une dispense de peine. N'oubliez pas qu'elle a trois enfants.

Havers resta un moment silencieuse.

— Peut-on considérer qu'elle croyait bien faire ? dit-elle.

— Philippa Weatherall ? Elle avait sans doute de bonnes intentions au départ, mais elle a fait fausse route. Les jurés verront peut-être les choses autrement. J'espère que non.

La journée tirant à sa fin, la circulation devenait de plus en plus dense. Ils approchaient de la station Tower Hill quand le portable de Lynley sonna. Il le tendit à Havers.

— C'est Winston, dit-elle en regardant l'écran. On arrive, Winnie. La toubib a avoué. Mais il y a...

Il dut l'interrompre, car elle se tut et écouta attentivement.

— On est à Tower Hill, reprit-elle en jetant un coup d'œil par la vitre. Et toi, tu... ? C'est arrivé comment, Win... ? Ils t'ont dit quoi ? Rien... ? OK, je préviens le patron... Hé ! Calmos, Winston. Ça va s'arran...

Il y eut un nouveau silence, puis elle conclut :

— On se voit là-bas, alors.

Lynley l'interrogea du regard.

— Win a perdu Monifa Bankole, expliqua-t-elle.

— Il l'a perdue ?

— Elle s'est fait la malle avec sa fille et leurs passeports.

Lynley jura à voix basse. Monifa Bankole n'avait donc pas regagné son domicile avec Simisola, comme il l'avait supposé. Certes, ils avaient sa déposition, mais ils auraient besoin qu'elle témoigne devant le procureur, puis lors du procès.

— Son mari pense que sa famille au Nigeria a acheté des billets pour qu'elle emmène Simisola là-bas.

— Son mari ?

— Il est peut-être revenu dans le droit chemin. Ou alors il raconte des bobards pour récupérer la gosse. En tout cas, Winston a donné l'alerte. Si elle essaie de quitter le pays, elle sera arrêtée. Du moins, il l'espère.

— Comment ça, il l'espère ?

— Elle a plusieurs heures d'avance.

— Il vous a dit comment elle s'était procuré les passeports ?

Havers ne répondit pas immédiatement mais finit par céder devant le regard insistant de Lynley.

— Il ne les avait pas mis en sécurité, monsieur.

— Pardon ?

Lynley avait très bien entendu, mais il n'en croyait pas ses oreilles.

— Elle les a pris dans sa veste.

Lynley frappa le volant du poing.

— Mais à quoi pensait-il, nom de Dieu ?

— Il se sent merdeux.

— Encore heureux !

— Apparemment, elle nous a tous menés en bateau.

Après cela, ils échangèrent à peine quelques mots tandis qu'ils progressaient à l'allure d'un escargot dans les embouteillages. L'unique solution pour traverser rapidement la ville aurait été de la survoler en hélicoptère. Quand ils arrivèrent enfin à New Scotland Yard, Havers déclara qu'il lui fallait absolument une cigarette pour calmer ses nerfs. Elle l'alluma pendant qu'ils quittaient le parking. Lynley ne fit aucun commentaire.

Nkata les accueillit à la sortie de l'ascenseur. Il s'excusa trois fois en une seule phrase.

— Des nouvelles des aéroports ? lui demanda Lynley.

Nkata secoua la tête.

— Je ne peux pas croire qu'elle l'ait emmenée à l'étranger, monsieur. Tout ça, c'est ma faute.

— La mienne aussi. C'est moi qui vous ai dit où étaient cachés les enfants.

— C'est gentil, mais quand même…

— Procédons par étape. Réunissez l'équipe.

Après avoir informé les constables de la situation, le commissaire leur confia ce qu'il espérait être une dernière mission. Philippa Weatherall avait avoué, mais elle affirmait que quelqu'un était entré chez Teo Bontempi avant qu'elle puisse s'enfuir. Cette personne avait frappé, puis elle avait ouvert la porte et trouvé

Teo inconsciente. Elle avait certainement aperçu la statuette près d'elle. Elle avait prononcé quelques mots, puis elle était repartie.

— Weatherall a identifié une voix féminine, poursuivit Lynley. Si elle dit vrai, ce qui reste à prouver, il y a de grandes chances qu'il s'agisse de la sœur.

— Ça pourrait aussi être Mme Phinney, venue supprimer sa rivale, suggéra Havers.

— Phinney l'a cherchée partout dans le quartier ce soir-là, et il ne l'a pas trouvée. En revanche, il a vu arriver Ross Carver. J'ai demandé les empreintes digitales de Mme Phinney ainsi qu'un échantillon d'ADN, mais je parie qu'elle est innocente. Ce que nous savons, c'est que la mystérieuse visiteuse ne possédait pas la clé de l'appartement et n'a pas sonné à l'interphone.

— Elle a dû entrer en même temps que quelqu'un, supposa Nkata.

— La femme à la sacoche ? proposa l'un des constables.

— À mon avis, reprit Lynley, nous n'allons pas tarder à découvrir que celle-ci et le Dr Weatherall ne font qu'une.

— Ça ne laisse donc que la sœur, conclut Barbara. Désolée, Winnie. Je sais qu'elle a conquis ton petit cœur et tout ça.

— Elle a pu entrer en même temps qu'un voisin qui la connaissait de vue et se doutait qu'elle montait chez Teo.

— Donc retour à la case vidéosurveillance ? demanda une constable avec un manque d'enthousiasme par trop compréhensible.

— En effet, acquiesça Lynley. Mais cette fois, vous recherchez une femme sortant seule de l'immeuble. Le créneau horaire se situe entre l'arrivée de la femme à la sacoche et celle de Ross Carver, à... quelle heure, Barbara ?

— Environ 20 h 40. La femme à la sacoche est entrée peu après 19 heures.

— Winston, dit Lynley, on aura besoin de vous pour l'identifier.

— Monsieur, vous ne pensez pas que je devrais plutôt... Les aéroports ? Monifa Bankole ?

— Je peux identifier Rosie Bontempi, intervint Havers.

— Non. Vous, Barbara, vous vous occuperez des aéroports et de St Pancras, trancha Lynley.

Il se retint d'ajouter qu'ils ne pouvaient se permettre une nouvelle bourde. Il vit Havers couler un regard navré vers son collègue.

— Si Monifa Bankole réapparaît, ajouta-t-il, je veux en être immédiatement informé.

BELSIZE PARK
NORD-OUEST DE LONDRES

À 22 h 30, ils avaient repéré Rosie Bontempi. D'abord à l'entrée de l'immeuble de sa sœur, puis dans la rue, où elle avait eu la bonne idée de garer sa voiture dans le champ de la caméra de l'agence funéraire. En revanche, ils n'avaient toujours reçu aucune nouvelle des compagnies aériennes, de St Pancras ni d'Eurostar. Nkata chargea les constables de contacter les hôtels à proximité des aéroports et des gares.

Lynley les laissa s'affairer et envisagea brièvement de rentrer. La perspective de siffler deux doigts de Macallan avant de s'écrouler sur son lit était tentante. D'un autre côté, Daidre devait être chez elle à présent. Il prit donc la direction de Belsize Park dans la fraîcheur relative de la nuit.

S'il n'avait pas vu de la lumière dans l'appartement, il aurait peut-être fait demi-tour. Daidre devait avoir besoin de repos après son séjour compliqué en Cornouailles et la fatigue de la route. Mais la fenêtre du salon était éclairée. Il chercha donc une place sûre pour garer la Healey Elliott et marcha jusqu'à l'immeuble.

Cette fois, il utilisa sa clé. Dans le hall, il entendit des voix et de la musique. La télévision, pensa-t-il. Daidre l'allumait rarement, mais elle devait être en train de se détendre devant l'écran en sirotant un verre de vin, supposait-il. Avec Wally qui se prélassait à son côté.

— Cet animal m'a-t-il définitivement supplanté ? lança-t-il en ouvrant la porte.

Une femme poussa un cri de surprise sur le canapé. Ce n'était pas Daidre. Lynley ne l'avait pas vue depuis deux ans. À l'époque, elle avait des cheveux très courts et plus ou moins orange après une décoloration ratée, elle ne se maquillait pas et plissait sans cesse les yeux, un tic qui laissait soupçonner une myopie. À présent, ses cheveux étaient noirs et lui arrivaient juste en dessous des oreilles, une coupe qui mettait en valeur la forme de son visage. Et, comme Daidre, elle portait des lunettes. Celles de sa sœur n'avaient pas de monture ; les siennes étaient rondes et en écaille.

— Gwynder ! Pardon. Je ne savais pas que...

— Tommy !

Daidre apparut sur le seuil de la chambre, les bras chargés de draps, d'une couverture et d'un oreiller.

— Gwyn, tu as déjà rencontré Tommy. Il est venu à la caravane avec moi.

Elle l'avait emmené là-bas parce qu'il avait insisté pour connaître la vérité sur son enfance, celle des jumeaux et la vie qu'ils menaient auprès de leurs parents. Il pensait que Gwynder et Goron étaient au courant de sa relation avec leur sœur. Mais la réaction de la jeune femme indiquait le contraire.

— Vous êtes le policier, dit-elle.

— C'est bien moi, oui.

— Edrek m'avait rien dit.

Edrek... Le prénom de naissance de Daidre, qu'elle avait abandonné après son adoption par un couple de Falmouth.

— Ah oui ?

Lynley avait parlé avec toute la bienveillance dont il était capable, devinant combien sa présence mettait Gwynder mal à l'aise. « Il semblerait que nous ayons un problème », allait-il ajouter à l'adresse de Daidre, mais celle-ci se dépêcha de poser les draps et l'oreiller sur le canapé.

— Tout va bien, Gwyn, dit-elle en touchant l'épaule de sa sœur. Tu n'as rien à... Ne t'inquiète pas.

Lynley se demanda ce qu'elle avait voulu dire : rien à craindre ? Rien à dire à l'homme qui m'aime ? Face à son expression, elle avait préféré ne pas aller au bout de sa pensée.

— Bienvenue à Londres, dit-il sur un ton aussi cordial que possible. J'espère que le dépaysement n'est pas trop brutal.

Gwynder tripotait nerveusement l'encolure de sa robe. Son regard passa de sa sœur à l'intrus.

— Vous vivez ici ? demanda-t-elle. Avec Edrek ?

— Non, non ! se récria Daidre.

— Mais il a une clé.

— Oui, bien sûr. Tommy est...

Daidre jeta un coup d'œil vers lui, visiblement dépassée par la situation. Cela ne lui ressemblait pas.

— Je viens de temps en temps, expliqua-t-il. Parfois, j'arrive avant votre sœur, ou tard le soir. C'était plus simple qu'elle me donne une clé.

— Vous couchez avec elle, alors. Edrek, pourquoi tu m'as pas dit que tu voyais quelqu'un ?

Lynley pensait connaître la réponse : si Daidre avait dit à Gwynder qu'ils étaient en couple, elle n'aurait pas voulu l'accompagner à Londres. Mais elle refuserait de l'admettre.

— Tommy et moi, on est... En fait, je ne sais pas trop comment définir notre relation. Et toi, Tommy ?

— Je croyais que oui, dit-il après s'être ressaisi. Mais c'est une question qui mérite d'être creusée, non ? Puis-je avoir un verre de vin, histoire de me donner des forces ?

— Bien sûr ! dit Daidre avec un air faussement enjoué. Tu veux que je... ?

— Je m'en occupe.

Comme il l'avait prévu, elle le suivit à la cuisine.

— Gwyn, je vais...

Il n'entendit pas le reste, car à ce moment-là le grondement du sang dans ses oreilles couvrait tous les autres sons. Il ne voulait pas se mettre en colère. Il ne voulait pas avoir la mesquinerie de se fâcher pour... pour quoi ? Un affront ? Une omission ? Parce que Daidre était gênée d'avouer qu'elle le fréquentait ? Il ne savait comment interpréter son attitude. Ce qu'il savait, en revanche, c'est qu'il n'avait pas éprouvé une telle colère et une telle déception à cause d'une femme depuis des années. En fait, il ne se rappelait pas avoir jamais rien ressenti de tel envers aucune femme.

— Tommy ?

Elle se tenait derrière lui.

— S'il te plaît, essaie de comprendre...

Il leva la main pour l'interrompre. Ce n'était pas l'endroit pour une explication. Pas avec sa sœur dans la pièce voisine. Il ouvrit la porte donnant sur le jardin, et Wally se précipita à l'intérieur. La vue de son ancien rival lui donna envie de rire à en perdre haleine.

— Sortons, dit-il à Daidre. À moins que tu ne préfères nourrir d'abord le chat ?

— Arrête. Ce n'est pas digne de toi.

Elle le suivit au jardin, toujours en chantier. Il l'entendit fermer la porte. Elle descendit les marches et posa doucement une main sur son dos, comme pour l'inviter à lui faire face, mais il ne bougea pas.

— Tu devais te douter que je la ramènerais à Londres, reprit-elle. Je ne pouvais pas la laisser là-bas. Elle avait peur, toute seule dans la maison. Je ne voulais pas qu'elle retourne à la caravane. Je n'avais pas le choix. Et puis...

Comme le silence se prolongeait, il finit par se tourner. La lumière de la cuisine éclairait un côté du visage de Daidre, mais le reste de sa personne était dans l'ombre, comme lui.

— Et puis ?

— C'était la meilleure solution. Et c'est à moi de décider ce qui vaut mieux pour ma sœur et moi.

— Ai-je jamais dit le contraire ?

Elle soupira et détacha ses cheveux afin de gagner du temps. C'était une habitude chez elle. En principe, cela ne le dérangeait pas ; il savait qu'elle avait besoin d'organiser ses pensées.

Un autre jour, il ne lui en aurait pas voulu. Elle avait une existence plus compliquée que la sienne. Ce soir-là, toutefois, son hésitation semblait trahir une vérité qu'elle refusait d'admettre et qu'il refusait de voir. Mais elle allait devoir la cracher. Il ne pouvait pas le faire à sa place.

— Tu as été très clair, reprit-elle. Sur tes besoins. Sur ce que tu attends de notre relation.

— Vraiment ?

— Tu sais bien que oui. Tu espères de moi une chose que tu me crois capable de t'apporter si… je fais plus d'efforts ? Si je t'ouvre mon cœur, mon âme ? Mais je ne suis même pas sûre de posséder ce que tu recherches en moi. Combien de fois te l'ai-je dit ? La femme que tu as devant toi… Edrek Udy, Daidre Trahair, voilà ce que je suis et ce que j'ai à offrir. Et tu sais aussi bien que moi que ça ne te suffit pas. Ça ne te suffira jamais.

— C'est pour ça que tu as ramené Gwynder ? Pour me faire passer le message ?

— Non, bien sûr que non !

— Alors pourquoi ne pas me l'avoir simplement dit ?

— J'ai essayé. Tu ne peux pas le nier.

— Tu mélanges tout. Je ne te parle pas de nous deux. Pourquoi ne pas avoir dit : « La seule solution, c'est que Gwynder vienne avec moi à Londres » ? Nous nous serions organisés. Mais l'apprendre ainsi… Daidre, mets-toi à ma place !

— Je n'ai pas pu, répondit-elle d'une voix brisée. Et c'est bien là le problème. Je n'ai pas pu…

Elle éclata en sanglots. Il fit un pas vers elle, mais elle s'écarta.

Ce mouvement de recul agit sur lui comme un déclic. Si elle lui avait permis de la prendre dans ses bras, comme il le souhaitait à cet instant, il n'aurait pas saisi ce qu'elle tentait de lui faire comprendre. Accepter qu'il la console, c'était céder à la facilité, et Daidre n'était pas ce genre de femme. En cherchant à la définir au lieu de la laisser être elle-même, il lui demandait de correspondre à l'image qu'il avait d'elle.

Ramener sa sœur à Londres était le seul moyen qu'elle avait trouvé pour se montrer à lui telle qu'elle était. Toutes ses précédentes tentatives avaient échoué, dès le moment où il était entré dans sa maison de Cornouailles en quête d'un téléphone – un téléphone qu'elle n'avait pas. Ironie du sort. Il était tombé amoureux d'elle en raison de leurs différences, avant de s'efforcer de la façonner selon ses désirs.

— Daidre, murmura-t-il.

Comme elle ne répondait pas, il répéta son prénom jusqu'à ce qu'elle relève la tête.

— Je suis gravement fautif, lui dit-il. Je m'en rends compte, maintenant. Ce n'est pas ta faute si je n'ai pas compris ce que tu voulais me dire depuis le premier jour. Je suis désolé. Sincèrement.

Il sortit de sa poche la clé qu'elle lui avait donnée. Il se rappela que c'était lui qui l'avait réclamée et qu'elle avait hésité avant d'accepter. Même ce souvenir lui pesait sur la conscience. Quel imbécile il avait été !

Il la lui tendit et referma ses doigts autour.

— Je t'aime telle que tu es, Daidre. Quand tu pourras m'accueillir dans ta vie, je serai là. J'espère que ce jour viendra, mais si ce n'est pas le cas, sache que je comprendrai. Du moins, j'essaierai.

16 août

NEW END SQUARE
HAMPSTEAD
NORD DE LONDRES

Alors qu'il se rendait chez les Bontempi pour la troisième fois, Winston Nkata avait l'impression de porter un lourd fardeau. Il n'avait pas fermé l'œil de la nuit, non parce qu'il avait travaillé, mais parce qu'il avait espéré en vain des nouvelles de Monifa Bankole.

La seule à culpabiliser encore plus que lui était sa mère. Elle se reprochait d'avoir laissé filer Monifa sans se questionner et sans avertir immédiatement son fils. « J'aurais pu éviter tout ça », répétait-elle avec désolation. Il aurait suffi qu'elle appelle Winston et lui demande de vérifier que la police avait bien relâché Abeo. Mais elle n'y avait pas pensé, parce qu'elle n'imaginait pas que Monifa puisse lui mentir. Lui non plus n'avait pas vu venir le coup, lui avait-il dit pour la consoler. Il s'était laissé abuser par l'apparence inoffensive de la Nigériane, et il n'était sans doute pas le premier.

La mère de Simisola n'était pas la seule à l'avoir mené en bateau. Aveuglé par la beauté sensuelle de la jeune femme, il avait jusqu'alors refusé d'envisager que Rosie Bontempi ait pu jouer un rôle dans le décès de sa sœur. Elle n'avait certes pas causé directement la mort de Teo. Mais, en la trouvant inconsciente près de la statuette renversée, son premier réflexe aurait dû être d'appeler les secours. Elle ne l'avait pas fait, et cela méritait une explication.

Comme les fois précédentes, il arriva tôt chez les Bontempi. Officiellement, il venait leur annoncer qu'on allait leur restituer le corps de Teo et qu'ils pouvaient prendre leurs dispositions pour l'inhumation. En réalité, il était là pour s'entretenir avec Rosie, et cette perspective lui pesait.

Solange Bontempi lui ouvrit. Ce matin-là, elle n'était pas en tenue de travail mais vêtue d'un pantalon bleu en lin et d'un chemisier rose, également en lin, avec des motifs marine et gris. Elle était pieds nus, et il remarqua que les ongles de ses orteils étaient du même rose que son chemisier. Hormis son alliance, elle ne portait qu'une chaîne en or avec une pierre bleue et de petits anneaux dorés aux oreilles.

— Sergent ! s'écria-t-elle en souriant. Nous étions sur le point de partir. Cesare a insisté pour retourner à la clinique aujourd'hui.

— Son état de santé s'est dégradé ? demanda Nkata.

Elle eut un rire charmant.

— Non, non ! Je parle de la clinique vétérinaire. J'ai donné mon accord et, comme je suis en congé, j'ai proposé de l'y conduire et de rester pour l'avoir à l'œil. Ça ne va pas lui plaire, mais comme il ne peut pas aller à Reading par ses propres moyens, il a le choix entre appeler un taxi ou me prendre comme chauffeur. Dans sa grande sagesse, si je puis dire, il a retenu la seconde solution. Entrez, je vous en prie.

Elle conduisit Nkata au salon. Cesare Bontempi était assis dans un fauteuil. Comme sa femme, il portait une tenue décontractée : jean et sweat-shirt. Il avait à la fois un déambulateur et une canne anglaise à portée de main, sans doute pour rassurer Solange.

— Qu'êtes-vous venu nous dire ? demanda-t-il avec sa brusquerie habituelle. C'est à propos de Teo ?

— En effet, acquiesça Nkata. Ça devrait aussi intéresser Rosie.

— Je vais la chercher, dit Solange. Je vous en prie, asseyez-vous. J'en ai pour une minute.

Quand ils furent seuls, Cesare se tourna vers Nkata.

— Cette fois c'est terminé ? Nous allons récupérer notre Teodora ? Si vous êtes là, c'est que vous avez du nouveau, non ?

— Exactement. Et vous, vous reprenez le travail ?

— Oui. J'en ai assez de rester inactif. On a besoin de moi, et entre nous ça me fera du bien de changer d'air. J'aime ma famille, bien sûr. Mais pas vingt-quatre heures sur vingt-quatre et sept jours sur sept. À force, je vais devenir…

Il vrilla son index sur sa tempe.

— Je vous comprends, affirma Nkata. Je pense que c'est pareil pour la plupart des gens.

Solange réapparut alors.

— Rosie arrive, annonça-t-elle. Elle finit de s'habiller. On peut commencer sans elle ?

— Oui, mais je vous préviens : votre fille va devoir clarifier certains points.

— Rosie ? dit Solange.

— Pourquoi ça ? ajouta Cesare.

Nkata ne répondit pas car, au même moment, il perçut dans l'escalier le claquement d'une paire de talons aiguilles. Il se leva à l'entrée de Rosie, toujours aussi éblouissante. Vêtue d'une salopette orange, elle avait noué un cardigan vert sapin sur ses épaules. Comme de coutume, ses sandales étaient constituées de quelques lanières de cuir, et faisaient porter tout le poids de son corps sur ses orteils.

— Maman dit que vous voulez me voir. Il y a du nouveau ?

— On a procédé à une arrestation et obtenu des aveux. Votre sœur a été agressée par une certaine Philippa Weatherall, la chirurgienne qui devait réparer les mutilations génitales qu'elle avait subies.

Ces propos furent accueillis par un silence qui exprimait divers degrés de surprise.

— Mais Teo avait déjà été opérée, dit Solange. Je ne comprends pas…

— Elle avait en effet déjà subi une opération, mais ce n'était pas une reconstruction à proprement parler. La reconstruire, c'était lui rendre autant que possible son corps d'avant. Elle s'était fait examiner par une chirurgienne, qui avait donné son feu vert. Le problème, c'est que cette femme pratiquait aussi des mutilations génitales médicalisées. Quand Teo a découvert la vérité, elle a tenté de mettre fin à ses pratiques. Le Dr Weatherall n'a pas voulu prendre le risque d'être radiée, ce qui serait sûrement arrivé si Teo l'avait dénoncée.

— Personne n'était au courant ? souffla Solange.

— De quoi ?

— Je…

— Elle ne l'avait dit à personne ? la coupa Cesare. Qu'elle allait être opérée pour... ?

— Retrouver un corps à peu près normal, et les sensations qui vont avec.

— Quelles sensations ? s'enquit Cesare.

Solange semblait se poser la même question. Rosie, elle, fixait ses sandales avec l'air de très bien savoir de quoi parlait Winston.

— Pour éprouver le plaisir qu'elle n'avait jamais pu connaître, expliqua Nkata.

— Il veut dire que Teo ne ressentait rien quand elle couchait avec Ross, traduisit Rosie.

— C'est pour ça qu'ils ont divorcé ? demanda Solange.

— Ils n'avaient pas divorcé, maman. Ils n'avaient même pas entamé les démarches. À mon avis, ils ne seraient jamais allés au bout et auraient continué à vivre dans un entre-deux malsain...

— Mais... Ross et toi ?

— Comment ça, « Ross et toi » ? intervint Cesare.

Rosie et sa mère échangèrent un regard. Nkata comprit que Cesare ignorait qu'il allait bientôt devenir grand-père. Pourquoi sa femme et sa fille avaient-elles préféré le lui cacher ? Aurait-il réagi avec trop de passion ? Trop de... Quelque chose qui l'aurait exposé à une nouvelle attaque ? Quoi qu'il en soit, il jugea que ce n'était pas à lui de l'éclairer.

— Nous aimerions savoir où vous souhaitez qu'on transporte son corps, coupa-t-il. Pour la préparer à... ce que vous avez prévu pour elle. Vous pourrez m'appeler pour me le dire, ou contacter directement la morgue.

Il avait inscrit les deux numéros sur une page de son carnet. Solange prit le papier et le plia avec soin.

— Ross est au courant ? demanda-t-elle.

— Ma collègue doit être chez lui à l'heure qu'il est.

— Je vais lui passer un coup de fil, annonça Rosie. Il doit être bouleversé.

— Avant ça, je voudrais vous parler, dit Nkata.

— À moi ? Pourquoi ?

— Réfléchissez une seconde. Je suis sûr que vous allez trouver.

STREATHAM
SUD DE LONDRES

Pour l'avoir appelé la veille, Barbara Havers savait que Ross Carver avait fini d'emménager dans son ancien appartement. Elle lui avait expliqué qu'ils avaient procédé à une arrestation et obtenu des aveux. Quant au reste, elle préférait le lui annoncer de vive voix. Aussi, après avoir garé sa Mini devant l'agence funéraire des frères Maxwell, elle traversa la rue et sonna à l'interphone, se demandant quand Ross remplacerait le nom de Bontempi par le sien.

— Sergent Havers ? fit la voix de Ross.

— Elle-même.

Il était vêtu pour aller travailler et buvait un dernier café avant de se mettre en route. Il proposa de lui en préparer un avec sa machine à expresso flambant neuve, mais elle refusa.

— C'était la chirurgienne, annonça-t-elle. Celle qui devait la reconstruire.

Il reposa aussi sec la tasse qu'il portait à ses lèvres et invita Barbara à s'asseoir. Constatant l'absence du *Guerrier debout* sur le buffet – apparemment, la police scientifique ne le lui avait pas encore restitué –, elle décida de commencer par là.

— On a retrouvé le *Guerrier debout*. L'exemplaire de Teo, je veux dire. La chirurgienne l'avait offert à une de ses patientes. Mon collègue l'a identifié sur une photo, et la piste nous a menés tout droit à la coupable.

— Mais pourquoi ? Pourquoi a-t-elle fait ça ?

— Teo avait découvert qu'elle ne possédait pas une, mais deux cliniques. Dans l'une, elle pratiquait des opérations de reconstruction, dans l'autre des mutilations génitales.

— Quoi ? Elle s'assurait une future clientèle ?

— Je peux ouvrir ? demanda Barbara en indiquant la porte-fenêtre.

— Allez-y.

Il était encore tôt, mais il faisait déjà aussi chaud dans la pièce que dans un sauna.

— On appelle ça des MGF médicalisées, reprit-elle une fois rassise. Les « patientes » y jouissent de tout le confort d'un établissement hospitalier : anesthésie générale, soins postopératoires... Dans certains pays, c'est même légal. Pas ici. Teo avait une clinique de Dalston dans le viseur. Après avoir recueilli suffisamment d'informations, elle a fait venir les flics du quartier pour qu'ils la ferment.

— C'est là qu'elle a vu la chirurgienne ?

— Philippa Weatherall, oui. Elle n'était pas à la clinique quand la police a débarqué, ce qui lui a évité d'être emmenée, mais elle a rappliqué pendant l'intervention. C'est là, dans la rue, qu'elle a croisé Teo et que Teo l'a démasquée. En la dénonçant, elle aurait mis un terme à sa carrière. Le Dr Weatherall lui a téléphoné à plusieurs reprises pour l'en dissuader.

Ross baissa les yeux et fit tournoyer le café dans sa tasse.

— Pourquoi Teo l'a-t-elle fait entrer ? Elle n'était pas idiote. Elle savait ce qu'elle risquait.

— Ce n'est pas elle qui lui a ouvert. On est quasiment certains que le Dr Weatherall s'est introduite dans l'immeuble en se mêlant à un groupe. Je vais montrer sa photo à vos voisins en partant. Quelqu'un la reconnaîtra sûrement.

— Mais dans l'appartement ?

— Elle a peut-être été surprise de la trouver devant sa porte, mais elle ne la croyait pas dangereuse. Et la chirurgienne nous a dit être venue dans l'intention de lui parler. Voyant que Teo refusait de céder, elle a craqué et l'a assommée avec la statuette. Ce n'était pas prémédité.

— Alors pourquoi ne pas être allée au bout ? Elle est médecin. Elle pouvait vérifier dans quel état était Teo, non ?

Il était temps d'aborder la partie la plus délicate de l'histoire...

NEW END SQUARE
HAMPSTEAD
NORD DE LONDRES

— Vous saviez qu'elle était blessée, lança Nkata sur un ton accusateur.

Rosie et lui étaient assis dans le jardin. Ils étaient passés sous l'énorme glycine, avaient descendu le perron et longé l'allée jusqu'à un banc en teck taché par la mousse et le lichen.

— Teo était insconsciente et vous l'avez laissée là, par terre.

Rosie le regarda sans répondre.

— Ce que je ne comprends pas, ajouta-t-il, c'est pourquoi vous n'avez pas appelé les secours.

— J'ignore de quoi vous parlez.

Il lui tendit l'image de vidéosurveillance où on la voyait sortir de l'immeuble.

— Je suppose que vous savez quand cette photo a été prise ?

Elle examina le cliché.

— Non. À vous de me le dire.

— C'était le soir où Teo a été agressée. Le sergent Havers est en train de montrer cette image à tous les voisins de votre sœur. C'est juste une formalité, cela dit. Nous avons la certitude que vous étiez là et que vous l'avez trouvée étendue sur le sol.

— Si elle était inconsciente, ça va être difficile à prouver, non ?

— Ça aurait pu. Mais Teo n'était pas seule. La femme qui venait de l'assommer avec la statuette était encore dans l'appartement.

— Je ne vous crois pas. Vous essayez de…

— Elle vous a entendue frapper, Rosie. Puis la porte s'est ouverte et vous êtes entrée pendant qu'elle se cachait dans la chambre. En découvrant Teo, vous avez prononcé deux fois son prénom. Mais vous n'avez pas appelé le 999. Vous n'avez pas secouru votre sœur. L'agresseuse est repartie juste après vous, de peur que quelqu'un d'autre ne vienne.

— Même si c'était vrai, ce n'est pas un crime.

— La non-assistance à personne en danger ? Un crime non, mais un délit oui. Avouez quand même que c'est assez étrange de laisser quelqu'un dans cet état ; sa propre sœur, en plus. Vous aviez peur de quoi ? Là-dessus, j'ai ma petite idée, mais je préférerais l'entendre de votre bouche.

Rosie détourna le regard et leva la main pour rendre son salut à un voisin.

— Elle allait le récupérer, dit-elle enfin. Vous auriez ressenti quoi, à ma place ?

— Vous parlez de Ross Carver ?

— À votre avis ?

— Elle vous l'avait dit ?

— Je le savais, c'est tout.

— Comment ?

— Elle lui avait envoyé un SMS lui disant de passer chez elle. En voyant sa tête, j'ai compris. Il aurait toujours rappliqué dès qu'elle l'aurait sifflé. Elle savait que j'étais enceinte de lui et elle s'apprêtait à détruire mon bonheur. Alors oui, quand je l'ai trouvée par terre, j'ai laissé faire le destin.

— Vous pouvez dire que vous avez eu du pot. En arrivant, Ross Carver n'a pas pigé ce qui se passait parce que entre-temps Teo s'était réveillée. Au lieu d'appeler les secours, il l'a aidée à se mettre au lit. La suite, vous la connaissez.

— Je ne lui ai fait aucun mal, protesta Rosie. Je ne l'ai même pas touchée. Je ne voulais pas qu'elle meure, dit-elle en posant sa main sur celle de Nkata. Comment aurais-je pu souhaiter sa mort ? C'était ma sœur !

Sa voix tremblait et elle semblait sur le point d'éclater en sanglots. Nkata resta de marbre. Il n'aimait pas ce que son indifférence lui révélait de lui-même. Mais la question qu'elle lui posa ensuite dissipa ses scrupules.

— Vous ne direz pas à mes parents ce que j'ai fait, hein ?

Il comprit alors que les pleurs et les trémolos n'étaient qu'une démonstration supplémentaire de ses talents de comédienne.

STREATHAM
SUD DE LONDRES

— Mon collègue est allé avertir ses parents. Il a l'intention de s'entretenir aussi avec Rosie. Mais nous n'avons pratiquement aucun doute sur le fait que c'était elle.

Barbara tendit l'image de vidéosurveillance à Ross Carver et ajouta :

— Difficile de croire qu'elle était là pour visiter l'immeuble, n'est-ce pas ? D'après le Dr Weatherall, elle a d'abord frappé, et comme personne ne répondait elle est entrée. Elle n'a pas eu besoin de clé puisque Teo n'avait pas refermé la porte après avoir ouvert à la chirurgienne.

— Et si Rosie avait... ?

— Si elle avait prévenu les secours ? Ça n'aurait peut-être rien changé. Ou peut-être que les médecins seraient parvenus à réduire la pression sur le cerveau et que Teo aurait survécu.

— Mais ne rien faire, ne rien dire, la laisser comme ça... Comment doit-on interpréter une réaction pareille ? Elle voulait la mort de sa sœur ?!

— Ça me dépasse autant que vous, avoua Barbara. Je peux juste vous dire ce que vous savez sans doute déjà. Elle espérait partager votre vie. Elle vous a attendu pendant des années, et maintenant elle est enceinte de vous. La tentation d'abandonner Teo à son sort était trop forte.

— Mais quand même...

Barbara laissa le silence s'installer. Certes, Rosie avait déconné. Mais lui aussi, et il en était probablement conscient.

— Je ferai pour le bébé ce que j'ai fait pour Colton, dit-il enfin.

Je subviendrai à ses besoins, j'assumerai mon rôle de père, mais je n'épouserai pas Rosie. Je ne peux pas.

— Quelque chose me dit que ce ne sera pas si simple.

— Les gens se marient par amour. Vous n'êtes pas d'accord ?

— Les gens se marient pour des tas de raisons différentes, et certaines n'ont rien à voir avec l'amour.

— Pas pour moi. Et je ne suis pas amoureux de Rosie. J'ai de l'affection pour elle, depuis toujours. Mais ce que j'ai fait avec elle… ?

Il regarda les statuettes qui trônaient sur le buffet.

— Je suis entré dans son jeu. J'ai fait l'amour avec elle, je l'ai écoutée gémir et soupirer, je l'ai sentie jouir, mais pendant ce temps je n'avais que Teo en tête. J'ai fait comme si elle était Teo – comme aurait été Teo si elle n'avait pas été excisée.

Barbara acquiesça, mais elle n'éprouvait aucune compassion pour lui. Quel que soit le degré de responsabilité de Rosie dans ce qui s'était passé entre eux, il n'était pas irréprochable. Et, même s'il prétendait que la mutilation de Teo n'avait rien changé à ses sentiments, il n'avait pas supporté qu'elle ne ressente pas ce que lui, Ross Carver, souhaitait qu'elle ressente. C'était ce qui les avait tous entraînés sur une pente fatale. Il avait beau se parer des meilleures intentions, avec lui sa femme aurait eu bien du mal à oublier ce qu'elle avait subi.

CHELSEA
SUD-OUEST DE LONDRES

Quand Tani l'avait appelée pour lui dire que sa mère avait les passeports, Sophie avait réagi au quart de tour :

« J'arrive tout de suite !

— Tu n'y peux rien, Soph. On pense qu'elle veut emmener Simi au Nigeria pour…

— Impossible, l'avait-elle coupé. Elle ne peut pas faire ça. »

Puis elle avait raccroché.

Son téléphone avait sonné alors qu'elle était en cours, et elle avait discrètement quitté la salle pour répondre. Après leur conversation, elle était apparue si rapidement à Chelsea qu'on aurait pu croire qu'elle s'était téléportée.

Tani l'avait attendue dans le bureau en compagnie de Deborah. Ils attendaient depuis des heures que Monifa soit repérée dans un aéroport, à la gare ou dans un hôtel des environs. Le sergent Nkata avait promis de les prévenir dès qu'il y aurait du nouveau. Tani était descendu bien avant le lever du jour et Deborah l'avait rejoint vers 7 h 30, avec un plateau petit déjeuner auquel il n'avait pas touché. Le policier n'avait pas appelé et, au fil des heures, Tani avait senti croître son inquiétude. Soit sa mère avait quitté le pays, soit Abeo l'avait retrouvée. Dans un cas comme dans l'autre, il refusait d'envisager les conséquences.

Dans un premier temps, il s'était laissé berner par le numéro de son père. Mais après une nuit blanche à ressasser l'historique de la famille et tout ce qu'il avait appris depuis ce dîner où Abeo avait décidé de lui faire épouser une parfaite inconnue, il avait compris que son père ne voulait pas davantage protéger Simi qu'il ne souhaitait renouer avec Monifa. Sa priorité restait sans aucun doute de purifier Simi pour la vendre au prix fort à un Nigérian. Au bout du compte, il désirait toujours la même chose : de l'argent, et exercer son pouvoir sur son entourage.

Sitôt arrivée, Sophie les rejoignit dans le bureau.

— Du nouveau ? demanda-t-elle en se laissant tomber dans un fauteuil en cuir.

— Non, rien, répondit Deborah.

À la manière dont elle le regardait, Tani comprit que Sophie tentait d'évaluer son état psychologique. Il aurait préféré qu'elle s'abstienne, mais il n'avait pas envie de faire semblant de croire à l'impossible. Il y avait eu assez de tromperies dans sa famille. Une fois son opinion arrêtée, Sophie se tourna vers Deborah.

— Vous ne pouvez pas appeler quelqu'un ? dit-elle.

— Si cela peut te rassurer... Mais...

— Ce n'est pas pour moi mais pour Tani.

— Je ne peux joindre que Winston Nkata ou son supérieur. Ça ne servirait à rien puisqu'ils attendent eux aussi de recevoir des nouvelles.

— Le sergent Nkata ne s'occupe pas de ça tout seul ?

— Il enquête sur un meurtre. Mais ne t'inquiète pas : si on la retrouve, il en sera immédiatement informé. Ou son supérieur. Et l'un d'eux nous préviendra aussitôt.

— Elle est peut-être déjà partie, suggéra Tani. Si elle est allée directement à l'aéroport...

— Je pense qu'on le saurait, si c'était le cas. La police a dû commencer par vérifier si son nom et celui de Simi figuraient sur une liste d'embarquement.

— Quelqu'un a contacté les hôpitaux ? s'enquit Sophie.

— Ça, je peux le demander.

Deborah avait posé son portable sur la table, entre les fauteuils. Elle le déverrouillait quand celui de Tani sonna : un numéro inconnu s'affichait. Il décrocha.

— C'est Tani ? fit une voix de femme.

Il pensa aussitôt que son père avait retrouvé sa mère et qu'un hôpital l'appelait pour lui annoncer qu'elle avait été admise avec plusieurs fractures, ou pire. Il se ressaisit et répondit que oui, c'était lui.

La femme s'adressa alors à quelqu'un près d'elle :

— Je l'ai !

Quelques secondes s'écoulèrent, puis une voix familière retentit à son oreille :

— Tani ? Tu es toujours chez la dame rousse ?

Il resta muet de stupeur.

— Tani ? Tout va bien ? enchaîna Monifa.

Pour une fois, il ne décela aucune tension chez elle et se demanda comment il devait l'interpréter.

— Maman, parvint-il à articuler. La police a relâché papa, et il est revenu. Mais il était avec le sergent Nkata. T'as menti, maman. Comme lui.

— Tani, je suis désolée...

— Où est Simi ? Qu'est-ce que tu lui as fait ? Je veux plus te parler tant que tu m'auras pas dit où elle est et pourquoi tu...

Sa voix se brisa. Honteux, il passa l'appareil à Sophie et cacha son visage dans le creux de son bras.

La jeune fille mit aussitôt le téléphone sur haut-parleur.

— Madame Bankole, c'est Sophie. Simi est avec vous ?

— Où est Tani ?

— À côté de moi, mais il est bouleversé. Je vous ai mise sur haut-parleur. Vous pouvez nous dire où vous êtes ?

— Non, je n'ai pas le droit. Tani, c'est pour ça que je n'ai rien dit hier. On m'a appelée pour m'indiquer où je pouvais aller, mais personne ne devait savoir.

La lumière se fit dans l'esprit de Deborah.

— Madame Bankole, vous avez trouvé refuge dans un foyer ?

Il y eut un silence, puis le téléphone changea à nouveau de main.

— Je suis Dorcas, dit l'autre femme. Je ne peux pas vous donner mon nom de famille. Monifa et sa fille sont près de moi, et elles vont bien toutes les deux. Je travaille pour une association d'aide aux victimes de violences conjugales. Ne me demandez pas le nom ou l'adresse du foyer ; je ne vous le dirai pas.

— Je veux parler à ma sœur, dit Tani. Je veux savoir si elle est en sécurité.

Quelques secondes plus tard, ils entendirent la voix de Simi.

— Tani ? Tani, je voulais t'appeler plus tôt, mais j'avais pas le droit. Pas le premier jour.

— Personne t'a fait de mal ?

— Personne ne t'a touchée, Simi ? ajouta Deborah.

— Seulement maman. Pour me coiffer.

— J'espère que je n'ai pas abîmé tes cheveux, s'inquiéta Deborah.

— Oh non ! Mes cheveux sont pas comme les tiens, c'est tout. Les tiens sont plus résistants. Les miens…

Quelqu'un lui parla alors et elle répondit :

— Elle veut savoir si elle a abîmé mes cheveux. Elle n'avait pas le produit qu'il faut, tu vois… Maman les a arrangés, ajouta-t-elle. Mais c'est la seule à m'avoir touchée.

— Super ! dit Tani.

Il y eut un silence, le temps que l'appareil change à nouveau de main.

— J'ai détruit les passeports, annonça Monifa. Celui de Simisola, le mien et celui de ton père. Le tien, je l'ai laissé au sergent Nkata. Les nôtres, j'ai gardé ce qu'il en reste pour la police. Toi, tu dois faire le nécessaire pour l'ordonnance de protection, Tani.

— Mais qu'est-ce que… ? Pourquoi… ?

Tani ne savait comment formuler sa question. Sophie s'en chargea pour lui.

— Madame Bankole, vous allez quitter votre mari ?

— C'est une nouvelle vie qui va commencer quand tout sera réglé, répondit Monifa. Pour nous trois. Tu pourras étudier à l'université, Tani.

— Non, maman. Je vais trouver du travail. Je sais que…

Sa mère l'interrompit. Il n'avait pas à subvenir à leurs besoins, lui dit-elle, et il n'était en rien responsable de la décision qu'elle avait prise. Elle avait tourné la page. À présent, Abeo n'aurait qu'à s'occuper de Lark et des enfants qu'il avait eus avec elle. Pour sa part, elle travaillerait dans un café de Brixton, où elle confectionnerait des plats nigérians le jour et donnerait des cours de cuisine le soir. Elle resterait au foyer le temps d'économiser pour louer un appartement. Une fois ce problème réglé, ils seraient tous réunis.

— Et la cagnotte familiale ? intervint Tani. Il t'en doit la moitié. Avec ça, tu pourrais louer quelque chose dès aujourd'hui.

— Je veux faire les choses à ma façon.

— Maman, non ! C'est pas juste qu'il garde cet argent.

— Ce n'est pas la question. J'espère que tu le comprendras un jour.

Elle dit encore qu'elle aurait préféré que leur situation s'arrange plus vite, mais cela viendrait.

— Tani peut rester ici le temps que vous trouviez un logement, intervint Deborah. Je vous promets de ne pas toucher à ses cheveux.

— Ou bien il peut habiter chez moi, ajouta Sophie. Mes parents le connaissent.

— Je vous remercie toutes les deux, répondit Monifa. C'est à lui de décider.

Dorcas reprit ensuite le téléphone. Elle voulait savoir qui remplirait la demande de protection et quel commissariat la présenterait à Abeo. D'ici là, Tani devait lui jurer qu'il se tiendrait éloigné de son père.

— C'est promis, acquiesça le jeune garçon.

CHELSEA
SUD-OUEST DE LONDRES

— C'est le ton que tu emploies qui me déplaît, expliqua Deborah à son mari. Je sais que tu veux bien faire, Simon. Mais quand tu me parles comme l'autre jour au sujet de Bolu, j'ai l'impression d'être une gosse qui se fait sermonner par un prof. Et ça me met hors de moi.

— Cela n'a jamais été mon intention, se défendit Simon. De te faire la leçon.

— Volontairement ou non, tu sors de ton rôle de mari pour endosser celui de père, et… franchement, ça me donne envie de te gifler.

— Heureusement que tu te retiens !

— Je ne plaisante pas, Simon.

— Moi non plus.

C'était le soir, et ils se détendaient au jardin avec un pichet de Pimm's. Le père de Deborah avait emmené Peach faire sa dernière promenade de la journée. Au retour, ils s'arrêteraient sans doute au pub, où la chienne explorerait le sol à la recherche de quelque chose à grignoter pendant que Joseph Cotter dégusterait une pinte de cidre. Le cidre, comme le Pimm's, était un excellent moyen de lutter contre les effets de la chaleur.

Deborah avait informé Simon des événements survenus en son absence, jusqu'au départ de Tani pour la maison de Sophie. Puis une gêne persistante lui avait indiqué qu'elle devait aborder avec lui un sujet qui la préoccupait depuis trop longtemps.

— Je sais que tu as été très tôt une figure paternelle pour moi, même si tu n'étais pas si vieux que ça. Tu te demandais comment communiquer avec une enfant de 7 ans. Mais, tu vois, je ne t'ai jamais considéré comme un père de substitution. Oui, tu étais « monsieur Saint James » parce qu'on m'avait appris à t'appeler ainsi. Mais ici..., dit-elle en indiquant sa poitrine, tu n'as jamais été que Simon. Tu ne me prêtais guère attention, et c'était normal étant donné notre différence d'âge. Mais moi si.

Elle prit son verre sur la table. Simon ajouta au sien un bâtonnet de concombre après avoir mangé le premier. En le voyant saisir le bol, elle faillit lui avouer qu'elle aimait ses mains, que c'était probablement ce qui l'avait séduite en premier chez lui, mais elle s'abstint et tenta plutôt de clarifier ce qu'il représentait pour elle.

— Simon, j'ai déjà un père et je n'en veux pas d'autre. Et si je dois vraiment en avoir un deuxième, si tel est mon destin, eh bien je refuse que ce soit l'homme avec qui je couche.

Il la regarda. Dans la lumière du crépuscule, ses yeux s'étaient assombris.

— J'espère que ce n'est pas une menace.

— Bien sûr que non ! De toute façon, je doute qu'une menace puisse te faire changer. Mais l'amour peut-être. Et Dieu sait que je t'aime, même quand tu m'exaspères.

Il sourit.

— Ça me rassure. Parce que moi aussi je t'aime.

— Y compris quand je t'exaspère ?

— Surtout quand tu m'exaspères. Et, crois-moi, tu peux être vraiment exaspérante, Deborah. Il n'y a rien de plus agaçant qu'une rousse en rogne. Et ne prétends pas le contraire ; j'ai de l'expérience dans ce domaine.

— C'est uniquement quand on me provoque.

— Si tu le dis, mon cœur !

La porte du jardin s'ouvrit. Ils se retournèrent tous les deux, pensant voir Joseph Cotter tirer Peach au bout de sa laisse, mais c'était Lynley.

— J'ai sonné, mais comme Peach n'aboyait pas j'en ai déduit que vous aviez dû aller chercher la fraîcheur, expliqua-t-il.

— On dirait que le temps va changer, fit remarquer Simon.

— Toujours aussi optimiste, ajouta Deborah. Tu as l'air fatigué, Tommy. Tu as dîné ? Tu veux te joindre à nous ? Nous allons bientôt passer à table. En attendant, il y a du Pimm's.

— Charlie a dû me préparer quelque chose. Il a été très patient avec moi ces derniers temps, alors je ne vais pas m'attarder.

Il rapprocha un transat de l'endroit où ils étaient assis, sur l'espace dallé près de l'escalier descendant à la cuisine.

— Le Dr Weatherall a avoué, leur annonça-t-il. Nous avons passé la journée à vérifier les derniers détails. C'est vraiment une chance que tu aies pris cette photo, Deb. Le dixième exemplaire du *Guerrier debout* a joué un rôle déterminant dans l'enquête. Quand elle a appris que la statuette était numérotée, elle s'est retrouvée au pied du mur.

— Elle a dit pourquoi elle avait fait ça ?

Lynley se lança dans un long récit où il était question non seulement de la chirurgienne, mais aussi de Mercy Hart, de la sœur et du mari de la victime. La chronologie de l'affaire était étonnante. Tous les événements ayant concouru à la mort de Teo Bontempi tenaient dans une fenêtre de deux heures.

Deborah le mit ensuite au courant pour Monifa Bankole, Tani, les passeports et le foyer.

— Tout est bien qui finit bien, alors, commenta-t-il. Je le dirai à Winston.

Puis il expira lentement en fixant le sol. Deborah le connaissait assez bien, tout comme son mari, pour voir que quelque chose le tracassait.

— Tu n'as pas l'air aussi soulagé que tu devrais, s'étonna Simon.

— Ce n'est pas à cause de l'enquête, n'est-ce pas, Tommy ? demanda doucement Deborah.

— Je me sens perdu, avoua-t-il.

— Daidre ?

Il acquiesça.

— Il s'est passé quelque chose ? poursuivit-elle. Oh, quelle idiote je fais ! Évidemment qu'il s'est passé quelque chose. On peut t'aider ?

— Elle a ramené sa sœur à Londres, chez elle, et je ne sais pas quoi en penser. C'est vraiment étrange.

— Qu'elle l'ait ramenée ?

— Non. Que je sois capable de résoudre une affaire de meurtre mais pas de lire entre les lignes quand une femme essaie de me faire passer un message.

— Tu n'es pas le seul, Tommy, dit Simon. Je suis aussi un cas désespéré. Deborah peut en témoigner.

Lynley sourit d'un air las.

— Je dois être une sorte de Pygmalion sans Aphrodite à qui adresser mes prières. Sur le moment, je ne m'en rends pas compte. C'est seulement à la fin de l'histoire que je comprends ce que j'ai essayé de faire. Ce n'est pas conscient…

— Ça ne l'est jamais, glissa Simon.

— … mais je m'imagine toujours que la femme que j'aime – Daidre, donc – est exactement celle qu'il me faut pour combler le… vide. Ensuite, une incontrôlable partie de moi s'emploie à la façonner pour en faire mon idéal.

— Et Daidre, que ressent-elle ? s'enquit Deborah.

— Elle est à bout de nerfs, si on peut appeler ça un ressenti.

— Peut-être a-t-elle besoin de temps, suggéra Simon.

— Je peux me raccrocher à cette idée pour occulter ma part de responsabilité. J'ai déconné, et ce n'est pas la première fois. J'ai fait la même chose avec Helen.

Le silence s'abattit sur eux, pesant comme l'obscurité qui régnait dans la vie de Lynley depuis la mort de sa femme. Ils l'avaient tous aimée, mais il était le seul à porter le poids de la décision qu'il avait prise en la laissant partir.

— Et Helen t'a toujours pardonné, n'est-ce pas ? dit doucement Deborah.

— Oui. Toujours.

— Daidre te pardonnera aussi, Tommy. Mais avec Helen tu as perdu une chose. Tant que tu ne l'auras pas retrouvée, les femmes auxquelles tu te lieras finiront toutes par s'éloigner.

— Quelle chose ? demanda Lynley.

— Lorsque tu…, répondit Simon. Comment as-tu dit ? Lorsque tu « déconnes », tu dois apprendre à te pardonner à toi-même.

CHALK FARM
NORD DE LONDRES

La conversation de Barbara et Dorothea avait duré plus longtemps que prévu, mais elle s'était révélée capitale à défaut d'être totalement concluante. Barbara aimait bien Dee. Elle appréciait sa compagnie et, contre toute attente, elle prenait du plaisir à leurs leçons de claquettes. Néanmoins, elle devait lui mettre les points sur les *i*.

À la fin de la journée, elle rejoignit la secrétaire dans les toilettes, où Dee se remaquillait avant d'honorer, « par pure bonté d'âme », un rendez-vous avec le type qui l'avait bousculée à la sortie du métro, une rencontre improbable comme on n'en voyait que dans les films. Dorothea s'était écriée : « Regardez donc où vous allez, espèce de crétin ! », et il était aussitôt tombé sous le charme. Pour se faire pardonner d'avoir éraflé les escarpins de la jeune femme, il avait insisté pour lui offrir un verre. Il lui avait juré qu'il n'était pas un tueur en série et n'avait que des intentions honnêtes. Et, comme il présentait une ressemblance frappante avec l'un des princes de la famille royale – « à l'époque où il avait tous ses cheveux » –, elle avait accepté.

— Vous vous pomponnez sacrément pour un rendez-vous accordé « par pure bonté d'âme », fit remarquer Barbara.

Dee tentait d'apercevoir l'arrière de sa tête dans un miroir de poche.

— Vous êtes parfaitement coiffée, lui assura Barbara. Et même si ce n'était pas le cas, il ne vous jugerait pas sur vos cheveux.

— Il est plutôt pas mal, dans le genre chevalin.

— Je croyais qu'il ressemblait à l'héritier du trône ?

— Je parlais de sa personnalité.

Dee retoucha son rouge à lèvres, recula d'un pas et examina son reflet avant d'appliquer une deuxième couche.

— Vous avez prévu quelque chose pour fêter la fin de votre enquête ? demanda-t-elle à Barbara.

— J'envisageais un croque-monsieur avec des frites et des haricots à la tomate.

Dee lui jeta un regard réprobateur.

— Nous devons absolument réserver notre séjour au village vacances, Barbara.

Celle-ci saisit la balle au bond.

— À ce propos, Dee...

La secrétaire haussa un sourcil parfaitement dessiné.

— Pas de discussion, dit-elle. On y va, point final.

— J'apprécie tout ce que vous faites. Vraiment. Mais... Comment dire ?

Dee laissa retomber la main qui tenait son tube de rouge à lèvres.

— Oh, Seigneur ! Il avait tort, n'est-ce pas ?

— Pardon ?

— Vous voyez quelqu'un et vous ne voulez pas que ça se sache ? J'espère que ce n'est pas par crainte des moqueries. Enfin, Barbara ! Qui aurait le toupet de se moquer de vous ? Nous n'en sommes plus là. Pas seulement vous et moi, mais la société dans son ensemble. De nos jours, c'est beaucoup mieux accepté.

Barbara n'aurait pas été plus paumée si elle lui avait parlé dans une autre langue.

— Dee, je ne cherche pas à rencontrer un homme.

— Je sais, oui.

— Ah bon ?

— Ce n'est pas ce que vous essayez de me dire ?

— Plus ou moins. Mais vous, qu'est-ce que vous essayez de me dire ?

Dee se détourna du miroir et rangea sa trousse de maquillage dans son sac.

— Eh bien, que vous préférez... Croyez-moi, ça ne me pose aucun problème. Sauf que, évidemment, ce n'est pas mon genre.

Barbara finit par piger.

— Les femmes ?

— Voilà. J'ai demandé à l'inspecteur… Je veux dire, au commissaire par inté…

— J'ai compris, la coupa Barbara. Vous avez demandé à Lynley si je préférais les femmes. Par curiosité, il a répondu quoi ?

— Qu'il l'ignorait. En même temps, je ne vois pas comment il aurait pu le savoir. Mais il pensait que non. Puis les fleurs sont arrivées…

Barbara se garda bien de lui en révéler la provenance.

— Je ne préfère pas les femmes. Du moins, pas à ma connaissance.

— Néanmoins vous refusez de… Testons ce village vacances, Barbara. J'en meurs d'envie. Pas vous ?

— Dee, à part me faire arracher une dent, je n'imagine rien de pire.

— Ça veut dire non ?

— Ça veut dire que je me sens très bien comme ça. Je donne l'impression de me morfondre en attendant qu'un type vienne m'enfiler une pantoufle de vair ?

Dee s'appuya contre le lavabo, les bras croisés, et étudia Barbara de la tête aux pieds.

— Franchement ? dit-elle.

— Oui.

— Non. Vous n'en avez pas l'air. Vous n'en avez jamais eu l'air, en fait.

Elle soupira et ajusta la lanière de son sac afin qu'elle ne fasse pas un faux pli sur sa robe en coton.

— Je peux vous poser une question ? demanda-t-elle avant d'enchaîner sans attendre la réponse. Nous allons continuer les claquettes, n'est-ce pas ?

— Je n'ai pas acheté une paire de chaussures spéciales pour laisser tomber maintenant… Surtout quand j'arrive enfin à exécuter un foutu Shirley Temple !

Barbara prit ensuite la direction de Chalk Farm. Comme elle rentrait plus tard que d'habitude, elle trouva une place de stationnement juste devant chez elle et regretta de ne pas s'être arrêtée en chemin pour prendre un plat à emporter : malgré ce qu'elle avait dit à Dorothea, elle n'était pas certaine d'avoir les ingrédients pour un croque-monsieur. Il y avait bien un reste de haricots à la tomate au réfrigérateur, mais elle ne se rappelait plus quand elle avait ouvert la boîte. Bah ! Elle trouverait bien quelque chose de comestible au fond d'un placard. Au pire, elle avait sa réserve de Pop-Tarts.

En longeant la maison principale, qui cachait la sienne de la rue, elle jeta par habitude un coup d'œil à l'appartement du rez-de-chaussée, toujours aussi inoccupé et silencieux. Avec un soupir, elle tourna à l'angle et découvrit quelqu'un sur la marche devant son cottage.

C'était Salvatore Lo Bianco. Quand il la vit, il se leva et rangea son smartphone dans sa poche.

— La voilà enfin ! s'exclama-t-il.

Il vint à sa rencontre, tout sourire, et lui claqua la bise à la manière continentale, où les joues peuvent se frôler tandis que les lèvres n'embrassent que le vide.

— Bon sang de… Qui vous envoie, Salvatore ? lança Barbara sur un ton méfiant.

— Personne.

— Vous le jurez ?

— Le jurer ? *Che pazza*, Barbara. Qui vous voulez qui m'envoie ? lui demanda-t-il en lui prenant le bras. Vous avez l'air en forme. Mais vous êtes faim, non ? Pardon. Vous avez faim ? Vous n'avez pas dînu ?

— Dîné. Pas encore. Pourquoi ?

Elle remarqua alors deux sacs de courses au pied de la marche sur laquelle Salvatore l'avait attendue.

Il indiqua les sacs avec un moulinet du poignet tout en entraînant Barbara vers la maison.

— Je suis très heureux que vous avez faim, dit-il. Moi ? Je prépare votre dîner.

— Mon dîner ? Vous savez cuisiner ?

— *Madonna mia !* soupira-t-il en levant les yeux au ciel. Barbara Havers demande si je sais faire la cuisine. Barbara, qu'est-ce que vous croyez ? Allons, je suis italien ! dit-il avec un rire ravi.

Remerciements

Il y a quelques années, une conversation avec la tante de ma filleule a fait germer l'idée de ce roman. Après m'être beaucoup documentée, je me suis entretenue avec plusieurs personnes qui m'ont guidée dans les premières étapes de sa rédaction.

L'inspecteur Allen Davis et le sergent Karen Bridger, de l'Empress State Building, m'ont donné un cours accéléré sur leurs actions contre les différentes formes de maltraitance auxquelles sont soumises les fillettes et les femmes des communautés somalienne et nigériane de Londres, notamment les mutilations génitales et les mariages forcés. Ce sont eux qui m'ont soufflé l'idée du Centre de santé de Hackney et des MGF « médicalisées ». C'est également d'eux que je tiens mes informations sur les abus ritualisés, les ordonnances de protection et le délit de non-dénonciation de maltraitance sur mineur.

Les collaborateurs de mes éditeurs américain et britannique ont également contribué à l'écriture de ce livre, en particulier Nick Sayers, en Grande-Bretagne, qui m'a mise en relation avec Deborah Balogun afin de garantir l'exactitude des détails concernant la vie de la famille Bankole. Je ne remercierai jamais assez Deborah, non seulement pour sa lecture attentive du manuscrit, mais aussi pour ses commentaires pleins de franchise, qui m'ont permis d'améliorer mes descriptions des ethnies nigérianes, de leurs vêtements, de leur nourriture et de leur psychologie.

Nick Sayers – toujours lui – a fait équipe avec mes éditeurs américains pour me proposer des modifications et des suggestions très pertinentes. L'infatigable Swati Gamble a organisé les rendez-vous avec les personnes que je souhaitais interviewer.

Aux États-Unis, Brian Tart et Gretchen Schmid ont su faire preuve de perspicacité et, encore mieux, de souplesse en m'accordant un délai supplémentaire. Gretchen, en particulier, a déployé des trésors de patience face aux difficultés que je rencontrais pendant la révision du manuscrit puis la relecture en ligne des épreuves. Je suis un dinosaure pour tout ce qui touche à la technologie, et je crains de ne jamais changer. Je remercie donc Gretchen d'avoir été aussi conciliante pendant la phase de relecture et Brian de l'avoir été pour tout le reste.

Ben Petrone et Bel Banta, de Viking Books, se sont battus comme des lions pour assurer la promotion du livre en pleine pandémie. Cela vaut aussi pour Kate Kehan, de Hodder & Stoughton.

Pour tout le volet numérique du processus d'écriture et d'édition, je tiens à exprimer ma gratitude à Nicole Robson, de Trident Media Group, ainsi qu'à Cindy Peterson et Clay Fournier, respectivement déesse et dieu de l'informatique au sein de mon panthéon personnel.

Cela fait plus de vingt ans que Robert Gottlieb, de Trident Media Group, pilote ma carrière, et je le remercie de n'avoir jamais ménagé ses efforts. Erica Silverman, également de Trident Media Group, a peut-être accompli un authentique tour de magie, mais cela demande confirmation. Croisons les doigts !

Patricia Fogarty, Barbara Fryer, Blake Kimzey, Chris Eyre, Elaine Medosch et Jane Hamilton, les administratrices et administrateurs de la fondation Elizabeth George, se mettent en quatre pour me libérer du temps pour la création. Charlene Coe assure la gestion de la fondation au jour le jour, en veillant à ce que tout soit fait en temps et en heure.

Depuis le début, mon mari, Tom McCabe, est le roc sur lequel je m'appuie. Je lui suis profondément reconnaissante de sa patience, son amour et sa foi inébranlable en ma capacité à relever les défis que je me lance.

Le sujet de ce livre est parfois difficile à appréhender. Il est urgent de braquer les projecteurs sur ce fléau pour mettre un terme à tant de souffrances, mais aussi pour que l'on cesse de détruire la vie des femmes en voulant les rendre « pures » et « chastes », et donc aptes à devenir de « bonnes » épouses.

Composition : Facompo, Rouen

FSC
www.fsc.org
MIXTE
Papier issu de sources responsables
FSC® C003309

L'éditeur de cet ouvrage s'engage dans une démarche de certification FSC® qui contribue à la préservation des forêts pour les générations futures.

Pour en savoir plus :
www.editis.com/engagement-rse/

CET OUVRAGE
A ÉTÉ ACHEVÉ D'IMPRIMER
SUR ROTO-PAGE
PAR L'IMPRIMERIE FLOCH
À MAYENNE EN SEPTEMBRE 2022

N° d'impression : 101062
Imprimé en France